天津博物館藏

直報 拾

天津古籍出版社

光緒二十四年六月

直報

本館開設天津紫竹林海大道老菜市氣燈房巷內

光緒二十四年六月初一日　此月小建　第一千一百十七號
西歷一千八百九十八年七月十九日　禮拜二

部照又到　直隸勸辦湖北賑捐局自光緒二十四年三月初一日起至閏三月十五日止請獎各捐生部照又到請即攜帶實收來局換照可也

招領部照　捐生陳殿揚山東福山縣人前在直隸勸辦湖北賑捐局報捐監生部照早到望即攜帶實收來局換領切勿自誤

上諭恭錄

上諭孫家鼐奏敬陳管見一摺據稱原任詹事府中允馮桂芬校邠廬抗議一書最爲精密其書板在天津廣仁堂請飭刷印頒行等語著榮祿迅即飭令刷印一千部尅日送交軍機處毋稍遲延欽此　上諭御史攀桂奏遵旨明白回奏一摺該御史於奏事摺件竟將姓名誤書實屬疎忽攀桂着交部議處欽此　上諭步軍統領衙門奏拿獲結夥持械越城偸竊太平倉米石人犯請交部審辦一摺所有拿獲之崔六五兒張二山兒即張得山松年即魚兒張紀三李玉齋高四隋二崔順等八名着交刑部嚴行審訊按律究辦未獲之小黃等犯仍飭嚴緝務獲究辦該衙門知道欽此　上諭步軍統領衙門奏拿獲迭次結夥持械掘挖墳塚盜犯請交部審辦一摺所有拿獲之佟壽萬即佟拴仔崔三猪仔許根仔即許長和大黃即黃十楊套兒即楊春黃老等六名着交刑部嚴行審訊按律懲辦未獲之黃小紅兒仍飭嚴緝務獲究辦至原拿此案之員弁着俟刑部定案時聲明請旨該衙門知道欽此　上諭御史宋伯魯奏請將上海時務報改爲官報一摺着管理大學堂大臣孫家鼐酌核妥議奏明辦理欽此

敎忠篇　勸學篇內之二　張之洞

自漢唐以來國家愛民之厚未有過於我　聖清者也請言其實三代有粟米布縷力役之征盛唐有租庸調三等之賦最稱善政已列多名以後秦創丁口之錢漢行算緡之法隋責有司以增戶口唐括土戶以代逃亡唐及五季宋初有食鹽錢中唐北宋有青苗錢宋有手實法金有推排民戶物力之制皆出於常例田賦力役之外明萬歷行一條鞭法丁糧尚分爲二明季又有遼餉勦餉練餉至我　朝康熙五十二年奉滋生人丁永不加賦之　旨雍正四年定丁銀併入錢糧之制乾隆二十七年停編審之法於是歷代苛徵一朝豁除賦出於田田定於額凡品官士吏百工閒民甚至里宅貨肆錢業銀行商者終身不納一錢於官順治元年即將前明三餉除免康熙中復減江蘇地丁銀四十萬雍正三年減蘇松一道地丁銀四十五萬南昌一道地丁銀十七萬乾隆二年減江省地丁銀二十萬同治四年減江南地丁銀三十萬減江南漕糧五十餘萬石浙江漕糧二十六萬餘石初制已寬損之又損是曰薄賦仁政一也前代賜復蠲租不過一鄉一縣我朝康熙乾隆兩朝普免天下錢糧八次普免天下漕糧四次嘉慶朝復普免天下漕糧一次至於水旱蠲緩無年無之動輙數百萬損上益下合而計之已逾京垓以上是曰寬民仁政二也歷代賑卹見於史傳者爲數有限或發見有之倉或移民就食宋河北之災富弼僅勸民出粟十五萬斛益以官廩曾鞏僅請賜錢五十萬貫貸粟一百萬石杭州之灾蘇軾僅請

度牒數百道　本朝凡遇災荒　仁恩立沛動輒鉅萬卽如光緒以來賑䘏之舉歲不絕書丁丑戊寅之間晉豫陝直之災賑欵逾三千萬金此外畿輔蘇浙川楚各省每一次輒數百萬或百餘萬從古罕聞以今日度支之匱乏洋債之浩繁而獨於賑䘏之欵雖多不惜甚至減　東朝之上供發少府之私錢出自　慈恩以期博濟是曰救災仁政三也前代國家大工大役皆發民夫行齎居送官不給錢長城馳道汴河之工無論矣隋造東都明造燕京調發天下民夫工匠海內騷動死亡枕藉以及漢鑿子午梁築淮堰唐開廣運宋議回河民力爲之困敝　本朝工役皆給雇値卽如河工一端歲修常數百萬有決口則千餘萬皆發庫帑沿河居民不惟無累且因以贍足焉是曰惠工仁政四也前代官買民物名曰和買和糴或强給官價或竟不給價見於唐宋史傳奏議文集最爲民害　本朝宮中府中需用之物一不累民蘇杭織造楚粵材木發帑購辦商民胥吏皆有霑潤但聞商賈因承辦官工承買官物而致富者矣未聞商賈因采辦上供之物而虧折者也子產述鄭商之盟曰無强賈無　奪於今見之是曰恤商仁政五也任土作貢唐虞已然漢之龍眼荔支唐之禽鳥明之時魚皆以至微之物而爲官民巨害其他貴重者可知　本朝此意雖存所貢並無珍異廣東貢石硯木香黃橙乾荔之屬江南貢箋扇筆墨香藥之屬湖北貢茶筍艾葛之屬他省類推由官發錢不擾地方又如宋眞宗修玉淸昭應宮所需木石金錫丹靑之物徵發徧九州搜羅窮山谷致雁蕩之山由此開通始爲人世所知史書之曰及其成也民力困竭宋徽宗興花石綱破屋壞城等於刦奪民不聊生遂釀大亂今內府上用民不與知是曰減貢仁政六也前代遊幸最爲病民漢唐宋以來東封西祀四海騷然若明武宗北遊宣大南到金陵狂恣敗度尤乖君德至於秦隋更無論矣　本朝屢次南巡亦間有東巡西巡之事大指皆以省方觀民爲主勘河工閱海塘查災問民瘼召試求人才所過郡縣必免錢糧其橋道供張除內帑官欵外大率皆出自鹽商或豁免積虧或予以優獎至今舊聞私記但道其時市廛之豐盈民情之悅豫從無幾微煩擾愁苦之詞是曰戒侈仁政七也　此稿未完

挹彼注茲　○向例　聖駕經過之處均須將道路一律修整平坦覆以黃土臨時又按段汎洒淸泉務使纖塵不驚此項差使係由步軍領領衙門承辦相沿已久近因　皇太后駐蹕　頤和園　聖駕時往請安輦轂往返恭備道差經費自倍於前以致差費支絀目下　皇太后在　頤和園歇夏輦蹕經過更覺煩盛致工價不敷開支又未敢忽要差致干嚴譴該衙門別無欵項可籌不得已暫向某處借銀五千兩言明分期一年歸淸每月二分生息此欵卽在各廳月支燈油等欵內提出以此挪彼現奉示諭俟此欵一年還淸後將恭備要差未能挪墊情形稟明堂憲每月應如何設法增添欵項之處想大金吾必當據實奏明照例由戶部領取矣

示傳帶引　○吏部爲示傳事所有本部五月分月選之山東萊州府知府曹榕等本部於六月初五日帶領引　見爲此傳知該員等穿天靑褂備帶補褂於是日五鼓赴西苑門外六項公所內吏部公所書到聽候排班帶領引　見毋得遲悞

謄錄傳到　○方略館示傳吏部送到漢謄錄杜元春方埜王朝忠陶世光周家俊等五員限於六月初三日辰刻取具同鄉京官印結赴館驗到毋得違悞特示

內廷公費　○內務府廣儲司銀庫於五月二十八日開放內廷各門各殿値班官兵一個月口分銀六百六十兩侍衛費銀一千兩前鋒護軍營十處公費銀各八十兩各處津貼銀一千二百兩其餘應領各欵尙未放給云

備文保送　○上虞備用處辦事章京廣侍衛仁稟請各堂憲准廂黃旗護軍營咨保送副護軍參領各員現繕應送名單請點當經禮邸等諭將本處三等侍衛宗室松寬一員保送入放遂於稿面簽押以憑備文保送

搶刦行船　○京師東便門外高碑店有孫五者駛船爲業常往運河一帶五月二十八日攬客五六人過渡行至普濟閘地方時已昏黑岸上忽有强徒數人施放洋槍一躍上船將客人衣服物件搶刦一空呼嘯而去次早赴該管地面呈報經捕役等勘驗屬實分投緝捕能否弋獲尙未可知

胡爲乎來　○彰儀門內十府店地方居住甘姓昨晨開門驚見一人懸掛門上細視見其髮辮緊纏頸中另用一繩吊在門上身穿竹布長衫形容憔瘁氣息全無兩足跪伏離地尺許一時道旁觀者愈聚愈衆聞甘姓並不與其人認識亦無仇怨不知何故縊死在彼當飭總甲報案驗視以後情形俟訪再錄

好人難做　○京師前門內東長安街居住馬某因中饋乏人曾將俞某之女納爲造室育一子尙在襁褓而馬故俞氏亦故當由嫡兄家賓撫育成丁俞某之子俞五不務正業屢向借貸家賓皆取懷而予從無吝色詎有貪得無厭動輒橫索强討家賓不堪其擾不得已赴宛平縣控告當蒙票飭快頭轉派散役將俞五逮案開單送訊

督轅門抄　○六月初一日中堂見　藩台裕大人辭　前河南道監察御史李大人郁華　江蘇候補道吳大人學廉　河間協玉大人崑　新選曲陽縣周斯德　青縣沈政初　玉田縣陳縉　中堂今日早出門拜　裕大人

五馬賢勞　○前紀署天津府李少雲太守于初二日接印茲復悉所遺總辦保甲兼理營務處提調兩差奉督札仍委兼理昨已詣轅叩謝

協戎抵津　○河間協玉協戎崑奉調來津承辦　皇差刻悉協戎接准札文赶卽命駕首途已于日昨抵津假寶興棧爲行轅大約少作憩息卽謁中堂稟商一切事宜

押運銷差　○總辦江蘇海運津通局候補府陳太守喬聲押運曹粮赴通交納已畢昨已由通來津稟謁督憲銷差靜候搭輪南下

險遭滅頂　○本埠風氣每逢夏日炎熱孩童輩輒三五成羣下河洗澡以致凶占滅頂屢有所聞昨有某姓幼孩在鐵橋碼頭被浪冲入船底幸經多人拯救上岸氣已奄奄赶卽送回家中未知能保性命否家有賢父兄者尙其嚴加管束哉

引人入勝　○天下事無非是戲乃或見眞事漠然無動於中一到戲塲莫不色飛眉舞屢覯不厭何也誠以傳神阿堵引人入勝故耳昨晚館友見邀與二三同人往天福園觀劇適値天水關出塲取諸葛者名十一紅年不過十五六聲音宏亮愈唱愈高佳在直而曲迴與叫囂不同雖老手無以過王喜雲演思凡遙吟俯唱跌宕風流具有雅人深致雙處浣紗計聲情激壯摹倣英雄途窮無愧名下後爲百萬齋蕩婦狂且情態亦能體貼入微惟妙惟肖其餘角色均足相頡頏觀止矣洋塲中經此一番點綴當增遊興不淺

搖船撞沉　○昨有搖舟一艘滿裝木料正在乘風破浪時舵工偶不小心致與木椿相撞立卽沉沒木料漂落滿河河干人紛紛撈取並無遺失其餘貨物則付東流而去幸水手人等善泅皆得誕登彼岸云

松江米貴　○松江訪事友來函云邇來米價日昂小民生計日蹙華亭婁縣兩邑尊迭經出示禁止商賈擡價囤戶居奇本報亦屢經詳紀近又經西門外紳士夏君冰甫等稟請婁縣屈大令禁止載米出口大令會同華邑尊咨會營汛一律查察華亭縣亦經城鄉紳士稟准出示禁止略謂去年收成歉薄松地存米無多邇聞上海米價飛漲深恐嗜利之徒販運前往轉致本地有匱乏之虞爲特出示仰各商鋪及船戶保甲人等一體知悉愼勿販運他往致干咎戾云云並聞現由紳士楊姓吳姓等四人擬定章程數則稟請華亭縣劉大令酌提積穀數成選派公正紳者擇期平糶想賢有司關心民瘼當可俯允所陳也

杭垣平糶　○訪事函云省垣官憲因米價昂貴居民謀食維艱特發倉中積穀舉辦平糶定於本月初十日開局發售每升定價錢四十文按戶先給憑單照單上所開戶口收錢給米往糴者老幼婦女另分一路保中委員在彼彈壓故雖甚擁擠尙不至肇事端也

美班海戰　○馬尼拉一役美水軍大勝論者言人人殊茲本館訪事探得確信並將馬尼拉形勢繪圖貼說並附論馬埠商務工藝情形按馬尼拉後面爲一海灣由岸至海灣口長五十五啓羅邁當海灣口竟十六啓羅邁當海口之衝有小島數座較大者名闊累吉多此島之西南又有二島一名三打阿馬利亞一名和拉打達闊累吉多之東南有島名喀巴羅正西有島名曼雅進口水路有二道北路少寬然不過四五啓羅邁當水底密置水雷岸上設台列砲更有水師船隊爲之犄角實占形勝是役也美艦於四月三十日戌亥之交展輪進襲岸上砲台雖經燃砲然砲力甚小不能命中美艦遂得入口五月初一日昧爽西艦提督曼安伯見美艦偪近乃命各艦退至喀維特砲台之前以爲遮護美艦駛近卽開砲轟擊西艦亦還砲相轟至八點鐘西之木那克里司提喀斯提拉明達腦二艦相繼焚燬沉沒端元奥斯提雅艦亦被擊燬尙有不知名之西艦二艘同於是難其餘二三艦退入灣內不敢再戰觀此情形馬尼拉殆不

能守矣○英人孚利論馬尼拉形勢曰沿岸一帶平衍寬闊地名盧乃塔有砲台數座皆係舊式台上之砲亦多窳劣不堪用中有一二座尚稱堅固置新式大砲數尊餘悉不足恃若以兵艦數艘攻之甚易易也○馬尼拉爲飛麗濱羣島之會城居民共十五萬四千名口城當巴細格河口所有砲台營壘刑司府庫衙門均在河以南城內人烟稠密教堂寺院居三之一其各項局廠行棧多在城北○製造以烟卷爲大宗所謂呂宋烟者是也官家製烟局所用工人多至一萬餘人其中婦女居大半次則製麻之藝再次則有絨毡金類貨物各國商務以德國爲第一本年四月德國商務月報紀載各國在馬尼拉所設行棧數目計西班牙四十五家德國十九家英國十七家瑞士六家法國二家荷蘭比利時各一家此次德國東亞艦隊之派往馬尼拉不爲無所見也　西五月德國七日報

記飛麗濱　○西班牙屬地之大者以古巴波多里克爲最飛麗濱次之飛島北界台灣南鄰伯爾紐西對中國海南島東濱太平洋大小島嶼二千餘最大者二曰魯森曰岷達腦羣島面積二十九萬六千一百八十二方啓羅邁當民居六百萬有奇以大加蘭族爲最鉅此外有生番一百萬人該島於一千五百七十年隸入班國版圖迄今三百餘年分十五部外國流寓計歐美二萬五千人中華亦六萬五千人土產宁蔴蔗糖烟葉蓁栗咖啡等物煤及五金之礦甚富云　西五月德國七日報

光緒二十四年五月二十九日京報全錄

宮門抄○五月二十九日工部　鴻臚寺　正藍旗値日　兵部引　見三十二名　崐貝子百日孝滿請　安　鳳鳴由　東陵囘京請　安　福珠哩請假十日　明桂壽昌各續假十日　提督衙門奏拿獲迭次掘挖墳塚盜犯佟壽莒等六名請交刑部　又拿獲偸竊太平倉米石賊犯崔六五兒等八名一案請交刑部　召見軍機　崇禮　皇上明日辦事後至頤和園　皇太后前請安後駐蹕

○○奴才覺羅崇歡志銳跪　奏爲甘回肅清前將台站接遞軍報偵探巡察異常出力各員請獎奉部議駁叩懇　天恩准照原保給奬以示鼓勵恭摺仰祈　聖鑒事竊自甘回猖獗道路梗塞緊要摺報改由台站行走所經各台俱臻妥速無誤欽奉　諭旨准予擇尤保獎經奴才等核實删減擇其尤爲出力者開單奏請奬勵於本年二月初五日接奉　硃批該部議奏欽此茲據兵部理藩院先後咨稱此次遞送文報係屬尋常勞績所請翎枝核與定章不符將全案駁囘由該將軍另核請獎等因咨行前來查此次囘匪猖獗甘涼路阻一應摺報改由台站馳遞復因逆匪奔竄玉門敦煌地土曠衍勢時蔓延草地迭經奴才等派員偵探巡察分赴蒙古兩盟邊界將游牧牲畜撤囘使賊野奔無所掠台站賴以無擾並派員時赴各台梭巡便道嚴督台弁飛馳遞送調駝至八百餘隻毫無倒斃因値庫欵支絀概未准支薪水在事各員俱皆蹈險履危寢冰冐雪罔不踴躍從公核其艱苦實有異於尋常且此次囘匪剿滅各處辦防後路均邀優予獎叙恃台站爲轉輸後路足可轉遞軍札同治年間往事可証今部臣按尋常勞績不准奬給翎枝自係恪守定章惟此次所請翎枝各員俱已有補缺後官階既不能越請加銜又不得優給過班免補按照部章實在無可給奬僅請保翎枝一層未敢併保官階似於鼓勵之中仍寓核實之道蒙古台吉並無陞階可保從前蒙古台站各項出力保請翎枝經理藩院核准有案合無仰懇　天恩俯念台吉邊地苦寒滿蒙各員格於部章委無可改之階仍請准照原奬以昭激勸之處出自　逾格鴻慈其餘稍次出力之員應由奴才等發給五六七品功牌概由外奬照例咨部註册所有部駁另核請奬人員遵章無可改保謹繕清單恭呈御覽至前次單開之主事職銜瑞良因故出缺其所遺保案翎枝以瑞秀博勒合恩二員遞保得遺防禦保案已經删減較上次少保一員理合一併恭摺具陳伏乞聖鑒再蒙古參贊大臣親王那木濟勒端多布因病請假現已囘牧未經列銜合併陳明謹　奏奉　硃批該部議奏單併發欽此

○○恭壽片　再代理重慶府知府江北廳同知吳震調署酉陽直隸州知州其重慶府知府缺卽以現署酉陽州知州候補知府李常沛調署又洪縣知縣倫會渠縣知縣盧鼎智對調署理卬州直隸州知州鳳全請假遺缺查有准補茂州直隸州知州于崇慶堪以委署仁壽縣知縣何肇祥病故查有永川縣知縣俞昌言堪以調署該員吳震俞昌言倫會盧鼎智各任內均無參罰案件據藩臬兩司會詳前來除檄飭分別遵照外理合附片具陳伏乞　聖鑒謹　奏奉　硃批吏部知道欽此

○○陳寶箴片　再查定例道府州縣保歸候補班人員予限一年察看甄別等因歷經遵辦在案茲查有候補班補用知縣胡日升年

四十八歲係江蘇陽湖縣人於光緒二十三年四月初七到省扣至二十四年四月初七日一年期滿例應甄別據署湖南布政使李經義署按察使黃遵憲會詳前來臣詳加察看該員胡日升才識敏練辦事勤能堪以留省照例補用除咨吏部查照外謹會同兼署湖廣督臣譚繼洵附片具陳伏乞　聖鑒謹　奏奉　硃批吏部知道欽此

○○頭品頂戴江西巡撫臣德壽跪　奏爲知縣虧短交代銀兩延不完解請　旨暫行革職勒限追繳恭摺仰祈　聖鑒事竊查州縣經徵錢糧絲毫皆關　國帑不容稍有虧挪交代例有定限淸交豈容任意延宕茲查前任瑞昌縣已故知縣范羲馭前在瑞昌縣交代業經算明定册尙有徵存光緒二十二年地丁銀一千七百三十兩五錢一分八厘耗羨銀一百七十三兩五分二厘提補捐欵銀一百七十三兩五分二厘七分錢價平餘銀一百二十一兩一錢三分六厘知府五分公費銀八十六兩五錢二分六厘六共銀二千二百八十四兩二錢八分四厘屢催延不完解該家屬膽玩已極現在交代定限已逾未便稍事姑容據藩司翁曾桂臬司張紹華督糧道劉汝翼轉據該管道移交揭報前來相應據實奏參請　旨將前任瑞昌縣已故知縣范羲馭暫行革職勒令該家屬限一個月將所短銀兩掃數完繳如果依限解淸再行　奏請開復儻敢仍前延宕另行從嚴參辦查抄備抵所有此案交代應造達部册結容俟參限屆滿有無完解再行辦理除咨戶部查照外臣謹會同兩江總督臣劉坤一恭摺具奏伏乞　皇上聖鑒　訓示謹　奏奉　硃批着照所請該部知道欽此

○○松椿片　再據淮揚海道謝元福禀據淸河縣紳士舉人程人鵠等禀稱已故記名提督江西南　鎭總兵姚廣武由行伍從征江蘇山東安徽各省戰功卓著同治初年隨前漕督吳棠帶隊來浦其時淸江蕪城捻匪大至該鎭晝夜守禦屢挫賊鋒地方賴以安堵同治五年前漕督張之萬派令統帶水陸各軍六年秋間捻匪大股竄撲劉老澗淮海告警該鎭督軍力戰郤之十二月捻酋賴汶洸偸越六塘河將圖搶渡運河西竄皖境該鎭督隊追剿沿途擒斬甚多賴汶洸等窮無所之至揚州就獲至平日搜捕土匪保衛商民其功尤難殫述民間追憶前勞謳思弗輟擬請奏懇附祀前曹臣吳棠專祠等情又據淮揚海道謝元福禀據淸河縣廩貢生張兆元等桃源縣舉人蔡鳳閣等暨邳州宿遷沭陽等縣紳士中書竇鴻年等禀稱補用副將唐高斗以易山縣武童在籍辦團前漕督吳棠任徐州道時奇其才調赴前敵帶勇攻克沂州海州邳州賊巢多處同治六年捻匪大股竄撲劉老澗該副將商之提督姚廣武渡河迎剿以少勝衆淮海獲安是年十二月捻酋賴汶洸竄越六塘河該副將率隊追剿賊難駐足至揚州就獲嗣後管帶防軍搜捕邳宿桃沭淸河等縣匪迭獲著名匪首朱方茂席小猴等多名地方賴以安靜士民商旅至今感頌弗衰擬請奏懇一併附祀前漕臣吳棠專祠等情各轉禀前來奴才伏查總兵姚廣武副將唐高斗起自寒微爲前曹臣吳棠所識拔在淮徐帶兵最久戰功最多其剿捻治盜有裨地方士民至今稱之合無仰懇　天恩俯准將已故記名提督前南　鎭總兵姚廣武已故補用副將唐高斗各附祀前曹臣吳棠專祠以慰輿情出自　逾格鴻慈理合附片具陳伏乞　聖鑒　訓示謹　奏奉　硃批着照所請禮部知道欽此

災黎頌德

武淸屬運河迤西鳳河迤東一帶地畝積水四年不得耕種羣黎有死亡之憂前蒙　黃殿撰籌資助賑救有億萬戶今年四月間復經　黃殿撰惲學使大發仁人惻隱之心籌助鉅欵將堤掘開洩水迨盡隨卽堵塞俾地畝已得耕種禾苗皆形暢旺各村災黎冀有再生之慶乃管河廳何以久不關切以致怨聲載道可見善舉者功德無量而殘忍者物議沸騰矣

啓者昨接上海孫仲英善長來電旋又接到顧緝庭葉澄衷嚴筱舫楊子萱施子英各觀察來電據云江蘇徐海兩屬水災綦重飢民數十萬顚沛流離死亡枕藉災區十餘縣待賑孔急需欵甚鉅官欵恐未能徧及素仰貴社諸大善長久辦義賑飢溺猶已敬求代呼將伯源源接濟功德無量蒙滙賑欵卽滙上海陳家木橋電報總局內籌賑公所收解可也云云伏思同居覆載異姓不啻天親縱隔形骸民物莫非胞與頓遭洪水哀此災荒盡是蒼生何分畛域況救人性命卽積我陰功雖此日拯茲黎庶散盡赤仄青蚨卜他年報在子孫同來玉堂金馬敝社欵無備濟自知獨力難成術欲廣仁惟冀衆擎易舉叩乞　顯官鉅紳仁人君子共憫奇災同施仁術原擬活人無算雖千金之助不爲多但能濟世有功卽百錢之施不爲少盡心籌畫量力輸將敝社不禁爲億萬災黎泥首叩禱也如蒙　慨助卽交天津溜米廠濟生社帳房代收並開付收條以昭徵信

濟生社籌賑同人謹啓

新開 元隆號綢緞洋貨莊

自去歲四月初旬開張以來蒙各主顧垂盼雲集馳名日盛本號特由蘇杭等處加意揀選名機新鮮貨色零整銀價俱照大莊行市公平發售以昭久遠此白

寄賣龍井雨前麦茶福建皮絲水烟各種眞料大小皮箱

開設天津府北門外估衣街中路北門面便是

元茂機器磚瓦公司

本公司仿照西法燒作磚瓦事屬創舉曾經通稟在案該貨堅固異常價値從減並各樣印花磚瓦俱全 賜顧者請至海大道新興南里內本公司面議可也謹啓

魁陞號綢緞洋貨莊

本號自置顧繡綢緞洋貨等物整零均按銀莊格外公道皆比大市價廉發售 寄賣各種眞料大小皮箱漢口水烟袋各種眼鏡龍井雨前紅茶梗 寓天津北門外估衣街五彩號衚衕口坐北向南 士商賜顧者請認本號招牌特此謹啓

梁子亨代售類類報

彼處經理各報多年如今北方風氣微開津門新出類類報每禮拜兩次訪經濟六門閱者定取賜函分送本各報處經手送報上面皆有本號住角紅戳爲記如有散號混充貪塗無壓詐騙財件於本號無涉

告白

三十日接班廣智報至十九册 萃報至二十四册又到時務新策 時務分類興國策 時務策論時務要覽時務庸書內外編治平十議 時務中外策學大成萬國時務分類大成廣策府統宗中外大畧廣書 海國大政全集時務要 西法策學滙源 萬國公法 文所見錄餘者各書津古未及全載先覲爲快 各報天津北門內府署東各報總處紫氣堂全啓

時務日報增價

本津代售時務日報從五月十五日爲起每月報資津錢八百文 天津北門內府署東梁子亨啓

建平永平金礦局告白

啓者壬辰年春 前北洋大臣李委潤等創辦建平金礦自顧菲材膺茲艱鉅不勝主臣開辦以來疊於平建朝赤等處徧加探試或以石堅金薄不敷度支或以費鉅工艱難祈速效頻年耗損實屬不支迨丙申歲抄核計彌縫舊缺外始有微餘洎丁酉全年見盈遂奉 熱河都憲諭以丁酉正月至四月爲建平第一屆升課其課銀已於今春解呈熱河五月至十二月爲第二屆其課銀亦不日報解又丙申冬分設永平金礦該處砂綫窄小浮露於外無大水患工程尚簡計至去年十二月底共試辦十四個月稍見餘利去冬十一月杪該局又得遷安縣屬峪之爾岩今正以後出金日逐見增將後可望蒸蒸日上刻亦報解第一屆升課惟是解課以後即應分息在股諸君觖望已久茲定於六月初一日在天津招商局內建平帳房上海寶源祥香港招商局等處分派屆時務祈 諸股友携摺柸顧以憑核發除將歷年辦理情形收支帳目稟報公牘彙刊成册印送核閱外合將派息日期登報奉聞 徐潤等謹白

吏隱告白

從來病者以診治爲先痊則以調養爲要誠以稍不自愼則痊者復病而病轉滋深所貴愼之又愼而不可輕心掉也僕自蒞津以來凡遇重症每殫竭心力以求其愈愈後必以調養爲諄囑獨於北塘買鎭帥有難焉者鎭帥膺粵閫重寄年雖老而心猶壯故運甓之勤撫髀之嘆在所時有而無如其病也雖病必醫醫必痊痊而不善養則病復作僕自仲春以迄孟夏嘗赴北塘悉心診治計三閱月其病而復痊者屢矣然猶諄諄囑以調養切勿誤投藥餌延至淸和下浣見其精神矍鑠飲食如初且自津郡雇取名班賽神酬願矣僕始畧爲放心不取謝資折回津寓不圖昨聞驚報仍因藥誤以致將星遽隕也使確念余囑則董奉之杏林僕豈不望多栽數株惟事已如此深恐後之施治者反以僕爲藉口也故登諸報端以明治病未必善言者所能愈又豈可行險以幸中售技者必當審愼立方而病家亦當善于調養耳

新出石印濟公傳此書出在南宋高宗皇帝時一位高僧濟公奉佛敕旨降世人間儆愚勸善忠孝節義與前醉菩題濟公不同本房不惜多金邀請名公細加批註由濟公降生共二百四十回趙家樓馬家湖前後接連又全續彭公案經史子集石印鉛板家藏板局板均照申價發售寄售毛貫夥巷瑞芝閣

天津貴字山房謹啓

天福茶園

特請上洋新到頭等青衣

天娥旦

擇日登臺

重排新製新彩新切

七八本

鐵公鷄

擇日開演

新排全本新彩燈戲

洛陽橋

本園特請藝人不惜工夫精製各樣彩切另新排洛陽橋八仙飄海仙女乘坐彩蓮花船打彩散樂羣妖作亂此橋工程不能告竣蔡狀元差家人夏德海赴水晶宮投文龍王閱文見喜遂帶領夏德海遊玩水晶宮花園作樂演唱合班名角戲中戲十錦雜耍各樣彩切龍王賞賜同文從此修造工程告竣龍王轉禀玉皇遣天兵天將各顯神通羣仙門法捉拿妖怪各現原形蔡狀元邀請四方士農工商俱來觀看所造橋樑內有三十六行作買作賣許多奇文令人可觀與前不同屆期擇日佈告光請駕臨賞覽是幸

本園謹啓

告白

奉旨鄉會兩闈及科歲生童改試策論書院肄業亦皆遵照改課童蒙窗下自宜以古文爲法宋儒呂東萊先生所著博議久已風行近尤膾炙人口現有芙蓉館主人以諸名家所批善本付本齋石印帋墨精良字大爽眼約於月半印畢出售此佈

天津文美齋南帋局告白

朱鈍翁現經運庫廳劉延赴密雲縣爲其令堂太夫人診脉已於五月十九日啓程前往餘俟歸來再布

三井洋行分莊

告白

啟者日本商始創貿易爲業數拾年以來今分莊開設北門外鍋店街洗家衚衕口對過專選精工料實東洋棉紗各等時式大小疋棉布粗洋布斜紋洋標等格外公道價亦從廉凡仕商賜顧者請至分莊面議可也特此佈聞

三井本莊主人啟

紫竹林

第一樓番菜館

本號專作英法大菜各色精細點心各樣洋酒洋貨等物一應俱全並售

上　　　　　八百
紅茶　每斤津錢　一千
上　　　　　六百

又批發茂生公司鐵海紙烟零整發售價值格外公道原箱計一百盒價洋一百四十四元每盒計五百支洋一元五角凡仕商賜顧請卽駕臨是荷

主人謹白

告白

逕啓者近時特科經濟策論興起士林無不搜求時務洋務新編策論畧說早覽各種可知大槩皮毛老道學久讀經史條然棄拋皮毛難得乍入學諸少君方可進步時書中各新編各論說多有抄錄各報一年合定一次裝成畧說請查時事新編新論皆是抄錄各報論說還有未抄的若干諸公搜求經濟時務論畧說編彼處現有各種報册各樣新聞日報紙等等均有若干先覩爲快如遲多日均售一空未出書先看各報早知時事變局願查老報者格外減價並不加資專此佈知

天津北門內府署東各報總處梁子亨啓

告白

皖江方友莊司馬喬寓津門紫竹林義和生西棧精于岐黃儕輩頗受益友莊本世家子不欲以醫鳴僕等以爲沾上良醫甚尠姑懸壺以救眼前人亦仁者之造福也特揚之以告采薪者○謹代訂車費兩竿門診一竿

王蓮生　馬少雲
洪月坡　胡丹甫　仝啓

廣東鼎盛機器廠

本廠精造大小機器汽機火爐開礦水龍滅火水龍磨麵機器全套管辨鑄造修理精巧銅鐵等件貨眞價廉倘蒙賜顧請至天津紫竹林法租界牌坊旁本廠面議不悞主顧

本主人謹啓

本局自印耕香館畫賸每部價洋二元專辦各種石印書籍精選加高南紙頂細雅扇格外價廉廣天津東門外襪子衚衕本局啓

本局謹啓

美孚老牌煤油

啓者美國三達煤油公司之德富士老牌煤油天下馳名萬商稱美蓋其質潔色清亮白如銀且絕無烟氣能耐久燃比之生荳等油晶光百倍而儉用價廉此為德富士老牌之佳處誠屬無雙妙品也士商賜顧請到天津美孚洋行採辦或向就近殷實行店購買庶不致悞

DEVOE'S
PAT'D JUNE 22.63.
BRILLIANT
OIL
IMPROVED
PAT'D JUNE 28.64.
PATENT CAN
美孚行

海大道 鴻春樓番菜館

啓者本店三層大樓工程告竣地勢寬闊以備貴官紳請讌擇於去臘遷移新正月初二日開市各樣俱全價廉物美凡仕紳賜顧者請卽駕臨是幸

主人謹白

六月初二日輪船出口 禮拜三
泰順 輪船往上海 招商局
通州 輪船往上海 太古行
六月初三日輪船出口 禮拜四
順和 輪船往上海 怡和行

六月初一日銀洋行情
天津通行九七六錢
銀盤二千四百八十三 洋一千七百六十五
紫竹林通行九六錢
銀盤二千五百一十五 洋一千七百九十文
洋錢行市七錢一分五

新開 敦慶隆綢緞洋貨莊

擇於閏三月十一日開張

本號開設天津北門外估衣街西口路南第五家專辦上等綢緞顧繡以及各樣花素洋布各碼線批合線俱按銀莊零整批發格外克已士商賜顧者請認明本號招牌庶不致誤

本號特白

減價

今有友人自辦陝西老土每兩津錢四百八十文 新到梁州土每兩津錢五百四十文 如蒙賜顧者請到東門內聚隆成寄售

開設法國租界紫竹林北

天福茶園

京都新到

崇慶名班

特請京都上洋姑蘇山陝等處

各色文武 頭等名角

六月初二日早十二點鐘開演

邊義臣 小三寶 二陣風 長祿 崇芬 老虎 十二紅 小禿 楊福寶 張長奎 高玉喜 汪德寶 蘇廷奎 王喜雲 于報 白文奎 安桂秋 羊喜壽 衆武行

烈火旗 七人賢 太平城 鍘美案 十二紅 八大錘 諸仙鋪 代斷背

晚七點鐘開演

終德明 張鳳台 李玉奎 小連仲 十八紅 東發亮 六月鮮 八百紅 高玉喜 十一紅 羊喜壽 小祿奎 姜小五 王喜雲 于報 蘇廷奎 常雅秋 劉祥泉 李吉瑞 趙斌恒

太平橋 男起解 倒聽門 定軍山 查關 英雄義 衆武行

開設天津紫竹林海大道旁

福仙茶園

啓者本園於前月初四日止戲清理賬目今將戲園及園內桌椅磁壺磁碗新製彩切零星等件合盤出兌如有願兌者及詳細章程請至本園面議可也特此佈告

福仙茶園謹啓

創包機器

敬啓者近來西法之妙莫過機器靈巧至各行應用非得其人難盡其妙每值傷損修理必悞時日今有甯子卿專於經理機器玆擬創辦包定各項機器以及向有機器常年煤料工力價值格外公道如貴行欲商者請到福仙茶園面議可也特白

直報

本館開設天津紫竹林海大道老菜市氣燈房巷內

光緒二十四年六月初二日　第一千一百十八號
西歷一千八百九十八年七月二十日　禮拜三

致忠篇　勸學篇內之二　續前稿

張之洞

前代征伐多發民兵漢選江淮之卒以征匈奴唐勞關輔之師以討南詔田園荒蕪室家仳離死傷過半僅得生還唐之府兵明之屯衛書生稱爲良法然而本係農夫强以戰鬬征戍之苦愁怨慘悽司馬温公嘗論之矣于忠肅嘗改之矣北宋簽官軍刺義勇練保甲當時朝野病之　本朝軍制不累農民除八旗禁旅外乾隆以前多用綠營嘉慶以後三用鄉勇其人由應募而來得餉而喜從無簽派之事是曰恤軍仁政八也前代國有大事財用不足則科歛於民漢唐皆然今土司猶仍其俗卽如宋宣和將伐遼則派天下出免夫錢六千二百萬緡見蔡絛鐵圍山叢談宣和中創經制錢紹興以後又有經總制錢月樁錢板帳錢折帛錢歲得數千萬緡並無獎叙明季用兵初加遼餉繼加勦餉又加練餉共加賦二千萬果如此法籌餉易耳　本朝每遇河工軍旅則別爲籌餉之策不以科派民間歷年開設捐輸奬以官爵幷加廣其學額中額　朝廷不惜爲權宜之策而終不忍朘小民之生是曰行權仁政九也自暴秦以後刑法濫酷兩漢及隋相去無幾宋稍和緩明復嚴苛　本朝立法平允其仁如天具於　大清律一書一無滅族之法二無肉刑三問刑衙門不准用非刑拷訊犯者革黜四死罪中又分情實緩決情實中稍有一綫可矜者刑部夾籤聲明請　旨大率從輕比者居多五杖一百者折責實杖四十夏月有熱審減刑之令又減爲三十二六老幼從寛七孤子留養八死罪繫獄不絕其嗣九軍流徒犯不過移徙遠方非如漢法令爲城旦鬼薪亦不比宋代流配沙門島額滿則投之大海十職官婦女收贖絕無漢輸織室唐沒掖庭明發教坊諸虐政凡死罪必經三法司會核秋審句決之期　天子素服大學士捧本審酌再三然後定罪遇有慶典則停句減等一歲之中句決者天下不過二三百人較之漢文帝歲斷死刑四百更遠過之若罪不應死而擬死者謂之失入應死而擬輕者謂之失出失入死罪一人臬司巡撫兼管巡撫事之總督降一級調用不准抵銷失出者一案至五案止降級留任十案以上始降調仍聲明請　旨遇有疑獄則　詔旨駮查覆訊至於再三平反無數具見於歷朝　聖訓是曰愼刑仁政十也昔南北分據之朝中外阻絕之世其横遭畧賣沒蕃陷虜之民朝廷不復過問　本朝仁及海外凡古巴誘販之豬仔美國被虐之華工特遣使臣與立專約保護其身家禁除其苛酷此何異取內府之金以贖魯人拔三都之民以歸漢地耶是曰覆遠仁政十一也前代黷武之朝殘民以逞　本朝武功無過康熙乾隆兩朝其時逞其兵力何求不得然雅克薩旣下而界碑定恰克圖交犯而商市開越南來朝而卽赦其罪浩罕畏威而不利其土自道光以至今玆外洋各國屢來搆衅苟可以情恕理遣卽不惜屈已議和不過爲愛惜生民不忍捐之於凶鋒毒燄之下假使因大院君之亂而取朝鮮乘諒山之勝而收越南夫亦何所不可者是曰戢兵仁政十二也　本朝待士大夫最厚與宋代等兩漢多任貴戚北朝多任武將六朝專用世家趙宋濫登任子甚至魏以宦寺厮役典州郡唐以樂工市儈爲朝官明以道士木匠爲六卿若元代則立法偏頗高官重權專用蒙古色目人

而漢人南人不與　本朝立賢無方嘉惠寒畯辟雍駕臨試卷親覽寒士儒臣與南陽近親豐鎬舊族一體柄用又漢魏誅戮大臣習爲常事唐則捶楚簿尉行杖朝堂明則東廠北司毒刑廷杖專施於忠直之臣碧血橫飛天日晦闇尤爲千古未有之虐政　本朝待士有禮既無失刑亦不辱士又唐宋謫官於外卽日逐出國門程期不得淹留親友不得餞送明代宰相被逐卽日柴車就道且前代每有黨錮學禁罰及累世株連親朋　本朝進退以禮不以一眚廢其終身是曰重士仁政十三也歷代親貴佞倖驕暴橫行最爲民害漢之外戚常侍北魏之王族武臣唐之貴主禁軍五坊小兒監軍敕使元之僧徒貴族明之藩府礦使邊軍提騎方士鄉官脅辱官吏殘虐小民流毒徧於天下　本朝一皆無之政令淸肅民安其居是曰修法仁政十四也　本朝篤念勳臣優恤戰士其立功而襲封者無論已凡戰陣捐軀者但有一命無不加贈官階給予世職自三品輕車都尉至七品恩騎尉卽至外委生監殉難者亦皆有之本職或襲二十餘次或襲三四次襲次完時均予恩騎尉世襲罔替　皇祚億萬其食祿卽與爲無窮咸豐至今京師順天府及各省奏請忠義卹典已至數百案又職官雖非戰功而沒於王事或積勞病故亦官其子一人名曰難廕自漢迄明其待忠義死事之臣有如是之優渥者乎是曰勸忠仁政十五也此舉其最大者此外良法善政不可殫書　列聖繼繼繩繩家法心法相承無改二百五十餘年薄海臣民日游於高天厚地之中長養涵濡以有今日試考中史二千年之內西史五十年以前其國政有如此之寬仁忠厚者乎中國雖不富强然天下之人無論富貴貧賤皆得俯仰寬然有以自樂其生西國國勢雖盛而小民之愁苦怨毒者鬱遏未伸待機而發以故弒君刺相之事歲不絕書固知其政事亦必有不如我中國者矣當此時世艱虞凡我報禮之士戴德之民固當各抒忠愛人人與國爲體凡一切邪說暴行足以啓犯上作亂之漸者拒之勿聽避之若浼惡之如鷹鸇之逐鳥雀大順所在天必祐之世豈有無良之民如小雅所譏者哉

遵議章程　○第一欵如有自出新法製造船械鎗砲等器能駕出各國舊時所用各械之上如美人孚祿成輪船美人余林士奇海底輪船炸藥氣砲德人克魯伯鍊鋼鑄砲德人刷可甫魚雷英人亨利馬蹄尼快鎗之類或出新法興大工程爲國計民生所利賴如法人利涉鑿蘇彝士河建紐約鐵線橋英人奇路渾大西洋電線美人遏疊燈德律風之類應如何破格優獎俟臨時酌量情形奏明請　旨特賞並許其集貲設立公司開辦專利五十年　第二欵如有能造新器切於人生日用之需其法爲西人舊時所無者請　給工部郎中實職許其專利三十年　第三欵或西人舊有各器而其製造之法尚未流傳中土如有能仿造其式成就可用者請　給工部主事職銜許其專利十年　第四欵如有著新書貫通中外政學深明治體綱擧目張切實可用於今日者或能博徵時務發明經義原原本本有功聖敎者請　特恩賞給翰林院編檢實職或派往各省學堂爲總敎習　第五欵或著新書發明專門之學如公法律例農學商學兵法算學格致之類確有心得者請賞給庶吉士主事中書實職發交總署及出使各國大臣各洋務省分因才器使或派往京師及各省大學堂爲專門分敎習凡每一人所著書必在二十萬言以上乃得請獎以杜冒濫旣得獎後其書亦准自刻專售二十年

第六欵如有獨捐鉅欵興辦學堂能養學生百人以上者請　特恩賞給世職或給卿銜能養學生五十人以上及募集鉅欵養學生百人以上者請　賞給世職或郎中實職募捐能養學生五十人以上者請　賞給主事中書實職其學堂請頒　御書匾額以示鼓勵

第七欵如有獨捐鉅欵興辦藏書樓博物院其欵至二十萬兩以上者請　特恩賞給世職十萬兩以外者請　賞給世職或郎中實職五萬兩以外者請　賞給主事實職並給匾額如學堂之例　第八欵其捐集欵項湊辦學堂藏書樓博物院等事僅及萬金以上者亦請　加恩獎以小京官虛銜　第九欵如有獨捐及募集鉅欵開闢地利若干設建鎗砲廠每日能製鎗砲若干視功用之大小欵項之多寡爲獎給之等差一如第七欵之例　第十欵以上各欵分別請獎之例皆就未得官之人而言若已經授職人員則遵奉　上諭照軍功例請就原官超擢惟欵中所有　特恩各字樣則已仕未仕皆同一律　第十一欵凡請獎之例或由本人將所製之器所著之書所辦之事呈明總理衙門查核奏請辦理或由京外大員將所製之器所著之書所辦之事奏請交總理衙門查核辦理　第十二欵凡著書製器各事必由總理衙門認眞考驗實屬新書新器乃得給獎捐辦各事必行查地方官所辦屬實乃得給獎若有剿襲陳言冒認新書稗販洋貨自稱新器及興辦各事揑報不實等情自應從嚴駁斥顯暴於衆以愧恥之若竟僥倖售欺得獎一經查出除撤銷獎案外仍當嚴示懲創已得官者革職治罪未得官者另行酌罰重欵禁錮終身原保大臣分別議處　續五月三十日摺稿

金臺課題　〇金臺書院每月官師兩課月初尹憲甄別之題已紀前報六月初一日爲山長徐君齋課之期茲將題目照錄於左　文題　詩云迨天之未陰雨徹彼桑土至能治其國家誰敢侮之　詩題　安得猛士兮守四方得歌字五言八韻　賦題班超投筆賦以安能久事筆硯間乎爲韵

偸割蘆葦　〇京師右安門外西南楊家溝地方半多水澤之鄉村民大率依蒲蘆爲生計卽俗所謂葦塲地也自入夏以來近日連朝大雨河流爲患蘆葦收獲已不如前而村落貧民無計謀生又相率偸刈聞某村王某葦塲於前日之夜竟被隣村竊割一頃有奇理論情遣充耳不聞王以植葦織蓆爲仰事俯畜之資心有難甘恐不訟公庭卽成械鬥彼父母斯民者不可不防範於事前補救於事後也

借貸不遂　〇一家飽煖千家怨世風之澆可勝浩歎曹某者居住宣武門外老墻根地方家道小康爲人長厚屢次被人欺辱五月二十八日突來楊姓向曹借貸未滿所欲楊卽持刀入院將曹妻砍傷赴西城坊喊告當經官人將楊姓拏獲稟請坊官帶領吏仵穩婆前往相驗傷勢甚重恐有性命之憂詳城咨送刑部按律定擬借貸之事縱有餘之家亦有一時猝不及辦者楊乃以不能滿欲之故竟敢戕害人命此風何可長哉

失而復得　〇五月二十九日前門外大柵欄裕豐洋藥店內忽來內侍一名以銀票一張計六金購買烟土十餘兩找銀一兩當時鋪主因與內侍素不相識詢及貴姓答稱姓楊該內侍卽攜物進城迨至次日始知所使銀票乃係僞造屢經挽人探訪並求總管太監某代爲詢查知係內務府內侍段玉改爲楊姓所爲當經總管太監將銀追出交給該店歸賬噫若輩能施此伎倆而該店毫無所傷誠幸矣哉

督轅門抄　〇六月初二日中堂見　天津鎭羅大人辭　山海關道明大人　運司方大人　關道李大人　天津道任大人　汪大人瑞高　吳大人學廉　潘大人志俊　張大人鼎祜　吳大人懋鼎　蔭大人昌　張大人振棨　張大人翼　補用副將黃本河自籍來　萬翔麟　候補府陳忠儀　候選同知韓燿曾　候選州褚成昌候補通判宋厚山　饒陽縣汪寶樹　候補縣王式敏　馬長豐　候補直隸州蔡紹基　英水師教習丹達斯

新藩起節　〇直隸藩臺裕方伯奉督憲飭赴新任於初二日起程等情曾紀前報茲聞是早七點鐘在西頭火神廟茶座稍歇旋乘官舫赴省諏期接篆通城司道以下各官均恭送如儀

督批照錄　〇安徽省廩生趙振鐸等稟批據稟請補考集賢書院候行津郡司道查核辦理此批

援案彙保　〇天津海防每屆五年例應彙保一次歷經遵辦在案而軍械局中各員弁暨裝運火藥之船主亦得照案擇尤保奬聞本年保案屆期已由上憲飭下該局查取各員弁職名造册詳請核奪以便分別彙保

修葺城垣　〇天津自修築土圍城垣已成虛設年久失修大半殘缺不堪刻因秋季　皇上駕臨殊不足以壯觀瞻由地方官按段察勘稟明上憲撥欵修葺聞不日卽當開工云

鐵路借欵　〇山海關至牛莊一帶修造鐵路政府早經議准惟欵項難於措辦以故遲遲至今刻聞在滙豐銀行議借英金二百萬磅尙未兌交未知究竟作何辦理

河北竊案　〇河北一帶屢有竊案本報書不勝書茲聞院署東劉姓家新移居數日昨夜三更時被樑上君子穿穴入室竊去古玩等物當卽書列失單報經北汎僉弁帶同捕役地保前往勘驗飭卽贜賊務獲

學生淹斃　〇海光寺某甲子年約十四五從師讀書頗聰慧昨日下午塾師有事出門放學較早與羣兒向寺西大橋南洗澡以泳以游不覺漸入深處遂致滅頂迨羣兒呼人撈救上岸已氣絕體冰返魂無術矣

一諾千金　〇河東西方菴魏姓女自幼許字河北曹姓子女漸長父母見其苗條可愛視爲奇貨可居意欲鬻作小星女偵知乘夜投奔壻家前報曾詳言之嗣魏某勸令回家並煩多人理處女以前既字曹家一諾千金義不他適聞於前月二十五日在曹宅已

拜堂成親云

重慶亂耗　○重慶訪事友云重慶府屬某教堂近爲匪徒攻擊至於附近居民被殺者有之刼去錢財産物者有之目下情形甚爲猖獗傳聞如是俟訪再佈

立工藝學　○俄祁耶甫城立工藝學堂一所約招生徒千名學爲機器營造農務三藝聞以三百五十名習機器三百二十五名習製造一百七十五名習農務云　俄木司寇新聞報

新製快艦　○現在最快之輪舟每點鐘能行三十八結約華里一百十里此種輪船其汽機與平常不同不用活塞亦不用汽筒惟仿風磨式樣而借蒸汽以爲催動之力其磨擺列之次序可云盡善盡美以致蒸汽之力絕無耗廢蓋蒸汽於催磨之後卽冷而無力是知蒸汽之全力已全用於其間矣且蒸鍋甚屬輕小而船行之速則又在其所用之水與汽皆在甚熱之度是以所發之力甚大此外其機器之更利又在易於采用石油以代煤按石油若取其分量與煤一般輕重則其力必較煤大三倍　譯法國報

新法疊興　○於今日而欲令製造之事精義過於三四十年之前而并能省用時日除尋出新法以外別無妙用近日美國各廠無論機器與各種器具皆有各種新法以供國家各製造廠之用○鄰近美國自的慕耳處有最大練鋼廠一所該廠總辦謂每練鋼一噸其所用之人力較二十年前他廠所用之人力可省三分之一○一千八百六十六年鋼條每噸値洋一百六十五元至八十四年價跌至每噸三十四元至九十三年則跌二十一元而上年則較此數更少又觀現今國中鐵路如織用鋼甚多倘無新法之力勢難至此地步不僅此也以鋼造橋以鋼打船以鋼製鎗砲以鋼建房架他若農具鐵釘等亦皆以鋼爲之鋼之銷路愈推愈廣合計美國於一千八百九十七年其出售至歐洲者亦有十萬噸　譯美國學問報

光緒二十四年五月三十日京報全錄

宮門抄○五月三十日內務府　國子監　廂藍旗値日無引　見　倫貝子果勒敏各請假十日　王文韶懷塔布各請假五日　掌儀司奏初一日祭　奉先殿端王行禮　召見軍機

○○陳寶箴片　再臣前因湖南省辰永沅靖各府州及鳳凰乾州等廳伏莽潛滋常聚衆數十百人橫行無忌遠近數百里間搶刼拒捕等案層見迭出檄委前辰永沅靖道廷杰馳赴沅州府督率員弁兵勇竭力搜拿當獲積匪多名地方賴以安謐擇其尤爲出力各員奏懇　天恩賞給奬叙以示鼓勵光緒二十三年六月十四日奉　硃批該部議奏欽此茲准吏部抄錄議覆原奏清單咨行到臣除貴州都勻府知府區維翰一員議准改奬外其湖南在事擬保共衹署沅州府知府連培基等四員槪因履歷到部逾限議駁並以芷江縣知縣温錫純試用通判林明哲補用巡檢黃獻珍僅止隨同訪查悉心審鞫並非實有獲匪勞績請將該四員保案撤銷等因臣查湖南西路盜匪積惡有年從前地方官弁非不隨案踊緝但以黨羽衆多行蹤詭秘雖間有破獲未能痛斷根株隨令匪膽逾張肆無忌憚連培基經臣札飭隨同廷杰查辦親率弁勇扼駐懷化驛等處竭力搜拿温錫純林明哲黃獻珍三員經廷杰派委或設法購線探悉窩藏處所或細心推鞫究出首要姓名用能將多年巨匪五十餘名次第擒獲迄今辰元一帶行旅居民均得安堵該員等不憚辛艱除惡務盡實於地方不無微勞足錄臣前次擬保本係擇尤開列且係按尋常勞績聲請不敢稍涉浮冒徒以元州距省在千里以外札調往來有需時日以致履歷到部稍遲非敢無故延緩合無仰乞　逾格鴻施俯准將署元州府知府連培基等四員仍如臣前擬給奬以昭激勸而資觀感於除暴安民之方實有裨益臣爲保衛地方賞勸起見是否有當謹會同湖廣總督臣張之洞恭摺具陳伏乞　聖鑒謹奏奉　硃批着照所請該部知道欽此

○○陳寶箴片　再據督帶湖南親軍右旗花翎副將銜標提補用叅將陳登科禀稱同治七年攻剿貴州寨頭老巢被傷右脚筋骨九年攻克合拱廳城被賊炮傷右手膀骨又湖南沅州協中軍都司郭正榮咸豐八年援剿江西撫州府各城被賊刀傷右手腕九年攻克景德鎭浮梁縣被賊槍子中傷右腿十年攻克星子市東波觀等處被賊予傷左臂又鎭阜鎭標中營中軍守備代理前營都司吳萬華咸豐八年克復遂安援剿江山被賊鎗傷右腿又鎭阜鎭標後軍守備李攀桂同治七年克復寨頭老巢被苗逆擊傷右肩並帶傷左

膊十年攻克排羊丹江凱里各城被逆予傷左腿又臣標左營花翎都司銜儘先補用守備王宏貴同治十年蕩平金積堡賊巢被賊片傷右肩窩是年撥剿西甯府大通縣被賊槍傷右足膝又左營候補守備胡錫吉光緒十一年在台北基隆被人鎗子橫穿胸左二十一年二月在關外牛庄左脚中鎗子右脚中鎗子力竭被擒經倭人於右脚膝下尺許鋸斷醫痊接以木脚該員等所受各傷均經報驗在案每逢陰雨節候不時觸發力難挽强馳騁先後稟請委員查驗　奏免騎射改習槍炮等情當經臣札委各該營就近文員復驗該員等所受傷痕俱屬確實各具印結稟復前來合無仰懇　天恩俯准將督帶親軍右旗花翎副將銜提標補用參將陳登科湖南元州協中軍都司郭正榮鎮筸鎮標中營中軍守備代理前營都司吳萬華鎮筸鎮標後軍守備李攀桂臣標左營花翎都司銜儘先補用守備王宏貴左營候補守備胡錫吉均免騎射改習槍炮以示體恤除飭取該員等履歷咨部外謹會同湖廣總督臣張之洞湖南提督臣婁雲慶附片具陳伏乞　聖鑒　訓示謹　奏奉　硃批着照所請兵部知道欽此

○○王文韶片　再臣前保永定河北上汛接築石堤出力各員內有候補縣丞西路司獄章毓秀原請俟補縣丞缺後以知縣用部議以與章程不符又試用縣丞陳炳昌原請俟補縣丞缺後以知縣用部議以該員已於永定河光緒二十年二十一年兩屆安瀾案內保俟補缺後以知縣用此次所請係屬重複又州判用北河候補主簿高志田原請俟離主簿任歸州判班加五品銜經部以該員除去丁憂日期核計在工一年有餘因何列入獎敘候選直隸州州判張文鸞原請加五品銜經部以該員履歷册內並未聲敘何年月日在部具呈就職直隸州州判候選又指分北河試用縣丞張宏遠原請俟補縣丞後以知縣用縣丞職銜吳楚琛原請以縣丞不論雙單月遇缺卽選從九品職銜程恒仁原請以巡檢不論雙單月遇缺卽選經部以該員等報捐之案按照聲敘年月查無案據將全案駁回令分別更正查明覆奏核辦等因章毓秀以改請從優議敘陳炳昌擬改請離縣丞任歸知縣班後加同知銜高壽田係於光緒十九年二月到工至二十年十月丁本生父降服憂計在工一年七月是時石堤工已過半二十一年十一月服滿後仍到工當差至二十二年九月工竣回省統計前後在工二年六月之久未便令其向隅張文鸞係同治十三年六月初十日在部呈請就職直隸州州判歸部銓選交部准其註册候選是月十六日發給執照張宏遠由不論雙單月分發試用縣丞於光緒二十二年九月在直隸藩庫遵海防例報捐指分北河試用是月十八日領有部照吳楚琛由監生於光緒二十年在直隸報捐縣丞職銜是年十月二十七日領有部照程懷仁於光緒五年在直隸晋賑捐局報捐從九品職銜是年四月二十九日領有部照以上五員均請仍照原保給獎又查部議合例人員內有試用縣丞瑞春原請俟補縣丞後以知縣用茲查該員於光緒二十三年在通州隨辦江浙海運漕粮案內已保准俟補缺後以知縣用是年十一月十一日奉　旨此次所保係屬重複擬改請俟離縣丞任歸知縣班後加同知銜又文童唐玉書原請以巡檢不論雙單月遇缺卽選茲查該員本名玉書係滄州駐防廂白旗蒙古成林佐領下人原保單內於玉書名上多一唐字係屬筆誤擬請更正據候補道張蓮芬永定河道陳慶滋具稟請奏前來臣覆加查核均與例章相符相應仰懇　天恩俯准勅部分別更正將全案核覆以示鼓勵理合附片陳請伏乞　聖鑒謹　奏奉　硃批吏部知道欽此

災黎頌德

武清屬運河迤西鳳河迤東一帶地畝積水四年不得耕種羣黎有死亡之憂前蒙　黃殿撰籌資助賑救有億萬戶今年四月間復經　黃殿撰惲學使大發仁人惻隱之心籌助鉅欵將堤掘開洩水迨盡隨卽堵塞俾地畝已得耕種禾苗皆形暢旺各村災黎冀有再生之慶乃管河廳何以久不關切以致怨聲載道可見善舉者功德無量而殘忍者物議沸騰矣

啓者昨接上海孫仲英善長來電旋又接到顧緝庭葉澄衷嚴筱舫楊子萱施子英各觀察來電據云江蘇徐海兩屬水災綦重飢民數十萬顚沛流離死亡枕籍災區十餘縣待賑孔急需欵甚鉅官欵恐未能徧及素仰貴社諸大善長久辦義賑飢溺猶已敬求代呼將伯源源接濟功德無量蒙滙賑欵卽滙上海陳家木橋電報總局內籌賑公所收解可也云云伏思同居覆載異姓不啻天親縱隔形骸民物莫非胞與頓遭洪水哀此災荒盡是蒼生何分畛域况救人性命卽積我陰功雖此日拯茲黎庶散盡赤仄青蚨卜他年報在子孫同來玉堂金馬敝社欵無備濟自知獨力難成術欲廣仁惟冀衆擎易舉叩乞　顯官鉅紳仁人君子共憫奇災同施仁術原擬活人無算雖千金之助不爲多但能濟世有功卽百錢之施不爲少盡心籌畫量力輸將敝社不禁爲億萬災黎泥首叩禱也如蒙　慨助卽交天津溜米廠濟生社帳房代收並開付收條以昭徵信

濟生社籌賑同人謹啓

新開

元隆號綢緞洋貨莊

自去歲四月初旬開張以來蒙 各主顧垂盼雲集馳名日盛本號特由蘇杭等處加意揀選名機新鮮貨色零整銀價俱照大莊行市公平發售以昭久遠此白

寄賣龍井雨前素茶福建皮絲水烟各種眞料大小皮箱

開設天津府北門外估衣街中路北門面便是

元茂機器磚瓦公司

本公司仿照西法燒作磚瓦事屬創舉曾經通稟在案該貨堅固異常價値從減並各樣印花磚瓦俱全 賜顧者請至海大道新興南里內本公司面議可也謹啓

魁陞號綢緞洋貨莊

本號自置顧繡綢緞洋貨等物整零均按銀莊格外公道皆比大市價廉發售 寄賣各種眞料大小皮箱漢口水烟袋各種眼鏡龍井雨前紅茶梗 寓天津北門外估衣街五彩號衚衕口坐北向南 士商賜顧者請認本號招牌特此謹啓

天后宮北

義興順綢緞莊

本莊自置顧繡綢緞綾羅紗絹各樣洋貨南貨雅扇桂母頭油香貨歸安貝松泉湖筆一概俱全

頭號杭甯綢 四錢二

頭號摹本緞 三錢八

紅梅茶 每斤 九百六

紅茶 六百四

紅茶梗 二百二

龍井茶 一吊八

金百

壽棉濔裙布裡每套五兩八

哆囉蔴每尺原碼四分二

各莊夏布一概照行發莊

石印類類報 三日一本

看至約四個月可成書七部八卌已改策論此報詢屬利器也每月津錢六百四十文先交報資定看全年者收洋肆元不折不扣 北閣內延部公所對門類類報館啓

建平永平金礦局告白

啓者壬辰年春 前北洋大臣李委潤等創辦建平金礦自顧菲材膺茲艱鉅不勝主臣開辦以來疊於平建朝赤等處徧加採試或以石堅金薄不敷度支或以費鉅工艱難祈速效頻年耗損實屬不支迨丙申歲抄核計彌縫舊缺外始有微餘泊丁酉全年見盈遂奉 熱河都憲諭以丁酉正月至四月爲建平第一屆升課其課銀已於今春解呈熱河五月至十二月爲第二屆其課銀亦不日報解又丙申冬分設永平金礦該處砂綫窄小浮露於外無大水患工程尚簡計至去年十二月底共試辦十四個月稍見餘利去冬十一月杪該局又得遷安縣屬峪之爾岩今正以後出金日逐見增將後可望蒸蒸日上刻亦報解第一屆升課惟是解課以後即應分息在股諸君觖望已久茲定於六月初一日在天津招商局內建平帳房上海寶源祥香港招商局等處分派屆時務祈 諸股友携摺枉顧以憑核發除將歷年辦理情形收支帳目禀報公牘彙刋 成册印送核閱外合將派息日期登報奉聞 徐潤等謹白

支隱告白

從來病者以診治爲先痊則以調養爲要誠以稍不自愼則痊者復病而病轉滋深所貴愼之又愼而不可輕心掉也僕自蒞津以來凡遇重症每殫竭心力以求其愈愈後必以調養爲諄囑獨於北塘貫鎭帥有難焉者鎭帥膺專閫重寄年雖老而心猶壯故運甓之勤撫髀之嘆在所時有而無如其病也雖病必醫醫必痊痊而不善養則病復作僕自仲春以迄孟夏嘗赴北塘悉心診治計三閱月其病而復痊者屢矣然猶諄諄囑以調養切勿誤投藥餌延至淸和下浣見其精神矍鑠飲食如初且自津郡雇取名班賽神酬願矣僕始畧爲放心不取謝資折回津寓不圖昨聞驚報仍因藥誤以致將星遽隕也使確念余囑則董奉之杏林僕豈不望多栽株惟事已如此深恐後之施治者反以僕爲藉口也故登諸報端以明治病未必善言者所能愈又豈可行險以幸中售技者必當審愼立方而病家亦當善于調養耳

天福茶園

特請上洋新到

頭等花旦

天娥旦

擇日登臺

重排新製新彩新切

七八本

鐵公鷄

擇日開演

新排全本新彩燈戲

洛陽橋

本園特請藝人不惜工夫精製各樣彩切另新排洛陽橋八仙飄海仙女乘坐彩蓮花船打彩散樂羣妖作亂此橋工程不能告竣蔡狀元差家人夏德海赴水晶宮投文龍王閱文見喜遂帶領夏德海遊玩水晶宮花園作樂演唱合班名角戲中戲十錦雜耍各樣彩切龍王賞賜囘文從此修造工程告竣龍王轉稟

玉皇遣天兵天將各顯神通羣仙鬥法捉拿妖怪各現原形蔡狀元邀請四方士農工商俱來觀看所造橋樑內有三十六行作買作賣許多奇文令人可觀與前不同屆期擇日佈告光請

駕臨賞覽是幸

本園謹啓

告白

奉

旨鄉會兩闈及科歲生童改試策論書院肄業亦皆遵照改課童蒙窗下自宜以古文爲法宋儒呂東萊先生所著博議久已風行近尤膾炙人口現有芙蓉館主人以諸名家所批善本付本齋石印帋墨精良字大爽眼約於月半印畢出售此佈

天津文美齋南帋局告白

朱鈍翁現經運庫廳劉　延赴密雲縣爲其令堂太夫人診脈已於五月十九日啓程前往餘俟歸來再布

三井洋行分莊

告白

啟者日本商始創貿易爲業數拾年以來今分莊開設北門外鍋店街洗家衚衕口對過專選精工料實東洋棉紗各等時式大小疋棉布粗洋布斜紋洋標等格外公道價亦從廉凡仕商賜顧者請至分莊面議可也特此佈聞

三井本莊主人啟

紫竹林

第一番菜樓館

本號專作英法大菜各色精細點心各樣洋酒洋貨等物一應俱全並售

上　八百

紅茶每斤津錢一千

上　六百

又批發茂生公司鐵海紙烟零整發售價値格外公道原箱計一百盒價洋一百四十四元每盒計五百支洋一元五角凡仕商賜顧請卽駕臨是荷

主人謹白

告白

出售經武所用書籍先取爲快　電氣水雷圖說　列國陸軍制　繪圖行軍測繪　管礮法程　德國陸軍制述要　美國水師攷　法國水師攷　萬國交兵章程　劉帥地營法　幼學操身　英法俄德四國志畧　西法易筋經　英法義比四國志畧　中日始末記　普法戰紀　出使英法義比四國日記　傳和日記　出洋須知　英軺日記　中國兵畧指掌　原板大英國志　重訂法國志畧　西國律列　鐵路工程圖　西國學校　萬國公法　中外測地志畧　另有新到西學通考　全續彭公案　濟公傳物奇價廉

天津北門內府署東大街紫氣堂啓

告白

皖江方友莊司馬喬寓津門紫竹林義和生西棧精于岐黃儕輩頗受僉友莊本世家子不欲以醫鳴僕等以爲沽上良醫甚尠姑懸壺以救眼前人亦仁者之造福也特揚之以告采薪者〇謹代訂車費兩竿門診一竿

王蓮牛　馬少雲　洪月坡　胡丹甫　仝啓

廣東鼎盛機器廠

本廠精造大小機器汽機火爐開礦水龍滅火水龍磨麵機器全套管辦鑄造修理精巧銅鐵等件貨眞價廉倘蒙　賜顧請至天津紫竹林法租界牌坊旁本廠面議不悞主顧

本主人謹啓

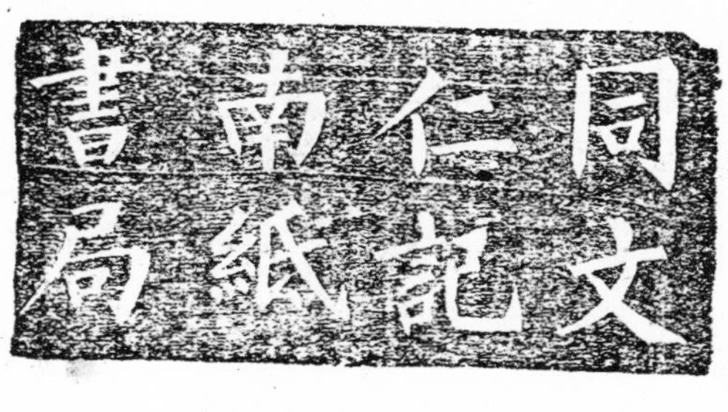

本局自印耕香館畫譜每部價洋二元專辦各種石印書籍精選加高南紙頂細雅扇格外價廉寓天津東門外襪子衚衕本局啓

本局謹啓

美孚老牌煤油

啓者美國三達煤油公司之德富士老牌煤油天下馳名萬商稱美蓋其質潔色清亮白如銀且絕無烟氣能耐久燃比之生荳等油晶光百倍而儉用價廉此為德富士老牌之佳處誠屬無雙妙品也　士商賜顧請到天津美孚洋行採辦或向就近殷實行店購買庶不致悞

DEVOE'S
PAT'D JUNE 22.63
BRILLIANT
OIL
IMPROVED
PAT'D JUNE 28.64
PATENT CAN
美孚行

海大道
鴻春樓番菜館

啓者本店三層大樓工程告竣地勢寬闊以備貴官紳請讌擇於去臘遷移新正月初二日開市各樣俱全價廉物美凡仕紳賜顧者請卽駕臨是幸

主人謹白

六月初三日輪船出口　禮拜四
泰順　輪船往上海　招商局
通州　輪船往上海　太古行
六月初四日輪船出口　禮拜五
順和　輪船往上海　怡和行

六月初二日銀洋行情
天津通行九七六錢
銀盤二千四百八十三　洋一千七百六十五
紫竹林通行九六錢
銀盤二千五百一十五　洋一千七百九十文
洋錢行市七錢一分五

新開 敦慶隆綢緞洋貨莊

擇於閏三月十一日開張

本號開設天津北門外估衣街西口路南第五家專辦上等綢緞顧繡以及各樣花素洋布各碼線批合線俱按銀莊零整批發格外克巳士商賜顧者請認明本號招牌庶不致誤

本號特白

減價

今有友人自辦陝西老土每兩津錢四百八十文　新到梁州土每兩津錢五百四十文　如蒙賜顧者請到東門內聚隆成寄售

開設紫竹林法國租界北

天福茶園

京都新到

崇慶名班

特請京都上洋姑蘇山陝等處
各色文武　頭等名角

六月初三日早十二點鐘開演

十四紅　邊義臣　崇　芬　八百紅　十四旦　小連仲　羊喜壽　蘇廷奎　劉祥泉　常雅秋　趙斌恒　賽旋風　李玉奎　張長奎　王喜雲　賽狸貓　十二征　李吉瑞　六月鮮　劉景山

空城計　牧羊卷　贈珠　開山府　蔡家庄（衆武行）　斷密澗　賣餑餑　回荊州

晚七點鐘開演

蓋天雷　邊義臣　發　生　十二紅　小德生　安桂秋　白文奎　小祿奎　于　報　十一紅　張鳳台　大　禿　常雅秋　王喜雲　賽狸貓　劉祥泉　賽旋風　趙斌恒　羊喜壽

撲油鍋　賣華山　桑園寄子　取帥印　賣胭脂　蟠桃會（衆武行）

開設天津紫竹林海大道旁

福仙茶園

啓者本園於前月初四日止戲清理賬目今將戲園及園內桌椅磁壺磁碗新製彩切零星等件合盤出兌如有願兌者及詳細章程請至本園面議可也特此佈　告

福仙茶園謹啓

創包機器

敬啓者近來西法之妙莫過機器靈巧至各行應用非得其人難盡其妙每值傷損修理必悞時日今有甯子卿專於經理機器茲擬創辦包定各項機器以及向有機器常年煤料工力價值格外公道如貴行欲商者請到福仙茶園面議可也特白

直報

本館開設天津紫竹林海大道老棗市氣燈房巷內

光緒二十四年六月初三日　第一千一百十九號
西歷一千八百九十八年七月廿一日　禮拜四

直隸勸辦湖北賑捐局自光緒二十四年三月初一日起至閏三月十五日止請獎各捐生部照又到請卽攜帶實收來局換領切勿自誤　捐生陳殿揚山東福山縣人前在直隸勸辦湖北賑捐局報捐監生部照早到望卽攜帶實收來局換照可也　部照又到　招領部照

上諭恭錄

上諭張之洞陳寶箴奏請飭妥議科舉章程並酌改考試詩賦小楷之法一摺鄉會試改試策論前據禮部詳擬分場命題各章程已依議行茲據該督等奏稱宜合科舉經濟學堂爲一事求才不厭多門而學術仍歸一是擬爲先博後約隨場去取之法將三場先後之序互易等語朕詳加披閱所奏各節剴切周詳頗中肯綮着照所擬鄉會試仍定爲三場第一場試中國史事國朝政治論五道第二場試時務策五道專問五洲各國之政專門之藝第三場試四書義兩篇五經義一篇首場按中額十倍錄取二場三倍錄取取者始准試次場每場發榜一次三場完畢如額取中其學政歲科兩考生童亦以此例推之先試經古一場專以史論時務策命題正場試以四書義經義各一篇禮部卽通行各省一體遵照朝廷於科舉一事斟酌至再不厭求詳典試諸臣務當仰體此意精心衡校以期遴選眞才至詞章楷法雖館閣撰擬應奉文字未可盡廢如需用此項人員自當先期特降諭旨考試偶一舉行不爲常例嗣後一切考試均以講求實學實政爲主不得憑楷法之優劣爲高下以勵碩學而黜浮華其未盡事宜仍着該部隨時妥酌具奏欽此　上諭陳學棻著來京供職浙江學政着唐景崇去欽此　硃筆潘慶瀾着掌京畿道事務欽此　上諭前據給事中張仲炘奏參福建參將廉凱署理副將兼帶練兵什長哨官皆由賄派並有創收賭規虛額扣餉情弊當經諭令邊寶泉查辦茲據該督奏稱廉凱被參裁兵索賄幾釀大變及創收賭規各節均查無其事卽着毋庸置議惟任聽家丁柯可第及革兵等需索苛派又尅扣伙夫餉銀撥作別用雖未入已究屬任性妄爲福建督標左營參將廉凱着卽行革職邊寶泉自請議處着加恩寬免餘着照所議辦理該部知道欽此　上諭邊寶泉奏請將庸劣總兵分別降革等語汀州鎭總兵記名提督楊西平暴戾任性不恤士卒署潭州鎭總兵記名提督徐單福沾習陋規營務毫無整頓均着以參將降補管帶內河師船補用總兵李定勳性耽安逸任令伊子招搖需索着卽行革職以示懲儆欽此

○遵議特科章程　○一嚴修奏稱凡所保送均塡註姓名籍貫已仕未仕及其人何所專長廖壽豐奏稱遵照原奏聲明專長並其人心地操守有無嗜好出具切實考語各等語查專門之學以致用爲程取士之方以行已爲重此次特科創設欽奉　諭旨不得徒採虛聲內外臣工當明　聖意之所在應責成凡有薦舉無論已仕未仕務期識拔眞才學問博通尤必素行廉正並無嗜好者方准予保毋許濫行汲引致開倖進之門　一廖壽豐奏稱內政外交及理財之農桑格致之算學或可命題以試此外各學非呈驗藝不足覘其實詣等語查專門之業無非本於學問古人格致之篇冬官之册全書雖佚大畧猶存今則聲光電化製造工藝諸書翻譯刊行汗牛充棟可知得一新理卽能成一新說創一新術卽可製一新器士夫伏處巖阿有志當世未必不著書製器以待當事之求其有著述成

編及有器藝可以呈驗者一概隨同咨送以備察驗其由各省船政製造礦冶鐵路水師陸軍諸局出身者並將其曾經所著實效切實聲明咨由臣衙門辦理　一嚴修奏稱詞科之例不以已仕未仕而拘或布衣而擢檢討或知縣而授編修道員而授侍讀等語查詞科故事康熙乾隆時翰詹除授已各不同詞科取人與經濟科又異自應參酌成法畧示區別應請京官自五品以下外官自四品以下未仕自舉貢生監以及布衣一體准其保送其曾經被議人員非計典及以貪墨敗者查照向章亦准一體保送　一廖壽豐奏稱各就所學分別器使或令在總署當差或充教習繙譯或分發各省稅關水師陸軍船政製造礦冶紡織鐵路電報各局差遣委用或交出使大臣帶赴外洋游歷習練等語查此次舉行特科有已仕未仕之分已仕者官階大小不同未仕者舉貢生監不等該撫所擬勢難一概施行其已有出身之員如何量材擢用自應恭候　聖裁其未有出身之員一經拔取可否予以出身發往以上各署局差遣委用試其實效再由該管大臣保奏量予升擢之處應俟臨時由軍機大臣請　旨辦理　一嚴修原奏寒士艱於資斧邊省或憚跋涉請酌分道里遠近量給公車之費等語查近來舉人進京會試其沿海省分除例給公車費外有由藩司酌籌經費給發輪船印票之例其腹地邊省不通水道者亦有賓興等項名目此次特科自應援照成案一體辦理其遙遠省分應如何酌量從優之處亦由該督撫設法籌辦以示體恤　一查向來　殿試均先期刊印題紙按人分派此次特科　欽命策題自應查照舊章一律辦理其點名給卷監場搜檢及彌封收掌等官向請　欽派王大臣者仍請　欽派王大臣向由部院派員辦理者亦由總理衙門會同禮部派員辦理至對策之文原無定式特科之舉與古之茂才異等賢良方正命意畧同自應准其直攄胸臆不拘字數查向來　殿廷考試試卷各項不同　殿試散館優拔　朝考之卷有直格無橫格貢士　朝考翰林考差之卷橫直均無界格舉人貢士覆試之卷橫直均有界格校其寫之難易自以覆試卷便於筆墨可以暢所欲言現既聲明不責以楷法不苛其譌脫應即照覆試卷式備卷並多添頁數以備文字較長者得竟其詞其策文仍於卷首寫臣對卷尾寫臣謹對字樣無庸書寫策題並准其添註塗改點句畫段以清眉目

例查絕產　○戶部陝西司向來按年有承追旗員分賠代賠因公核減銀兩一事刻下該司又屆彙題之期遂於六月初旬通咨八旗滿蒙漢各固山限一月內查明某旗共有家產盡絕之員若干造具細册送部以憑彙題核計情形屬實者請　旨豁免

提欵呈交　○崇文門稅課司每年於節省項下提銀八千兩以六千兩解交　大內及　頤和園以二千兩解交侍衛處辦公現經崑中堂等將此欵提出交該二處查收

傳知會議　○向例凡有交發會議事件內閣奉　旨後即稟明中堂示期以便傳知九卿屆期齊集內閣此定例也近日內閣九卿有解交會議事件經典籍廳稟請中堂已訂於六月初十日辰刻齊集大堂會議分行六部都察院通政司國子監等衙門知會各堂屆時齊赴內閣如遇升遷調補有無出差告假等項事故應於初五日咨覆內閣事關　廷議勿得遺漏所議何事俟訪明再錄

擅動公項　○都察院前因某都事尅扣飯食銀兩公費等項已列前報茲聞經歷雙簡侯參軍擅動公項經都事常君回稟總憲立將雙簡侯參軍撤任聽候查辦

電氣所觸　○西便門外楊妃店地方有劉某者向爲水夫兩肩承一喙自食其力素性勇猛銳不可當人皆畏其兇餒莫敢與較短長五月二十九日下午驟雨滂沱烈風大作豐隆君亦乘阿香車而至霹靂一聲將劉頭顱打碎腦漿迸流迨至雷收雨息途人趨視始知劉某爲雷擊論者以爲劉某素行兇惡宜有是報西人謂偶觸電氣而死其然豈其然乎

都人好怪　○京師阜成門外八里庄有李某者屠戶也豢養肥腯之豕百十成羣幾至莫知確數五月下旬有牝豬感受異孕產一小豕形狀奇絕據聞該小豕首尾皆具而有六蹄剛鬣遂牙尤不經見都人士無論男婦皆爭相冒雨往觀雖沾體塗足亦所弗恤京都人之好奇亦可畧見一斑已

學堂銜名　○新設大學堂應派總辦提調各員聞已由管學大臣奏派謹將擬奏銜名開列於左　總辦　刑部主事張元濟　稽查功課提調五員　翰林院侍讀黃紹箕　翰林院修撰駱成驤　翰林院編修朱祖謀　余誠格　李家駒　支應提調　戶部主事杜國盛　藏書樓提調　左春坊左庶子李昭煒　儀器院提調　工部郎中周景　管理雜務提調　工部員外郎楊士燮　戶

部主事王宗基

督轅門抄 ○六月初三日中堂見 廣平府岑大大春煦 分省補用府傳范初 候補同知唐榕森 截取直隸州桂蔭 卽選府李宗潮 山西候補縣王曾彥

入署改期 ○王夔帥瀛眷晋京後中堂原擬初三日移居督署嗣因雨水連緜一切油漆各工迄未報竣遂改期定于初六日喬遷云

奏補傳聞 ○開州協張協戎士翰奉 上諭補授督標中協所遺開州一缺札委黃副戎步庭暫署實授尙未有人刻聞水師營鄭灼三總憲國俊有蒙督憲奏補該缺之信然係傳言公事尙未發下

接辦總汛 ○津武總汛張兆熊期滿所遺之缺店主擬以張景餘巳于月之初一日接辦任事衆坨鹽丁差役等齊赴公廠謁見叩賀

錢法待整 ○津邑市儈奸商狡猾莫甚于錢行而換錢局爲尤甚經鄒前府深燭其奸設法禁止創立清泉公所流弊斷絕者數年無如若輩銅臭薰心故智復萌近又有出百文或二百文小帖者私錢短數等弊無一不備貽害窮民實非淺鮮安得賢有司一整頓之也

未免太甚 ○街市間按段添派巡兵原爲彈壓開路而巳而若輩往往倚仗官勢動輒肆意陵人殊非立法本意昨早東門外正當車馬擁擠時巡兵因洋車碍路向之喝斥拉車人稍一分辨立用馬棒毒毆致將頭顱打破血流不止然畏其勢啖莫敢誰何祇得悻悻然拉車而去

忤婦當誅 ○營門外牆子河泊剝船一隻船主于姓北河白廟人妻陳氏潑悍異常時與姑吵鬧絕不顧忌名分昨不知因何與姑打作一團姑年老力不敵遂被咬傷數處血流涔涔然忿欲投河覓死經人勸歸鄰船侯于姓來再爲理處噫陰雨連旬雷公隆隆作威何惜霹靂之一擊耶抑尚有待耶

甚勿膜視 ○守節難守節撫孤尤難守節撫孤無人照料固難有人而不照料復擬圖謀則更難又或無孤可撫有業可安則謀產之勢成逼嫁之情起是非蠭起飛短流長危乎艱哉可憫矣然而疎不間親寡不敵衆雖有不平旁觀只得袖手而已聞有陳郭氏者夫死守節夫族某有意逼嫁致訟公堂婦女出頭有何體面爲親族者何不一爲理處也

布袋認領 ○前三十日報登疑是路金一則茲悉其骨骸爲欒姓其子以父歿關東特檢骨裝入布袋以便乘火車來津下車後忽失所在繼得河東之信赶至其處認領知其爲偸兒誤竊棄置而去也

混星混障 ○本埠混星大非昔比昔時猶尙義氣今則架娼跑報縱火行强大有由混入匪由匪入賊之概據聞河北土混某甲無所事事專以訛詐爲生日昨在窰窪各柴廠任意訛索錢文並聲言如不蕫事老子一試辣手當令爾傾家敗産云云噫殺人放火律有明條若輩竟視爲得意事眞可謂憋不畏死也

順慶之訛 ○昨登重慶亂耗爲此信自重慶傳來至閙事地方聞係順慶府若重慶則固安堵無事合亟正之以昭核實

官軍大捷 ○前月廣西梧州之容縣鬱林之陸川縣同時有土匪聯結飢民揭竿起事全城失陷地方官被戕博白縣亦遭圍困經譚制軍立派廣毅軍一千名取道廉州靈山進發又派安勇一千名由梧州進發茲悉梧州亂黨與官軍接仗官軍連日大獲全勝安軍臨陣殺匪四百餘名又北甯縣官軍已擒匪首聞此匪係用火油燒害地方官者匪首既擒餘匪想不難指日平也登之一快衆覽

紀 恩詩草 ○改官佪戶部紀 恩志感 問夜何如警枕眠諫書七達九重天共奏事七次十二件 戇愚自恃逢明主誠慤心知愧古賢非欲文章傳簡册卻將成敗付雲烟所期盡職無餘事身在霜臺恰半年在御史任六月 御鑪香氣散杲思猶憶金門獻策時蹈海敢矜孤憤壯移山渾忘一身危千官溫飽營豐祿百事模稜笑鼎司獨使至尊勞社稷小臣披瀝自酬知 蘇張鼓舌六王宮履倒冠顚服不衷改玉立致邦國瘁捐金內博譽聲隆焚書事見軼斯後問鼎心居操莽中運祇從求相印荷才合學乘福終 辭達疏成

筆一揮批鱗從不信韓非誠難悟　主心原愧　道已驚人志未違佞遠賢親當務亟言龐事變似今稀　朝廷有日思臣語舊是民曹
且賦歸　光緒戊戌五月二十一日仲恭文悌

光緒二十四年六月初一日京報全錄

宮門抄〇六月初一日理藩院　鑾儀衛　光祿寺　八旗兩翼値日　無引　見　福建叅將張得貴謝　恩　浙江叅將管廷武謝
恩　濂貝勒請假十日　溥侗續假十日　瀾公許應騤各續假五日　黃紹箕張亨嘉預備召見　吏部呈進月官卷　召見軍機
黃紹箕　張亨嘉

〇●總理各國事務衙門和碩慶親王臣奕劻等跪　奏爲遵　旨議覆並議經濟特科詳細章程謹繕淸單請　旨飭行恭摺仰祈
聖鑒事竊臣衙門會同禮部議覆貴州學政嚴修請設專科一摺光緒二十四年正月初六日奉　上諭國家造就人才但期有裨實用
本可不拘一格該衙門所議特科歲舉兩途洵足以開風氣而廣登進着照所請行其詳細章程仍着該衙門會同禮部妥議具奏等因
欽此又浙江巡撫廖壽豐奏請　飭妥議章程以收實效一摺三月三十日奉　硃批該衙門議奏欽此仰見　皇上側席求賢權衡
至當之意欽佩莫名臣等詳擇廖壽豐原奏大抵以藝學精邃非培養不能成材而科場積弊已深必須實事求是酌量變通始足以激
勵人材一洗從前陋習惟是特科曠典原所以鼓舞羣倫自非刻日舉行無以轉移士習所請分別器使諸法自可行知於既試之後不
必律之於調考之先至於歲舉各節按照特科六事徑由學堂選舉以修身明理繪圖知算爲根本以　聖諭廣訓孝經四書朱子小學
爲入門酌改制藝書院爲學堂裁減例章鄉會中額以互相作息本末兼賅實能得古人掄秀書升之遺意查宋世太學有積分之法毆
洲學堂有卒業之憑亦並以平時考課差其甲乙叅稽定論不恃一日之短長故得士多而無蹈虛之弊若仍拘拘試四書文附鄕會試
則庸濫浮僞懷挾槍替之弊誠有如該撫所云法愈變而弊愈滋者蓋特科爲風聲所樹不妨寬以相求歲舉實培養之基不可泥於成
法臣等恭聆　聖訓但期有裨實用不敢以前次議辦大畧在先稍涉迴護謹議特科章程六條開列淸單恭呈　御覽如蒙　俞允即
由臣衙門咨行京外衙門一體遵行如有未盡事宜仍當隨時奏辦所有遵　旨議覆並妥議經濟特科詳細章程緣由理合恭摺具陳
伏乞　皇上聖鑒訓示再正繕摺間准禮部片稱本月十二日欽奉　上諭鄕會試既改試策論經濟歲科亦不外此自應併爲一科
考試以免紛歧等因查鄕會試改試策論既由禮部議覆經濟常科章程亦應歸入禮部議奏摺內一併議奏等語是以經濟特科章程
由臣衙門主稿會同禮部具奏經濟常科章程應由禮部另行議覆合併聲明謹　奏奉　旨已錄

〇〇頭品頂戴兩江總督臣劉坤一頭品頂戴江蘇巡撫臣奎俊跪　奏爲開挑引河工竣並在工出力各員懇　恩擇尤保獎以示鼓
勵恭摺具陳仰祈　聖鑒事竊照太倉州及鎭縣境轄之引河爲蘇松太三屬農田水利攸繫年久淤塞蓄洩無資經臣等恭摺　奏明
派員督同地方官測量勘估籌欵疏治在案嗣後督辦委員候補道錢志漢稟報從前開河係偏派承挑不特民間就累且亦糜費此次
該道督率各員紳雇募民夫築堤戽水於光緒二十三年十一月初十日興工開辦至二十四年三月十二日一律工竣自殷港門起至
浦家巷口止計工長四千一百二十一丈河面寬十八丈至九丈五尺平水浚深一丈八尺至一丈一尺共挑土二十七萬三千七百二
十一方零統用經費銀七萬六千八百餘兩均係撙節支用較之原估銀十萬兩計撙節銀二萬三千一百餘兩委無浮濫等情即經飭
委候補道杜俞前往逐段查勘啓壩放水一律深通臣奎俊於本年三月二十六日由滬公旋繞道工次周歷勘視河道暢流農商鼓舞
查該河工段綿長且地處海濱土性浮鬆並多泉眼又値春雨連綿岸腮屠場河心迭漲委員候補道錢志漢督率各員通力合作晝夜
挑挖全工告蕆歷時僅及四月應需經費較原估節省銀二萬三千餘兩在事各員櫛風沐雨倍著辛勤不無微勞足錄可否仰懇　天
恩擇其尤爲出力者酌保數員以示鼓勵出自　鴻慈逾格據蘇藩司聶緝規按察司吳承路蘇松太道蔡鈞會同兼辦水利工程局司
道具詳前來除咨造收支工費細冊專案送部核銷並咨戶工二部查照外謹合詞恭摺具陳伏乞　皇上聖鑒　訓示謹　奏奉
硃批着准其酌保數員毋許冒濫欽此

〇〇大學士直隸總督奴才榮祿跪　奏爲查明直隸光緒二十三年徵完下忙錢糧數目恭摺仰祈　聖鑒事竊查各省徵收錢糧應

按上下忙造冊具奏咸豐二年戶部議准嗣後各省上下忙錢糧豐年以額徵數目爲准歉緩之年以應徵數目爲准責成藩司督催又准部議嗣後辦理上下忙應將留支銀兩與起運併列勻作十分計算完報又於光緒二十三年經部議准各省上下忙錢糧自是年爲始更定九成完報上忙勻爲四分下忙勻爲五分等因茲據藩司員鳳林詳稱光緒二十三年錢糧除蠲免緩徵帶徵暨花戶長完應抵外實應徵正銀二百三十四萬九千二百七十五兩一錢七分八厘四毫內起運銀一百八十二萬四十六兩三錢一厘四毫留支銀五十二萬五千二百六十八兩八錢一分七厘又應徵起運項下耗銀二十三萬二千六百八十三兩七錢三分一厘留支項下耗銀五萬五千七百八十五兩七錢二分三厘上忙徵完正銀一百一十二萬五千四百一十兩五錢四分二毫內起運項下耗銀十一萬一千二百八十四兩七錢二分二厘留支項下耗銀二萬五千六百六十三兩五錢二分六厘業經奏明在案今下忙續徵完正銀一百一十四萬六千四百四十六兩四錢二分三厘二毫內起運正銀八十九萬四百五十五兩七錢五厘二毫留支銀二十五萬五千九百九十兩七錢一分八厘又起運項下耗銀一十一萬二千九百八十一兩一錢一分七厘留支項下耗銀二萬九千六百二十九兩七錢七分八厘統計二十三年起運留支正耗各項除蠲免減免緩徵帶徵並花戶長完應抵外應徵銀二百六十三萬七千七百四十四兩六錢三分二厘四毫今上下兩忙徵完銀二百五十五萬一千四百六十六兩七分四毫計在九分以上其餘民欠未完銀兩應俟奏銷案內歸結造冊請奏前來奴才覆核無異除年款清冊咨部外理合恭摺具陳伏乞 皇上聖鑒 勅部査核謹 奏奉 硃批戶部知道欽此

○○劉樹堂片 再知縣爲親民之官必年力强健斯需次可供差委補署無誤地方玆查有大挑知縣趙延羲精力衰頹難期振作據藩臬兩司會詳請參前來相應請 旨將大挑知縣趙延羲勒令休致以肅官常爲此附片具陳伏乞 聖鑒 訓示謹 奏奉 硃批着照所請吏部知道欽此

○○恭壽片 再官運鹽局每年認解雲南省抵捐銀二萬五千兩又奉部議原奏解部之餉每年分撥雲南練餉銀每年二十萬兩所有光緒二十三年分應解銀兩前已報解清欵奏咨在案玆據辦理滇黔鹽務局特用道夏旹會同布政使裕長鹽茶道張元普詳稱在徵存鹽引稅羨項下撥出抵捐銀六千二百五十兩協餉銀一萬五千兩二共銀二萬一千二百五十兩作爲二十四年春季分應解雲南抵捐協餉之項又於徵存鹽引稅羨厘項下撥出庫平色銀五萬兩作爲二十四年頭批滇省練餉均於四月初一日發交雲南駐瀘催餉委員閔越承領轉解雲南藩庫上納等情詳請 奏咨前來臣覆查無異除分咨查照外謹附片具陳伏乞 聖鑒謹 奏奉 硃批戶部知道欽此

啓者昨接上海孫仲英善長來電旋又接到顧緝庭葉澄衷嚴筱舫楊子萱施子英各觀察來電據云江蘇徐海兩屬水災綦重飢民數十萬顚沛流離死亡枕籍災區十餘縣待賑孔急需欵甚鉅官欵恐未能徧及素仰貴社諸大善長久辦義賑飢溺猶巳敬求代呼將伯源源接濟功德無量蒙滙賑欵卽滙上海陳家木橋電報總局內籌賑公所收解可也云云伏思同居覆載異姓不啻天親縱隔形骸民物莫非胞與頓遭洪水哀此災荒盡是蒼生何分畛域况救人性命卽積我陰功雖此日拯玆黎庶散盡赤仄靑蚨卜他年報在子孫同來玉堂金馬敝社欵無備濟自知獨力難成術欲廣仁惟冀衆擎易舉叩乞 顯官鉅紳仁人君子共憫奇災同施仁術原擬活人無算雖千金之助不爲多但能濟世有功卽百錢之施不爲少盡心籌畫量力輸將敝社不禁爲億萬災黎泥首叩禱也如蒙 慨助卽交天津溜米廠濟生社帳房代收並開付收條以昭徵信 濟生社籌賑同人謹啓

新開 元隆號綢緞洋貨莊

自去歲四月初旬開張以來蒙 各主顧垂盼雲集馳名日盛本號特由蘇杭等處加意揀選名機新鮮貨色零整銀價俱照大莊行市公平發售以昭久遠此白

寄賣龍井雨前素茶福建皮絲水烟各種眞料大小皮箱

開設天津府北門外估衣街中路北門面便是

元茂機器磚瓦公司

本公司仿照西法燒作磚瓦事屬創舉曾經通稟在案該貨堅固異常價値從減並各樣印花磚瓦俱全 賜顧者請至海大道新興南里內本公司面議可也謹啓

魁陞號綢緞洋貨莊

本號自置顧繡綢緞洋貨等物整零均按銀莊格外公道皆比大市價廉發售 寄賣各種眞料大小皮箱漢口水烟袋各種眼鏡龍井雨前紅茶梗 寓天津北門外估衣街五彩號衚衕口坐北向南 士商賜顧者請認本號招牌特此謹啓

京緞零剪 減價售現

零剪

高鴉背	一千三百五
正號元青貢緞每尺	一千四百文
中號	一千一百文
副號	八百八十文
眞杭青金銀庫緞每尺	二千二百文
眞裕順曾皮絲烟每包	一千一百文
南京鹹鴨每支 大	一千八百文
小	一千二百文

寄售 每斤

龍井	一吊七百文
雨前	一吊一百文
珠蘭	一吊四百文
雀舌	九百六十文
蜂翅	一吊二百文
紅袍	六百四十文
小種	一吊二百文

本號自製元淺京緞躉售零剪杭絨衣線乍燕金腿南貨糟貨一應俱全近因錢市漲落不同分別減價抑因無恥之徒假冒南味字號者甚多雖云謀利誠恐亂眞欲辦薰猶用煩楮墨天津宮北大獅子胡同公益仁記南味坊謹白

建平永平金礦局告白

啓者壬辰年春 前北洋大臣李委潤等創辦建平金礦自顧菲材膺茲艱鉅不勝主臣開辦以來疊於平建朝赤等處徧加採試或以石堅金薄不敷度支或以費鉅工艱難祈速效頻年耗損實屬不支迨丙申歲抄核計彌縫舊缺外始有微餘洎丁酉全年見盈遂奉 熱河都憲諭以丁酉正月至四月爲建平第一屆升課其課銀已於今春解呈熱河五月至十二月爲第二屆其課銀亦不日報解又丙申冬分設永平金礦該處砂綫窄小浮露於外無大水患工程尙簡計至去年十二月底共試辦十四個月稍見餘利去冬十一月杪該局又得遷安縣屬峪之爾岩今正以後出金日逐見增將後可望蒸蒸日上刻亦報解第一屆升課惟是解課以後卽應分息在股諸君缺望已久茲定於六月初一日在天津招商局內建平帳房上海寶源祥香港招商局等處分派屆時務祈 諸股友携摺枉顧以憑核發除將歷年辦理情形收支帳目稟報公牘彙刊成冊印送核閱外合將派息日期登報奉聞 徐潤等謹白

吏隱告白

從來病者以診治爲先痊則以調養爲要誠以稍不自愼則痊者復病而病轉滋深所貴愼之又愼而不可輕心掉也僕自蒞津以來凡遇重症每殫竭心力以求其愈愈後必以調養爲諄囑獨於北塘賈鎭帥有難焉者鎭帥膺專閫重寄年雖老而心猶壯故運甓之勤撫髀之嘆在所時有而無如其病也雖病必醫醫必痊痊而不善養則病復作僕自仲春以迄孟夏嘗赴北塘悉心診治計三閱月其病而復痊者屢矣然猶諄諄囑以調養切勿誤投藥餌延至淸和下浣見其精神矍鑠飲食如初且自津郡雇取名班賽神酬願矣僕始畧爲放心不取謝資折回津寓不圖昨聞驚報仍因藥誤以致將星遽隕也使確念余囑則董奉之杏林僕豈不望多栽數株惟事已如此深恐後之施治者反以僕爲藉口也故登諸報端以明治病未必善言者所能愈又豈可行險以幸中售技者必當審愼立方而病家亦當善于調養耳

拍賣告白

啓者本月初九日卽禮拜三下午兩點鐘在海大道隆茂洋行院內拍賣老鐵二千担銅數百斤項好巴廠木板一百八十件等件請到本行每日便來細看面拍可也

永盛洋行謹啓

紫竹林法租界 三義飯店

本店專做英法大菜並由外洋自運各國上品洋酒各色異味點心罐頭鮮菓食物等類俱全刻下修理洋樓工程尚未告竣擇吉開張請蒙
仕商 駕臨是荷
本主人謹啓

朱鈍翁現經運庫廳劉延赴密雲縣爲其令堂太夫人診脉已於五月十九日啓程前往餘俟歸來再布

三井洋行分莊 告白

敝者日本商始創貿易爲業數拾年以來今分莊開設北門外鍋店街洗家衚衕口對過專選精工料實東洋棉紗各等時式大小疋棉布粗洋布斜紋洋標等格外公道價亦從廉凡仕商賜顧者請至分莊面議可也特此佈聞

三井本莊主人啓

天福茶園

特請上洋新到頭等花旦

天娥旦

擇日登臺

重排新製新彩新切

七八本

鐵公鷄

擇日開演

新排全本新彩燈戲

洛陽橋

本園特請藝人不惜工夫精製各樣彩切另新排洛陽橋八仙飄海仙女乘坐彩蓮花船打彩散樂羣妖作亂此橋工程不能告竣蔡狀元差家人夏德海赴水晶宮投文龍王閱文見喜遂帶領夏德海遊玩水晶宮花園作樂演唱合班名角戲中戲十錦雜耍各樣彩切龍王賞賜同文從此修造工程告竣龍王轉稟玉皇遣天兵天將各顯神通羣仙門法捉拿妖怪各現原形蔡狀元邀請四方士農工商俱來觀看所造橋樑內有三十六行作買作賣許多奇文令人可觀與前不同屆期擇日佈告光請
駕臨賞覽是幸
本園謹啓

紫竹林 第一樓番菜館

本號專作英法大菜各色精細點心各樣洋酒洋貨等物一應俱全並售
上
上 紅茶 每斤津錢 八百 一千 六百
又批發茂生公司鐵海紙烟零整發售價值格外公道原箱計一百盒價洋一百四十四元每盒計五百支洋一元五角凡 仕商
賜顧請即駕臨是荷
主人謹白

告白

皖江方友莊司馬喬廣津門紫竹林義和生西棧精于岐黃儕輩頗受益友莊本世家子不欲以醫鳴僕等以爲沽上良醫甚夥姑懸壺以救眼前人亦仁者之造福也特揚之以告采薪者
○謹代訂車費兩竿門診一竿
王蓮生 馬少雲
洪月坡 胡丹甫 仝啓

梁子亭代售類類報

彼處經理各報多年如今北方風氣漸開津門新出類類報每禮拜兩次訪經濟六門閱者定取賜函分送本各報處皆有本報上面經手送號住角紅戳爲記如有散號混充貪塗無壓詐騙財件於本號無涉

廣東鼎盛機器廠

本廠精造大小機器汽機火爐開礦水龍滅火水龍磨麵機器全套管辨鑄造修理精巧銅鐵等件貨眞價廉倘蒙賜顧請至天津紫竹林法租界牌坊旁本廠面議不悞主顧
本主人謹啓

告白

奉旨鄉會兩闈及科歲生童改試策論書院肄業亦皆遵照改課童蒙竄下自宜以古文爲法宋儒呂東萊先生所著博議久已風行近尤膾炙人口現有芙蓉館主人以諸名家所批善本付本齋石印帋墨精良字大爽眼約於月半印畢出售此佈
天津文美齋南帋局告白

同仁南書 文記紙局

本局自印耕香館畫賸每部價洋二元專辦各種石印書籍精選加高南紙頂細雅扇格外價廉寓天津東門外襪子衚衕本局啓

本局謹啓

光緒二十四年六月初三日
直報
第七版
二五三七

美孚老牌煤油

啓者美國三達煤油公司之德富士老牌煤油天下馳名萬商稱美蓋其質潔色清亮白如銀且絕無烟氣能耐久燃比之生荳等油晶光百倍而儉用價廉此爲德富士老牌之佳處誠屬無雙妙品也士商賜顧請到天津美孚洋行採辦或向就近殷實行店購買庶不致悞

DEVOE'S
PAT'D JUNE 22 63.
BRILLIANT
OIL
IMPROVED
PAT'D JUNE 28.64
PATENT CAN
美孚行

海大道 鴻春樓番菜館

啓者本店三層大樓工程告竣地勢寬闊以備貴官紳請讌擇於去臘遷移新正月初二日開市各樣俱全價廉物美凡仕紳賜顧者請郎駕臨是幸

主人謹白

六月初四日輪船出口　禮拜五
順和　輪船往上海　怡和行
盛京　輪船往上海　太古行
六月初八日輪船出口　禮拜二
公平　輪船往上海　礦務局

六月初三日銀洋行情
天津通行九七六錢
銀盤二千四百八十三　洋一千七百六十五
紫竹林通行九六錢
銀盤二千五百一十五　洋一千七百九十文
洋錢行市七錢一分五

新開 敦慶隆綢緞洋貨莊

擇於閏三月十一日開張

本號開設天津北門外估衣街西口路南第五家專辦上等綢緞顧繡以及各樣花素洋布各碼線批合線俱按銀莊零整批發格外克己士商賜顧者請認明本號招牌庶不致誤　本號特白

減價

今有友人自辦陝西老土每兩津錢四百八十文　新到梁州土每兩津錢五百四十文　如蒙賜顧者請到東門內聚隆成寄售

開設紫竹林法國租界北

天福茶園

京都新到

崇慶名班

特請京都上洋姑蘇山陝等處
各色文武　頭等名角

六月初四日早十二點鐘開演

小蓋十六小十八十安終蘇白楊賽王周李常趙張
天八三月二百四桂德廷文福狸壽蒂吉雅斌長
亂雷紅奩鮮紅紅旦秋明奎奎寶福雲奎瑞秋恒奎

金殿封官　臨潼山　雙探母回令　彩樓配　黃金台　打櫻桃　雙包案　衆武行

晚七點鐘開演

東八蓋六小小賽小謝十高楊姜王于賽蘇劉常趙
發百天月連三狸德才一玉同小喜　旋廷祥雅斌
亮紅鮮雷仲寶□生寶紅喜來五雲報風奎泉秋恒

綁子上殿　雷峯塔　滾燈　洪洋洞　董家山　殷家堡　衆武行

開設天津紫竹林海大道旁

福仙茶園

啓者本園於前月初四日止戲清理賬目今將戲園及園內桌椅磁壺磁碗新製彩切零星等件合盤出兌如有願兌者及詳細章程請至本園面議可也特此佈告

福仙茶園謹啓

創包機器

敬啓者近來西法之妙莫過機器靈巧至各行應用非得其人難盡其妙每值傷損修理必悞時日今有甯子卿專於經理機器茲擬創辦包定各項機器以及向有機器常年煤料工力價值格外公道如貴行欲商者請到福仙茶園面議可也特白

直報

本館開設天津紫竹林海大道老棧市氣燈房巷內

光緒二十四年六月初四日　第一千一百二十號

西歷一千八百九十八年七月廿二日　禮拜五

上諭恭錄

太常寺題六月二十八日　萬壽聖節祭　太廟後殿奉　旨遣凱泰行禮欽此　又題六月二十八日祭火神廟奉　旨遣貴昌行禮欽此　又題七月初一日孟秋時享　太廟奉　旨朕親詣行禮後殿遣溥靜行禮東廡遣英俊西廡遣錫光各分獻欽此

守約篇 勸學篇內之八　張之洞

儒術危矣以言乎邇我不可不鑒於日本以言乎遠我不可不鑒於戰國昔戰國之際儒術幾爲異學諸家所軋吾讀司馬談之論六家要指而得其故焉其說曰儒家者流博而寡要勞而少功何以寡要少功由於有博無約如此之儒止可列爲九流之一耳焉得爲聖焉得爲賢老詬儒曰絕學無憂又以孔子說十二經爲大謾墨詬儒曰累壽不能盡其學墨子又敎其門人功尚過不讀書法詬儒曰藏書策修文學用之則國亂　韓非子語　大率諸子所操之術皆以便捷放縱投世人之所好而以繁難無用誣儒家故學者樂聞而多歸之夫先博後約孔孟之教所同而處今日之世變則當以孟子守約施博之說通之且孔門所謂博非今日所謂博也孔孟之時經籍無多人執一業可以成名官習一事可以致用故其博易言也今日四部之書汗牛充棟老死不能徧觀而盡識卽以經而論古言古義隱奧難明譌舛莫定後師羣儒之說解紛紜百出大率有確解定論者不過什五而已滄海橫流外侮洊至不講新學則勢不行兼講舊學則力不給再歷數年苦其難而不知其益則儒益爲人所賤聖教儒書寖微寖滅雖無嬴秦坑焚之禍亦必有梁元文武道盡之憂此可爲大懼者矣尤可患者今日無志之士本不悅學離經畔道者尤不悅中學因倡爲中學繁難無用之說設淫辭而助之攻於是樂其便而和之者益衆殆欲立廢中學而後快是惟設一易簡之策以救之庶可以間執讎中學者之口而解畏難不學者之惑今欲存中學必自守約始守約必自破除門面始爰舉中學各門求約之法條列於後損之又損義主救世以致用當務爲貴不以殫見洽聞爲賢十五歲以前誦孝經四書五經正文隨文解義並讀史畧天文地理歌括圖式諸書及漢唐宋人明白曉暢文字有益於今日行文者自十五歲始以左方之法求之統經史諸子理學政治地理小學各門美質五年可通中材十年可了若有學堂專師或依此纂成學堂專書中材亦五年可了而以其間兼習西文過此以往專力講求時政廣究西法其有好古研精不騖功名之士願爲專門之學者此五年以後博觀深造任自爲之然百人入學必有三五人願爲專門者是爲以約存博與子夏所謂博學近思荀子所謂以淺持博亦有合焉大抵有專門箸述之學有學堂敎人之學專門之書求博求精無有底止能者爲之不必人人爲之也學堂之書但貴舉要切用有限有程人人能解且限定人人必解者也　西人天文格致一切學術皆分專門學堂與普通學堂爲兩事　將來入官用世之人皆通曉中學大

畧之人書種既存緜有萌蘖滋長之日吾學吾書庶幾其不亡乎　一經學通大義　切於治身心治天下者謂之大義凡大義必明白平易若荒唐險怪者乃異端非大義也易之大義陰陽消長書之大義知人安民詩之大義將順其美匡救其惡　詩譜序論功頌德所以將順其美刺過譏失所以匡救其惡　春秋大義明王道誅亂賊禮之大義親親尊尊賢賢周禮大義治國治官治民三事相維　太宰建邦之六典治典經邦國治官府紀萬民其餘教典禮典政典刑典事典皆國官民三義並舉蓋官爲國與民之樞紐官不治則國民交受其害此爲周禮一經專有之義故漢名周官經唐名周官禮　此總括全經之大義也如十翼之說易論孟左傳之說書大小序之說詩孟子之說春秋戴記之說儀禮皆所謂大義也欲有要而無勞約有七端　一明例謂全書之義例　毛詩以訓詁音韻爲一要事熟於詩之音訓則諸經之音訓皆可隅反　一要指謂今日尤切用者每一經少則數十事多則百餘事　一圖表　諸經圖表皆以國朝人爲善譜與表同　一會通謂本經與羣經貫通之義　一解紛謂先儒異義各有依据者擇其較長一說主之不必再考免耗日力　大率　國朝人說而後出者較長　一闕疑謂隱奧難明碎義不急者置之不考　一流別謂本經授受之源流古今經師之家法考其最著而今日有書者　以上七事分類求之批郤導窾事半功倍　此稿未完

清除街道　○京師前門大街石路兩旁貿易各攤業經驅逐頃聞崇文門內由東單牌樓至四牌樓宣武門內由西單牌樓至四牌樓所有兩旁貿易棚攤俱經步軍統領衙門會同某西官沿途諭令各該地面官廳督飭諸色貿易人等限於六月初五日一律挪移清除街道皆欲彷照上海修建馬路設氣燈開行東洋車輛云

水溺兩紀　○五月三十日天大雷雨以風京師東便門外普濟閘北河岸有船一隻被風吹纜斷橫亘中流船中人束手計窮大呼救命奈雨急風狂之際絕少行人無有過而問者船主及其子遂相偕入水步屈大夫後塵慘哉　京師宣武門內太平湖地方於六月初一日下午大雨滂沱該處一片汪洋適有某姓童冒雨而來未諳水勢深淺失足跌入遽占滅頂當經步軍統領衙門稟委西城司帶領吏仵相驗暫爲發給棺木成殮飭該管地面官廳查訪屍親認領

總権宴賓　○六月初一日總稅務司赫德君在總理海關署內恭請駐京各國欽使作消夏會是日水陸並陳供帳甚盛英法德美俄日比義各國欽使先後至隨帶各國學生至晚八點鐘始各興盡回署並聞是夜有西人所教幼童演習外國音樂鸞笙鳳管響遏行雲庭前燃放花盒數架內中各色火彩千變萬化層出不窮美哉盛乎錦天繡地聯成萬國歡情雪椀冰甌滌盡一腔熱惱洵千載一時之盛舉矣

不平則鳴　○前門內小中府居住李質堂者貿易爲生因嫡妻病故遺有一子二女中饋乏人娶劉氏女爲繼室自過門後生育一子一女皆愛如掌珠視前妻子女不啻眼中釘去秋李爲子娶吳氏女爲媳氏復唆使李質堂朝夕尋衅令媳服侍自晝至夜非東方既白不令歸室無故責打係屬常事日前李掌責媳頰耳鉗勾缺血流如注媳之父吳某返里李質堂夫婦益無忌憚晝夜毆打始經鄰佑勸慰不服理論昨鄰人向其分辯謂官府訊案責打婦人尙須將耳鉗摘落始能動刑豈有爲翁者以掌責媳之理李質堂以爲我家事豈容他人過問口出不遜鄰人恐成命案致連訟累隨即令婦女十數口携猫一個各持籐條一根蜂擁而入將李質堂之妻劉氏揪倒按在地下將猫裝入褲中齊手責猫令猫爪將其下體抓傷痛喊聲嘶李質堂見來勢甚兇即縮頭不敢露面並聞衆鄰尙欲對簿琴堂以懲狂悖至其中有無別情俟訪明再錄

隨流而下　○東便門外二閘近因大雨連綿河水漲泛致將閘板冲凸適有王某由通州來京行至其處被水冲倒隨流而下致遭滅頂於五月三十日屍身始行漂浮當經報官撈驗經其兄王大認領殮埋然聞王某係充通州官差赴京投文公幹遭此水厄可謂死於王事也

眞惡作劇　○宣武門內鐵匠衚衕居住蔡某貿易爲生年逾知命鬚長盈尺鄰人咸呼爲美髯翁有僕人孫某於五月二十九日因細故致被責詈僕忿恨難平因施一計知蔡某平素愛鬚遂買洋漆一瓶以香水調和於次日獻於蔡某詭云係烏鬚藥水臨睡擦鬚務以濕手巾幪之擦數次後則如漆蔡喜甚信以爲實及至臨睡時如言調擦詎詰朝起視颺下飄飄者竟若通天漆柱蔡怒甚姑

知中僕毒計而僕已不知何往矣

督轅門抄 ○六月初三日中堂見 熱河道恒大人 柯大人欣榮 佘大人昌宇 薛大人華培 王大人修植 良鄉營守備閻欽 初四日見 薛大人華培辭回南 傅大人雲龍 前江寧布政司瑞璋 湖北候補府王曜鑾 候補縣溫亮珠自省來 補大名府苗玉琦辭赴省 候補巡檢皮祖德 從九品繆翊臣 鹽知事蕭贊元 記名總兵東長泰 補用守備陸宣

分地駐軍 ○日前榮中堂在宜興埠勘驗閱軍校場會紀報牘茲聞業經擬定陸軍馬步砲工等營移紮宜興埠武毅軍馬步隊共計四十營移駐埠東地方均預行創立營壘恭候 皇太后 皇上駕臨時閱看操演

恩加格外 ○天津道任觀察海關道李觀察兩憲台以德國租界平墊地址其界內坟墓尙有遷徙未淸者昨經會銜出示諭將城河迤南坟墓作速移遷其遷費每柩除原給銀一兩外復加一兩其無主孤坟則由工部局遷葬義地云

鎭節旋沽 ○天津鎭羅軍門於初二日詣轅禀辭已見轅門抄聞辭後卽不日旋沽以重防守

三取題目 ○月之初二日三取書院爲運憲官課業經改試策論謹將考訖題目照錄 論題 文必已出論 策題 開物成務策 生童題同

幸未壓斃 ○時屆伏日雨水連綿自上月二十二三等日大雨滂沱至今連綿不斷坍塌房屋者不少昨夜河東溝子李姓土房被雨冲倒一家五口均壓其中幸柁欏撑架未致斃命然亦險矣

賭風何熱 ○設局招賭向來多在冬日今雖暑熱天氣而呼盧喝雉者亦屢有所聞河東地藏菴後有土棍某甲設立寶局夜以繼日入局者一經輸有欠賬立卽索要逼迫難堪似此情形不至釀成大禍不止也

孰不可爲 ○各署差役一經犯事斥革除當時張粘革條外堂上須用硃標除去卯名發交吏房存擋備查以杜朦混復充之弊定例也近來若輩巧於鑽緣凡被革者每乘新舊交替時向該房勾通私將前任存擋硃標撤去使後任無從稽查以便復充故各署差役有革上不革下之說噫是可爲孰不可爲恐書役之作弊更有甚於此者

海市風波 ○滬上西門外四明公所法人垂涎已久聞今春欲以四十萬金易其地尙未議定乃今日滬友來信云法人忽於前月二十八日毀去會館旁之小屋並欲發其義塚有水兵巡捕多名四面圍之以阻行人於是會館首事卽於是早十點鐘分送傳單令各業罷市至下半日錢肆停出質劑鄰近居民相率遷避人心惶惶莫知所措當道者云須俟禮拜三出爲調停未知日內何如也

德皇論政 ○柏林來電云五月十八日德皇升威森殿降諭畧云朕自御極以來兢兢業業時以整頓庶務力圖振作爲懷尤賴上下議院諸臣工盡心襄理國以乂安民以康樂朕心實深欣慰惟持盈保泰尤爲治國者所宜勉我君臣宜恪守此訓始終不渝舉凡關夫國計民生之事務須隨時條奏酌奪施行至目下舉辦諸政如查有弊竇亦卽直陳其失勿稍徇隱茲將近日施行之政一一縷述爾議員其各抒所見勿黨勿偏以中論其利弊務期盡善盡美亟諸永久實於我國億兆臣民大有幸也 一財政 現籌辦國債以四釐行息估計常年經費籌議分年還償之法 近來財政較前大有進境因綜核昔年年册多有入不敷出之患而近年開除一切經費尙有盈餘此其証也尤可喜者近年出欵較前增多爲數甚鉅卽如擴充海軍增籌邊防定官員年歲限制添設官缺加增廉俸加給恤孀銀兩在在均需鉅欵而國庫之有盈無絀者實賴整頓之有法也 一學務 鄉學教習培植人才宜厚其薪俸卽照上年三月初三日所定之例辦理 大學堂工藝學堂製造學堂均屬意美法良仍望在事各員盡心經理痛除弊端 一教務 我國官家暨教會各教堂教士神甫現已一律遵照新章增其薪水庶無虞缺乏俾得視國佑民長享康泰則國家幸甚教會亦幸甚 一工務 鐵路事宜均屬辦理得法添造工程均極迅速鐵路進欵亦極暢旺此後尙望時加整頓增其速率防其危險廣建枝路以興商務 工人居住房舍以及官舍之素稱狹隘者均須改建務使宏敞免生疾病各地方大員須遵此旨次第籌欵興辦勿得延遲 一農務 食爲民天農務所關尤甚亟宜大加整頓務使農夫人人得所無凍餒之虞廣設農政局誘掖獎勸以興地利 一商務 商務局綜理通國商務宜實力講求近年撥欵百兆馬克以助農工商賈資本商務與兵務並重實爲富强之基不可玩忽蓋商務盛則國必富國富則兵必强

也　一賑務　上年夏間洪水爲災當卽發帑賑濟復經各紳勸集義賑俾災黎得以重登衽席嗣後各地方官須隨時體察情形於河工水利實心經理務以永弭水患爲要蓋凡事與其補救於事後不若弭止於事前也　西五月德七日報

光緒二十四年六月初二日京報全錄

宮門抄○六月初二日吏部　翰林院　侍衛處值日　無引　見　溥巽假滿請　安　澤公請假五日　會章續假五日　舒存續假十日　壽富預備召見　順天府奏京師得雨深透　禮部奏派考試優貢閱卷大臣　派出壽耆準良梁仲衡徐樹銘徐郙　又奏派稽察中左門　派出鈕楞額　又奏派彈壓副都統　派出德魁　召見軍機壽富　皇上明日由　頤和園還宮辦事召見大臣

○○二品銜署理山西布政使按察使奴才景星跪　奏爲恭報奴才到省接署藩篆日期叩謝　天恩仰祈　聖鑒事竊奴才於光緒二十四年正月在長蘆運司任內蒙　恩簡放山西臬司當卽具摺謝　恩趨詣　闕廷仰蒙　召見二次跪聆　聖訓周詳莫名欽感隨卽束裝出京於五月初五馳抵山西省城初十日接奉撫臣胡聘之行咨飭奴才署理藩篆十四日准署布政使冀甯道錫良委員將印信文件賫送前來奴才當卽恭設香案望　闕叩頭祗領任事伏念奴才滿洲世僕渥受國恩早歲廕官從公水部繁區除秩轉運金昌曾膺上考之書再任監司之職滄瀛萬竈巡鹺未報乎涓埃雲朔三邊陳臬特邀夫　簡畀茲權藩篆益惕冰淵查山西地鄰　畿輔藩司任重旬宣矧値時局多艱度支告匱裕餉以理財爲本貴開節之兼權用人乃行政之源必鑑衡之悉當舉凡厚民生以宏培養課吏治以重激揚在在均關緊要奴才愚昧深懼弗勝惟有矢愼矢勤遇事稟承撫臣實心經理萬不敢以暫時權篆稍涉因循以冀仰答高厚鴻慈於萬一所有奴才到省接署藩篆日期並感激下忱理合繕摺叩謝　天恩伏乞　皇上聖鑒謹　奏奉　硃批知道了欽此

○○魏光燾片　再據長安縣稟報該縣黃宗橋等村堡逼近蒼龍漆沮泥洄灃皂各河本年四月十八九等日大雨水漲致將各河堤冲決所有沿河成熟麥豆烟苗各地多被淹傷經該縣親往勘驗實屬成災惟水多未退被淹地畝若干現尚未能查悉已飭令疏消積水補種秋禾又據咸陽縣稟報該縣南鄉打魚屯一帶各村堡於四月十八九等日大雨水漲灃蒼各河堤沿冲决被淹地畝約十數頃經該縣親往勘驗各處水已漸退小麥間有未收豌豆被水浸壞受災較重烟苗棉花次之均令設法修渠補種秋禾又據雩縣稟報該縣於四月十九二十等日連延大雨太平勞河之水瀰漫橫流沿河地畝約淹三頃有奇經該縣親往勘驗尚不致成灾惟煙苗一經水淹卽無收成間有坍塌民房該縣擇其無力者捐廉給修乏食者按照戶口捐麥分給俾免失所仍令赶種秋禾又據華陰縣稟報該縣於四月十九二十等日大雨晝夜不止山水同發且有起蛟之處經該縣親往查勘飭役防護無阻洩水入河消退尚速田禾不至損傷低田雖有剩水賴新渠宣洩仍可補種秋禾又據富平縣稟報該縣城西北角齊堡村等處於四月二十七日午後忽降冰雹約長十餘里寬七八里經該縣親往勘驗地內二麥已收刈惟麻杆棉花等枝葉被傷並無妨碍卽被灾較重之區尚可補種雜糧不至成灾又據同官縣稟報該縣於四月二十七日未刻忽雨冰雹自西北七八里之渠村起至西南十里之北雷村止經該縣親往勘驗麥禾被傷輕者尚可折收幾成重悉成枯該縣擬請動用常義各倉糧石分別撫恤仍將被雹較重地畝赶種秋禾以免失時又據永壽縣稟報該縣東北鄉溝渠頭等四村於四月二十七日午刻天降冰雹損傷禾苗經該縣親往勘驗約長九里許寬二三四里不等被雹最重之處麥禾菜子豌豆均顆粒無存秋苗經雹卽萎約共地二十餘頃實已成灾該縣查明極次貧民分別措給義糧仍令赶緊補種秋苗無力者由該縣捐給糧種以示體恤又據　州稟報該州東南北各鄉之林家堡等二十四村堡於四月二十七日午後忽降冰雹積地三寸有餘麥禾豌豆烟苗均被打傷收成失望經該州履勘約長五六十里寬十餘里南鄉景村等三處被雹尚輕不致成灾其東北二鄉各村堡雹灾甚重竟致顆粒無收該州縣分別輕重散給義倉糧石暫資餬口並籌給糧種令速補種秋禾又據長武縣稟報該縣西南鄉之張家坡等十一村堡於四月二十七日午刻天降冰雹積地一二寸不等麥禾豌豆烟苗多被打傷經該縣履勘約長七八里竟三百餘步分別被灾輕重查明極次貧民捐廉發給錢文仍令赶緊補種秋苗無方者另籌撥給糧種各等情前來臣查小民出作入息原冀有秋今一日罹此灾祲情殊可憫當經臣先後批司移行該管道府州遵章覆勘究竟被水被災損傷夏秋禾苗地畝實有若干分別成灾

分數與是否不致成災錢糧應如何蠲緩先行出示緩徵並被災貧民已令妥爲撫恤應否另籌賑撫據實妥議聯銜結報仍令長安等縣諭飭農民赶緊堵築隄口疏消積水同富平等縣被災各處及早補種秋糧俾資接濟統俟查辦完竣另行奏報謹附片具陳伏乞
聖鑒謹 奏奉 硃批知道了即着認眞撫恤毋任失所欽此

○○頭品頂戴湖南巡撫臣陳寶箴跪 奏爲湖南各省裁減防勇改營爲旗並添募新勇成軍各日期及現改旗名恭摺仰祈 聖鑒事竊臣前將裁汰舊勇改營爲旗並添募新軍緣由會同湖廣總督臣張之洞 奏明在案茲據總理湖南善後局司道詳稱湘省原有分防各軍十六營將遣撤親軍副右營慶字右營共勇丁一千名並將所留之一十四營改爲一十四旂每旂勇丁三百六十名統歸一律計又裁減勇丁一千三百名綜計遣撤裁減共二千三百名所有遣撤二營官弁勇丁及改營爲旂酌裁勇丁各薪糧均截至光緒二十四年二月底並加撥恩餉一月遣令歸農所留之十四旂作爲通省防軍均自二十四年三月初一日起以三百六十人爲一旂查照湖南歷來放餉章程按旂支給薪糧惟長夫舊止五成勢難再減至添募新勇六旂上年十二月奉委候選內閣中書黃中浩分投招募倣照西法訓練准咨報次第派員分赴辰州沅寶慶鳳凰各府廳縣募齊勇丁一千零八十名編成威字中前左三旗每旗勇丁三百六十名於二十四年正月初十日成軍又於永州岳州各府及邵陽湘鄉縣招募勇丁一千零八十名編成威字右後副中三旗每旗勇丁三百六十名於二十四年二月十八日成軍先後共計威字六旗勇丁二千一百六十名統帶來省暫駐省城南門外之金盆嶺認眞訓練期成勁旅惟查新募之威字六旗操演步伐陣式既經倣照西法所有應用薪糧軍裝等項自不能比照本省防軍章程辦理除另行核議詳請 奏咨立案外先將遣撤舊勇二營及酌留防軍改營爲旗裁減勇丁截止薪糧加撥恩餉暨添練新軍編成威字六旗先後成軍各日期詳請 奏咨立案前來臣等覆加查核所有裁留舊勇及添募新軍均係精壯足額至裁留防勇十四營內將挺字中營改爲發字旗慶字二營改爲強字二旗親軍副前中後三營改爲剛字三旗毅安三營改爲毅字三旗親軍新右營改爲親軍中旗親軍新左營改爲親軍左旗經武營改爲親軍右旗軍前營改爲親軍前旗親軍新後營改爲親軍後旗此外毅安長勝水師本係毅安二字其親軍衛隊巡緝練勇並選鋒澄湘二水師俱仍其舊除咨戶兵二部立案外謹會同湖廣總督臣張之洞恭摺具陳伏乞 皇上聖鑒謹 奏奉 硃批該部知道欽此

初一日接農學報至三十五册 出售馮桂芬校邠盧杭新議其書精密署 西國學校論署 西事類編 時務策論 時務分類興國策 文學興國策 洋務實學文編 中外時務 治平十議時務庸書正續全編 普法戰紀 重訂法國志署 大英國志署 海國大政全集 西通學攷 津門古聞所見錄 西法策學滙源初二集 萬國時務分類大成 中外時務策學大成 精選策學百萬卷 萬國公法 萬國公法會通 洋務自强 富强新策 石印十三經附註疏 餘者不及全載
天津北門內府署東各報總處紫氣堂仝啓

啓者昨接上海孫仲英善長來電旋又接到顧緝庭葉澄衷嚴筱舫楊子萱施子英各觀察來電據云江蘇徐海兩屬水災綦重饑民數十萬顚沛流離死亡枕籍災區十餘縣待賑孔急需欵甚鉅官欵恐未能徧及素仰貴社諸大善長久辦義賑飢溺猶已敬求代呼將伯源源接濟功德無量蒙滙賑欵即滙上海陳家木橋電報總局內籌賑公所收解可也云云伏思同居覆載異姓不啻天親縱隔形骸民物莫非胞與頓遭洪水哀此災荒盡是蒼生何分畛域况救人性命即積我陰功雖此日拯茲黎庶散盡赤仄青蚨卜他年報在子孫同來玉堂金馬敝社欵無備濟自知獨力難成術欲廣仁惟冀衆擎易舉叩乞 顯官鉅紳仁人君子共憫奇災同施仁術原擬活人無算雖千金之助不爲多但能濟世有功即百錢之施不爲少盡心籌畫量力輸將敝社不禁爲億萬災黎泥首叩禱也如蒙 慨助即交天津溜米廠濟生社帳房代收並開付收條以昭徵信
濟生社籌賑同人謹啓

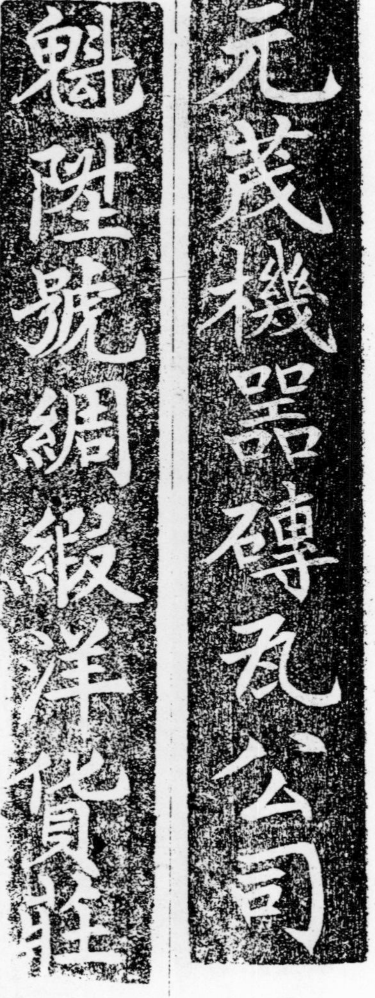

本公司仿照西法燒作磚瓦事屬創舉曾經通稟在案該貨堅固異常價值從減並各樣印花磚瓦俱全　賜顧者請至海大道新興南里內本公司面議可也謹啓

本號自置頭繡綢緞洋貨等物整零均按銀莊格外公道皆比大市價廉發售　寄賣各種眞料大小皮箱漢口水烟袋各種眼鏡龍井雨前紅茶梗　寓天津北門外估衣街五彩號衚衕口坐北向南　士商賜顧者請認本號招牌特此謹啓

顯學書塾

浙江蕭山湯伯述先生擬招學徒百人講授策論文字每人月脩四元每月兩課一策一論屆期到塾領題三日繳卷三日批改取定甲乙榜示暫時遙授不必住館本塾在海大道直報館旁

天后宮北　義興順綢緞莊

本莊自置頭繡綢緞綾羅紗絹各樣洋貨南貨雅扇桂用頭油香貨歸安貝松泉湖筆一概俱全

頭號杭寧綢　四錢二
頭號摹本緞　三錢八
紅梅茶　每　九百六
紅茶　　　六百四
紅茶梗　斤　二百二
龍井茶　　　一吊八
金百
壽棉襉裙布裡每套五兩八
眵囉蔴每尺原碼　四分二
各式夏布一概照行發莊

三日一本　石印類報

看至約四個月可成書七部八　已改策論此報詢屬利器也每月津錢六百四十文先交報資定看全年者收洋肆元不折不扣　北閣內延邵公所對門類類報館啓

建平永平金礦局告白

啓者壬辰年春　前北洋大臣李委潤等創辦建平金礦自顧菲材膺茲艱鉅不勝主臣開辦以來疊於平建朝赤等處徧加採試或以石堅金薄不敷度支或以費鉅工艱難祈速效頻年耗損實屬不支迨丙申歲抄核計彌縫舊缺外始有微餘迨丁酉全年見盈遂奉　熱河都憲諭以丁酉正月至四月爲建平第一屆升課其課銀已於今春解呈熱河五月至十二月爲第二屆其課銀亦不日報解又丙申冬分設永平金礦該處砂綫窄小浮露於外無大水患工程尙簡計至去年十二月底共試辦十四個月稍見餘利去冬十一月杪該局又得遷安縣屬峪之爾岩今正以後出金日逐見增將後可望蒸蒸日上刻亦報解第一屆升課惟是解課以後即應分息在股諸君觖望已久茲定於六月初一日在天津招商局內建平帳房上海寶源祥香港招商局等處分派屆時務祈諸股友携摺枉顧以憑核發除將歷年辦理情形收支帳目稟報公牘彙刊成册印送核閱外合將派息日期登報奉聞　徐潤等謹白

求是學堂緣起

五洲互市以來歐亞澳美奚啻同堂而都人士之能操其語讀其書者蓋鮮今則風氣日開學堂林立識時務之俊傑莫不以西學爲要圖然率皆習肄英文鮮及於俄夫俄雄跨歐亞毗連中土又築西伯利亞鐵路以通遼東相逼日亟交涉日多不通其語言文字何以覘其治忽燭情僞聊俄曾聘華儒回國授讀而我顧可冥然罔覺乎是當今之急務莫俄文若也本學堂延聘教習先以俄文及算學爲主次及泰西專門各學儻有同志願來習肄請書台銜年歲籍貫住址以便添班時前往知會所有簡明章程摘錄於左　計開

一來學者必須身家清白華文通順年在十五歲以上

一學堂現在修葺教習尙未移入如有願學者請先至琉璃廠中西大藥房報名

一來學者每人月交京松銀三兩俟籌有經費即行酌減

一開辦伊始用款浩繁同人來學須於到館之日預交半年經費計合京松銀十八兩

一每班以三十人爲額額滿即歸入下屆新班

一藏修息游古無偏重每逢五逢十停課一日以資休息庶功課私事兩無貽誤

一同學無非在京有事之人雖有休息之日究不能毫無間斷現擬每班功課完後補授欠課以二刻鐘爲度

一同學率皆京員或縉紳子弟彼此須以德行相勗過失相規不可傲慢狎侮亦不得任意嬉笑談論他事

聲光化電固宜專精五洲文字尤貴兼習本學堂原以俄文爲主更聘英文教習並通泰西諸學　如有專習英文者每月銀二兩到堂之日仍須預交半年經費如願兼習英俄文字亦聽其詳細章程隨時可到堂閱看　求是學堂又啓

紫竹林法租界 三義飯店

本店專做英法大菜並由外洋自運各國上品洋酒各色異味點心罐頭鮮菓食物等類俱全刻下修理洋樓工程尚未告竣擇吉開張請蒙仕商駕臨是荷

本主人謹啓

天福茶園

特請上洋新到

頭等花旦

天娥旦

初六日晚准演

紅梅閣

重排新製新彩新切

七八本

鐵公鷄

擇日開演

新排全本新彩燈戲 洛陽橋

本園特請藝人不惜工夫精製各樣彩切另新排洛陽橋八仙飄海仙女乘坐彩蓮花船打彩散樂羣妖作亂此橋工程不能告竣蔡狀元差家人夏德海赴水晶宮投文龍王閱文見喜遂帶領夏德海遊玩水晶宮花園作樂演唱合班名角戲中戲十錦雜耍各樣彩切龍王賞賜囘文從此修造工程告竣龍王轉稟

玉皇遣天兵天將各顯神通羣仙門法捉拿妖怪各現原形蔡狀元邀請四方士農工商俱來觀看所造橋樑內有三十六行作買作賣許多奇文令人可觀與前不同屆期擇日佈告光請

駕臨賞覽是幸

本園謹啓

三井洋行分莊 告白

啟者日本商始創貿易爲業數拾年以來今分莊開設北門外鍋店街洗家衚衕口對過專選精工料實東洋棉紗各等時式大小疋棉布粗洋布斜紋洋標等格外公道價亦從廉凡仕商賜顧者請至分莊面議可也特此佈聞

三井本莊主人啟

朱鈍翁現經運庫廳劉　延赴密雲縣爲其　令堂太夫人診脉已於五月十九日啓程前往餘俟歸來再佈

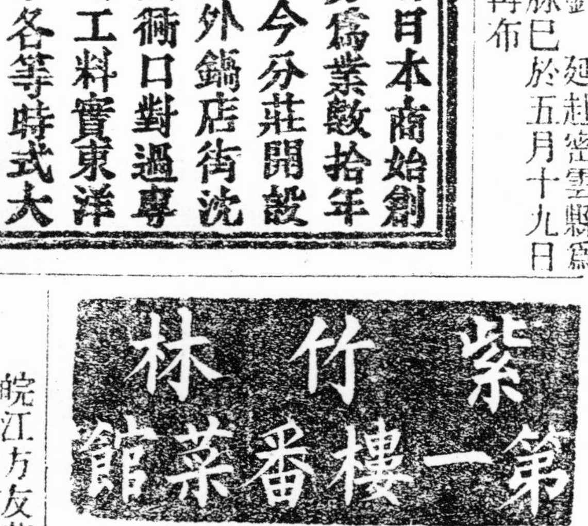

本號專作英法大菜各色精細點心各樣洋酒洋貨等物一應俱全並售

上　八百
上　一千
紅茶每斤津錢六百

又批發茂生公司鐵海紙烟零整發售價值格外公道原箱計一百盒價洋一百四十四元每盒計五百支洋一元五角凡仕商賜顧請即駕臨是荷

主人謹白

拍賣告白

啓者本月初九日即禮拜三下午兩點鐘在海大道隆茂洋行院內拍賣老鐵二千担銅數百斤頂好巴廠木板一百八十件等件請到本行每月便來細看面拍可也

永盛洋行啓

告白

奉　旨鄉會兩闈及科歲生童改試策論書院肄業亦皆遵照改課童蒙窗下自宜以古文爲法宋儒呂東萊先生所著博議久已風行近尤膾炙人口現有芙蓉館主人以諸名家所批善本付本齋石印帶墨精良字大爽眼約於月半印畢出售此佈

天津文美齋南帋局告白

告白

皖江方友莊司馬喬廣津門紫竹林義和生西機精于岐黃儕輩頗受益友莊本世家子不欲以醫鳴僕等以爲沽上良醫甚尠姑懸壺以救眼前人亦仁者之造福也特揚之以告采薪者○漢代計車費兩竿門診一竿

王蓮生　馬少實　洪月坡　胡舟甫　仝啓

廣東鼎盛機器廠

本廠精造大小機器汽機火爐開礦水龍滅火水龍磨麵機器全套管辦鑄造修理精巧鋼鐵等件貨眞價廉倘蒙賜顧請至天津紫竹林法租界牌坊旁本廠面議不悞主顧

本主人謹啓

本局自印耕香館畫譜每部價洋二元專辦各種石印書籍精選加高南紙頂細雅扇格外價廉應天津東門外襪子衚衕本局啓

本局謹啓

美孚老牌煤油

啓者美國三達煤油公司之德富士老牌煤油天下馳名萬商稱美蓋其質潔色清亮白如銀且絕無烟氣能耐久燃比之生荳等油晶光百倍而儉用價廉此為德富士老牌之佳處誠屬無雙妙品也士商賜顧請到天津美孚洋行採辦或向就近殷實行店購買庶不致悞

DEVOE'S
PAT'D JUNE 22.63.
BRILLIANT
OIL
IMPROVED
PAT'D JUNE 28.64.
PATENT CAN
美孚行

海大道 鴻春樓番菜館

啓者本店三層大樓工程告竣地勢寬闊以備貴官紳請讌擇於去臘遷移新正月初二日開市各樣俱全價廉物美凡仕紳賜顧者請即駕臨是幸

主人謹白

六月初五日輪船出口　禮拜六
武昌　輪船往上海　太古行
六月初八日輪船出口　禮拜二
公平　輪船往上海　礦務局

六月初四日銀洋行情
天津通行九七六錢
銀盤二千四百八十三　洋一千七百六十五
紫竹林通行九六錢
銀盤二千五百一十五　洋一千七百九十文
洋錢行市七錢一分五

擇於閏三月十一日開張

新開 敦慶隆綢緞洋貨莊

本號開設天津北門外估衣街西口路南第五家專辦上等綢緞顧繡以及各樣花素洋布各碼線批合線俱按銀莊零整批發格外克巳士商賜顧者請認明本號招牌庶不致誤　本號特白

遺失存條

今遺失順全隆洋行存條行平銀四百五拾兩巳與該行賬房言明作為廢紙望各處切勿收受特此佈聞　王雙福謹啓

開設紫竹林法國租界北

天福茶園

京都新到

崇慶名班

特請京都上洋姑蘇山陝等處

各色文武　頭等名角

六月初五日早十二點鐘開演

邊義臣　白雲發　銀堂　十四旦　大貞　六月鮮　十二紅　張鳳台　張長奎　楊福寶　謝才寶　安桂秋　李玉奎　王喜雲　賽理苗　常雅秋　李吉瑞　劉祥泉　蘇廷奎　趙斌恒

葭萌關　遺翠花　桑園會　白良關　六月雪　小上墳　青石山　衆武行

晚七點鐘開演

全班合演　崇芬　八百紅　小連仲　老虎　王全立　六月鮮　長祿　于報　小德生　十一紅　賽理謚　大禿　白文奎　王喜雲　常雅秋　趙斌恒　李吉瑞　蘇廷奎

大獻瑞　蘆花河　三上轎　鐵蓮花　烏龍院　五人義　衆武行

開設天津紫竹林海大道旁

福仙茶園

啓者本園於前月初四日止戲清理賬目今將戲園及園內桌椅磁壺磁碗新製彩切零星等件合盤出兌如有願兌者及詳細章程請至本園面議可也特此佈告

福仙茶園謹啓

創包機器

敬啓者近來西法之妙莫過機器靈巧至各行應用非得其人難盡其妙每值傷損修理必悞時日今有甯子卿專於經理機器茲擬創辦包定各項機器以及向有機器常年煤料工力價值格外公道如貴行欲商者請到福仙茶園面議可也特白

本館開設天津紫竹林海大道老棻市氣燈房巷內

光緒二十四年六月初五日　第一千百二十一號
西歷一千八百九十八年七月廿三日　禮拜六

上諭恭錄

上諭本日道旁叩閽之山東民人高春風着交刑部嚴行審訊欽此

守約篇 勸學篇內之八 續前稿　張之洞

大率羣經以　國朝經師之說爲主易則程傳與古說兼取　並不相妨　論孟學庸以朱注爲主參以　國朝經師說　易止讀程傳及孫星衍周易集解　孫書兼采漢人說及王弼注　書止讀孫星衍尙書古今文注疏詩止讀陳奐毛詩傳疏春秋左傳止讀顧棟高春秋大事表　春秋公羊傳讀孔廣森公羊通義　國朝人講公羊者惟此書立言矜愼尙無流弊　春秋穀梁傳止讀鍾文烝穀梁補注　儀禮止讀胡培翬儀禮正義　周禮止讀孫詒讓周禮正義　已刋未畢　禮記止讀朱彬禮記訓纂　欽定七經傳說義疏皆學者所當讀故不備舉　論孟除朱注外論語有劉寶楠論語正義　孟子有焦循孟子正義可資考證古說惟義理仍以朱注爲主　孝經卽讀通行注本不必考辨　爾雅止讀郝懿行爾雅義疏　五經總義止讀陳澧東塾讀書記王文簡　引之　經義述聞　說文止讀王筠說文句讀　兼采段嚴桂鈕諸家明白詳愼段注說文太繁而奧俟專門者治之　以上所舉諸書卷帙已爲不少全讀全解亦須五年宜就此數書中擇其要義先講明之用韓昌黎提要鉤元之法就元本加以鉤乙標識　但看其定論其引徵辨駁之說不必措意　若照前說七端節錄纂集以成一書皆采舊說不參臆說一語小經不過一卷大經不過二卷尤便學者此爲學堂說經義之書不必章釋句解亦不必錄本經全文　蓋十五歲以前諸經全文已讀文義大端已解矣　師以是講徒以是習期以一年或一年半畢之如此治經淺而不謬簡而不陋卽或廢於半塗亦不至全無一得有經義千餘條以開其性識養其本根則終身可無離經畔道之患總之必先盡破經生箸述之門面方肯爲之然已非鄉塾學究科舉時流之所能矣　一史學考治亂典制　史學切用之大端有二一事實一典制事實擇其治亂大端有關今日鑑戒者考之無關者置之典制擇其考見世變可資今日取法者考之無所取者畧之事實求之通鑑通鑑之學　資治通鑑續通鑑明通鑑　約之以讀紀事本末典制求之正史二通正史之學約之以讀志及列傳中奏議　如漢郊祀後漢輿服宋符瑞禮樂歷代天文五行元以前之律歷唐以後之藝文可緩也地理止考有關大事者水道止考今日有用者官制止考有關治理者如古舉今廢名存實亡暫置屢改寄祿虛封閒曹雜流不考可也　三通之學通典通考約之以節本不急者乙之通考取十之三通典取十之一足矣　國朝人有文獻通考詳節但一事中最要之原委條目有應詳而不詳者內又有數門可不考者通志二十畧知其義例可也考史之書約之以讀趙翼廿二史箚記　王氏商權可節取錢氏考異精於考古畧於致用可緩　史評

約之以讀　御批通鑑輯覽若司馬公通鑑論義最純正而專重守經王夫之通鑑論宋論識多獨到而偏好翻案惟　御批最爲得吾而切於經世之用　此說非因尊王而然好學而更事者讀之自見　凡此皆爲通今致用之史學若考古之史學不在此例　一諸子知取舍　可以證發經義者及別出新理而不悖經義者取之顯悖孔孟者棄之說詳宗經篇　一理學看學案　五子以後宋明儒者遞相沿襲探索幽渺辨析朱陸搭擊互起出入佛老界在微茫文體多仿宗門語錄質而近俚高明者厭倦而不觀謹愿者偷悅而無得理學不絕如綫焉耳惟讀學案可以兼考學行甄綜流派黃梨洲明儒學案成於一手宗旨明顯而稍有門戶習氣全謝山宋元學案成於補輯選錄較寬而議論持平學術得失瞭然易見兩書甚繁當以提要鉤元之法讀之取其什之二卽可通此兩書其餘理學家專書可緩矣惟朱子語類原書甚多學案所甄錄者未能盡見朱子之全體眞面宜更采錄之陳蘭甫東塾讀書記朱子一卷最善　未完

內外一律　○京師前門大街石路兩旁貿易各攤一律驅逐疊列前報茲聞現將崇文門外宣武門外兩大街並內城朝陽阜成東直西直安定德勝各門大街均經步軍統領會同某西官諭令擺攤貿易人等俱於六月初十日一律遷移以備不日開工興修東洋車路云

莫衷壹是　○制度局一說都人士議論紛紜甚至有六部九卿衙門俱要改撤律例亦欲從新更定昨經徐中堂專摺阻止以死力爭　皇上鑒其一片至誠俯如所請於是都人士交口頌徐中堂之忠

人言可畏　○街道察院彭侍御述前經都察院劄飭驅逐貿易各攤於是借此聲勢向各鋪戶肆行詐索種種妄爲業經某侍御據情指糾現經都察院密派委員查辦有無確據俟有續聞再錄

催租釀命　○阜成門內錦什坊街景泰茶店主馮某寓居海佛寺街歷有年所因資本短少無力支持將店業租與董姓每月初旬收租銀藉以度日不料董姓亦非長袖善舞者拖欠租銀爲數甚多馮某之妻姚氏前往索取被以惡言相詈姚氏歸家後愈思愈忿竟於夜間吞服紫霞膏灌救無效卒以殞命馮某赴該管地面官廳禀報詳報步軍統領衙門禀委西城正指揮帶領吏仵相驗徑報刑部審訊

捉住一賊　○六月初二日夜間宣武門外米市衚衕劉部郎宅中忽有樑上君子踰垣入室正擬翻箱倒篋適値如夫人吞雲吐霧尚未安眠聞聲大喊捕賊家人均由睡夢中驚起持械追捕而鼠竊四五輩業已携贓逃出惟有一賊行走稍遲當被捉住細送北城坊西珠汛報請勘訊以便緝拿逸犯

阿彌陀佛　○彰儀門內聖壽寺古刹也邇因年久失修門墻剝落佛像亦多殘損無以壯觀瞻而妥神靈閑黎輩設法募貲大興土木削馮築登之下裝飾一新擇於六月初三日落成之日爲開光之期是日五鼓設齋供天大啓道場七永日大都誦經禮懺依樣葫蘆而入於四鄉愚夫婦之耳皆大歡喜相與約友訂侶紛紛赴佛前頂禮藉申一瓣心香諸比邱見大檀越至敬之如菩薩餓而施主解囊助以白銀諸比邱乃目炯炯然心躍躍然口喃喃然默誦阿彌陀佛不已

竊賊繁多　○京師前門外臧家橋某姓家於五月二十九日夜被偷兒鑽穴而入竊去白銀數十兩並零星貴物甚多次晨家人知覺檢點失物徒喚奈何而已赶急禀報勘驗有緝捕之責者將何術以杜其後耶

督轅門抄　○六月初四日晚中堂見　新授陝西童商道李紹芬自京來　候選道廳大人昌　初五日　運司方大人　關道李大人　天津道任大人　熱河道恒大人　晏大人振恪　王大人仁寶　王大人崇烈　承大人霖　孫大人寶琦　李大人竟成　吳大人學廉　佘大人昌宇　湯大人紀尙　張大人翼　內閣中書夏瑞庚　前江西候補縣王書臣　候補鹽大使惲承元

督批照錄　○具呈長裕商人華鳳岐抱告家人陳順批此案旣已由府禀覆到司究竟帳目已未算清所斷是否公允應否由司提訊仰運司核明詳覆粘單抄存

藩憲牌示　○蠡縣李應培病故遺缺擬以新海防遇缺先知縣章燾詳請題補獲鹿縣姚爲霖病故遺缺擬以新海防分缺先知縣謝鑑禮詳請題補署新樂縣汝作梅期滿遺缺酌委本任邢台縣張桂芬署理　署平山縣熊壽籛期滿遺缺委候補知縣暢文藻

署理　井陘縣言家駒俸滿請咨引見遺缺委候補知縣冬之陽代理署任縣知縣題補滄州惲秀孫奉部覆飭赴新任所遺任縣員缺飭實缺之現署任邱縣張繼軾仍回本任遞遺任邱縣員缺委候補縣方汝謹署理又永平府經歷于占鰲丁憂遺缺輪委試用布庫大使榮溥署理

鐵路被冲　○聞近因大雨經旬山水陡發榆關鐵路被水冲壞一段往灤州經過之橋亦有損壞處赶卽稟明局憲速飭工匠修補限三五日開告竣

街道宜修　○本埠自設立工程局各街修理坦平行人稱便惟北門外針市街東口慶成義叅誠厚兩土局中間一段殘缺不堪車轎最易傾覆往來者皆視爲畏途大有哥哥行不得也之勢而工程局迄未興修豈見聞未及耶抑該處在工程以外耶

翻船兩誌　○近數日北河水漲日甚一日昨新浮橋上游有搖船滿載西瓜下駛詎偶不小留神被浪打翻雖未淹斃人命而滿河西瓜盡爲龍宮收拾去矣又昨早八點鐘東浮橋地方有帮搖翻沒船上八九人俱落水中聞僅撈救老幼二人餘皆被淹斃命未知確否俟訪明再錄

病由中暑　○自入伏以來炎熱異常因而致病斃命者不少院署東鐵匠衚衕田某曾在院署當差日前送王夔帥瀛眷赴都在火車徵受暑熱故返津時不願坐車而騎馬詎出京未及數里忽覺頭暈眼花從馬上倒撞而下同行人急將舁回寓所設法灌救藥竟不能下咽旋卽吐血而亡夔帥賞銀三十兩買棺成殮刻已派人裝送回津

苦生樂死　○西沽于家莊某甲某鐵舖舊同事也因年老歇業家居自上月初旬染患癱疾時發時愈近又增添他証纏綿月餘不堪二豎之擾以爲苦生不如樂死遂於昨夜自經迨家人知覺已返魂無術矣

後妻虐子　○河東粮店街行宮廟旁某甲子日昨在大口投河經人撈救未死詢悉該子母死數年皆甲撫養近年娶後妻某氏朝打夕駡無寧日勢必置之死地實不堪其苦因解衣示衆人見徧體鱗傷並有香火燒痕多處衆欲送之回家曰若然是速我死也不如送我往舅家尚有一線生路遂問明姓名居趾送之去諺云有後娘便有後爺其某甲之謂乎

惠濟舟民　○河沿風神廟有工部分局每船過無論裝何貨物皆取船關半料昨有船戶二十七家籲稟海關道現已經關道將此局查封該船戶等當如何頂祝憲德也

宴客奇聞　○鄉間每遇紅白事親友盈門日或百座家常庖廚不足供炊爨往往以無人居住閒室爲之毒虫蛇鼠在所不免而一切魚肉腥羶又必儲於前夕冬月猶可夏日則遺害無窮雖不恒有非並無其事也適聞城南上窪村某姓子完婚親友飲其家卽席而倒者數人初以爲醉繼則倒者愈衆將及數十扶之不起撫之巳冰奇矣聞其主巳報官請驗云

不知守身　○鬧口某姓舊有家貲母故兄弟三人析爨以其家某處某號磁器鋪奉其父爲養老之需領事鋪掌日前病故長兄擬入鋪接手管事一省請外人多費薪水二擬與兩弟仍合爲一家以事乃父其三弟不允謂如欲同居須先爲我還賬否則我入鋪中掌其事長兄乃一氣成瘋搗破玻璃窓猛向窓眼竄出渾身皆被碎玻璃划傷家人見其瘋癲遂捆縛守之聞現巳延醫調治不知其能愈否耶

北戴開埠　○前登中國擬在秦王島北戴河一帶地方自開商埠准各洋商前往貿易總稅司擬於其處立工局以便徵收房捐管理街道等事茲蒙總理各國事務衙門巳照准咨行署云自開商埠與約開之通商口岸不同該總稅務司所稱立局等事亟應妥籌以伸主權與今江蘇吳松口開埠一律相應咨行查照卽飭妥爲籌辦云

上海風聞　○昨報登海市風波以滬上西門外四明公所法人初欲以四十萬金易其地該會所人不允法人因拆其會所旁小屋會所與法人相拒今聞法人持洋槍擊斃甯人數十名傷者尤衆甯人罷市當事者不知若何調停也傳聞如是俟訪再佈

甯郡米價　○甬江來函云甯郡近日米貴如珠官家因恐貧民揭竿而起遂設法由外省購米前來接濟是以麥米源源而至暫貯招商局棧內由道府各憲委員赴各米行等驗明尚有存米若干一面囑各米行代爲平糶自十八日起每日每人祇許三升每升

歸大錢四十二文各米行以如是米行不但未能獲利且照原價尙虧其本有幾家抗不遵命官一再勸諭謂此乃善舉幸勿大拂民情致又肇事也

寗滬鐵路　○金陵訪事友人云寗滬鐵路工程月前有英國工程師二名沿途履勘道路來省謁峴帥備呈一切購路建築事宜大約已得端緒昨聞會辦鐵路潘觀察學祖又由蘇松鎭一帶勘至省垣隨詣督轅面禀考察開辦情形現悉制憲奉到粵杭寗滬鐵路一律趕辦之　諭故擬刻日鳩工從此星馳電掣貨積山屯利源當更闢矣

路透電音　○美提督麥爾司刻已帶同卒伍行抵三希埃格其海軍艦隊亦復前往攻擊約歷二小時之久當時美薛督傳示云我軍彈子俱未能遠中等語惟聞最後一子墜落城心該處有拜堂一所藏蓄軍火甚多悉爲轟燬云云○三希埃格大雨美軍擬備圍城槍砲爲雨所阻不果施放○日國人衆復不願與美和緣近日美軍疫病盛行也

光緒二十四年六月初三日京報全錄

宮門抄○六月初三日戶部　通政司　詹事府　廂黃旗値日　無引　見　明安假滿請　安　唐景崇謝放浙江學政　恩　那王續假十日　恩佑續假五日　官祥請假十日　召見軍機　唐景崇

○○臣孫家鼐跪　奏爲變法自強宜通籌全局分別輕重緩急謀定後動敬陳管見仰祈　聖裁事竊臣近日恭讀詔書力求振作海內臣庶莫不歡欣鼓舞相望治安顧今日時勢譬如人患痿痺而又虛弱醫病者必審其周身脈絡何者宜攻何者宜補次第施治自能日起有功若急求愈病藥餌雜投病未去而元氣傷非醫之良者也臣昔侍從　書齋曾以原任詹事府中允馮桂芬校邠廬抗議一書進呈又以安徽靑陽縣知縣湯壽潛危言進呈又以候選道鄭觀應世危言進呈其書皆主變法臣亦欲　皇上留心閱看採擇施行歲月蹉跎延至今日事變愈急補救益難然卽今爲之猶愈於不爲也臣觀馮桂芬湯壽潛鄭觀應三人之書以馮桂芬抗議爲精密然其中有可行者亦有不可行者其書板在天津廣仁堂擬請　飭下直隸總督刷印一二千部送交軍機處再請　皇上發交部院卿寺堂司各官發到後限十日令堂司各官將其書中某條可行某條不可行一一簽出或各註簡明論說由各堂官送還軍機處擇其簽出可行之多者由軍機大臣進呈　御覽請　旨施行如此則變法宜民出於公論庶幾人情大順下令如流水之源也且堂司各官簽出論說　皇上亦可借此考其人之識見尤爲觀人之一法臣愚昧之見是否有當伏乞　皇上聖鑒謹　奏奉　旨已錄

○○奴才宗室鍾泰跪　奏爲因病懇　恩賞假回旗就醫調治恭摺仰祈　聖鑒事竊奴才向有肝鬱脾濕之疾時發時愈近因年近七旬元氣久虧又得咯血之疾每遇舉發左脇疼痛竟至寢食俱廢精神恍惚纏綿迄無少減病勢日加增劇伏思奴才一介宗僕賦性庸愚自道光年間由宗人府効力筆帖式當差迄今五十餘年受　恩深重薦擢疆寄捫心清夜毫無報稱値此時事多艱分應盡瘁鞠躬以仰答　高厚生成於萬一向來力疾從公未敢請假無如因循失治旋愈旋發病勢益深伏枕呻吟實有不可支持之勢加之寗夏地方偏僻無藥無醫調治無從見效況寗夏操防在在均關緊要若以奴才病軀委頓其間致誤從公負罪彌深日夜焦思惟有仰懇天恩除去程途賞假四個月回旗就醫趕緊調治一俟稍痊卽當銷假當差力圖報効斷不敢稍耽安逸有負　生成如蒙　恩允可否照例將寗夏將軍印信交副都統色普徵額暫行署理之處出自　聖裁所有奴才因病懇　恩賞假緣由理合恭摺具陳伏乞　皇上聖鑒謹　奏請　旨奉　硃批另有旨欽此

○○二品銜湖南按察使臣李經羲跪　奏爲恭報微臣交卸藩篆仍回臬司本任日期叩謝　天恩仰祈　聖鑒事竊臣於光緒二十四年三月十三日行抵湖南署理布政使當將接印日期恭摺具　奏在案茲奉撫臣陳寶箴行知新任藩司俞廉三現已到省飭臣回任等因卽於光緒二十四年四月二十五日交卸藩篆旋於五月初四日署按察使鹽法長寶道黃遵憲委員將印信文卷移交前來當卽恭設香案望　闕叩頭祗領任事伏念臣知識庸愚慚無報稱藩條卸綰猶虞履薄臨深臬事還陳敢謂駕輕就熟查湘省近聯黔粵臬司總滙刑名當伏莽之未淸首重詰奸而禁暴際時艱之孔亟先宜察吏以安民職事綦繁責任愈重如臣檮昧深懼弗勝惟有益矢愼勤遇事禀商督撫臣認眞經理庶周知夫情僞或有當於勸懲力戒因循勉策駑鈍以冀稍酬　高厚鴻慈於萬一所有微臣交卸藩

篆仍回臬司本任日期並感激下忱理合恭摺叩謝　天恩伏乞　皇上聖鑒謹　奏奉　硃批知道了欽此

○○大學士北洋大臣直隸總督奴才榮祿跪　奏爲江蘇協濟淮餉撥抵洋欵短解甚鉅懇　恩飭部另籌的欵以濟軍需恭摺仰祈

聖鑒事竊查前准兩江督臣劉坤一咨稱准戶部咨蘇州松滬九江浙東貨厘宜昌鄂岸皖岸鹽厘等項派總稅務司代徵按期撥付本息所有前在貨厘鹽厘項下協解各省餉需應自行咨部請撥等因當經前督臣王文韶以鄂皖鹽厘蘇滬貨厘既改歸稅務司淮餉無可籌解此外尚有江西鹽厘兩淮運司協餉江海關原改撥加撥並江蘇藩司協餉鎮江關改撥以後各處按年究能實解若干電商劉坤一查覆旋准覆稱淮餉向在鄂皖鹽厘蘇滬貨厘撥解者業經電部允另籌補毋庸計議江西鹽厘歲約三十三萬六千餘兩兩淮運庫歲解十二萬兩江海關原撥改撥歲解十二萬兩加撥八萬兩蘇藩司撥歲解十二萬兩鎮江關改撥歲解六千兩共計七十八萬餘兩惟江南五處鹽貨厘金改章進欵驟短不得不將京協各餉酌量截留彌補現擬將江海關加撥八萬兩全數截留蘇藩司原撥欵內擬截留八萬兩江西鹽厘擬截留三十四萬兩以後每年祇能實解銀四十四萬餘兩請咨部另籌撥補等語復經前督臣王文韶轉飭揚州支應局淮軍報銷局淮軍銀錢所會商妥議詳覆核辦去後茲據該局所司道詳稱查准部咨各軍薪糧等欵前此歲需銀二百五十六萬兩嗣經逐漸裁減約需銀二百三十萬兩之譜光緒二十一年以前收支尚可相抵有分攤洋欵收數頓減不敷支放截至二十二年底止借用商欵二十一萬五千餘兩原冀逐年撙節彌補商欵無如今年已歷五月之久僅收銀五十餘萬兩出入相衡不敷甚鉅江南協濟淮餉額數每年應解二百萬兩歷年欠解甚多二十三年僅解到銀一百三十餘萬兩視額數已少七十萬兩左右今祇允解四十四萬兩計又少實銀八十餘萬兩之多雖有海防捐欵及江漢關洋稅而漢關解數近來亦復短少海防捐欵盈絀無定斷不足恃軍餉爲計口授食要需不容稍有缺乏今來源頓絀無術補葺應請另行籌撥以濟軍需等情詳請　奏咨前來奴才查北洋爲京師門戶　畿輔要區聶士成武毅一軍係備遊擊之師此外二十餘營分扎各海口操練巡防關繫緊要餉需爲軍士命脉江蘇司關厘局及各岸鹽厘悉歸總稅務司代徵淮軍協餉每年實少銀一百五十餘萬兩僅只海防捐欵及江漢關四六成洋稅爲數無多實不敷支放合無仰懇　天恩俯准　勅部迅速另籌有著的欵以濟軍實而維大局出自　慈施逾格除咨戶部查照外理合恭摺具陳伏乞　皇上聖鑒　訓示謹　奏奉　硃批戶部議奏欽此

啓者昨接上海孫仲英善長來電旋又接到顧緝庭葉澄衷嚴筱舫楊子萱施子英各觀察來電據云江蘇徐海兩屬水災奇重飢民數十萬顛沛流離死亡枕藉災區十餘縣待賑孔急需欵甚鉅官欵恐未能徧及素仰貴社諸大善長久辦義賑飢溺猶已敬求代呼將伯源源接濟功德無量蒙滙賑欵卽滙上海陳家木橋電報總局內籌賑公所收解可也云云伏思同居覆載異姓不啻天親縱隔形骸民物莫非胞與頓遭洪水哀此災荒盡是蒼生何分畛域況救人性命卽積我陰功雖此日拯茲黎庶散盡赤仄青蚨卜他年報在子孫同來玉堂金馬敝社欵無備濟自知獨力難成術欲廣仁惟冀衆擎易舉叩乞　顯官鉅紳仁人君子共憫奇災同施仁術原擬活人無算雖千金之助不爲多但能濟世有功卽百錢之施不爲少盡心籌畫量力輸將敝社不禁爲億萬災黎泥首叩禱也如蒙　慨助卽交天津溜米廠濟生社帳房代收並開付收條以昭徵信

濟生社籌賑同人謹啓

元茂機器磚瓦公司

本公司仿照西法燒作磚瓦事屬創舉曾經通稟在案該貨堅固異常價值從減並各樣印花磚瓦俱全　賜顧者請至海大道新興南里內本公司面議可也謹啓

魁陞號綢緞洋貨莊

本號自置顧繡綢緞洋貨等物整零均按銀莊格外公道皆比大市價廉發售　寄賣各種頭料大小皮箱漢口木烟袋各種眼鏡龍井雨前紅茶梗　寓天津北門外估衣街五彩號衚衕口坐北向南　士商賜顧者請認本號招牌特此謹啓

顯學書塾

浙江蕭山湯伯述先生擬招學徒百人講授策論文字每人月脩四元每月兩課一策一論屆期到塾領題三日繳卷三日批改取定甲乙榜示暫時遙授不必住館本塾在海大道直報館旁

告白

奉自鄉會兩闈及科歲生童改試策論書院肄業亦皆遵照改課童蒙窗下自宜以古文爲法宋儒呂東萊先生所著博議久已風行近尤膾炙人口現有芙蓉館主人以諸名家所批善本付本齋石印帶墨精良字大爽眼約於月半印畢出售此佈

天津文美齋

南帋局告白

告白

皖江方友莊司馬喬寓津門紫竹林義和生西棧精于岐黃儕輩頗受益友莊本世家子不欲以醫鳴僕等以爲沽上良醫甚尠姑懸壺以救眼前人亦仁者之造福也特揚之以告采薪者

○謹代訂車費兩竿

門診一竿

王蓮生　洪月坡　胡丹甫　馬少雲　仝啓

梁子亨代售類類報

彼處經理各報多年如今北方風氣微開津門新出類類報每〃拜兩次訪經濟六門閱者定取賜函分送本各報處經手送報上面皆有本號住角紅戳爲記如有散號混充貪塗無壓詐騙財件於本號無涉

建平永平金礦局告白

啓者壬辰年春　前北洋大臣李委潤等創辦建平金礦自顧菲材膺茲艱鉅不勝主臣開辦以來疊於平建朝赤等處偏加採試或以石堅金薄不敷度支或以費鉅工艱難祈速效頻年耗損實屬不支迨丙申歲抄核計彌縫舊缺外始有微餘洎丁酉全年見盈遂奉　熱河都憲諭以丁酉正月至四月爲建平第一屆升課其課銀已於今春解呈熱河五月至十二月爲第二屆其課銀亦不日報解又丙申冬分設永平金礦該處砂綫窄小浮露於外無大水患工程尚簡計至去年十二月底共試辦十四個月稍見餘利去冬十一月杪該局又得遷安縣屬峪之爾岩今正以後出金日逐見增將後可望蒸蒸日上刻亦報解第一屆升課惟是解課以後即應分息在股諸君缺望已久茲定於六月初一日在天津招商局內建平帳房上海寶源祥香港招商局等處分派屆時務祈　諸股友携摺枉顧以憑核發除將歷年辦理情形收支帳目稟報公牘彙刊成册印送核閱外合將派息日期登報奉聞

徐潤等謹白

求是學堂緣起

五洲互市以來歐亞澳美奚啻同堂而都人士之能操其語讀其書者蓋鮮今則風氣日開學堂林立識時務之俊傑莫不以西學爲要圖然率皆習肄英文鮮及於俄夫俄雄跨歐亞毗連中土又築西伯利亞鐵路以通遼東相逼日亟交涉日多不通其語言文字何以覘其治忽燭情僞剏俄會聘之華儒同國授讀而我顧冥然罔覺乎是當今之急務莫俄文若也本學堂延聘教習先以俄文及算學爲主次及泰西史學各門備有同志願來習肄請書台銜年歲籍貫住址以便添班時前往知會所有簡明章程摘錄於左　計開

一來學者必須身家清白華文通順年在十五歲以上

一學堂現在修葺教習尚未移入如有願學者請先至琉璃廠中西大藥房報名

一來學者每人月交京松銀三兩俟籌有經費即行酌減

一開辦伊始用款浩繁同人來學須於到館之日預交半年經費計合京松銀十八兩

一每班以三十人爲額額滿即歸下屆新班

一藏修息游古無偏重每逢五逢十停課一日以資休息庶功課無誤

一同學無非在京有私事之人雖有休息之日究不能毫無間斷現擬每班功課完後補授欠課以二刻鐘爲度

一同學率皆京員或縉紳子弟彼此須以德行相勗過失相規不可傲慢狎悔亦不得任意嬉笑談論他事

聲光化電固宜專精五洲之字尤貫兼習本學堂原以俄文爲主更聘英文教習並通泰西諸學　如有專習英文者每月銀二兩到堂之日仍須預交半年經費如願兼習英俄文字亦聽其詳細章程隨時可到堂閱看

求是學堂又啓

紫竹林法租界
三義飯店

本店專做英法大菜並由外洋自運各國上品洋酒各色異味點心罐頭鮮菓食物等類俱全刻下修理洋樓工程尚未告竣擇吉開張請蒙仕商駕臨是荷

本主人謹啓

天福茶園

特請上洋新到頭等花旦

天娥旦

初六日晚准演

紅梅閣

重排新製新彩新切

七八本

鐵公鷄

擇日開演

新排全本新彩燈戲

洛陽橋

本園特請藝人不惜工夫精製各樣彩切另新排洛陽橋八仙飄海仙女乘坐彩蓮花船打彩散樂羣妖作亂此橋工程不能告竣蔡狀元差家人夏德海赴水晶宮投文龍王閱文見喜遂帶領夏德海遊玩水晶宮花園作樂演唱合班名角戲中戲十錦雜耍各樣彩切龍王賞賜回文從此修造工程告竣龍王轉稟

玉皇遣天兵天將各顯神通羣仙門法捉拿妖怪各現原形蔡狀元邀請四方士農工商俱來觀看所造橋樑內有三十六行作買作賣許多奇文令人可觀與前不同屆期擇日佈告光請

駕臨賞覽是幸

本園謹啓

朱銑翁現經運庫廳劉延赴密雲縣爲其令堂太夫人診脉已於五月十九日啓程前往餘俟歸來再布

三井洋行分莊

告白

啟者日本商始創貿易爲業數拾年以來今分莊開設北門外鍋店街洗家衚衕口對過專選精工料實東洋棉紗各等時式大小疋棉布粗洋布斜紋洋標等格外公道價亦從廉凡仕商賜顧者請至分莊面議可也特此佈聞

三井本莊主人啟

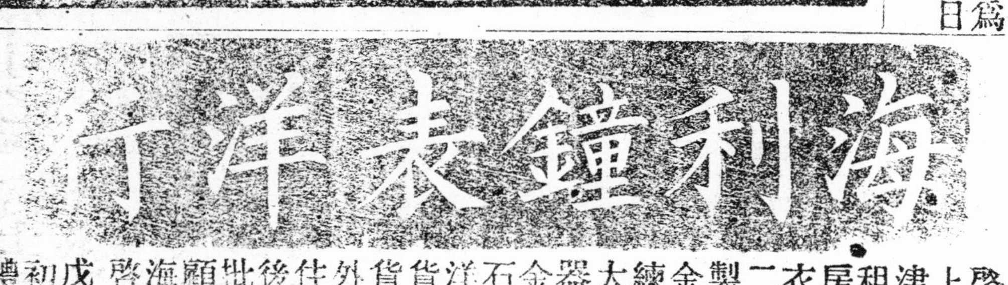

啓者本行自上海分設天津紫竹林法租界良濟藥房對過女成衣飯店一號二號房內自製新式鐘表金銀表金表練各樣新式大小說話機器耳鳴機器金戒指金鋼石戒指大小洋鏡各樣新貨一應俱全貨好價廉格外公道在此往兩三個月後另造樓房批發諸公光顧請早駕臨海利洋行謹啓

戊戌年六月初五日禮拜六

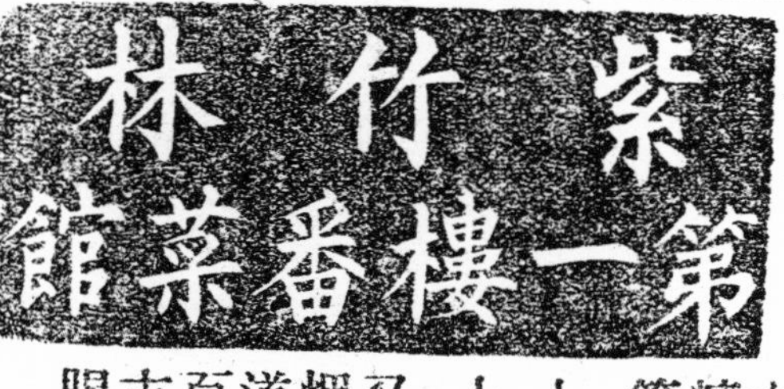

本號專作英法大菜各色精細點心各樣洋酒洋貨等物一應俱全並售

上 八百

紅茶 每斤津錢 一千

上 六百

又批發茂生公司鐵海紙烟零整發售價值格外公道原箱計一百盒價洋一百四十四元每盒計五百支洋一元五角凡仕商賜顧請即駕臨是荷

主人謹白

拍賣告白

啓者本月初九日即禮拜三下午兩點鐘在海大道隆茂洋行院內拍賣老鐵二千担銅數百斤頂好巴蔴木板一百八十件等件請到本行每日便來細看面拍可也

永盛洋行啓

廣東鼎盛機器廠

本廠精造大小機器汽機火爐開礦水龍滅火水龍磨麵機器全套管辦鑄造修理精巧銅鐵等件貨眞價廉倘蒙賜顧請至天津紫竹林法租界牌坊旁本廠面議不悞主顧

本主人謹啓

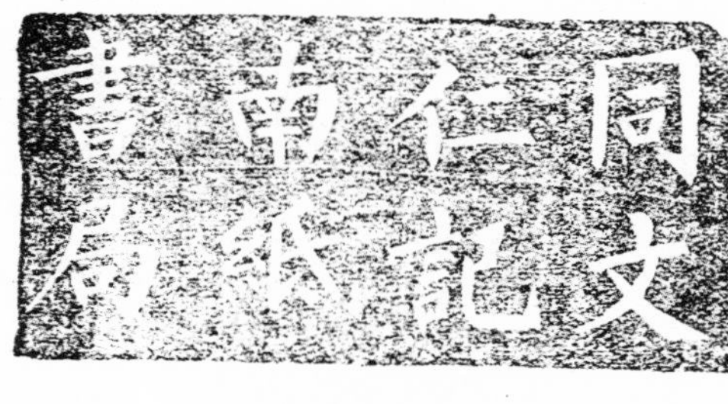

本局自印耕香館畫譜每部價洋二元專辦各種石印書籍精選加高南紙頂細雅扇格外價廉廣天津東門外襪子衚衕本局啓

本局謹啓

美孚老牌煤油

啓者美國三達煤油公司之德富士老牌煤油天下馳名萬商稱美蓋其質潔色清亮白如銀且絕無烟氣能耐久燃比之生荳等油晶光百倍而儉用價廉此爲德富士老牌之佳處誠屬無雙妙品也，士商賜顧請到天津美孚洋行採辦或向就近殷實行店購買庶不致悮

DEVOE'S
PAT'D JUNE 22.63.
BRILLIANT
OIL
IMPROVED
PAT'D JUNE 28.64.
PATENT CAN

海大道 鴻春樓番菜館

啓者本店三層大樓工程告竣地勢寬闊以備貴官紳請讌擇於去臘遷移新正月初二日開市各樣俱全價廉物美凡仕紳賜顧者請即駕臨是幸

主人謹白

六月初六日輪船出口　禮拜日
豐順　輪船往上海　招商局
順和　輪船往上海　怡和行
泰順　輪船往上海　招商局
六月初八日輪船出口　禮拜二
公平　輪船往上海　礦務局

六月初五日銀洋行情
天津通行九七六錢
銀盤二千五百文　洋一千七百八十文
紫竹林通行九六錢
銀盤二千五百三十五　洋一千八百零五文
洋錢行市七錢一分五

新開 敦慶隆綢緞洋貨莊

擇於閏三月十一日開張

本號開設天津北門外估衣街西口路南第五家專辦上等綢緞顧繡以及各樣花素洋布各碼線批合線俱按銀莊零整批發格外克已士商賜顧者請認明本號招牌庶不致誤

本號特白

遺失存條

今遺失順全隆洋行存條行平銀四百五拾兩已與該行賬房言明作爲廢紙望各處切勿收受特此佈聞

王雙福謹啓

開設紫竹林法國租界北

天福茶園

京都新到

崇慶名班

特請京都上洋姑蘇山陝等處

各色文武　頭等名角

六月初六日早十二點鐘開演

十四紅　長祿　張長奎　高玉喜　八百紅　六月鮮　安桂秋　白文奎　羊喜壽　崇俊　十二紅　崇芬　十一紅　楊福寶　王喜雲　賽理嵩　常雅秋　劉祥泉　蘇廷奎　趙斌恒

渭水河　五台山　三疑計　寶蓮燈　鐵冠圖　慶頂珠　鴻鸞禧　衆武行・丁甲山

晚七點鐘開演

新到

全班合演

李玉奎　十一紅　小祿奎　十二紅　邊義臣　常雅秋　王壽雲　楊同來　蓋天雷　十四旦　天娥旦　邊義臣　小連仲　于報　蘇廷奎　李吉瑞　汪德寶　老蓋

萬壽堂　文昭關　五雷陣　馬上緣　紅梅閣　衆武行頻演　獨木關

開設天津紫竹林海大道旁

福仙茶園

啓者本園於前月初四日止戲清理賬目今將戲園及園內桌椅磁壺磁碗新製彩切零星等件合盤出兌如有願兌者及詳細章程請至本園面議可也特此佈告

福仙茶園謹啓

創包機器

敬啓者近來西法之妙莫過機器靈巧至各行應用非得其人難盡其妙每值傷損修理必悮時日今有寗子卿專於經理機器茲擬創辦包定各項機器以及向有機器常年煤料工力價值格外公道如貴行欲商者請到福仙茶園面議可也特白

本館開設天津紫竹林海大道老棻市氣燈房巷內

直報

光緒二十四年六月初六日 第一千百二十二號
西歷一千八百九十八年七月廿四日 禮拜日

直隸勸辦湖北賑捐局自光緒二十四年三月初一日起至閏三月十五日止請獎各捐生部照又到請卽攜帶實收來局換領切勿自誤

招領部照 捐生陳殿揚山東福山縣人前在直隸勸辦湖北賑捐局報捐監生部照早到望卽攜帶實收來局換照可也

上諭恭錄

上諭御史鄭思贊奏請停止捐納一摺着戶部體察現在情形妥議具奏欽此 硃筆葛寶華補授宗人府府丞欽此

守約篇 勸學篇內之八 續前稿 張之洞

一詞章讀有實事者 一爲文人便無足觀況在今日不惟不屑亦不暇矣然詞章有奏議書牘記事之用不能廢也當於史傳及專集總集中擇其叙事述理之文讀之其他姑置不讀若學者自作勿爲鉤章棘句之文勿爲浮誕嵬瑣之詩則不至勞精損志矣 朱子曰歐蘇文好處只是平易說道理初不曾使差異底字換卻尋常底字又曰作文字須是靠實說不可架空細巧大率七八分實二三分文歐文好者只是靠實而有條理 均語類一百三十九 一政治書讀近今者 政治以本朝爲要百年以內政事五十年以內奏議尤爲切用 一地理考今日有用者 地理專在知今一形勢一今日水道 先考大川 一物產一都會一運道 水道不盡能行舟一道路一險要一海陸邊防一通商口岸若漢志之證古水經注之博文姑俟暇日考之可也考地理必有圖以今圖爲主古圖備考此爲中學地理言若地球全形外洋諸國亦須知其方域廣狹程途遠近都會海口寒煖險易貧富强弱按圖索之十日可畢暫可不必求詳重在俄法德英日本美六國其餘可緩 一算學各隨所習之事學之 西人精算而算不足以盡西藝其於西政更無與天文地圖化力光電一切格致製造莫不有算各視所業何學卽習何學之算取足應用而止如是則得實用而有涯涘今世學人治算學者如李尙之項梅侶李壬叔諸君專講算理窮幽極微欲卒其業皓首難期此專家之學非經世之具也 算學西多中少因恐求備求精有妨中學故附於此 一小學但通大旨大例 中學之訓詁猶西學之繙譯也欲知其人之意必先曉其人之語去古久遠經文簡奧無論漢學宋學斷無讀書而不先通訓詁之理近人厭中學者動詆訓詁此大謬可駭者也伊川程子曰凡看文字必須曉其文義然後可求其意未有文義不曉而見意者也 二程遺書近思錄引 朱子曰訓詁則當依古注 語類卷七 又曰後生且教他依本子認得訓詁文義分明爲急今人多是躐等妄作誑誤後生其實都曉不得也 答黃直卿書 又曰漢儒可謂善說經者不過只說訓詁使人以此訓詁玩索經文 答張敬夫書 又曰向議欲刋說文不知韓丈有意否因贊成之爲佳 答呂伯恭書 此外言訓詁爲要者尙多 朱子所注各經訓詁精審考据說文者甚多潛夫論譬爲天口賢爲譽譯可謂善譬若不通古音古義而欲解古書何異不能譯西文而欲通西書乎惟百年以來講說文者終身鑽研汨沒不反亦是一病要之止須通其大旨大例卽可應用大旨大例者解六書之區分通古今韵之隔亥識古籀篆之源委知以聲類求義類之樞紐曉部首五百四十字之義例至名物無關大用 如水部自有專書

示部多列祭禮舟車今制爲詳草蟲須憑目驗皆不必字字深求者也　說解間有難明義例偶有牴牾則闕之不論　許君書既有舛逸復多奧義但爲求通六書不爲究極許學則功力有限斷矣　得明師說之十日粗通一月大通引申觸類存乎其人何至有廢時破道之患哉若廢小學不講或講之故爲繁難致人厭棄則經典之古義茫昧僅存迂淺俗說後起趣時之才士必皆薄聖道爲不足觀吾恐終有經籍道熄之一日也　如資性平弱并此亦畏難者則先讀近思錄東塾讀書記　御批通鑑輯覽文獻通考詳節果能熟此四書於中學亦有主宰矣

愼選精銳　○前經軍務處行查八旗滿蒙漢各固山將所有兵丁除各項差站外實堪挑練者若干查明開報茲悉軍機大臣兵部尙書剛子良大司馬已奉　命分期親往八旗二十四固山公署內躬自點名挑練所挑以十八歲至三十歲爲合格挑足一萬二千名認眞操練

捐資修路　○前門內棋盤街迤北向係土路每逢大雨時行積水沒膝泥濘不堪各部院官員車馬以及行人甚爲不便今聞步軍統領衙門督飭各木廠商人集議採運石塊雇夫一律墊砌俾履道者得占坦坦遵路者咸喜平平所需經費聞係該木廠商人公同捐資藉以抒報効之忱云

固本兵餉　○四川總督咨差補用知縣吳德新管解光緒二十三年十一月二十一日起至光緒二十四年三月二十一日止共四個月固本京餉銀二萬兩又山東布政使呈差候補知縣焦翼昌管解光緒二十四年四五兩月固本京餉銀一萬兩均於光緒二十四年六月初四日午刻赴戶部投批交納矣

取結呈驗　○國史館示傳吏部送到漢謄錄李玉珍金文明羅鳳翔等三員限於六月初九日辰刻取具同鄉京官印結赴館驗到毋得違悞特示

查勘廟宇　○前奉　硃筆有各處不列祀典之廟宇改作學塾之諭　茲聞崇文門外南藥王廟地址彰儀門內報國寺等處廟宇業經西國人丈量均欲改設學堂第不知是官是私云

跳出火坑　○京師近年妓館漸夥倡條冶葉獻媚爭妍無不各極其盛喜慶堂名勾欄也在前門外李紗帽衚衕有妓女排五搔首弄姿態度妖媚夜間乘輕車赶條子恒至達旦不息鴇母以錢樹子目之詎意楊花無力方墮溷之堪嗟橘葉生香竟尋蹤之忽至蓋妓本南州人自幼曾許劉某爲室前被販賣人口之魏某誘拐來京售於該妓館倚門賣笑已一載有餘日前其兄至都偵訪得耗遂招集十數人齊至喜慶堂蜂擁而入挾妓而去鴇奴自後追赶互相毆打隨扭赴中西坊訊究刻已詳城將該妓寮封閉咨送刑部按律訊辦

督轅門抄　○六月初六日中堂見　新授廣西右江鎭李永芳辭　候補道余大人昌宇　黃大人建莞　工部員外郎程大人建勳　署獲鹿縣劉傳祁　候補通判許朝紳　候補典史龐祖誥

入署定期　○前報中堂於初六日入署旋因油漆工程不能尅期竣事復改於初九日入署刻下各匠工等晰夕忙迫統限初八日一律告竣不准再行遲延

假地辦公　○委署天津府李太守於初二日接篆等情曾紀前報嗣因前任潘太守靈柩尙在衙內停厝未便入署暫假浙江會館辦公節審訊一切案件均在會館辦理

通商設房　○天津本屬四字沿海沿河極繁要缺故向有十九科房以便分理各公事自各國通商開立租界一切交涉事件較倍於前現由邑尊呂大令稟准上憲另設一房名曰通商科專司華洋交涉諸案件該房經書係戶北科陶智周總司其事而刑南房于姓爲幫辦

稟請修堤　○日昨有北鄉麻蔓達等村民人在水利局遞稟緣近日大雨連綿北運河陡漲沿河一帶田園其勢岌岌可危懇乞局憲修築官堤藉資保衛聞呈已標收諭令聽候批示衆始紛紛散去

諒非好事　○昨早河北大王廟前有三人不知因何口角繼以毆打後遂携手同跳河中勢不俱生幸經多人極力撈上詢問情由皆俯首不言噫然則定非好事矣

禍生十指　○中華女子概事縫刃然自未嫁已嫁皆須從人至或以家貧親老男子不能養家不得已仰十指爲生活東馳西突乞食街市之間善人少惡人多憫之者幾人漁之者不堪僂指難乎其爲女子矣今早十點餘鐘老龍頭地方有官役帶一縫窮婦人詢爲致斃華捕之犯夫婦人何遽斃一華捕其中情節一經審訊自當水落石出矣

營弁虐娼　○營伍中人好冶遊已干軍律况肆行騷擾尤屬不合昨有營弁在大王廟前一帶半掩門中住宿因應酬不到摔砸一空並聲言將該寮封禁經好事者出爲調處令妓女磕頭陪禮始罷營弁如此威風殊屬可畏奈何一經臨敵輙紛紛敗竄胆小如鼠耶

賊人折本　○河東過街閣附近王某小本營生頗堪餬口昨娶妻薄有奩裝偸兒未免垂涎乘夜踰垣入撥窶門被王知覺大呼有賊賊驚逸去王督門追捕已杳無踪影而門旁反遺藍布包伏一個諺云偸鷄不著折了米其此賊之謂乎

私錢貽禍　○宮北某錢舖慣會攙合私鑄借以牟利日昨有某甲持帖取錢因挑剔小錢嘵嘵爭論不止旁觀不知底蘊疑該舖將荒閉於是互相傳說取帖者一時羣集更有一種無賴子擬趁勢搶掠幸鄰舖極力排解始稍稍散去不然尙堪設想耶

光緒二十四年六月初四日京報全錄

宮門抄○六月初四日禮部　宗人府　欽天監　正黃旗值日　吏部引　見四十二名　戶部四名　理藩院十九名　詹事府一名　正藍滿四名　鄭王等搜檢覆　命　裕德專司稽察覆　命　車王續假五日　希朗阿請假十日　召見軍機

○○臣崧蕃臣裕祥跪　奏爲揀員請補要缺知府以裨地方恭摺仰祈　聖鑒事竊准吏部粘單咨開極邊題調最要缺雲南開化府知府劉春霖保升開缺於光緒二十三年十二月二十三日奉　旨等因照例以奉　旨後五日作爲部中行文日期照限減半計算扣至二十四年二月二十三日五十五日限滿歸二月底截缺係極邊要缺毋庸掣籤已將截缺日期咨部在案查定例各省知府如奉旨命往或督撫題明留於該省候補者無論應題應調應選之缺令該督撫酌量才具擇其人地相宜者悉准先儘補用又奏定章程內開道府遇題調要缺以候補人員內請補時應先儘　記名分發人員酌量請補如果實係人地不宜始准以各項候補人員請補各等語查開化地處極邊漢夷雜處邊務殷繁加以現辦邊地引岸一切緝私督課以及控馭撫綏均關緊要必須精明幹練熟習邊務夷情之員方克勝任臣等督飭藩臬兩司於通省應升應調人員內逐加遴選非現居要缺卽人地不宜實無合例堪以升調之員其候補班內亦無　記名分發及科甲出身惟於各項候補人員內查有候補班前先補用知府蹇念咸年四十八歲係貴州遵義府遵義縣人由廩生於光緒五年在黔省捐局報捐監生加捐同知雙月選用經前四川督臣丁葆楨札委勷辦達字全軍營務因肅清峨邊夷匪出力保奏八年五月二十日奉　上諭着以同知不論雙單月歸部選用欽此十三年十一月經前出使日本大臣黎庶昌　奏調隨同出使日本派充神戶兼管大板正理事官十六年遵新海防例由選用同知捐指雲南試用旋因隨使出洋三年期滿保　奏十七年二月初六日奉　上諭着免補本班以知府仍留原省歸候補班前先補用並賞加鹽運使銜欽此當卽請咨引　見奉　旨着照例發往欽此是年十二月到省試用期滿甄別留省補用委署東川開化各府知府卸事據雲南布政使湯壽銘按察使興祿査該員歷練已深勇于任事並無參罰案件以之請補開化府知府實屬人地相宜與例亦符等情會詳請　奏前來臣等覆查該員蹇念咸才識穩練勞怨弗辭合無仰懇　天恩俯念員缺緊要准以蹇念咸補授開化府知府實與地方有裨如蒙　俞允該員係候補班前先補用知府今請補知府銜缺相當毋庸送部引　見所有練員請補極邊要缺知府緣由謹合詞恭摺馳陳伏乞　皇上聖鑒　勅部議覆施行謹　奏
奉　硃批吏部議奏欽此

○○頭品頂戴浙江巡撫臣廖壽豐跪　奏爲浙江省光緒二十年分支應各營薪糧等款銀兩列爲防軍先後第十二次報銷恭摺具奏仰祈　聖鑒事竊照浙江省歷年支應軍需用款自同治三年七月起截至光緒八年年底止節經先後列作九案分別　奏咨核

銷並遵部行新章光緒九年起應按一年一造不准再列軍需名目業將光緒九年至十九年止一切用欵分作防軍先後十一次報銷造册先後　奏咨核銷其光緒二十年分第十二次報銷用欵銀數經臣於光緒二十四年閏三月十二日先行開單　奏咨備核各在案茲據各局員將光緒二十年正月起至是年十二月底止經收經支各欵分晰册報前來除海防案內收支各項遵照部行剔歸另案開報又修造外海師船等欵照案另行專辦外計本案共收藩庫暨厘總局並閩省協解湊給護商師船餉項各欵銀一百四十四萬三千八百九十餘兩內照案登除防軍第十一起報銷案內欠發薪粮製造等銀七十二萬七千一百四十餘兩計本案實收銀七十一萬六千七百餘兩共應支楚湘水陸各軍薪粮及巡洋水師弁勇口粮暨統兵各大員津貼公費並各練軍津貼口糧文武員弁鹽菜騎駝例馬郵賞採辦製造書役工食等項共銀一百三十七萬六千三百餘兩收支相抵外實欠發各軍薪粮採辦製造項下銀六十五萬九千六百餘兩經防軍支應報銷局司道督飭局員逐欵厘剔悉心勾稽均係核實支發悉與例案相符遵照部行統造全册列爲浙江省第十二次防軍善後報銷聲明本案支給留防水陸各軍薪粮等欵均遵照部行新章核發應請准予照銷所收厘捐等欵皆係銀洋錢項並收現仍照案一律合銀開報等情詳請　奏咨前來臣覆查無異除將收支各項清册分別咨送戶兵工三部查照外謹會同閩浙總督臣邊寶泉恭摺具　奏伏乞　皇上聖鑒　勅部核銷施行謹　奏奉　硃批該部知道欽此

○○大學士直隸總督奴才榮祿跪　奏爲揀員請補副將員缺以實營伍恭摺仰祈　聖鑒事竊查接管卷內准兵部咨大名鎮標開州協副將張士翰調補督標中軍副將所遺開州協副將員缺係題補第二輪第二缺應揀合例儘先人員請補等因查該副將駐紮開州界連東豫盜賊出沒靡常操練巡防均關緊要非精明幹練之員弗克勝任前督臣王文韶查有記名總兵鄭國俊年五十九歲安徽合肥縣人投効軍營隨剿髮捻各逆迭著戰功歷保記名總兵奏留直隸補用該員勇敢樸實資勞並深以之借補大名鎮標開州協副將員缺實堪勝任亦與例章限制相符王文韶未及具奏卸事移交前來奴才覆核無異仰懇天恩俯准鄭國俊借補開州協副將以實營伍除飭取履歷咨部外理合會同直隸提督奴才聶士成恭摺具陳伏乞　皇上聖鑒　勅部核覆施行謹　奏奉　硃批兵部議奏欽此

告示照登　○欽加四品銜　賞戴花翎補用府秉襲雲騎尉清理東淀水道局委辦文安義阡事宜候補直隸州正堂毛　欽加同知銜特授南路廳文安縣正堂加三級紀錄十次王　爲　諭知事案照本局縣於去年十二月間奉　前督憲王　札委辦理文安縣掩埋朽棺露骨事宜緣以文邑水患三十餘年今幸涸消壇地均已乾出若不乘此安葬而天心莫測詎能久望時和倘水復爲灾則停棺永無葬期矣是以并飭有力之家停柩多年未葬者亦一律卜葬以示死者入土爲安之意免生者有望後失前之悔當領經費銀四千兩約已敷用及將全境三百五十餘村查竣除有力飭其自行卜葬者四千餘具外尚有無力整朽棺骨七千數百餘具整棺擬給拾埋錢一千四百文朽棺給換六尺長木匣每具連工料運費原估津錢二千文并給拾埋錢一千四百文露骨給四尺長木匣檢拾每具連工料運費原估津錢一千六百文并給拾埋錢一千文禀修唐王各古墓經費在內共不敷經費銀三千五百兩遂繕呈花戶各棺骨細數應給錢匣各章清册續請經費以資辦理一俟事竣所有各村具領錢匣甘結暨查票存根一併呈請　督憲查核後發縣存案以備隨時稽核并無論有力無力之家停棺均限於閏三月底一律埋葬淨盡各等情均已禀蒙　前督　尹　憲批發照准辦理在案本局自開辦以來念此三十年水患民不聊生富者貧貧者亡失所流離殊堪憫惻所有棺停堤埝園落被水沖激東場西移骨骸暴露無人顧問并有力之家亦泥俗尚風光兼礙已嫁姑姊爭事奢華不知喪稱有無累年浮厝相習爲常以致父死未葬子與孫又相繼亡一門甚至數具至十數具不等相停數十餘年家漸中落無力殯事今本局無力整朽棺骨定章給匣發資飭埋并勸有力者亦行卜葬卽可藉以從儉辦理免親友草率之譏爾人子得盡送死之心本局縣爲爾籌畫亦可謂至周且備昨閱直報有文安伸民來函告哀祈爲登報據云在左各莊由委員搭蓆棚一所附近喪家以靈入棚者每棺索棚規二百文又糊紙旛一事喪家用其旛者索京錢一千文此二項扣除每棺官實給大錢一百文似此昧心令人駭聽除暗訪查究外准該受扣除錢文棺戶前來控訴以憑懲辦追償至云示諭無論新舊喪均限四月某日一律埋葬淨盡本局原爲久停之棺而設新喪從無過問諭限閏三月底埋盡時有五月之久亦不爲急

迫爾等於期內卜葬者僅有十之二三本局亦示體恤未便押催及四月間有力者始料理殯事無力者因已將錢匣領去不能視如無事方相隨舉辦據此以觀若不示以限期嚴諭逾限不埋作無主論招埋義地將爾等因循觀望永無完期何得以莫須有三字妄騰口說耶復云本局意以埋葬逾速棺具逾多爲如法無論領與不領皆可按棺開支以爲報銷地步本局於奉札伊始除稟請委員二人南紳四人襄理其事照給薪費外本局毫無公費當經稟明　各大憲不支薪水弁火食油燭筆墨紙張以及差役引道員紳下鄉查柩飯錢均由本局捐辦該差隨去隨來不敢攙越一言何有下鄉詐民情弊若云此事以爲美差凡有人心者固不忍於中漁利亦不忍輕出此言本局終始兢持不過期副　各大憲好善之誠俾萬千戶靈實惠之沾撫躬自問俯仰信無愧怍已所云本縣有以下情不安前來呈訴者從嚴責斥其語更謬本縣一介寒儒素以仁讓爲懷今一行臨民萬不肯頓易初心眼前皆爲赤子豈輕以同僚之誼遽遇民以苛政況義阡局查竣各村棺骨具數于造冊稟報　上憲外卽備冊移縣稽核所有定給大小木匣幷酌給抬埋等費確有考核幷稟請闔境城鄉紳董十數人帮爲辦理以期允孚爾等鄉誼攸關自通聲息該紳等詎能默無所言至於會同本縣出示限以葬期多方開導幷無急迫難爲之勢爾等各具心思不知仰承善意蹈此惡習昧盡天良殊堪痛恨但人之耳目有限衆庶之聞見必多合亟出示曉諭爲此示仰闔境紳民士庶人等知悉倘有前項種種情事許爾等指實來局縣呈控本局當聞善言則拜自予嘉尙自示之後爾等各宜遵行毋得言而復秘顯見與好事之徒同流合污造言惑愚誣謗善舉以致魚目混珠不分涇渭也爲此特諭毋違切切

光緒二十肆年五月二十四日

啓者昨接上海孫仲英善長來電旋又接到顧緝庭葉澄衷嚴筱舫楊子萱施子英各觀察來電擬云江蘇徐海兩屬水災綦重飢民數十萬顛沛流離死亡枕籍災區十餘縣待賑孔急需欵甚鉅官欵恐未能徧及素仰貴社諸大善長久辦義賑飢溺猶已敬求代呼將伯源源接濟功德無量蒙滙賑欵卽滙上海陳家木橋電報總局內籌賑公所收解可也云云伏思同居覆載異姓不啻天親縱隔形骸民物莫非胞與頓遭洪水哀此災荒盡是蒼生何分畛域況救人性命卽積我陰功雖此日拯茲黎庶散盡赤仄青蚨卜他年報在子孫同來玉堂金馬敝社欵無備濟自知獨力難成術欲廣仁惟冀衆擎易舉叩乞　顯官鉅紳仁人君子共憫奇災同施仁術原擬活人無算雖千金之助不爲多但能濟世有功卽百錢之施不爲少盡心籌畫量力輸將敝社不禁爲億萬災黎泥首叩禱也如蒙　慨助卽交天津溜米廠濟生社帳房代收並開付收條以昭徵信

濟生社籌賑同人謹啓

新開 元隆號綢緞洋貨莊

自去歲四月初旬開張以來蒙　各主顧垂盼雲集馳名日盛本號特由蘇杭等處加意揀選名機新鮮貨色零整銀價俱照大莊行市公平發售以昭久遠此白

寄賣龍井雨前素茶福建皮絲水烟各種貨料大小皮箱

開設天津府北門外估衣街中路北門面便是

天后宮北 義興順綢緞莊

本莊自置顧繡綢緞綾羅紗絹各樣洋貨南貨雅扇桂母頭油香貨歸安貝松泉湖筆一概俱全

頭號杭寧綢　四錢二
頭號摹本緞　三錢八
紅梅茶　九百六
紅茶　每　六百四
紅茶硬　斤　二百二
龍井茶　一吊八
金百
壽棉襁褓布裡每套五兩八
哆囉蔴每尺原碼四分二
各莊夏布一概照行發莊

三日一本 石印類類報

看至約四個月可成書七部八冊已改策論此報詢屬利器也每月津錢六百四十文先交報資定看全年者收洋肆元不折不扣北閣內延邵公所對門類類報館啓

新到啤酒

啓者本行現由德國自運上等啤酒氣味香美與衆不同除濕却暑助氣消食誠酒中之仙品也如蒙　賜顧請到老龍頭對河本行賬房可也計每箱四十八瓶價銀七兩五錢又價銀八兩五錢

瑞豐洋行謹啓

告白

出售經武所用書籍先取爲快　電氣水雷圖說　列國陸軍制　繪圖行軍側繪　管礮法程　德國陸軍制述要　美國水師攷　法國水師攷　萬國交兵章程　劉帥地營法　幼學操身　英法俄德四國志畧　西法易筋經　英法義比四國志畧　中日始末記　普法戰紀　出使英法美比四國日記　傳相日記　出洋須知　英軺日記　中國兵畧指掌　原板大英國志　重訂法國志畧　西國律列　鐵路工程圖　西國學校　萬國公法　中外測地志畧　另有新到西學通考　全續彭公案　濟公傳　物奇價廉

天津北門內府署東大街紫氣堂啓

元茂機器磚瓦公司

本公司仿照西法燒作磚瓦事屬創舉曾經通稟在案該貨堅固異常價值從減並各樣印花磚瓦俱全　賜顧者請至海大道新興南里內本公司面議可也謹啓

魁陞號綢緞洋貨莊

本號自置顧繡綢緞洋貨等物整零均按銀莊格外公道皆比大市價廉發售　寄賣各種眞料大小皮箱漢口水烟袋各種眼鏡龍井雨前紅茶梗　寓天津北門外估衣街五彩號衚衕口坐北向南　士商賜顧者請認本號招牌特此謹啓

題學書塾

浙江蕭山湯伯述先生擬招學徒百人講授策論文字每人月脩四元每月兩課一策一論屆期到塾領題三日繳卷三日批改取定甲乙榜示暫時遙授不必住館本塾在海大道直報館旁

告白

奉旨鄉會兩闈及科歲生童改試策論書院肄業亦皆遵照改課童蒙讀下自宜以古文爲法宋儒呂東萊先生所著博議久已風行近尤膾炙人口現有芙蓉館主人以諸名家所批善本付本齋石印帋墨精良字大爽眼約於月半印畢出售此佈

天津文美齋南帋局告白

名醫早回

今而知浙西張敬和司馬醫名所以藉藉者實由其所治各症應手而痊如操左券也但病有輕重方有奇偶有一服即愈者有兩三服始愈者往往此間之病服藥見效尚待重診而遠方又來延請病情綦重不往則無以慰遠者之盼望即往又恐悞近者之復診濟世心長分身術短此先生所以有遠處不能久住之約也前月下旬呂道生軍門女公子患病敦請司馬前往一再診視已就延六七日之久司馬心急如焚已於月朔回津本館特登諸報端俾既經醫治尚待清理與甫患病亟須醫治者庶幾延診不誤也

建平永平金礦局告白

啓者壬辰年春　前北洋大臣李委潤等創辦建平金礦自顧菲材膺茲艱鉅不勝主臣開辦以來疊於平建朝赤等處徧加探試或以石堅金薄不敷度支或以費鉅工艱難祈速效頻年耗損實屬不支迨丙申歲抄核計彌縫舊缺外始有徵餘洎丁酉全年見盈遂奉　熱河都護諭以丁酉正月至四月爲建平第一屆升課其課銀已於今春解呈熱河五月至十二月爲第二屆其課銀亦不日報解又丙申冬分設永平金礦該處砂綫窄小浮露於外無大水患工程尚簡計至去年十二月底共試辦十四個月稍見餘利去冬十一月杪該局又得遷安縣屬駱之爾岩令正以後出金日逐見增將後可望蒸蒸日上刻亦報解第一屆升課惟是解課以後即應分息在股諸君觖望已久茲定於六月初一日在天津招商局內建平帳房上海寶源祥香港招商局等處分派屆時務祈　諸股友携摺枉顧以憑核發除將歷年辦理情形收支帳目稟報公牘彙刊成冊印送核閱外合將派息日期登報奉聞

徐潤等謹白

求是學堂緣起

五洲互市以來歐亞澳美奚啻同堂而都人士之能操其語讀其書者蓋鮮今則風氣日開學堂林立識時務之俊傑莫不以西學爲要圖然率皆習肄英文鮮及於俄夫俄雄跨歐亞毗連中土又築西伯利亞鐵路以通遼東相逼日亟交涉日多不通其語言文字何以覘其治忽燭情僞知俄曾聘華儒回國授讀而我顧可冥然罔覺乎是當今之急務莫俄文若也本學堂延聘教習先以俄文及算學爲主次及泰西專門各學儻有同志願來習肄請　書台銜年歲籍貫住址以便添班時前往如會所有簡明章程摘錄於左　計開

一來學者必須身家清白華文通順年在十五歲以上

一學堂現在修葺教習尚未移入如有願學者請先至琉璃廠中西大藥房報名

一來學者每人月交京松銀三兩俟籌有經費即行酌減

一開辦伊始用款浩繁同人來學須於到館之日預交半年經費計合京松銀十八兩

一每班以三十人爲額額滿即歸入下屆新班

一藏修息游古無偏重每逢五逢十停課一日以資休息庶功課私事兩無貽誤

一同學無非在京有事之人雖有休息之日究不能毫無間斷現擬每班功課完後補授欠課以二刻鐘爲度

一同學率皆京員或縉紳子弟彼此須以德行相勗過失相規不可傲慢狎侮亦不得任意嬉笑談論他事

聲光化電固宜專精五洲文字尤貴兼習本學堂原以俄文爲主更聘英文教習並通泰西諸學　如有專習英文者每月銀二兩到堂之日仍須預交半年經費如願兼習英俄文字亦聽其詳細章程隨時可到堂閱看

求是學堂又啓

紫竹林法租界 三義飯店

本店專做英法大菜並由外洋自運各國上品洋酒各色異味點心罐頭鮮菓食物等類俱全刻下修理洋樓工程尚未告竣擇吉開張請蒙仕商 駕臨是荷

本主人謹啓

朱鈍翁現經運庫廳劉 延赴密雲縣爲其令堂太夫人診脈已於五月十九日啓程前往俟歸來再布

三井洋行分莊

告白

敝者日本商始創貿易爲業數拾年以來今分莊開設北門外鍋店街洮家衚衕口對過專選精工料實東洋棉紗各等時式大小疋棉布粗洋布斜紋洋標等格外公道價亦從廉凡仕商賜顧者請至分莊面議可也特此佈聞

三井本莊主人啟

天福茶園

特請上洋新到

頭等花旦

天娥旦

六月初七日

早准演 賣絨花

晚准演 燒骨計

重排新製新彩新切

七八本

鐵公鷄

擇日開演

新排全本新彩燈戲

洛陽橋

本園特請藝人不惜工夫精製各樣彩切另新排洛陽橋八仙飄海仙女乘坐彩蓮花船打彩散樂羣妖作亂此橋工程不能告竣蔡狀元差家人夏德海赴水晶宮投文龍王閱文見喜遂帶領夏德海遊玩水晶宮花園作樂演唱合班名角戲中戲十錦雜耍各樣彩切龍王賞賜回文從此修造工程告竣龍王轉稟玉皇遣天兵天將各顯神通羣仙門法捉拿妖怪各現原形蔡狀元邀請四方士農工商俱來觀看所造橋樑內有三十六行作買作賣許多奇文令人可觀與前不同屆期擇日佈告光請 駕臨賞覽是幸

本園謹啓

海利鐘表洋行

啓者本行自上海分設天津紫竹林法租界良濟藥房對過女成衣飯店一號二號房內自製新式鐘表金銀表金表練各樣新式大小說話機器耳鳴機器金戒指金鋼石戒指大小洋鏡各樣新貨一應俱全貨好價廉格外公道在此往兩三個月後另造樓房批發諸公光顧請早駕臨海利洋行謹啓

戊戌年六月初六日禮拜日

紫竹林 第一樓番菜館

本號專作英法大菜各色精細點心各樣洋酒洋貨等物一應俱全並售

上上紅茶 每斤津錢 八百 一千六百

又批發茂生公司鐵海紙烟零整發售價值格外公道原箱計一百盒價洋一百四十四元每盒計五百支洋一元五角凡仕商賜顧請即駕臨是荷

主人謹白

拍賣告白

啓者本月初九日即禮拜三下午兩點鐘在海大道隆茂洋行院內拍賣老鐵二千担銅數百斤頂好巴廠木板一百八十件等件請到本行每日便來細看面拍可也

永盛洋行啓

廣東鼎盛機器廠

本廠精造大小機器汽機火爐開礦水龍滅火水龍磨麵機器全套管辨鑄造修理精巧銅鐵等件貨眞價廉倘蒙賜顧請至天津紫竹林法租界牌坊旁本廠面議不悞主顧

本主人謹啓

本局自印耕香館書膾每部價洋二元專辦各種石印書籍精選加高南紙項細雅扇格外價廉寓天津東門外襪子衚衕本局啓

本局謹啓

六月初七日輪船出口　禮拜日
豐順　輪船往上海　招商局
順和　輪船往上海　怡和行
泰順　輪船往上海　招商局
六月初八日輪船出口　禮拜二
新裕　輪船往上海　招商局

六月初六日銀洋行情
天津通行九七六錢
銀盤二千五百二十二　洋一千七百八十五
紫竹林通行九六錢
銀盤二千五百五十二　洋一千八百一十五
洋錢行市七錢一分五

遺失存條

今遺失順全隆洋行存條行平銀四百五拾兩巳與該行賬房言明作爲廢紙望各處切勿收受特此佈聞　王雙福謹啓

開設天津紫竹林海大道旁

福仙茶園

啓者本園於前月初四日止戲清理賬目今將戲園及園內桌椅磁壺磁碗新製彩切零星等件合盤出兌如有願兌者及詳細章程請至本園面議可也特此佈告

福仙茶園謹啓

直報

本館開設天津紫竹林海大道老棧市氣燈房巷內

光緒二十四年六月初七日　第一千百二十三號
西歷一千八百九十八年七月廿五日　禮拜一

上諭恭錄

旨太常寺博士着王樹魁補授翰林院典簿着于宗翰補授孔目着王恩藻補授甘肅慶陽府知府着慶霖補授山東萊州府知府着曹榕補授雲南南安州知州着夏獻芬補授山東沂州府水利鹽捕通判着王承修補授吉林雙城廳通判着柳大年補授甘肅階州直隸州白馬關州判着徐福禮補授山東費縣知縣着謝羲補授山東卽墨縣知縣着周永補授直隸龍門縣知縣着張兆齡補授廣東會同縣知縣着方朝檠補受貴州印江縣知縣着陳鴻年補受截取舉人亢長青着以知縣用王葆善着以知縣用俸滿教職張維源着以教職用王汝賢着以教職用工部筆帖式着雙慶補授翰林院筆帖式二缺着慎德慶文補受都察院筆帖式着拜歡布補受廕生煜恩着以侍衛用多福着以七品筆帖式用湖廣道監察御史着雙壽補受截取刑部郞中宋思允吏部郞中雷祖迪俱照例用內閣中書着劉學洙補受擬補吏部主事德志着准其補受保舉直隸候補知州張鴻恩直隸沿河候補知縣周鳴和黃震山東候補知縣呂蔭崧江西候補知縣鄭紹康黑龍江九品筆帖式毓秀俱照例用俸滿湖南衡永郴桂道隆文着回任卓異俸滿四川溫江縣知縣張鐸着回任准其卓異加一級仍註册候升獲盜官直隸試用知縣曹景成着遇缺儘先補用福建儘先補用知縣周有基着補缺後以同知用欽此

知言論

吾人皆習孔孟之書當無不皆知孔孟之言乃莫不飲食鮮能知味非如舜之好問好察執兩用中者則予智自雄鮮不被驅諸罟陷阱中而莫知避其何以擇乎中庸故孔子之學繼虞帝以知言終孟子之學繼孔子以知言始奚以云也論孟莫非記言之書孔孟之學著於是孔子以知言終者論語末章首述堯舜命辭特以不知言無以知人殿其後孟子以知言始者孟子論不動心之學曰我知言我善養吾浩然之氣先之以知言者非知言莫能養氣其自上紹心傳十六字知言而已知言以通乎天人而已天無言也胡由知天不言風雷或假之鳴山澤以通其氣萬物紛紜出其中鬼神變化出其中是爲無言之言倘不能悉萬物之本源鬼神之情狀則不知天地之化育卽爲不知無言之言此而謂之知天妄矣幽有鬼神明有禮樂陰陽一理昧則俱昧明則俱明不能知天而能知人妄之妄矣惟聖人知天地之化育惟能知無言之言斯無不知有言之言斯能繼天以立極代天以立言故聖爲天口而聖人之聽政也又必使公卿至於列士獻詩瞽獻典史獻書師箴瞍賦矇誦百工諫庶人傳語以迄耆艾修之而後斟酌以爲治其治民也如治川爲川則決之使導爲民則宣之使言知天人無非一理土有山川財用於是乎出民之宣言善敗於是乎興知則可以行善備敗於以阜財用衣食之源先聖後聖其揆一上以言爲治下以言垂教誠以天下國家無非人與人相交實無非心與心相交而人心不同有如其面卽使面同古今之

舜其面聽其心舜其心聽其面如孔子之與陽虎者世不乏人面雖同而心不同心雖同而言不同人藏其心不可測度知其面不知其心聞其言又不得其心不能爲治亦不能爲教何者言雖存而其所以言之心不存有聞直如無聞耳故必知其言斯知其心斯知其人斯能盡其人之性斯能盡人性盡物性於以贊化育參天地則由知人以知天開物成務胥於知言基之知言之義大矣哉然而言之難知也孟子言不動心推曾子爲守約乃檀弓記曾子喪欲速貧死欲速朽之說有子則一再決其非君子之言繼乃決爲夫子有爲而言有子能知夫子之心因深知夫子之言雖以信友如曾子有子初不以淆信師之志及曾子以其言告子游復以子游答詞告有子彼此互證乃深服有子之知言是曾子於知言猶未能也甚矣知言之難也又況同一言也或其心有所蔽心有所陷心有所離心有所窮在此蔽陷離窮者未嘗不冒正直剴切以振振有辭使無識者聽之必目爲有德有言而論篤是與矣而一遇知言之人固早知其心之有所蔽與陷也離與窮也奚以知之於其辭之　淫邪遁知之也且夫言者發乎聲生乎氣者也心有所感氣斯至焉物斯應焉聲斯發焉感以樂則聲嘽以緩感以哀則聲焦以殺閒嘗察鄉之富人逸居舒體喁喁然不自知也鄉之貧人辛苦墊溢食用不足室人交謫呻呼愁嘆貧者或亦知而不知而聞者無不知之在家如此在國亦然春秋時季札聘魯縱觀周樂以之論國政主德民情無一或失夫樂之詩民之謠也國之政主之德民之情胥於其謠知之故孟子論知言推引子貢聞樂知德之說良有以也又況人主詔求直諫其臣或見有所偏如宋明末造之黨此主更新彼主守舊此一是非彼一是非脫非天錫神智明目達聰聖聽不爲所淆者幾希國是民情尚堪設想耶今猶古也岌岌危哉言顧可以不知乎哉雖然世俗之詐與不信久矣或且將逆之億之是直以詐逆詐以不信億不信也惡乎覺又惡乎知然則奚以知也曰彼以虛我以實彼以曲我以直其氣之成也至剛大其氣之生也在集義能養氣斯能知言能知言乃直養而無害於氣此孟子之學以知言始其明則可以至於誠乎若孔子之學以知言終者當爲誠則無不明矣其斯爲知言之極則歟

不徹薑食　○京師右安門外十里店地方產薑最美列入貢品照例呈進本年六月初三日由該地方用大筐黃紅布罩送內務府驗明照收以供御用云

浙織交府　○本年杭州織造呈進　內廷綢緞十二箱已於六月初三日由海運到京管解筆帖式差役赴　內務府造辦處分別交納矣

獲賊送部　○近來都門刦案疊出經步軍統領衙門嚴飭各營認眞緝拿獲盜十餘名奏交刑部按例懲辦六月初四日午後聞南營西珠汎在永定門外南馬道拿獲三人形迹可疑並從身畔搜出洋槍三桿解交守戎署內供出搶刦多贓等語當經轉解步軍統領咨送刑部按例審辦云

更夫捉賊　○宣武門外山西街有地藏寺僧徒十餘輩梵魚鐘磬頗不寂寞香積廚中畧有餘積宵小垂涎已久六月初三日有甲乙二小竊俟黃昏人靜時掩入山門竊得法器法衣等物負之而出爲一擊柝人所見知爲鼠竊當卽呼喚旋經劉某幫同捉獲翌晨解交練勇局提訊飭責數百板枷號示衆賞給更夫京錢十吊以示獎勵

寺僧募化　○京師前門外萬佛寺古廟多年被風雨催殘伽藍頓無顏色昨經該廟僧人於六月初一日發愿虔坐釘關晝夜不息一年爲限募化重修廟宇關前懸掛大鐘晝夜隆隆之聲遠聞數里以致附近居民終日爲之耳聾夜卧不安昨經諸善士集議各處勸捐鳩工庀材重修云

浴身喪命　○南苑三台山迤北三間河內雨後波平岸闊昨有神機營兵丁清山下河沐浴不諳水勢深淺竟遭滅頂覓人撈獲無着至次日始行漂浮水面大腹膨亭厥狀甚慘旋經地甲撈出稟報相驗飭屬認領取具結存案云

督轅門抄　○六月初六日晚中堂見　四川補用道沈大人翊清　候補道邢大人晉　嚴大人復　初七日見　調補熱河道恒大人壽　候補道張大人振棨　徐大人楨祥　張大人翼　補用同知廷夔　山東候補縣丞周芬　候補鹽大使孫用釗　候補鹽經歷陸德鍾　盛軍辦馬委員守備劉先勝

海容將到　○前歲德廠所造輪船竣工命名海容已由外洋來華曾紀前報玆悉自港抵滬不日可到津沽　中堂特委水師

學堂總辦嚴幼陵觀察營務處潘子靜觀察柯松坡觀察赴沽驗收仍擬交舊管復濟練船之水師官李弁管帶計自中東事後中國只有小輪魚雷數年之中又添魚雷雙烟筒者數艘今更添此大輪將來歲修船塢若旅若威巳爲他人所有雖云可與共用究不如用我大沽船塢之自爲方便也

通儒循吏　○讀書不達時務泥古或未必通今時務本之讀書宜今乃不愧稽古故仕優則學學優則仕仕而不學難爲循吏學而未仕難得通儒也　諭旨改試策論以史事　朝政書義經義中外時務各項命題正欲合今古爲有用實學不通今古不可以爲學不得良師不可以通今古儒之薪傳釋之衣鉢指授厥有由也蕭山湯伯述先生詩禮名門簪纓世胄早歲中孝廉之選著書等身頻年縮太守之符升階晉豸通儒循吏一身兼之本報後幅昨登告白先生擬招學徒百人講授策論經世之學殷殷以汲引後進爲　國家培人才爲士林開風氣將見盈門桃李蔚爲一代菁莪大臣以人事君其道莫大於是師丞不遠有志用世者無慮欲從末由也巳

浮橋竣工　○前報運憲因各處浮橋年久失修撥欵整理等情玆悉東浮橋先經報竣並兩邊修有欄杆以護行人其餘各橋亦將陸續竣工

棉花逐浪　○北河水漲溜急船隻失事者屢有所聞昨午有船一艘滿載棉花包若干行經新浮橋上船主偶不小心致遭傾覆雖未淹斃人命而棉花盡歸烏有事後各處根尋僅找回十九包其餘若干包尙無著落

闔村頌德　○賈家口至河東小關小鹽店一帶河岸被水冲刷年甚一年前經該處紳耆人等赴道轅聯名遞稟蒙批准飭工程局勘修等因本報曾經登錄玆聞工程報竣目下雖河水漲發而河岸堅固房屋足資保衛故居民無不歌頌功德焉

娼寮命案　○馬家口下西開地方蓋房數百間其總名爲興基公司冒洋商之業實則本津富宦富商藉此生財其間娼寮林立分妍別媸某南班落子蜂屯蟻集口角相爭日每數起尙屬細事本月初三日有武備學堂之某甲在該下處游玩不知因何啓衅蝦兵蟹將竟將甲毆斃下處之人逃逸無踪該管地方赴縣報案昨復聞該堂之人率衆將該處娼寮一併搾砸不知作何了結俟訪再錄

小賊被獲　○河北大衚衕王公館昨夜有偸兒入院被僕人知覺當即拏獲次晨協同該管地方送交大王廟鄉甲局訊辦

挑瓜起衅　○河北西窰窪菓子店爲鮮貨行市日昨來西瓜甜瓜各一船衆人競相發買有小生意人王某因挑換西瓜與該客口角隨取切西瓜刀用武該店經紀從中解勸悞被砍傷右手鮮血淋漓現經旁人覓藥敷治並極力理處不知能保無事否

殘婦宜懲　○河東呂祖祠旁居民張某小本營生妻某氏嘴殘而身懶不守家規昨晚餐時在門首抽籤賭贏食物以果口腹詎該子方四歲在院玩耍誤將兩膊撲入湯盆內氏聞聲進院審視而兩手膊巳糜爛不堪矣甚哉村婦之無知一何至此

四明風鶴　○滬江法工局與四明公所搆衅經當道出爲調停各節屢登前報適有某商來電此事尙不知如何了結惟現巳罷市各處均不發貨此信甚確云

粵匪續聞　○前報登官軍大捷一則玆探得起事源由實以前月十二日梧州府之容縣鬱林州之陸川兩縣同日被匪攻破池城匪徒係前年高州瀨渣尾之餘黨或謂卽三點會洪秀全之後揭竿爲亂從者不下七八萬人用大旂上書官逼民刼富濟貧七字越日從者更衆昨又攻陷北流縣匪等卽分投圍困鬱林博白兩城現在鬱林十分緊急博白卽被攻破容縣官眷均被慘害文安文樂墟場亦被擾亂永安州大黃江口等處亦有匪蹤該處離梧州只三日程途梧地民心震動粵東大吏以高州府屬石城靈山等縣與粵西毗連恐匪徒乘勢滋擾又添派高州鎭潘總戎率兵堵截以捍地方聞此次起釁之由匪等借官不肯禁米出口爲名乘機搶掠遂致倡亂粵東商人每多與難昨有由梧州搭平安輪船東返者傳說容城商民被害以某押店貨店爲尤酷該城內有兩典危樓聳立頗堪守禦奈土匪環攻押內勢窮力盡藥彈無多且各兵未能援救因自爲焚燬各舖夥多葬火坑殊屬慘矣又聞某貨店藩籬牢固店伴衆多待土匪入墟搶掠該店閉門自守放鎗相拒奈匪勢兇狠卒以衆寡不敵店東被匪支解云目下土匪圍困吳川電白卽將電線斬斷現官兵巳陸續抵梧分投往勦但該處河水窄狹山路崎嶇官軍抵梧不敢深入祇得相機而進聞北流知縣係番禺金太史學獻傳聞城陷後業已殉難云

光緒二十四年六月初五日京報全錄

宮門抄○六月初五日兵部　太常寺　太僕寺　正白旗値日．兵部引　見二十六名　侍衛處三十六名　廂藍滿五名　善撲營五名　王文韶許應騤各假滿請　安　葛寶華謝授宗人府府丞　恩　懷塔布續假五日　文琳續假十日　侍衛處奏派　保和殿監試之大臣　派出頭班潤貝勒達賚色楞額霍倫泰善豫二班那公恩熹文樸松晉文啓　召見軍機　楊頤

○○頭品頂戴山東巡撫臣張汝梅跪　奏爲遵　旨查明安邱縣勸辦股票被參情形恭摺覆陳仰祈　聖鑒事竊臣前因閱伍公出於四月二十六日在臨清州行次承准軍機大臣字寄光緒二十四年四月十九日奉　上諭有人奏知縣藉端殃民請飭查參一摺據稱安邱縣知縣俞崇禮辦理昭信股票計畝苛派按戶分日嚴傳不到者鎖拿嚴押所派之數不准稍減分厘請飭查參等語昭信股票迭經諭令不准苛派抑勒若如所奏該知縣藉端騷擾貽累閭閻與　朝廷開辦股票任聽樂輸之意大相刺謬殊堪痛恨着張汝梅確切查明據實參奏此等情形恐不止安邱一縣爲然該撫務當通飭所屬嚴切曉諭各該地方官妥爲辦理不准稍有擾累儻如有官吏藉端苛派卽行從嚴參辦原摺着鈔給閱看將此通諭知之欽此欽遵寄信前來當經行司通飭所屬妥爲辦理如有藉端苛派者卽行參辦並遴候補知縣嚴正良前往安邱縣按照原奏所參各節明查暗訪詳細稟覆由臣覆加查核參以輿論敬爲我　皇上據實陳之如原奏所稱安邱縣知縣俞崇禮辦理昭信股票計畝苛派納糧銀八兩以上者令承領股票一張預調汎兵守護大門又傳集本縣之人及鄰縣人在安邱境內置買田地者一千二百餘人納糧銀七兩至二兩者亦令承領股票一張民情不願該令喝斥刑求一時議論喧雜該令喝令差役兵丁關門捉拿百姓人多勢衆有用茶盤向堂上亂擲者幸催解委員勸散該令仍按戶分日嚴傳不到者鎖拿嚴押一如所派之數不准稍減分厘其拮据者至典賣田產或盡室偕逃或仰藥自盡而且勒限嚴追銀價陡長等語查安邱縣知縣俞崇禮於本年二月二十八日初次邀集城廂紳富戶備筵勸借股票衆情踴躍三月初三日邀集四鄉大戶至署者數十人待以茶饌會集同城官紳二次勸辦其認領股票多屬完納糧銀二十餘兩之戶八兩以上間亦有之納糧銀至八兩者計賦地二頃有餘凡願借紳民均係自寫銀數於簿並無難色計頃認借則出自衆願按畝苛派則實無其事各鄉遠近不一富戶尚未到齊誤於約期傳訛該縣要將送信之差役責斥經同城官紳緩頰而止復於初十日邀集殷實之戶三次勸借一切欵接如初紳民自相商議賦地一頃以每戶認領股票一張其中有不願者旋改議一頃以上兩戶共領股票一張並未聞納粮二兩之戶亦令認借之議人非一村兩戶共認一票紛紛商論未定之間乃願借者展簿先寫而未定者因此齟齬彼此爭論喧雜甚至拂衣欲散茶盌觸動墮地經該縣與同城官紳曉以此次勸借各出心願並不强以所難何必互相爭論散者仍回坐次該縣本無考院此次四鄉紳民均借坐縣署大堂兩廊蓆紮考棚中大風適起蓆棚勢難安坐維時天色已晚次日又屆縣試該令諭令紳民暫息訂定次日分赴武汎典史兩署酌寫多寡各從其便並無不准稍減分厘之說預先既未調兵守護當時亦未關門捉拿吏無喝斥刑求之事或爲送信誤期之差役被責遂致以訛傳訛此日士子尚未入場各路商賈雲集觀者如堵謂其傳集一千二百餘人殆因旁觀者連數而及該縣催解委員已於三月初四日前赴諸城縣計在初十日以前則委員勸散之說係屬附會惟各鄉自寫借欵未齊該縣僅諭地保分催一次所謂分日嚴傳不到者鎖拿嚴押其說或由於此而調查押記簿月報册均無因此案被押人犯又調查認借股票印簿與粮册互相核對亦俱相合至典賣田產盡室偕逃者未聞其人仰藥自盡者亦無其事第謠傳該縣西鄉有秦姓文童家頗富有赴縣應試適値勸辦股票該童頗知大義慨然認寫銀一百兩而去及還家後父兄責其擅專一時氣忿所激聲言不如自盡後聞府試名列前茅其人猶在衆所共知謂其仰藥自盡者或卽因此該縣地偏市窄城鄉錢鋪一遇需用欵項往往抬價居奇舉辦股票之時正當上忙錢粮徵解吃緊以錢易銀者衆三月初十十八等日各鋪每銀一兩合長一二百文官爲查禁價仍照常以上各節雖係事出有因實則傳聞之過此查明安邱縣辦理股票之實在情形也臣維勸借股票分年計息歸還本　朝廷不得已之舉全在地方官遵　旨妥爲勸諭不容稍有派累節經諄諄誥誡開辦之初曾有州縣轉據首事具稟請示境內富戶無多願按地糧攤借者臣卽嚴詞駁斥並行司通飭查禁在案此次安邱縣知縣俞崇禮勸辦股票委因部限迫促未免涉於急切究屬因公得謗情尚可原與藉端殃民者不同且其在任已及三年平日尚能勤政愛民廉隅自礪應請

免其置議除仍嚴密訪查此外各屬儻有抑勒苛派情事卽行從嚴叅辦不敢曲爲掩飾外所有遵 旨查明安邱縣勸辦股票被叅情形理合恭摺據實覆陳伏乞 皇上聖鑒 訓示謹 奏奉 硃批知道了欽此

○○頭品頂戴山西巡撫臣胡聘之跪 奏爲晉省辦理年例鐵斤價脚不敷仍請照案展限提動厘金以資津貼恭摺仰祈 聖鑒事竊査山西省每年應解平鐵一批計重八萬四百九十八斤好鐵四批計重二十萬斤例支價脚銀一萬一千三百兩不敷甚鉅昔年係由各州縣攤捐彌補多半未能淸交仍由司庫籌墊光緒八年經陞任撫臣張之洞 奏明裁免攤捐此項不敷價脚請於厘金項下每年提動銀一萬一千三百兩稍資津貼以五年爲限俟限滿物力稍紓官力漸裕再行察看籌發在案光緒十四十九等年兩屆限滿均經前撫臣以司庫無欵可籌仍請展限五年照案提動先後奏奉 硃批着照所請該部知道欽此遵辦以來每年應解鐵斤幸無貽誤現又展限屆滿經臣飭司局察度情形議覆去後玆據署布政使錫良會同籌餉局司道詳稱鐵捐局承辦鐵斤需用價脚等項核實撙節需用銀三萬九千餘兩除例支等欵外尚不敷銀二萬二千餘兩專恃厘金津貼一項藉資彌補近年貨價日昂銀價日賤卽如數具領尙形不敷而應解鐵斤及綢絹紙硃礦等物例限綦嚴必須先期趕辦齊全呈請籌撥誠恐有誤要需請仍援案將厘金津貼再展五年俾供支備等情請 奏前來臣查鐵斤一項關繫年例要需不容稍緩而例支價脚不敷甚鉅値此司庫出欵日增拮据倍甚委係無可籌撥惟有仰懇 天恩俯准再行展限五年在於厘金項下照數提動津貼以濟要需俟限滿察看情形再行 奏明辦理所有年例鐵斤價脚不敷仍請照案提動厘金以資津貼緣由理合恭摺具陳伏乞 皇上鑒聖訓示謹 奏奉 硃批着照所請該部知道欽此

恭頌良醫 太醫院候補醫士譚仰周先生素精岐黃爲人品學兼優不染行道習氣亦不以聲價自高論脈理固屬精通卽立方亦頗穩安雖奇險之症凡經診視者遂無不著手成春此則余等共深佩服亦親友屢經效驗者也特此登報以供周知倘患疾症者可到閘口西關帝廟前聘之庶不至受庸醫之誤也

津門徐晴波 朱藝堂 魏星橋 鄭敬齋謹啓

出售 新到薛福成洋務新議 西國學校論畧此此種每本津文二百 陳志三報果錄 時務新編八種 時務策論 時務分類興國策 文學興國策 精選策學百萬卷 西學通攷 籌鄂瞿鑑 格物入門 格致精華錄 世說新語 西法策學滙源海國大政全集 瀛環志畧 萬國公法 萬國公法會通 各國富强策 洋務實學文編 西事類編 駁案彙編 大英治畧原板 法國志 普法戰紀 無邪堂問答時務 四國志畧 出使須知 出洋須知 中西測地志畧 萬國時務分類大成 吳江陸燿朗甫先生輯皇朝經世文鈔三十卷官板十二本合肥李氏藏板內專鈔策術議論畧說編疎各種時務纂訂成書 士林託寄餘部不多先覩爲快餘者各報各書尙未全錄 天津北門內府署東各報總處紫氣堂仝啓

顯學書塾

浙江蕭山湯伯述先生擬招學徒百人講授策論文字每人月脩四元每月兩課一策一論屆期到塾領題三日繳卷三日批改取定甲乙榜示暫時遙授不必住館本塾在海大道直報館旁

啓者昨接上海孫仲英善長來電旋又接到顧緝庭葉澄衷嚴筱舫楊子萱施子英各觀察來電據云江蘇徐海兩屬水災綦重飢民數十萬顚沛流離死亡枕籍災區十餘縣待賑孔急需欵甚鉅官欵恐未能徧及素仰貴社諸大善長久辦義賑飢溺猶已敬求代呼將伯源源接濟功德無量蒙滙賑欵卽滙上海陳家木橋電報總局內籌賑公所收解可也云云伏思同居覆載異姓不啻天親縱隔形骸民物莫非胞與頓遭洪水哀此災荒盡是蒼生何分畛域況救人性命卽積我陰功雖此日拯玆黎庶散盡赤仄靑蚨卜他年報在子孫同來玉堂金馬敝社欵無備濟自知獨力難成術欲廣仁惟冀衆擎易舉叩乞 顯宦鉅紳仁人君子共憫奇災同施仁術原擬活人無算雖千金之助不爲多但能濟世有功卽百錢之施不爲少盡心籌畫量力輸將敝社不禁爲億萬災黎泥首叩禱也如蒙 慨助卽交天津溜米廠濟生社帳房代收並開付收條以昭徵信 濟生社籌賑同人謹啓

新開 元隆號綢緞洋貨莊

自去歲四月初旬開張以來蒙 各主顧垂盼雲集馳名日盛 本號特由蘇杭等處加意揀選名機新鮮貨色零整銀價俱照 大莊行市公平發售以昭久遠此白 寄賣龍井雨前素茶福建皮絲水烟各種眞料大小皮箱 開設天津府北門外估衣街中路北門面便是

元茂機器磚瓦公司

本公司仿照西法燒作磚瓦事屬創舉曾經通稟在案該貨堅固異常價値從減並各樣印花磚瓦俱全 賜顧者請至海大道新興南里內本公司面議可也謹啓

魁陞號綢緞洋貨莊

本號自置顧繡綢緞洋貨等物整零均按銀盤格外公道皆比大市價廉發售 寄賣各種眞料大小皮箱漢口水烟袋各種眼鏡龍井雨前紅茶梗 寓天津北門外估衣街五彩號衚衕口坐北向南 士商賜顧者請認本號招牌特此謹啓

告白

奉旨鄉會兩闈及科歲生童改試策論書院肄業亦皆遵照改課童蒙窻下自宜以古文爲法宋儒呂東萊先生所著博議久已風行近尤膾炙人口現有芙蓉館主人以諸名家所批善本付本齋石印帋墨精良字大爽眼約於月半印畢出售此佈

天津文美齋南帋局告白

新到啤酒

啓者本行現由德國自運上等啤酒氣味香美與衆不同除濕却暑助氣消食誠酒中之仙品也如蒙賜顧請到老龍頭對河本行賬房可也計每箱四十八瓶價銀七兩五錢又價銀八兩五錢

德商瑞豐洋行謹啓

零剪

高鴉背元青貢緞每尺	一千三百五
正號元青貢緞每尺	一千四百文
中號元青貢緞每尺	一千一百文
副號元青貢緞每尺	八百八十文
眞杭青金銀庫緞每尺	二千二百文
眞裕順曾皮絲烟每包	一千一百文
南京鹹鴨每支 大	一千八百文
南京鹹鴨每支 小	一千二百文

寄售 每斤

龍井	一吊七百文
雨前	一吊一百文
珠蘭	一吊四百文
雀舌	九百六十文
蜂翅	一吊二百文
紅袍	六百四十文
小種	一吊二百文

本號自製元淺京緞甕售零剪杭綫衣線精燕金腿南貨精貨一應俱全近因錢市漲落不同分別減價抑因無恥之徒假冒南味字號者甚多雖云謀利誠恐亂真欲辦書猶用煩褚墨天津宮北大獅子胡同公益仁記南味坊謹白

梁子亨代售各類報

彼處經理各報多年如今北方風氣微開津門新出類類報每禮拜兩次訪經濟六門閱者定取賜函分送本各報處經手送報上面皆有本號往角紅戳爲記如有散號混充貪塗無壓詐騙財件於本號無涉

建平永平金礦局告白

啓者壬辰年春前北洋大臣李委潤等創辦建平金礦自顧菲材膺茲艱鉅不勝主臣開辦以來疊於平建朝赤等處徧加採試或以石堅金薄不敷度支或以費鉅工艱難祈速效頻年耗損實屬不支迨丙申歲抄核計彌縫舊缺外始有微餘洎丁酉全年見盈遂奉 熱河都憲諭以丁酉正月至四月爲建平第一屆升課其課銀已於今春解呈熱河五月至十二月爲第二屆其課銀亦不日報解又丙申冬分設永平金礦該處砂綫窄小浮露於外無大水患工程尚簡計至去年十二月底共試辦十四個月稍見餘利去冬十一月杪該局又得遷安縣屬峪之爾岩今正以後出金日逐見增將後可望蒸蒸日上刻亦報解第一屆升課惟是解課以後即應分息在股諸君觖望已久茲定於六月初一日在天津招商局內建平帳房上海寶源祥香港招商局等處分派屆時務祈諸股友携摺枉顧以憑核發除將歷年辦理情形收支帳目稟報公牘彙刊成册印送核閱外合將派息日期登報奉聞

徐潤等謹白

名醫早回

今而知浙西張敬和司馬醫名所以藉藉者實出其所治各症應手而痊如操左券也但病有輕重方有奇偶有一服即愈者有兩三服始愈者往往此間之病服藥見效尚待重診而遠方又來延請病情綦重不往則無以慰遠者之盼望即往又恐悞近者之復診濟世心長分身術短此先生所以有遠處不能久住之約也前月下旬吕道生軍門女公子患病敦請司馬前往一再診視已就延六七日之久司馬心急如焚已於月朔回津本館特登諸報端俾既經醫治尚待淸理與甫患病亟須醫治者庶幾延診不誤也

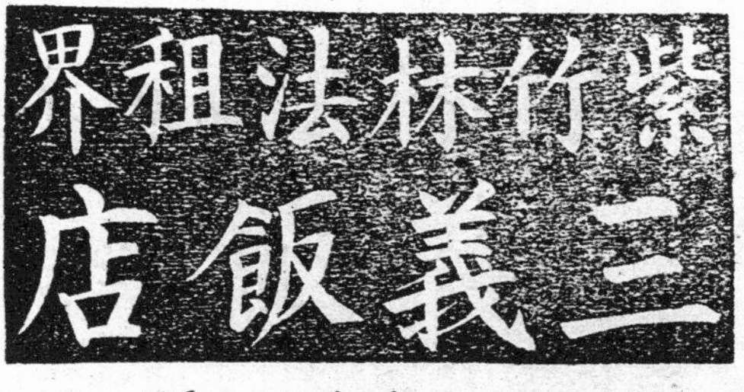

本店專做英法大菜並由外洋自運各國上品洋酒各色異味點心罐頭鮮菓食物等類俱全刻下修理洋樓工程尚未告竣擇吉開張請蒙仕商駕臨是荷 本主人謹啓

校邠盧抗議一書本局現付石印準於月半前成書比時酌定價值再爲登報光比告白 北洋石印官書局啓

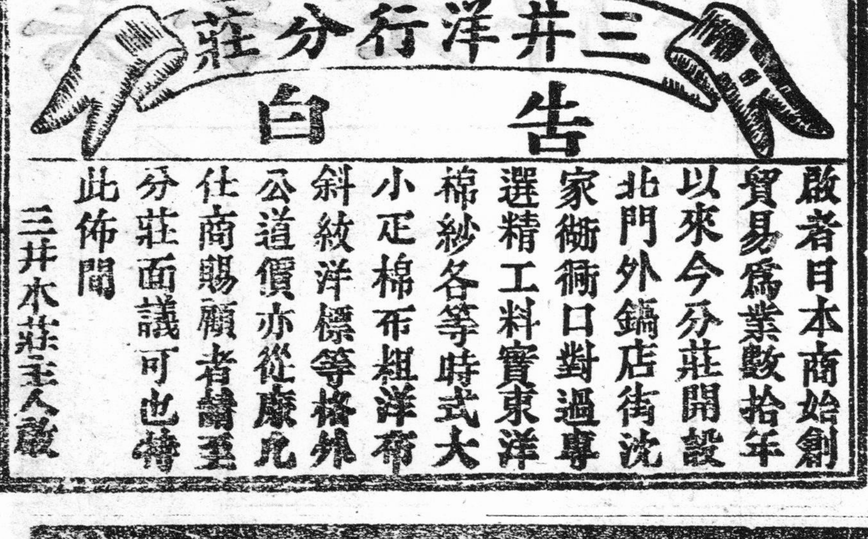

啓者日本商始創貿易爲業數拾年以來今分莊開設北門外鍋店街洗家衚衕口對過專選精工料實東洋棉紗各等時式大小疋棉布粗洋布斜紋洋標等格外公道價亦從廉凡仕商賜顧者請至分莊面議可也特此佈聞 三井本莊主人啓

天福茶園

特請上洋新到

頭等花旦

天娥旦

六月初八日

早准演 宿店

晚准演 十萬金

重排新製新彩新切

七八本

鐵公鷄

擇日開演

新排全本新彩燈戲

洛陽橋

本園特請藝人不惜工夫精製各樣彩切另新排洛陽橋八仙飄海仙女乘坐彩蓮花船打彩散樂羣妖作亂此橋工程不能告竣蔡狀元差家人夏德海赴水晶宮投文龍王閲文見喜遂帶領夏德海遊玩水晶宮花園作樂演唱合班名角戲中戲十錦雜耍各樣彩切龍王賞賜同文從此修造工程告竣龍王轉禀玉皇遣天兵天將各顯神通羣仙門法捉拿妖怪各現原形蔡狀元邀請四方士農工商俱來觀看所造橋樑內有三十六行作買作賣許多奇文令人可觀與前不同屆期擇日佈告光請駕臨賞覽是幸 本園謹啓

啓者本行自上海分設天津紫竹林法租界良濟藥房對過女成衣飯店一號二號房內自製新式鐘表金銀表金表練各樣新式大小說話機器耳鳴機器金戒指金鋼石戒指大小洋鏡各樣新貨一應俱全貨好價廉格外公道在此住兩三個月後另造樓房批發諸公光顧請早駕臨海利洋行謹啓 戊戌年六月初七日禮拜一

紫竹林第一樓番菜館

本號專作英法大菜各色精細點心各樣洋酒洋貨等物一應俱全並售
上　八百
上　紅茶　每斤津錢　一千
六百
又批發茂生公司鐵海紙烟零整發售價值格外公道原箱計一百盒價洋一百四十四元每盒計五支洋一元五角凡仕商賜顧請即駕臨是荷 主人謹白

拍賣告白

啓者本月初九日即禮拜三下午兩點鐘在海大道隆茂洋行院內拍賣老鐵二千担銅數百斤頂好巴麻木板一百八十件等件請到本行每日便來細看面拍可也 永盛洋行啓

廣東鼎盛機器廠

本廠精造大小機器汽機火爐開礦水龍滅火水龍磨麵機器全套管辦鑄造修理精巧銅鐵等件貨眞價廉倘蒙賜顧請至天津紫竹林法租界牌坊旁本廠面議不悞 主顧 本主人謹啓

本局自印耕香館畫謄每部價洋二元專辦各種石印書籍精選加高南紙項細雅扇格外價廉厲天津東門外礟子衚衕本局啓 本局謹啓

六月初八日輪船出口 禮拜二

新裕 輪船往上海 招商局

景星 輪船往上海 怡和行

六月初七日銀洋行情

天津通行九七六錢

銀盤二千五百二十二 洋一千七百八十五

紫竹林通行九六錢

銀盤二千五百五十二 洋一千八百一十五

洋錢行市七錢一分五

直報

本館開設天津紫竹林海大道老菜市氣燈房巷內

光緒二十四年六月初八日
西歷一千八百九十八年七月廿六日　禮拜二
第一千百二十四號

部照又到

直隸勸辦湖北賑捐局自光緒二十四年三月初一日起至閏三月十五日止請奬各捐生部照又到請卽攜帶實收來局換照可也

招領部照

捐生陳殿揚山東福山縣人前在直隸勸辦湖北賑捐局報捐監生部照早到望卽攜帶實收來局換領切勿自誤

上諭恭錄

上諭前據孫家鼐奏請將馮桂芬所著校邠廬抗議一書刷印發交部院等衙門簽議當經諭令榮祿迅速刷印咨送茲據軍機大臣將應行頒發各衙門及擬定數目開單呈覽卽着按照單開俟書到後頒發各衙門悉心核看逐條簽出各註簡明論說分別可行不可行限十日咨送軍機處彙核進呈以備採擇欽此　旨此案着交孫家鼐胡燏棻親提人証卷宗秉公研訊確情按律定擬具奏原告民婦趙李氏該部照例解往備質欽此

▲將將論

兵可百年而不用不可一日而無備然則衛封疆安社稷戡禍亂惟兵是賴矣而平日之操鍊臨陣之指揮要非得有良將不爲功將何以良曰有胆也有識也有氣也胆不壯則心怯肉薄血飛之際砲雷彈雨之間稍涉張皇何以殺敵而致果則胆尙焉識不沉則謀疏敵情之虛與實事機之緩與急偶然貽誤何能計出於萬全則識尙焉氣不固則未能持久馳驅於絕域之交坐困於堅城之下驕敵者必敗玩寇者失機皆無以奏膚功而操勝算則尤貴有忠義之氣固結於不解焉胆壯矣識沉矣作其氣於不竭不衰矣然而小則師老財匱迄無成功大則蹙地喪師罪干軍律者非將之過任將而不予之權之過也兵凶器也戰危機也頃刻萬變未可預期一受牽制鮮有不僨事者故將在外君命有所不受重其權也權既重然後觀天時審地勢偵敵情可進可退可操可縱可虛可實皆得一意主持令出無所阻謀定無所撓責專無所分隨機應變乃可期其成功焉王者遣將跪而推轂曰閫以內寡人制之閫以外將軍制之臣與君分制其國權何重哉漢文帝時周亞夫軍細柳以備胡上自勞軍先驅至不得入軍門都尉曰軍中聞將軍之令不聞天子之詔於是上使使持節詔將軍曰吾欲勞軍亞夫乃傳令開壁門天子按轡徐行至中營禮成而去旣出曰嗟乎此眞將軍矣向者霸上棘門直兒戲耳論者謂亞夫能知兵文帝善將將蓋非此無以示聲威嚴紀律也自李唐末造藩鎭多武人往往跋扈不臣自行辟置官僚不稟朝命後世引爲殷鑒不復專任武臣稍稍以文吏爲之節制明代尤甚凡有征討大事將軍督兵而命文臣總軍務復以閹宦爲監軍防閑可謂周矣然而顚倒功罪牽制戎機弊端不勝枚舉迄於流寇之亂遂以不支故熊廷弼經畧遼東時上疏謂以將招練而以文臣指揮以將用兵而日問戰守於朝此極弊也宜擇沉雄有幹畧者授之節鉞小勝小敗朝廷不必問但使守關無闌入責其成功當時士論韙之而惜其不見用焉我　朝制度大約沿前明者居多文官主謀畫武官受指使官至提鎭大員尊貴極矣一切軍務雖曰平咨實未能專制其餘副叅以下更無足論驅策若奴隸羈絡如犬馬平日猛厲剛強之概消磨於奔走唯諾之中習氣漸以靡志趣漸以卑安望其奮發有

爲乎劉永福一土豪耳無官職無勢位越南一役率其烏合之衆獨當一面居然屢挫敵鋒厥後受招撫號專閫坐鎭一方反寂寂無聞未嘗出一奇立一功前與後如出兩人亦可曉然於其故矣不但此也中東搆釁時督師駐天津遠隔數千里發縱指示豈能悉合機宜前敵雖有幇辦大臣而呼應不靈諸將不相統轄以致觀望遲廻大軍終於敗衄有將畧而無將權其弊一至於此唐名將如郭李威望勳名爲千古所僅見而九節度之師潰於相州職是故耳當今急務欲振國威禦外侮非得將才不可也非重將權尤不可也愚意以爲無論爲文爲武惟愼選沉勇有智畧而又忠義奮發者畀以專制之權或命爲欽差大臣如向軍門故事賜上方劍掌生殺調度諸事宜

朝廷無庸遙制假以時日使之從容布置得以迅赴事機不效然後治其罪至副叅以下各員弁雖武夫皆 朝廷命官爲上憲者當以禮相接待隨時奬勵之養其銳氣使知身名足重不肯自菲薄孰不願報效 國家者嗚呼自文武分畛域太明提鎭受制於督撫復受制於 朝廷大小事必待咨稟奏請而後行豈知兵貴神速稍一遲延非失機卽洩漏而欲其權操必勝也難哉難哉

題本請旨　○管理太常寺事務禮部尙書懷塔布等謹奏爲具題請 旨事恭照六月二十八日 皇上萬壽聖節應行遣員恭詣 東嶽廟讀文致祭謹案祀典內載應由臣寺卿等中題請 欽遣一人恭往謹繕題本進呈恭候 欽遣屆期恭往致祭理合題奏請 旨

知照軍機　○內閣爲知照事現出有滿批本處行走一缺將繙譯進士人員揀列正陪二員於六月十五日帶領引 見相應開具滿漢排單各二分先行知照軍機處本處查照

徵歌消夏　○六月初五初六兩日怡邸招福壽菊部各名優在崇文門內東四牌樓三條衚衕府第演劇兩晝夜肆筵以欵嘉賓王公大臣咸如期往聆雅奏門前輿馬燦若列星以消永夏以頌昇平

昔非今是　○日前報登巡視南城察院一缺經都察院將兵科給事中唐大給諫椿森擬正楊侍御福臻擬陪先行署理篆務俟帶領引 見再行實授查唐大給諫前次巡視北城時詞訟案件頗騰物議旋以丁艱回籍守制幸免吏議日前服闋來京供職補授兵科復奉總憲委派斯差想大給諫知人言可畏自必洗心革面非復昔日阿蒙勉旃毋忽

氣候不正　○京師當交初伏之先氣候燥熱非常現時已交中伏而早晚炎涼迴別午間揮汗如雨而朝夕涼透肌膚雖著單袷尙覺不能溫體似此未秋先秋涼煖不勻以致時邪疫症屢有所聞善攝生者應如何守身如玉愼之又愼也

逋逃淵藪　○都中烟館林立而此項生意多非善類所爲往往藏窩奸盜爲逋逃淵藪雖經地面官嚴行禁止仍不免陽奉陰違近有某宗室不守本分賃屋於總布衚衕開設烟館卜晝卜夜藉博蠅頭事爲步軍統領衙門訪聞突於六月初四日派役查封共獲烟客十餘人某宗室亦未走脫當卽帶回翼署訊問其中尙有宦途二人如果確實則知法犯法恐其罪更難曲恕也

勇於私門　○楊甲董乙二兵同在右安汎當差甲年已花甲不知與乙有何嫌隙六月初一日在前門外東月墻地方相遇乙告云現與他人鬬氣汝恐不免株連還求汝出力幇扶所有區區不腆之儀伏祈笑納言畢從袖中擲出手指二枚甲駭而眈眈則乙左手鮮血淋漓缺去無名指及小指知係現時砍去者默不敢言甲子年約二十餘歲在旁答曰若承大哥厚贈不能不有以報之遂覔賣西瓜攤上刀一把用力砍落二指照數奉償乙見之無言而去現在各延醫士調治觀者皆謂似此兇狠之徒若用以行軍破敵豈非甚勇惜乎其未必能也

禁及半空　○前門大街石路傍驅逐貿易各攤近日畧已淨盡惟某布店門面支有布帳某錢店掛有錢幌因無礙道路並未摘去經街道察院立將該舖主各重責五十板禁止支帳掛幌云

雨中情景　○京師六月初一日大雨傾盆至夜間更似銀河倒瀉各處居民皆有墻坍壓斃之事右安門內一帶地方尤形窪下茅廬矮屋盡被衝刷居民人等於深夜間扶老攜幼泥濘中奔避不遑有趨赴城頭暫爲躲避者嗟歎之聲令人不堪入耳並聞被屋壓死者數人噫可慘也又前日夜間山水陡發將泊岸漫溢經巡更夫役赶緊堵禦得免於患已馳報工程局勘驗豫爲防範矣

大學敎習　○京師大學堂管學大臣孫中堂奏請 簡放許竹員侍郎爲總敎習翰林院編修叚友蘭田庚田智枚朱延熙庶

吉士壽富章際治胡濬內閣中書王景沂以上八人爲分教習云

督轅門抄 ○六月初七日晚中堂見 壬辰編修胡鼎彝 神機營左翼左營馬隊寶清○初八日 統帶陸軍姜大人桂題 新建軍營務處前編修徐世昌號菊人 運司方大人 關道李大人 吳大人廷斌 王大人修植 張大人翼

委撰楹聯 ○玉署題名金門著作漢唐以來于今爲貴今雖 勤求經濟實學而撰擬應奉文字未可盡廢如需此項人員自當先期考試 諭旨已曾論及然才人中不必多經濟經濟中無往非才人其不以才名者才以經濟掩耳然玉韞山暉珠懷川媚光華終有不能常掩者今秋 皇上恭奉 皇太后慈駕幸臨雲津大閱現已建修 行宮所有一切楹聯榮中堂均委派湯伯述觀察撰擬實以經濟文章觀察久爲時望也

豸節將行 ○調補熱河道恒觀察壽奉督憲札飭前往蒞任昨已赴轅叩謝諒不日卽當稟辭起程前往接篆云

丙威可畏 ○河北大王廟東南丙德菴火神廟古刹也昨夜不戒於火廟內外及鄰右一概延燒自四更直至黎明幸其處去河不遠經衆水會齊集灌救始行撲滅計共燒燬房屋三十餘間云

車濟以舟 ○火車赴灤州中間鐵橋被水沖塌一段經局憲委派工匠作速修補各則曾紀前報昨經該工頭稟報局憲云水闊浪急匠人無所措手暫不能修所有赴灤州火車到此暫住用渡擺過再行登車前往云

蓮花落矣 ○初六日晚八點餘鐘海大道大聲鼎沸出門探望人言嘖嘖均言評香館落子班不知觸啓誰何遭此狂風急雨事後詢悉該館違章演唱經看街捕驅逐時當上座又旁觀人山人海是以一片人聲蜂蝶紛飛一時立盡迨鄰右登樓察看則春去多時不知所向矣

輪船新貨 ○昨日順和輪船已抵塘沽在碼頭卸貨不日火車載之來津計 蠶豆二百包 洋皂一百六十箱 紙頭一百五十五捆 木板五百七十五塊 雜貨五百三十九件 桐油二百簍 鐵扎一百二十六捆 麻袋十三捆 鐵軸一百件 鐵釘三十二桶 綢子二箱 鐵絲四百六十三捆 藥材六件 洋線二件 花樹六株 烟土二箱 火爐九個 洋布三百七十九件 以上共貨二千九百六十九件

粵西教案 ○粵西永安州屬近日又出有鬧教之案因本月初旬有某國西人帶得通事華人及跟役等數人携帶護照至該州傳道詎該處土人最不喜西教遂於外街棚上標貼長紅不准傳教人進境該西人以傳教一事係勸人爲善載諸條約業已明降上諭且所經地方官例應加意保護豈容土大如此行爲遂查悉此長條係某雜貨店東所貼故將該店東扭解州署審究事爲土人所聞卽日糾同各街坊聯蓋圖章請保其人未蒙州尊允肯復有馬提督之公子同一粵東人徐某到州衙具保州尊無奈將人交與二人領囘惟西人不允遂與馬徐二人爭執被土人亂棍毆斃通事跟役亦同時遭害稟報到省黃中丞以事關重大卽行電咨土人聞傳該州官有拿解京城之言遂一倡百和通州之人預備大兵到來起而抗拒故將州官留下不准出境卽於要隘嚴行守禦以備官兵按臨惟並未據城及起旗事耳此事係據友人近日由粵西囘東所述言之如此是否確實本館姑照有聞必錄之例焉耳見循環報

俄艦落成 ○彼得堡來電云五月十九日俄皇俄后隨俄皇太后往巴爾的船隖行戰艦試水禮該艦名貝累斯威特係一千八百九十五年冬間開造艦身長一百八十邁當寬二十一邁當吃水七邁當又十分之八載重一萬二千六百七十四噸暗輪三具機器三副每副抵馬力四千八百匹此外又有頭等巡船一艘運船一艘同時工竣

黑王赴英 ○黑山國王尼克勞司近日親詣英京或謂該王此行欲向英國籌借巨欵云

古巴戰事 ○古巴島人咸願自主卽美艦兵士亦不准其登岸○目下日艦兵力儘可將封禁該口之美船隊衝開日夜經營防務不遺餘力○美軍現儲糧餉甚多白米二萬三千包白麵二萬六千包乾肉一萬八千存特奈酒六千桶足敷四個月之用按一存特奈合十餘斤○美國已預備練兵一萬六千名赴古巴等處助戰又續募義勇四萬餘名俟招募成軍卽派赴前敵○美總統麥君宣言十四日內我軍當水陸並進以攻古巴據前敵將領云我軍占據古巴當在六月初間

希士近事 ◎君士但丁電云希國償土政府頭批軍費昨已交清並訂善後議約數條聞土國已將泰薩林地方軍隊十六營撤回本國 譯上西六月德歌嵛報

光緒二十四年六月初六日京報全錄

宮門抄○六月初六日刑部 都察院 大理寺 正紅旗値日無引 見 瀾公李端棻各假滿請安 湖南道隆文謝恩 甘肅知府慶霖謝恩 山東知府曹榕謝恩 宋思允雷祖迪預備 召見 召見軍機 宋思允 雷祖迪 隆文 慶霖 曹榕

○○臣崧蕃等跪 奏爲部駁要缺知縣揀調乏員仍以原補之員請補恭摺仰祈 聖鑒事竊查雲南寗耳縣知縣韓作霖修墳開缺前經具 奏請以在任補用知縣准調普廳塘經歷和羹補授茲准部咨該員保舉以知縣在任候補按照定例應俟引 見回省後方准按班序補所請應毋庸議行令另行揀選等因自應遵照辦理惟査該縣地處極邊幅員遼闊漢夷雜處素稱難治且烟瘴最盛水土惡劣不得不因地擇人以資治理臣等督飭藩臬兩司於通省應調應升人員內再加遴選非現居要缺卽不耐烟瘴均於此缺不甚相宜仍查有在任補用知縣夷疆俸滿保薦候升准調普廳塘經歷和羹年六十二歲係正白旗滿洲長壽佐領下人由監生報捐州吏目指發雲南分缺先補用同治九年四月經 欽派王大臣驗看堪以發往領照出京於十年四月到滇十一年三月聞訃丁父憂因先經克復新興州城池及大小東溝案內出力保奏同治十一年四月二十六日奉 上諭分缺先補用州吏目和羹着免補本班以府經歷補用並 賞戴藍翎欽此十三年十月請咨回旗守制服滿起復於光緒二年十一月回滇遵章考試取列三等委署江那縣丞甄別留省補用請補巧家廳經歷奉文覆准於十四年八月初四日到任因剿辦披沙蠻匪在事出力保 奏光緒十八年三月十五日奉 旨巧家廳經歷和羹著在任以知縣儘先補用欽此十九年五月實歷夷疆五年俸滿調省驗看保薦奉文入於卽陞班內升用調補普廳塘經歷奉部覆准調署按察使司獄二十一年十月初三日到任雲南布政使湯壽銘按察使興祿查該員閱歷有年老成穩愼前次俸滿保薦本應照例請陞惟該員前在巧家廳經歷任內因勞績保舉仍以知縣在任補用是以照例請補並聲明一俟奉部覆准卽行給咨送部引 見茲奉部覆以該員尚未引 見議駁是該員前此雖未引見而一經議准卽行給咨赴引似可量予變通且該員在滇年久能耐烟瘴熟悉邊地夷情以之請補寗耳縣知縣人地實在相需等情詳請具奏前來臣等覆查該員知羹才明識練辦事老成所補係烟瘴邊缺人地實在相需例得專摺奏請合無仰懇 天恩俯念員缺緊要仍准以和羹補授雲南寗 縣知縣以資治理而裨地方如蒙 俞允俟覆准日卽行給咨送部引 見恭候 欽定所遺普廳塘經歷係烟瘴要缺例應在外揀選調補所有烟瘴要缺知縣仍請以和羹補授緣由謹合詞恭摺具陳伏乞 皇上聖鑒 勅部議覆施行謹 奏奉 硃批吏部議奏欽此

○○太子少保頭品頂戴兩廣總督臣譚鍾麟頭品頂戴廣東巡撫臣許振禕跪 奏爲查明廣東海康遂溪二縣被災村鄉民力拮据請將光緒二十三年分錢粮銀米籲懇 天恩俯准全數蠲免以甦民困恭摺仰祈 聖鑒事竊照上年八月間廣東雷州瓊州兩府屬同遭颶風田畝被淹而海康遂溪二縣被災尤重堤岸多被冲決鹹潮灌注田畝一時不能種植民情極形困苦業經臣等將該二縣被災及賑撫情形於上年十一月覆 奏查明各屬被災均經妥爲撫恤來春無須接濟摺內先行陳明在案茲據廣東布政使張人駿督粮道延祉移行該管道府縣會同委員查明海康遂溪二縣被災各村鄉除受災尚輕及未成災各田畝仍照前徵收錢糧外惟海康縣屬東南洋之圖閣等村鄉田畝共五百五十二頃四十畝二分八厘又遂溪縣屬東洋及湛川東海之通明港等村田地共七百三十八頃八十三畝六分八厘七毫均因颶風吹塌堤岸鹹潮灌入田禾全行失收現雖涸復而鹹性未除尚難種植民情困苦委係受災極重應將光緒二十三年應徵錢糧銀米查開數目詳請具 奏蠲免等情前來臣等覆加訪察上年海康遂溪二縣被災各村鄉不特禾稻全行失收現雖鹹潮涸退而一時尚難種植小民困苦異常所有應徵錢粮實在無力完納除飭令將被冲堤岸趕緊修復外合無仰懇 天恩俯准將海康縣被災鄉村應徵光緒二十三年分地丁正銀一千九百九十九兩七錢五分五厘羨銀三百三十七兩九錢五分九厘色米二百三十一石三斗八升八合九勺七抄又遂溪縣被災村鄉應徵光緒二十三年分地丁正銀二千七百三兩九錢八分九厘耗羨銀四百五十七兩八錢一分九厘色米五十九石四斗九升二合一勺四抄全數蠲免其分年帶徵以紓民力而廣 皇仁臣

等謹合詞恭摺具陳伏乞 皇上聖鑒 訓示謹 奏奉 硃批着照所請戶部知道欽此

○○頭品頂戴山東巡撫臣張汝梅跪 奏爲光緒二十三年東省徵收上下兩忙錢糧核計分數循例具報恭摺仰祈 聖鑒事竊查前准部咨戶部奏定章程各省徵收上下兩忙錢糧豐年以額徵爲準災緩之年以實徵爲準均按八分計算上忙勻爲三分下忙勻爲五分自光緒二十三年爲始更定分數考成將藩司督催上下兩忙錢糧分數定以九分上忙勻爲四分下忙勻爲五分仍於截數後分忙奏報上忙能完至四分下忙能完至五分者始准免其議處等因通行遵照在案茲據藩司張國正詳稱光緒二十三年山東通省州縣衛所起運地丁正耗同昌邑縣升科地畝正耗魚台縣湖田升科地畝正耗暨慶雲縣民糧除被潮鹻廢沿河坍塌隄佔沙壓地畝應行豁除並上忙緩徵外實徵銀三百九十七萬八千一百八十兩五錢二分六厘照章按十分核算上忙應征四分銀一百一十九萬一千二百七十二兩二錢一分自二月開征起至六月底止除各屬留支外已完解藩庫銀一百四十五萬四千七百五十七兩四錢三分計長完銀二十六萬三千四百八十五兩二錢二分經臣奏報在案今查下忙錢糧除因災蠲緩並上忙已完留支外實應征銀一百七十三萬七千九百四十兩五錢九分二厘七月起至年底止已完解庫銀一百二十五萬七千九百十七兩七錢九分六厘內有災前溢完蠲額流抵次年正賦銀四兩二錢九分三厘計完四分三厘四毫連上忙長完之項併計征完五分二厘五毫又收起運折色脚價銀四千二百十三兩四錢六分五厘課稅銀四千八十四兩五錢七厘牛薑牙雜銀二千七百四十七兩七銀二分三厘統計下忙完解藩庫正雜共銀一百二十六萬八千九百六十三兩四錢九分一厘查光緒二十二年係災緩之年應以實征爲準核計上下兩忙共徵完九分二厘五毫較之部定應徵九分之數有盈無絀造冊呈請具 奏前來臣逐加覆核銀數相符所有督徵職名係布政使張國正一任督徵除清冊咨部查照外理合循例恭摺具 奏伏乞 皇上聖鑒謹 奏奉 硃批戶部知道欽此

天津北門內府署東大街各報總處出售東亞旬報

本處接到東洋東亞報館來班此報每月三次每本三十餘華文論說各國要政時務無一不加曾先定閱爲快

售書局紫氣堂梁子亨仝啓

啓者昨接上海孫仲英善長來電旋又接到顧緝庭葉澄衷嚴筱舫楊子萱施子英各觀察來電據云江蘇徐海兩屬水災綦重飢民數十萬顚沛流離死亡枕籍災區十餘縣待賑孔急需欵甚鉅官欵恐未能徧及素仰貴社諸大善長久辦義賑飢溺猶巳敬求代呼將伯源源接濟功德無量蒙滙賑欵卽滙上海陳家木橋電報總局內籌賑公所收解可也云云伏思同居覆載異姓不啻天親縱隔形骸民物莫非胞與頓遭洪水哀此災荒盡是蒼生何分畛域況救人性命卽積我陰功雖此日拯茲黎庶散盡赤仄青蚨卜他年報在子孫同來玉堂金馬敝社欵無備濟自知獨力難成術欲廣仁惟冀衆擎易舉叩乞 顯官鉅紳仁人君子共憫奇災同施仁術原擬活人無算雖千金之助不爲多但能濟世有功卽百錢之施不爲少盡心籌畫量力輸將敝社不禁爲億萬災黎泥首叩禱也如蒙 慨助卽交天津溜米廠濟生社帳房代收並開付收條以昭徵信

濟生社籌賑同人謹啓

顯學書塾 浙江蕭山湯伯述先生擬招學徒百人講授策論文字每人月脩四元每月兩課一策一論屆期到塾領題三日繳卷三日批改取定甲乙榜示暫時遙授不必住館本塾在海大道直報館旁

新開元隆號綢緞洋貨莊

自去歲四月初旬開張以來蒙 各主顧垂盼雲集馳名日盛本號特由蘇杭等處加意揀選名機新鮮貨色零整銀價俱照大莊行市公平發售以昭久遠此白

寄賣龍井雨前素茶福建皮絲水烟各種眞料大小皮箱

開設天津府北門外估衣街中路北門面便是

元茂機器磚瓦公司

本公司仿照西法燒作磚瓦事屬創舉曾經通禀在案該貨堅固異常價値從減並各樣印花磚瓦俱全 賜顧者請至海大道新興南里內本公司面議可也謹啓

魁陞號綢緞洋貨莊

本號自置顧繡綢緞洋貨等物整零均按銀莊格外公道皆比大市價廉發售 寄賣各種眞料大小皮箱漢口水烟袋各種眼鏡龍井雨前紅茶梗 寓天津北門外估衣街五彩號衚衕口坐北向南 士商賜顧者請認本號招牌特此謹啓

告白

奉 旨鄉會兩闈及科歲生童改試策論書院肄業亦皆遵照改課童蒙竄下自宜以古文爲法宋儒呂東萊先生所著博議久已風行近尤膾炙人口現有芙蓉館主人以諸名家所批善本付本齋石印𦍑墨精良字大爽眼約於月半印畢出售此佈

天津文美齋南帋局告白

新到啤酒

啓者本行現由德國自運上等啤酒氣味香美與衆不同除濕却暑助氣消食誠酒中之仙品也如蒙 賜顧請到老龍頭對河本行賬房可也

計每箱四十八瓶價銀七兩五錢

又價銀八兩五錢

德商瑞豐洋行謹啓

天后宮北 義興順綢緞莊

本莊自置顧繡綢緞綾羅紗絹各樣洋貨南貨雅扇桂舟頭油香貨歸安貝松泉湖筆一概俱全

頭號杭甯綢 四錢二

頭號摹本緞 三錢八

紅梅茶 每 九百六

紅茶 六百四

紅茶梗 二百二

龍井茶 斤 一吊八

百襇裙布裡每套五兩八

金壽棉

哆囉蔴每尺原碼四分二

各莊夏布一概照行發莊

三日一本 石印類類報

看至約四個月可成書七部八冊已改策論此報詢屬利器也每月津錢六百四十文先交報資定看全年者收洋肆元不折不扣

北閣內延邵公所對門類類報館啓

恭良醫

太醫院候補醫士譚仰周先生素精岐黃爲人品學兼優不染行道習氣亦不以聲價自高論脈理囙屬精通卽立方亦頗穩妥雖奇險之症凡經診視者遂無不著手成春此則余等共深佩服亦親友屢經效驗者也特此登報以供周知倘患疾症者可到閘口西關帝廟前聘之庶不至受庸醫之誤也

津門 徐晴波 魏星橋 朱藝堂 鄭敬齋 謹啓

建平永平金礦局告白

啓者壬辰年春 前北洋大臣李委潤等創辦建平金礦自顧菲材膺茲艱鉅不勝主臣開辦以來疊於平建朝赤等處徧加採試或以石堅金薄不敷度支或以費鉅工艱難祈速效頻年耗損實屬不支迨丙申歲抄核計彌縫舊缺外始有微餘洎丁酉全年見盈遂奉 熱河都憲諭以丁酉正月至四月爲建平第一屆升課其課銀已於今春解呈熱河五月至十二月爲第二屆其課銀亦不日報解又丙申冬分設永平金礦該處砂綫窄小浮露於外無大水患工程尚簡計至去年十二月底共試辦十四個月稍見餘利去冬十一月杪該局又得遷安縣屬之爾岩今正以後出金日逐見增將後可望蒸蒸日上刻亦報解第一屆升課惟是解課以後即應分息在股諸君觖望已久茲定於六月初一日在天津招商局內建平帳房上海寶源祥香港招商局等處分派屆時務祈諸股友携摺枉顧以憑核發除將歷年辦理情形收支帳目稟報公牘彙刊成冊印送核閱外合將派息日期登報奉聞

徐潤等謹白

名醫早回

今而知浙西張敬和司馬醫名所以藉藉者實由其所治各症應手而痊如操左券也但病有輕重方有奇偶有一服即愈者有兩三服始愈者往往此間之病服藥見效尚待重診而遠方又來延請病情綦重不往則無以慰遠者之盼望即往又恐悞近者之復診濟世心長分身術短此先生所以有遠處不能久住之約也前月下旬呂道生軍門女公子患病敦請司馬前往一再診視已躭延六七日之久司馬心急如焚已於月朔回津本館特登諸報端俾既經醫治尚待清理與甫患病症亟須醫治者庶幾延診不誤也

紫竹林法租界

三義飯店

本店專做英法大菜並由外洋自運各國上品洋酒各色異味點心罐頭鮮菓食物等類俱全刻下修理洋樓工程尚未告竣擇吉開張請蒙仕商駕臨是荷

本主人謹啓

三井洋行分莊

告白

敝者日本商始創貿易爲業數拾年以來今分莊開設北門外鍋店街洗家衚衕口對過專選精工料實東洋棉紗各等時式大小疋棉布粗洋布斜紋洋標等格外公道價亦從廉凡仕商賜顧者請至分莊面議可也特此佈聞

三井本莊主人啟

校邠廬抗議一書本局現付石印準於月半前成書比時酌定價值再爲登報光比告白

北洋石印官書局啓

天福茶園

特請上洋新到

頭等花旦

天娥旦

六月初九日晚准演

烈女傳

早晚仍照原價

重排新製新彩新切

七八本

鐵公鷄

擇日開演

新排全本新彩燈戲

洛陽橋

本園特請藝人不惜工夫精製各樣彩切另新排洛陽橋八仙飄海仙女乘坐彩蓮花船打彩散樂羣妖作亂此橋工程不能告竣蔡狀元差家人夏德海赴水晶宮投文龍王閱文見喜遂帶領夏德海遊玩水晶宮花園作樂演唱合班名角戲中戲十錦雜耍各樣彩切龍王賞賜回文從此修造工程告竣龍王轉稟
玉皇遣天兵天將各顯神通羣仙鬥法捉拿妖怪各現原形蔡狀元邀請四方士農工商俱來觀看所造橋樑內有三十六行作買作賣許多奇文令人可觀與前不同屆期擇日佈告光請
駕臨賞覽是幸

本園謹啓

啓者本行自上海分設天津紫竹林法租界良濟藥房對過女成衣飯店一號二號房內自製新式鐘表金銀表金表練各樣新式大小說話機器耳鳴機器金戒指金鋼石戒指大小洋鏡各樣新貨一應俱全貨好價廉格外公道在此住兩三個月後另造樓房批發諸公光顧請早駕臨

海利洋行謹啓

戊戌年六月初八日禮拜二

廣東鼎盛機器廠

本廠精造大小機器汽機火爐開礦水龍滅火水龍磨麵機器全套管辦鑄造修理精巧銅鐵等件貨眞價廉倘蒙賜顧請至天津紫竹林法租界牌坊旁本廠面議不悞主顧

本主人謹啓

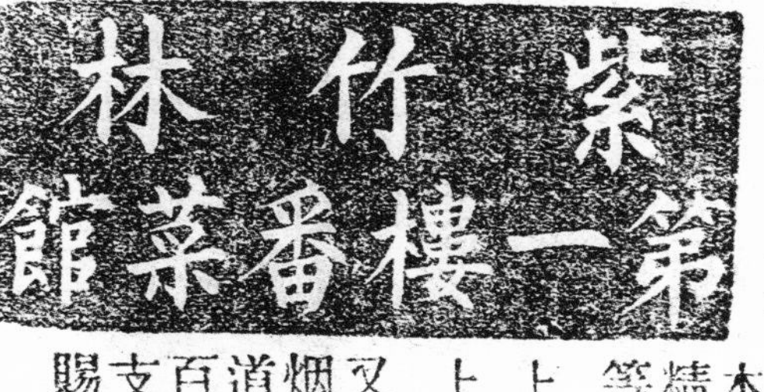

本號專作英法大菜各色精細點心各樣洋酒洋貨等物一應俱全並售

上上紅茶每斤津錢一千八百
上紅茶每斤津錢一千六百

又批發茂生公司鐵海紙烟零整發售價值格外公道原箱計一百盒價洋一百四十四元每盒計五百支洋一元五角凡仕商賜顧請卽駕臨是荷

主人謹白

本局自印耕香館畫賸每部價洋二元專辦各種石印書籍精選加高南紙項細雅扇格外價廉厲天津東門外襪子衚衕本局啓

本局謹啓

拍賣告白

啓者本月初九日卽禮拜三下午兩點鐘在海大道隆茂洋行院內拍賣老鐵二千担銅數百斤項好巴廠木板一百八十件等件請到本行每日便來細看面拍可也

永盛洋行啓

美孚老牌煤油

啓者美國三達煤油公司之德富士老牌煤油天下馳名萬商稱羨蓋其質潔色清亮白如銀且絕無烟氣能耐久燃比之生荳等油晶光百倍而儉用價廉此為德富士老牌之佳處誠屬無雙妙品也士商賜顧請到天津美孚洋行採辦或向就近殷實行店購買庶不致悞

DEVOE'S
PAT'D JUNE 22.63.
BRILLIANT
OIL
IMPROVED
PAT'D JUNE 28.64.
PATENT CAN
美孚行

海大道 鴻春樓番菜館

啓者本店三層大樓工程告竣地勢寬闊以備貴官紳請讌擇於去臘遷移新正月初二日開市各樣俱全價廉物美凡仕紳賜顧者請即駕臨是幸

主人謹白

六月初九日輪船出口 禮拜三
重慶 輪船往上海 太古行
公平 輪船往漢口 招商局
新裕 輪船往上海 招商局

六月初十日輪船出口 禮拜四
盛京 輪船往上海 太古行
豐順 輪船往上海 招商局

六月初八日銀洋行情
天津通行九七六錢
銀盤二千五百零九文 洋一千七百七十五
紫竹林通行九六錢
銀盤二千五百三十五 洋一千八百零五文
洋錢行市七錢一分五

新開 敦慶隆綢緞洋貨莊

擇於閏三月十一日開張

本號開設天津北門外估衣街西口路南第五家專辦上等綢緞顧繡以及各樣花素洋布各碼線批合線俱按銀莊零整批發格外克己士商賜顧者請認明本號招牌庶不致誤

本號特白

減價

今有友人自辦陝西老土每兩津錢四百八十文 新到梁州土每兩津錢五百四十文 如蒙賜顧者請到東門內聚隆成寄售

開設紫竹林法國租界北

天福茶園

京都新到

崇慶名班

特請京都上洋姑蘇山陝等處

各色文武頭等名角

六月初九日早十二點鐘開演

邊義臣 小連仲 十四紅 劉景山 安桂秋 銀堂 六月鮮 小光 羊喜壽 白文奎 姜小五 十二紅 張鳳台 王喜雲 賽狸貓 劉祥泉 蘇廷奎 李吉瑞 常雅秋

紅逼宮 修表 祭江 掃雪 賣馬 烏盆計 下河南 乘武行 譜球山

晚七點鐘開演

全班合演 八百紅 六月鮮 十一紅 張長奎 終德明 楊四立 李吉瑞 賽旋風 劉祥泉 常雅秋 王喜雲 賽狸貓

上洋新到 天娥旦 長祿 崇芬

大賜福 柳林池 天水關 乘武行 潮金項 湖船 烈女傳

開設天津紫竹林海大道旁

福仙茶園

啓者本園於前月初四日止戲清理賬目今將戲園及園內桌椅磁壺磁碗新製彩切零星等件合盤出兌如有願兌者及詳細章程請至本園面議可也特此佈告

福仙茶園謹啓

創包機器

敬啓者近來西法之妙莫過機器靈巧至各行應用非得其人難盡其妙每值傷損修理必悞時日今有甯子卿專於經理機器茲擬創辦包定各項機器以及向有機器常年煤料工力價值格外公道如貴行欲商者請到福仙茶園面議可也特白

直報

本館開設天津紫竹林海大道老菜市氣燈房巷內

光緒二十四年六月初九日
西歷一千八百九十八年七月廿七日
禮拜三
第一千百二十五號

部照又到　直隸勸辦湖北賑捐局自光緒二十四年三月初一日起至閏三月十五日止請奬各捐生部照又到請即攜帶實收來局換照可也

招領部照　捐生陳殿揚山東福山縣人前在直隸勸辦湖北賑捐局報捐監生部照早到望即攜帶實收來局換領切勿自誤

本館告白　本報之事悉憑訪事來單卽或事在眼前採訪不報亦不妄登此本館之所以慎重也昨登娼寮命案一則係訪事來條所述錄報後本館同人卽以事在左近互相疑惑當函致該採訪令其明白答復頃閱國聞報代登禪臣帳房告白內稱全無影響云云茲事現已詳查一俟復到虛實必當照錄姑不具論惟所稱本公司購地蓋屋爲振興商務收回利權起見事屬紳商合辦大衆咸知該處之有娼寮與否與本公司初無干涉該館揑造堆砌無理取鬧云云近年利權外溢殊堪痛哭該公司果能收回何幸如之第查該地所造房屋數百間之多迄今期年之久從未聞開一大行成一大市祇見鶯鶯燕燕品竹彈絲者充溢於闤巷非名某班卽名某落子彰彰在人耳目是則大衆所咸知也昔管子富齊女閭三百豈先有此而後才有商賈抑商賈輻輳而後設此以安安之也該公司之用心可謂良苦矣至謂該處之有娼寮與否與本公司無干此語殊不可解試問房屋誰是主者出租是誰主持其知與否有干涉與否個中人當自知之本館初以該公司之主人皆屬官場遇事敢進忠告初非揑造堆砌無理取鬧也尚希　鑒之

上諭恭錄

上諭本日翰林院奏侍講黃紹箕呈進張之洞所著勸學篇據呈代奏一摺原書內外各篇朕詳加披覽持論平正通達於學術人心大有裨益着將所備副本四十部由軍機處頒發各省督撫學政各一部俾得廣爲刊布實力勸導以重名教而杜卮言欽此

○擬合科舉經濟學堂爲一摺稿

湖廣總督臣張之洞湖南巡撫臣陳寶箴跪　奏爲恭繹迭次　諭旨變法求才擬請妥議科舉新章以覘實學而防流弊並請酌改考試詩賦小楷之法以造就通籍以後之人才恭摺仰祈　聖鑒事竊臣前准部咨光緒二十四年正月初六日欽奉　上諭開經濟特科令中外大臣荐舉考試近日恭讀邸鈔四月二十三日欽奉　上諭殷殷以變法自強京外設立學堂爲急又讀邸鈔五月初五日欽奉　上諭於下科爲始鄉會歲科各試向用四書文字一律改試策論一切詳細章程該部卽妥議具奏等因欽此際此時事艱危人才匱乏屢頒　明詔破除成格力懲譾陋空疏之習思得體用兼備通達時務之士而任之海內士民見我　皇上處事之明决如此求才之急切如此孰不欽仰感奮竊維救時必自求人才始求才必自變科舉始四書五經道大義精炳如日月講明五倫範圍萬世聖教之所以爲聖中華之所以爲中實在於此歷代帝王經天緯地之大政寶中馭外之遠略莫不由之　國家之以四書文五經文取士大中至正無可議者也乃流失相沿官司不善奉行士林習爲庸陋不能佐　國家經時濟變之用於是八股文字遂爲人所詬病今　聖上斷然罷去八股不用固已足振動天下之耳目激發天下之才智特是科舉一事天下學術所繫卽爲　國家治本所關若一切考試節目未能詳酌妥善則恐未必能遽收實效而流弊不可不防嘗考北宋初創爲經義取士之法體裁只如講義文筆亦尙近雅明成化時

始定爲八股之式行之已五百年文徇俗而愈卑法積久而愈敝雖設有二塲經文三塲策問而主司簡率自便惟重頭塲時文二三塲字句無疵卽已中式遂有三塲實止一塲之弊今改用策論誠足以破拘攣陳腐之習矣然文章之體不正命題之例不嚴則　國家重教之旨不顯取士之格不一多士之趨向不定今廢時文者惡八股之纖巧苛瑣浮濫不能闡發聖賢之義理也非廢四書五經也若不爲定式恐策論發題或雜宋掌經字句或兼采經史他書界限過寬則爲文者必至漫無遵守徒騁詞華行之日久必至不讀四書五經原文背道忘本此則聖教興廢中華安危之關非細故也竊以爲今日當詳義者約有數端一曰正名正其名曰四書義五經義以示復古文格大畧如講義討論經說二曰定題四書義書四書原文五經義書五經原文或全章或數章或全節或數節或一句或數句均可不得刪改增減一字亦不得用其意而改其詞三曰正體以樸實說理明白曉暢爲貴不得塗澤浮豔作駢儷體亦不得鉤章棘句作怪澀體四曰徵實准其引徵史事博考羣書但非違悖經旨之言皆得引用凡時文向來無謂禁忌悉與蠲除五曰閑邪若周章諸子之謬論釋老二氏之妄談異域之方言報館之瑣語凡一切離經叛道之言嚴加屏黜不准闌入則八股之格式雖變而衡文之宗旨仍與眞正之　聖訓相符顧猶有慮者文士之能講實學治古文者不多改章之始恐僅能稍變八股面目仍不免以時文陳言濫調敷衍成篇若主司仍以頭塲爲重則二三塲雖有博通之士仍然見遺與變法之本意尙未相符若主司厭其空疏陳庸趨重二三塲則首塲又同虛設其詭誕浮薄務趨風氣者或又將邪　之說解釋四書五經附會聖道必致離經叛道心術不端之士雜然並進四書五經本義全失聖道既微世運愈否其始則爲惑世誣民之說其終必有犯上作亂之事其流弊尤多爲禍尤烈　此稿未完

平治街道　○京師內城八條大街現擬交某西國人修理並京城內外各街巷溝渠經都察院工部箚行街道察院一併交與西人按段查驗不日動欵開挖由玉泉山通取自來水仿照上海馬道樣式街前遇有穢汚卽以此水洗刷不日當可開工聞此欵皆係某國等暫爲墊辦云

化爲有用　○京師城中寺院廟宇頗多現經步軍統領衙門會同五城察院淸查共有寺院若干坍塌廢壞者共計若干査明卽爲丈量地基量其可用者俱改造學堂俟查明共有若干如何改修訪明再錄

示期挑選　○總管內務府大臣傳諭正黃廂白包衣三旗滿洲旗鼓驍騎校知悉嚴飭所屬佐領管領各將本管各戶所生子女自十二歲以上曾否預備挑看逐一查明務於六月內據實開報以備挑選宮女倘有扶同隱匿揑報殘廢有病以及匿而不報等情一經查覺除將子女之父兄嚴行懲辦外並將該管叅領族長一體從嚴叅革決不寬貸毋違特示

修理官廳　○京師崇文門內東單牌樓迤南甬路西向設驍騎校官廳以備緝捕辦公之所今因年久失修椽木彫朽瓦片脫落前經稟報步軍統領衙門派委勘驗現經動欵督飭木廠官商已於六月初五日開工興修諒不日工程告竣當必煥然一新也

藥店宜愼　○彰儀門內盆兒衚衕有天仙菴一所內有尼僧數人或帶髮或落髮類皆長齋繡佛享受淸淨福者六月初六日淸晨菴尼以涼風初至暑氣未淸着傭赴藥店買火藏仁而歸蓋取其淸涼解熱也詎料店夥鹵莽悞取開楊花於其中尼不知搗爛煎水飲之適鄰婦抱幼孩至尼分贈少許孩飲畢卽暈未幾菴中七八人亦皆昏迷不醒是晚孩殤菴中一小尼亦因此而逝餘人俱幸無恙鄰婦痛孩情切與尼理論欲赴琴堂伸訴乃見小尼亦斃始寢其事

不如私查　○西直門內新街口居住梁姓婦居孀數載其夫遺育二子長已娶媳家道小康六月初六日孀婦同子往城外探親新婦同女媼移宿上房次晨見東屋後墻挖一大孔簪環首飾失去甚多迨孀婦歸來欲報官追緝贓賊有院鄰嚴三者言報官緝追係屬虛文未必定能還物不如私託數人遍尋街市或可遇得如其言果於初七日在西單牌樓地方遇一人持單夾衣服數件擺攤出售經孀婦之父認明所失當卽扭交官廳責訊供認行竊各情旋卽解送步軍統領衙門按律懲辦

跑車何益　○六月初七日兵部姚部郞乘車行至前門外西珠市口地方適劉某車輛在甬路上自西而東馳驟而來將姚部郞車輛碰碎部郞由車內跌出雖未受傷已吃驚不小卽將劉某帶至兵部署內交司務廳管押聞須賠償車輛後方能開釋劉果有力之家尙易措辦否則必煞費躊躇矣奈何以一時之樂而貽無窮之悔哉

中堂入署 ○中堂于初九日入署各則均登前報茲于是早五點鐘護衛練軍親兵馬隊親兵水師中營均出路隊排接督憲由海防公所乘坐八抬輿入署至七點鐘通城文武各官均詣轅稟賀

集賢題目 ○月之初七日集賢書院爲天津府官課業經考訖謹將策論詩題照錄 善政得民財善教得民心論 問興畿輔水利當以何策爲先 詩題 賦得政平訟理得平字五言八韻

善等扛粱 ○每夏海河水漲東浮橋兩岸向有善士設搭跳板以便行人刻因雨水連綿河水漲出岸外往來者均作鷓鴣聲想各善士不久卽當照章辦理也

贓賊送訊 ○河北獅子林一帶宵小繁興該處居人每夜嚴密巡查昨果獲賊一名當卽稟送該管保甲審訊至有無眞贓與犯案實証尙待察究

請補集賢 ○浙江監生陳鳳林等稟批據請補考集賢書院候行津郡司道査核辦理此批

營弁仗義 ○昨黃昏時有老嫗衣服藍縷且行且泣至水師營前河沿用衣襟蒙首跳入水內幸經該處泊船水手援登彼岸盤詰情由哭訴居孀多年子不肖任意游蕩家中日用一切置之度外尋思實無生趣不如早死爲佳云云時有該營某差弁聞之義形於色慨付津錢二吊僱洋車送之回家並言得有餘閒代爲訓誡其子云

溺賭敗財 ○俞某北河人在天津販賣布疋日昨行經河東鴿子集地方見有人聚賭不覺技癢復加局頭從旁慫恿遂挨身落坐詎未半日錢布盡輸局頭便向攔阻不容稍緩須俞一時情急尋思無路自顧囊中僅存現錢百餘文竟買洋藥吞服覓死經同賭人灌救得生湊集津錢一串俾作川資回家而俞自謂無面見江東父老或云其已投關外而去噫賭之害人可勝浩歎

報應不爽 ○大城縣屬趙某船日昨由下西河裝運人貨來津行抵四坐窰地方趙子因在船便溺失足落水該船水手等撈救半晌踪影毫無趙含淚言曰水勢汪洋斷無生理且送客到津再設法打撈屍身可也詎船抵紅橋該子早經他人援救在岸候船多時趙問明情由躬親拜謝有知者謂趙某爲人誠實此卽忠厚之報理或然與

勿惹瞎鬧 ○前報登海光寺左近一學生於放學後因在寺前大橋邊沐浴嬉戲致入深水淹斃聞是子性素恂恂忽遭此阨人皆嘆惜其父母傷悼尤可知也昨聞其母悼甚迷誤因延某算命瞽者爲推生辰瞽者推算去後訪知其子已死遂邀同儻無數來向其家喊鬧現經鄰右出爲調處約非出重賞賠禮不足以解其事也

毆斃水卒 ○北河水長勢欲澎岸刻經隄頭洩水河之閘官委派水兵婁某等提白廟閘以便洩水未及提開被淀北等村聞知究集多人將婁兵毆斃擲屍於水餘人見勢不佳遂均逃逸昨午該屍在新浮橋下浮上經屍兄赴道轅擊鼓喊控奉道憲委阮太守飭邑尊呂大令帶同刑招仵詣塲相驗畢令屍兄暫爲棺殮俟嚴拿兇犯後再爲定奪

南來新貨 ○怡生輪船來貨計 茶葉三千四百二十九箱 煤油一千五百桶 洋皂一百箱 鐵器八件 洋布八百九十箱 紙頭一百件 雜貨九件 磁器五百二十八桶 以上統共六千五百六十四件

梧州亂耗 ○廣東友人來信粵省近接梧州府告急文謂近日官兵與匪黨接仗屢次失利被殺者千五百人受傷者不計其數若迅派援兵於五月念七日趕到猶可支持否則梧州府城必不免失守督憲聞報後立卽札委某軍門在省中挑選精兵一千名乘坐大號商船用小火輪拖帶並派砲船兩艘沿途保護前往助戰矣○亂黨之來自附近各處者現皆一律聚集梧州府西三十里其頭目自謂欲勝梧州府官兵有何難事祇須先殺死數百名其餘勢必自行降服聞已擇於某某日望梧州府進發如梧州有失勢必逼近三水直取佛山一帶黑旗劉淵亭鎭軍素稱智勇兼備此次正當英雄用武之時未知鎭軍有何良策剿平亂黨置兩粵於柏安無事也○又梧州亂黨所用之旗大書滿書字樣然其文意卽執中華之名士而問之亦不能辨其命意所在祇知其第一句命意係猛如虎餘皆不詳聞其頭目遇人極厚凡所掠得銀錢雜物皆盡數散給貧民小戶云

俄易燈塔 ○北直隸灣港口之燈塔向用華人看管刻聞俄員已將其人一律辭去

黑山入賽 〇千八百九十年法巴黎舉行天下大賽法廷亦請黑山國入會刻黑山王諭籌官欵以便擇地列塲安置貨物按巴黎大賽匪止一次今黑山旣經入會則商務必將振興矣

儲貳歸標 〇奧太子福蘭茨佛耳的南得爲奧皇兄之子先時常有喉症本年二月奧皇降諭稱儲貳病痊朕聞之不勝欣悅著歸帥標當差操練水陸武藝

黑山興學 〇黑山國設有小學堂每年需欵由欵廷籌給五千今俄使請將學堂經費純用俄欵並在黑山京立師表學以便栽培後進

英國入欵 〇英入欵扣至本年三月底止共進一億一千六百零一萬六千三百十四磅較往年有增應盈三百五十七萬磅

民情踴躍 〇西班牙御戲園於本年三月杪演戲藉此集募民欵以便添船戲園每座戲價無定隨意給償某侯爵購一座交洋元二十五萬小民踴躍輸將優伶未登塲時觀者異常擁擠齊聲喝彩咸願西班牙海陸兵軍强盛古巴歸順云云

籠絡匪心 〇西班牙朝廷以古巴未能尅期勦滅未若姑予羈縻然必須叛匪首先乞和始可商議所以重國體也 以上均俄五月木司寇新聞報

光緒二十四年六月初七日京報全錄

宮門抄〇六月初七日工部 鴻臚寺 廂白旗值日 工部引 見五名 欽天監五名 正白滿四名 廂紅蒙四名 正藍蒙六名 延秀會章各假滿請 安 特圖愼謝議叙 恩 錢應溥續假十日 値年旗奏派專操之大臣 派出莊王 召見軍機 皇上明日辦事後還海 跪接 皇太后聖駕 閱卷大臣 派出崑中堂廖壽恒許應騤溥良

〇〇頭品頂戴閩浙總督臣邊寶泉跪 奏爲查明參將被參各欵據實覆陳仰祈 聖鑒事竊臣承准軍機大臣字寄光緒二十四年閏三月初七日奉 上諭有人奏前月福建省練兵在督署呈控總帶廉凱一事幾釀大變廉凱署城守營副將兼帶練兵什長哨官皆由賄派並有創收賭規扣餉各情弊請飭查辦等語着邊寶泉按照所指各節確切查明據實參奏該督向來辦事持正諒不至稍有迴護原片着鈔給閱看將此諭令知之欽此跪誦之下感悚實深查此案先於三月初二日據全福左旗練兵以廉凱家丁柯阿弟等藉丁扣餉蔽協虛兵各節聯名稟控經臣批飭營務處司道督同首府提調集案嚴訊一面將廉凱撤去中軍副將署任旋據該司道等訊明稟覆臣卽於閏三月十八日撤去廉凱參將本任及管帶衛隊差使正在具摺參奏間閏三月二十七日欽奉 諭旨查辦遵卽札飭藩臬兩司逐欵確查毋稍迴護茲據該司等查明稟覆前來臣覆加查核如原參練兵擁至督署呈控廉凱暨其家丁馬姓柯姓裁兵索賄等情臣以刁風斷不可長欲重懲練兵幾釀大變經將軍及官紳剖說乃釋不治一節查三月初二日有全福左旗練兵百餘人赴署遞稟臣當諭以如有寃抑宜遵式具呈不得聚集多人擁塞衙署駭人聽聞各兵卽時散去並無幾釀大變之事臣與將軍晤面時案巳訊定所控得實例得不治無須剖說又原參廉凱爲臣醫痔得繼委署城守營副將兼帶練兵什長哨官皆有賄改派一節查廉凱素明外科二十一年夏間臣偶患癰症曾令醫治上年城守出缺就近調署事屬因公初非酬謝至什長哨官以賄改派究竟改派何人行賄若干何人過付徧查均無實據又原參南台有錢莊素富廉凱誣其聚賭率勇搶掠街衢罷市控督轅不得達經府縣親勸開市創收賭規致開賭場百餘處一節查二十二年冬間南台新橋地方有陳炎炎開賭廉凱親往捕拿誤入隔鄰之信記錢鋪當時鄰居恐致牽累關閉數家經閩縣諭令開市並將誤拿之林怡榜馬可頭釋放安業並未在別署呈控廉凱禁賭素嚴所拿著名賭犯至今尚有監禁者委無率勇搶掠及創收賭規致開賭場百餘處之事又街面小攤指爲侵佔官街亦收月費一節經福州府傳訊南城門擺攤之林寶仁等據稱前廉署協曾令看城門兵押撤小攤不撤卽將兵丁革退各攤送與兵丁分湊錢三十千交既革什長劉文漢求免撤免革並未按月交費等語查劉文漢係此次練兵呈控案內之人狡詐異常被控各節屢提熬審堅不承認此項是否轉繳廉凱抑係劉文漢撞騙雖難臆斷惟湊錢既已屬實則原參指爲收費實非無因又原參與督署家丁黃姓換帖黃姓旣逐復與崔姓相結人莫敢發其惡一節查臣到任時帶來家丁十一二人並無黃姓一切公事不准經手有過立卽驅逐現用僅六七人曾否與廉凱換帖結納無從質証惟

既被人指摘惟有約束加嚴免貲口實又原參衛隊原額一百虛其三十點卯則僱勇充數尅扣練兵月餉裁撤兵勇每兵勒索五千交者留抗者去加以馬柯二人逼索合營諱躁致有此控一節查衛隊勇丁八十八名向駐督署箭道訊之隊中紅旗據稱勇丁居箭道者六十名其餘經廉管帶調往伊署差遣等語所謂虛額三十當卽指此省城練軍三旗向係城守與督標各營　凱接帶左營後以該旗老弱太多一時猝難裁革擬分月撤退當於正月換補十名劉文漢隨向衆告說若公同出錢一千零五千文交伊打點可保合營無事正在湊集外間已有風聲劉文漢卽猝復衆兵遂中止適廉凱發二月分伙夫三十名餉銀每名扣銀三錢又扣哨官棚伙夫餉三名每名二兩三錢合共十五兩九錢三分撥作親兵哨弁差遣教習帶排之用又改補什長額缺丁柯阿弟需索小銀元一百五十角尚未入手衆兵均擬柯阿弟等從中舞弊遂以前情聯名稟控當飭督集人證訊明屬實卽將廉凱撤任聽候核參柯阿弟等分別杖責鎖繫結案此廉凱被控訊辦之實在情形也原參謂尅扣練兵月餉及每兵勒索五千自係傳聞之誤查廉凱由侍衛補授福建督標左營參將臣到閩後見其年力精壯弓馬純熟任事勇往不染綠營油滑習氣委署各缺營務亦能整頓上年　軍政列入卓異原冀造就成材堪備任使乃竟不知檢束擅將督轅衛隊調赴伊署差遣任聽家丁及革丁等語需索苛派又尅扣伙夫餉銀撥作外用雖未入己究屬任性妄爲相應請　旨將福建督標左營參將廉凱卽行革職臣疏於覺察亦難辭咎並請交部議處爲闇於知人者戒所有查明參將被參各緣由謹恭摺覆陳伏乞　皇上聖鑒　訓示謹　奏奉　硃批另有旨欽此

○○頭品頂戴新授湖北按察使臣瞿廷韶跪　奏爲叩謝　天恩籲懇　陛見恭摺仰祈　聖鑒事竊臣接奉督撫臣行知准吏部咨開光緒二十四年四月十五日內閣奉　上諭湖北按察使着瞿廷韶補授欽此跪聆之下感悚交縈當卽恭設香案望　闕叩頭謝恩俯念臣北平下士知識庸愚由舉人投効河南軍營荐保知府道員光緒十六年蒙　恩補授鹽法武昌道嗣調補漢黃德道兼江漢關監督地處華洋交涉時値民教紛乘任重材輕方深兢惕茲復渥承　恩命擢授臬司查湖北爲衝要之區臬司滙刑名之總舉凡綏良禁暴查吏安民在在胥關緊要臣前曾兩次署理時越二年有餘溯哀矜勿喜之情切經過知難之懼惟有籲懇　天恩俯准臣趨詣闕廷跪聆聖訓俾得有所遵循以冀仰答　高厚生成於萬一所有微臣感激下忱並籲懇　陛見緣由謹繕摺具　奏叩謝　天恩伏乞　皇上聖鑒　訓示謹　奏奉　硃批着來欽此

顯學書塾　浙江蕭山湯伯述先生擬招學徒百人講授策論文字每人月脩四元每月兩課一策一論屆期到塾領題三日繳卷三日批改取定甲乙榜示暫時遙授不必住館本塾在海大道直報館旁

梁子亨代售類類報　彼處經理各報多年如今北方風氣微開津門新出類類報每禮拜兩次訪經濟六門閱者定取賜函分送本各報處經手送報上面皆有本號住角紅戳爲記如有散號混充貪塗無壓詐騙財件於本號無涉

天津北門內府署東大街各報總處出售東亞旬報

本處接到東洋東亞報館來班此報每月三次每本三十餘華文論說各國要政時務無一不加僧先定閱爲快

售書局紫氣堂梁子亨仝啓

啓者昨接上海孫仲英善長來電旋又接到顧緝庭葉澄衷嚴筱舫楊子萱施子英各觀察來電據云江蘇徐海兩屬水災綦重飢民數十萬顚沛流離死亡枕藉災區十餘縣待賑孔急需款甚鉅官款恐未能徧及素仰貴社諸大善長久辦義賑飢溺猶己敬求代呼將伯源源接濟功德無量蒙滙賑款卽滙上海陳家木橋電報總局內籌賑公所收解可也云云伏思同居覆載異姓不啻天親縱隔形骸民物莫非胞與頓遭洪水哀此災荒盡是蒼生何分畛域況救人性命卽積我陰功雖此日拯茲黎庶散盡赤仄青蚨卜他年報在子孫同來玉堂金馬敝社款無備濟自知獨力難成術欲廣仁惟冀衆擎易舉叩乞　顯官鉅紳仁人君子共憫奇災同施仁術原擬活人無算雖千金之助不爲多但能濟世有功卽百錢之施不爲少盡心籌畫量力輸將敝社不禁爲億萬災黎泥首叩禱也如蒙慨助卽交天津溜米廠濟生社帳房代收並開付收條以昭徵信

濟生社籌賑同人謹啓

元茂機器磚瓦公司

本公司仿照西法燒作磚瓦事屬創舉曾經通稟在案該貨堅固異常價值從減並各樣印花磚瓦俱全 賜顧者請至海大道新興南里內本公司面議可也謹啓

魁陞號綢緞洋貨莊

本號自置顧繡綢緞洋貨等物整零均按銀莊格外公道皆比大市價廉發售 寄賣各種眞料大小皮箱漢口水烟袋各種眼鏡龍井雨前紅茶梗 寓天津北門外估衣街五彩號衚衕口坐北向南 士商賜顧者請認本號招牌特此謹啓

告白

奉旨鄉會兩闈及科歲生童改試策論書院肄業亦皆遵照改課童蒙牕下自宜以古文爲法宋儒呂東萊先生所著博議久已風行近尤膾炙人口現有芙蓉館主人以諸名家所批善本付本齋石印帋墨精良字大爽眼約於月半印畢出售此佈

天津文美齋南帋局告白

新到啤酒

啓者本行現由德國自運上等啤酒氣味香美與衆不同除濕却暑助氣消食誠酒中之仙品也如蒙賜顧請到老龍頭對河本行賬房可也每箱四十八瓶計價銀七兩五錢又價銀八兩五錢

德商瑞豐洋行謹啓

爲釣叟先生畫潤小啓

予向讀醉翁亭記曰先生之意不在酒而在乎山水之間未嘗不歎古人之高也夫古人往矣而欲求其嗣響追踪彷彿則莫如新會歐陽子行者誠六一先生之遺裔也公少負奇氣嗜酒有家風長偏游名山大川落帋得烟雲生趣求畫者戶屨常滿筆秃硯枯客有睨笑其旁者曰甚矣公之勞而費也胡不以潤筆之資作杖頭之助及今請自隗始可乎公笑曰無已其以酒酬我也昔人斗酒百篇畫何獨不然自今請以酒進爰定其數因爲之序

茲湊俚言作潤筆欵

借問先生何所癖　無如醉筆寫丹青
諸君若索先生畫　帋方一尺酒一罇
素絹又當加倍計　扇如團摺醴雙瓶
酒但斟酌膏糧合　潤筆兼能養性靈

香山襄侯魏宗弼書於潤州客次

寓紫竹林廣永隆號內

恭頌良醫

太醫院候補醫士譚仰周先生素精岐黃爲人品學兼優不染行道習氣亦不以聲價自高論脈理固屬精通即立方亦頗穩安雖奇險之症凡經診視者遂無不著手成春此則余等共深佩服亦親友屢經效驗者也特此登報以供周知倘患疾症者可到口西關帝廟前聘之庶不至受庸醫之誤也

津門 徐晴波 魏星橋 朱藝堂 鄭敬齋 謹啓

建平永平金礦局告白

啓者壬辰年春 前北洋大臣李委潤等創辦建平金礦自顧菲材膺茲艱鉅不勝主臣開辦以來疊於平建朝赤等處徧加採試或以石堅金薄不敷度支或以費鉅工艱難祈速效頻年耗損實屬不支迨丙申歲抄核計彌縫舊缺外始有微餘洎丁酉全年見盈遂奉 熱河都憲諭以丁酉正月至四月爲建平第一屆升課其課銀已於今春解呈熱河五月至十二月爲第二屆其課銀亦不日報解又丙申冬分設永平金礦該處砂綫窄小浮露於外無大水患工程尚簡計至去年十二月底共試辦十四個月稍見餘利去冬十一月杪該局又得遷安縣屬峪之爾岩今正以後出金日逐見增將後可望蒸蒸日上刻亦報解第一屆升課惟是解課以後即應分息在股諸君觖望已久茲定於六月初一日在天津招商局內建平帳房上海寶源祥香港招商局等處分派屆時務祈諸股友携摺枉顧以憑核發除將歷年辦理情形收支帳目稟報公牘彙刊成冊印送核閱外合將派息日期登報奉聞

徐潤等謹白

名醫早回

今而知浙西張敬和司馬醫名所以藉藉者實由其所治各症應手而痊如操左劵也但病有輕重方有奇偶有一服即愈者有兩三服始愈者往往此間之病服藥見效尚待重診而遠方又來延請病情綦重不往則無以慰遠者之盼望即往又恐悞近者之復診濟世心長分身術短此先生所以有遠處不能久住之約也前月下旬呂道生軍門女公子患病敦請司馬前往一再診視已就延六七日之久司馬心急如焚已於月朔回津本館特登諸報端俾既經醫治尚待清理與甫患病症亟須醫治者庶幾延診不悞也

紫竹林法租界　三義飯店

本店專做英法葷素大菜並由外洋自運各國上品洋酒各色異味點心罐頭鮮菓食物等類一應俱全本洋樓工程告竣房間寬闊夕時均用氣燈明亮異常　仕商光顧者或携貴眷另有雅室亦足稱暢叙幽情矣擇於六月十七日開張至期請即駕臨賜顧是荷

本主人謹啓

天福茶園

特請上洋新到

頭等花旦

天娥旦

六月初十日晚准演

海潮珠

早晚仍照原價

重排新製新彩新切

七八本

鐵公鷄

擇日開演

新排全本新彩燈戲

洛陽橋

本園特請藝人不惜工夫精製各樣彩切另新排洛陽橋八仙飄海仙女乘坐彩蓮花船打彩散樂羣妖作亂此橋工程不能告竣蔡狀元差家人夏德海赴水晶宮投文龍王閱文見喜遂帶領夏德海遊玩水晶宮花園作樂演唱合班名角戲中戲十錦雜耍各樣彩切龍王賞賜回文從此修造工程告竣龍王轉禀

玉皇遣天兵天將各顯神通羣仙門法捉拿妖怪各現原形蔡狀元邀請四方士農工商俱來觀看所造橋樑內有三十六行作買作賣許多奇文令人可觀與前不同屆期擇日佈告光請

駕臨賞覽是幸

本園謹啓

校邠廬抗議一書本局現付石印準於月半前成書比時酌定價值再爲登報光比

告白

北洋石印官書局啓

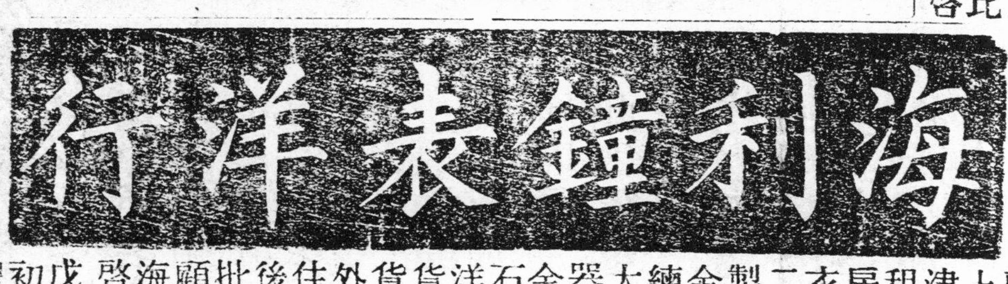

啓者本行自上海分設天津紫竹林法租界良濟藥房對過女成衣飯店一號二號房內自製新式鐘表金銀表金表練各樣新式大小說話機器耳鳴機器金戒指金鋼石戒指大小洋鏡各樣新貨一應俱全貨好價廉格外公道在此住兩三個月後另造樓房批發諸公光顧請早駕臨海利洋行謹啓

戊戌年六月

初九日

禮拜三

紫竹林　第一樓番菜館

本號專作英法大菜各色精細點心各樣洋酒洋貨等物一應俱全並售

上　　　　　　八百

紅茶　每斤津錢　一千

上　　　　　　六百

又批發茂生公司鐵海紙烟零整發售價值格外公道原箱計一百盒價洋一百四十四元每盒計五支洋一元五角凡仕商賜顧請即駕臨是荷

主人謹白

拍賣告白

啓者本月初九日即禮拜三下午兩點鐘在海大道隆茂洋行院內拍賣老鐵二千担銅數百斤項好巴麻木板一百八十件等件請到本行每日便來細看面拍可也

永盛洋行啓

廣東鼎盛機器廠

本廠精造大小機器汽機火爐開礦水龍滅火水龍磨麪機器全套管辦鑄造修理精巧銅鐵等件貨眞價廉倘蒙賜顧請至天津紫竹林法租界牌坊旁本廠面議不悞

主顧

本主人謹啓

本局自印耕香館畫賸每部價洋二元專辦各種石印書籍精選加高南紙頂細雅扇格外價廉處天津東門外襪子衚衕本局啓

本局謹啓

美孚老牌煤油

啓者美國三達煤油公司之德富士老牌煤油天下馳名萬商稱美蓋其質潔色清亮白如銀且絕無烟氣能耐久燃比之生荳等油晶光百倍而儉用價廉此為德富士老牌之佳處誠屬無雙妙品也士商賜顧請到天津美孚洋行採辦或向就近殷實行店購買庶不致悞

DEVOE'S
PAT'D JUNE 22.63.
BRILLIANT
OIL
IMPROVED
PAT'D JUNE 28.64.
PATENT CAN
美孚行

海大道 鴻春樓番菜館

啓者本店三層大樓工程告竣地勢寬闊以備貴官紳請讌擇於去臘遷移新正月初二日開市各樣俱全價廉物美凡仕紳賜顧者請即駕臨是幸

主人謹白

六月初十日輪船出口　禮拜四

盛京　輪船往上海　太古行

豐順　輪船往上海　招商局

六月初九日銀洋行情

天津通行九七六錢

銀盤二千四百九十文　洋一千七百七十文

紫竹林通行九六錢

銀盤二千五百二十五　洋一千七百九十五

洋錢行市七錢一分三

新開 元隆號綢緞洋貨莊

自去歲四月初旬開張以來蒙各主顧垂盼雲集馳名日盛本號特由蘇杭等處加意揀選名機新鮮貨色零整銀價俱照大莊行市公平發售以昭久遠此白

寄賣龍井雨前素茶福建皮絲水烟各種眞料大小皮箱

開設天津府北門外估衣街中路北門面便是

減價

今有友人自辦陝西老土每兩津錢四百八十文　新到梁州土每兩津錢五百四十文　如蒙賜顧者請到東門內聚隆成寄售

開設紫竹林法國租界北

天福茶園

京都新到

崇慶名班

特請京都上洋姑蘇山陝等處

各色文武　頭等名角

六月初十日早十二點鐘開演

八百紅　長祿　白文奎　于月報　六發鮮　東四亮　楊旋立　賽風　崇雪　趙斌恆　安桂秋　美小五　常雅秋　王喜雲　楊福寶　羊喜壽　張長奎　十一紅　劉祥泉　趙斌恆

十王府　審頭　對銀盃　搖錢樹（衆武行）　宇宙峰　虹霓關　陽平關

晚七點鐘開演

邊義臣　小三寶　張長奎　謝才寶　常雅秋　蘇廷奎　劉祥泉　賽旋風　賽狸貓　王喜雲　李吉瑞　王全立　小祿奎　十一紅　羊喜壽

上洋新到　天娥旦　十二紅

全家福　斷后　八美圖（衆武行）　獅子樓　鳳鳴關　海潮珠

開設天津紫竹林海大道旁

福仙茶園

啓者本園於前月初四日止戲清理賬目今將戲園及園內桌椅磁壺磁碗新製彩切零星等件合盤出兌如有願兌者及詳細章程請至本園面議可也特此佈告

福仙茶園謹啓

創包機器

敬啓者近來西法之妙莫過機器靈巧至各行應用非得其人難盡其妙每值傷損修理必悞時日今有甯子卿專於經理機器茲擬創辦包定各項機器以及向有機器常年煤料工力價值格外公道如貴行欲商者請到福仙茶園面議可也特白

直報

本館開設天津紫竹林海大道老菜市氣燈房巷內

光緒二十四年六月初十日　第一千百二十六號
西歷一千八百九十八年七月廿八日　禮拜四

部照又到　直隸勸辦湖北賑捐局自光緒二十四年三月初一日起至閏三月十五日止請奬各捐生部照又到請卽攜帶實收來局換照可也

招領部照　捐生陳殿揚山東福山縣人前在直隸勸辦湖北賑捐局報捐監生部照早到望卽攜帶實收來局換領切勿自誤

本館告白　本報之事悉憑訪事來單卽或事在眼前採訪不報亦不妄登此本館之所以愼重也昨登娼寮命案一則係訪事來條所述錄報後本館同人卽以事在左近互相疑惑當函致該採訪令其明白答復頃閱國聞報代登禪臣帳房告白內稱全無影響云云玆事現已詳查一俟復到虛實必當照錄姑不具論惟所稱本公司購地蓋屋爲振興商務收回利權起見事屬紳商合辦大衆咸知該處之有娼寮與否與本公司初無干涉該館揑造堆砌無理取鬧云云近年利權外溢殊堪痛哭該公司果能收回何幸如之第查該地所造房屋數百間之多迄今期年之久從未聞開　大行成一大市祇見鶯鶯燕燕品竹彈絲者充溢於閭巷非名某班卽名某落子彰彰在人耳目是則大衆所咸知也昔管子富齊女閭三百豈先有此而後才有商賈抑商賈輻輳而後設此以安妥之也該公司之用心可謂良苦矣至謂該處之有娼寮與否與本公司無干此語殊不可解試問房屋誰是主者出租是誰主持其知與否有干涉與否個中人當自知之本館初以該公司之主人皆屬官塲遇事敢進忠告初非揑造堆砌無理取鬧也尙希　鑒之

上諭恭錄

上諭孫家鼐奏遵議上海時務報改爲官報一摺報館之設所以宣國是而達民情必應官爲倡辦該大臣所擬章程三條均尙周妥着照所請將時務報改爲官報派康有爲督辦其事所出之報隨時呈進其天津上海湖北廣東等處報館凡有報單均着該督撫咨送都察院及大學堂各一分擇其有關時務者由大學堂一律呈覽至各報體例自應以臚陳利弊開擴見聞爲主中外時事均許據實昌言不必意存忌諱用副朝廷明目達聰勤求治理之至意所籌官報經費卽依議行欽此　上諭御史韓培森奏請籌辦倉穀一摺積穀爲民食攸關遇有偏災藉資補救各地方官往往不以民事爲事以致建設倉儲半屬有名無實每逢前後任接卸皆以銀錢抵交利於簡便一遇荒歉輒請開賑捐截漕糧徒肥中飽毫無實惠此風亟宜禁革着各督撫嚴飭所屬州縣凡有倉穀務當認眞籌辦實儲在倉其有以銀錢列抵交代者勒限一律買補以備緩急不得陽奉陰違虛應故事欽此

擬合科舉經濟學堂爲一摺稿　續前稿

且　明旨開特科之學堂而學堂肄業有成之士未嘗示以進身之階經濟雖併入鄉會塲而未議及六科如何分考之法若非合科舉經濟學堂爲一事則以科目升者偏重於詞章仍無以救迂陋無用之弊以他途進者自外於聖道適足以爲邪說景行之階今宜籌一體用一貫之法求才不厭其多門而學術仍歸於一是方爲中正而無弊昔朱子當南宋國勢微弱之際憤神州之多難懼救世之無才屢欲改變科舉嘗考語類中力詆時文之弊者不一而足而究其救科舉積弊之法則曰更須兼他科目取人歐陽修知諫院時惡當時舉人鄙陋剽盜全不曉事之弊嘗疏請改爲三場分試隨場而去之法每塲皆有去留頭場策論合格者試二塲二塲論合格者試三場其大要曰鄙惡乖誕以漸先去少而易考不至勞昏全不曉事之人無由而進其說頗切於今日之情事朱子之擬兼他科目猶今之特

科經濟六門也歐陽修之欲以策論救詩賦猶今之欲以中西經濟救時文也又查今日定例武科鄉會小試騎射步射硬弓刀石分爲三場皆有去取入數遞刪而遞少技藝遞考而遞精而磨勘之例尤以末場弓刀爲重竊謂宜遠師朱歐之論近仿武科之制擬爲先博後約隨場去取之法將三場先後之序互易之而又層遞取之大率如府縣考覆試之法第一場試以中國史事 國朝政治論五道此爲中學經濟假如一省中額八十名者頭場取八百名額四十名者頭場取四百名大率十倍中額即先發榜一次不取者罷歸取者始准試第二場二場試以時務策五道專問五洲各國之政專門之藝政如各國地理學校財賦兵制商務刑律等類藝如格致製造聲光化電等類分用發題考試此爲西學經濟其雖解西法而支離狂悖顯背其教者斥不取中額八十名者二場取二百四十名額四十名者取一百二十名大率三倍中額再發榜一次不取者罷歸取者始准試第三場三場試四書義兩篇五經義一篇取其學通而不離理純而不腐者合校三場均符者始中式發榜如額磨勘之日於三場尤須從嚴如有四書義五經義理詞謬妄離經叛道者士子考官均行黜革如是則取入二場者必其博涉古今明習內政者也然恐其明於治內而闇於治外於是更以西政西藝考之其取入三場者必其通達時務研求新學者也然又恐其學雖博才雖通而理解未純趨向未正於是更以四書義五經義考之其三場可觀而中式者必其宗法聖賢見理純正者也　此稿未完

回鑾儀注　○六月初八日　皇太后由　頤和園起鑾還宮　皇上在瀛秀門跪接是日進內值日當差執事各員均穿蟒袍補服並聞是日值差御前大臣一時虎賁宿衛之班鑾儀供職之衆均於黎明四點鐘伺候　皇太后由頤和園乘輿至萬壽寺乘舟至西直門廣源　復乘鑾輿進阜成門西安門駐蹕西苑預傳福壽菊部優伶赴豐澤園演唱全本博望坡千里駒各劇　皇太后率　皇后嬪妃於巳刻入座觀劇於申刻散門止劇返宮

烈婦宜旌　○宣武門內二龍坑居住戶部筆帖式菩薩保年逾而立於今春染患癆症屢經醫治罔效延至六月初六日病故其妻郭拉佳氏痛不欲生迨視夫棺殮畢乘間吞服金環以殉節烈之行哄傳都門聞親族等繕具事實將稟由該旗都統據情咨報禮部奏請　旌表以慰貞魂

添練馬隊　○步軍統領崇受之大金吾蒞任以來勵精圖治整飭營伍講究操防一切情形早已歷登本報昨聞操防中南北左右五營二十三汛弁兵漸臻強壯惟有步隊而無馬隊兵力終嫌單薄一遇事故實難制勝於平原曠野之間爰擬添募馬隊五營聘請教習操練純熟分箚城廂內外緊要處所既可備干城腹心之選又可作緝捕盜賊之資一舉而數善兼無有過於此者現已委弁携資遠赴關外選購良馬二千匹以爲分撥操防地步將來萬騎雲屯千軍電掣京營旗下自然壁壘一新所望捧檄而行者遠追伯樂高踪勿以駑　淆騏驥也

示傳教習　○禮部示頭傳宗室官學教習佘寅中覺羅官學教習鍾多壽二員限於六月十一日辰刻赴部驗到備帶筆墨當堂填寫親供核對筆蹟毋得違悞特示

督轅門抄　○六月初十日中堂見　新授粵海關監督莊大人山自京來　候補直隸州蔡紹基　比國領事官標爾　良濟洋行商人萬第仁　阿嘉詩

挑河已准　○海河淤淺諸輪船不能抵埠商務頗形窒碍自上年共議開挖經督憲奏請撥欵興修蒙戶工二部議覆奏准戶部撥銀十萬兩尚少經費十五萬兩飭督自行籌撥現聞官場傳說憲擬自西歷八月初一日起由輪商來貨抽捐值百兩者酌收二兩以十二年爲限限滿時奏明停止而抽稅章程擬華洋分辦洋商貨延請洋員監收華商貨則派中國人員專理云

失慎誌詳　○昨報河北丙德菴被災一則嗣悉起火之由據云緣某姓擬蓋房間院內存有修造草數捆不知被何匪人遺火種燃着遂至轟轟烈烈不可嚮邇延燒該菴並殃及香作坊米面舖徐公館暨附近居民共房三十餘間誠巨災也

船婦逞兇　○日昨刷子廟前泊糧船一艘上有中年婦人與一男子吵鬧隨取菜刀將男子砍傷血流如注船主至復聲言赴縣控告紛紛擾擾未知啓釁緣由亦未悉果否成事俟訪再佈

其子焉往○頃聞南門外寇姓作紙煤爲生昨遣小孩赴宮南某烟舖送貨一時失防被舖中守夜犬咬破經舖附藥歸家寇至今數日未見其歸是死是迷均未可知人言如是姑照錄之以俟確訪

義聲卓著○現時河水暴漲行船均宜小心昨有青鎭一鹽船行駛東浮橋被急溜沖打橫於橋傍幸經該橋救生會多人救護始保無虞該船恭送酒宴申謝該會璧回後又送匾一方以頌功德

來函照登○近聞貴報所載書目皆以時務策論啓發後進惟有刁氏遺書未得流傳於世愚有友人曹某幼隨侍先嚴於湖北曾捧讀是書復於巳丑歲在津旅復展讀至今追憶至再奈囊乏未便又恨坊板無刻者刁氏遺書計六部六種所言皆宗理學有關世道時務其論說簃記義理精深在國初時經刁氏門人陸淸獻公　名隴其崇祀先儒　校刋傳世板存祁州城內刁公祠況刁先生爲前明天啓丁夘孝廉明鼎革隱於鄉郤僞朝李闖七聘聖朝四詔未起俱見刁氏遺書誠冀北名儒如蒙　貴館台電或賜報端表揚或擇獲原本錫以石印俾是書公諸海內以表祁州之徽而獲後進之益則功德莫大矣

討債爲惡○爲富不仁罪不容誅疊利盤剝人所共恨津地侯家后富紳梁某綽號小癖專以放錢取重息借用者皆係娼窰無力歸還非留子女折準卽送官追究日前有張姓者南人也欠該紳洋銀一百元歷有年所按月取利並無拖欠該紳遣人向張姓討要原本時刻不容而張姓措手不及難以償還該紳竟將張姓送七段鄉甲局押追烏呼爲富紳者如此作惡無惑乎世之謀利者之比比也姑登報端以警日後如其恃惡不悛俟有劣跡再爲佈達

四明續誌○初七日登四明風鶴一則以滬商來電上海罷市茲據友函云自罷市後蘇藩聶方伯來滬查辦其事當日關道憲蔡觀察隨聶方伯回轅後傳集甬帮柱首入內勸諭開市致各幫工匠聞之前往探聽消息者約有數百人之多見轅門有轎車二輛一係蔡觀察一係黃大令各工匠僉謂道憲辦理不善且執御者亦係甬人遂一唱百和出言不遜竟將車燈玻璃窗擊毁聲勢洶洶擬欲推入內轅道憲見此情形恐讓巨禍立用德律風咨照英美捕房派捕前來始得驅散當塲獲住肇事者二名道憲擬欲飭上海縣帶回辦理旋經各柱首代爲緩頰方伯亦恐激成衆怒立飭黃大令查明是非甬人傳令該店主具保開釋一面派丁飛奔入署急傳通班差役會同道轅通班護勇出城彈壓江南提督李壽亭軍門聞報後亦帶兵出城照料觀察尙恐若輩蠻橫無禮遂與軍門同車回署時已鐘鳴十二下矣嗣由聶方伯會同各國官紳與法領事竭力籌商得以轉圜保全大局一面隨卽剴切曉諭張貼通衢旋又傳齊該帮各業首事及各董到轅勸諭爾等卽須照常開市切勿自廢生計本司决勿使爾等有所屈抑至於法捕房所管押之人已照會法領事均已釋出衆人奉諭後皆仰體憲意遂飛派傳單囑令大小各店均照常一律開市

梧州續誌○西報云廣西省內七處城池巳爲亂黨所據聞督憲此次派往援救之兵亂黨巳預備俟其行近南甯府時與之力戰○日前官兵與亂黨於天甫黎明時接仗兩鐘之久官兵被殺者尸橫遍野統領某君知非所敵逃避山頂得免於難餘皆逃往梧州府西五十里次日梧州府河內陸續浮到尸身約千具該處救生船乃盡數撈而葬之吁亦慘矣

朔望會課○靜致廬會課爲皖江洪月船孝廉思齊倡立每月朔望舉行一論一策三日交卷評定甲乙酌贈花紅每卷收紙張津錢五十文月朔日開課假二道街泰山行宮盧厲爲收發課卷處入課者先期自陳名字齒籍官紳好義資助花紅者登報揄揚不勸捐

江右盧沛恩津門王維翰暨同人公啓

光緒二十四年六月初八日京報全錄

宮門抄○六月初八日內務府　國子監　廂紅旗值日無引見　莊王謝專操大臣恩　澤公興伯恩佑各假滿請安　禮部奏派稽察中左門　派出鈕楞額　召見軍機　皇上明日卯初至奉先殿　壽皇殿行禮畢還宮召見大臣

○○頭品頂戴河東河道總督臣任道鎔跪　奏爲前次裁河標額兵現巳依期裁竣再續裁二成以節餉需恭摺具陳仰祈　聖鑒事竊臣前擬裁河標兵丁一成限二年內陸續裁竣緣由於光緒二十二年五月二十四日恭摺具奏並將每年節省餉米銀兩數目於是年九月二十日附片奏報各在案現已屆二年之期所有應裁步兵一百三十二名業已如數裁竣當此餉絀時艱自應樽節迭次　諭

旨續再切實裁減庶幾節省一分卽得一分之益當卽檄飭河標四營會議去後茲據中營副將郭達森等稟稱河標所管汎地五十三處每逢漕船入東自黃林庄至柘園鎭上下催趲奔馳千餘里重運以迄回空歷時七八月之久兵弁趨公刻無休息兼以右營汎內正當黃河穿運漕船啓壩入黃皆賴兵丁幇同牽挽他如護送貢差轉運協餉及濟甯城守營巡緝地方保護敎堂在在均關緊要河標額兵無多前於十一年及二十二年兩次裁減一分五厘本已不敷差遣茲於無可議裁之中勉再續裁二成連前統共裁減三成五厘計河標現存馬步一千四百十一名除馬兵差操緊要仍請援案更裁外其步兵一千一十五名按每百名裁減二十名共應裁減二百十九名仍照上兩次辦理成案遇有兵丁開單事故隨時停止募補限二年內一律裁竣等情稟請具奏前來臣查河標營兵經管曹運差繁事重與綠營不同據稟續減二成連前共裁三成五厘之數委係實在情形難以再減除將每年節省餉銀數目另飭造册詳送分別奏咨外所有擬請裁減標兵緣由理合恭摺具陳伏乞　皇上聖鑒　訓示謹　奏奉　硃批該部知道欽此

○頭品頂戴湖廣總督臣張之洞跪　奏爲變通武科遵　旨詳議闡明舊制酌擬新章以防流弊而厲將才恭摺仰祈　聖鑒事竊准兵部咨開奏變通武科一摺並擬定大概章程十條光緒二十四年二月二十六日欽奉　上諭着照該大臣等所議鄉試自光緒二十六年庚子科爲始會試自光緒二十七年辛丑科爲始童試自下屆爲始一律改試鎗砲等因欽此又准兵部咨議覆廣西巡撫黃槐森奏武塲改試洋鎗並考取中式分別選用一摺令各督撫各就見聞所及詳細奏明並開列各項章程報部酌辦等因光緒二十四年三月二十八日具奏奉　旨依議欽此咨行到部仰見　皇上因時制宜詰戎奮武之至意欽佩莫名部咨並稱令各省體察情形指陳利弊各抒所見陸續奏咨等因竊維今日用兵專恃火器外洋各國鎗砲之製日出而益精武學敎練之法日推而益密然則武科取士斷宜專習火器別定新規然後無所習非所用之弊惟是變法伊始防弊宜愼取才宜精臣查初次部咨會奏各條恐器械之不能畫一也則定指名代購之例恐藏用之漫無限制也則定報明存案之例二次部咨照廣西撫臣黃槐森原奏洋槍由士子購買槍杆鐫考生姓名防微杜漸頗極周詳顧臣猶有緦緦慮者軍火一項例禁綦嚴固立法之精並亦有國之恒規考之東西各國保安之槍遊獵之銃皆須繳納稅捐領發抵照速者或科罰或沒入或監禁則視其多少而爲之差蓋與我國舊例用意大畧相同自髮捻蕩平以來各省遂無大亂其實陬澨邊隅亂萌時有卽如近年熱河敎匪甘肅回匪亦甚披猖或兵甫集而衆降或鋒一交而敵潰實由同治初年洋槍洋砲流入中華漸推漸廣官軍所用無論精粗總係洋械火器精利聲威震讋亂民無抗拒之資脅小弭孽芽之漸今若概准演習一縣火器累百盈千收藏之家良莠不齊武生武舉本多强梁生事之徒又假以利器一有意外會匪游勇糾結橫行頃刻亂作其禍豈可勝言雖云稽察責諸地方然州縣事繁習惰不過視爲査私鑄査燒鍋禁宰牛禁賭博之類但以具文行之若時常挨戶搜查則不免騷擾若但憑差役一報鄉保一結則必然有名無實卽如民間私藏鳥鎗州縣官例有處分而閩粵鄉鎭鎗砲如林然則稽察之說豈可恃乎光緒十七年江南有査獲洋人美生私買軍火接濟會匪謀奪鎭江以攻金陵之案二十二年廣東有査獲匪徒孫文私運軍火入城爲亂圖據廣州省城之案前鑒不遠豈可更揚其波乎且近日各國鎗砲式樣日新名目繁雜同一鎗砲而藥彈門類區別甚多改造原裝等差不一若應考者每人各執一式之鎗如何考校高下如須同係一式私家零購則先後參差由官代購則不勝擾擾此層似多窒礙臣詳稽舊制參考新章審酌通籌謹擬一營伍學堂武科三司合一之法査原奏章程第四條云欲廣爲招徠則綠營制兵防營練勇不防准其報名鄉試又二次部咨云此次改章意在合考試與操防通融定制凡武生投營營兵應試以及武舉武進士如何敎練管束各大吏當參酌營制妥籌良法各等語竊謂莫如就此條之意而推之査武塲條例八旗驍騎校前鋒領催等官以及馬甲步甲分別准應武鄉試武童試綠營兵丁有願應武童試者各歸本縣與武童一體考試其取進武生准應鄉試取中武舉准應會試其千把等官或係武生或係武舉均准分別鄉試會試故各省向有兵童兵生名目是武科人才取諸旗綠各營弁兵本係　國家舊制既以用其素習兼以勵其勤操立法之意至爲精切閎遠至今於旗綠弁兵而外又有防營弁勇一項比之綠營年力人材較爲强壯操練火器較爲熟嫺今武科改試鎗砲莫若卽令營弁兵勇應試最爲無患於地方而有益於軍旅若令應武試者皆於武備學堂肄業一節勢有所難目前風氣初開有武備學堂者共有四五省一省亦只一堂且武學敎習甚難不能不取材異地故學堂之經費旣鉅學生之額數無多大率

一堂不過數十人又必須文理清通氣習馴謹者若各府各縣均設學堂一時斷無許多之經費亦斷無許多之教習若謂今或取教練則中華將弁向來惟尙勇敢其精細者不過約束紀律較爲詳明其於法器理火測算繪圖工程製造邊海形勢罕能通曉至文理通暢能讀洋書者尤不易覯故各省大小武職能教兵勇者或間有之能教將弁者決無其人其稍能通曉一二能教兵勇者卽已矜貴非常則必留在防營使充營官教習豈肯令其散往各屬教授武生武童乎是學堂之廣設尤爲不易至各營兵勇究係曾經本營華洋教習教練雖不能遽語精深尙可得其粗淺且外洋定章凡入武備學堂三年者必須隨營操練一二年以增閱歷斷無學生而在營伍之外者若卽令兵勇應試名籍易考鈐束易施所用鎗砲發之本營自然一律擬請惟兵勇准應武童試兵勇取進武生後仍在營充伍者准應武鄉試兵勇取中武舉後仍在營充伍者准應武會試其已拔實缺外委實缺把總候補千總者准作爲武生應試鄉試已補實缺千總守備者准作爲武舉應武會試綠營弁兵令該營專管之將官都司保結册送勇營弁勇令該管之本營管帶官保結册送童試由各營送交原籍知府錄送學政考試免其縣考以省紛繁而免曠誤旗營仍照舊章鄉試仍由綠營勇營各營官册送學政錄科會試仍照舊章但武弁兵勇均應照例歸原籍考試不得混考凡非在營現充武弁兵勇者均不得應武童試比後旣無營外之武童自無營外之武生旣無營外之武生自無營外之武舉武進士矣其從前取進取中之武生武舉現未在營者准其呈請附入本省防或營學堂自備資斧隨同學習其鎗砲卽用本營本堂者藥彈價値由該生呈繳並仿照外洋學堂章程令其酌繳該生火食束修雜用器具各費由該管營官及管堂之員察其年力精壯性情謹樸者方准收錄若不守規條不能勤學頑鈍難教者均隨卽斥退其學堂畢業者分發本省各營酌量委用將來風氣漸開華弁爲充教習者漸多各府州縣自行籌資設立章武備學堂者准其禀官辦理旣設學堂則必由官約束稽察章程雖有鎗砲可無伏戎藉寇之虞迨學成後統發各營分別効用則營伍學生合爲一貫是整飭科舉卽所以整飭營伍矣

此摺未完

天津北門內府署東大街各報總處出售東亞旬報

本處接到東洋東亞報館來班此報每月三次每本三十餘華文論說各國要政時務無一不加曾先定閱爲快

售書局紫氣堂梁子亨仝啓

元茂機器磚瓦公司

本公司仿照西法燒作磚瓦事屬創舉曾經通稟在案該貨堅固異常價值從減並各樣印花磚瓦俱全　賜顧者請至海大道新興南里內本公司面議可也謹啓

魁陞號綢緞洋貨莊

本號自置顧繡綢緞洋貨等物整零均按銀莊格外公道皆比大市價廉發售　寄賣各種眞料大小皮箱漢口水烟袋各種眼鏡龍井雨前紅茶梗　寓天津北門外估衣街五彩號衚衕口坐北向南　士商賜顧者請認本號招牌特此謹啓

啓者昨接上海孫仲英善長來電旋又接到顧緝庭葉澄衷嚴筱舫楊子萱施子英各觀察來電據云江蘇徐海兩屬水災綦重饑民數十萬顚沛流離死亡枕籍災區十餘縣待賑孔急需欵甚鉅官欵恐未能徧及素仰貴社諸大善長久辦義賑飢溺猶已敬求代呼將伯源源接濟功德無量蒙滙賑欵卽滙上海陳家木橋電報總局內籌賑公所收解可也云云伏思同居覆載異姓不啻天親縱隔形骸民物莫非胞與頓遭洪水哀此災荒盡是蒼生何分畛域況救人性命卽積我陰功雖此日拯茲黎庶散盡赤仄靑蚨卜他年報在子孫同來玉堂金馬敝社欵無備濟自知獨力難成術欲廣仁惟冀衆擎易舉叩乞　顯宦鉅紳仁人君子共憫奇災同施仁術原擬活人無算雖千金之助不爲多但能濟世有功卽百錢之施不爲少盡心籌畫量力輸將敝社不禁爲億萬災黎泥首叩禱也如蒙　慨助卽交天津溜米廠濟生社帳房代收並開付收條以昭徵信

濟生社籌賑同人謹啓

顯學書塾

浙江蕭山湯伯述先生擬招學徒百人講授策論文字每人每月脩四元每月兩課一策一論届期到塾領題三日繳卷三日批改取定甲乙榜示暫時遙授不必住館本塾在海大道直報館旁

天后宮北 義興順綢緞莊

本莊自置顧繡綢緞綾羅紗絹各樣洋貨南貨雅扇桂母頭油香貨歸安貝松泉湖筆一概俱全

頭號杭寧綢 四錢二
頭號摹本緞 三錢八
紅梅茶 九百六
紅茶 每 六百四
紅茶梗 二百二
龍井茶 斤 一吊八
金百
壽綿薇褐布褂每套五兩八
哆囉蔴每尺原碼四分二
各莊夏布一概照行發莊

三日一本 石印類類報

看至約四個月可成書七部八冊已改策論此報詢屬利器也每月津錢六百四十文先交報資定看全年者收洋肆元不折不扣北閣內延部公所對門類類報館啟

告白

奉旨鄉會兩闈及科歲生童改試策論書院肄業亦皆遵照改課童蒙窗下自宜以古文為法宋儒呂東萊先生所著博議久已風行近尤膾炙人口現有芙蓉館主人以諸名家所批善本付本齋石印帋墨精良字大爽眼約於月半印畢出售此佈

天津文美齋南帋局告白

新到啤酒

啟者本行現由德國自運上等啤酒氣味香美與衆不同除濕却暑助氣消食誠酒中之仙品也如蒙賜顧請到老龍頭對河本行賬房可也計每箱四十八瓶價銀七兩五錢又價銀八兩五錢

德商瑞豐洋行謹啟

為釣叟先生畫潤小啟

予向讀醉翁亭記曰先生之意不在酒而在乎山水之間未嘗不歎古人之高也夫古人往矣而欲求其嗣響追踪彷彿則莫如新會歐陽子行者誠六一先生之遺裔也公少負奇氣嗜酒有家風長徧游名山大川落帋得烟雲生趣求畫者戶履常滿筆秃硯枯客有睨笑其旁者曰甚矣公之勞而費也胡不以潤筆之資作杖頭之助及今請自隗始可乎公笑曰無巳其以酒酬我也昔人斗酒百篇畫何獨不然自今請以酒進爰定其數因為之序

兹湊俚言作潤筆款

借問先生何所癖 無如醉筆寫丹青
諸君若索先生畫 帋方一尺酒一罇
素絹又當加倍計 扇如團摺釀雙瓶
酒卽斟酌膏糧合 潤筆兼能養性靈

香山襄侯魏宗弼書於潤州客次 寓紫竹林廣永隆號內

恭頌良醫

太醫院候補醫士譚仰周先生素精岐黃為人品學兼優不染行道習氣亦不以聲價自高論脈理固屬精通卽立方亦頗穩妥雖奇險之症凡經診視者遂無不著手成春此則余等共深佩服亦親友屢經效驗者也特此登報以供周知倘患疾症者可到閘口西關帝廟前聘之庶不至受庸醫之誤也

津門 徐晴波 魏星橋 朱藝堂 鄭敬齋 謹啟

建平永平金礦局告白

啟者壬辰年春 前北洋大臣李委潤等創辦建平金礦自顧菲材膺茲艱鉅不勝主臣開辦以來疊於平建朝赤等處徧加採試或以石堅金薄不敷度支或以費鉅工艱難祈速效頻年耗損實屬不支迨丙申歲抄核計彌縫舊缺外始有微餘洎丁酉全年見盈遂奉 熱河都憲諭以丁酉正月至四月為建平第一屆升課其課銀巳於今春解呈熱河五月至十二月為第二屆其課銀亦不日報解又丙申冬分設永平金礦該處砂綫窄小浮露於外無大水患工程尚簡計至去年十二月底共試辦十四個月稍見餘利去冬十一月杪該局又得遷安縣屬峪之僃岩今正以後出金日逐見增將後可望蒸蒸日上刻亦報解第一屆升課惟是解課以後卽應分息在股諸君觖望已久茲宅於六月初一日在天津招商局內建平帳房上海寶源祥香港招商局等處分派屆時務祈 諸股友携摺枉顧以憑核發除將歷年辦理情形收支帳目稟報公牘彙刊成册印送核閱外合將派息日期登報奉聞

徐潤等謹白

名醫早回

今而知浙西張敬和司馬醫名所以藉藉者實由其所治各症應手而痊如操左劵也但病有輕重方有奇偶有一服卽愈者有兩三服始愈者往往此間之病服藥見效尚待重診而遠方又來延請病情綦重不往則無以慰遠者之盼望卽往又恐悞近者之復診濟世心長分身術短此先生所以有遠處不能久住之約也前月下旬呂道生軍門女公子患病敦請司馬前往一再診視巳就延六七日之久司馬心急如焚巳於月朔回津本館特登諸報端俾既經醫治尚待清理與甫患病亟須醫治者庶幾延診不誤也

紫竹林法租界 三義飯店

本店專做英法葷素大菜並由外洋自運各國上品洋酒各色異味點心罐頭鮮菓食物等類一應俱全本洋樓工程告竣房間寬闊夕時均用氣燈明亮異常仕商光顧者或携眷另有雅室亦足稱暢叙幽情矣擇於六月十七日開張至期請即駕臨賜顧是荷

本主人謹啓

天福茶園

特請上洋新到頭等花旦

天娥旦

六月十一日早准演

女起解

早仍照原價

重排新製新彩新切

七八本

鐵公鷄

擇日開演

新排新彩全本新燈戲

洛陽橋

本園特請藝人不惜工夫精製各樣彩切另新排洛陽橋八仙飄海仙女乘坐彩蓮花船打彩散樂羣妖作亂此橋工程不能告竣蔡狀元差家人夏德海赴水晶宫投文龍王閲文見喜遂帶領夏德海遊玩水晶宫花園作樂演唱合班名角戲中戲十錦雜耍各樣彩切龍王賞賜回文從此修造工程告竣龍王轉禀玉皇遣天兵天將各顯神通羣仙門法捉拿妖怪各現原形蔡狀元邀請四方士農工商俱來觀看所造橋樑內有三十六行作買作賣許多奇文令人可觀與前不同擇於本月十一日晚開演屆時請駕臨賞覽是幸

本園謹啓

朱鈍翁現經運庫廳劉 延赴密雲縣爲其令堂太夫人診脉已於五月十九日啓程前往餘俟歸來再佈

三井洋行分莊 告白

啟者日本商始創貿易爲業數拾年以來今分莊開設北門外鍋店街沈家衚衕口對過專選精工料實東洋棉紗各等時式大小疋棉布粗洋布斜紋洋標等格外公道價亦從廉凡仕商賜顧者請至分莊面議可也特此佈聞

三井本莊主人啟

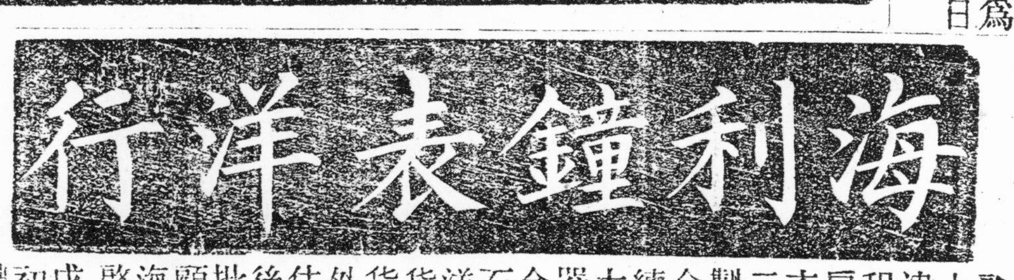

啓者本行自上海分設天津紫竹林法租界良濟藥房對過女成衣飯店一號二號房內自製新式鐘表金銀表金表練各樣新式大小說話機器耳鳴機器金戒指金鋼石戒指大小洋鏡各樣新貨一應俱全貨好價廉格外公道在此住兩三個月後另造樓房批發諸公光顧請早駕臨

海利洋行謹啓

戊戌年六月初十日禮拜四

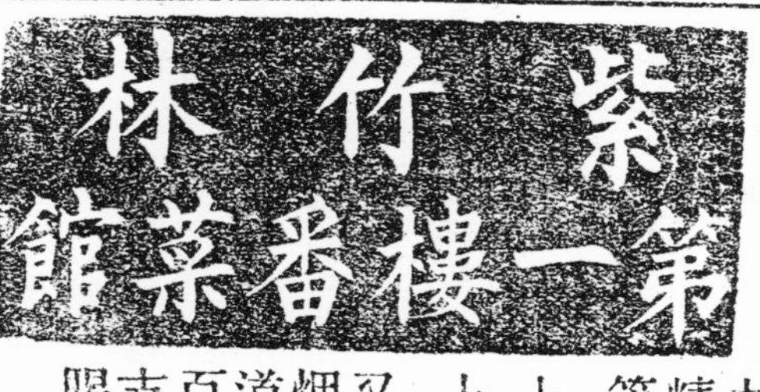

本號專作英法大菜各色精細點心各樣洋酒洋貨等物一應俱全並售

上　　　八百
上　紅茶　每斤津錢　一千
　　　　　六百

又批發茂生公司鐵海紙烟零整發售價值格外一公道原箱計一百盒價洋一百百四十四元每盒計五五支洋一元五角凡仕商賜顧請即駕臨是荷

主人謹白

拍賣告白

啓者本月十二日即禮拜六下午兩點半鐘在法國工部局內拍賣外國家俱棹椅床洋燈洋爐沙等剛地毡銀陸器家俱各樣俱全如欲買者請早來細看面拍可也

集盛洋行啓

廣東鼎盛機器廠

本廠精造大小機器汽機火爐開礦水龍滅火水龍磨麵機器全套管辨鑄造修理精巧銅鐵等件貨眞價廉倘蒙賜顧請至天津紫竹林法租界牌坊旁本廠面議不悞主顧

本主人謹啓

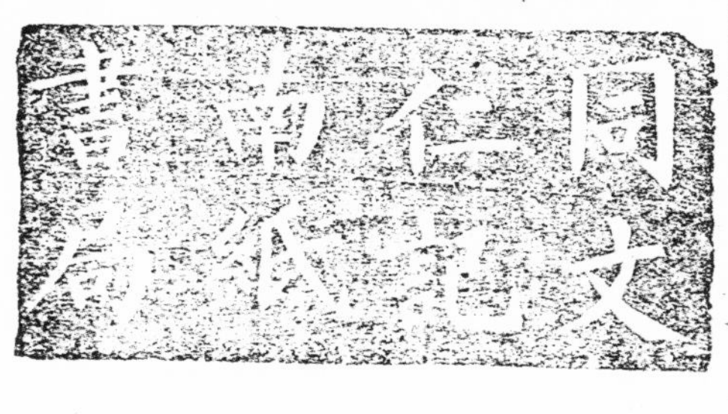

本局自印耕香館畫譜每部價洋二元專辦各種石印書籍精選加高南紙頁細雅扇格外價廉天津東門外襪子衚衕本局啓

本局謹啓

美孚老牌煤油

啓者美國三達煤油公司之德富士老牌煤油天下馳名萬商稱羨蓋其質潔色清亮白如銀且絕無烟氣能耐久燃比之生荳等油晶光百倍而儉用價廉此爲德富士老牌之佳處誠屬無雙妙品也士商賜顧請到天津美孚洋行採辦或向就近殷實行店購買庶不致悞

DEVOE'S
PAT'D JUNE 22.63.
BRILLIANT
OIL
IMPROVED
PAT'D JUNE 28.64.
PATENT CAN

海大道 鴻春樓番菜館

啓者本店三層大樓工程告竣地勢寬闊以備貴官紳請讌擇於去臘遷移新正月初二日開市各樣俱全價廉物美凡仕紳賜顧者請駕臨是幸

主人謹白

新開元隆號綢緞洋貨莊

自去歲四月初旬開張以來蒙各主顧垂盼雲集馳名日盛本號特由蘇杭等處加意揀選名機新鮮貨色零整銀價俱照大莊行市公平發售以昭久遠此白

寄賣龍井雨前素茶福建皮絲水烟各種眞料大小皮箱

開設天津府北門外估衣街中路北門面便是

減價

今有友人自辦陝西老土每兩津錢四百八十文　新到梁州土每兩津錢五百四十文　如蒙賜顧者請到東門內聚隆成寄售

六月十二日輪船出口　禮拜六

通州　輪船往上海　太古行

景星　輪船往上海　怡和行

六月初十日銀洋行情

天津通行九七六錢

銀盤二千四百九十文　洋一千七百七十文

紫竹林通行九六錢

銀盤二千五百二十五　洋一千七百九十五

洋錢行市七錢一分三

開設紫竹林法國租界北

天福茶園

京都新到

崇慶名班

特請京都上洋姑蘇山陝等處

各色文武　頭等名角

六月十一日早十二點鐘開演

八百紅　崇芬　張長奎　白文奎　六月鮮　十二紅　楊福寶　安桂秋　十一紅　高玉喜　王喜雲　賽狸猫

上洋新到　天發　娥　旦生

常雅秋　賽旋風　趙斌恒　羊喜壽

罵金殿　捉放曹　烏玉帶　孝感天　取西川　打扛子　女起解　盜魂鈴　衆武行

晚七點鐘開演

小連仲　十二紅　邊義臣　周茹荃　賽旋風　姜小五　蘇廷奎　賽狸猫　十一紅　十四紅　天娥旦　王喜雲　白文奎　安桂秋　張長奎　常雅秋　劉祥泉　趙斌恒　羊喜壽　楊四立

柴桑口　新彩　新切　全班文武名角合演　洛陽橋　與前　不同

開設天津紫竹林海大道旁

福仙茶園

啓者本園於前月初四日止戲清理賬目今將戲園及園內桌椅磁壺磁碗新製彩切零星等件合盤出兌如有願兌者及詳細章程請至本園面議可也特此佈　告

福仙茶園謹啓

創包機器

敬啓者近來西法之妙莫過機器靈巧至各行應用非得其人難盡其妙每值傷損修理必悞時日今有甯子卿專於經理機器茲擬創辦包定各項機器以及向有機器常年煤料工力價值格外公道如貴行欲商者請到福仙茶園面議可也特白

直報

本館開設天津紫竹林海大道老榮市氣燈房巷內

光緒二十四年六月十一日　第一千百二十七號
西歷一千八百九十八年七月廿九日　禮拜五

部照又到

直隸勸辦湖北賑捐局自光緒二十四年三月初一日起至閏三月十五日止請獎各捐生部照又到請即攜帶實收來局換照可也

招領部照

捐生陳殿揚山東福山縣人前在直隸勸辦湖北賑捐局報捐監生部照早到望即攜帶實收來局換領切勿自誤

本館告白

本報之事悉憑訪事來單即或事在眼前採訪不報亦不妄登此本館之所以慎重也昨登娼寮命案一則係訪事來條所述錄報後本館同人即以事在左近互相疑惑當函致該採訪令其明白答復頃閱國聞報代登禪臣帳房告白內稱全無影響云云茲事現已詳查一俟復到虛實必當照錄姑不具論惟所稱本公司購地蓋屋為振興商務收回利權起見事屬紳商合辦大衆咸知該處之有娼寮與否與本公司初無干涉該館揑造堆砌無理取鬧云云近年利權外溢殊堪痛哭該公司果能收回何幸如之第查該地所造房屋數百間之多迄今期年之久從未聞開　大行成一大市祗見鶯鶯燕燕品竹彈絲者充溢於閭巷非名某班即名某落子彰彰在人耳目是則大衆所咸知也昔管子富齊女閭三百豈先有此而後才有商賈抑商賈輻輳而後設此以安妥之也該公司之用心可謂良苦矣至謂該處之有娼寮與否與本公司無干此語殊不可解試問房屋誰是主名出租是誰主持其知與否有干涉與否個中人當自知之本館初以該公司之主人皆屬官場遇事敢進忠告初非揑造堆砌無理取鬧也尚希　鑒之

上諭恭錄

上諭福建布政使着吳承潞補授陸元鼎着補授江蘇按察使欽此

擬合科舉經濟學堂為一摺稿　續前稿

大抵首場先取博學二場於博學中求通才三場於通才中求純正先博後約先粗後精既無迂闇庸陋之才亦無偏駁狂妄之弊三場各有取義以前兩場中西經濟補益之而以終場四書義五經義範圍之較之或偏重首場或偏重二三場所得多矣且分場發榜則下第者先歸二三場卷數愈少校閱亦易寒士無候榜久羈之苦謄錄無卷多錯誤之弊主司無竭蹶草率之虞一舉三善人才必多而著重尤在末場猶之府縣試皆憑末覆以為去取不愈見四書五經之重哉其學政歲科兩考生童均可以例推之歲科考例先試經古一場即專以史論時務策兩門發題生員歲考正場原係一四書文一經文即改為四書義經義各生員科考童生考試一切均同其童試孝經論性理論應仍其舊難者或曰主司罕通新學將如之何不知應試則難試官則易近年上海譯論中外政學藝學之書不下數十種切實者亦當不少閩中例准調書據書考校似不足以窘考官且房官中通曉時務者尚多總裁主考惟司覆閱尤非難事至外省主考學政年力多强　論旨既下以三年之功講求時務豈不足以為衡文量才之資乎惟是變法之初兼習未久其研求時務者豈能遽造深通是宜於甄錄之時稍寬其格以示駿骨招賢之意兩科以後通才碩學自必粲然可觀且登科入仕者漸多則京外考官房官自不可勝用矣抑臣等之愚更有請者百年以來試場兼重詩賦小楷京官之用小楷者尤多士人多逾中年始成進士甫脫八股之厄又受小楷之困以至通籍廿年之侍從年逾六旬之京堂各種考試仍然不免其所謂小楷者亦不合古人書法姿媚俗書點畫算子挑剔

破體察及秋毫且同一紅格大卷　殿試散館優拔貢　朝考字體之大小不同同一白摺而　朝考大考考差考御史各項字格之疏密不同紛歧煩擾各有短長　詔令並無明文而朝野沿爲痼習故大學士曾國藩奏疏嘗剴切言之夫八股猶或可以覘理解之淺深詩賦則多文而少理詩賦猶可以見文詞之雅俗小楷則有藝而無文其損志氣耗自力廢學問較之八股詩賦殆有甚焉由是士氣銷磨光陰虛擲舉天下登科入仕之人才歸於疏陋輭熟以至今日遂無以紓　國家之急今既罷去時文則京官考試詩賦小楷之舉亦望　聖明奮然釐剔一併掃除查鄉會試之外惟　殿試一場典禮至重自不可廢然　臨軒發策登進賢良自宜求得正誼明道如董仲舒直言極諫如劉　者而用之斷不宜以小楷爲去取一經　殿試即可據爲授職之等差以昭鄭重　朝考似可從省及通籍以後無論翰苑部堂一應職官皆以講求實學實政爲主凡考試文藝小楷之事斷斷必宜停免惟當考其職業以爲進退則已仕之人才不致以雕蟲小技困之於老死俾得汲汲講求强國禦侮之方此則尤切於任官修政之急務者至於詞章書法潤色鴻業乃館閣撰述應奉　朝廷需用此項人員之時特頒　諭旨偶一行之不爲常例畧如考試　南書房考試中書故事嚴則止及翰詹寬則無論翰詹部屬小京官皆可與考視其原有階品分別授官應候請　旨裁定與三年會試　殿試取士之通例各不相涉庶幾文學政事兩不相妨矣難者又曰　本朝名臣出於科舉翰林者多矣安見時文詩賦小楷之無益不知登進貴顯限於一途固不能使賢才必出其中抑豈能使賢才必不出其中此乃偶然相値非時文詩賦小楷之果足以得人也且諸名臣之學識閱歷率皆自通籍任事以後始能大進然則中年以前神智精力銷磨於考試者不少矣假使主文者不專以時文詩賦小楷爲去取所得名臣不更多乎竊謂如此辦法博之以經濟約之以道德學堂有登進之路科目無無用之人時務無悖道之患似此切實易行流弊亦少此舉爲造就人才之樞紐而卽爲維持人心世道之本原臣等憂慮所及不敢不效其一得之愚事體重大猶望　敕下廷臣會議施行不勝惶悚激切之至所有擬請妥議科舉新章暨請改考試詩賦小楷之法各緣由臣等詳籌熟商意見相同謹會同恭摺具奏伏乞　皇上聖鑒謹　奏

玉食萬方　○天子玉食萬方千古美談洪範所謂惟辟玉食是也前明所稱御米名目繁多徵取不易民間深受其累我　國家體恤民隱至渥極優御米一項卽取諸　天庾正供之中從不另派飛挽據倉廒中人云每年必有一倉變成白潔光潤之御米例於祭壩後開倉收兌南漕時由倉官按察一次查得有此御米卽報呈坐糧廳轉禀倉憲加以黃封題明御米不准擅動一面咨請順天府派員敬謹領解御膳房交納嘗見此項米粒在倉日久陳陳相因霉爛成塊非用鋤鍬擊之不碎　皇上福洪如天居然爲芙渠之出自汚泥芝蘭之挺於榛蕪實屬令人莫解日前內廷　御膳房章京會同內務府司員某君在內廷驗收順天府本屆解交上用玉棠米五百餘石驗得質色均符向例堪供玉食遂全數飭令收儲知照光祿寺署正按時取用另由內務府給發回批一件交解米委員齎回銷差云

體恤獄囚　○刑部南北兩獄本年收禁命案並拐帶搶刧人犯多名每日經提牢廳曾部郎督飭司獄彥魁德等朝夕稽察以防意外並經曾部郎捐資製做洋布單衣褲五百身於六月初旬赴監按名散給以恤罪囚是亦陰德之一端也炎熱之苦甚於啼飢維彼獄囚正不知若何感激耳

愚不可及　○近日京師寒燠失時癘疫流行其病不一熱症則患之者比戶皆是西醫名曰啡佛若服金鷄納霜隔宿而愈然患之者多鄙視西藥而不服一任二豎子猖獗異常其愚眞不可及也

彩鳳隨鴉　○京師崇文門外茶食衚衕居住李某者貿易營生近年囊橐稍裕娶某氏女爲室年華碧玉丰致嫣然過門後婦嫌夫陋時抱彩鳳隨鴉之憾六月初三日李自外歸適以生意不順憤恚于心而婦則適以冷言譏刺勢如火上潑油始而口角繼以揮拳乃婦怨恨尤深無心人世遂私購紫霞膏吞服計圖自盡幸爲鄰人知覺多方灌救得慶更生噫以荷擔之傭夫配嬌嬈之美婦本非匹耦實乃禍基如李某者其亦嘗自省哉

老鋪歇業　○宣武門內西單牌樓功昌義錢店自　國初開設生意頗稱利市忽於六月初八日禀請封閉聞該錢店平日出帖甚少毫無虧累未悉因何歇業都人莫不稱異隨經詳細探訪該店東段某爲晉省人係因弟兄爭產所致又謂被舖夥把持其說不

一究因何情俟有續聞再錄

咨請七旗 ○廂藍旗護軍統領爲咨行事印房呈稱本旗護軍叅領瑞福蒙 恩補授 昭陵總管所遺之缺例應先儘奉旨以護軍叅領補用人員請補查本旗現無此項應補人員應於兩翼七旗此項人員先行借補俟該本旗出缺卽行撤回相應咨行景運門轉行左右翼前鋒營七旗護軍營有無此項 特旨以護軍叅領補用人員詳細查明卽日咨覆本旗以憑辦理

壁壘一新 ○中國軍營操演陣式暨所用器械各不相同以致緩急未能呼應一氣現經御史條陳仿照泰西章程改爲一律由部議准聞官場傳說北洋大臣奉到 廷寄飭北洋各省軍營卽令新建軍中哨弁通曉西操者派往充當教習應用槍炮等器令製造局擇其最爲合宜者按照一式配造分發各營庶免利鈍參差之弊南洋各省分亦一律辦理

派勇護埝 ○昨河北趙家塲梁家嘴邵公庄三村紳民因河水暴漲岌岌可危聯名赴親兵營遞稟懇求派兵護埝卽經單副戎派勇一哨在該村一帶沿岸修築子埝認眞守護諒不至有潰決之虞矣

城南命案 ○南門外沈家草廠地方昨午有官率吏仵驗屍詢之土人云屍爲城內鼓樓西某飯鋪內掌櫃之子其鋪夥某在櫃偷錢被掌櫃之子瞥見告知其父鋪夥因此被辭出鋪臨行謂掌櫃之子曰汝毋得意非要汝命不可且在南城外候汝也某答以必到南城比時聞其言者皆以爲使氣誑言俗所常有不爲意後三數日鋪掌不見其子初疑他出繼徧訪無踪至昨日屍從該處浮起地方報官驗有刀傷始知爲人所戕該屍親已認明屍首至兇犯是否已獲曾於何處致斃推入城河俟訊實訪明再佈

土埝決口 ○河水暴漲刻忽落約七八寸餘詢係隄頭閘上土埝於初八日四更時候被風吹決口想淀北四十餘村又難免水災也

巡兵被毆 ○昨聞北墻外有看官道巡兵不知因何被賣香瓜人毆傷甚重當經該管地保稟報工程局憲派差役獲犯到局究辦因何起釁容訪再登

河北竊案 ○河北院署東一帶被竊者指不勝屈昨夜劉公館有賊穿穴入室竊去衣包等物當卽開列失單片送河北汛該汛帶同馬捕地方親詣勘驗畢將地保馬快帶訊懲辦並飭嚴行緝拏

相驚以鬼 ○侯家后廉某異鄉人挑水爲生日昨在老君堂河沿水道見幼童四五人洗澡以游以泳逐浪爲戲有一孩年少力薄幾乎滅頂廉赶卽奮身入水將該孩援登彼岸得保無虞及廉日夕返寓忽寒戰交作如醉如痴不省人事旋厲聲曰三年之久纔得討一替身今竟誤我大事非索汝性命不可云云家人知係溺鬼作祟焚化紙錠代爲祝禱依然罔效延至夜半宛轉就斃噫救人盛德也而反干鬼怒異哉姑錄之以符新聞體例

西事雜誌 ○俄因美班之戰頗有戒心昨將增添水師船支開具淸單向英廠定造按單開大兵艦一隻巡船一隻毀魚雷船二十隻○粵政府擬造兵船一大隊約須十年竣工內有各式戰船二十九隻毀魚雷船十五隻魚雷船九十隻 紐約報云英國近由美國購去煤甚多皆存於愛司克馬美國煤價因而騰漲水軍省因與日搆兵需煤極多不得已多出價値購買以便應用云○班國在美探事諸人近爲美國地方官所禁制班國聞之無不憤怒遂亦將美國在班諸探事查禁○俄京時報稱明歲擬安設輪船數艘來往黑海各口岸及日本橫濱等處專爲將俄國所產石油運往日本及將日本所產之生鐵樟腦運回應用該報又云日本商務人臣近來妥派委員一人前來俄國査訪商情視日本貨物有可在俄國消售者否而日本種茶者亦頗願將產茶運入俄國今木司寇瓦耳搜及歐得薩等處不久當有日本商人前來開設商店以便消售日本之茶云○博勒加里亞國以塞威亞國阻斷信件相詰責並云兩國友誼必至決裂賽國不認其事

美班戰事 ○班國各報皆以兩國須復和誼以保太平爲言而日國官報亦諄諄言及日國商務工藝因兩國失和頗受虧損○美軍在距散提院勾十七英里遠之拜奎耳地方登岸並無日人迎拒○在古巴島之美軍已占有六英里之地○美軍在古巴登岸一事日京聞之人心惶懼○日水師提督加馬臘所帶兵艦共鐵甲船兩隻巡船兩隻魚雷船三隻運船五隻船上水軍共四千人至埃

及之波賽口岸時擬在該處添裝煤水埃政府拒之不肯聞至今船尙停泊該處也○美國紐約相傳美軍巳將供給散提阿勾地方之各大水道阻斷○美國又命運船四隻共載陸兵四千迅速前往小呂宋○美總兵爾來特昨由散夫闌西司口起程前往小呂宋聞到該處時該總兵卽擬出示曉諭謂美廷欲在該處權設政府云

光緒二十四年六月初九日京報全錄

宮門抄○六月初九日理藩院 鑾儀衛 光祿寺 正藍旗値日 無引 見 熙敬等考試拔貢覆 命 壽昌續假五日 車王續假十日 福珠哩續假十五日 召見軍機

接續前稿 總之非現在營伍之兵勇不准應武童試非現在營伍之武生武舉不准應武鄉試武會試卽例准應試之武弁若不現在營者亦不得錄送咨送鄉會試正與部臣前奏寓營制於科舉之意相合其利有三外洋火器價値甚昂平日練習需用藥彈爲數尤鉅考生童惜費不購則操練無具臨塲考錄勉湊中額仍無裨益若各省紛紛購買則合計所費不貲似乎空增一絕大漏巵亦爲非計今應試取之兵勇則操練械藥本是各營應有之需間有願附入防營學練習者規矩嚴肅人數必不甚多且所有鎗砲卽由官借用藥彈由該生繳價是曰塞漏其利一也我 朝將材輩出大率不外乎旗營官校綠營弁兵招募練勇三項總之皆係行伍自咸豐軍興以來其由武舉武進士呈功著稱者實屬寥寥此輩恃符武斷如虎而冠魚肉鄉民窩庇匪盜每遇歲試鄉試武童武生聚集省城府城必滋生無數事端街市店鋪日有戒心詭詐逞兇防範隱忍待至塲畢人則彼此相慶各省官商士民無不以爲巨患萬口一辭徒以舊例相沿幾如附骨之疽去之無術究其所長者不過粗豪膂力倖中箭枝不識字者十人而九臨敵之火器旣未嘗習制勝之韜鈐更未嘗解卽使安分守法豈能與於干城腹心之選乎且各省武生武童舊習騎射硬弓刀石亦只臨塲肄習數月無論中否過考輒巳廢棄於國家儲材禦侮之意毫不相涉今若專令營弁兵勇就試卽入武學登武科以後仍有本營長官鈐束無從爲非其技藝亦不至荒廢如慮專准兵勇應試恐武童武生必少則又不然一省綠營弁勇合計多者二萬以外少則一萬五千以外三年之內止取武生千餘名取武舉數十名或十人而取一或二十人而取一何慮不敷且應試者果能人皆有材藝何在於多如本無材藝混塲僥倖聚衆橫行多愈爲害從此可爲地方暗減此一項違法擾害之游民此尤潛移默化之微權矣是曰戢暴其利二也疇昔征討髮捻之時各路軍營有以步卒水手不數年而保至提鎭者海內忠勇之士翕然向風近年軍務敉平保案少則防軍之拔擢難文法繁則綠營之升遷尤難雖有偉材壯志無所得官粮餉聊以糊口操練視爲具文雖經按期簡閱共言將勸收效終微蓋兵勇自視不過如擔夫匠役食力營生其謹愿者僅不爲會匪地痞而巳人旣卑視兵勇兵勇因而自卑若望其深明敵愾同仇之大義講求破敵致勝之方畧蓋亦難矣今若懸此一途以爲營弁兵勇進身之階功名所在則肄習自精不待 朝廷督責將帥勸勉而各省各營皆爲勁旅矣是曰勵軍其利三也抑臣尤有進者親上死長者强國之本原明恥敎戰者强兵之要術當此衆强憑淩正所謂天下危註意將之會近年東西洋各國精研兵事最重武職其國君卽服提督之服鄰國之君互相贈送以將官之銜故人人以當兵爲榮以從軍爲樂以敗奔爲恥王子之尊下儕戍卒一隊之長榮若登仙凡挂名軍籍者居鄉則該黨貴之過市則路人敬之以取弁兵之自愛聲明修飭行檢過於儒士中國乃有好鐵不打釘好人不當兵之諺稍有身家咸所鄙棄貴賤之分强弱之源也夫中國所貴者士士之徒步而致任公卿者多矣人之貴之蓋有由也中國所賤者兵兵之荷戈而流爲傭丐者衆矣人之賤之固其所也卽使不終於困餓而三四十歲以外猶爲厮養之賤卒五十歲以外始爲循資之裨將旣巳純乎暮氣豈能建立奇功今欲重武厲兵而積習已深不能驟改共言勵勉亦恐無裨惟有勵行伍以科舉之一法使其非由行伍不得科舉非由科舉不得將官爵祿所在則豪傑爭趨流品旣殊則廉恥自立將領不肯侮辱旁人不敢輕重從此凡爲兵勇者儼然又列士流欣然請得大獎夫然後世族文儒皆肯入伍感慨漸發人人有執干戈衛社稷之心然則今日欲求中國士氣之奮軍實之修轉移微權必在於是此又臣區區之微意也綜考各國軍政有武學而無武科其各等學堂以次考拔發營錄用卽是中武科武試從無不由學堂出身之官校亦無不充軍營校之學生其法實將武營武學武科三事合而爲一之法最善故今日欲採擇西法莫如先自練兵始欲學西人之練兵莫如自開兵勇之升階合學堂營伍始矣若其學習老誠之法非僅改用鎗砲遂能收效歷考

外洋諸國從無不讀書不明算不能繪圖之將弁亦無不識字之兵丁誠以今日戰事日精戰具日巧卽一哨弁之微亦斷非粗材下品所能勝任若只考鎗砲準頭從容施放中靶者多殊難去取且憑此卽授以侍衛參遊都守之官似亦太易擬請仿馬步箭弓刀石武經三場之制頭場試鎗砲準頭兼令演試裝拆運動之法二場試各式體操及馬上放槍步下擊刺之技三場試測繪工程台壘鐵路地雷水雷與他戰法等學鄉會試格式宜較嚴童試格式宜較寬三場合較智勇兼優將來薦膺將領庶可勝任又考外洋兵制武學章程初入營及未弁入學堂者多不得過二十歲蓋以年力少壯則體察及測算各事始能按程學習穎悟易通以後凡應試武童武科亦宜酌定年限卽武科從寬亦不得過二十五歲至所試之鎗砲則以單響毛瑟爲主蓋此項鎗彈各局多能自製砲則以單響七生半車砲及六生車砲爲主蓋此項砲用處最多而江陵局製熟鐵六生車砲一名兩磅砲成本輕雖不如外洋之精操練亦頗可用他局仿造尙不甚難卽自江南購造亦不甚貴若本省自有七生半車砲者亦可通融學習考試通行似惟此兩種鎗砲最爲適用而易得若快槍砲過於精巧珍貴各路軍營尙且難得各省生童豈能皆習此種他日製造既廣改習亦難也方今時際艱危宜防隱患事關變法不厭求詳臣管見所及不敢緘默是否有當恭候　聖裁其有未盡事宜自當遵照卽行陸續開單奏咨所有變通武科闈明舊制酌擬新章以防流弊而厲將才緣由理合恭摺具陳伏乞　皇上聖鑒　勅部核議施行謹　奏奉　硃批着兵部會同總理各國事務衙門議奏欽此

捐

朔望會課　靜致廬會課爲皖江洪月般孝廉思齊倡立每月朔望舉行一論一策三日交卷評定甲乙酌贈花紅每卷收紙張津錢五十次月朔日開課假二道街泰山行宮廬厲爲收發課卷處入課者先期自陳名字齒籍官紳好義資助花紅者登報揄揚不勸

江右廬沛恩津門王維翰暨同人公啓

天津北門內府署東大街各報總處出售東亞句報

本處接到東洋東亞報館來班此報每月三次每本三十餘頁華文論說各國要政時務無一不加曾先定閱爲快

售書局紫氣堂梁子亨仝啓

本公司仿照西法燒作磚瓦事屬創舉曾經通稟在案該貨堅固異常價値從減並各樣印花磚瓦俱全　賜顧者請至海大道新興南里內本公司面議可也謹啓

魁陞號綢緞洋貨莊

本號自置顧繡綢緞洋貨等物整零均按銀莊格外公道皆比大市價廉發售　寄賣各種眞料大小皮箱漢口水烟袋各種眼鏡龍井雨前紅茶梗　寓天津北門外估衣街五彩號衚衕口坐北向南　士商賜顧者請認本號招牌特此謹啓

啓者昨接上海孫仲英善長來電旋又接到顧緝庭葉澄衷嚴筱舫楊子萱施子英各觀察來電據云江蘇徐海兩屬水災綦重飢民數十萬顚沛流離死亡枕藉災區十餘縣待賑孔急需款甚鉅官款恐未能徧及素仰貴社諸大善長久辦義賑飢溺猶已敬求代呼將伯源源接濟功德無量蒙滙賑款卽滙上海陳家木橋電報總局內籌賑公所收解可也云云伏思同居覆載異姓不啻天親縱隔形骸民物莫非胞與頓遭洪水哀此災荒盡是蒼生何分畛域況救人性命卽積我陰功雖此日拯茲黎庶散盡赤仄青蚨卜他年報在子孫同來玉堂金馬敝社欵無備濟自知獨力難成術欲廣仁惟冀衆擎易舉叩乞　顯宦鉅紳仁人君子共憫奇災同施仁術原擬活人無算雖千金之助不爲多但能濟世有功卽百錢之施不爲少盡心籌畫量力輸將敝社不禁爲億萬災黎泥首叩禱也如蒙　慨助卽交天津溜米廠濟生社帳房代收並開付收條以昭徵信

濟生社籌賑同人謹啓

顯學書塾

浙江蕭山湯伯述先生擬招學徒百人講授策論文字每人月脩四元每月兩課一策一論屆期到塾領題三日繳卷三日批改取定甲乙榜示暫時遙授不必住館本塾在海大道直報館旁

梁子亨代售類類報

彼處經理各報多年如今北方風氣微開津門新出類類報每禮拜兩次訪經濟六門閱者定取賜函分送本各報處經手送報上面皆有本號住角紅戳爲記如有散號混充貪塗無壓詐騙財件於本號無涉

告白

出售新修
法國志畧
務要書
務十三編
國公法
藝蘆叢書
叢鈔世
日記四
學滙源
鄂黿鑑
學校論
洋務新議

長蘆鹽法志
瀛環志畧
西事類編
初集皇朝經世文鈔
萬國會通
報國錄
說新語
國日記
石印十三經註疏全集
曾惠敏公奏疏全集
無邪堂問答
大英國志
中外大畧時
實學文編洋
萬
格致精華錄
普法戰紀礦務
駁案彙編英韜
采風記西法策
籌
西國
傳相日記
餘者來班再錄先取爲快
天津北門內府署東紫氣堂啓

告白

奉 旨鄉會兩闈及科歲生童改試策論書院肄業亦皆遵照改課童蒙竄下自宜以古文爲法宋儒呂東萊先生所著博議久巳風行近尤膾炙人口現有芙蓉館主人以諸名家所批善本付本齋石印帋墨精良字大爽眼約於月半印畢出售此佈

天津文美齋南帋局告白

新到啤酒

啓者本行現由德國自運上等啤酒氣味香美與衆不同除濕却暑助氣消食誠酒中之仙品也如蒙
賜顧請到老龍頭對河本行賬房可也

計每箱四十八瓶
價銀七兩五錢
又價銀八兩五錢

德
商瑞豐洋行謹啓

爲釣叟先生講潤小啓

予向讀醉翁亭記曰先生之意不在酒而在乎山水之間未嘗不歎古人之高也夫古人往矣而欲求其嗣響追踪彷彿則莫如新會歐陽子行者誠六一先生之遺裔也 公少負奇氣嗜酒有家風長偏游名山大川落帋得烟雲生趣求畫者戶履常滿筆禿硯枯客有睨笑其旁者曰甚矣 公之勞而費也胡不以潤筆之資作杖頭之助及今請自隗始可乎 公笑曰無已其以酒酬我也昔人斗酒百篇畫何獨不然自今請以酒進爰定其數因爲之序

茲湊俚言作潤筆歀

借問先生何所癖 無如醉筆寫丹青
諸君若索先生畫 帋方一尺酒一罇
素絹又當加倍計 扇如團摺釀雙瓶
酒[illegible]斟酌膏糧合 潤筆兼能養性靈

香山襄侯魏宗弼書於潤州客次
寓紫竹林廣永隆號內

恭頌良醫

太醫院候補醫士譚仰周先生素精岐黃爲人品學兼優不染行道習氣亦不以聲價自高論脈理固屬精通卽立方亦頗穩妥雖奇險之症凡經診視者遂無不著手成春此則余等共深佩服亦親友屢經效驗者也特此登報以供周知倘患疾症者可到閘口西關帝廟前聘之庶不至受庸醫之誤也

津門 徐晴波 魏星橋 朱藝堂 鄭敬齋 謹啓

建平永平金礦局告白

啓者壬辰年春 前北洋大臣李委潤等創辦建平金礦自顧菲材膺茲艱鉅不勝主臣開辦以來疊於平建朝赤等處徧加採試或以石堅金薄不敷度支或以費鉅工艱難祈速效頻年耗損實屬不支迨丙申歲抄核計彌縫舊缺外始有微餘洎丁酉全年見盈遂奉 熱河都憲諭以丁酉正月至四月爲建平第一屆升課其課銀巳於今春解呈熱河五月至十二月爲第二屆其課銀亦不日報解又丙申冬分設永平金礦該處砂綫窄小浮露於外無大水患工程尚簡計至去年十二月底共試辦十四個月稍見餘利去冬十一月杪該局又得遷安縣屬峪之爾岩令正以後出金日逐見增將後可望蒸蒸日上刻亦報解第一屆升課惟是解課以後卽應分息在股 諸君觖望巳久茲定於六月初一日在天津招商局內建平帳房上海寶源祥香港招商局等處分派屆時務祈 諸股友携摺衽以憑核發除將歷年辦理情形收支帳目稟報公牘彙刊成冊印送核閱外合將派息日期登報奉聞

徐潤等謹白

名醫早回

今而知浙西張敬和司馬醫名所以藉藉者實由其所治各症應手而痊如操左劵也但病有輕重方有奇偶有一服卽愈者有兩三服始愈者往往此間之病服藥見效尚待重診而遠方又來延請病情綦重不往則無以慰遠者之盼望卽往又恐悞近者之復診濟世心長分身術短此先生所以有遠處不能久往之約也前月下旬呂道生軍門女公子患病敦請司馬前往一再診視巳就延六七日之久司馬心急如焚巳於月朔囘津本館特登諸報端俾既經醫治尚待清理與甫患病症亟須醫治者庶幾延診不誤也

三井洋行分莊

告白

啟者日本商始創貿易爲業數拾年以來今分莊開設北門外鏂店街洗家衕衕口對過專選精工料實東洋棉紗各等時式大小疋棉布粗洋布斜紋洋標等格外公道價亦從廉凡仕商賜顧者請至分莊面議可也特此佈聞

三井本莊主人啟

朱鈍翁現經運庫廳劉　延赴密雲縣爲其　令堂太夫人診脉已於五月十九日啓程前往餘俟歸來再佈

紫竹林法租界 三義飯店

本店專做英法葷素大菜並由外洋自運各國上品洋酒各色異味點心罐頭鮮菓食物等類一應俱全本洋樓工程告竣房間寬闊夕時均用氣燈明亮異常　仕商光顧者或攜貴眷另有雅室亦足稱暢敘幽情矣擇於六月十七日開張至期請即駕臨賜顧是荷

本主人謹啓

啓者本行自上海分設天津紫竹林法租界良濟藥房對過女成衣飯店一號二號房內自製新式鐘表金銀表金表練各樣新式大小說話機器耳鳴機器金戒指金鋼石戒指大小洋鏡各樣新貨一應俱全貨好價廉格外公道在此住兩三個月後另造樓房批發諸公光顧請早駕臨海利洋行謹啓

戊戌年六月十一日禮拜五

天福茶園

特請上洋新到

頭等花旦

天娥旦

六月十二日早准演

火烟駒

早仍照原價

廣東鼎盛機器廠

本廠精造大小機器汽機火爐開礦水龍滅火水龍磨麵機器全套管辦鑄造修理精巧銅鐵等件貨眞價廉倘蒙賜顧請至天津紫竹林法租界牌坊旁本廠面議不悞主顧

本主人謹啓

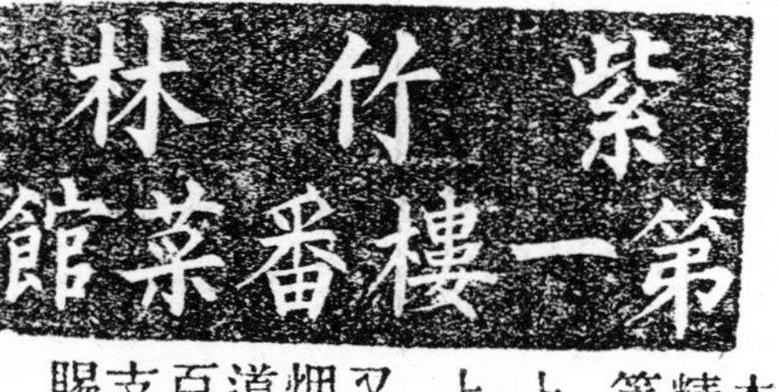

本號專作英法大菜各色精細點心各樣洋酒洋貨等物一應俱全並售

上　八百
上紅茶每斤津錢一千
六百

又批發茂生公司鐵海紙烟零整發售價值格外公道原箱計一百盒價洋一百四十四元每盒計五百支洋一元五角凡仕商賜顧請即駕臨是荷

主人謹白

重排新製新彩新切

七八本

掃蕩叛逆

鐵公鷄

大戰麒麟山　火燒向大人

擇日開演

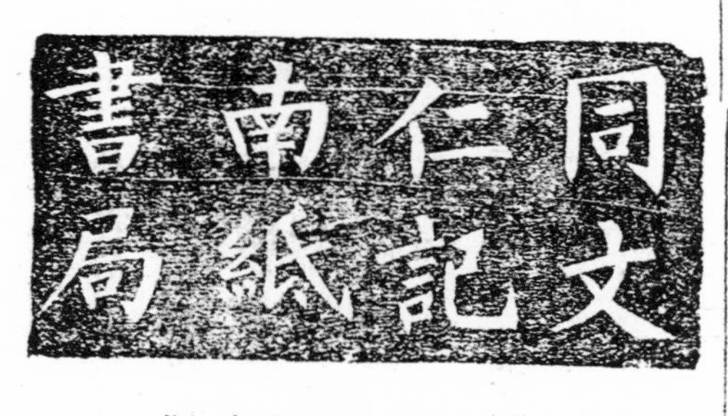

本局自印耕香館畫臘每部價洋二元專辦各種石印書籍精選加高南紙頂細雅扇格外價廉寓天津東門外襪子衕衕本局啓

本局謹啓

拍賣告白

啓者本月十二日即禮拜六下午兩點半鐘在法國工部局內拍賣外國家俱棹椅鐵床洋燈洋爐沙陸剛地毡銀等器家俱各樣俱全如欲買者請早來細看面拍可也集盛洋行啓

京都　內全盛

本店由京都移來專做全盛齋全樣鑲絨鞋亦有全樣布緞鞋各樣扎拉鎖綉扣鑲花鞋材料與衆不同樣式各外另有眞傳本店今有新添寄賣各樣旗鑾扎花坤鞋亦有鑲花坤靴一應俱全開設在天津府帶河門外樂壺洞北口巷內路北準仕商賜顧者詳認本店字號便是貨眞價實言不二價不悞主顧

本店謹白

美孚老牌煤油

啓者美國三達煤油公司之德富士老牌煤油天下馳名萬商稱美蓋其質潔色清亮白如銀且絕無烟氣能耐久燃比之生荳等油晶光百倍而儉用價廉此爲德富士老牌之佳處誠屬無雙妙品也士商賜顧請到天津美孚洋行採辦或向就近殷實行店購買庶不致悞

DEVOE'S
PAT'D JUNE 22.63.
BRILLIANT
OIL
IMPROVED
PAT'D JUNE 28.64.
PATENT CAN
美孚行

海大道　鴻春樓番菜館

啓者本店三層大樓工程告竣地勢寬闊以備貴官紳請讌擇於去臘遷移新正月初二日開市各樣俱全價廉物美凡仕紳賜顧者請即駕臨是幸

主人謹白

六月十二日輪船出口　禮拜六
通州　輪船往上海　太古行
景星　輪船往上海　怡和行

六月十一日銀洋行情
天津通行九七六錢
銀盤二千四百九十文　洋一千七百七十文
紫竹林通行九六錢
銀盤二千五百二十五　洋一千七百九十五
洋錢行市七錢一分三

新開　元隆號綢緞洋貨莊

自去歲四月初旬開張以來蒙各主顧垂盼雲集馳名日盛本號特由蘇杭等處加意揀選名機新鮮貨色零整銀價俱照大莊行市公平發售以昭久遠此白　寄賣龍井雨前素茶福建皮絲水烟各種眞料大小皮箱　開設天津府北門外估衣街中路北門面便是

減價

今有友人自辦陝西老土每兩津錢四百八十文　新到梁州土每兩津錢五百四十文　如蒙賜顧者請到東門內聚隆成寄售

開設紫竹林法國租界北

天福茶園

新到京都

崇慶名班

特請京都上洋姑蘇山陝等處

各色文武　頭等名角

六月二十日早十二點鐘開演

蓋天雷　崇芬　十八紅　東發亮　張鳳台　張長奎　姜小五　十二紅　六月鮮　小祿奎　十一紅　安桂秋
上洋新到　天王　娥全　旦立
常雅秋　王喜雲　蘇廷奎　羊喜壽

明公斷　殺府逃國　鎖五龍　忠孝牌　桑園寄子　火烟駒　衆武行　迷人館

晚七點鐘開演

劉景山　小連仲　十一紅　高玉喜　賽旋風　姜小五　蘇廷奎　賽狸貓　十一紅　十四紅　天娥旦　王喜雲　白文奎　安桂秋　張長奎　常雅秋　劉祥泉　趙斌恒　羊喜壽　楊四立

八郎探父　文昭關　新彩　新切　煩演全班文武合演洛陽橋　與前不同

開設天津紫竹林海大道旁

福仙茶園

啓者本園於前月初四日止戲清理賬目今將戲園及園內桌椅磁壺磁碗新製彩切零星等件合盤出兌如有願兌者及詳細章程請至本園面議可也特此佈告

福仙茶園謹啓

創包機器

敬啓者近來西法之妙莫過機器靈巧至各行應用非得其人難盡其妙每値傷損修理必悞時日今有甯子卿專於經理機器玆擬創辦包定各項機器以及向有機器常年煤料工力價値格外公道如貴行欲商者請到福仙茶園面議可也特白

直報

本館開設天津紫竹林海大道老菜市氣燈房巷內

光緒二十四年六月十二日　第一千百二十八號
西歷一千八百九十八年七月三十日　禮拜六

上諭恭錄

上諭盧漢等處鐵路着榮祿會同張之洞督率籌辦欽此　上諭江蘇蘇松糧道員缺着桐澤補授欽此　上諭江蘇蘇州府知府員缺緊要着該督撫於通省知府內揀員調補所遺員缺着許葉芬補授欽此　上諭譚鍾麟許振禕電奏派營援剿梧州鬱林先後獲勝等語前因廣西土會各匪肆行滋擾梧州之容縣失而旋復賊衆數萬勢甚蔓延迭經電諭譚鍾麟等派營會剿茲據奏稱東軍冒暑星夜馳赴廣西先解岑溪藤縣之圍一面分援梧州鬱林道員潘培楷會同總兵劉邦盛一軍分援博石均經獲勝餘賊敗竄鬱林我軍跟踪追剿力戰逾時將士用命賊不能支紛紛逃潰鬱圍立解興業北流亦於五月二十七二十八等日先後克復總兵潘瀛聯合鄉團於三十日收復陸川方桂東莫善積兩營行至石城適遇敗匪竄踞崗頭迎頭截抄均已散逸遂赶赴鬱林同剿楊村賊巢計可尅期撲滅其餘各屬積匪亦經黃槐森蘇元春派隊會團分投抄捕不難次第蕩平此次廣西土會各匪事起倉猝經譚鍾麟派營會同廣西營勇分路進攻所向克捷兼旬之內收復府城立解四城之圍剿辦尚爲迅速仍着譚鍾麟等嚴飭派出各營一體認眞搜捕餘匪務期淨絕根株毋留餘孽並將剿辦情形隨時電奏以慰廑系欽此

實事求是論

王敬安稿

史稱河間獻王實事求是爲漢學者恒喜誦之吾謂斯言也實可袪漢宋兩家似是之非而爲萬世學者之準的何言之聖人之學一而已其文爲詩書易禮春秋其位爲君臣父子夫婦朋友其事爲親義序別信而詩書易禮春秋之旨亦不過發明親義序別信垂之萬世俾萬世之父子君臣夫婦長幼朋友各得其所玆所以爲經也自秦焚書載籍放失諸儒輩出補苴張皇七十子微言大義絕而復續漢儒之所爲有功於聖學也於是有似是者焉一詞一句斷斷焉抉性命而求彼豈不曰吾欲徵實也亦知夫理求其是生千百載之後而欲於千百載之前宛乎身親目擊亦終必穿鑿附會而大者遠者反不能及荀氏所謂無用之辨不急之察其足爲吾道係者幾何此實事而未能求是今之所謂漢學者類然聖人之學有曰博文約禮有曰好古敏求有曰則古稱先有曰博聞强識蓋不徵諸前事之實惟據此吾心之虛欲以權衡天下古今其何能準本心之學無論已卽有號爲本天者亦或書未能多讀理未能盡窮空談心性妄附高深彼豈不曰我維求其是奚瑣瑣爲亦知夫是其所是豈必眞是信心之過必至荒經入古不深終於亂德此求是而不求實事今之所謂宋學者類然嗟乎學一而已安有漢宋其文則詩書易春秋其位則父子君臣夫婦長幼朋友其事則親義序別信苟能不師心不泥古而復反之於躬措之於事則經學本皆道學而前有千古同斯理卽同斯學後有萬年同斯理亦同斯學斯學也何學也斯卽所謂實事求是之學而紛紛者非俗卽陋非誕卽支

皆不可與言聖學吾故謂班氏此言實足袪漢宋兩家似是之非而爲萬世學者之準的特疑夫史稱過實而當之者或不能無媿色也

添練馬隊 ○神機營自添練克虜伯炮兵以來該隊兵額先共四百名今春另添二百名先行招募逐日赴營習練技藝精熟始能充補兵額今聞該隊兵丁逐日習演寒暑無間前月抄讓貝子等躬往金魚衚衕威遠營大校場校閱見其技甚精熟俱能中巳不覺喜形於色備致獎言是日神機營鎗炮廠各委員俱往伺候演至十點鐘演畢返駕回府

清理街道 ○近年京師官工浩大木行生意無不利市三倍門市前必須多設木料方足以壯觀瞻故各該廠門前堆積如山甚至無木不備未免侵佔官地有碍行人車輛往來現經步軍統領崇受之大金吾通飭各地面官廳轉飭各木廠即將門前木料一律挪入廠內毋得在街前任意堆積窒碍車行儻敢故違定行究辦刻下各木廠均一體遵照矣

指名緝拏 ○京師各街巷近來竊盜之案層見疊出經步軍統領崇受之大金吾諭令左右兩翼密派番役嚴拏著名匪棍計二黃棠坐地軍師宣寶臣獨壩柳守衛粗頸王三等按名務獲解案審辦並悉近日搶奪婦女之案皆係該匪徒唆使黨羽所爲諒爲南面者必當按律從重懲辦以安良善三尺法斷不能爲若輩寬也

袒子逞兇 ○廣渠門內虎吧喇口地方王三之子與郭齡阿之子年皆數齡互相玩耍彼此毆打王三未免護子郭心不服始而詈罵繼則兇刃交加竟以長鎗將王三之子刺斃當經東城司官人拏獲稟報韓鶴汀正指揮帶領吏仵相驗詳城咨送刑部鐵擊山西司按律審辦

弄巧成拙 ○崇文門內東單牌樓寶華齋糕點舖之主黃某前經步軍統領衙門於四月二十一日出示曉諭令甬路兩旁棚攤限一月內拆去讓開車路黃因具呈跪稟提憲署謂小店本薄虧累甚多一旦搬移他處恐爲債主逼迫身家性命關繫非輕懇求大人格外施恩免拆舖房等語大金吾閱呈之下頗爲震怒斥以違背 上諭罪干何等即命該地面官廳解送北署收禁囹圄迄今倘未開釋生意因此歇業彼之取巧適以自愚不免弄巧成拙矣

游戎公正 ○南營西珠汎都閫府署中巡緝差役玩公舞弊無所不爲相沿已久詎料近日有巡緝弁兵王順串通楊某到右安門外草橋一帶假冒緝私向民間藉詞詐擾事爲王遊戎所聞當即提案嚴行詰訊知無印票顯係假冒即備文詳解步軍統領衙門當即堂訊一味強辯旋即重責管押俟再覆訊確供咨送刑部審辦云

督院門抄 ○六月十二日中堂見 候補道那大人晉 廕大人昌 獻縣胡良駒 兵部候補主事陶式鋆 候選府經歷呂敬豐 中堂今早出門拜 莊大人山 新授廣東南韶連道張大人端本

示諭水會 ○昨府縣會衔出示略云津郡水局大會四十八家批局三十五家爲助水水筒以備接濟之用近來助水會每家亦添設激桶三四面每遇火警本府等親詣彈壓稽查見水會激桶塞滿街道助水少而激桶多反不得救灾爲此示仰津郡水局及軍民人等知悉自示之後大小水會以八十家爲限勿須助水再添激桶不准再立小局倘敢故違一經訪聞或被水會首事告發定當從嚴懲辦決不姑寬

府考有期 ○本屆應行歲試天津縣考業經報竣聞官場人云府憲擬於本月二十四日開場考試文童赴督轅稟知諒不日即當粘貼告示

行宮繪圖 ○前日在海光寺經過見有官員帶領書役多人丈量地勢並將該寺內外畫成圖樣據云欲就該處修建行宮特奉閣督部堂委派繪圖貼說咨送總理衙門暨工部察核以便奏明請 旨遵辦云

慎重軍火 ○軍營中火藥關繫最重例禁亦最嚴向來軍火出境須查明携有地方官護照方准放行昨有豐潤縣防營派委差弁來津請領火藥若干由局照數發給及到車站㕔車裝運時查驗並無護照當即扣留該弁赶即馳回領取護照以便驗放

河東竊案 ○河東三取書院旁有看院之王姓居住昨夜四更時披梁上君子穿穴入室竊去衣物若干件當即開列失單稟經該管有司飭捕嚴緝

剌傷控縣 ○昨河東窶子衚衕魏四不知因何起衅將溝子高三刺中要害腹破腸出當經該家屬抬赴縣署喊控蒙邑尊傳仵勘驗塡格錄供籤差拘傳兇手到案訊辦

學徒逞兇 ○海光寺某書房僱有書僮供服役前數日與製造局學徒因戲動武書僮年幼被學徒打傷甚重僮父情急喊控該局委員將學徒暫行管押而護勇某甲與有瓜葛竟私自放出僮家本貧苦無力購醫藥刻尚未卜吉凶倘有不測該學徒其能遁逃法外乎

賊人狡計 ○因海河水淺輪船不能抵埠故南來貨物均暫卸塘沽碼頭鱗次櫛比僱更夫晝夜巡視前夜三更時更夫在洋布堆邊見少婦粉面雲鬟暗中摸索謂必赴密約者起意封而淫之婦不允始則躲避繼則懇求後復相撐拒糾纏許久忽聞旁有人聲至婦即忽忽遁去更夫亦敗興而返迨次晨經事人查點貨物則洋布短少若干疋說者謂少婦即賊人用以爲餌者故與更夫勾引稽延乃得逞其伎倆然乎否乎

南來新貨 ○昨日怡和洋行景星輪船在塘沽碼頭卸貨不日由火車載運來津計 鉛板一千零八十七塊 茶葉三千五百三十八箱 鐵桶一百個 鐵管二十九根 紙頭一千一百六十四箱 鐵釘一桶 雜貨二百一十八箱 火油一千桶 綢子六箱 桐油一百蔞 鋼皮八件 元舊鐵條鐵二百三十四捆 白粉二十二箱 玻璃五百箱 銅管二根 白鉛皮一件 麻皮二捆 鐵板六件 洋布一千五百五十箱 天平一個 漆油四十桶 舊鐵扎三十一捆 洋皂一百箱 青鉛二百條 木料一百二十根 麵粉四十五包 以上統共九千七百一十件

粵礦被圍 ○粵西桂縣地方有筆架天平兩山峭拔夭矯巍峨絕險大有一夫當關萬軍莫過之勢該處山場向產銀礦由東省礦人招集股份用機開採業已有年礦內設有護勇所儲新式洋鎗軍械等項頗爲足用土匪聞知欲得此利器以爲護符遂欲襲而取之該商被圍困極力繞攻現有李姓武弁帶兵前往協同礦內護勇工人裏外夾攻以保礦務彼蠢爾匪徒一經調勇前來不難一掃而空也

閩花價增 ○閩中薰茶之花上則茉利次則木蘭京茶如雙薰香片等用之尤多上月福州霪雨連旬溪流盛漲茉利木蘭胥被淹浸得花者十不及一故近日花價昂貴僉謂米荒之後轉爲花荒也京帮急於薰茶亦不惜重貲廣爲購買然尚不能必其果敷厥用是以目下天津山東各埠茶棧以閩中無花停辦者大半倘過此以往晴多雨少重延花命薰茶者乃無花荒之歎耳

滿洲民情 ○近有西人由滿洲遊歷回者云滿洲之在理會與長江之哥老會相等糾衆約會風氣正盛刻下人數日增地方官頗難申禁滿洲向不信服西人而此會尤甚近來俄人占據旅順又欲建造東三省鐵路開採沿途各礦隱有鯨吞之意英人租住威海直存虎視之心故旗民均欲結會自保中國現擬向國內籌借銀兩滿洲人民均懷忿怒通計滿洲各處息借銀兩爲欵甚鉅刻下民情沸甚聚各會館議事

將星遇救 ○西報云英七月十一號有華人二名身懷新式手鎗往謁劉淵亭鎮軍鎮軍延見之下以其形迹可疑命搜其身畔各得手鎗一枝遂執之聞擬於一二日內即當正法按該刺客二人有謂實係亂黨其所以行刺者因鎮軍素稱智勇足爲粵省之屏藩不先殺之不足以肆其所欲也有謂實係某國所唆使者其意以鎮軍既死亂黨益無懼憚必將犯入廣東彼乃出而借除暴安良爲名以圖漁翁之利人言藉藉莫衷一是惟聞法人已密告北京政府謂彼已預備一切如亂黨犯順勢必起而相制以保護彼國商務云

光緒二十四年六月初十日京報全錄

宮門抄○六月初十日吏部 翰林院 廂藍旗值日 吏部引 見八十名 懷塔布明桂各假滿請 安 倫貝子續假五日 張蔭桓請假五日 果勒敏續假十日 奎瑛請假十日 召見軍機 孫中堂 長萃

○○廣西巡撫臣黃槐森跪 奏爲遴員升補烟瘴要缺通判恭摺仰祈 聖鑒事竊照桂林府龍勝通判趙光第於光緒二十一年四月初八日到任連閏扣至二十四年三月初八日止實歷邊俸三年期滿例應撤回內地候升所遺員缺係繁難相兼水土甚劣烟瘴三

年俸滿撤回內地候升之缺且與義寧協同城苗猺雜處有彈壓兵民審理詞訟之責必須精明強幹能耐烟瘴之員方能勝任伏查定例各省應題缺出先儘候補正途人員題補如候補無人仍准升調兼行聽該省督撫酌量具題升用又定例粵西烟瘴各缺惟擇才優能耐烟瘴之員卽准升補又定例廣西沿邊烟瘴苗疆各缺桂林府屬龍勝通判水土最爲惡毒別省人員不甚服習該督撫應於內地揀選廣東福建湖南雲南貴州等省人員調補又定例州縣以上如遇例應題調缺出及烟瘴地方准其升調兼行又奏定章程內開州縣以上應題應調缺出如係題缺請升調缺請補或題缺請調調缺請升俱令於摺內詳細聲明方准升補又於奏補百色直隸廳同知案內奉准部咨百色直隸廳同知員缺無論請題請補請升時均先儘籍隸廣東福建雲南湖南貴州等五省人員揀選如果實係人地未宜准其聲叙再以別省人員揀選至龍勝通判等三十三缺請調請補請升亦應一律變通比照百色直隸同知之例辦理以歸畫一而資治理又定例廣西烟瘴苗疆缺出例應於太平泗城鎭安慶遠思恩歸順百色等五府二州廳內先儘籍隸廣東福建湖南雲南貴州等省人員揀選調補如人地未宜准以別省人員揀選再人地不宜於別府州內先儘籍隸五省人員揀選調補倘人地不相宜始准聲明以籍隸別省人員揀選調補各等因遵奉在案今桂林府龍勝通判係烟瘴題調要缺例應於太平等五府二州廳內先儘籍隸廣東五省人員揀選調補查太平等五府二州廳內實缺通判祇有思恩府那馬通判譚昆一員係籍隸五省於此缺人地不宜未便率請調補亦無籍隸別省人員可調其別府別州廳內現無實缺應調之員候補班內亦無人其應升班內雖有籍隸五省者或不耐烟瘴或情形未熟未便請升茲於籍隸別省人員內逐加遴選查有二次俸滿入於卽升班升用之太平府龍英土州州同楊旭光現年六十七歲係四川重慶府涪州人由監生於同治六年報捐同知銜投効淮軍因勦平西捻出力彙案請獎九年四月初二日奉 上諭着以州判不論雙單月選用並賞戴藍翎欽此十三年離營加捐州同投供候選於光緒二年六月揀補廣西江州土州州同三年十月到任連閏扣至六年九月邊俸三年期滿調省驗看飭回本任七年六月接奉部覆准以應升之缺升用八年正月在任聞訃丁母憂卸事請咨回籍守制服闋起復赴部呈請分發仍歸原省補用十二年六月二十八日蒙 欽派大臣驗看七月十一日領照出京十月十三日到省光緒十八年四月奉文准補太平府龍英土州州同十一月十七日到任連閏扣至二十一年十月十七日實歷邊俸三年期滿調省驗看保荐升用奉飭回任光緒二十三年三月十七日奉准部咨著以應升之缺照例升用在案查該員老成穩練辦事實心以之升補龍勝通判員缺實屬人地相宜該員雖非籍隸五省人員例得聲請升補據藩司游智開臬司蔡希邠會詳前來相應仰懇 天恩俯准以二次俸滿入於卽升班內升用龍英土州州同楊旭光升補桂林府龍勝通判於烟瘴要區可收得人之效如蒙 兪允仍俟該員經手事竣照例給咨送部引 見恭候 欽定至所遺龍英土州州同員缺係烟瘴調補三年俸滿在任候升之缺例應由外揀員調補俟准部覆再行遴員請補再該員任內並無降罰住俸停陞等案亦無已經咨參未奉部覆事件合併陳明會同兩廣總督臣譚鍾麟恭摺具 奏伏乞 皇上聖鑒 勅部核覆施行謹 奏奉 硃批吏部議奏欽此

○○新署直隸通永鎭總兵綏勇巴圖魯奴才李大霆跪奏爲恭報奴才接署鎭篆日期叩謝 天恩仰祈 聖鑒事竊奴才於本年五月十二日接奉大學士直隸督臣榮祿照飭直隸通永鎭總兵賈起勝現據報因病出缺飭委奴才前往接署等因遵由津起程馳抵北塘行營於本月十八日據署中軍遊擊黃懋澄等將封存通永鎭關防並統淮馬步等營關防文卷等項齎送前來奴才當卽恭設香案望 闕叩頭謝 恩祗領任事伏念奴才江皖武夫知識淺陋久經前敵險阻倍嘗迭蒙 諭旨荐擢記名總兵綏勇巴圖魯名號並奏免騎射先後署理大名正定兩鎭總兵篆務正愧涓埃未報悚惕滋深復荷 隆施逾格署理通永鎭總兵聞 命自 天感激無地沐 聖恩之優渥實感悚以難名奴才查通永鎭移駐北塘海口爲北洋控關瀋海之區有整旅綏疆之責蘆台大沽現居駐有重兵防守與北塘互相犄角必須聲聯勢絡方臻愼重舉凡布置設防督練洋操彈壓撫綏在在均關緊要奴才自顧庸愚深懼隕越惟有竭盡駑 體察情形隨時隨事稟商督臣實事求是力戒因循以期仰答 高厚鴻慈於萬一所有奴才接鎭篆日期並感激下忱謹繕摺叩謝 天恩伏乞 皇上聖鑒謹 奏奉 硃批知道了欽此

○○譚繼洵片 再湖北按察使馬恩培前因患病呈請開缺回籍調理業經臣恭摺具 奏請 旨簡放所有臬司篆務 奏明檄委

督粮道岑春萓署理在案茲據該家屬呈報該司馬恩培於閏三月二十四日病故除飭首府縣督同該家屬將身後事宜妥爲料理外
理合附片具陳伏乞　聖鑒再湖北巡撫係臣本任毋庸會銜合併陳明謹　奏奉　硃批知道了欽此
〇〇大學士直隸總督奴才榮祿跪　奏爲據情代奏新授四川川北總兵叩謝　天恩並請　陛見恭摺仰祈　聖鑒事竊查前准兵
部咨光緒二十三年十一月二十日內閣奉　上諭四川川北鎮總兵員缺着初發祥補授欽此等因當經前督臣王文韶轉行遵照去
後茲據新授四川川北鎮總兵初發祥稟稱現年六十二歲係湖北潛江縣人由武童於咸豐七年投効霆軍剿髮捻各匪轉戰湖北安
徽江西廣東山東等省嗣赴熱河朝陽等處剿辦教匪一律肅清迭荷　恩施以提督總兵記名簡放並　賞加頭品頂戴歷派管帶通
永練軍馬步各營光緒二十年經會辦奉天防剿事宜廣東陸路提臣唐仁廉奏派總理全軍營務處復經奉天將軍裕祿奏派暫充仁
勝等營馬步全軍在奉防剿旋即卽遣撤入關交卸營務回籍竊思發祥一介武夫素鮮知識戎行濫厠報稱無聞復蒙　聖恩逾格
補授川北鎮總兵員缺聞　命自天感慚無地現已由籍來津所有劄付經部轉發四川尚未奉到請代奏謝　恩並請入都　陛見跪
聆聖訓俾有遵循等情前來理合據情代　奏伏乞　皇上聖鑒　訓示謹　奏奉　硃批着來見欽此

告白

奉　旨鄉會兩闈及科歲生童改試策論書院肄業亦皆遵照改課童蒙牕下自宜以古文爲法宋儒呂東萊先生所著博議
佈久已風行近尤膾炙人口現有芙蓉館主人以諸名家所批善本付本齋石印帋墨精良字大爽眼約於月半印畢出售此
天津文美齋南帋局告白

捐

朔望會課　靜致廬會課爲皖江洪月般孝廉思齊倡立每月朔望舉行一論一策三日交卷評定甲乙酌贈花紅每卷收紙張
津錢五十次月朔日開課假二道街泰山行宮廬厲爲收發課卷處入課者先期自陳名字齒籍官紳好義資助花紅者登報揄揚不勸
江右廬沛恩津門王維翰暨同人公啓

天津北門內府署東大街各報總處出售東亞旬報

本處接到東洋東亞報館來班此報每月三次每本三十餘頁華文論說各國要政時務無一不加曾先定閱爲快
售書局紫氣堂梁子亨仝啓

元茂機器磚瓦公司

本公司仿照西法燒作磚瓦事屬創舉曾經通稟在案該貨堅
固異常價値從減並各樣印花磚瓦俱全　賜顧者請至海大
道新興南里內本公司面議可也謹啓

魁陞號綢緞洋貨莊

本號自置顧繡綢緞洋貨等物整零均按銀莊格外公道皆比
大市價廉發售　寄賣各種眞料大小皮箱漢口水烟袋各種
眼鏡龍井雨前紅茶梗　寓天津北門外估衣街五彩號衕衕
口坐北向南　士商賜顧者請認本號招牌特此謹啓

啓者昨接上海孫仲英善長來電旋又接到顧緝庭葉澄衷嚴筱舫楊子萓施子英各觀察來電據云江蘇徐海兩屬水災綦重
飢民數十萬顚沛流離死亡枕籍災區十餘縣待賑孔急需欵甚鉅官欵恐未能徧及素仰貴社諸大善長久辦義賑飢溺猶己敬求代
呼將伯源源接濟功德無量豪滬賑欵卽滙上海陳家木橋電報總局內籌賑公所收解可也云云伏思同居覆載異姓不啻天親縱隔
形骸民物莫非胞與頓遭洪水哀此災荒盡是蒼生何分畛域況救人性命卽積我陰功雖此日拯茲黎庶散盡赤仄青蚨卜他年報在
子孫同來玉堂金馬敝社欵無備濟自知獨力難成術欲廣仁惟冀衆擎易舉叩乞顯官鉅紳仁人君子共憫奇災同施仁術原擬活
人無算雖千金之助不爲多但能濟世有功卽百錢之施不爲少盡心籌畫量力輸將敝社不禁爲億萬災黎泥首叩禱也如蒙慨助
卽交天津溜米廠濟生社帳房代收並開付收條以昭徵信
濟生社籌賑同人謹啓

爲釣叟先生畫潤小啓

予向讀醉翁亭記曰先生之意不在酒而在乎山水之間未嘗不歎古人之高也夫古人往矣而欲求其嗣響追踪彷彿則莫如新會歐陽子行者誠六一先生之遺裔也公少負奇氣嗜酒有家風長偏游名山大川落帋得烟雲生趣求畫者戶履常滿筆秃硯枯客有睨笑其旁者曰甚矣公之勞而費也胡不以潤筆之資作杖頭之助及今請自隗始可乎公笑曰無已其以酒酬我也昔人斗酒百篇畫何獨不然自今請以酒進爰定其數因爲之序

茲湊俚言作潤筆歟

借問先生何所癖　無如醉筆寫丹青
諸君若索先生畫　帋方一尺酒一罇
素絹又當加倍計　扇如團摺釀雙瓶
酒但斟酌膏糧合　潤筆兼能養性靈

香山襄侯魏宗弼書於潤州客次

寓紫竹林廣永隆號內

恭頌良醫

太醫院候補醫士譚仰周先生素精岐黃爲人品學兼優不染行道習氣亦不以聲價自高論脈理因屬精通卽立方亦頗穩妥雖奇險之症凡經診視者遂無不著手成春此則余等共深佩服亦親友屢經效驗者也特此登報以供周知倘患疾症者可到閘口西關帝廟前聘之庶不至受庸醫之誤也

津門　徐晴波　魏星橋　朱藝堂　鄭敬齋　謹啓

建平永平金礦局告白

啓者壬辰年春　前北洋大臣李委潤等創辦建平金礦自顧菲材膺茲艱鉅不勝主臣開辦以來疊於平建朝赤等處徧加採試或以石堅金薄不敷度支或以費鉅工艱難祈速效頻年耗損實屬不支迨丙申歲抄核計彌縫舊缺外始有微餘洎丁酉全年見盈遂奉　熱河都憲諭以丁酉正月至四月爲建平第一屆升課其全年課銀已於今春解呈熱河五月至十二月爲第二屆其課銀亦不日報解又丙申冬分設永平金礦該處砂綫窄小浮露於外無大水患工程尚簡計至去年十二月底共試辦十四個月稍見餘利去冬十一月杪該局又得遷安縣屬峪之爾岩今正以後出金日逐見增將後可望蒸蒸日上刻亦報解第一屆升課惟是解課以後卽應分息在股諸君觖望已久茲定於六月初一日在天津招商局內建平帳房上海寶源祥香港招商局等處分派屆時務祈諸股友携摺柱顧以憑核發除將歷年辦理情形收支帳目禀報公牘彙刊成册印送核閱外合將派息日期登報奉聞

徐潤等謹白

名醫早回

今而知浙西張敬和司馬醫名所以藉藉者實由其所治各症應手而痊如操左券也但病有輕重方有奇偶有一服卽愈者有兩三服始愈者往往此間之病服藥見效尚待重診而遠方又來延請病情綦重不往則無以慰遠者之盼望卽往又恐悞近者之復診濟世心長分身術短此先生所以有遠處不能久住之約也前月下旬呂道生軍門女公子患病敦請司馬前往一再診視已就延六七日之久司馬心急如焚已於月朔回津本館特登諸報端俾既經醫治尙待清理與甫患病症亟須醫治者庶幾延診不誤也

紫竹林法租界 三義飯店

本店專做英法葷素大菜並由外洋自運各國上品洋酒各色異味點心罐頭鮮菓食物等類一應俱全本[illegible]樓工程告竣房間寬闊夕時均用氣燈明亮異常仕商光顧者或攜貴眷另有雅室亦足稱暢敘幽情矣擇於六月十七日開張至期請即駕臨賜顧是荷

本主人謹啓

天福茶園

特請上洋新到

頭等花旦

天娥旦

六月十三日

早准演　晚准演

血手印　少華山

早晚仍照原價

重排新製新彩新切

七八本

掃蕩叛逆

鐵公雞

大戰麒麟山　火燒向大人

擇日開演

三日一本

石印類類報

看至約四個月可成書七部八股已改策論此報詢屬利器也每月津錢六百四十文先交報資定看全年番收洋肆元不折不扣 北閣內延邵公所對門類類報館啓

三井洋行分莊 告白

啟者日本商始創貿易爲業數拾年以來今分莊開設北門外鍋店街洗家衚衕口對過專選精工料實東洋棉紗各等時式大小疋棉布粗洋布斜紋洋標等格外公道價亦從廉凡仕商賜顧者請至分莊面議可也特此佈聞

三井本莊主人啟

朱鈍翁現經運庫廳劉延赴密雲縣爲其令堂太夫人診脉已於五月十九日啓程前往餘俟歸來再佈

海利鐘表洋行

啓者本行自上海分設天津紫竹林法租界良濟藥房對過女成衣飯店一號二號房內自製新式鐘表金銀表金表練各樣新式大小說話機器耳鳴機器金戒指金鋼石戒指大小洋鏡各樣新貨一應俱全貨好價廉格外公道在此住兩三個月後另造樓房批發諸公光顧請早駕臨海利洋行謹啓

戊戌年六月十二日禮拜六

紫竹林 第一樓番菜館

本號專作英法大菜各色精細點心各樣洋酒洋貨等物一應俱全並售

上上紅茶每斤津錢八百

上紅茶每斤津錢一千六百

又批發茂生公司鐵海紙烟零整發售價值格外公道原箱計一百盒價洋一百四十四元每盒計五百支洋一元五角凡仕商賜顧請即駕臨是荷

主人謹白

廣東鼎盛機器廠

本廠精造大小機器汽機火爐開礦水龍滅火水龍磨麵機器全套管辨鑄造修理精巧銅鐵等件貨眞價廉倘蒙賜顧請至天津紫竹林法租界牌坊旁本廠面議不悞主顧

本主人謹啓

顯學書塾

浙江蕭山湯伯述先生擬招學徒百人講授策論文字每人月脩四元每月兩課一策一論屆期到塾領題三日繳卷二日批改取定甲乙榜示暫時遙授不必住館本塾在海大道直報館旁

本局自印耕香館書臘每部價洋二元專辦各種石印書籍精選加高南紙項細雅扇格外價廉廣天津東門外襪子衚衕本局啓

本局謹啓

美孚老牌煤油

啓者美國三達煤油公司之德富士老牌煤油天下馳名萬商稱美蓋其質潔色清亮白如銀且絕無烟氣能耐久燃比之生荳等油晶光百倍而儉用價廉此為德富士老牌之佳處誠屬無雙妙品也士商賜顧請到天津美孚洋行採辦或向就近殷實行店購買庶不致悞

DEVOE'S
PAT'D JUNE 22.63.
BRILLIANT
OIL
IMPROVED
PAT'D JUNE 28.64.
PATENT CAN
美孚行

海大道 鴻春樓番菜館

啓者本店三層大樓工程告竣地勢寬闊以備貴官紳請讌擇於去臘遷移新正月初二日開市各樣俱全價廉物美凡仕紳賜顧者請駕臨是幸

主人謹白

六月十四日輪船出口 禮拜二
承平 輪船往上海 礦務局
六月十六日輪船出口 禮拜三
連陞 新濟 輪船往上海 怡和行 招商局

六月十二日銀洋行情
天津通行九七六錢
銀盤二千四百九十文 洋一千七百七十文
紫竹林通行九六錢
銀盤二千五百二十五 洋一千七百九十五
洋錢行市七錢一分三

新開 元隆號綢緞洋貨莊

自去歲四月初旬開張以來蒙 各主顧垂盼雲集馳名日盛本號特由蘇杭等處加意揀選名機新鮮貨色零整銀價俱照大莊行市公平發售以昭久遠此白

寄賣龍井雨前素茶福建皮絲水烟各種眞料大小皮箱

開設天津府北門外估衣街中路北門面便是

減價

今有友人自辦陝西老土每兩津錢五百文 新到梁州土每兩津錢五百六十文 如蒙賜顧者請到 東門內聚隆成寄售

開設紫竹林法國租界北

天福茶園

京都新到 崇慶名班

特請京都上洋姑蘇山陝等處

各色文武 頭等名角

六月十三日早十二點鐘開演

八百紅 邊義臣 安桂秋 謝才寶 六月鮮 十二紅 白文奎 謝才寶 小祿奎 十一紅 高玉喜 王喜雲 賽狸貓 小連仲 天娥旦 銀堂 李吉瑞 常雅秋 蘇廷奎 趙斌恒

戰北原 探窰 算糧 狀元譜 定軍山 荷珠配 少華山 溪黃庄 衆武行

晚七點鐘開演

十二紅 老虎 高玉喜 白文奎 安桂秋 小德生 十一紅 楊福寶 姜小五 王喜雲 賽狸貓 永成 十四紅 天娥旦 長祿 劉祥泉 常雅秋 張長奎 李吉瑞 張鳳台

太平城 硃砂痣 御菓園 入府 血手印 雙包案 衆武行

開設天津紫竹林海大道旁

福仙茶園

啓者本園於前月初四日止戲清理賬目今將戲園及園內桌椅磁壺磁碗新製彩切零星等件合盤出兌如有願兌者及詳細章程請至本園面議可也特此佈告

福仙茶園謹啓

創包機器

敬啓者近來西法之妙莫過機器靈巧至各行應用非得其人難盡其妙每值傷損修理必悞時日今有甯子卿專於經理機器玆擬創辦包定各項機器以及向有機器常年煤料工力價值格外公道如貴行欲商者請到福仙茶園面議可也特白

直報

本館開設天津紫竹林海大道老菜市氣燈房巷內

光緒二十四年六月十三日　第一千百二十九號
西歷一千八百九十八年七月三十一日　禮拜日

上諭恭錄

上諭李端棻奏各省學堂請特派紳士督辦等語現在京師大學堂業經專派管學大臣剋日興辦各省中學堂小學堂亦當一律設立以爲培養人才之本惟事屬創始首貴得人着各直省督撫就各省在籍紳士選擇品學兼優能符衆望之人派令管理各該處學堂一切事宜隨時稟承督撫認眞經理該督撫愼選有人卽着奏明派充以專責成而收實效欽此　上諭依克唐阿等奏查明　福陵應修各工情形較重請擇吉興修一摺着欽天監於本年六月內選擇吉期行知依克唐阿等遵照敬謹興修以昭愼重餘著照所議辦理該衙門知道欽此　上諭步軍統領衙門奏遵保獲盜尤爲出力員弁懇恩獎勵一摺着兵部議奏欽此　上諭李端棻奏請刪改則例等語各衙門咸有例案勒爲成書　若畫一不特易於遵行兼可杜吏胥任意准駁之弊法至善也乃閱時既久各衙門例案太繁堂司各官不能盡記吏胥因緣爲奸舞文弄法無所不至時或舍例引案尤多牽混附會無論或准或駁皆持例案爲藏身之固是非大加刪訂使之歸於簡易不可著各部院堂官督飭司員各將該衙門舊例細心紬繹其有語涉兩歧易滋弊混或貌似詳細揆之情理實多窒礙者概行刪去另定簡明則例奏准施行尤不得藉口無例可援濫引成案致啓弊端如有事屬創辦不能以成例相繩者准該衙門隨時據實聲明請旨辦理仍按衙門煩簡立定限期督飭司員迅速辦竣具奏將此通諭知之欽此　上諭直隸天津府知府員缺着榮銓調補所遺大名府知府員缺着吳積寯補授欽此

答客問改試策論

欽奉　上諭改試策論以史事朝政時務書義經義命題意將於博學中求通才於通才中求純正一時功名之士羣驚以變法太急已獲售者嘆舊章莫守未獲售者病新法難通動援聖賢二字當頭恫喝謂八股一廢大於倫常政治有妨嗚呼亦知變法之心適只爲倫常政治恐卽淪湮不可救藥是以如此急急歟世無敢於變古之人而世風不降世無敢於變今之人而世風不隆此聖教興廢所關中華安危所繫非細故也自後世讀書求名而財色味濃君父情淡束髮授書而後父勉其子兄勉其弟便云書中自有黃金屋書中自有顏如玉其俚語則云要食皇家飯多讀濫墨卷以之博取人間富若貴人卽以位尊多金羨之畏之若貧窮則父母不子更不問其事親若何移孝以作忠若何視民若何正已以率物若何士食八股之舊德無異農服先疇之畎畝奉天承運儼然居然驕惰恣肆相習成風率由舊章爲口頭聖賢舉莫自知其所以巧婦以主中饋文士以治國家害被當時毒流後世可嘆矣故非實學不足治已非治已不足以語經濟非有經濟不能平易近人非行已以入乎今人之心不能治人以合乎古人之意世無不曉世事之人可以妄談經濟者亦斷無不能治已之人可以達時務希古人者而讀書求名之士猶且羣起譁然以爲世事文章萬不能相提並論嗟乎嗟乎彼其所謂文章

者將謂才思縱橫之議論耶抑直謂韻調雅叶迴還往復如世俗有聲無詞之俚曲耶所謂世事者將謂爾虞我詐之時習耶抑直謂趨避迭迎之詭遇耶如彼之倫眞所謂斯世幺魔聖賢盜賊耳我　皇上聰明天錫舉數百年鄙陋剽盜全不曉事之習弊闢而清之於博通中專取的實宜今宜古之純正良儒以率由先聖舊章實爲變今之急務與孔子則吾從先之言同一義趣何誤驚爲變古哉至史事朝政時務書義經義之說古今書籍載之譯書局將不日譯出頒行海內今日卽考核管窺所及與二三同志政之史記善本極多藏書家學有淵源類通要義時務洋務時行書亦頗易購毋庸贅四書之義古本最佳外如良墅說書等專闡要旨發明大義者與古爲近若題鏡味根錄備旨等專爲八股時文而設束之高閣可也五經凡有　御案者不獨爲時王憲典且備極執兩用中之義總之經書以義爲主孟子曰王者之迹息而詩亡詩亡然後春秋作又曰其事則齊桓晉文其文則史孔子曰其義則丘竊取之蓋史氏之言文而侈羣工之讚頌而諛其間眞是眞非惟有書中之義而已義烏在不得以諸解紛紜奪也以經證經其義出矣卽如易卦彖爻象名義之說異議橫生各執一是而證以孔子繫傳則訓已極詳餘可存而勿論說書者謂書有四要七觀蠡測之言殊多未盡其六體十例之說義與毛詩美刺春秋襃貶之大義相同讀書者亦第求心法治法所在於義已足泛博何益至以古文今文爲百篇爲百二十篇書闕有間勿論可也說詩者謂詩有四始五際多臆說不足據其謂三經三緯衆說參差朱子之答門人論亦未定後註離騷始言其故以推諸義乃可有條不紊孟子曰不以文害辭不以辭害志以意逆志是爲得之誠爲讀詩要旨說春秋者三體五例出於杜預雖未知於筆削之旨何如較諸他說支離固大有間故左爲春秋功臣杜爲左氏功臣說禮者或謂禮爲漢儒所撰或謂出諸灰燼而作者爲聖諒非無所藉以成況大學中庸亦皆出四十九篇之中其精理微言當卽禮儀三百威儀三千之精義此其大畧也若夫討論而益精之則視乎其人之精神動與古會而已矣　國家養士數百載其爲博學通才純正而宜古宜今者自當不乏何煩絮聒適承客問故謹捫籥以對

部示拔貢　○禮部爲曉諭事本年　朝考取中一二等拔貢生奉　旨着於六月十七日在　保和殿覆試欽此合行曉諭取中各生知悉務於六月十六日在　東長安門外左近住宿以便黎明赴　中左門階上聽候點名納卷毋得自悞特示○禮部爲再行曉諭事本年選拔生　朝考取列一二等拔貢生奉　旨着於六月十七日在　保和殿覆試欽此現在一二等試卷業經進呈拆號塡榜爲此再行曉諭各拔貢生知悉務於六月十五日以前各帶原驗貢單赴部納卷毋得違悞特示

貢榜照登　○禮部爲曉諭事本年考試選拔生經閱卷大臣酌定名次分擬等第將三等試卷彙封進呈奉　旨知道了欽此除將三等俟一二等覆試後另榜揭示合將一二等先行出榜須至榜者　計開　八旗一等三名　俟尙伯　玉貴　孚保　二等八名　全興　毓廉　黃豫謙　永貞　增元　高鑑選　慶珍　文俊　奉天一等一名　李瀛　二等四名　楊乃賡　韓鍾張鼎銘　王燿昆　直隸一等十名　王春瀛　高廣燿　田鴻年　王治仁　盧文明　唐榮　邢錫麟　李鴻鈞　史東昇　陳恩寶　二等二十五名　趙德垣　李維熙　卜麟祥　余永祥　李逢年　郭經城　薛潭　馬吉雲　馬魁順　孫秉清　吳錫珍陳奎齡　張錫恩　汪守珍　米得志　趙鳴岐　孫庭瑞　王玉琳　張履璜　許承祜　朱洵　何銘敬　張振寅　梁珂　步以莊　江蘇一等九名　張伯英　張祖寅　王履康　艮慶熙　程龤　錢蔭恩　蔣壽祺　陳公溥　呂鴻元　二等二十三名　史遂文　朱其揚　史恩官　金祖澤　夏仁虎　華彥鈺　范鎧　林亮功　黃元吉　于鬯　汪榮寶　徐潞　夏景仁　田其田吳應丙　韓雲駿　陳國楨　潘鈞　武同舉　蔣元慶　錢人龍　王樹昇　田步蟾　安徽一等六名　章心培　曹鈞　張啓後俞世壽　王元輔　戴延儒　二等二十名　許世英　涂懋儒　邢元偉　孫念祖　孫傳枳　方樹棨　左坊　金策先　許家修　王善荃　李經滇　蕭文華　趙億乾　王大錕　徐元善　朱宏英　孫多宸　黎鴻年　胡位周　王世勛　浙江一等九名楊譽龍　曾春撰　來杰　朱用賓　魯宗泰　劉紹寬　陳其疇　劉富槐　吳以成　二等三十一名　汪張獻　楊魯曾　戚渠清　朱軿　傅振海　朱允中　沈懋和　竺士康　蕭之望　楊以貞　丁樹曾　吳賡廷　周楠　柯華威　戴廷謌　董紹昌吳斯盛　唐鑑　顧賡虞　邵永棠　馮鴻墀　許承禮　夏際唐　朱仁積　程鵬　應貽哲　周思成　程午雲　高鴻飛　王韶九　周昌甸　山東一等五名　王元瑞　陳啓昌　賈廷琛　張聯薰　王之範　二等二十八名　曹鴻圖　朱正履　劉丙麟

田士懿 劉正誼 關家騏 張迺濤 周樹楨 褚子臨 王宗元 莊阿蘭 李錦江 李樹芬 孔繁裕 宮丙炎 茅賢熙
狄建鼇 曹瀛 曲偉之 王國賓 李春錦 李樹芳 李夢弼 張恕琳 劉蔭第 莊復恩 梁世奎 隋藻鑑 山西一等五
名 薛篤斐 杜淩雲 董思聰 邢玉彬 賈鳴梧 二等十七名 安國楫 劉鎔 宋殿元 郎鳳賡 郭耀先 李慎修 張
蓉鏡 閻希勇 祁耀曾 張杜蘭 解榮輅 狄樓海 鄭淑 趙國良 殷世祺 白東昌 張鳳鳴 河南一等六名 張蔚藍
盧逢瑞 李澤芹 李國韶 牛春鈴 步翔芬 二等二十名 楊乃畬 吳鴻鎏 楊克俊 張紹渠 高步衢 于祖謙 李
啓賢 蘇斯倬 王世典 趙金鑑 賈書升 郭之炎 曹國光 吳烈 陶麟宸 荆性成 毛葆眞 王錫臣 邢汝霖 張清
和 江西一等七名 饒之麟 黃家源 周錫藩 石雲星 藤梅 汪鴻遇 鄒國璋 二等二十名 楊忠嗣 張啓明 戴燮
黃兆昇 楊世鼎 董來江 汪鳳歲 鄒令修 蘆師湘 李家楨 劉應元 邢大椿 古天球 劉人傑 熊錫榮 祝維光
彭倬漢 梁德樑 文田純 楊宗漢 福建一等五名 程鴻逵 高稔 王宗海 李瑞年 王大貞 二等十七名 黃經藻
幸振康 謝錫銘 梅榮試 黃葆奇 項朝欽 葉福銘 陳步紫 黃梓庠 邱鴻文 章斐文 曹振懋 林中豹 鄭仰高
游德仁 陳玉章 陳慶梅 湖北一等六名 關道倬 王楚喬 李嘉芬 陳鴻儒 張翼軫 李開洗 二等十六名 李盛
和 張思叡 萬大勛 陶炯照 向元泰 詹光斗 胡子明 劉鼎三 雷以震 黃澤深 林仲鏞 萬樹森 劉瑞雲 陳克
耀 沈昌五 鄧裕榛 湖南一等六名 周士鴻 曹夢弼 丁可鈞 向學殃 吳宗讓 胡傳尋 二等十五名 蔣熙 楊良
翹 李永瀚 張梅森 何聯甲 張柯連 周潤標 王天保 洪翼昇 錢維驥 文德龍 許炳文 王漢祥 廖名晋 丁奎
聯 陝西一等五名 王會圖 王瑞圖 李起頤 張又拭 張紹文 二等十二名 馬圖 唐百齡 馬漸逵 謝文華 馬師
周 景淩霄 張遇乙 徐煥靑 郝敬端 王憲章 高祖佑 靳錫蘭 甘肅一等三名 張銑 任丙 李鏡清 二等八名
寶奉璋 石懷璋 王友會 葉國霖 惠恩濟 王炳樞 李登甲 四川一等七名 謝樹璧 杜召棠 段愼徽 李炳春 龔
玉銓 許司書 許敏勳 二等二十六名 謝世宣 張德炳 李光榮 張世聰 王珣 郝延鍾 楊慶昶 蕭樹棠 李開彬
高益祿 黃鈞 蕭殿芬 王晋 趙春煦 李明智 趙心得 劉瀅岳 曾國光 殷先庚 楊暉吉 劉潤基 查清彦 楊濬
張殷愚 江錫璜 文滕驤 廣東一等五名 何繖庫 鍾用龢 丁培珊 黃景唐 饒衍芬 二等十五名 莫伯伊 朱汝
珍 劉樹杰 胡彤恩 祀慶祥 黃熾華 張韶芹 傅球林 林溥 官政議 張紹緒 祝治祥 何維鑛 彭杰墀 趙寶琛
廣西一等三名 吳煥英 范雲梯 林翰高 二等十二名李炳文 鍾嘉文 覃兆昆 黃玉培 黎肇黃 吳寶琛 王鍾榕
梁瑞德 齊夢熊 周安元 蔣炳榮 李若翰 雲南一等四名 曾習經 王垂書 周仁 程履貞 二等十名 單鏡 趙
鯨 鄧永奎 舒嘉猷 楊學禮 沈從賢 張肇基 楊熙 李紹漢 黃桂林 貴州一等四名 徐家駒 李啓奎 陳元棟
姜鳳陽 二等十五名 周緝熙 陶其金 王逑曾 楊楷 滕學聖 周樹杰 余鍾 黃運升 孫熙昌 歐陽濬 胡爲和
許登瀛 陳言洗 劉曾禮 周開忠

督轅門抄 ○六月十三日中堂見 運司方大人 關道李大人 道台任大人 候補道張大人鼎祜 汪大人 張大人
龔 鄭大人錫畝 黃大人建筦 姚大人文棟自省來 記名道嚴大人金淸 本府李蔭梧 候選道陳大人名侃 補大名府吳
大人積旬 候補府陳忠儼督運米豆赴通 署滄州吳雲溥 懷來縣吳永 候補縣王世瑞 馬長豐 湖北候補通判江鳳藻
統領武毅右軍副將姚良才 前營孔慶塘 左營胡名旭 右營潘金山 後營尹得勝 統領武毅後軍各營守備胡殿甲 前營
吳鼎元 右營阮秉鰲 後營方德昌 左營王繼忠 統領武毅左軍副將楊慕時 前營王佩蘭 後營陳泰交 左營洪殿元
右營徐照德 中軍左營聶鵬程 右營程連華 前營沈增甲 統領武毅前軍各營副將周鼎臣 前營楊良輝 後營宋占標
左營華興祥 右營宋玉春 統領先鋒武毅馬隊各營邢長泰 前營紀得勝 後營鄭榮勝 左營鄭濟臣 右營李東亮 總理
武毅馬隊各軍行營中軍遊擊周鼎甲 又全軍操防營務處中軍後營都司鄒玉春 通永練軍馬隊中營正任樂亭營都司鄒祥麟

莊大人山辭

督批照錄　○津郡錢商振泰承等稟批查此案經王前部堂咨准兩江督院江蘇撫院查蘇省制錢奇絀周轉維艱礙難弛禁外運等因檄行天津府飭縣傳知在案所請咨催核准之處應毋庸議至機器局鼓鑄制錢現因盛暑工停轉瞬秋涼開鑄能否按卯發出三四千串接濟市面候行該局察酌情形核辦具覆此批

大令銷差　○候補縣施大令有方前奉委押解京銅赴部交納等情曾紀前報茲聞銅斤交兌清楚請領回批於初十日由京回津隨赴督轅稟請銷差

失脚落水　○昨有異鄉人肩負錢簍行經鐵橋正值開關因事忙飛步搶過致失脚跌落河中幸經船上水手赶緊撈上雖未至殞命而錢簍竟付東流去矣

鳳河決口　○鳳河左近渾河下游則與大清河歸併入海現當伏汎漲發子牙等河水大頂托倒灌遂至漫決成口聞被災村莊不少若龐家嘴老米店馬家口等處田園盡行淹沒經該村民人報官想賢有司自當設法補救也

大鬧花叢　○西開地方興基公司大源里有花鞋張老開設娼寮寮中某妓與郝家店郝七有舊日昨下午往該處尋歡適某營馬隊中人在內不禁醋海興波酸風陡起彼此兩不相下遂至鬥毆聞兩造有受刀傷者由地保稟官派差抓獲四五人送縣訊辦並將該寮查封

自經請驗　○海大道東先農壇迤南叢有戲園一座空閒日久今早經道其地者見窗櫺上挂男屍一具審係自經身死年約二十上下不知爲何許人業由該管地方赴縣報案請委廉相驗

騎象觀操　○前藏各番官例設番兵數千餘名以衛活佛其主帥名曰護法佛前月某日設戰台於釋伽佛前操演武藝其兵皆冠鐵冠服鐵服旌旗戈矛排列整齊少頃一鉦象綏步而來穩立戰台馬步各兵無不嚴謹環拱俄見護法佛衣冠佩劍登立台上騎象督操陣法井井繼乃督隊巡城每遇番官迎駕其象自俯首不前觀者皆歎其敎法純熟云

光緒二十四年六月十一日京報全錄

宮門抄○六月十一日戶部　通政司　詹事府　八旗兩翼值日　吏部引　見六十三名　國子監五名　通政司一名　廂黃滿四名　崐貝子守護　東陵請　訓　山西布政使何樞請　訓　濂貝勒續假五日　溥倜續假十日　召見軍機　崐貝子　何樞

○○臣奕劻等跪　奏爲照案酌擬保奬恭摺仰祈　聖鑒事竊臣衙門前經奏定章程章京等每屆二年保奬一次歷經遵辦旋因同治九年二月吏部奏各項保奬宜示限制經臣衙門奏定每屆二年例保不得過十八員又同文館提調等督課得力亦一併奬勵每屆以三員爲率又光緒九年六月吏部奏定臣衙門保奬每次仍以十八員爲率內保無論題選咨留司員不得過六員之數其餘一切照舊辦理又十六年四月臣等片奏臣衙門供事每屆准保分發省分及正印官階共四員又本年四月奏定因迭次添傳章京已逾原額十二員懇於原定二十一員保額之外加保四員聲明卽自本屆保奬爲始均經奉　旨允准各在案查自光緒二十二年保奬後至本年又屆二次保奬之期臣衙門交涉事務較前倍繁該章京等逐日按班到署辦理均能矢勤矢慎始終奮勉實屬異常出力除總辦章京舒文童德璋楊宜治瑞良幫辦章京顧肇新均聲稱不敢仰邀奬叙外應照奏定員數擇尤擬保二十二員又同文館提調三員一體列保庶於鼓勵之中仍寓核實之意復查明軍機處兼行章京遇有交辦事件亦皆辦理妥協照案並請奬叙茲將臣衙門章京二十二員同文館提調三員軍機處兼行章京八員照歷屆成案隨同保奬之供事武弁各繕具清單恭呈　御覽仰懇　天恩准照所請奬勵如蒙　俞允並請　飭下吏兵等部查照臣衙門歷屆奏奬成案照准註册又例保之臣衙門章京內閣中書凌萬銘於光緒二十年十一月到署二十四年閏三月丁憂核其資勞已逾二年例得邀奬請援案一併列保理合聲明所有臣等酌擬保奬緣由恭摺具陳伏乞

皇上聖鑒謹　奏奉　硃批依議欽此

○○榮祿片　再據督練新建陸軍直隸臬司袁世凱詳稱所部各營馬匹間有疲弱亟應購辦換補擬派都司張國棟哨官曹樹桐王

文治前赴喇嘛廟及張家口外達賴貝子一帶地方選購齒輕口壯高大戰馬二百五十匹解營應用請　奏前來奴才覆查無異除咨兵部察哈爾都統查照並行經過地方官照章餧養接遞護送外理合附片陳明伏乞　聖鑒　勅部給票並由部知照張家口監督照例免稅放行謹　奏奉　硃批兵部知道欽此

○○王毓藻片　再據鎮遠府知府全懋績詳稱鎮郡遠在黔邊貧士居多鄉會試赴考無力該府督同合屬正佐官員各按月捐廉現已五年集成鉅欵發商生息為南北賓興經費頃據郡紳遇缺題奏提督周萬順呈稱故父盛開一品　封職在日嘗念鎮郡士子艱於旅資地方官既協力汝助紳士不宜漠然臨終以捐給銀兩爲囑謹集交賓興千金不敢仰邀議叙等語似此慷慨捐輸體恤寒畯雖聲稱不邀議叙未便沒其好義之忱理合詳請　旌獎等情由藩司邵積誠查明轉詳核　奏前來臣查例載凡士民捐助善舉實於地方有裨益者銀數至千兩以上請旨旌獎給予樂善好施字樣聽本家自行建坊等語今提督周順遵故父遺命捐助賓興銀數核與定例相符合無仰懇　天恩俯准旌獎建坊以昭激勸除册結咨部外謹附片具陳伏乞　聖鑒　訓示謹　奏奉　硃批着照所請禮部知道欽此

○○王毓藻片　再准兵部咨開武選司案呈所有本部彙奏李兆等襲職一摺等因於光緒二十三年十二月初六日具奏奉　旨依議欽此相應抄錄原奏附驛行文該撫等因計開附生羅文光貴州人無嗣胞姪羅連春過繼爲嗣年二十八歲請襲世職臣部行查吏部據稱故生羅文光係先行議給世職未據該撫咨覆履歷到部尙未核准應俟該省將羅文光履歷咨送吏部核准後知照臣部再行核辦咨行到黔當卽檄行藩司遵辦在案茲據該司邵積誠轉據都匀府區維瀚詳據應襲羅連春稟稱前因苗叛逃避粵西吳鄉故土兩處爲家而在粵之日尤多雖胞伯陣亡前蒙詳咨給予世職兩地暌違復因不諳律例應辦籍貫履歷均未按限造呈迨至光緒二十年六月奉飭申覆並未造送册籍今奉飭查理合出具供結稟請轉詳等情由都匀府造册加結申覆到司經該司查明詳請核奏前來臣覆查無異除咨部查照外謹附片覆　奏伏乞　聖鑒　勅部議覆施行謹　奏奉　硃批兵部知道欽此

捐

朔望會課　靜致廬會課爲皖江洪月般孝廉思齊倡立每月朔望舉行一論一策三日交卷評定甲乙酌贈花紅每卷收紙張津錢五十文月朔日開課假二道街泰山行宮廬廣爲收發課卷處入課者先期自陳名字齒籍官紳好義資助花紅者登報揄揚不勸

江右廬沛恩津門王維翰暨同人公啓

元茂機器磚瓦公司

本公司仿照西法燒作磚瓦事屬創舉曾經通稟在案該貨堅固異常價值從減並各樣印花磚瓦俱全　賜顧者請至海大道新興南里內本公司面議可也謹啓

本號自置顧繡綢緞洋貨等物整零均按銀莊格外公道皆比大市價廉發售　寄賣各種眞料大小皮箱漢口水烟袋各種眼鏡龍井雨前紅茶梗　寓天津北門外估衣街五彩號衚衕口坐北向南　士商賜顧者請認本號招牌特此謹啓

啓者昨接上海孫仲英善長來電旋又接到顧緝庭葉澄衷嚴筱舫楊子萱施子英各觀察來電據云江蘇徐海兩屬水災綦重饑民數十萬顚沛流離死亡枕籍災區十餘縣待賑孔急需欵甚鉅官欵恐未能徧及素仰貴社諸大善長久辦義賑飢溺猶已敬求代呼將伯源源接濟功德無量蒙滙賑欵卽滙上海陳家木橋電報總局內籌賑公所收解可也云云伏思同居覆載異姓不啻天親縱隔形骸民物莫非胞與頓遭洪水哀此災荒盡是蒼生何分畛域況救人性命卽積我陰功雖此日拯茲黎庶散盡赤仄靑蚨卜他年報在子孫同來玉堂金馬敝社欵無備濟自知獨力難成術欲廣仁惟冀衆擎易舉叩乞　顯宦鉅紳仁人君子共憫奇災同施仁術原擬活人無算雖千金之助不爲多但能濟世有功卽百錢之施不爲少竭心籌畫量力輸將敝社不禁爲億萬災黎泥首叩禱也如蒙　慨助卽交天津溜米廠濟生社帳房代收並開付收條以昭徵信

濟生社籌賑同人謹啓

光緒二十四年六月十三日 直報 第六版 二六一六

顯學書塾

浙江蕭山湯伯述先生擬招學徒百人講授策論文字每人每月脩四元每月兩課一策一論三期到塾領題屆日繳卷三日批改取定甲乙榜示暫時遙授不必住館本塾在海大道直報館旁

京都 內全盛

本店由京都移來專做全盛齋全樣鑲絨鞋亦有全樣布緞鞋各樣扎拉鎖綉扣鑲花鞋材料與眾不同樣式各外另有真傳本店今有新添寄賣各樣旗鑾扎花坤鞋亦有鑲花坤靴一應俱全開設在天津府帶河門外樂壺洞北口巷內路北準仕商賜顧者詳認本店字號便是貨真價實言不二價不悞主顧

本店謹白

告白

奉旨鄉會兩闈及科歲生童改試策論書院肄業亦皆遵照改課童蒙窗下自宜以古文爲法宋儒呂東萊先生所著博議久已風行近尤膾炙人口現有芙蓉館主人以諸名家所批善本付本齋石印帋墨精良字大爽眼約於月半印畢出售此佈

天津文美齋南帋局告白

告白

出售類類報 時務報 知新報
廣智報 農學報 譯書公會
報萃報 華美月報 新學月
報十二冊俱全 格致新報 渝
報一至十六冊俱全 萬國公報
蒙學報 新出蜀學報 山東
時報每月兩次 實學報 遷湖北
來時必送 集成報 重立新章報
冊未至 二至十五冊 富強報
丁酉三四月商務報 餘者不暢
之報尚未接售還有各日報名目
繁多並未全載
天津北門內府署東各報
總處售書局紫氣堂全啓

新到啤酒

啓者本行現由德國自運上等啤酒氣味香美與眾不同除濕却暑助氣消食誠酒中之仙品也如蒙賜顧請到老龍頭對河本行賬房可也計每箱四十八瓶價銀七兩五錢又價銀八兩五錢

德商瑞豐洋行謹啓

爲釣叟先生畫潤小啓

予向讀醉翁亭記曰先生之意不在酒而在乎山水之間未嘗不歎古人之高也夫古人往矣而欲求其嗣響追踪彷彿則莫如新會歐陽子行者誠六一先生之遺裔也 公少負奇氣嗜酒有家風長偏游名山大川落帋得烟雲生趣求畫者戶履常滿筆禿硯枯客有睨笑其旁者曰甚矣 公之勞而費也胡不以潤筆之資作杖頭之助及今請自隗始可乎 公笑曰無已其以酒酬我也昔人斗酒百篇畫何獨不然自今請以酒進爰定其數因爲之序

茲湊俚言作潤筆欵

借問先生何所癖　無如醉筆寫丹青
諸君若索先生畫　帋方一尺酒一罇
素絹又當加倍計　扇如團摺釀雙瓶
酒耳斟酌膏糧合　潤筆兼能養性靈

香山襄侯魏宗弼書於潤州客次 寓紫竹林廣永隆號內

恭頌良醫

太醫院候補醫士譚仰周先生素精岐黃爲人品學兼優不染行道習氣亦不以聲價自高論脈理固屬精通即立方亦頗穩妥雖奇險之症凡經診視者遂無不著手成春此則余等共深佩服亦親友屢經效驗者也特此登報以供周知倘患疾症者可到閘口西關帝廟前聘之庶不至受庸醫之誤也

津門 徐晴波 魏星橋 朱藝堂 鄭敬齋 謹啓

建平永平金礦局告白

啓者壬辰年春 前北洋大臣李委潤等創辦建平金礦自顧菲材膺茲艱鉅不勝主臣開辦以來疊於平建朝赤等處偏加採試或以石堅金薄不敷度支或以費鉅工艱難新速效頻年耗損實屬不支迨丙申歲抄核計彌縫舊缺外始有徵餘洎丁酉全年見盈遂奉 熱河都憲諭以丁酉正月至四月爲建平第一屆升課其課銀已於今春解呈熱河五月至十二月爲第二屆其課銀亦不日報解又丙申冬分設永平金礦該處砂綫窄小浮露於外無大水患工程尚簡計至去年十二月底共試辦十四個月稍見餘利去冬十一月杪該局又得選安縣屬峪之爾岩令正以後出金日逐見增將後可望蒸蒸日上刻亦報解第一屆升課惟是解課以後即應分息在股 諸君缺望已久茲定於六月初一日在天津招商局內建平帳房上海寶源祥香港招商局等處分派屆時務祈 諸股友攜摺枉顧以憑核發除將歷年辦理情形收支帳目稟報公牘彙刊成冊印送核閱外合將派息日期登報奉聞

徐潤等謹白

名醫早回

今而知浙西張敬和司馬醫名所以藉藉者實由其所治各症應手而痊如操左券也但病有輕重方有奇偶有一服即愈者有兩三服始愈者往往此間之病服藥見效尚待重診而遠方又來延請病情綦重不往則無以慰遠者之盼望即往又恐悞近者之復診濟世心長分身術短此先生所以有遠處不能久住之約也前月下旬呂道生軍門女公子患病敦請司馬前往一再診視已躭延六七日之久司馬心急如焚已於月朔回津本館特登諸報端俾既經醫治尚待清理與甫患病症亟須醫治者庶幾延診不誤也

三井洋行分莊告白

啟者日本商始創貿易爲業數拾年以來今分莊開設北門外鍋店街洗家衚衕口對過專選精工料實東洋棉紗各等時式大小疋棉布粗洋布斜紋洋標等格外公道價亦從廉凡仕商賜顧者請至分莊面議可也特此佈聞

三井本莊主人啟

朱鈍翁現經運庫廳劉　延赴密雲縣爲其令堂太夫人診脉已於五月十九日啓程前往餘俟歸來再佈

紫竹林法租界 三義飯店

本店專做英法葷素大菜並由外洋自運各國上品洋酒各色異味點心罐頭鮮菓食物等類一應俱全本樓工程告竣房間寬闊夕時均用氣燈明亮異常　仕商光顧者或携貴眷另有雅室亦足稱暢叙幽情矣擇於六月十七日開張至期請即駕臨賜顧是荷

本主人謹啓

啓者本行自上海分設天津紫竹林法租界良濟藥房對過女成衣飯店一號二號房內自製新式鐘表金銀表金表練各樣新式大小說話機器耳鳴機器金戒指大鋼石戒指樣小洋鏡各俱新貨一應廉全貨好價在格外公道個此住兩三房月後另造樓房批發諸公光顧請早駕臨海利洋行謹啓

戊戌年六月十三日禮拜日

天福茶園

特請上洋新到

第一花旦

天娥旦

六月十四日晚准演

三世修

早晚仍照原價

重排新製新彩新切

七八本

掃盡叛逆

鐵公鷄

大戰麒麟山　火燒向大人

擇日開演

廣東鼎盛機器廠

本廠精造大小機器汽機火爐開礦水龍滅火水龍磨麵機器全套管辨鑄造修理精巧銅鐵等件貨眞價廉倘蒙賜顧請至天津紫竹林法租界牌坊旁本廠面議不悞主顧

本主人謹啓

紫竹林 第一樓番菜館

本號專作英法大菜各色精細點心各樣洋酒洋貨等物一應俱全並售

上　　八百
紅茶每斤津錢一千
上　　六百

又批發茂生公司鐵海紙烟零整發售價值格外公道原箱計一百盒價洋一百四十四元每盒計五百支洋一元五角凡仕商賜顧請卽駕臨是荷

主人謹白

梁子亨代售類類報

彼處經理各報多年如今北方風氣徵開津門每新出類類報每禮拜兩次訪經濟六門閱者定取賜函分送本各報處經手送報上面皆有本號住角紅戳爲記如有散號混充貪塗無壓詐騙財件於本號無涉

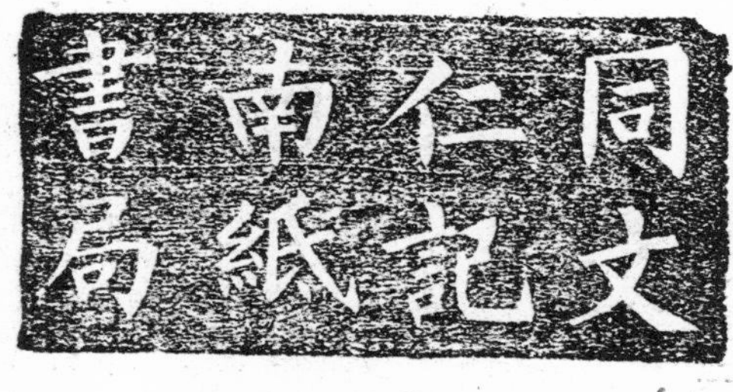

本局自印耕香館畫譜每部價洋二元專辦各種石印書籍精選加高南紙頂細雅扇格外價廉厲天津東門外襪子衚衕本局啓

本局謹啓

減價

今有友人自辦陝西老土每兩津錢五百文新到梁州土每兩津錢五百六十文如蒙賜顧者請到東門內聚隆成寄售

美孚老牌煤油

啓者美國三達煤油公司之德富士老牌煤油天下馳名萬商稱羨蓋其質潔色清亮白如銀且絕無烟氣能耐久燃比之生荳等油晶光百倍而儉用價廉此爲德富士老牌之佳處誠屬無雙妙品也士商賜顧請到天津美孚洋行採辦或向就近殷實行店購買庶不致悞

DEVOE'S
PAT'D JUNE 22.63.
BRILLIANT
OIL
IMPROVED
PAT'D JUNE 28.64.
PATENT CAN
美孚行

海大道 鴻春樓番菜館

啓者本店三層大樓工程告竣地勢寬闊以備貴官紳請讌擇於去臘遷移新正月初二日開市各樣俱全價廉物美凡仕紳賜顧者請卽駕臨是幸

主人謹白

六月十四日輪船出口　禮拜二
海晏　輪船往上海　招商局
六月十六日輪船出口　禮拜三
連陞　新濟　輪船往上海　怡和行　招商局

六月十三日銀洋行情
天津通行九七六錢
銀盤二千四百五十五　洋一千七百二十文
紫竹林通行九六錢
銀盤二千四百九十文　洋一千七百五十八
洋錢行市七錢一分三

新開元隆號綢緞洋貨莊

自去歲四月初旬開張以來蒙各主顧垂盼雲集馳名日盛本號特由蘇杭等處加意揀選名機新鮮貨色零整銀價俱照大莊行市公平發售以昭久遠此白

寄賣龍井雨前素茶福建皮絲水烟各種眞料大小皮箱

開設天津府北門外估衣街中路北門面便是

招領部照

捐生陳殿揚山東福山縣人前在直隸勸辦湖北賑捐局報捐監生部照早到望卽攜帶實收來局換領切勿自誤

開設紫竹林法國租界北

天福茶園

京都新到

崇慶名班

特請京都上洋姑蘇山陝等處

各色文武　頭等名角

六月十四日早十二點鐘開演

八百紅　長祿　十八紅　崇芬　張鳳台　張長奎　楊同來　常雅秋　劉祥泉　賽旋風　楊四立　趙斌恒　安陞秋　白文奎　謝才寶　王喜雲　劉景山　李吉瑞　十二紅　六月鮮

斬子　柳林池　打龍袍　飛坡島（衆武行）　牧羊卷　思凡　回荆州

晚七點鐘開演

蓋天雷　東發亮　八百紅　六月鮮　李玉奎　十一紅　終德明　李吉瑞　賽旋風　劉祥泉　趙斌恒　高玉喜　王喜雲　常雅秋　十二紅　天發　娥生　十四旦

赤桑鎮　到聽門　伐東吳　百草山（衆武行）　胭脂虎　三世修（新彩新切　滿代燈彩）

開設天津紫竹林海大道旁

福仙茶園

啓者本園於前月初四日止戲清理賬目今將戲園及園內桌椅磁壺磁碗新製彩切零星等件合盤出兌如有願兌者及詳細章程請至本園面議可也特此佈告

福仙茶園謹啓

創包機器

敬啓者近來西法之妙莫過機器靈巧至各行應用非得其人難盡其妙每值傷損修理必悞時日今有甯子卿專於經理機器玆擬創辦包定各項機器以及向有機器常年煤料工力價值格外公道如貴行欲商者請到福仙茶園面議可也特白

直報

本館開設天津紫竹林海大道老菜市氣燈房巷內

光緒二十四年六月十四日　第一千一百三十號
西歷一千八百九十八年八月初一日　禮拜一

部照又到　直隸勸辦湖北賑捐局自光緒二十四年三月初一日起至閏三月十五日止請獎各捐生部照又到請即攜帶實收來同換照可也

上諭恭錄

上諭近因各省裁汰營勇保衛地方全在嚴査保甲以輔兵力之不足各省辦理保甲章程非不詳備迭經諭令從嚴稽察率皆視爲具文並未將現辦情形詳晰覆奏殊屬因循廢弛自此次申諭之後各該督撫務當嚴飭地方官於保甲一事實力舉行以期民情固結奸宄無從匿迹仍將整頓辦法先行切實具奏以副朕綏靖閭閻至意欽此　上諭御史鄭思贊奏特科大典請嚴定濫保處分一摺經濟特科之設朝廷原期拔取眞才以備賢良之選非爲倖進之徒開營謀之路中外臣工例得保送特科者務當屏除私心汲引善類於所保之人學問才具灼見眞知始可登諸薦牘不得瞻徇情面濫保私人如有言行不符及干求奔競等情一經査出定將原保大臣從嚴懲處欽此　旨分發江蘇補用道趙有倫龔盛際常牧沈邦憲萬中立程龢祥那良江蘇補用知府江忠振查濟元河南補用知府張守炎陝西知府王世相湖北知府黃以霖四川知府王紹銓廣西知府王壽慈李準江西知府鄧在岷南河同知程鴻遇浙江同知鄧本儀四川同知淩盛熹江蘇同知馮汝禧王桐森張書濟姚體義江西同知李毓璠兩淮監掣同知李光宗廣東直隸州知州陳宗萬山東知州朱鋆吉林知州趙仙瀛四川通判陸汝誠江蘇通判郝爾泰沈延禧王萬選山東通判李慶臨山西通判吳福麟江西通判王出選湖北通判萬恩光廣東通判許縉周運春蘇毓麟廣西通判陳駿兩淮鹽運判許念祖丁芮祐江蘇直隸州州同陳方鏞廣東直隸州州同朱柏江蘇知縣吳樹雲盧運昌張鎔萬林廷堦山西知縣潘禮彥河南知縣孫維均袁大綸浙江知縣李光益福建知縣劉永棠湖北知縣戴立謙四川知縣吳德新饒翰霄廣東知縣陳朗山趙子瑗雲南知縣李枝吳汝昭直隸知縣迎喜江蘇知縣光溥龔鴻揆齊堯年程錫熙蘇城萬國華杜子彬鍾孫陳嶲瀛蕭譽昌洪槃施之瀚陳曾培楊昌祥傅鑫朱賡旦姚崇義江孝詠徐葆華陸秉璋安徽知縣林東雲王開甲山東知縣王藎臣王廷俊曹汝楫山西知縣顧光照韓鵬騫崔　河南知縣余紹業楊甫超浙江知縣楊泰階馮秉鉞陳又新李長鋆林祖賢江西知縣胡嘉銓丁方穀葆和陳錫嘏朱士元福建知縣夏廷獻湖北知縣歐陽翥蔡世佶朱宗歲湖南知縣金振猷彭銘恭鄧振封曾懷鞏四川知縣梅承祥陳兆元戴樹芳祿勳莊受綸饒徵紱阮德沅廣東知縣張樹楨李漢靑黃載賡鄧振廊馮汝梅貴州知縣馬啓華兩淮鹽大使陳景蕃唐靜菴河東鹽大使俞訓方福建鹽大使何承培王維涵倪源坤李維新浙江批驗所大使余輔清俱照例發往應生成緒着以文職用內閣中書員缺着繼源補授擬補內閣中書王彬國子監學正李永鎭俱准其補授湖南布政司廣盈庫大使趙葆鎔着照例用吏部文選司員外郎員缺着雷天柱補授所遺主事員缺着王誠義補授保送直隸州吏部主事洪嘉與着交部記名以直隸州知州用俸滿熱河兵備道端多布仍以道員用升補雲南廣西直隸州知州劉雲章着准其升補保舉山東候補知州劉眞偉着照例用卓異廣西補用知府前賀縣知縣全文炳着准其於知縣任內卓異加一級工部員外郎員缺着繩武補授盛京戶

部主事員缺著謝元補授欽此

普天同慶　○六月二十八日　皇上萬壽聖節預於二十六日受賀凡各省將軍都統督撫提鎮藩臬監督及統兵大員副都統城守尉等均相繼差弁晋京呈遞賀摺初十日業有遠省摺差來都其近省差弁諒於十五日以前蟬聯而至二十日始行彙呈至在京王公大臣大學士六部九卿翰詹科道則於二十六日朝賀進表

京邑平糶　○京師近因米糧昂貴民間覓食維艱現經巡視東城院憲張侍御兆蘭奏請開設平糶局以濟民食中城局設前門外北孝順衚衕東城在崇文門外花兒市東城暖廠西城在彰儀門大街洪洞會館崇文門內東四牌樓大佛寺等處均定於六月十四日一律開糶

會議除弊　○六月十一日六部九卿各衙門會議裁撤書吏定於十二日專摺　上聞至如何裁汰應歸何項之人充當斯差俟訪明再錄

京縣示考　○大興縣林宛平縣劉示傳諸童知悉今定於六月二十日辰刻審音次日開考示仰卽赴縣塡寫親供毋悞特云

嚴定期限　○衙門審理詞訟無論案情大小以速問速了爲要訣且定例俱有期限所以杜吏役之勒索也近日承審大案往往任意延擱迨貧屈小民屢次呈催猶復輾轉拘傳守候致胥役從中訛索人証等被累無窮此種惡習言之實堪痛恨現經刑部酌定尋常案件以二十日完結奏案承審之件限四十日完結其各省州縣自理詞訟將所收呈詞每月造報該管道府按例起限其前報各案已結未結俱於續報册內陸續聲明卽責成道府依限督催

勉善開辦　○京師彰儀門內創立勉善堂善社昨聞社中諸善長公議應辦一切事宜業已具有端緒欵項亦極寬裕遂於六月初十日辰刻結綵掛扁建立石碑卽於是日開辦都中宦途均各投刺致賀各善堂紳士亦彼此互相投拜設筵欵接車馬雲屯頗極一時之盛

編查保甲　○步軍統領崇受之大金吾會同五城察院嚴諭司坊營汛編查保甲以清盜源務使有犯必懲無案不破定於六月十五日爲始每夜添撥兵丁三十名各於該管地段巡邏蹤跡盜賊並於菴觀寺院及客店嚴查號簿俾免賊匪潛踪聞昨已由西珠汛就前門外皮條營拏獲形跡可疑杜某數人解汛審辦

行軍利器　○電學新報考論氣雷甚詳其雷係一小球形如裝滿天氣能在離地五百尺至一千尺高處載三十磅至四十磅之重物球身配有圓形金管內貯電機能燃球內之氣球底挂一籃籃內盛最烈之炸藥遇物炸裂其力甚猛交戰備用頗稱簡便據創造氣雷者云向來圍困城池或解散重圍非大隊不能奏功若用氣雷則一卒卽足以濟事簡便如此詎非行軍之利器乎

失愼餘聞　○前河北丙德菴火神廟被災聞其鄰右米麵舖爲陳姓衆見火起不知陳逃何處事後或見其合家大小四口之屍均於河內撈起聞者莫不慘之

總爲花死　○昨登自經請驗一節訪悉該屍係河東藥王廟後龐姓行三前在立通洋行拉洋車因嫖染花柳症被行主辭出欠外帳目若干無可籌措其以夜台爲債台歟人言如是俟官相驗後訊究屍親自當有一段公案也

犯有六人　○十二日晚興基街花叢大鬧後詢係郝家棗店與先農壇內駐紮親軍馬隊之勇當經禀明營主片送縣署邑尊卽飭八班將郝等共抓獲六人至如何懲辦容訪再登

祥樂不樂　○河北三條石祥樂戲園昨午正値開場演劇園主張某不知因何與徐姓人用武經人勸解徐姓悻悻而去旋卽糾集黨羽前來報復張亦嚴陣以待適有營務處委員在座恐釀命案當卽飭差將兩造抓獲送交縣署懲辦

生我百穀　○自初伏普被甘霖後十日以往訖少滂沱屈指中伏又將半矣田間晚苗頗殷盼澤昨晚陰雲四合益之以靂沐天街如春雨之酥既優既沃既霑既足高禾則吐穗揚花晚苗則抽莖披拂欣欣矣乃亦有秋可爲服田力穡者慶

故多死焉　○北營門內迤西向有積水每値伏中暑熱無知幼童往往三五成羣在該處以游以泳頃聞某姓子年十一二歲

與鄰家小兒數輩在此游戲誤墜水坑深處猝遭滅頂經兒輩報知其家赶緊救獲已如貉鼠飲河淸泉滿腹倒空半日依然氣息全無該父母痛不欲生然無及矣寄語家督尙其嚴加防範也

房東難作　○西關外南台子某甲置有草房數間出租有小本營生之某乙係武淸縣人亦賃甲房居住緣前數日陰雨連綿生意不佳拖欠房錢數百文甲屢次討要一味支吾以致口角用武乙妻愧忿悻悻出門投坑覓死幸經人赶緊撈救得慶更生甲睹此情形反生後悔急煩人說合情愿房租不要令乙作速騰房云

終須有救　○河東鹽坨姜姓幼童年約十餘歲昨下午在官渡前河岸玩耍偶不小心失脚落水適帮搖行經該處赶緊用篙勾救奈篙短溜急童又無知未能撈獲幸有過渡人周某頗諳水性赶卽跳入河內從水底援登彼岸愈時方甦諺云人不應死終有救信然

洋行好善　○津埠刻下染患時疫者稍一躭延多致隕命推原其故一則天道不正忽凉忽熱一則飲食不節嗜食瓜菓往往貪凉露宿致釀斯疾故患此者大都貧苦人多昨於西開某處有患霍亂倒地者須臾氣絕聞係外鄉推土車人比屍弟到時體冰已久地保向泰來洋行乞䘏主人憐之賜以棺復給抬埋人津錢一千五百文亦好行其德者也

四明餘聞　○法人因逼遷四明公所冢地甯人不允相率罷市茲經南洋大臣特委聶仲芳方伯來滬與法領事竭力調停似有轉圜之意遂令各帮一律開市照常貿易再行妥議一切詳細情形本館不憚煩瑣迭次例報茲悉此事目下尙未議定法領事白君迫於英美領之請將公所事作爲罷論勿使商務有碍惟須擴充租界而已聶方伯允爲從長計議據情電告南洋大臣轉達總署昨日滬上忽又謠傳頃接京師覆電未能允准所請尙須妥籌善策領事亦經允爲緩延惟法工部局官商人等堅執前議不欲緩圖領事一再向阻故昨日本埠又有訛傳至事之確否本館礙難臆斷聞昨日下午三點鐘時藩憲聶方伯道憲蔡觀察與甯帮諸商董並請英美領事特邀法總領事白藻泰君在泥城外洋務局設筵讌賓會議斯事白君深明大義維持商務想當可俯允決不至輕啓釁端也又聞今日駐滬値年德總領事邀請十三國厲申總領事並各西商等人會議此事俟有確聞再行錄登錄滬報

彙錄路電　○禮拜日西提督什佛爾鴉忽帶各船出口美提督薩美森立卽帶隊追擊西船拚死敵禦及力實不支將各船駛擱淺灘縱火自焚計陣亡三百餘人傷二百餘人被擒一千五六百人什提督亦被擒獲美兵祇陣亡三名其陸路統帥沙福德傳諭三梯阿溝城內兵民卽速歸降遲則攻擊○西提督卡厤耳所統之魚雷隊聞信由蘇彝士河折回西國○西廷議論誓與美不兩立古巴無一西踪迹始可罷戰○西國人心大變官兵漸不遵朝廷號令民亦有自購軍械謀亂者○西提督什佛爾鴉所統艦隊險被燬外尙有一船擬乘夜潛脫三梯阿溝海口被美船偵知開砲擊沉○美議院定議收檀香山爲屬島○美總統現已畫諾准將海威收入版圖已派兵船前往升旗○三梯阿溝已逾緩戰之期尙未開戰美西兩軍各奉廷諭現在兩京議和守備霍白森及其餘被獲之人兩國均卽釋放

沈船兩誌　○某公司輪船由紐約回國本月四號至沙鉢島遇大霧被英船碰沈載客八百祇救起一百七十人船之水手等百餘人祇救起三十人○商船名拉相岡在美國地方沈沒死者五百二十六人當時爭上山板逃命並無援救婦女小孩之人

樹能引電　○樹能引電其理解者不一有謂樹根生濕地故易電擊有謂樹根較長電故易擊橡樹電最易擊他樹較難因油多則引電多油少則引電少鳳尾松亦易引電　譯美國學聞報

光緒二十四年六月十二日京報全錄

宮門抄○六月十二日禮部　宗人府　欽天監　侍衛處値日　理藩院引　見十三名　咸安宮一名　都察院三十六名　廂藍滿八名　廂藍蒙七名　舒存假滿請　安　許葉芬謝授江蘇遺缺知府　恩　榮和前往奉天請　訓　召見軍機　許葉芬　榮和　皇上明日辦事至　頤和園　皇太后前請安後駐蹕

○○貴州巡撫臣王毓藻跪　奏爲前署鎭遠府吳登甲督隊剿賊力竭陣亡籲懇　天恩建立專祠並請將同時殉難之州縣丞佐各

員及外委人等一併附祀以慰忠節而順輿情恭摺具陳伏乞　聖鑒事竊據鎮遠府知府全懋績詳稱紳耆王炳坤楊國棟等十餘人具稟前鎮遠府知府吳登甲陝西西鄉縣舉人以知縣分發貴州歷任仁懷鎮遠修文貴筑永寧黃平等州縣盡心民事善政可稽嗣由八寨同知保升知府咸豐五年署鎮遠府篆時値苗匪肆擾上下游府廳州縣紛紛失守吳府與署鎮遠縣事同知直隸州知州張淮力保孤城歷年之久扼隘衝鋒寢食俱廢至八年八月二十九日夜間苗匪大股直撲府城吳府督隊由盤龍　過河堵禦奈賊匪蜂擁西至衆寡不敵我軍死亡甚衆吳府身中三傷猶手刃苗逆數名力竭陣亡署縣張淮帶團在大喬頭接仗身受多傷亦被賊害府城遂至失守粮台委員鎮寧州知州段志伸署鎮遠府經歷張炳鎮遠縣學訓導陳嘉霖分發巡檢周瀛從九品黎允中李廷瑜從九品銜楊春圃張必榮同時殉節經前撫臣蔣蔚遠奏報奉　上諭均着交部分別從優議卹應請將該故員知府吳登甲從優加贈太僕寺卿銜同知直隸州知州張淮知州段志伸均從優加贈道銜府經歷張炳從優加贈鑾儀衛經歷銜訓導陳嘉霖從優加贈國子監學錄銜巡檢周瀛從九品黎允中李廷瑜從九品銜楊春圃張必榮從優均加贈鹽運司知事銜俱議給雲騎尉世職襲次完時給予恩騎尉世襲罔替於咸豐八年十二月二十五日奏奉　旨依議欽此　聖代褒崇節義洵足以激厲人心惟事經四十餘年闔郡士民追思弗替並立有吳太僕盡忠處碑記而祀典闕如殺　無所依歸實深心惻稟請轉詳請奏建祠由地方官春秋致祭以慰忠魂並請將同時殉難之張淮等各員及外委羅先軍功方廷槐吳占元陳洪興暨練勇紳民等與各故員親屬家了一併附祀寺情由善後局司道邵積誠等查明詳請陳　奏前來臣復查該故員吳登甲禦賊殞軀大節昭著藎忠彪炳民不能忘合無籲懇　天恩俯准鎮遠府城建立專祠列入祀典由地方官春秋致祭以順輿情而隆報饗並將同時殉難之員弁人等一併附祀出自　鴻慈除咨部查照外謹會同雲貴督臣崧蕃合詞恭摺具　奏伏乞　皇上聖鑒　訓示謹　奏奉　硃批吳登甲着准其建立專祠張淮等着一併准其附祀欽此

○○陝西學政臣葉爾愷跪　奏爲恭報西安同州鳳翔三府乾邠二州歲試完竣仰祈　聖鑒事竊臣自蒙恩命簡放陝西學政於上年抵任後當將接任日期恭摺具　奏奉　硃批知道了欽此嗣於本年二月初二日出棚先試鳳翔次乾州並循例調考邠州閏三月初五日接試同州四月初一日回三原駐署旋卽調試西安五月初二日竣試計已考過三府二州均照錄取如額陝西士習純謹近來應試人數漸多臣竊維待士宜示體恤而防弊飭加嚴密每於按試各屬先飭提調官認眞稽察場外弊端隨帶書差家丁人役尤加意防範考試正覆各場均終日坐堂未敢疏忽生童等亦知自愛恪守場規方今時局艱虞秦省地處偏隅聞見較隘臣又於經古一場兼試中西事格致農商兵旅各學冀以開通風氣各屬中惟西安同州文風稱最不特詞章之學頗有塗徑其通算術明時事考新理者俱不乏人鳳翔乾州亦多特出之士分州最瘠而文藝亦尙可觀武試此次奉部文仍循舊章試以弓馬技藝如西安之渭南臨童同州之華陰蒲城華州童關鳳翔之扶風等處均稱出色臣於發落日勗以立志敦品多讀經史書以植根柢並指示新學門徑令其加意講求仍飭各屬教官隨時訓迪當此風氣萌芽自宜力爲提倡庶幾民智大啓咸通曉中外情形蔚成明達之才借以仰副　聖主作育人材之至意再臣經過各屬地方春間雨澤透足麥尙有秋民情安謐堪以上慰　宸廑所有三府二州歲試完竣各情形謹繕摺具陳伏乞
皇上聖鑒謹　奏奉　硃批知道了欽此

○○掌湖廣道監察御史臣鄭思贊跪　奏爲　朝廷遴選人才亟宜停止捐納以一趨向而杜倖進恭摺仰祈　聖鑒事竊維
皇上宵旰憂勤力圖自强之策　詔開經濟特科創建京外大學堂以及變通武科改試策論制度更新燦然畢舉果能垂諸久遠奉行皆善洵足廣登進而拔眞才顧政令固貴維新而積弊尤宜先革現行之章其利少而弊多足爲時政之害者莫甚於捐納一項伏查經濟科之設無論已仕未仕皆准咨送與試以備破格之選大學堂章程至周且備要在講求時務漸致富强開從前未有之奇局搜海內非常之人才若不將捐納一途亟行停止納貲卽可得官將人人存倖進之心誰復爭趨於自新之路若謂收捐以濟餉需查新海防捐輸頻年所收連常捐統計每年不過一二百萬以後但見其減不見其增　國家爲此百餘萬捐項名器一濫至此與　皇上破格求才之政令必有大不相合者況目下振興庶務風氣日開將來興闢地利廣濬財源裨益於植民大計其集欵有百倍於此者新章捐建學堂定以破格之賞所以鼓勵人才者至矣如捐章不停則名器過濫不免兩有所妨以前屢議停捐在墨守舊章者但拘拘於籌欵之

難而不思所變通殊非當務之急伏祈 皇上洞察弊源宸衷默斷飭將新海防捐輸京官郎中以下外官道府以下所有初捐暨各項過班以及一切花樣概行停止以清仕路庶幾情弊頓除而氣象更覺維新矣臣愚昧之見謹據實瀝陳伏乞 皇上聖鑒 奏奉

旨已錄

○○頭品頂戴兩江總督臣劉坤一頭品頂戴江蘇巡撫臣奎俊跪 奏爲遵 旨捕獲會匪訊明正法並懇 天恩念將出力各員擇尤保獎數員恭摺仰祈 聖鑒事竊查梟匪黑面施老窩子前在蘇浙邊境廣招徒黨擾害閭閻與董必貴互爲黨援各稱雄長而實皆該匪爲之主謀所犯聚賭販私率衆行刦兇燄日張甚至抗拒官軍殺傷兵勇種種悖逆實屬罪不容誅迭奉 寄諭飭令蘇浙兩省會合剿辦經臣劉坤一前撫臣趙舒翹浙江巡撫臣廖壽豐密飭各營合力兜捕各夥匪黨多名其董必貴並夥黨黑面施老窩子管老窩子經趙舒翹先後拿獲審明正法並經廖壽豐拿獲王康南董必富佘老窩子等數名從嚴懲辦均經奏報在案首匪黑面施老窩子屢飭嚴拿未獲臣奎俊上年兩次 召見面奉 聖訓諭令嚴拿到任後密飭文武員弁購覓眼線分投偵緝屢被兔脫往往功敗垂成嗣探得該匪潛回合肥縣原籍遁跡深山各員弁跟綜追捕逼之使出該匪自知黨羽已散窮促無歸換名李得標遁赴天津蘆台一帶藉以藏身蓄意重結死黨希圖再聚經管帶蘇防前營知府朱上洲探悉踪迹密稟前來當卽密飭該員會管帶飛划營遊擊歐陽成松等酌帶員弁勇線航海赴津於四月二十二日在天津蘆台相近之漢沽地方將該匪拿獲臨拿之際該匪猶敢拚死格鬥各員弁奮力圍捕始得就擒於二十六日由輪船押解回蘇當經發交臬司親提審訊該匪語多狂悖未便稍稽顯戮卽飭照章正法傳首犯事地方懸杆示衆業將大畧情形電請總理衙門先行代 奏在案竊念江浙梟匪滋擾百姓受害無窮茲幸殲厥渠魁實足以快人心而消兩省隱患至前次拿獲董必貴出力人員仰蒙 恩旨獎勵此次隔境捕獲匪首各員弁南北奔馳備嘗艱險實屬異常出力合無仰懇 天恩准予擇尤保獎數員以示鼓勵出自 逾格鴻施除仍嚴拿餘匪務獲究辦外謹合詞恭摺具陳伏乞 皇上聖鑒 訓示謹 奏

奉 硃批准其擇優酌保數員毋許冒濫欽此

朔望會課 靜致盧會課爲皖江洪月船孝廉思齊倡立每月朔望舉行一論一策三日交卷評定甲乙酌贈花紅每卷收紙張津錢五十次月朔日開課假二道街泰山行宮盧㢈爲收發課卷處入課者先期自陳名字齒籍官紳好義資助花紅者登報揄揚不勸捐 江右盧沛恩津門王維翰暨同人公啓

本公司仿照西法燒作磚瓦事屬創舉曾經通稟在案該貨堅固異常價值從減並各樣印花磚瓦俱全 賜顧者請至海大道新興南里內本公司面議可也謹啓

魁陞號綢緞洋貨莊

本號自置顧繡綢緞洋貨等物整零均按銀莊格外公道皆比大市價廉發售 寄賣各種眞料大小皮箱漢口水烟袋各種眼鏡龍井雨前紅茶梗 寓天津北門外估衣街五彩號衙衕口坐北向南 士商賜顧者請認本號招牌特此謹啓

啓者昨接上海孫仲英善長來電旋又接到顧緝庭葉澄衷嚴筱舫楊子萱施子英各觀察來電據云江蘇徐海兩屬水災綦重飢民數十萬顛沛流離死亡枕籍災區十餘縣待賑孔急需款甚鉅官款恐未能徧及素仰貴社諸大善長久辦義賑飢溺猶已敬求代呼將伯源源接濟功德無量蒙滙賑款即滙上海陳家木橋電報總局內籌賑公所收解可也云云伏思同居覆載異姓不啻天親縱隔形骸民物莫非胞與頓遭洪水哀此災荒盡是蒼生何分畛域況救人性命即積我陰功雖此日拯茲黎庶散盡赤仄青蚨卜他年報在子孫同來玉堂金馬敝社款無備濟自知獨力難成術欲廣仁惟冀衆擎易舉叩乞 顯宦鉅紳仁人君子共憫奇災同施仁術原擬活人無算雖千金之助不爲多但能濟世有功即百錢之施不爲少盡心籌畫量力輸將敝社不禁爲億萬災黎泥首叩禱也如蒙 慨助即交天津溜米廠濟生社帳房代收並開付收條以昭徵信 濟生社籌賑同人謹啓

顯學書塾

浙江蕭山湯伯述先生擬招學徒百人講授策論文字每人月脩四元每月兩課一策一論三期到塾領題届日繳卷三日批改取定甲乙榜示暫時遙授不必住館本塾在海大道直報館旁

天后宮北 義興順綢緞莊

本莊自置顧繡綢緞綾羅紗絹各樣洋貨南貨雅扇桂母頭油香貨歸安貝松泉湖筆一概俱全

頭號杭寧綢 四錢二
頭號摹本緞 三錢八
紅梅茶 每 九百六
紅茶 斤 六百四
紅茶梗 二百二
龍井茶 一吊八
金百
壽棉薇裙布裡每套五兩八
哆囉蔴每尺原碼四分二
各卉夏布一概照行發莊

告白

奉旨鄉會兩闈及科歲生童改試策論書院肄業亦皆遵照改課童蒙窗下自宜以古文為法宋儒呂東萊先生所著博議久已風行近尤膾炙人口現有芙蓉館主人以諸名家所批善本付本齋石印帋墨精良字大爽眼約於月半印畢出售此佈

天津文美齋 南帋局告白

告白

出售類類報 時務報 知新報
廣智報 農學報 譯書公會報
報 萃報 華美月報 新學月
報十二冊俱全 格致新報 渝
報一至十六冊俱全 萬國公報
蒙學報 新出蜀學報 山東
時報每月兩次 實學報 遷湖北
來時必送 集成報 重立新章報
冊未至 二至十五冊 富強報
丁酉三四月 商務報 餘者不暢
之報尚未接售 還有各日報名目
繁多並未全載

天津北門內府署東各報總處售書局紫氣堂仝啓

新到啤酒

啓者本行現由德國自運上等啤酒氣味香美與衆不同除濕却暑助氣消食誠酒中之仙品也如蒙賜顧請到老龍頭對河本行賬房可也

計每箱四十八瓶價銀七兩五錢
又價銀八兩五錢

德瑞豐洋行謹啓

爲釣叟先生畫潤小啓

予向讀醉翁亭記曰先生之意不在酒而在乎山水之間未嘗不歎古人之高也夫古人往矣而欲求其嗣響追踪彷彿則莫如新會歐陽子行者誠六一先生之遺裔也公少負奇氣嗜酒有家風長遍游名山大川落帋得烟雲生趣求書者戶履常滿筆禿硯枯客有睨笑其旁者曰甚矣公之勞而費也胡不以潤筆之資作杖頭之助及今請自隗始可乎公笑曰無已其以酒酬我也昔人斗酒百篇書何獨不然自今請以酒進爰定其數因爲之序

茲湊俚言作潤筆欵

借問先生何所癖　無如醉筆寫丹青
諸君若索先生畫　帋方一尺酒一罇
素絹又當加倍計　扇如團摺釀雙瓶
酒[illegible]斟酌膏糧合　潤筆兼能養性靈

香山襄侯魏宗弼書於潤州客次

厲紫竹林廣永隆號內

恭頌良醫

太醫院候補醫士譚仰周先生素精岐黃爲人品學兼優不染行道習氣亦不以聲價自高論脈理因屬精通即立方亦頗穩妥雖奇險之症凡經診視者遂無不著手成春此則余等共深佩服亦親友屢經效驗者也特此登報以供周知倘患疾症者可到閘口西關帝廟前聘之庶不至受庸醫之誤也

津門 徐晴波 魏星橋 朱藝堂 鄭敬齋 謹啓

新開 天吉齋京靴店

本店開設天津府東門外天后宮前路北門面二間本號專辦京莊上上材料專做京都滿漢朝靴各欵鑲繡插鎖全式名鞋一應俱全貨高價廉士商賜顧者請認明本號招牌庶不致悞本店擇於七月吉日開張

本號特白

告白

出售廣板連本驗方新編 萬病回春 千金寶要方 温病條辨 瘟疫祈疑 葛仙翁肘後奇方 本草醫方集解 祝由十三科 經驗奇方 泰西急救方 中西本草問答 花柳指迷 葉大士種子奇方 中西醫學叢書十種 遵生八箋 搜求醫學廣行方便先觀為快 另有經濟時務各書暇日再錄

天津北門內府署東各報總處紫氣堂仝啓

新接到申江新出趣報係別談笑笑游戲另有一篇佳話附送斷腸碑來班分送不悞主顧

天津北門內各報總處子亭梁啓

名醫早回

今而知浙西張敬和司馬醫名所以藉藉者實由其所治各症應手而痊如操左劵也但病有輕重方有奇偶有一服即愈者有兩三服始愈者往往此間之病服藥見效尚待重診而遠方又來延請病情綦重不往則無以慰遠者之盼望即往又恐悞近者之復診濟世心長分身術短此先生所以有遠處不能久住之約也前月下旬呂道生軍門女公子患病敦請司馬前往一再診視已就延六七日之久司馬心急如焚已於月朔回津本館特登諸報端俾既經醫治尚待清理與甫患病症亟須醫治者庶幾延診不誤也

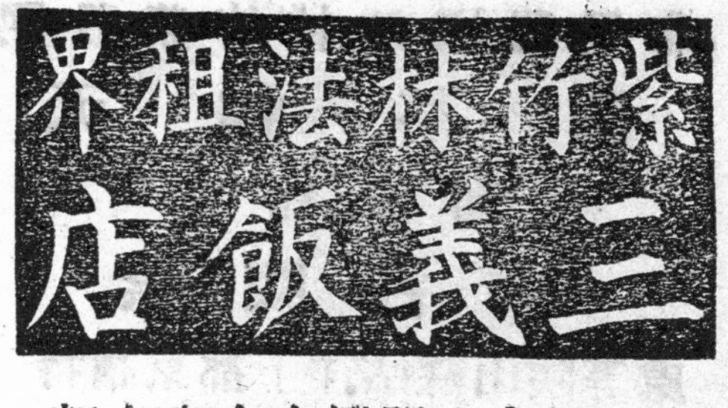

本店專做英法葷素大菜並由外洋自運各國上品洋酒各色異味點心罐頭鮮菓食物等類一應俱全本洋樓工程告竣房間寬闊夕時均用氣燈明亮異常仕商光顧者或携貴眷另有雅室亦足稱暢叙幽情矣擇於六月十七日開張至期請即駕臨賜顧是荷

本主人謹啓

天福茶園

特請上洋新到

頭等花旦

天娥旦

六月十五日

早准演　晚准演

送學　雙斷橋

早晚仍照原價

重排新製新彩新切

七八本

掃盡叛逆

鐵公鷄

大戰麒麟山　火燒向大人

擇日開演

三日一本

石印類報

看至約四個月可成書七部八股已改策論此報詢屬利器也每每月津錢六百四十文先交報資定看全年者收洋肆元不折不扣

北閣內延邵公所對門類類報館啓

粵督張香帥所着勸學篇本局現付石印約於念日前後出書比時酌定價值再爲登報先此告白

北洋石印官書局啓

敝者日本商始創貿易爲業數拾年以來今分莊開設北門外鍋店街洗家衚衕口對過專選精工料實東洋棉紗各等時式大小疋棉布粗洋布斜紋洋標等格外公道價亦從廉凡仕商賜顧者請至分莊面議可也特此佈聞

三井本莊主人啟

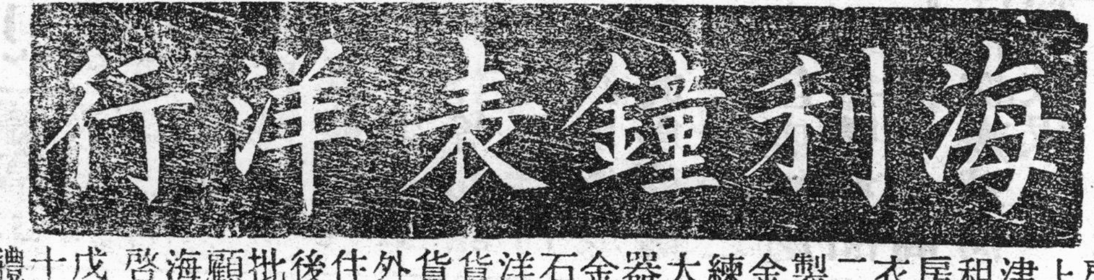

啓者本行自上海分設天津紫竹林法租界良濟藥房對過女成衣飯店一號二號房內自製新式鐘表金銀表金表練各樣新式大小說話機器耳鳴機器金戒指金鋼石戒指大小洋鏡各樣新貨一應俱全貨好價廉格外公道在此住兩三個月後另造樓房批發諸公光顧請早駕臨海利洋行謹啓

戊戌年六月十四日禮拜一

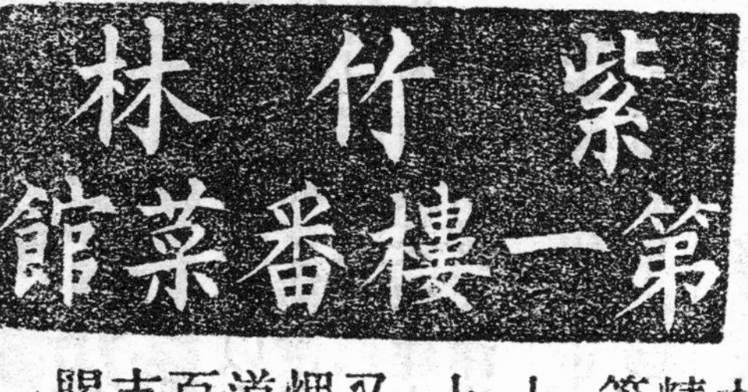

本號專作英法大菜各色精細點心各樣洋酒洋貨等物一應俱全並售

上　　　　　　　　八百
紅茶　每斤津錢　一千
上　　　　　　　　六百

又批發茂生公司鐵海紙烟零整發售價值格外公道原箱計一百盒價洋一百四十四元每盒計五百支洋一元五角凡仕商賜顧請即駕臨是荷

主人謹白

減價

今有友人自辦陝西老土每兩津錢五百文新到梁州土每兩津錢五百六十文如蒙賜顧者請到東門內聚隆成寄售

廣東鼎盛機器廠

本廠精造大小機器汽機火爐開礦水龍滅火水龍磨麵機器全套管辦鑄造修理精巧銅鐵等件貨眞價廉倘蒙賜顧請至天津紫竹林法租界牌坊旁本廠面議不悞主顧

本主人謹啓

本局自印耕香館畫臘每部價洋二元專辦各種石印書籍精選加高南紙項細雅扇格外價廉廣天津東門外襪子衚衕本局啓

本局謹啓

美孚老牌煤油

啓者美國三達煤油公司之德富士老牌煤油天下馳名萬商稱美蓋其質潔色清亮白如銀且絕無烟氣能耐久燃比之生荳等油晶光百倍而儉用價廉此為德富士老牌之佳處誠屬無雙妙品也士商賜顧請到天津美孚洋行採辦或向就近殷實行店購買庶不致悞

DEVOE'S
PAT'D JUNE 22.63.
BRILLIANT
OIL
IMPROVED
PAT'D JUNE 28.64.
PATENT CAN
美孚行

海大道 鴻春樓番菜館

啓者本店三層大樓工程告竣地勢寬闊以備貴官紳請讌擇於去臘遷移新正月初二日開市各樣俱全價廉物美凡仕紳賜顧者請即駕臨是幸

主人謹白

六月十六日輪船出口 禮拜三

承平 輪船往上海 礦務局

牛莊 輪船往上海 太古行

連陞 輪船往上海 怡和行

新濟 輪船往上海 招商局

六月十四日銀洋行情

天津通行九七六錢

銀盤二千四百五十五 洋一千七百三十文

紫竹林通行九六錢

銀盤二千四百九十文 洋一千七百五十八

洋錢行市七錢一分三

新開 元隆號綢緞洋貨莊

自去歲四月初旬開張以來蒙各主顧垂盼雲集馳名日盛本號特由蘇杭等處加意揀選名機新鮮貨色零整銀價俱照大莊行市公平發售以昭久遠此白

寄賣龍井雨前素茶福建皮絲水烟各種眞料大小皮箱

開設天津府北門外估衣街中路北門面便是

招領部照

捐生陳殿揚山東福山縣人前在直隸勸辦湖北賑捐局報捐監生部照早到望即攜帶實收來局換領切勿自誤

開設紫竹林法國租界北

天福茶園

京都新到

崇慶名班

特請京都上洋姑蘇山陝等處

各色文武 頭等名角

六月十五日早十二點鐘開演

十四紅 老虎 八百紅 崇芬 白文奎 羊喜壽 六月鮮 十二紅 謝才寶 十一紅 李玉奎 楊同來 王喜雲 賽狸猫 天娥旦 長祿 終德明 楊福寶 安桂秋 汪德寶

空城計 乾坤帶 審刺客 三疑計 洪洋洞 紫金樹 送學 衆武行 五花洞

晚七點鐘開演

十八紅 邊義臣 楊福寶 張長奎 李玉奎 姜小五 賽狸猫 十一紅 于報 賽旋風 常雅秋 趙斌恒 劉祥泉 天娥旦 十四旦 蘇廷奎 李吉瑞 王喜雲 楊四立 [illegible]

逃國 斷密澗 鐵蓮花 四杰村 衆武行 雙斷橋 翠屏山

開設天津紫竹林海大道旁

福仙茶園

啓者本園於前月初四日止戲清理賬目今將戲園及園內桌椅磁壺磁碗新製彩切零星等件合盤出兌如有願兌者及詳細章程請至本園面議可也特此佈告

福仙茶園謹啓

創包機器

敬啓者近來西法之妙莫過機器靈巧至各行應用非得其人難盡其妙每值傷損修理必悞時日今有甯子卿專於經理機器茲擬創辦包定各項機器以及向有機器常年煤料工力價值格外公道如貴行欲商者請到福仙茶園面議可也特白

直報

本館開設天津紫竹林海大道老菜市氣燈房巷內

光緒二十四年六月十五日　第一千百三十一號
西歷一千八百九十八年八月初二日　禮拜二

上諭恭錄

旨茹泰稽察祿米倉松齡稽察南新倉鄭思賀稽察舊太倉龐鴻書稽察海運倉戴恩溥稽察北新倉宗室增濟稽察富新倉穆騰額稽察興平倉韓培森稽察太平倉慶颺稽察本裕倉闊錫齡稽察儲濟倉聯錦稽察中倉崇蔭稽察西倉裴維安稽察豐益倉李擢英稽察內倉欽此　上諭劉坤一奏大員假滿病仍未痊懇請開缺據情代奏一摺刑部右侍郎龍湛霖着准其開缺欽此　旨榮和現在出差所管廂黃旗漢軍副都統着永隆署理欽此　上諭依克唐阿等奏查明要工應修情形一摺　永陵明堂前泊岸工程緊要着欽天監於本年六月內選擇吉期行知依克唐阿等遵照敬謹興修餘着照所議辦理該衙門知道欽此

重刊鍾氏教授新法序

宋育仁曰歐洲學校之興德國最先亦以德爲最盛當嘉慶十年卽西歷一千八百五年布爲法襲幾至破滅布有深思之士進言曰欲振軍事必以學始遂於通國徧設學館下令民間子弟無不誦讀凡不入學者罪及父兄教之之法兼及行陣迨入營伍率皆英年如是者五六載乃南敗奧兼併德意志諸小邦旋又西破法而稱帝西士培根云智則强愚則弱旨哉是言計彼通國小學二萬九千四百八十二所實學館大者八十四歲費九百六十七萬五千磅該國學館之多經費之巨至於如此夫學者經濟之所自出卽我伊古儒先未有不博古而兼通今綜上下縱橫以爲學者四千年來江河日下雖依然家絃戶誦咸汨沒於帖括之文縱有一二傑出者往往爲虛憍夸大之辭以自滿折衝樽俎一旦需才庸有濟乎善夫我　賢王恭邸有言曰恥不如人學人不恥實爲自强之要語數十年來設同文館於　京都水陸師各學堂於南北洋屢派官學生遠赴歐美學習我　國家之兼包並容各大臣之老成謀國無不智燭幾先算無遺策矣無如學成之士僅敷公中驅使而腹地各行省尤覺風氣未開雖有同志欲圖振興人才苦無善法適王伯萑景伯揚兩大令以鍾君天緯教授新法一書見示且謂余曰是書以中國倫常名教爲主輔以西法循序漸進由淺入深重在讀書明理不致重末輕本誠善法也何不仿而行之夫三年之艾亦在蓄之而已學問一道如建室然基不固則難久若小學未精遽升大學亦必難成就每見僻鄉陋塾字錯音乖遑論義理甚矣哉蒙養之初亟宜愼選教習妥訂章程也擬俟六年學成呈請　大府考取咨送　京師大學堂南北各學堂量材器使卽使入小學者多中材亦可專精一藝護身有資而雋偉多才藝者一經考選卽可爲　國效力將見世少貧民人堪大受況爲當務之急安危之所系乎余韙其言擬將舉行惟慮戶曉維艱仍鮮實濟乃付手民重刊鍾君之書以公同志庶可逐漸推廣習之者多必有瑰異者出乎其中我中華聰明才智又豈出西人下哉將見人才輩出皆識立身大節冀成有用之材未始非報　國之一助也是爲序　光緒二十有四年閏月上弦天津郭驤謹識

典禮甯皇　○六二十八日爲　皇上萬壽聖節一二品大員皆在　太和殿朝賀三四品文武各官在殿前行禮五六品以下以及耆民人等俱在　天安門外金永橋行禮共伸祝嘏此定例也光祿寺預期票仰五城兵馬司正副指揮吏目飭傳廚役六十名於二十五二十六二十八等日黎明先赴光祿寺署中點名各帶腰牌隨同寺亟署正典籍各官分班帶領入　御膳房造辦　御宴二十五二十六等日王公大臣文武各官俱穿蟒袍補服在　內值差蘇拉人等亦均穿花衣以崇典禮

留供奔走　○各部院衙門書吏舞弊營私經總理衙門奏請飭下各部院認眞甄別遇有把持公務立卽懲辦旋經徐相國諸巨公會議祇須堂司各官隨事認眞勿爲若輩蒙蔽吏胥供指使又何必裁撤云云

命婦値差　○侍衛處傳諭廂黃旗正黃旗正白旗侍衛檔房六月二十八日　皇上萬壽聖節　皇后率領瑾嬪珍嬪等詣　慈寧宮　皇太后前行禮應於三旗內揀侍衛命婦十六人於六月二十五六日五鼓各穿朝服預往　慈甯宮鋪設拜褥萬勿遲悞並將派出侍衛命婦姓氏呈報本處咨送掌儀司查核

風氣大開　○京師近來西學風氣大開各處建設學堂者日有所聞昨前門內兵部街新設經濟文館前門外施家衚衕開設道器學堂俱由翰林院吳太史總理其事規矩甚嚴誠培植人才之道也

上行下效　○各衙門有緝捕之責者凡遇查拏案犯文書知照到日官員等先巳視爲泛常不過奉行故事諭令番役照例緝拏而番役等怠玩性成動輒疎縱甚且有陰爲庇護情事以致易破之案不能破易獲之犯亦不就獲往往一經差傳該役早巳預先密致被傳之人從豐酬應鉅貲若輩卽爲揑稟非並無其人恐有外錯卽人巳遁去無從搜尋一稟搪塞其案卽可消弭種種弊端不堪枚舉惟望有督捕之責者亟應破除情面嚴行整飭勿蹈疎懈積習也

壽筵用武　○前門外東北園居住趙某充當兵部武選司長班家道小康六月初九日爲伊母壽辰邀請子弟廣唱八角鼓七音連彈大鼓書詞別音時調岔曲備辦酒筵宴享親友正在興高烈采之際忽趙某之三弟不知緣何持刀連砍三人傷勢甚重旋經趙某持刀將其三弟研傷血流如注當卽報於北城坊將趙三等一併解案責押未悉究因何情俟訪明再錄

部示照錄　○禮部爲曉諭事照得滿漢教習現經本部於六月十二日奏　請考試在貢院考試歸併一塲奉　旨依議欽此爲此曉諭各省進士舉人及恩拔副歲優知悉赴部報名納卷以便定期考驗毋得自悞特示

督轅門抄　○六月十四日中堂見　海關道李大人　前山東題奏道嚴道洪

督批照錄　○具呈長裕商人華鳳岐抱告家人陳順稟批前巳批司核明詳覆應俟覆到核奪毋庸多瀆仍仰運司查核辦理此批

藩憲牌示　○署蔚州張丙吉飭回肥鄉縣本任所遺員缺飭准補斯缺之石赓臣赴新任署臨榆縣李禹言期滿遺缺飭准補斯缺之鄒梓生赴新任署滿城縣典史薛紹彬期滿遺缺飭現署易州吏目寶缺獲鹿縣典史宮田南調署所遺員缺以易州吏目王界相同本任容城縣典史孫清柱飭回新任西路同知謝裕楷病故遺缺擬以昌平州林紹清升補東路同知劉仲威叅革遺缺擬以宛平縣劉俊升升補

恭修　御路　○今秋　聖駕幸津閱武操塲預備宜興埠各節屢次恭紀茲聞　聖駕擬乘火車由北路巡幸至津刻奉督憲委何統領派兵一營將擬作操塲一帶低處所蓄之水赶卽掏淨另墊新土長高加寬接修鐵路以便駐蹕

榮遷兩誌　○吳太守積鋆補授大名府榮太守銓調補天津府俱見抵抄聞兩太守均訂於秋初蒞任云

柳州戒嚴　○廣西匪人倡亂以來僘報遙傳莫衷一是前日某小輪由梧郡行抵羊石據船中人言匪勢甚爲披猖現巳逼近柳州府城地方官紳團練民壯以資守禦特派委員附搭該輪東來購辦槍械西回應用又聞東津縣告急萬分官兵業巳進勦而尋州府之貴縣現爲匪徒所逼勢頻於危所傳如此謹按十一日　上諭有分路進攻所向克捷等語柳州戒嚴或係前事姑照錄之

鳴鼓何爲　○金陵自五月十三日飢民糾衆搶米經城守協等營率隊彈壓拏辦數人後閭閻安靖乃昨聞城北一帶每日下

午輒有人擊鼓一聲鼓聲一鳴則每家門前卽出一人站立儼如鬪號齊隊者然不知何故亦莫解暗中作何防範事爲保甲局憲所聞當卽稟知大憲現已飛飭查拿務獲爲首者嚴究俟得確情再錄

光緒二十四年六月十三日京報全錄

宮門抄○六月十三日兵部　太常寺　太僕寺　廂黃旗值日　無引　見　壽昌假滿請　安　四川總兵初發祥到京請　安　前熱河道湍多布謝　恩　道府趙有倫等謝　恩　四川補用知府王紹銓謝　恩　廣西補用知府王壽慈謝　恩　那王續假五日　官祥續假十日　文熙楊宜治各請假十日　值年旗奏派管理新舊營房　派出卓公　掌儀司奏十五日祭　奉先殿潤貝勒行禮　召見軍機　初發祥　湍多布

○○頭品頂戴陝西巡撫臣魏光燾陝西學政翰林院編修臣葉爾愷跪　奏爲擬設陝西省武備學堂並武科改用鎗砲定立簡明章程繕具清單恭摺仰祈　聖鑒事竊臣光燾前准兵部咨會同軍機處議覆榮祿高燮曾胡燏棻請改武備特科各摺片恭錄　諭旨刊發原奏通行各省會將武備學堂如何建立如何教練妥議報部等因正核辦間復准部咨議覆黃槐森改試洋槍一摺奉　旨依議欽此通飭各省按照兩次原奏逐細詳晰迅速咨報各等因到陝仰見　朝廷整軍經武因時制宜之至意當經咨會臣爾愷並行司核議去後臣等公同叅酌往復籌商竊以武科之弊在於所學者非其所急而所取者非其所用時至今日誠以改鈍爲利化拙爲巧易無用爲有用乃足以建威銷萌克敵致果惟是更張之始教練爲先則建立學堂乃武科改制之根本顧舊有學堂者易創立學堂者難風氣已開者易風氣未開者難地大物博者易地瘠民貧者難陝西偏處西隅民氣渾厚於西法從未有知洋操多所未見謀新舍舊已費周章而建學之初聘教習置槍械籌畫常年經費較之文生書院厥費惟倍特爲自强計不敢不勉爲其難雖改紘一旦未免手生而蓄艾三年深虞病劇查胡燏棻原奏府廳州縣各建學堂一所部議則惟在省會地方設立一區自較簡易第念每縣設學固屬繁難而學堂專在省城他府廳州縣有遠在一二百里之外者遠來就學亦殊不易今擬在西安省城設立總學堂一處此外則同州鳳翔及南山之漢中北山之延安各設學堂一處凡武舉武生武童願學者由各州縣各就附近之處申送入堂認眞教練查郡屬武童歲試自下屆始武鄉會試自光緒二十六七年始一律改試槍砲但童試爲鄉會之始基下屆武童歲考在光緒二十七年而鄉試轉在先一年似嫌倒置現在甫議設學應用何等鎗砲部議尚未酌定待學堂設就鎗砲購齊教習到堂武生改業應在二十五年春間而二十六年卽舉行鄉試各武生向以弓刀取進改習槍砲甫及一年加以風氣初開來者未必多學者未必成無可挑選之中勉强取中數十名武舉似非求實求是之意擬請將陝西武鄉會試均暫停一屆於二十七年遵用新章開辦小考則技藝漸精而層次亦順至二十九年武闈仍取足兩科之額俾諸生知立法之意非專棄故技精習鎗砲不能進身乃能絕其兩端首鼠之心而精求乎藥雲彈雨之用至練習考核之法臣等公同叅議約存有四端一曰去我所短仍宜留我所長西人長在鎗砲中國長在擊刺今易弓箭爲鎗砲而刀矛牌究不可廢蓋兩軍對敵鎗砲先施至於敵軍近偪大呼陷陣猿驚鳥躍虎伏猿進此刀矛牌之利也敵人鎗彈既竭我亦馬軍突出橫擊直前洞脅穿背此又長矛之利也擬將武塲刀弓改爲刀矛牌刀矛仍用湘營操練舊治牌則易籐爲鐵用以遮蔽子彈壯其膽氣蓋鎗砲取法於彼雖甚精利僅足相敵必肉薄競進決命爭首方能制勝則刀矛鐵牌實與鎗砲同功一曰器械求新而矩規仍舊自設科以來由縣而府而院三年取進而試之於省技有常格試有常期自明及今遵守勿替今雖改習鎗砲而考試塲期擬一仍其舊請將地球馬步箭改試馬步鎗砲爲一塲刀弓石改試刀矛牌爲一塲數敵相當法無大變奉行者既不紛擾應試者更易遵循所謂變而不失其常也一曰器用西式而教用華人陝西風氣初開必得名師指授而地方較遠經費短絀勢難延聘洋員往者陝甘各營改習洋操均由天津揀派員弁入關用資教練今者津江鄂粵學堂林立其間不乏成材擬卽咨商北洋大臣無論營員學生擇其熟精西洋戰法兼通輿地測算諸學者酌派數員來秦作爲教習每一學堂用正副教習各一員延訂十數人卽敷分教但使實事求是數年以後今日之學生卽異時之師長通都之傳習卽鄉曲之楷模薪火相傳武風丕變雖曰因人成事實亦因地制宜一曰立法在考試之中而育材在考試之外查湖北武學堂專儲將領之選此則與考試之需用意稍殊而凡當兼採鄂中章程專選文武舉貢生員候補候選員弁官紳世家子弟考取

入堂而單門下村不與焉今爲武科改章而設自以成就通省武生武童爲主然果有官場子弟遊募通材有志請纓撫膺思奮者亦准其報名投考收取入堂爲外課一體認眞教授俾成文武之才若有志觀光仍咨送回籍應試蓋此輩聰明學業本加鄉曲武童數等降心來學其志必堅執業既專收效亦速楚材用晉戎臣入秦不當以方隅限也以上所陳在於開風氣節經費求實際立始基先立五學以爲逐漸推廣之由暫停一科以免欲速不達之誚臣等目擊時艱力所能到期於事之有成但使敎之七年克收一日之功學者千人能食一士之報由此將才日出我武維揚庶幾上報　國家下振士氣所有武科改制及設立武備學堂擬定章程十條謹繕清單合詞恭摺具陳伏乞　皇上聖鑒　飭部核議施行再此摺係臣光燾稿合併陳明謹　奏奉　硃批該衙門議奏單片併發欽此

○謹將擬定設立陝西武備學堂簡明章程十條繕具清單恭呈　御覽　計開　一順天府尹胡燏棻原奏各省會設大學堂府廳設中學堂州縣設小學堂部議則令每省設武備學堂一區意在節經費而開風氣陝西風氣未開經費尤絀辦法自以簡易爲主然僅於省城立學各州縣有遠在千餘里之外者必不能跋涉遠來若令其在家肄習既無師承又無查考實難期其有效下屆用新章取士必至赴考窮黎不敷取中如額今擬於西安省城設總學堂一處於同州鳳翔漢中延安四府各就地籌修學堂一處凡武舉武生武童願學者各詣本籍地方官報名申送附近學堂肄習其未設學堂之處如有士紳情願醵資開廠購械延師在家敎練者准其遵照部章辦理　一省城總學　規模較鉅應照關中書院之例通省武舉武生武童均准入堂學習各府廳州縣願學者由本籍申送到省先行甄別一次考取者爲正課爲附課爲又附課不列名而願留省肄習者聽之正附課各六十名略仿書院膏火之例月給贍銀若干其贍之多寡應俟經費籌定後酌量定擬又附課無贍銀每月官操一次自巡撫以至首府輪流閱看優者捐廉給獎劣者降黜其四府分設之學堂考校贍獎之法與府學同課額贍銀視經費之盈絀爲差惟捐建之始悉由本地籌款他屬士子來學者一體給予獎贍則本郡之人必有煩言應令不設學之府州縣酌量捐資輪助如南山之漢中設學則令興安協助北山之延安設學則令榆綏　協助鳳翔設學則乾邠協助同州設學則商州協助不入資者不得入堂考課特入資以樂輸爲準亦不得勒措求多　一武科改章重在易弓箭爲鎗炮然專以打靶爲事則秦中官弁勇丁儘有能考勿須借才異地矣不知既立學堂若籌經費豈止求得兵弁之才要須講求輿圖天算測量諸學實盡講堂操場之功課方足以宏造就而得英才擬於南北洋學堂中先行調取精通西洋戰法兼工輿圖測算諸學者二人作爲總學堂正副教習正教習月給薪水六十金副教習月給薪水三十金歲終核計工課以學生用工之勤惰成才之多寡遲速定教習之考成以其受益宏多三年優保一次如教練無方卽行咨回原省如是則教習無不盡心而學生方能求益學堂諸生以多識字通文理能學習測量算法者爲上等月餼最優或素未讀書而心思靈敏膂方過人鎗砲有準者次之心强質魯黽勉從事者又次之如或不受約束或不勤操練或沾染嗜好査出力行斥逐以肅堂規外府分設各學堂經費未必充足或卽在武營官弁內酌延精於施放馬步洋鎗炮者作爲教習其薪水可以稍省至教練考試之法仍與總學堂同若各該守牧等能寛籌經費情願延訂名師教以測算諸學者准由各府稟請咨調其月餼保獎亦與總學堂同　一部章士子所用鎗炮務求一律擬俟酌定後將槍炮名目價値咨行到陝卽先行籌欵備價派員購買來省發製造局存儲先期通飭各屬曉諭應試諸武舉武生武童各備原價赴局購買不加運費其有力者准一人買馬步槍各一枝家寒無力者准五人合買馬步槍二枝輪流習用如有損壞各士子自行修整購賠惟査家藏火器例禁綦嚴今雖考試改章要當於通變之中寓防維之意其購械之始須由本籍取具五人互結存案備査各堂各廠均須設專司火器一人將槍炮件數註册存案一俟用時領取用畢交收不准各學生携歸自便　一向來武師開廠授徒所習者弓箭刀石無關例禁今准其購買槍枝如在各鄉設廠學習法當愼之於始凡設廠授徒者先須赴縣報明該廠坐落何處師生共係幾人是何名姓共購槍炮若干件仍出具五人互結一併存案備査其廠規與堂規同槍炮不准出廠演習已畢存放廠中由學長收存倘有持槍滋事者除本人照例糾治外父兄師長一併懲究　一部議武生歲試自下屆始武鄉會試自光緒二十六七年始一律改弓箭爲槍炮査童考爲鄉會試之始基下屆武童歲考在光緒二十七年而鄉試在二十六年勢必取舊進之武生作新科之武舉而改章伊始學堂甫經開辦考試究用何等槍

炮至今未准部咨俟房舍修竣槍械購齊敎習聘定各生徒考取入堂認眞敎練總在二十五年春間人情憚於謀新樂於守舊吏張之始武生來學者必不甚多敎練甫及一年卽令以寥寥無幾之人數不甚嫻熟之技藝博取功名是諸生旣鹵莽臨場試官亦牽就取中又蹈向來苟且敷衍有名無實之積弊擬請將陝西武鄕會試均暫停一科俟二十七年先開武童歲考一律改用新章取進至二十九年再行鄕試三十年再行會試則人材較衆技藝較精方爲不愧科名有裨實用至上屆停中鄕會各額仍於下屆補齊以免士子觖望

一學堂功課考之西法應分體操戰操兩種而平日師生授受又分講堂操場兩項今改章伊始正如塾師之敎童蒙法當由漸而進勿論測繪諸學非武生輩驟能領受卽體操戰操諸事亦未可猛加驅策苦以所難應先以學習馬步槍炮爲主以刀矛鐵牌爲輔其堂中日行課程應俟敎習到堂後酌量商訂尤須詳察受敎者資性之敏鈍氣力之强弱或識字或不識字或通文或不通文而敎法之淺深難易卽因之所謂因材施敎不限一科

一童試先試馬槍三再試步槍三以各中一出者爲合式嗣以刀矛鐵牌試擊刺刀矛照營用原式舞法亦如之鐵牌以重十斤十五斤二十斤三等爲差照兵舞籐牌法武鄕試仍分三場頭場試馬鎗每人跑馬二次每次發槍三再試炮發炮三鎗炮共計九出以鎗中二出砲中一出者爲合式缺一者不得進二場二場試步鎗每人連發六鎗以直衝巴心者爲中六鎗內以中二者爲合式缺一者不得進三場三場試刀矛鐵牌刀矛舞法如前鐵牌以重三十斤二十斤十五斤爲頭二三等舞亦如前凡試鎗炮其巴之廣狹遠近應俟須到槍式後再行酌定

一舊制文生文舉不得應武試此次改定新章期於作育人才文武兼備應卽弛禁以開風氣所有各省文生文舉人有試未經取中願應武試者准其呈報應試果係內外各場合式仍一律取中武舉武進士至八旗士子應文試及奉天旗人與文童試者舊制較騎射應一律改較槍炮

再聲趙夥計出號新投他處

玆因今正趙夥計因事出號亦有半年無正業如今投入齊維禎卽左周名下應當夥計所有本處報路當日趙二經手時走河東河北一帶如今此路均歸梁二經手倘有日後魚目混珠諸君認明免得饒舌如有意外之事與本各報處無涉

天津各報總處梁子亭啓

朔望會課　靜致廬會課爲皖江洪月般孝廉思齊倡立每月朔望舉行一論一策三日交卷評定甲乙酌贈花紅每卷收紙張津錢五十次月朔日肼課假二道街泰山行宮廬廣爲收發課卷處入課者先期自陳名字齒籍官紳好義資助花紅者登報揄揚不勸捐

江右盧沛恩津門王維翰暨同人公啓

元茂機器磚瓦公司

本公司仿照西法燒作磚瓦事屬創舉曾經通稟在案該貨堅固異常價値從減並各樣印花磚瓦俱全　賜顧者請至海大道新興南里內本公司面議可也謹啓

本號自置顧繡綢緞洋貨等物整零均按銀莊格外公道皆比大市價廉發售　寄賣各種眞料大小皮箱漢口水烟袋各種眼鏡龍井雨前紅茶梗　寓天津北門外估衣街五彩號衕衕口坐北向南　士商賜顧者請認本號招牌特此謹啓

啓者昨接上海孫仲英善長來電旋又接到顧緝庭葉澄衷嚴筱舫楊子萱施子英各觀察來電據云江蘇徐海兩屬水災綦重飢民數十萬顚沛流離死亡枕籍災區十餘縣待賑孔急需款甚鉅官欵恐未能徧及素仰貴社諸大善長久辦義賑飢溺猶巳敬求代呼將伯源源接濟功德無量蒙滙賑欵卽滙上海陳家木橋電報總局內籌賑公所收解可也云云伏思同居覆載異姓不啻天親縱隔形骸民物莫非胞與頓遭洪水哀此災荒盡是蒼生何分畛域況救人性命卽積我陰功雖此日拯玆黎庶散盡赤仄青蚨卜他年報在子孫同來玉堂金馬敝社欵無備濟自知獨力難成術欲廣仁惟冀衆擎易舉叩乞　顯官鉅紳仁人君子共憫奇災同施仁術原擬活人無算雖千金之助不爲多但能濟世有功卽百錢之施不爲少盡心籌畫量力輸將敝社不禁爲億萬災黎泥首叩禱也如蒙　慨助卽交天津溜米廠濟生社帳房代收並開付收條以昭徵信

濟生社籌賑同人謹啓

京都 內全盛

本店由京都移來專做全盛齋全樣鑲絨鞋亦有全樣布緞鞋各樣扎拉鎖綉扣鑲花鞋材料與衆不同樣式各外另有眞傳本店今有新添寄賣各樣旗鑾扎花坤鞋亦有鑲花坤靴一應俱全開設在天津府帶河門外樂壺洞北口巷內路北準仕商賜顧者詳認本店字號便是貨眞價實言不二價不悞主顧

本店謹白

告白

奉旨鄉會兩闈及科歲生童改試策論書院肄業亦皆遵照改課童蒙窗下自宜以古文爲法宋儒呂東萊先生所著博議久已風行近尤膾炙人口現有芙蓉館丨人以諸名家所批善本付本齋石印帋墨精良字大爽眼約於月半印畢出售此佈

天津文美齋南帋局告白

告白

運憲庫廳劉濟生叅軍之令堂甯太夫人僑寓密雲年近花甲久抱沉疴忽重忽輕總未脫體計自去歲及今半載有餘復發極重諸醫束手勢甚危急當延浙紹朱鈍翁先生於五月十九日由津冒暑啓程附乘輪車赴密却幸醫緣輳果然着手回春使數十載之宿疾竟爾兩旬痊愈今鈍翁先生已於六月十二日旋返津郡仍寓東門裡彌勒庵特登報牘謹啓

名醫早回

今而知浙西張敬和司馬醫名所以藉藉者實由其所治各症應手而痊如操左劵也但病有輕重方有奇偶有一服即愈者有兩三服始愈者往往此間之病服藥見效尚待重診而遠方又來延請病情綦重不往則無以慰遠者之盼望即往又恐悞近者之復診濟世心長分身術短此先生所以有遠處不能久住之約也前月下旬呂道生軍門女公子患病敦請司馬前往一再診視已就延六七日之久司馬心急如焚已於月朔回津本館特登諸報端俾既經醫治尙待清理與甫患病症亟須醫治者庶幾延診不誤也

新到啤酒

啓者本行現由德國自運上等啤酒氣味香美與衆不同除濕却暑助氣消食誠酒中之仙品也如蒙賜顧請到老龍頭對河本行賬房可也

計每箱四十八瓶價銀七兩五錢又價銀八兩五錢

德商瑞豐洋行謹啓

爲釣叟先生畫潤小启

予向讀醉翁亭記曰先生之意不在酒而在乎山水之間未嘗不歎古人之高也夫古人往矣而欲求其嗣響追踪彷彿則莫如新會歐陽子行者誠六一先生之遺裔也 公少負奇氣嗜酒有家風長偏游名山大川落帋得烟雲生趣求畫者戶履常滿筆禿硯枯客有晲笑其旁者曰甚矣 公之勞而費也胡不以潤筆之資作杖頭之助及今請自隗始可乎 公笑曰無已其以酒酬我也昔人斗酒百篇畫何獨不然自今請以酒進爰定其數因爲之序

茲湊俚言作潤筆欵

借問先生何所癖　無如醉筆寫丹青
諸君若索先生畫　帋方一尺酒一罇
素絹又當加倍計　扇如團摺釀雙瓶
酒(但)斟酌膏糧合　潤筆兼能養性靈

香山襄侯魏宗弼書於潤州客次 寓紫竹林廣永隆號內

恭頌良醫

太醫院候補醫士譚仰周先生素精岐黃爲人品學兼優不染行道習氣亦不以聲價自高論脈理固屬精通卽立方亦頗穩妥雖奇險之症凡經診視者遂無不著手成春此則余等共深佩服亦親友屢經效驗者也特此登報以供周知倘患疾症者可到閘口西關帝廟前聘之庶不至受庸醫之誤也

津門 徐晴波 魏星橋 朱藝堂 鄭敬齋 謹啓

顯學書塾

浙江蕭山湯伯述先生擬招學徒百人講授策論文字每人每月脩四元每月兩課一策一論三屆期到塾領題批日繳卷三日榜改取定甲乙不示暫時遙授不必住館本塾在海大道直報館旁

新開 天吉齋京靴店

本店開設天津府東門外天后宮前路北門面二間本號專辦京莊上上材料專做京都滿漢朝靴各欵鑲繡插鎖全式名鞋一應俱全貨高價廉士商賜顧者請認明本號招牌庶不致悞 本店擇於七月吉日開張

本號特白

零剪寄售

高鴉背元青貢緞每尺	一千三百五
正號元青貢緞每尺	一千四百文
中號元青貢緞每尺	一千一百文
副號元青貢緞每尺	八百八十文
眞杭青金銀庫緞每尺	二千二百文
眞裕順曾皮絲烟每包	一千一百文
南京鹹鴨每支 大	一千八百文
南京鹹鴨每支 小	一千二百文
龍井每斤	一吊七百文
雨前每斤	一吊一百文
珠蘭每斤	一吊四百文
雀舌每斤	九百六十文
蜂翅每斤	一吊二百文
紅袍每斤	六百四十文
小種每斤	一吊二百文

本號自製元淺京緞臺售零剪杭絨衣線宦燕金腿南貨糟貨一應俱全近因錢市張落不同分別減價抑因無聡之徒假冒南味字號者甚多雜云謀利誠恐亂眞欲辦薰蕕用煩楮墨 天津宮北大獅子胡同公益仁記南陎坊謹白

紫竹林法租界 三義飯店

本店專做英法葷素
大菜並由外洋自運
各國上品洋酒各色
異味點心罐頭鮮菓
食物等類一應俱全
本洋樓工程告竣房
間寬闊夕時均用氣
燈明亮異常　仕商
光顧者或攜貴眷另
有雅室亦足稱暢敘
幽情矣擇於六月十
七日開張至期請卽
駕臨賜顧是荷
本主人謹啓

天福茶園

特請上洋新到
頭等花旦
天娥旦
六月十六日
早准演　　晚准演
花園贈珠　　拾玉鐲
早晚仍照原價

重排新製新彩新切
七八本
掃蕩叛逆
鐵公鷄
大戰麒麟山　　火燒向大人
擇日開演

梁子亨代售類類報

彼處經理各報
多年如今北方
風氣微開津門
新出類類報每
禮拜兩次訪經
濟六門閱者定
取賜函分送本
各報處經手送
報上面皆有本
號住角紅戳爲
記如有散號混
充貪塗無壓詐
騙財件於本號
無涉

三井洋行分莊 告白

啟者日本商始創
貿易爲業數拾年
以來今分莊開設
北門外鍋店街洗
家衚衕口對過專
選精工料實東洋
棉紗各等時式大
小疋棉布粗洋布
斜紋洋標等格外
公道價亦從廉凡
仕商賜顧者請至
分莊面議可也特
此佈聞
三井本莊主人啟

粵督張香帥所着勸學篇本局現付石印
約於念日前後出書此時酌定價值再爲
登報先此告白
北洋石印官書局啓

海利鐘表洋行

啓者本行自
上海分設天
津紫竹林法
租界良濟藥
房對過女成
衣飯店一號
二號房內自
製新式鐘表
金銀表金表
練各樣新式
大小說話機
器耳鳴機器
金戒指金鋼
石戒指大小
洋鏡各樣新
貨一應俱全
貨好價廉格
外公道在此
住兩三個月
後另造樓房
批發諸公光
顧請早駕臨
海利洋行謹
啓
戊戌年六月
十五日
禮拜二

紫竹林 第一樓番菜館

本號專作英法大菜各色
精細點心各樣洋酒洋貨
等物一應俱全並售
上　八百
紅茶每斤津錢一千
上　六百
又批發茂生公司鐵海紙
烟零整發售價值格外公
道原箱計一百盒價洋一
百四十四元每盒計五百
支洋一元五角凡　仕商
賜顧請卽駕臨是荷
主人謹白

減價

今有友人
自辦陜西
老土每兩
津錢五百
文
新到梁州
土每兩津
錢五百六
十文
如蒙賜顧
者請到東
門內聚隆
成寄售

廣東鼎盛機器廠

本廠精造大小
機器汽機火爐
開礦水龍滅火
水龍磨麵機器
全套管辨鑄造
修理精巧銅鐵
等件貨眞價廉
倘蒙賜顧請
至天津紫竹林
法租界牌坊旁
本廠面議不悞
主顧
本主人謹啓

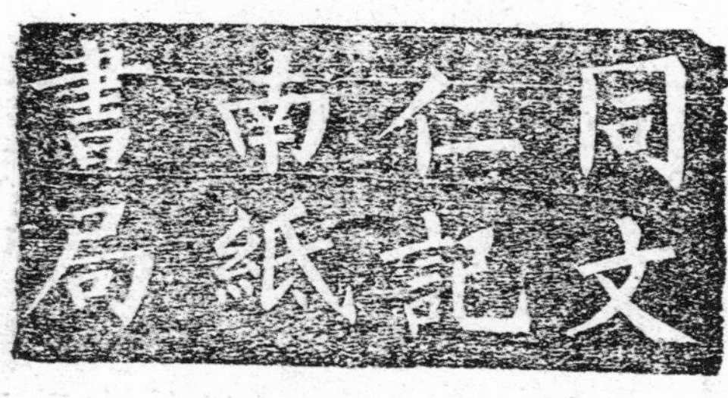

本局自印耕
香館畫譜每
部價洋二元
專辦各種石
印書籍精選
加高南紙頂
細雅扇格外
價廉厲天津
東門外襪子
衚衕本局啓
本局謹啓

美孚老牌煤油

啓者美國三達煤油公司之德富士老牌煤油天下馳名萬商稱美蓋其質潔色清亮白如銀且絕無烟氣能耐久燃比之生荳等油晶光百倍而儉用價廉此為德富士老牌之佳處誠屬無雙妙品也　士商賜顧請到天津美孚洋行採辦或向就近殷實行店購買庶不致悞

DEVOE'S
PAT'D JUNE 22.63.
BRILLIANT
OIL
IMPROVED
PAT'D JUNE 28.64.
PATENT CAN
美孚行

開設紫竹林法國租界北

天福茶園

京都新到

崇慶名班

特請京都上洋姑蘇山陝等處

各色文武頭等名角

六月十六日早十二點鐘開演

八百紅　小三寶　白文奎　李玉奎　六月鮮　十二紅　李吉瑞　劉燕芳　安桂秋　十一紅　小德生　王喜雲　賽狸灘　十四旦　天娥旦　小連仲　老　蓋　蘇廷奎　趙斌恒　羊喜壽

斬黃袍　七星燈　桑園會　白水灘　教子　過新年　煩演花園贈珠　衆武行挑滑車

晚七點鐘開演

小三寶　蓋天雷　八百紅　終德明　張長奎　張鳳台　楊福寶　十一紅　謝才寶　賽狸灘　王喜雲　姜小五　十四旦　天娥旦　小連仲　楊四立　蘇廷奎　劉祥泉　常雅秋　趙斌恒

綁子上殿　草橋關　慶頂珠　百萬齋　拾玉鐲　衆武行趙家樓

開設天津紫竹林海大道旁

福仙茶園

啓者本園於前月初四日止戲清理賬目今將戲園及園內桌椅磁壺磁碗新製彩切零星等件合盤出兌如有願兌者及詳細章程請至本園面議可也特此佈告

福仙茶園謹啓

創包機器

敬啓者近來西法之妙莫過機器靈巧至各行應用非得其人難盡其妙每值傷損修理必悞時日今有甯子卿專於經理機器茲擬創辦包定各項機器以及向有機器常年煤料工力價值格外公道如貴行欲商者請到福仙茶園面議可也特白

招領部照

捐生陳殿揚山東福山縣人前在直隸勸辦湖北賑捐局報捐監生部照早到望即攜帶實收來局換領切勿自誤

新開 元隆號綢緞洋貨莊

自去歲四月初旬開張以來蒙各主顧垂盼雲集馳名日盛本號特由蘇杭等處加意揀選名機新鮮貨色零整銀價俱照大莊行市公平發售以昭久遠此白

寄賣龍井雨前素茶福建皮絲水烟各種眞料大小皮箱

開設天津府北門外估衣街中路北門面便是

海大道 鴻春樓番菜館

啓者本店三層大樓工程告竣地勢寬闊以備貴官紳請讌於去臘遷移新正月初二日開市各樣俱全價廉物美凡仕紳賜顧者請即駕臨是幸

主人謹白

六月十六日輪船出口　禮拜三

承平　輪船往上海　礦務局
牛莊　輪船往上海　太古行
連陞　新濟　輪船往上海　怡和行　招商局

六月十五日銀洋行情

天津通行九七六錢
銀盤二千四百五十五　洋一千七百二十文
紫竹林通行九六錢
銀盤二千四百九十文　洋一千七百五十八
洋錢行市七錢一分三

直報

本館開設天津紫竹林海大道老菜市氣燈房巷內

光緒二十四年六月十六日　第一千百三十二號
西歷一千八百九十八年八月初三日　禮拜三

部照又到　直隸勸辦湖北賑捐局自光緒二十四年三月初一日起至閏三月十五日止請奬各捐生部照又到請即攜帶實收來局換照可也

以昭詳愼　昨報登重刊鍾氏教授新法序內呈請大府考取咨送京師大學堂南北洋各學堂量材器使句漏一洋字合即補正以昭詳愼

上諭恭錄

上諭劉坤一奏特叅衰庸乖謬之副將等官請旨懲儆一摺安徽安慶協副將劉先文年力就衰難期振作着勒令休致江西袁州協副將李榮發才識有限不勝衡繁着開缺另補江西南鎭中軍右營遊擊熊得勝任性妄爲幾誤大局着卽行革職永不敘用江西漕標鹽城營遊擊陳金福習氣太重約束不嚴着以都司降補以肅戎行餘着照所議辦理該部知道欽此

讀辨奸論有感而書

自古僉壬邪佞挾陰險詭譎之計以濟其貪婪誣罔之私辯言亂政蠹國害民上與下交受其禍至今讀史及之猶令人眥裂髮指廢書三歎焉而當其時里黨相揄揚僚友爭推荐君若相亦深信不疑鮮有能發其奸者何也採虛聲而不察實行故耳世有君子而不敢自信爲君之人斷無小人而自居於小人之人且微特不肯自居小人已也陽與君子附陰與君子仇甚至援君子於小人而以小人冒君子植黨羽結輿援互相標榜爲之游揚延名譽致令正人志士誤入牢籠中抵死而不悟此蘇源明所爲斷斷致辨也觀其論曰今有人口誦孔老之言身履夷齊之行收召好名之士不得志之人相與造作語言私立名字以爲顏淵孟軻復出而陰賊險狠與人異趣是王衍盧杞合而爲一人也夫介甫負才氣擅文詞固不難傾倒一時王衍遜其英敏也盧杞無此才華也以司馬文正與歐陽文忠諸賢人之清風亮節猶惑焉而與之善他可知矣故一時士大夫遲疑觀望鮮不以源明爲過計者迨變亂成章排擊善類天下騷然而不靖然後知其言之爲不誣也不已晚乎今天下而無介甫其人也天下而有其人其才足以震俗而驚愚其智足以飾非而文過其著書立說又能援據古今博通中外於是號召門徒與之互爲響應豈曰顏孟復生直謂素王可作一人倡之衆人和之彼亦侈然自大居之而不疑嗚呼是眞亂人而已矣律以謠言惑衆之罪當與少正卯同科而當事者無識猶欲登荐牘授顯秩藉以濟時艱而挽危局其不至貽噬臍之悔者幾何孔子曰君子不以言舉人不以人廢言人與言之不相蒙也明矣言雖是而人實非卽令著作等身成卷軸滔滔數千百萬言要不過縱横遊說之流亞耳藉齒牙餘論干謁諸侯王以博取人間富若貴若蘇秦張儀淳于髡輩類皆言大而夸意取聳動聽聞否則附會支離恣其簧鼓按之事情諸多未當間有正言讜論足供擇採者又多剽竊他書拾人牙後慧一經得志頓變其所爲作奸犯法何所不至焉明末時武舉陳啓新上疏言時事爲思廟所賞識破羣議超擢給事中後以貪墨敗下撫按追贓竟棄官亡去前車之

鑒非遠也子輿氏有云國人皆曰賢然後察之見賢焉然後用之國人皆曰不可然後察之見不可焉然後去之一去一取置左右並置諸大夫而專倚信於國人者所以防黨附重公論也後世分名嚴上與下判若天淵君人者固不能躬親里巷詢芻蕘爲進退黜陟之權衡則汲引之責不得不屬之大臣矣彼大臣公忠體國仰慕吐握高風豈不欲得忠義智謀之才作心膂股肱之寄無如知人則哲惟帝其難物色風塵之際容有爲聲氣所誤者趙鼎張浚賢相也而信秦檜齊泰黃子澄忠臣也而荐李景隆卒致通敵賣國傾社稷而身受其殃可不慎與當今時局艱需才孔亟　朝廷明降諭旨飭令中外各大員舉人才以備任使意至殷事至重也倘視爲具文憚諮詢一無所推轂是爲蔽賢蔽賢不可也然或憑才華而信爲英傑騖聲譽而不假詳求艸艸列荐剡爲塞責計是爲誤國誤國尤不可也要之德薄者無以爲君子才短者亦不能作小人才有餘而德不足以範圍之正所以助其惡而恣其毒也治世爲能臣亂世爲奸雄設有反覆關繫殊非淺鮮縱曰完人難遽得不妨棄瑕錄瑜姑爲遷就亦惟求激昂有肝胆尙氣節或厚重質直心無私曲者承其乏不然乖僻與浮誇均足以僨事一旦居要路而秉國鈞禍害將不堪設想豈獨一介甫也哉吁

嚴催佃戶　○內廷　御茶膳房應用猪羊鷄鴨魚菜蔬鮮菓等類例由光祿寺征收各佃戶地租購辦備用玆屆　萬壽聖節各佃戶報解寥寥不足以供　盛典經光祿寺飭知通州所屬西集等處鄉鎭佃戶限於六月二十日以前務將所欠租項一律繳齊倘再違誤遲延定行從重懲辦

蟲能害稼　○京師自五月中旬得雨後半月未獲透雨以故四鄉土燥苗枯望雲甚切尤可怪者離都門數里之鄉近出一種有聲無形之蟲專害禾稼各苗經蟲蝕枝葉盡枯農家者流往田中捕捉但聞食葉聲而不見蟲之踪跡霎時間一蟲未獲葉已盡罄郎老於農事皆云從未之見惟望大雨傾盆庶可殲此醜類幸天隨人願於六月十四日下午三點鐘時陰雲密佈雨師稅駕廉纖不斷簷頭淙淙直至夜間一點鐘止老農老圃莫不舉手加額以爲一寸甘霖一寸金也能殺蟲否尙不可知俟訪明再布

傳聞如是　○鐵路需用地畝定例價買京西蘆溝橋蘆保鐵路旁有黨坤祖塋坐落在肥城迤東因築路需用土石將該墳掘平數塚地土掘去二畝有零經黨坤查知赴津蘆鐵路公局詢問該局委員堅不承認隨向某西人理論當經同往勘驗屬實卽寫給字據令黨坤自赴支應局領價計每畝地價應領銀四兩委員給不足數復經黨坤在局喊嚷並聲言仍覓西國人平理該委員恐事敗露致干叅咎始行如數補齊聞順天府尹憲胡芸楣大京兆訪悉前情派委查辦諒該委員難辭其咎

逆子起解　○前宣化鎭王鎭戎之逆子王育桐誣控慈母謀吞家產等情已見邸抄現經刑部審訊將已革戶部員外郎王育桐奏請發往軍台効力贖罪已於六月初十日解交兵部起解矣噫人之無良至於此極當此事初起之時有以王育桐人極懦弱被舊僕把持唆使繼母送逆囑本館申訴者本館以事關倫紀未便亂登揮之使去及見京抄始知其貪緣爲奸實非人類也噫

刼驢傷人　○東便門外水連庄地方有幼童年甫十二歲赶脚爲生六月十二日突被騎驢人某甲起意謀害行至僻處用刀將幼童陽物割去牽驢逃逸經該管地方捕頭赴營汛報案飭差勘驗嚴緝贓盜務獲毋任遠颺

罪該萬死　○前門外朱毛胡同某鴇婦今春誘買一女年甫十五姿首頗佳重爲修飾欲於日前送入妓寮賣笑詎該女雖係鄉間婦女頗知廉恥立志不允經鴇婦百般痛楚身受多傷仍不允從昨於六月十一日該鴇婦狠心頓起欲將該女置於死地乘其正在睡鄉竟用蔴繩勒斃當被中城官人拏獲稟請相驗該屍傷痕徧體詳報城憲批仰東西南北四城指揮會同相驗詳城咨送刑部審辦似此惡鴇予以斬決亦不爲過

督轅門抄　○六月十五日中堂見　運司方大人　關道李大人　道台任大人　候補道晏大人振恪　余大人文炳　王大人仁寶　繆大人彝　李大人竟成　鄭大人業斆　李大人肇文　朱大人樹棠　吳大人懋鼎　王大人修植　張大人翼　內閣中書夏瑞庚　浙江候補縣白維城　候補縣曹景成

簡賢任能　○榮中堂蒞任直隸勵精圖治百廢俱興以北洋爲京畿門戶中外要樞凡事需才襄理於日前奏請翰林院編修譚啓瑞羅長椅吏部郎中奭良員外郎陳夔龍候選道聶時雋楊又鼎赴北洋差委已奉　俞允又設洋務局於督署派關憲李少東方

伯總其事復派張燕謀嚴幼陵爽召南蔭午樓楊俊卿諸觀察遇事會同商辦又以今秋　皇差重大前委司道及張燕謀觀察總司要務而頭緒紛繁昨又札委前署關道黃花農侯補道張毓渠邢鈞侯王皖生徐星聚汪君牧孫慕韓七觀察署天津府李少雲候補府吳顯齋二太守會同前派司道敬謹辦理　行宮操場等事簡賢任能仰見中堂之勤勞王事旰夕不遑矣

魚躍順流　○是早有賣活魚者行經新浮橋被泥水滑淬偶一失脚連挑並人傾倒地下及起拾魚一半躍順流而逝矣

爭鬨起浪　○娼寮滋生事端到處不免昨河北關下腰窩地力有某土棍因醋海生波於是晚持刀尋毆幸有某等出爲理處不知能息此風波否

消夏則可　○每逢入夏寬闊地處卽有高搭蓆棚陳設茶座者名曰野茶館河北某處今仍照舊設立每日茶客紛集或戲葉子手握多張或擲骨頭口呼么二藉以消遣暑溽則可幸勿啓是非衅也

平治道路　○東門內外石道凸凹不平行人出入擁擠來往水車推挽尤屬不便昨經工程局憲令水車由別處行走赶卽派石匠修葺

雨裏哀鴻　○近日河水漲發淀北一帶半成澤國該處避水患之窮民携男抱女來津在土圍墻上搭蓋窩舖聊避風雨詎圍墻雖厚而雨淋水齧根脚已虛不勝衆人踐踏日昨陰雨北營門西忽然坍塌所有該處墻上窩居難民男女老幼一時呼號啼哭於雨聲中駭人聞聽安得廣厦以庇中澤哀鴻也

禽獸之惡　○禽中梟獸中獍與人間不孝之子皆天地戾氣所鍾可惡也據聞河北秦某年逾花甲膝下一子年已二十許不特奉養多虧且往往以怒目相向勢將用武秦以年老不能約束擬送官懲治經伊母舅勸阻暫爲寬恕日後如仍前不法定當置之死地云

聊勝於無　○本埠現錢異常短絀無論大小錢舖換錢局皆恃紙片通融一經持帖取錢者衆非倒閉卽短底斷不能如數兌付惡習也侯家后立成厚換錢局日昨持帖取錢者絡繹相屬舖長恐匪人趁勢搶掠特邀該管鄉甲局勇丁二名彈壓據聞凡持帖兩竿者付洋銀一元若取現錢每掛除小錢短數外大錢僅得三百有奇云

梧州續誌　○前報紀梧州府之容縣鬱林州之北流縣已爲官兵克復玆悉此說甚確今將西報所載克復緣由譯左據云亂黨旣得此二城後其大隊往北攻撲南甯府餘兵又陸續分作數隊前往攻撲廣西廣東附近一帶時據守該二城者將城朶弄壞並將所有炮台軍械盡數拆毀遂棄而出遊他處以故官兵抵境時八十里地面內並未見亂黨一人而該城遂爲克復繼而亂黨頭目侯成戴聞官兵克復二城立卽調回一千五百人將官兵逐去並調集亂黨駐守各處近聞又有深於韜畧者數人與亂黨聯合其軍法極嚴有犯法者卽斬故各城之被佔據考居民供其伙食云

九龍消息　○英相沙侯宣言於上議院曰九龍一隅向爲盜匪逋逃之藪賭徒托足之區今旣歸我英管轄則此弊儘可革除且將來可造鐵路以達廣東揚子江北京等處此豈獨歐西人之旅港者獲益良多哉抑亦華人之利也

欵賓築亭　○德皇定於五月駕臨土京現土王宮內修築亭池一所以備德皇駐蹕

土籌克島　○土廷近行文本國各使謂克島總督一缺仍應由回教民選派否則土之沿海保衞無權因土之極美口岸皆在克島停泊兵輪萬難舍此而之他也　五月俄彼得堡新聞報

美日戰事　○波特安普里司電美提督釆威他近率礮兵工兵共八百名已在古巴三提阿過地方登岸並攜帶毛瑟槍二萬桿暨礮台上大礮之火藥甚多○加威特電亂黨頭目阿貴那多宣言曰前接到毛瑟槍五千桿槍彈二十餘萬枚刻已分給部下足以進攻加維城省城且部下壯士增多若至七月中旬可得一萬五千之數　西六月德歌崙報

光緒二十四年六月十四日京報全錄

宮門抄○六月十四日刑部　都察院　大理寺　正黃旗值日　無引　見　廖壽恒謝賞壽物　恩　永隆謝署廂黃漢副都統

恩 祥年送賞壽物覆 命 文琳續假十日 希朗阿續假五日 召見軍機

○●臣孫家鼐跪 奏爲遵 旨議奏事五月二十九日內閣奉 上諭御史宋伯魯奏請將上海時務報改爲官報一摺着總理大學堂大臣孫家鼐酌核妥議奏明辦理欽此臣竊維明目達聰唐虞之盛德采風問俗三代之隆規自古聖帝明王未有不通達下情而可臻上理者也今之論治者皆以貧弱爲患矣臣竊謂貧弱之患猶小壅蔽之患最深該御史請將時務報改爲官報進呈 御覽擬請准如所奏該御史請以梁起超督同向來主筆人等實力辦理查起超奉 旨辦理譯書事務現在學堂既開急待譯書以供士子講習尙恐分譯書功課可否以康有爲督辦官報之處恭請 聖裁抑臣更有請者唐臣魏徵對唐太宗曰人君兼聽則明偏聽則暗泰西報館林立人人閱報其報能上達於君主亦不問可知今時務報改爲官報僅一官報得以進呈尙恐見聞不廣現在天津上海湖北廣東等處皆有報館擬請 飭各省督撫飭下各處報館凡有報單均呈送都察院一分大學堂一分擇其有關時事無甚背謬者均一律錄呈 御覽庶幾收兼聽之明無偏聽之蔽如此則 皇上雖法宮高拱萬里之外如在目前於用人行政似有裨益臣謹擬章程三條開列於後 一時務報雖有可取而龐雜猥瑣之談夸誕虛誣之語實所不免今既改爲官報宜令主筆者愼加選擇如有顚倒是非混淆黑白挾嫌妄議瀆亂 宸聽者一經查出主筆者不得辭其咎 一官書局向有彙報係遵總理衙門奏定章程不准議論時政不准臧否人物專譯外國之事俾閱者畧知各國情形今新開官報既得隨時進呈臚陳利弊將來官書局報亦請開除禁忌仿陳詩之觀風准鄉校之議政惟各處報紙送到臣仍督飭書局辦事人員詳愼選擇不得濫爲印送 一原奏官報經費一節臣查官書局印報例令閱報者出價惟所售無多故每月經費不足由書局貼補玆新設官報閱報者自應一體出價擬請將此項官報隨時寄送各省督撫通行道府州縣均令閱看每月出價銀一兩統十八省一千數百州縣約計每月得價近二千兩常年核算約在兩萬四千之譜加以官商士庶閱報出價經費亦可得鉅欵於紙墨刷印工本自當游刃有餘可毋庸另籌經費惟創設之始需費必須數千金若在上海開辦或由上海道代爲設法可令該員自往籌商以上遵 旨議奏及所籌辦法是否有當伏乞 皇上聖鑒訓示謹 奏奉 旨已錄

○○江西道監察御史臣韓培森跪 奏爲各省倉穀亟宜籌辦以備緩急恭摺仰祈 聖鑒事竊維自強之道以固民心爲本以蘇民困爲先民困固非一端而米價騰貴粒食維艱其尤甚也聞各省米價每石計銀自四五兩至六兩不等要皆視前數年倍之將欲責商販以平價而米無來源處處價昂誰肯折閱商販無如何也將欲責地方官籌欵以平糶而鄰境自顧不暇處處遏糴無從採買地方官無如何也且米價日貴百物因之俱貴而銀價獨賤民既絀於生計官復窮於補救匪徒乃乘機滋事往往覬有米之家肆行搶刦或在途剽掠甚而千百成羣有鬨堂毀署與官爲難之事夫近年來各省無甚水旱間有一二災區尙不爲廣而民間危苦之狀已岌岌不可終日設遇荒歉何堪設想況自外洋購米私運偸漏其外溢者不知凡幾若非綢繆未雨多所積儲以資緩急安得而不坐困乎臣常反覆思之病在各省倉穀有名無實其存穀在倉者殊屬寥寥大都被官紳吏胥逐漸侵漁乾沒而飾辭於年久朽蠹至兵燹後因循不辦者亦所在多有否則以穀易錢竟謂與其存穀不如存錢生息殊不知存錢之始其作穀價也甚輕錢又便於取携經手者不免挾自私自利之見迨倉猝有事欲買米而米已貴傾本錢並息錢以出之得不償失緩不濟急而況到處缺米無米可買尤爲窘迫始悔存錢不存穀之貽誤也晚矣爲今之計懲前毖後當以籌辦倉穀爲急務儻得秋收豐稔米價稍平其存有錢者從速買穀還倉其向已空虛者另行設法籌欵或慮同時並舉穀價易漲則寬以期限分年籌辦總之一方倉穀足備一方緩急而止嗣後酌定年分推陳易新如民間米價奇貴藉以平糶仍行隨時買補其關鍵須官與紳互相稽察互相箝制前後任列入交代年終各府縣出納由督撫彙核奏報一次以杜流弊如此則年豐穀多之時藏之於倉稍外溢之爲害不甚年荒米少可有備無患相應請旨飭各督撫預先籌議儲積倉穀以備緩急毋任因循再蹈有名無實之弊於民食大有裨益臣愚昧之見是否有當伏乞 皇上聖鑒謹 奏奉 旨已錄

○○都察院左都御史臣裕德等跪 奏爲奏 聞請 旨事據順天民婦趙李氏以姪媳趙于氏使舖夥劉重庸誘姦其女趙金鵝未成將其女害死等詞赴臣衙門呈訴臣等傳訊趙李氏供年五十歲係文安縣人夫趙和邦子趙金聲女金鵝年二十一歲趙金立係夫姪趙于氏係姪媳劉重庸係表外孫氏與趙于氏合夥生理劉重庸爲身股舖夥趙于氏與氏並不同居本年正月燈節趙于氏將金鵝

接去過節屢接未回忽於二月二十四日使劉重庸送信言金鵝服毒身死氏趕往視看金鵝尙能言語旋卽殞命詢鄰居甯大知劉重庸與趙于氏通姦見金鵝貌美欲誘爲妻金鵝不從劉重庸卽與趙于氏暗藏毒藥將金娥毒斃經氏投縣報驗云係服洋藥毒身死强令私和控府仍批回縣氏未具甘結現氏夫與子仍在縣押寃抑莫伸等語餘與原呈略同臣等詳閱趙李氏所控誘姦謀害各情顯干律擬該縣旣經驗明卽應研究是否確實何以延不訊詳轉將趙和邦趙金聲押禁案關人命亟應澈究擬請 旨飭下刑部提案審訊務得確情以成信讞而無枉縱謹鈔錄原稟恭呈 御覽伏乞 皇上聖鑒 訓示再據該民婦結稱在順天府府尹衙門控告一次並未親提合倂聲明謹 奏奉 旨已錄

○○具呈人文安縣民婦趙李氏呈控本族姪媳趙于氏主使舖夥劉重鏞誘姦未從用毒藥將趙金鵝害死事竊緣趙于氏係氏本族姪媳趙金鵝係氏親女年二十一歲並不同居趙于氏忽於本年正月燈節來至氏家將氏女金鵝接在伊家過節數次欲將金鵝接回趙于氏聲言不許直至二月二十四日突使舖夥劉重鏞送氏布疋財物殊深詫異當日曾往趙于氏家探望不料氏女金鵝在伊家服毒身死姪媳趙于氏與其夫趙金立並劉重鏞跪地叩頭懇求饒命願出財物私和氏究其何故身死伊等堅不吐實氏遍詢其故有鄰居甯大者深知其情緣舖夥劉重鏞與趙于氏通姦多年二人素知氏女金鵝貌美陰謀定計欲將氏女誘姦爲妻不意氏女不從劉重鏞趁族姪在外調戲金鵝不從大聲急呼說回家時定然告訴父母劉重鏞與趙于氏畏罪起意用毒藥暗藏飯內與金鵝吃下登時殞命劉重鏞與趙于氏欲給氏銀錢私和氏想姪媳開設布店劉重庸在舖傭工先與趙于氏通姦尤屬罪不容寬又將氏女金鵝因姦未從用毒害死實屬淫兇已極當時在文安縣控告王縣官受人請託竟置之不問强令私和在順天府控告批回本縣勒令斷給財產不提案審訊氏知案關私和人命在本縣故未具甘結王縣官將氏夫趙和邦至今押禁並氏子金聲不許取保聽傳氏實在寃抑莫伸爲此謹呈

再聲趙夥計出號新投他處

茲因今正趙夥計因事出號亦有半年無正業如今投入齊維禎卽左周名下應當夥計所有本處報路當日趙二經手時走河東河北一帶如今此路均歸梁二經手倘有日後魚目混珠諸君認明免得饒舌如有意外之事與本各報處無涉 天津各報總處梁子亨啓

元茂機器磚瓦公司

本公司仿照西法燒作磚瓦事屬創舉曾經通稟在案該貨堅固異常價値從減並各樣印花磚瓦俱全 賜顧者請至海大道新興南里內本公司面議可也謹啓

本號自置顧繡綢緞洋貨等物整零均按銀莊格外公道皆比大市價廉發售 寄賣各種眞料大小皮箱漢口水烟袋各種眼鏡龍井雨前紅茶梗 寓天津北門外估衣街五彩號衚衕口坐北向南 士商賜顧者請認本號招牌特此謹啓

啓者昨接上海孫仲英善長來電旋又接到顧緝庭葉澄衷嚴筱舫楊子萱施子英各觀察來電據云江蘇徐海兩屬水災綦重飢民數十萬顚沛流離死亡枕籍災區十餘縣待賑孔急需欵甚鉅官欵恐未能徧及素仰貴社諸大善長久辦義賑飢溺猶已敬求代呼將伯源源接濟功德無量蒙滙賑欵卽滙上海陳家木橋電報總局內籌賑公所收解可也云云伏思同居覆載異姓不啻天親縱隔形骸民物莫非胞與頓遭洪水哀此災荒盡是蒼生何分畛域況救人性命卽積我陰功雖此日拯茲黎庶散盡赤仄靑蚨卜他年報在子孫同來玉堂金馬敝社欵無備濟自知獨力難成術欲廣仁惟冀衆擎易擧叩乞 顯官鉅紳仁人君子共憫奇災同施仁術原擬活人無算雖千金之助不爲多但能濟世有功卽百錢之施不爲少盡心籌畫量力輸將敝社不禁爲億萬災黎泥首叩禱也如蒙 慨助卽交天津溜米廠濟生社帳房代收並開付收條以昭徵信 濟生社籌賑同人謹啓

天后宮北

義興順綢緞莊

本莊自置顧繡綢緞綾羅紗
絹各樣洋貨南貨雅扇桂母
頭油香貨歸安貝松泉湖筆
一概俱全
頭號杭甯綢　四錢二
頭號摹本緞　三錢八
紅梅茶　每　九百六
紅茶　六百四
紅茶梗　斤　二百二
龍井茶　一吊八
金百
壽棉瓈裙布裡每套五兩八
哆囉蔴每尺原碼四分二
各莊夏布一概照行發莊

告白

運憲庫廳劉濟生參軍之
令堂甯太夫人僑寓密雲
年近花甲久抱沉疴忽重
忽輕總未脫體計自去歲
及今半載有餘復發極重
諸醫束手勢甚危急當延
浙紹朱鈍翁先生於五月
十九日由津冒暑啓程附
乘輪車赴密却幸醫緣輻
輳果然着手回春使數十
載之宿疾竟爾兩旬痊愈
今鈍翁先生已於六月十
二日旋返津郡仍寓東門
裡彌勒庵特登報牘謹啓

名醫早回

今而知浙西張敬和司馬醫名所以藉
藉者實由其所治各症應手而痊一如操
左券也但病有輕重方有奇偶有一服
即愈者有兩三服始愈者往往此間之
病服藥見效尚待重診而遠方又來延
請病情綦重不往則無以慰遠者之盼
望即往又恐悞近者之復診濟世心長
分身術短此先生所以有遠處不能久
住之約也前月下旬呂道生軍門女公
子患病敦請司馬前往一再診視已就
延六七日之久司馬心急如焚已於月
朔回津本館特登諸報端俾既經醫治
尚待清理與甫患病症亟須醫治者庶
幾延診不誤也

新到啤酒

啓者本行現由德
國自運上等啤酒
氣味香美與衆不
同除濕却暑助氣
消食誠酒中之仙
品也如蒙
賜顧請到老龍頭
對河本行賬房可
也　每箱四十八瓶
計價銀七兩五錢
又價銀八兩五錢
德商瑞豐洋行謹啓

爲釣叟先生畫潤小啓

予向讀醉翁亭記曰先生之意不在酒而在乎山水之間未
嘗不歎古人之高也夫古人往矣而欲求其嗣響追踪彷彿
則莫如新會歐陽子行者誠六一先生之遺裔也公少負
奇氣嗜酒有家風長偏游名山大川落帋得烟雲生趣求畫
者戶屨常滿筆禿硯枯客有睨笑其旁者曰甚矣公之勞
而費也胡不以潤筆之資作杖頭之助及今請自隗始可乎
公笑曰無已其以酒酬我也昔人斗酒百篇畫何獨不然
自今請以酒進爰定其數因爲之序
玆湊俚言作潤筆欵
借問先生何所癖　無如醉筆寫丹青
諸君若索先生畫　帋方一尺酒一罇
素絹又當加倍計　扇如團摺釀雙瓶
酒(田)斟酌膏糧合　潤筆兼能養性靈
香山襄侯魏宗弼書於潤州客次
寓紫竹林廣永隆號內

恭頌良醫

太醫院候補醫士譚仰周先
生素精岐黃爲人品學兼優
不染行道習氣亦不以聲價
自高論脈理固屬精通卽
方亦頗穩妥雖奇險之症凡
經診視者遂無不著手成春
此則余等共深佩服亦親友
屢經效驗者也特此登報以
供周知倘患疾症者可到開
口西關帝廟前聘之庶不至
受庸醫之誤也
津門　徐晴波　魏星橋
朱藝堂　鄭敬齋　謹啓

顯學書塾

浙江蕭山湯伯
述先生擬招學
徒百人講授策
論文字每人月
脩四元每月兩
課一策一論三
期到塾領題屆
日繳卷三日批
改取定甲乙榜
示暫時遙授不
必住館本塾在
海大道直報館
旁

新開

天吉齋京靴店

本店開設天津府東
門外天后宮前路北
門面二間本號專辦
京莊上上材料專做
京都滿漢朝靴各欵
鑲繡插鎖全式名鞋
一應俱全貨高價廉
士商賜顧者請認
明本號招牌庶不致
悞　本店擇於七月吉日
開張　本號特白

告白

奉旨鄉會兩闈及科
歲生童改試策論書院
肄業亦皆遵照改課童
蒙窗下自宜以古文爲
法宋儒呂東萊先生所
著博議久已風行近尤
膾炙人口現有芙蓉館
主人以諸名家所批善
本付本齋石印帋墨精
良字大爽眼約於月半
印畢出售此佈
天津文美齋南帋局告白

告白

新到湯危言　經世文新編　時事新編
時事新論　新出論說新編　中西事
務紀要　時務新策　新輯俄斯交涉
西事類編　自強齋保富興國論　各國
富強策　續瀛寰志畧　英軺日記　傳
相日記　西國律列　訓蒙捷經至第三
冊　廣廣策府統宗　石十三經附註疏
中外大畧時務要書　中西測地志畧
藝蘆叢書報國錄　原板大英國志
重訂法國志畧　駁案彙編　文選音義
餘者各書各報係未全錄
天津北門內府署東各報
總處售書局紫氣堂全啓

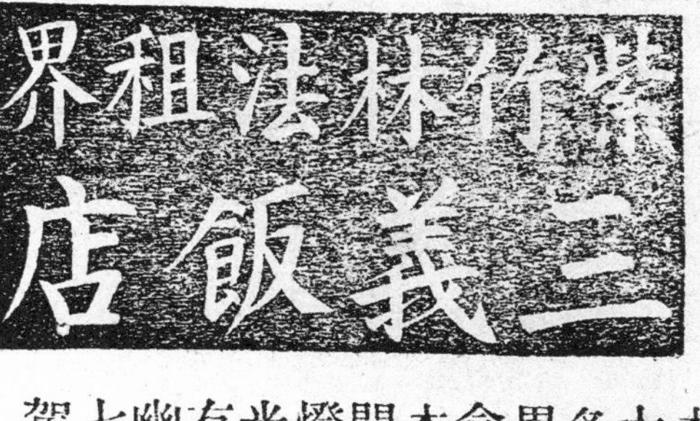

本店專做英法葷素大菜並由外洋自運各國上品洋酒各色異味點心罐頭鮮菓食物等類一應俱全本洋樓工程告竣房間寬闊夕時均用氣燈明亮異常仕商光顧者或携貴眷另有雅室亦足稱暢叙幽情茲擇於六月十七日開張至期請即駕臨賜顧是荷

本主人謹啓

新接到申江新出趣報係別談笑笑游戲另有一篇隹話附送斷腸碑來班分送不悞主顧

各報總處梁子亭啓

三井洋行分莊

告白

敬者日本商始創貿易爲業數拾年以來今分莊開設北門外鍋店街洗家衚衕口對過專選精工料實東洋棉紗各等時式大小疋棉布粗洋布斜紋洋標等格外公道價亦從廉凡仕商賜顧者請至分莊面議可也特此佈聞

三井本莊主人啟

啓者本行自上海分設天津紫竹林法租界良濟藥房對過女成衣飯店一號二號房內自製新式鐘表金銀表金表練各樣新式大小說話機器耳鳴機器金戒指金鋼石戒指大小洋鏡各樣新貨一應俱全貨好價廉格外公道在此住兩三個月後另造樓房批發諸公光顧請早駕臨

海利洋行謹啓

戊戌年六月十六日禮拜三

天福茶園

特請上洋新到

頭等花旦

天娥旦

六月十七日

晚准演

新安驛

早晚仍照原價

廣東鼎盛機器廠

本廠精造大小機器汽機火爐開礦水龍滅火水龍磨麵機器全套管辦鑄造修理精巧銅鐵等件貨眞價廉倘蒙賜顧請至天津紫竹林法租界牌坊旁本廠面議不悞主顧

本主人謹啓

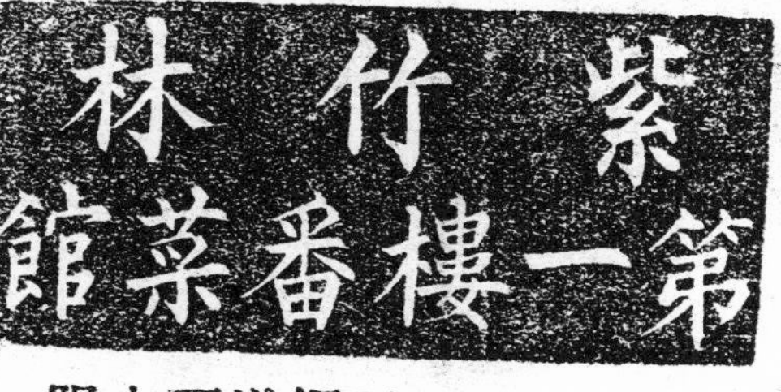

本號專作英法大菜各色精細點心各樣洋酒洋貨等物一應俱全並售

上　八百

紅茶每斤津錢一千

上　六百

又批發茂生公司鐵海紙烟零整發售價值格外公道原箱計一百盒價洋一百四十四元每盒計五百支洋一元五角凡仕商賜顧請即駕臨是荷

主人謹白

重排新製新彩新切

七八本

掃盡叛逆

鐵公鷄

大戰麒麟山　火燒向大人

擇日開演

本局自印耕香館畫臘每部價洋二元專辦各種石印書籍精選加高南紙項細雅扇格外價廉鷹天津東門外襪子衚衕本局啓

本局謹啓

減價

今有友人自辦陝西老土每兩津錢五百文新到梁州土每兩津錢五百六十文如蒙賜顧者請到東門內聚隆成寄售

三日一本

石印類類報

看至約四個月可成書七部八股已改策論此報詢屬利器也每月津錢六百四十文先交報資定看全年者收洋肆元不折不扣

北閣內延邵公所對門類類報館啓

開設紫竹林法國租界北

天福茶園

京都新到

崇慶名班

特請京都上洋姑蘇山陝等處

各色文武　頭等名角

六月十七日早十二點鐘開演

長大十東高張楊安張常白羊賽王汪賽永劉李趙
四發玉長福桂鳳雅文喜狸喜德旋　祥吉斌
祿貞紅亮喜奎寶秋台秋奎壽雲寶鳳景泉瑞恒

刺字　殺府　雅觀樓　彩樓配　鎮譚州　眼前報　潮金頂 衆武行

晚七點鐘開演

十崇十六張白李張十小　天娥且　常李劉蘇
八　二月長文玉鳳一德　銀堂　雅吉祥廷
紅芬紅鮮奎奎奎台紅生賽狸灩十四且秋瑞泉奎

柳林池　牧羊卷　魚藏劍　取帥印　新安驛　花蝴蝶 衆武行

開設天津紫竹林海大道旁

福仙茶園

啓者本園於前月初四日止戲清理賬目今將戲園及園內桌椅磁壺磁碗新製彩切零星等件合盤出兌如有願兌者及詳細章程請至本園面議可也特此佈　告

福仙茶園謹啓

創包機器

敬啓者近來西法之妙莫過機器靈巧至各行應用非得其人難盡其妙每值傷損修理必悞時日今有甯子卿專於經理機器玆擬創辦包定各項機器以及向有機器常年煤料工力價值格外公道如貴行欲商者請到福仙茶園面議可也特白

朔望會課

靜致廬會課為皖江洪月般孝廉思齊倡立每月朔望舉行一論一策三日交卷評定甲乙酌贈花紅每卷收紙張津錢五十文次月朔日開課假二道街泰山行富廬寓為收發課卷處入課者先期自陳名字齒籍官紳好義資助花紅者登報揄揚不勸捐

江右盧沛恩
津門王維翰　暨同人公啓

六月十七日輪船出口　禮拜四

武昌	輪船往上海	太古行
泰順	輪船往上海	招商局
新裕	輪船往上海	招商局

六月十六日銀洋行情

天津通行九七六錢
銀盤二千四百三十二　洋一千七百二十文
紫竹林通行九六錢
銀盤二千四百六十五　洋一千七百四十八
洋錢行市七錢一分三

新開元隆號綢緞洋貨莊

自去歲四月初旬開張以來蒙各主顧垂盼雲集馳名日盛本號特由蘇杭等處加意揀選名機新鮮貨色零整銀價俱照大莊行市公平發售以昭久遠此白

寄賣龍井雨前素茶福建皮絲水烟各種眞料大小皮箱

開設天津府北門外估衣街中路北門面便是

招領部照

捐生陳殿揚山東福山縣人前在直隸勸辦湖北賑捐局報捐監生部照早到望即攜帶實收來局換領切勿自誤

直報

本館開設天津紫竹林海大道老桊市氣燈房巷內

光緒二十四年六月十七日　第一千百三十三號
西歷一千八百九十八年八月初四日　禮拜四

上諭恭録

上諭鐵路礦務爲時政最要關健現在津榆津蘆鐵路早已工竣由山海關至大淩河一帶亦籌欵接橫大段已具礦務以開平漠河兩處辦理最爲得法成效已著現正一律推廣惟路礦司事務煩重誠恐各省辦法未能畫一或致章程歧出動多窒礙亟應設一總滙之地以一事權着於京師專設礦務鐵路總局特派總理各國事務大臣王文韶張蔭桓專理其事所有各省開礦築路一切公司事宜俱歸統轄以專責成欽此　上諭朝廷於整飭吏法不啻三令五申乃各省大吏往往粉飾因循於所屬各員不肯認眞考查以致賢者無由各盡其長不肖者得以自匿其短甚至案關吏議尙不免巧爲開脫誤國病民皆由於此着各省督撫嗣後於屬員中務當詳加考核賢能者卽行臚陳政績保薦擢用其曠廢職事營私舞弊之員隨時分別奏參立予黜革經此次申諭後各該督撫身膺重寄尙其振刷精神秉公舉劾以期吏治日有起色毋負諄諄誥誡之至意欽此　硃筆稽察正黃旗滿洲旗務着穆騰額去欽此　硃筆稽察廂白旗蒙古旗務着崇蔭去欽此　硃筆胡孚宸着協理京畿道事務欽此　上諭刑部右侍郎着梁仲衡補授欽此　上諭江蘇松江府知府員缺着僕子童補授欽此　上諭朝廷振興庶務不厭講求所賴大小臣工各抒讜論以備採擇着翰林院詹事府都察院各於值日之日由該堂輪派講讀編檢八員中贊二員科道四員隨同到班聽候召見俾收敷奏以言之益其部院司員有條陳事件者着由各堂官代奏士民有上書言事者着赴都察院呈遞毋得拘牽忌諱稍有阻格用副遇言必察之至意欽此　上諭通商惠工務材訓農古之善政方今力圖富强業經明諭各省振興農政奬勵工藝並派大臣督辦沿江等處商務惟中國地大物博非開通風氣不足以盡地力而闢利源圖治之法以農爲體以工商爲用現當整飭庶務之際着各直省督撫認眞勸導紳民兼采中西各法講求利弊有能創製新法者必當立予優奬該督撫等務當仰體朝廷開物成務之意各就該管地方考察情形所有頒行農學章程及製造新器新藝專利給奬並設立商務局選派員紳開辦各節皆當實力推廣俾有成效此外迭經明降諭旨飭辦事宜亦均悉心講求次第興辦毋得徒託空言一奏塞責並將各項如何辦理情形隨時具奏將此通諭知之欽此

擇定吉期　○永陵明堂泊岸等處工程緊要經依克唐阿軍憲奏請興修欽奉　上諭已見邸抄茲聞欽天監擇於六月二十四日開工業經飛咨　盛京將軍欽遵辦理矣

分議抗議　○日前協辦大學士孫燮臣中堂請印校邠廬抗議一書現經直隷總督榮中堂飭印一千部呈送軍機處發交吏戶禮兵刑工六部每衙門各三十部堂官委派司員詳細校閱每議目下各將准駁之處籤出分晰叙明限於六月二十日繳回軍機處進呈　御覽恭候　欽定

疫癘潛消　○京師自入伏後時疫巳覺大減計自六月十二日午至十三日午一日間因患病故者共九人其中染疫者僅居其三又自十三日午至十四日午病故者四人其中因染疫死者僅居其二又查十四日美國醫院並無新染疫症入院就診之人至於燈市口施醫院是日就診者亦只九人可見癘氣之潛消巳

誤人子弟　○京西蘆溝橋肥城內經前任西路廳鄒司馬在人創辦博文義塾設立兩齋延師教讀栽培寒畯子弟以冀成就人才意甚盛也近聞紳士陳徽五所延孟內轂吳蘭溪二君爲兩齋教習每齋學生二十名昨經代理西路廳篆務趙司馬文粹認眞考課豈料該學生等書既生疎音難辨別所習之字筆畫亦不端正司馬頗歸咎於兩師聞巳稟商順天府尹憲設法整頓當此新學洪開爲之師者宜若何盡心訓迪也

逢兇化吉　○京師民間嫁娶以女命行嫁月擇日相沿成習昨於六月十一日崇文門外巾帽衚衕吳姓娶親李姓納婦均擇於是日適喜轎由翟家口窄巷經過兩家途遇莫能相讓金燈執事擁擠塞途幸該處居人袁某出爲和事老將李姓喜轎暫駐其外院俟吳姓喜轎走過方行是以未誤吉時吳姓感激之至次日卽備禮至袁門叩謝道路相傳適吳某家遇有險事得救是以感頌不置

攬工鬥毆　○彰儀門外十八里看丹村鐵路公所坐落道口地方適有緊要工程係天津人劉某寗波人沈某充當工頭沈某意欲獨覇劉某忿火中燒致將沈某毆傷甚重經西官訪聞送交西路廳責懲以爲目無法紀者儆

庸醫殺人　○彰儀門外石門村謝氏染患時疹遍身奇癢延醫診視醫謂所患名羊毛疹宜用蔴油紙撚頻頻燃照卽可透發其家人如法燃照詎服藥後謝氏咆哮異常繼卽昏沉不省人事蓋皮膚受火毒薰蒸內經凉藥將風邪遏伏未及兩晝夜卽名登鬼錄識者知爲藥悞赶卽覓醫乃醫者早有所聞巳不知去向茲據謝氏之弟來京購買棺木向人遍述庸醫悞人如此就醫者可不愼乎

忠告之言　○六月初十日總理衙門派章京顧肇新徐承煜赴東交民巷日本欽差公署晤署公使林君繙譯德丸君告以日前林大人到署我們中堂大人曾交大學堂章程請爲斟酌想巳看過今日特來請問有無應酌之處林云貴國開設大學堂最爲現時要務惟開辦之初章程原未能美備將來可隨時酌改就現章而論以中國學問爲根本最爲扼要斷無拋荒本國學問專習外國學問之理各國學堂皆係如此辦法學生應令統學英文其有願學他國語言文字者只可兼習緣無論何國教習皆通英文未必能通中文若學生不習英文彼此隔膜難以教授章程所列各種學問以政治礦學工程三項爲最要中國現在急須此三項人才衛生學亦是要務至於兵學與文學不同須另立學堂不應列入大學堂之內各項學生學有成效要與正途出身之進士並重此層似應明降　諭旨令人周知方能踴躍專門教習薪水三百兩恐外國上等教習不肯來就上等教習約需六百兩之譜專門教習不必專請西國人如中國人有精通專門者亦可令作教習日本學堂開辦之始皆用西人教習迄今三十餘年均換日本國人日本現在有學成之人中國如願延請與之商訂一切最好日本學例學生令自備資斧及日用伙食購買書籍並束脩等項有極貧者學堂始量爲津貼其上等學堂學生例有獎賞從無概給膏火之事因學生學成自巳用項甚廣終身受益不比武備學堂專爲國家出力應給膏火今日所談不過大畧得暇尚擬到貴署與中堂大人暢談章程云按此篇問答巳進呈　乙覽登入彙報因照錄以供衆覽

督轅門抄　○六月十六日中堂見　候選道聯大人芳　候選府延齡　截取直隸州壽勳　正任威縣張聯恩　候補鹽大使壽康　晚見　法國總教士樊國樑自京來　昨晚見　廕大人昌　那大人晋　十六日晚見　運司方大人　法文繙譯李家瑞

十七日見　統領武毅後軍山西太原鎭馬大人玉崑　候補道張大人翼　徐大人楨祥　署天津府李大人蔭梧　署任邱縣方汝謹　武清縣潘瀛　前署武清縣常瑾芬　候補縣施有方　禮和洋行司事馮景彝　德商禮和洋行馬赤　中堂今早出門拜法教士樊國樑

新藩接篆　○直隸藩台裕方伯由津赴省蒞任各情均登前報茲聞由省來信方伯于初八日接篆員方伯須俟會同姚觀察胡大令將教堂事辦畢卽行起程來津

三取課題　○月之十六日爲三取書院齋課業經考訖謹將題目照錄　温故知新論　奮武衛策

查看鐵路 ○頃聞順天府尹胡大京兆節臨楊村係查看鐵路恐有被雨沖刷情事故總辦吳觀察與徐雨之觀察於十六日至該處迎迓又聞官場人傳說徐觀察熟悉礦務因京兆刻欲開辦煤礦故與吳觀察同往面商一切

校閱防營 ○直隸各地方拱衛京師又爲海疆屏蔽武備最關緊要除大沽北塘砲台各設防營保護外若保定正定宣化等處均爲重鎮自中堂蒞任後力加頓整猶恐各防營將領怠於操練致軍務廢弛查旗兵學營總辦蔭觀察武備學堂會辦那觀察熟悉西操特札委赴各營校閱聞兩觀察業經稟辭卽於十六日乘火車前往矣

雷厲風行 ○本埠土棍之多總由官府懲辦不嚴以致若輩肆無忌憚現經營務處傳諭各地方將所管地面土棍開列姓名住址於三日以內一律呈報查辦並移行府縣調查卷宗凡犯事有案之土棍照數開單移覆以便核奪

修理學棚 ○府憲定於本月二十四日開考等情業紀報牘聞刻因雨水過大學棚不無滲漏且一切桌櫈亦未能整齊經該管差役據實報知承行房轉稟府憲赶卽先期修理庶免臨期貽誤

派兵繳水 ○河北院署前後一帶茲因河水漲發各巷口均堆成土埝以防河水灌入詎伏雨連綿積水反不能疏洩街巷致誠一片汪洋公館民房概被淹漫昨經護衛營派親兵一哨欲用水車繳乾以便行人云

水手落河 ○刻因河水盛漲行船一不經心卽遭不測昨午後有鹽船將過東浮橋忽命繩斷絕船上人一時腳忙手亂大聲呼喊幸經橋夫等極力援救未致傾覆惟聞水手一人被纜挂落河中渺無踪影矣

花飛何處 ○僑寓某古廟旁某甲聞係某顯宦之貴介弟故人咸以大人呼之其女公子芳齡計逾三七玉肌花貌頗著豔名而獨處無郎未免標梅興感前數日忽不知去向赶緊四出偵騎杳無蹤影然則藐姑仙子未能久住塵寰耶抑月府侍書復被嫦娥攝去耶是眞索解不得者

登州大雨 ○頃友人自東省來函云前月抄登州府屬連日大雨滂沱勢若銀河倒瀉府城內水積四五尺深四門疏洩不及房屋倒塌者不計其數並有淹斃人命情事此外黃縣福山蓬萊等處亦復如是積水有深至七八尺者聞南省每逢秋夏間嘗有起蛟之說今登州地方得毋蛟水爲災耶不然何其大也

沙市確議 ○前沙市亂民鬧事焚及日本領署一事前經日本駐京欽差照會總署旋派上海日本總領事小田赴鄂與制府妥商辦法議約六條巳見各報茲復得湖北官場訪事友人寄來確信則與各報所登間有錯誤不合者想其初本由華文譯成東文再由東文繙出華文展轉重譯故其中不免有誤會不合處也茲特逐條剖白詳登俾衆觀覽如第一條地方官出示禁止亂民以後不得再與日本官商爲難及第二條沙市亂民首犯從重治罪地方官巡緝彈壓不力分別叅罰此二條懲治亂黨整飭官方防患於將來自係中國政體宜然幷非因日本之要求而作此議也第三條日本領署被焚計共失喪陳設器具珍玩等件估價實值一萬八九千金嗣由張香帥電咨總署與日本欽差妥議日本政府推邦交之情自肯減讓八千實償一萬兩也又租界河堤馬路修費五萬係與日本欽差及總署商定彼此兩國各出五萬金修築公用然華人所用較日人尤多亦幷無罰中國獨出修費字樣此自係譯文者之小誤耳第四條沙市租界馬路不復收租及重建還日本領署衙門聞此條日本幷未要求實係鄂省大吏懷柔遠人珍重邦交以示格外要好之意也至第五條岳州本係中國自開之地豈有日本再請開口之理中國如許他國則日本亦可均沾正不必多議此一欵也第六條係日本於福州地方租地設立通商租界其意無非以別國注意福州地方恐利權盡爲彼奪故權從而稍分之亦猶是利益均沾之道耳以上縷晰剖明統而觀之似日本此次辦理交涉之道幷無格外要求大有異乎數年前之舉動自非日本駐京公使及小田總領事公正睦鄰未易如此了結故詳錄之俾留心時務者瞭然於此案之實在情形也本館前次亦有訪到抄件隨例照登原未敢信其確否今既得悉確信爰亟登之容俟他日日本政府批回官場奉到明文自可與本報所言一一印合矣　錄滬報

四明近錄 ○昨日各官會商四明公所事英讞員鄭瀞生大令亦於四點鐘時命駕至北洋務局與中西官商暨甬帮各董等會議其事甚爲秘密至如何妥議無從窺探惟聞法總領事白藻泰君雖以保護商務爲懷勉强允諾甚爲不洽於心聶方伯與蔡觀察

倩英美領事力爲排解聞須俟德國領事與各領事互商後卽可定奪俟有確聞再登又西報載上海縣黃大令於禮拜五日在八仙橋附近丈量空地一所計大一百畝聞因四明公所之故擬以此地易與法工部局云

光緒二十四年六月十五日京報全錄

宮門抄○六月十五日工部　鴻臚寺　正白旗值日　無引　見　卓公謝管新舊營房　恩　倫貝子張蔭桓各續五日　工部奏派查估國子監工程　派出溥良　又奏派查估　恩豐倉工程　派出溥善　侍衛處奏派　保和殿監試之王大臣　派出頭班讀貝子奕功色楞額全福常貴　二班端王瀾公色清額善耆訥欽泰　召見軍機　皇上明日由頤和園還宮辦事召見大臣

○○王毓藻片　再本年閏三月准兵部咨稱　奏改武科飭各省設立武備學堂迅卽報部等因自應趕緊遵辦臣委貴陽府知府嚴雋熙相度經紀稟省會南門外寶黔局右邊勘得地基一段寬廣合式以之建武備學堂綽然有餘所住敎習學生及各員役房屋約在百間以上官紳估計力圖撙節總須八千餘金等語臣已批令集匠興工勿稍延緩學堂未成之先暫借寶黔局爲公所委提調支放各員董理一切現已電商北洋大臣准咨送劉玉琦李蔭桂二武弁來黔敎習檄營務處司道總辦招考文理明晰身體壯健之舉貢監及粗通文理之武弁武生年皆三十歲以內者共五十人入堂肄業統爲學生每日內堂功課外塲操演計晷講習俾之逐一通曉又延漢文及算學各敎習與之考究兵畧精習測量以備將領之選其薪水及學生贍銀紙筆操衣巾靴並獎賞及執事人等又隨時購置儀器圖籍各件每多經費約八千餘金臣飭善後局提銀八千兩爲修造學堂之用另提八千兩爲本年學堂雜項之用以後逐年照數開支如或不敷由臣率官紳設法籌措以期集事除咨總理衙門兵部戶部外謹附片具陳伏乞　聖鑒謹　奏奉　硃批知道了欽此

○○頭品頂戴貴州巡撫臣王毓藻跪　奏爲改設學堂籌欵經理以廣作育恭摺仰祈　聖鑒事竊近年迭奉　諭旨飭各疆臣講求時務並設經濟特科廣開風氣現山陝鄂湘皖浙等省各增設學堂培養人才力圖自强之策臣維學術之陋至今日已極士子不研究根柢習尙虛浮沿謬承訛寡聞淺見凡郡國之利病工商之通滯輿地之險要兵將之韜畧海內之情狀茫然未有所知無怪乎天下皆以儒爲詬病窮則變變則通此時誠宜汲汲矣查貴州省城向設三書院曰貴山曰正本曰學古素習制藝未便一槪改張惟學古書院前學臣嚴修時與住院生於詞章帖括之外講貫西學孜孜不倦士意翕然臣因勢利導卽改爲經世學堂其聘請山長委監院管理如另檄貴陽府知府嚴雋熙總辦選生監之有文行不染習氣者四十人肄業其中每人月給膏火四兩延算學一人敎習擇嫻習西文西故語一人副之泰西各學派別支分皆以算學爲從入之門測算精則各學逐漸而悟交涉孔煩西文西語通則辯論較易仍飭山長朝夕敎誨令其閱史書探掌故泛覽中外時報及泰西各種書籍以拓其眼界精求經義及先儒語錄以正其心術並舉經濟科內政外交理財經武格物考工六事按條查核相語講明而切之術業既定嚴立課程務期本末兼賅陶成令器中學西學每月分期面試年終臣會同學臣統校核實旌別給予奬賞以示鼓勵其常年經費及隨時購備儀器圖籍等件卽將學古書院應支之二千金全數撥用別飭善後局籌提二千兩藉資補苴省外安順遵義等十一府屬並分札各該府書院課兼試算學及時務各論以廣造就仰副　聖主崇學儲材之至意除咨總理衙門禮部戶部外謹將改設學堂籌欵經理緣由恭摺具　奏伏乞　皇上聖鑒訓示謹　奏奉　硃批該衙門知道欽此

○○頭品頂戴河南巡撫臣劉樹堂跪　奏爲遵裁豫省綠營官弁兵丁謹將擬辦詳細情形繕具清單恭摺仰　聖鑒事竊臣於本年三月附奏擬裁綠營官弁兵丁緣由一片准軍機處字寄奉　硃批着照所請至裁兵一節着斟酌妥辦毋得操切欽此原片留中等因知會前來當卽欽遵咨行各鎭道遵辦臣復與往復籌商令各就地方情形悉心妥籌據先後議覆經臣詳加核定竊惟兵額裁至七成底營所存無幾勢難仍前分佈則不得不議併營營汛既併又不得不議裁官實有相因之勢事關更動營制臣固不敢稍事操切亦未便過涉拘牽議定裁官一層皆視汛兵之存留多寡有無以爲裁改之準必底無一兵缺始議裁但議減而未全裁者或將額設之缺酌量改設或員缺悉仍其舊若裁遺兵丁儘可按籍刪除毋庸再計惟皆關係地方頭緒紛雜必先別除萬不能裁之處乃始得其可裁之處必周慮於既裁以後乃不至惶惑於議裁之時所擬萬不能裁之處三曰存城也曰大道也曰邊要也可以議減之處二曰零星小汎

也曰同營冗散也所以議減者三曰各官弁兵丁以六個月爲一期分三期裁竣也曰官弁見缺還並請大銜借補小缺以免向隅也曰兵丁各於裁遣之日另給兩季遣餉以資生計也所慮於既裁之後者亦三曰全裁之汛地酌令未裁鄰汛就近兼顧也曰責成地方官捐廉自募勇隊以輔兵力之不及也曰護送往來餉鞘人犯凡兵不敷用之處並責成地方官酌派自募勇隊迎送也綜計議裁馬守兵共八千一百八十二名大小員弁一百二十三缺裁併一十一營裁兵之數連前請裁三成在內除已按年分裁將近二成現實應裁六千餘名衆合原設兵額所裁已在六成以外裁官之數雖祇三成有餘惟兵丁恃此爲升階裁汰過多恐致軍心觖望據各鎮道請裁向有額外外委各缺臣查該缺尙在馬兵數內開支無廉俸裁一額外所省無多且此項爲兵丁進身最近之階更宜寬留其有餘以資鼓勵擬將額外外委一項無論缺之裁否悉照例開支餉項有汛地之責者仍前供差本缺已裁者卽回營効力一律作爲操防至裁兵所請遣餉擬卽就欵騰挪其第一期應需遣餉暫由司庫借發卽以第二期內所節第一期之餉彌補前項以第三期內所節第一第二兩期之餉半爲彌第二期遣餉之用半爲開支第三期遣餉之需惟一期雖定以六月而各兵未必裁於一時在三期以內尙有隨時應節之餉當飭各屬核實造報以憑查核約計三期完竣以後每年實可節省銀九萬數千餘兩內有歸德鎮兵餉係咸豐八年添咨案內因庫欵支絀暫借發州縣存留役食欵項應用約計二萬餘兩相沿至今皆由各州縣籌解現在該鎮所節之餉足將所借役食騰出擬請無庸歸還州縣卽留此欵爲豫省防練各軍改習洋操之費計除去此項每年仍可節存銀七萬餘兩至應裁實缺卽以裁缺之日爲住支廉俸之日合廉俸餉乾併計每年共應節省銀九萬餘兩擬裁員弁臣前奏已有籌安置之請欽奉 諭旨裁官一節着斟酌妥辦仰見 宸衷愼重詳審之至意臣再四熟籌除缺還缺以外別無安置之法本省額設各缺都司以上較簡千把以下較多尤非以大銜借補小缺更恐難期周轉相應籲懇 天恩准如所議辦理出自 逾格鴻施查擬裁改各缺內光州營遊擊汝州營守備均請改設都司內黃營都司滑縣營都司均請改設守備其各原缺從前皆係題補現擬改設各缺應請仍前作爲題缺以符舊制如蒙 俞允臣卽以奉 旨之日作爲開辦之日將擬辦各節按期舉行如有未盡事宜容臣隨時籌商各鎮續行 奏明辦理臣爲愼重營伍起見所有擬辦 減官兵詳細情形謹繕清單恭摺具 奏是否有當伏乞 皇上聖鑒 訓示遵行謹 奏奉 硃批着照所請該部知道單併發欽此

本公司仿照西法燒作磚瓦事屬創舉曾經通稟在案該貨堅固異常價值從減並各樣印花磚瓦俱全 賜顧者請至海大道新興南里內本公司面議可也謹啓

魁陞號綢緞洋貨莊

本號自置顧繡綢緞洋貨等物整零均按銀莊格外公道皆比大市價廉發售 寄賣各種眞料大小皮箱漢口水烟袋各種眼鏡龍井雨前紅茶梗 寓天津北門外估衣街五彩號衕衕口坐北向南 士商賜顧者請認本號招牌特此謹啓

啓者昨接上海孫仲英善長來電旋又接到顧緝庭葉澄衷嚴筱舫楊子萱施子英各觀察來電據云江蘇徐海兩屬水災綦重飢民數十萬顚沛流離死亡枕籍災區十餘縣待賑孔急需欵甚鉅官欵恐未能徧及素仰貴社諸大善長久辦義賑飢溺猶己敬求代呼將伯源源接濟功德無量蒙滙賑欵卽滙上海陳家木橋電報總局內籌賑公所收解可也云云伏思同居覆載異姓不啻天親縱隔形骸民物莫非胞與頓遭洪水哀此災荒盡是蒼生何分畛域況救人性命卽積我陰功雖此日拯茲黎庶散盡赤仄青蚨卜他年報在子孫同來玉堂金馬敝社欵無備濟自知獨力難成術欲廣仁惟冀衆擎易舉叩乞 顯官鉅紳仁人君子共憫奇災同施仁術原擬活人無算雖千金之助不爲多但能濟世有功卽百錢之施不爲少盡心籌畫量力輸將敝社不禁爲億萬災黎泥首叩禱也如蒙 慨助卽交天津溜米廠濟生社帳房代收並開付收條以昭徵信

濟生社籌賑同人謹啓

光緒二十四年六月十七日　直報　第六版　二六四八

京都 內全盛

本店由京都移來專做全盛齋全樣鑲絨鞋亦有全樣布緞鞋各樣扎拉鎖綉扣鑲花鞋材料與眾不同樣式各外另有眞傳本店今有新添寄賣各樣旗鑾扎花坤鞋亦有鑲花坤靴一應俱全開設在天津府帶河門外樂壺洞北口巷內路北準仕商賜顧者詳認本店字號便是貨眞價實言不二價不悞主顧

本店謹白

告白

運憲庫廳劉濟生參軍之令堂甯太夫人僑寓密雲年近花甲久抱沉疴忽重忽輕總未脫體計自去歲及今半載有餘復發極重諸醫束手勢甚危急當延浙紹朱鈍翁先生於五月十九日由津冒暑啓程附乘輪車赴密却幸醫緣十轃果然着手回春使數十載之宿疾竟爾兩旬痊愈今鈍翁先生已於六月十二日旋返津郡仍寓東門裡彌勒庵特登報牘謹啓

告白

出售經武所用書籍先取為快　電氣水雷
圖說　列國陸軍制　繪圖行軍側繪　管
礮法程　德國陸軍制述要　美國水師攷
　法國水師攷　萬國交兵章程　劉帥地
營法　幼學操身　英法俄德四國志略
西法易筋經　英法義比四國志略　中日
始末記　普法戰紀　出使英法美比四國
日記　傳相日記　出洋須知　英軺日記
　中國兵略指掌　原板大英國志　重訂
法國志略　西國律列　鐵路工程圖　西
國學校　萬國公法　中外測地志略另有
新到西學通考　全續彭公案　濟公傳
物奇價廉

天津北門內府署東大街紫氣堂啓

新到啤酒

啓者本行現由德國自運上等啤酒氣味香美與衆不同除濕却暑助氣消食誠酒中之仙品也如蒙賜顧請到老龍頭對河本行賬房可也計每箱四十八瓶價銀七兩五錢又價銀八兩五錢

德商瑞豐洋行謹啓

為釣叟先生書潤小啓

予向讀醉翁亭記曰先生之意不在酒而在乎山水之間未嘗不歎古人之高也夫古人往矣而欲求其嗣響追踪彷彿則莫如新會歐陽子行者誠六一先生之遺裔也公少負奇氣嗜酒有家風長偏游名山大川落帋得烟雲生趣求畫者戶履常滿筆禿硯枯客有睨笑其旁者曰甚矣公之勞而費也胡不以潤筆之資作杖頭之助及今請自隗始可乎公笑曰無已其以酒酬我也昔人斗酒百篇畫何獨不然自今請以酒進爰定其數因為之序

茲湊俚言作潤筆歟

借問先生何所癖　無如醉筆寫丹青
諸君若索先生畫　帋方一尺酒一罇
素絹又當加倍計　扇如團摺釀雙瓶
酒(佳)斟酌膏糧合　潤筆兼能養性靈

香山襄侯魏宗弼書於潤州客次　厲紫竹林廣永隆號內

恭頌良醫

太醫院候補醫士譚仰周先生素精岐黃為人品學兼優不染行道習氣亦不以聲價自高論脈理固屬精通即立方亦頗穩妥雖奇險之症凡經診視者遂無不著手成春此則余等共深佩服亦親友屢經效驗者也特此登報以供周知倘患疾症者可到開口西關帝廟前聘之庶不至受庸醫之誤也

津門　徐晴波　魏星橋　朱藝堂　鄭敬齋　謹啓

顯學書塾

浙江蕭山湯伯述先生擬招學徒百人講授策論文字每人月脩四元每月兩課一策一論届期到塾領題三日繳卷三日批改取定甲乙榜示暫時遙授不必住館本塾在海大道直報館旁

新開 天吉齋京靴店

本店開設天津府東門外天后宮前路北門面二間本號專辦京莊上上材料專做京都滿漢朝靴各款鑲繡插鎖全式名鞋一應俱全貨高價廉士商賜顧者請認明本號招牌庶不致悞

本店擇於七月吉日開張

本號特白

告白

奉旨鄉會兩闈及科歲生童改試策論書院肄業亦皆遵照改課童蒙竊下自宜以古文為法宋儒呂東萊先生所著博議久已風行近尤膾炙人口現有芙蓉館主人以諸名家所批善本付本齋石印帋墨精良字大爽眼約於月半印畢出售此佈

天津文美齋南帋局告白

陰德耳鳴

余寒士也客秋偶患虐疾以為此細症耳無足介意隨服藥數劑旋卭霍然然不久又滋他患病更纏綿適陳君少菱來余告以所苦因為代迓張君敬和診治是時余甚慮無資孰知先生既至見余病極危境極困為區畫方脉并贈以珍藥十數劑會不兼旬而病若失神乎技矣先生有半積陰功半養身之章盛德所及詢不誣也先生學問淵深為醫道中第一國手而性情仁厚純篤尤為人所難及余感其盛意登諸報章并為津郡患病者指南之助云

戊戌仲夏津邑後學顧連城誌謝

新接到申江新出趣報係別談笑笑游戲另有一篇佳話附送斷腸碑來班分送不悞主顧 各報總處梁子亭啟

紫竹林法租界 三義飯店

本店專做英法葷素大菜並由外洋自運各國上品洋酒各色異味點心罐頭鮮菓食物等類一蔗俱全本洋樓工程告竣房開實闊夕時均用氣燈明亮異常 仕商光顧者或攜貴眷另有雅室亦足稱暢叙幽情矣擇於六月十七日開張至期請卽駕臨賜顧是荷
本主人謹啟

啟者本行自上海分設天津紫竹林法租界良濟藥房對過女成衣飯店一號二號房內自製新式鐘表金銀表金表練各樣新式大小說話機器耳鳴機器金戒指金鋼石戒指大小洋鏡各樣新貨一應俱全貨好價廉格外公道在此住兩三個月後另造樓房批發諸公光顧請早駕臨海利洋行謹啟

戊戌年六月十七日禮拜四

天福茶園

特請上洋新到頭等花旦

天娥旦

六月十八日晚准演

遺翠花

早晚仍照原價

重排新製新彩新切

七八本

掃盡叛逆

鐵公雞

大戰麒麟山 火燒向大人

擇日開演

廣東鼎盛機器廠

本廠精造大小機器汽機火爐開礦水龍滅火水龍磨麪機器全套管辨鑄造修理精巧銅鐵等件貨眞價廉倘蒙賜顧請至天津紫竹林法租界牌坊旁本廠面議不悞主顧
本主人謹啟

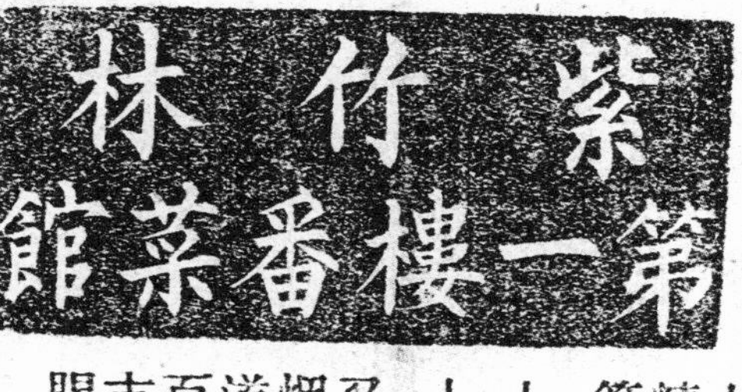

本號專作英法大菜各色精細點心各樣洋酒洋貨等物一應俱全並售

上上紅茶每斤津錢八百 一千 六百

又批發茂生公司鐵海紙烟零整發售價值格外公道原箱計一百盒價洋一百四十四元每盒計五百支洋一元五角凡仕商賜顧請卽駕臨是荷
主人謹白

梁子亭代售類類報

彼處經理各報多年如今北方風氣微開津門新出類類報每禮拜兩次訪經濟六門閱者定取賜函分送本各報處經手送報上面皆有本號住角紅戳爲記如有散號混充貪塗無壓詐騙財件於本號無涉

減價

今有友人自辦陝西老土每兩津錢五百文新到梁州土每兩津錢五百六十文如蒙賜顧者請到東門內聚隆成寄售

本局自印耕香館畫贉每部價洋二元專辦各種石印書籍精選加高南紙頂細雅扇格外價廉廣天津東門外襪子衚衕本局啟
本局謹啟

朔望會課

靜致廬會課爲皖江洪月般孝廉思齊倡立每月朔望舉行一論一策三日交卷評定甲乙酌贈花紅每卷收紙張津錢五十次月朔日開課假二道街泰山行宮廬厲爲收發課卷處入課者先期自陳名字齒籍官紳好義資助花紅者登報揄揚不勸捐

江右盧沛恩
津門王維翰　暨同人公啓

六月十八日輪船出口　禮拜五

武昌　輪船往上海　太古行
泰順　輪船往上海　招商局
新裕　輪船往上海　招商局

六月十七日銀洋行情

天津通行九七六錢
銀盤二千四百三十二　洋一千七百二十文
紫竹林通行九六錢
銀盤二千四百六十五　洋一千七百四十八
洋錢行市七錢一分三

招領部照

捐生陳殿揚山東福山縣人前在直隸勸辦湖北賑捐局報捐監生部照早到望即攜帶實收來局換領切勿自誤

直報

本館開設天津紫竹林海大道老菜市氣燈房巷內

光緒二十四年六月十八日　第一千百三十四號

西歷一千八百九十八年八月初五日　禮拜五

部照又到　直隸勸辦湖北賑捐局自光緒二十四年三月初一日起至閏三月十五日止請奬各捐生部照又到請卽攜帶實收來局換照可也

上諭恭錄

軍機大臣面奉　諭旨着翰林院詹事府都察院各於値日之日由該堂官輪派講讀編檢八員中贊二員科道四員隨同到班聽候召見其是日未經召見之員着於下次値日再行到班仍按照各衙門派定員數呈遞膳牌欽此

書張孝達制軍守約篇後

人必自侮然後人侮家必自毁然後人毁國必自伐然後人伐自作孽不可活故亡六國者非秦亡秦者非天下禍由自取學亦何獨不然稽古講學號稱博雅之士動憂學校聿新時務洋務之言盈天下孔孟之學坐視將廢果其孔孟學廢是則可憂時務洋務烏足以廢孔孟學孔孟學亦奚病乎時務洋務毋亦名爲學孔孟之學絕口不談時務洋務舉一廢百執中無權既不能切日用之需又無以救斯世之變抗其貌卑其趨大其言文其陋侈博雅之譽失要約之圖者有以自廢其學適以廢孔孟之學乎嘗見講學者或因一言而徵引羣書數十家博之極詳之極本本源源連篇累牘漢宋牴牾各執一是故千古有無欲之君子少無意之君子不必其心盡私也但使意氣未平則門戶以別彼此攻擊弈世不解是衛道卽以壞道講學卽以病學矣又或巾箱帖括家有藏珍抄襲雷同傳爲衣鉢芥拾靑紫既得人爵則盡以其學爲財色之媒豔其遇附其光者遂目之以多文爲富學得徑途爭趨若鶩斯學也何學也斯則今所謂孔孟門面之學非昔所謂孔孟身世之學也門面之學不除身世之學不著是以誤孔孟者兼之以誤國誤民誤後世而孔孟之學將於是乎絕可懼哉可懼哉此孝達制軍守約篇所爲作也蒙一介愚氓何敢以謬悠之見妄談學問竊嘗讀大學聖經知大學之道在明明德以新民止於至善明德爲本新民爲末知止爲始能得爲終所謂明明德卽格致誠正聿修厥身是故總結以自天子以至於庶人壹是皆以修身爲本天下古今無分天子庶人皆莫不有身卽莫不各有修身之事其事則自格物致知始朱子註云物猶事也格致爲卽物窮理以求至乎其極物字所該極廣諒非舍當下時事專指稽古講學爲言倘舍時事何與於身何以爲修孟子曰夫人幼而學之壯而欲行之學之行之爲及身及時之用愚賤皆可與知皆可與能非更有律例限制而不得爲也用卽耳目所及者妄聽以妄言之人身不外乎君臣父子夫婦兄弟朋友之倫修身之功卽不外乎學爲君臣父子夫婦兄弟朋友之事中華自稷契敎稼明倫其所以本利用厚生以爲勞來匡直輔翼之使自得其良知良能者修身之事雖賢智不加增雖庸愚不加損孟子謂萬物皆備於我惟在人反身而誠强恕而行不關讀書多寡也故匹夫慕義遠勝儒生職此之故而議事之禮制事之度其權則歸諸大德受命之聖人聖人人倫之至也無論三代而後受命而有天下者概得諸馬上未聞其治何經典其佐命之勳能讀論語半部以得天下以致太平者不少概見又論語云可與共學未可與適道可與適道未可與立可與立未可與權學貴能權至於權則難乎其選朱子集註謂三代後惟得蜀漢諸葛亮一人未聞

亮讀書若干宋儒輒許以可權知不徒以博學重也且不獨三代後也卽三代前亦無之伏羲觀負圖畫卦神農嘗百草爲藥養農時無書可知降至堯舜二典乃史臣記事堯語僅爲允執厥中舜命禹增以人心道心危微精一數字餘無所謂講學者洎乎夏禹錫範衍疇以逮周文玉門衍易周公孔子贊成之堯舜而後千餘年始言文學易之道言天適以言人謂天之垂象卽爲人則讀繫辭大義已明餘說可存而勿論至詩言性情書道政事禮謹節文皆切於日用之實故孔子雅言之自子貢等每求諸高遠故夫子有天不言而時行物生之說知學貴約不貴博也如此之義舉一可例無煩枚舉顏子謂博我以文約我以禮約以禮則仁全天全卽其學亦無不全孟子所謂守約施博不下帶而道存者當前卽是非日用之時事而何且歷觀中外風俗參考中外史事中之不如外者有之史記言匈奴獄久者不過十日一國之囚不過數人鹽鐵論言匈奴之俗畧於文而敏於事宋鄧肅對高宗言外國之巧在文書簡簡故速中國之患在文書繁繁故遲又遼史言朝廷之上事簡職專此遼之所以興也今之泰西泰東各國事之簡職之專卽使孔孟復生未嘗不引以爲則何害於學然此惟得約旨者知之泛鶩者不知也宜乎孝達制軍之言曰欲存中學必自守約始守約必自破除門面始義主救世以致用當務爲貴不以殫見洽聞爲賢也讀守約篇者其知之

人材濟濟 ○經濟特科保送百人卽行請 旨現聞禮部册當已註有保送投考者八十餘人諒不日卽可集成百名定期應試矣

粟米平糶 ○京師城內城外已設平糶局數處以惠窮黎俾免市儈居奇法至良也惟京城遼闊小民糴米維艱遂議將由津運到入倉之山東小米五千石於六月十四日一律開糶以便附近人民至彼購取聞其定價每斤售當十大錢一百八十文刻下正値米糧昂貴居民聞知此信無不欣欣然有喜色云

估修東監 ○國子監衙署房頂瓦片脫落木料糟朽墻垣亦有坍塌亟應修理昨經工部奏請欽派查估大臣溥少司農良委派司員督飭料估所官商木廠前往勘估應用料工銀若干專摺覆命再派承修云

彈壓不力 ○京師西直門外高亮橋迤西 御路地方係歸正白旗漢軍甲兵彈壓六月十六日恭逢 皇上回鑾該佐領章京甲兵彈壓不力致有閒雜人等往來行走經御前大臣諭令該佐領將甲兵鞭責以爲不謹者戒

明火又見 ○前門大街寶興成烟店於六月十五日黃昏時突被匪徒十餘人明火持械搶刦銀兩計贓三百餘兩當經舖夥吶喊營兵聞聲追捕該匪膽敢施放洋鎗將巡緝兵丁轟傷甚重隨赴營坊稟報查勘飭差踩緝贓賊務獲究辦

押追票存 ○日前宣武門內西單牌樓功昌義錢店歇業稟請封閉已列前報茲聞六月十四日崇文門外蒜市口聚成合錢店因虧票存稟請封閉當經東城兵馬司韓鶴汀正指揮帶領吏役前詣該舖查點票存底簿一併解案飭付錢經紀當堂核算共虧票存六萬五千數百吊並將舖主閻某派役管押勒限嚴追毋任抗違云

劃傷見血 ○六月十三日京師永定門外菓園地方劉某因不服管教向伊父言語頂撞膽敢用刀向伊父逞兇將伊父左臂膊劃傷血流如注當經稟報南城坊將劉某責押詳城咨送刑部似此行同梟獍想當從嚴懲治以爲不孝者戒

督轅門抄 ○六月十八日中堂見 候補道潘大人志俊 柯大人欣榮 嚴大人復 棗強縣凌道增 候補縣經文

京卿將至 ○自前年議定開辦蘆漢鐵路 特旨派盛京卿督辦迨今兩年尚未開工 皇上疊諭督催並諭令榮中堂經香帥會局籌辦現聞官場傳說京卿將由上海來津面謁中堂商辦一切鐵路公司已接有電信准於十五日起節果如是則一二日內台旌便當戾止矣

府考出示 ○昨報天津府定於二十四日舉行歲考並由承行房稟請修理考棚等情茲悉天津縣正堂出示諭應考文童知悉仰卽預於本月二十日將府考正場試卷一律報齊以便造册送考毋得自悞云云

集賢題目 ○十六日集賢書院爲天津府官課業經考訖茲將各題照錄 君子中庸論 問中國舟師起於何時試詳舉歷代之制 辭章題 國士無雙賦以諸將易得國士無雙爲韻 擬杜子美驄馬行 經古題 農用八政解 書史記貨殖傳後

嚴查土棍　○營務處傳諭各地方將所管地面著名土棍開列姓名呈報等情本館曾紀報牘詎各地方未免瞻徇情面未肯據實呈報箕圖影射塞責經處憲查悉各予分別笞責復限一日中即行查覆倘再有遲延隱諱情事即係通同作弊定行從重責懲不貸似此雷厲風行若輩當知所斂迹矣

我聞如是　○本津鄉甲局一切經費向由鋪捐供給而所捐之欵由紳富經理與保甲委員無涉聞有某紳家雖饒富而不能廉隅自飭所收捐欵除每月開支一切外所餘約十數千之譜未免有侵吞情事聞伊家男女僕人工資皆取給於斯以致人言嘖嘖頗不理於口傳聞如是姑錄之所望有則改之無則加勉也

海容驗訖　○前報登海容將到一則該輪業由滬抵沽中堂派員驗收茲悉嚴又陵觀察會同潘子靜柯松坪兩觀察按照清單所開船身尺丈機輪水匱馬力速率暨安設大小各跑位逐加點驗於十六日竣事次日乘火車馳回隨赴督轅稟覆

命案控縣　○沈庄子居住李甲素忠厚從不招惹是非昨不知因何得罪本庄之許姓致被毆傷身死李母已經赴縣喊控諒委廉詣驗後定當拘傳兇手按律懲辦也

殺生現報　○城內某甲作鼓刀生理家小康親友以殺業太重勸令洗手甲貪利不肯悛日昨陡患奇疾狀若瘋顛終日呻吟聲宛若猪鳴刻聞該家屬向各廟焚香獻供百般禳禱並許病痊後誓當改業尚未悉能挽回否

拐帶何多　○河北西窰窪某客店寓有郝某係武清縣門廠鎮人據云上月赴都尋親及月初返里牀頭人不知去向詢及鄰人咸謂被本鎮王三禿子拐去風聞在津隱匿故來尋覓迄今旬餘日影響毫無如有知其踪跡者煩一指示必當重謝云

皖垣米價　○安徽訪事友來函云皖省自春徂夏米價昂貴民食維艱省憲關心民瘼開倉平糶由紳保查明極貧戶口散給米票定於五月二十日開倉每升定價足制錢三十文臬憲趙廉訪又將倉穀發出令所中押犯礱光潔每升定價足錢三十四文米色較倉中平糶之米爲佳升斗亦足以是居民多樂往購取而倉中平糶之米購者寥寥某日袁明府奉藩憲面諭每升減價二文明府當即出示通衢略謂昨奉藩憲面諭自五月二十三日起平糶之米每升減價二文每斗取足典錢二千八百文如有未經散給米票者准其一體購買倘遠來鄉民准買至二斗爲止以示體恤○自新所中所碾之米勢將售罄現已漲價一文升斗亦無從前之滿足然往購者爭先恐後街衢甚爲擁塞○安慶上色白米每石須售足制錢四千六七百文較市中通用九五票錢約合五千有奇極粗之米每升售足錢四十文經有司疊次出示禁止囤戶居奇一面開倉平糶市中米價稍平每石減二百文刻因久晴不雨米商會議每升又增漲二文彼數米而炊者無不愁眉雙鎖也

誠能上格　○農學會來書云連接松杭甬紹四處回電吳松初五午後得微雨杭州初六午後得小雨甯波同日午後得雨寸許紹屬初五六得大雨未始非餘上兩邑欲興農工學氣機有以感召之也況前日學會中人虔誠設壇禱告上天立沛甘霖感應之機捷於影響於此益信矣

美日戰紀　○三希埃格現已投誠於美所有班國全軍美廷亦已擬准一律撤回並允其兵官仍行佩帶軍械○紐約某報載據美京公文內稱麥總統幷無欲將斐利賓羣島攘據之意第能得有貴安穆島幷獲一屯煤之區則於願亦足再如日國將泊頭裡口獻出幷聲明古巴作爲自主之邦則美且不索償兵費云○三希埃格歸順於美之事現已完畢合衆花旂已升於該城之上現有美國兵船多隻寄　於格蘭穎茂間有數艘已預備一切駛往泊頭裡口總統麥君當將美國黔首感賀之辭電致薛富德軍門泰晤士報稱如美國佔據斐利賓羣島不列顛決無嫉妒之心云○美班擬欲言歸於好一節華盛頓馬得力兩都城中幷未開議○美國之在小呂宋及海文納兩處戰事聞或須過黃梅天氣至英九月始行開端○海軍都督屈臣氏將於本禮拜末日駛赴西班牙○古巴亂黨現與美國意見相左緣亂黨以美國既將三希埃格收服應即交與彼手美官民等頗不以該黨爲重輕美古之隙可預卜矣

美法新章　○華盛頓來電云美國近與法國新定貿易專章現已就緒已由法欽使甘班美欽使喀遙簽押聞法國所允與美國之利益係牛羊肉火腿鹹肉鮮果等物而美國所允者爲燒酒及製造玩物

光緒二十四年六月十六日京報全錄

宮門抄○六月十六日內務府　國子監　正紅旗値日　無引見　濂貝勒鍾亮各假滿請　安　王文韶謝管鐵路　恩　梁仲衡謝授刑部右侍郎　恩　璞子童謝授江蘇松江府知府　恩　椿壽請假五日　內務府奏派致祭雷神　派出懷塔布　召見軍機　璞子童

○○頭品頂戴直隸布政使奴才裕長跪　奏爲恭報到任接篆日期叩謝　天恩仰祈　聖鑒事竊奴才於光緒二十三年十一月十八日蒙　恩調補直隸布政使當卽具摺叩謝　天恩籲懇　陛見奉　硃批着來見欽此嗣經署督臣恭壽因奴才辦理川省賑務奏銷未結奏留始終其事奉　旨兪允茲於本年四月初四日將經手賑務一律清結交卸四川藩篆由川起程沿江東下至上海更換輪船航海北上五月十四日行抵天津卽應遵　旨入都　陛見督臣榮祿以本年秋間恭遇巡幸大差事關重要亟應先期備辦奏請先飭赴任等因奉　旨着照所請欽此奴才接奉到行知卽於六月初八日馳抵保垣准調任湖北布政使員鳳林委員將直隸布政使印信文卷移交前來奴才恭設香案望　闕叩頭謝　恩祗領任事伏念奴才滿洲世僕知識庸愚幾旬宣未有涓埃之報蜀江承乏愈滋隕越之虞茲復渥荷鴻施重來燕輔撫躬自省惶悚難名竊惟直隸爲首善要區藩司有承宣重任舉凡察吏安民理財裕課諸大端在在均關緊要況當時事多艱庫帑奇絀綜核度支事倍難於曩昔奴才賦質駑鈍深懼弗勝惟有竭盡愚誠益加奮勉隨時隨事稟商督臣悉心經理以期仰答　高厚生成於萬一所有奴才到任接篆日期並感激下忱理合繕摺叩謝　天恩伏乞　皇上聖鑒謹　奏奉　硃批知道了欽此

○○大學士直隸總督奴才榮祿跪　奏爲已故總兵戰功卓著謹臚陳事實請　旨優邺恭摺仰祈　聖鑒事竊查正定鎭總兵吳育仁於本年二月十五日因病出缺當經前督臣王文韶專摺　奏報並聲明查取該故鎭戰功事實册結仰祈　恩施在案茲查接管卷內據現任正定鎭總兵李安堂轉據中軍游擊關保等聯名稟稱該故鎭吳育仁安徽合肥縣人自同治元年投効淮軍收復常熟昭文縣城堵剿獲勝二年防堵吳江縣在同里八坼等處迭次打仗踏平賊壘數十座進克平望賊營收復嘉善縣委充開花砲隊官三年攻克嘉興府首先登城身受重傷調守溧陽隨剿南渡竄賊悉數殲之嗣又調守長興縣帶隊攻克觀音橋午山橋四橋沿途各營卡直破泗安賊壘殲滅湖州竄逆大股旋帶華字後營赴揚州防堵六年捻首僞遵王賴汶洸由高寶邵伯竄至揚州之灣頭該故鎭與其兄道員吳毓蘭出隊迎擊獲勝星夜派兵分路追殺該總兵由運河西岸前進遇賊於槐子橋親督勇丁槍砲迭施一擁而殲百餘名生擒二十餘名賊勢窮蹙賴汶洸遂爲吳毓蘭所擒積功洊保記名總兵光緒十年補授通永鎭總兵統領淮練馬步水雷等營修築北塘砲台營壘訓練士卒防務屹然兩次督隊挑挖靑龍灣減河分洩盛漲保衛農田民生利賴十七年剿辦熱河教匪一律肅清蒙　恩以提督記名簡放並　賞給施勇巴圖魯名號二十一年調補正定鎭總兵境內多盜該故鎭派撥哨隊分投偵緝比年來拿獲巨盜百餘名地方安堵商民稱道弗置該員等與同袍澤知之最詳歷叙戰功事實稟請　奏邺等情前督臣王文韶未及核辦移交前來奴才查該故鎭吳育仁早歲從戎轉戰數省攻克城壘甚多揚州灣頭等處之戰截賊南竄保全裏下河一帶數百里完善之區厥功尤偉在通永正定鎭任內先後十有餘年號令嚴明操防整肅兵民懷畏隱然有古名將風年甫五十有九遽以積勞觸發舊傷一病不起殊堪痛惜合無仰懇天恩俯准將已故記名提督正定鎭總兵吳育仁照軍營立功後積勞病故例從優議邺並將戰功事蹟宣付國史館立傳以昭藎績出自　逾格鴻慈理合恭摺具陳伏乞　皇上聖鑒訓示謹　奏奉　硃批着照所請該衙門知道欽此

○○奴才依克唐阿跪　奏爲奉天斗秤各捐並同江河稅收欵較前暢旺局用不敷擬請仿照東邊木稅章程開支一成經費以免賠累恭摺仰祈　聖鑒事竊查奉天斗秤各捐自光緒三年經前署將軍崇厚奏明試辦以來斗捐僅止開原鐵嶺新民遼陽錦縣甯遠廣寗義州復州海城昌圖懷德奉化康平十四屬秤捐僅止開原鐵嶺錦縣廣寗義州法庫六處其抽捐章程或多或寡未能劃一卽扣留經費亦漫無限制全不照章辦理奴才到任後訪察及此特爲酌定每粮一斗由買賣主各捐制錢二文每秤東錢十千捐東錢二百文於舊章之少者增之多者減之並將部咨重收烟酒稅厘一條歸入秤捐以內抽收於省城設立總局各外城設立分局通省一律開辦

均照前奏章程扣留五厘經費又同江河粮貨稅原提一五經費改爲七厘五毫以示撙節於光緒二十二年六月二十二日附片陳明經部遵　旨核議奏准行知遵辦在案茲查此項斗秤各捐自設局整頓一律抽收以後捐務大有起色自開辦起扣足一年計之通省共徵斗秤捐銀二十八萬四千餘兩較之往年開原等十一處僅收銀三四萬兩已不啻十倍其數惟經費仍照五厘開支實屬不敷省城總局虧賠銀二千五百餘兩其餘各城分局亦多有虧至數百兩者各局紛紛請款均經奴才批飭暫由正款撥墊以應急需現在通盤核計經費虧項甚鉅非增添經費不足以資辦公伏查五厘經費定自光緒初年當時捐歸地方官抽收徵多報少任其自便正款尚不免侵欺而經費之多寡在所不計此次既經設局薪工雜費所需不貲卽間有收數無多之區仍歸地方官經徵者亦因剔除中飽無可通融轉慮費用不足此勢所必至也竊以爲捐務弊端不在開支之費濫而在侵蝕之人多與其節省度支而有竭蹶辦事之虞何如寬籌經費而獲涓滴歸公之益以今較昔收數懸殊不待智者而知變計也合無仰懇　天恩俯念斗秤各捐辦有成效准原照東邊木稅章程按一成開支經費以免虧累其同江河稅經費現照舊章減平開支亦有虧欵亦請於七厘五毫外添支二厘五毫俾歸一律如蒙　俞允所有斗秤捐經費除昌圖府額徵斗租仍照舊辦理外其餘各城擬請於光緒二十二年改章開辦之日添支其同江河稅經費應自奏准之日添支並請　飭部立案以便核銷再奉省粮貨厘捐係由咸豐六年奏開於將軍衙門設立捐輸局所收銀錢以九分五厘歸公隨時咨交　盛京戶部搭放兵餉所解五厘作爲兵役飯食紙張之需當初設時每年收項約計東錢一百二三十萬千近來收欵遞短不滿百萬甚有僅收一半之時雖由年景豐歉生意盈虧不同亦難保無侵欺情弊現由奴才將該局遷移署外另委妥員力求整頓俟將來核計收項各有起色再行酌添經費俾敷開銷合併陳明除咨部查照外所有奏請添支奉天斗秤並同江河稅各項經費緣由理合恭摺具陳伏乞　皇上聖鑒　訓示謹　奏奉　硃批着照所請戶部知道欽此

○○張之洞片　再准戶部咨議令江漢關應解淮餉如六成洋稅無欵卽在四成稅及五成二厘招商局稅內按數提解等因奉　旨依議欽此查江漢關奉撥淮軍月餉四成洋稅銀二萬兩六成洋稅銀三萬兩均解至光緒二十三年六月分止隨時　奏報在案茲在第一百五十結所徵四成洋稅項下動支庫平銀二萬兩並在是結五成二厘局稅項下動支庫平銀三萬兩作爲光緒二十三年七月分直隸淮軍月餉解交湖北淮軍收支轉運局轉解至欠解淮餉容俟徵收有項再行補解據湖北漢黃德道監督江漢關稅務瞿廷韶詳請　奏咨前來除分咨外理合會同湖北巡撫臣譚繼洵附片具陳伏乞　聖鑒謹　奏奉　硃批戶部知道欽此

啓者昨接上海孫仲英善長來電旋又接到顧緝庭葉澄衷嚴筱舫楊子萱施子英各觀察來電據云江蘇徐海兩屬水災綦重飢民數十萬顚沛流離死亡枕籍災區十餘縣待賑孔急需款甚鉅官款恐未能徧及素仰貴社諸大善長久辦義賑飢溺猶已敬求代呼將伯源源接濟功德無量蒙滙賑欵卽滙上海陳家木橋電報總局內籌賑公所收解可也云云伏思同居覆載異姓不啻天親縱隔形骸民物莫非胞與頓遭洪水哀此災荒盡是蒼生何分畛域況救人性命卽積我陰功雖此日拯茲黎庶散盡赤仄待卜他年報在子孫同來玉堂金馬敝社欵無備濟自知獨力難成術欲廣仁惟冀衆擎易舉叩乞　顯官鉅紳仁人君子共憫奇災同施仁術原擬活人無算雖千金之助不爲多但能濟匝有功卽百錢之施不爲少盡心籌畫量力輸將敝社不禁爲億萬災黎泥首叩禱也如蒙　慨助卽交天津溜米廠濟生社帳房代收並開付收條以昭徵信

濟生社籌賑同人謹啓

告白

寄售天津北門內府署東紫氣堂秘製四時正氣散所治病症詳細列後，春令大頭天行瘟毒時氣傳染頭暈目脹口苦耳聾風熱上攻兩目赤腫發斑癮疹鼻乾口燥咽喉腫痛風熱瘡瘥俱用茶清調下 夏令中暑煩渴四肢困倦烏梅湯下 霍亂轉筋上吐下瀉腹中急痛惡心不食俱用生姜湯下 水瀉不止滑石甘草湯下 絞腸沙陰陽水沖炒鹽湯下 秋令寒暑濕食凝結腹痛 瘧疾痢疾傷濕身重傷冷腹脹赤白雜痢俱用生姜湯下 裏急後重檳榔湯下 冬令傷寒無汗頭疼身痛週身骨節酸痛傷風流涕憎寒壯熱痰喘咳嗽俱用生姜湯下 四季通病雜病 氣逆不食胸膈膨滿傷食傷水急氣結胸外感風寒內傷生冷鼻塞聲重咳嗽痰壅山嵐瘴氣不服水土俱用沒 每服二錢小兒減半 每盒津錢一百文

京都保和堂主人謹啓

告白

敬啓者 朝廷維新庶政博采羣言其已見施行者如科舉改試論策四書義經義實愈兩湖制軍南皮張香帥之奏制軍有勸學篇一書皆切近今時務其改科舉議即列外篇第八者也此外諸篇著論極爲持平惟此書僅板兩湖書院外間頗尟傳本有志之士無不思一流覽本齋不惜貲本縮印上石日內即擬出書有願先睹爲快者即向天津鍋店街文美齋南帋局購覓可也

恭頌良醫

太醫院候補醫士譚仰周先生素精岐黃爲人品學兼優不染行道習氣亦不以聲價自高論脈理固屬精通卽立方亦頗穩妥雖奇險之症凡經診視者遂無不著手成春此則余等共深佩服亦親友屢經效驗者也特此登報以供周知倘患疾症者可到閘口西關帝廟前聘之庶不至受庸醫之誤也

津門 徐晴波 魏星橋 朱藝堂 鄭敬齋 謹啓

新到啤酒

啓者本行現由德國自運上等啤酒氣味香美與衆不同除濕却暑助氣消食誠酒中之仙品也如蒙賜顧請到老龍頭對河本行賬房可也

計每箱四十八瓶價銀七兩五錢

又價銀八兩五錢

德商瑞豐洋行謹啓

爲釣叟先生書潤小啓

予向讀醉翁亭記曰先生之意不在酒而在乎山水之間未嘗不歎古人之高也夫古人往矣而欲求其嗣響追踪彷彿則莫如新會歐陽子行者誠六一先生之遺裔也 公少負奇氣嗜酒有家風長偏游名山大川落帋得烟雲生趣求畫者戶履常滿筆禿硯枯客有睨笑其旁者曰甚矣 公之勞而費也胡不以潤筆之資作杖頭之助及今請自隗始可乎 公笑曰無已其以酒酬我也昔人斗酒百篇畫何獨不然自今請以酒進爰定其數因爲之序

茲湊俚言作潤筆欵

借問先生何所癖　無如醉筆寫丹青
諸君若索先生畫　帋方一尺酒一罇
素絹又當加倍計　扇如團摺釀雙瓶
酒作斟酌膏糧合　潤筆兼能養性靈

香山襄侯魏宗弼書於潤州客次 寓紫竹林廣永隆號內

天后宮北 義興順綢緞莊

本莊自置顧繡綢緞綾羅紗絹各樣洋貨南貨雜扇桂毋頭油香貨蹄安貝松泉湖筆一概俱全

頭號杭甯綢 四錢二
頭號摹本緞 三錢八
紅梅茶 每斤 九百六
紅茶 六百四
紅茶梗 二百二
龍井茶 一吊八
金百壽棉襉裙布裡每套五兩八
哆囉蔴每尺原碼四分二
各莊夏布一概照行發莊

顯學書塾

浙江蕭山湯伯述先生擬招學徒百人講授策論文字每人月脩四元每月兩課一策一論三期到塾領題屆日繳卷三日批改取定甲乙榜示暫時遙授不必住館本塾在海大道直報館旁

新開 天吉齋京靴店

本店開設天津府東門外天后宮前路北門面二間本號專辦京莊上上材料專做京都滿漢朝靴各款鑲繡插鎖全式名鞋一應俱全貨高價廉士商賜顧者請認明本號招牌庶不致悞

本店擇於七月吉日開張 本號特白

告白

奉 旨鄉會兩闈及科歲生童改試策論書院肄業亦皆遵照改課童蒙竄下自宜以古文爲法宋儒呂東萊先生所著博議久已風行近尤膾炙人口現有芙蓉館主人以諸名家所批善本付本齋石印帋墨精良字大爽眼約於本月念日印畢出售此佈

天津文美齋南帋局告白

陰德耳鳴

余寒士也客秋偶患虐疾以爲此細症耳無足介意隨服藥數劑旋卬霍然然不久又滋他患病更纏綿適陳君少菱來余告以所苦因爲代迓張君敬和診治是時余甚慮無資孰知先生旣至見余病極危境極困爲區畫方脉并贈以珍藥十數劑曾不兼旬而病若失神乎技矣先生有半積陰功半養身之章盛德所及詢不誣也先生學問淵深爲醫道中第一國手而性情仁厚純篤尤爲人所難及余感其盛意登諸報章并爲津郡患病者指南之助云

戊戌仲夏津邑後學顧連城誌謝

本店專做英法葷素大菜並由外洋自運各國上品洋酒各色異味點心罐頭鮮菓食物等類一應俱全本洋樓工程告竣房間寬闊夕時均用氣燈明亮異常仕商光顧者或携貴眷另有雅室亦足稱暢叙幽情矣擇於六月十七日開張至期請即駕臨賜顧是荷

本主人謹啓

天福茶園

特請上洋新到
頭等花旦
天娥旦
六月十九日
晚准演
雙官誥
早晚仍照原價

重排新製新彩切
七八本
掃盡叛逆
鐵公鷄
大戰麒麟山　火燒向大人
擇日開演

出售石印八面鋒

宋陳君舉先生所撰議論宏通恰合時宜有志策論之學定當奏爲圭臬也現已裝訂成好每部價錢七百五十文天津北門內府署東紫氣堂啓

茲因類類報從十二册另改新章改樣亦按旬報之列即日可出後望盼矣
各報總處梁子亭啓

啓者本行自上海分設天津紫竹林法租界良濟藥房對過女成衣飯店一號二號房內自製新式鐘表金銀表金表練各樣新式大小說話機器耳鳴機器金戒指金鋼石戒指大小洋鏡各樣新貨一應俱全貨好價廉格外公道在此住兩三個月後另造樓房批發諸公光顧請早駕臨海利洋行謹啓

戊戌年六月十八日禮拜五

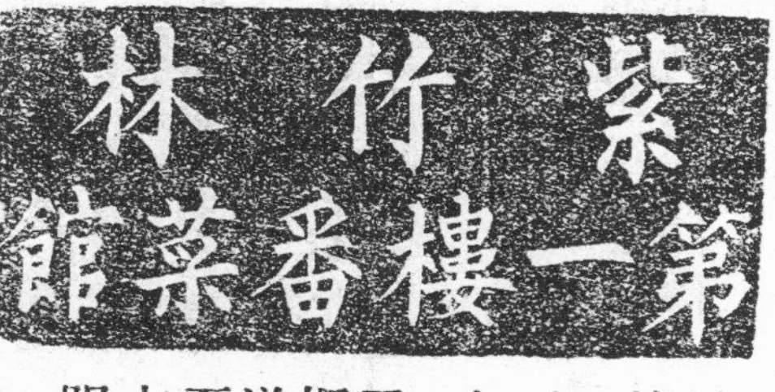

本號專作英法大菜各色精細點心各樣洋酒洋貨等物一應俱全並售

上　八百
上紅茶每斤津錢一千
　六百

又批發茂生公司鐵海紙烟零整發售價值格外公道原箱計一百盒價洋一百四十四元每盒計五百支洋一元五角凡仕商賜顧請即駕臨是荷

主人謹白

減價

今有友人自辦陝西老土每兩津錢五百文新到梁州土每兩津錢五百六十文如蒙賜顧者請到東門內聚隆成寄售

廣東鼎盛機器廠

本廠精造大小機器汽機火爐開礦水龍滅火水龍磨麵機器全套管辦鑄造修理精巧銅鐵等件貨真價廉倘蒙賜顧請至天津紫竹林法租界牌坊旁本廠面議不悞主顧

本主人謹啓

本局自印耕香館書賸每部價洋二元專辦各種石印書籍精選加高南紙頂細雅扇格外價廉廣大津東門外磯子衚衕本局啓

本局謹啓

朔望會課

靜致盧會課爲皖江洪月般孝廉思齊倡立每月朔望舉行一論一策三日交卷評定甲乙酌贈花紅每卷收紙張津錢五十文月朔日開課假二道街泰山行宮盧廣爲收發課卷處入課者先期自陳名字齒籍官紳好義資助花紅者登報揄揚不勸捐

江右盧沛恩
津門王維翰 暨同人公啓

六月十九日輪船出口 禮拜六

重慶 輪船往上海 太古行
順和 輪船往上海 怡和行
新裕 輪船往上海 招商局

六月十八日銀洋行情

天津通行九七六錢
銀盤二千四百零二文 洋錢一千七百文
紫竹林通行九六錢
銀盤二千四百三十五 洋一千七百二十文
洋錢行市七錢一分三

浙紹朱鈍翁先生已於六月十二日由密雲縣治愈劉太夫人多年宿疾旋囘津郡仍寓東門裡彌勒菴依舊懸壺

啓者本園於前月初四日止戲清理賬目今將戲園及園內桌椅磁壺磁碗新製彩切零星等件合盤出兌如有願兌者及詳細章程請至本園面議可也特此佈 告

福仙茶園謹啓

直報

本館開設天津紫竹林海大道老桑市氣燈房巷內

光緒二十四年六月十九日
西歷一千八百九十八年八月初六日　禮拜六
第一千百三十五號

上諭恭錄

上諭崑岡等奏永定門城樓失去砲位請將弁兵分別懲處一摺據稱本月初六日據正藍旗漢軍砲營叅領聯棣稟稱因武勝營調取砲營存砲當赴永定門城樓查驗始知失去銅砲二位等語城樓重地宜如何嚴密看守乃竟有失去砲位情事該弁兵等平日所司何事實屬疎懈異常所有城門領及綠營值班住宿弁兵着交刑部嚴行審訊該管堂官查取職名先行交部議處並着步軍統領衙門順天府五城一體嚴緝竊犯務獲究辦欽此　上諭孫家鼐奏議覆五城添立小學堂請飭設法勸辦一摺京師現已設立大學堂其小學堂亦應及時創立俾京外舉貢生監等一體入學廣爲造就以備升入大學堂之選着五城御史設法勸辦務期與大學堂相輔而行用副儲養人材至意其大學堂章程仍着孫家鼐條分縷析迅速妥議具奏欽此　上諭此次考試各省之優生李盛讀高方河陳陽梁天任楊祖榮桑宜陳星海夏辛銘楊金榮厲式金汪受穀王家槐秦瑞玠徐連鑫陳倫劉誠謝敬楊冠斌胡春澤盧葆楨唐淮源馮國華顧視高唐玉書均着以知縣用陳其彬鈕承恩張建勳孔慶海路士桓張鏡第玉祿楊乃賡盧潤瀛楊宗時王廷弼周遐壽紀埴楊和炘陳鍾慶張緝光陳繼良毛玉麟陳殷周宗頤張懋祖張孟璈嚴式穆勞植楠均着以教職用欽此

△論讀書當多閱報紙

博古而不能通今不可以言學也守常而不能達變不可以濟時也嫻內政而不能曉外情不可以論世也士子讀書數十年涉獵經史號通才詡詡然自謂懷抱利器一旦出而用世錢穀兵刑諸政事往往措置乖方動形掣肘者風土人情皆有所未諳故也中華縱橫萬餘里耳一省有一省之情形一年有一年之風氣已不能挾一成之見使之就我範圍況自海禁大開合地球五大洲數十國通商互市交涉事件日以繁辦理殊多棘手設有參差便啓釁端是非周知情與僞利與弊隨時隨事體察而斟酌之恐無以善其事而泯其嫌然後知報紙不可不閱尤不可不多閱也中國致治良規原不外聖賢道理自堯舜禹湯文武周公傳之孔子可謂燦然大備矣宋相趙普嘗謂吾以半部論語佐太祖治天下斯言良不誣也況五經可以益德行二十三史可以拓心思諸子百家可以廣見聞而資閱歷又何藉乎報帋爲不知聖道體也報帋用也聖道本也報帋末也聖道猶根株報帋猶枝葉也有體而無用何以集事有本而無末何以成材有根株而無枝葉何以春華而秋實昔人稱書有三味詩書味之太羹史記味之醯醢諸子味之雜俎吾則謂報帋者太羹待以和醯醢待以釀雜俎待以佐其所不及也出乎味之外實不離乎味之中夫豈日用所可須臾離者現在報館林立以上海爲最多廣東天津次之其餘各省會亦將漸推漸廣或日一出或旬一出或月一出體例雖不同要皆可以知今可以達變可以徧曉外情於學問經濟大有裨益焉風俗之貞淫所以資觀感也則似乎詩政事之興廢所以作考鑑也則似乎書事關綱常倫理直言無隱所以示褒譏別善惡也則似乎春秋易之爲理微而精禮之爲數繁且重義雖不能徧及然亦間有旁見側出者見淺見深是在人之自爲領悟耳不但此也報帋創於外洋泰西各國及通都大邑中無處無有亦無人不閱國政也孰得孰失武備也孰強孰弱旁及種植工藝商務何人創一新器

何人作一善舉舉凡有益於國計民生者莫不載之報中以互相考証士人於肄業餘閒流覽而涉獵之有不益智慧而濬靈明者吾不信也溯中國四千年來文敎日興文風日盛文體亦日卑士子尙記誦工貼括坐以汩沒聰明才力如面墻然一物無所見一步不能行學問所繫卽治本所關可慨也 皇上深悉其弊銳意維新明降 諭旨改革科塲積弊鄉會一律試論策第二塲專以泰西各國事實爲問非殫見洽聞決不能入彀應考諸生胸中所熟記者惟高頭講章一部庸俗墨卷數百篇其能十事對九者幾何雖諸書可供採擇而矮屋中豈能懷挾夾帶惟報帋皆滙萃羣書擇其有關時務者錄供衆覽簡而賅約而精隨來而隨閱隨閱而隨記其所獲不已多乎且泰西書籍最多不啻汗牛充棟若化學若光學若電學以及測量繪畫諸學更僕數之而難終無論融會貫通才力將有所未逮卽逮矣要皆已然之陳迹終落人後塵不如報帋之日新月異類皆當前要務也近來火車電線絡繹地球中捷如流星密於蛛綱九萬里新聞異事轉瞬卽達採訪最得風氣之先故報帋所登可以破拘墟開障蔽大有造於人才也倘執迷不悟故步自封以瑣屑鄙俚爲嫌等諸稗官野史或置高閣覆醬 是錮蔽太深不可救以藥則吾末如之何也矣

修整天廚 ○今夏雨水連綿所有內務府上駟院 御膳房多有滲漏坍塌之處現經內務府督飭司員官木廠商人前往興修應需工料銀兩若干先爲動欵開發云

京兆示諭 ○順天府爲曉諭事照得本尹堂蒞任以來凡投遞一切尋常呈詞皆按三八告期分別准駁按期錄批榜示不准胥役人等藉端需索稍事抑勒茲查從前署前榜棚內張貼呈批榜示竟有不法之徒乘間將榜撕碎或挖去字句希圖從中播弄嚇詐鄉愚實屬胆大妄爲合行出示曉諭爲此再行示仰轅門弁兵胥役人等知悉自示之後務須加意巡邏小心看守如再有不法之徒撕榜挖批立卽拏送來轅以憑發縣盡法懲辦倘爾等疎於防查仍有前項情弊未能立時獲犯定卽一併重處決不寬貸各宜凛遵毋違特示

鬼蜮宜懲 ○頃聞前門外東北園王媼後院有房一所凡外鄉婦女來京覓生活者皆在該處居住經某甲代覓雇主或年少而姿色稍佳卽以沒主滯留之月餘後飯賬積欠若干無可如何便慫恿使入烟花少年婦女鮮有主張往往墜其術中似此敗壞名節聞者莫不切齒所惜賢有司深居簡出覺察未之及也

瘋人投河 ○人有瘋病易於肇禍例當禁錮不當任其游行六月十六日有甲乙二人由西而東並肩行至前門外西城根護城河地方甲有瘋顚之症其時忽發謂乙曰與爾投河何如乙惶然莫對甲又謂爾如不欲吾先試一試與爾看遂拂袖跳落河中幸經看橋夫等赶卽撈救尙未殞命乙給橋夫京錢二吊稱謝率之而去噫似此瘋人不知死活倘行人遭其毒手將如之何可不禁錮之哉

督轅門抄 ○六月十九日中堂見 馬大人玉崑 關道李大人 候補道孫大人寶琦 嚴大人復 那大人晋 龐大人昌 本府李大人 候補縣曹鵬 張輅 候補通判胡長年 大沽都司卞得祥

督牌照錄 ○六月二十八日恭逢 皇上萬壽聖節自本月二十五日起至七月初二日止俱穿蟒袍補褂掛珠圖屬文武官員一體遵照特示

運署記事 ○運署日昨發出公事數件一委候補鹽大使壽康一委候補鹽巡檢言家震同赴鹽關監查秋闗鹽引一委候補鹽大使蔣有霖在育嬰堂管理該堂一切事宜均已遵札詣差次任事

鎮節將來 ○通永鎮李軍門大霆赴任未久茲復聞有來津之信約一二日內卽可抵津不知有何公務俟訪再佈

平治以時 ○時當初暑大雨時行津埠到處雖修有官路而往來洋車馬車旣衆又兼以地扒載貨極重更非道途平正寸步難行除海大道業已修至基督徒堂外所有東門內外現亦由工程局動工興修矣

拏獲鹽犯 ○津武總汎張景餘自接辦以來諸務躬親實事求是所轄各巡役亦振刷精神晝夜梭巡昨由龍王廟地方果獲鹽犯一名當卽揪送管汎核辦是否大帮鹽匪抑或係殘廢貧民藉以謀生一經訊問自得確情也

鶯燕齊飛 ○頃聞河東土地廟前某公館有侍姬二均年在妙齡爲主人所鍾愛貯之金屋中徵歌鬥酒形影不離昨不知何

故竟從窗中逸去刻雖四出偵尋尙無下落

查訪招搖 ○近聞有匪徒高其門閭華其衣履四出撞騙冒稱縣署官親或與人調詞或與人架訟無識者誤入圈套每致被累不堪事爲邑宰所聞業已飭差各處查拿云

孝不關書 ○近聞津南靜海所屬之陳官屯有農家子事孀母最孝月之中旬其母患病甚危醫治罔效其家素供大士象遂乘夜向大士像前戶祝願以身代並割股肉煎湯進次日母病卽瘳農夫而能爲孝子至性天成愧煞讀書客矣

守令口碑 ○府縣會銜出示禁止各處私立助水小會實恐棍徒聚賭宵小潛踪自有此禁不但地面均獲安靖卽各水會諸君將來亦免受拖累津郡羣黎無不頌德也

捉一混混 ○津地河東東集有李毛者著名混混素不安分日以開設賭局爲事有同賭劉某與李因口角微嫌致相毆鬥兩造均受有重傷經地保禀明縣尊飭差拿獲云云如何訊斷俟訪再錄

南來新貨 ○連陞輪船運來南貨計 洋布八百五十六捆 雜貨二百九十件 水靛一百一十桶 木料二百五十根 才料八根 機器五件 綢子三箱 紅皮稿一千根 蔴袋二十五捆 椰殼二十四包 紙頭九十五捆 糖三千一百二十二包 火油三千箱 另稍糖十包 共八千七百八十八件

粵東防禦 ○廣東訪事友云省垣大憲因粵西匪徒作亂籌防極嚴前在城駐紮之勇丁已調赴堵剿誠恐省垣兵力單薄特令劉永福軍門北海鎭劉邦成鎭軍中協黃菊初協戎各招勇一營以資保衛又因西甯與容縣地址毗連恐匪竄入適潮州幇辦積匪江遊戎志由江夏乘伏波輪船回省禀見大憲爰卽委所帶之各勇馳往西甯防堵

杭求時務 ○杭州訪事友來函云浙省爲人文淵藪不乏明體達用之才惜多墨守陳編罔知通變現在欽奉 上諭停止八股改試策論有志之士無不思舍舊謀新無如貧寒之家延請教習力有難勝因思上年撫憲特設求是書院招集生徒由杭府憲林太守局試考取三十名送院肄業一年以來造就有成者已不乏人是以某紳等請于撫憲稟懇加增塾額三十名其經費由紳等捐助已邀允准現時報名者竟有一百餘名之多由杭府林太守示期上月二十八日在署考試擇尤錄取若干名再會同敎習覆考照額取定送入院中學習又聞撫憲傳諭各監院云省中書院統定於七月朔課爲始一律改試策論監院奉諭後隨卽傳知書斗轉告各生童一體遵照

粮貴民亂 ○巴黎時報云政府見內地因麥價翔貴紛紛肇亂爰下令國中凡麥糧自外地來者進口稅均減收一半五穀雜糧自出示日起至八月中旬止不准販運出口

意民得食 ○意大利自免進口麥稅一來情形較前大順各處消息皆言平安卽有一二擾亂之區一經官兵彈壓立卽平靜此六月內進口之麥尙有十萬噸云

礮製無聲 ○法國副將名恩培者別出心裁創造一種小礮礮之後膛式如母螺絲可使開放時不見火光且砲聲亦極小此砲造於聖特維地方工竣後遂在雅安寄司操場試驗現聞恩培君欲將此砲再行講求務使精益求精而後再請各大官會同試驗此信傳出通國之人皆稱奇器云

光緒二十四年六月十七日京報全錄

宮門抄○六月十七日理藩院 鑾儀衛 光祿寺 鑲白旗値日 禮部引 見四十九名 恩壽請假五日 錢應溥續假二十日 召見軍機 崑中堂

○○翰林院侍講黃紹箕呈爲遵 旨進呈書籍乞代 奏祈 聖鑒事竊紹箕於本月初一日 召見恭承 皇上垂諭近來議論於中西各有偏見當經奏稱湖廣督臣張之洞纂有勸學篇持論切實平允尙無流弊容當進呈 御覽並奏明如蒙 聖明許可擬請 諭飭將原書發交各省學政刊刻交給士子閱看似於學術人心不無裨益恭奉 諭旨着卽將原書進呈遵卽詳加覆閱校改誤字

謹裝潢二部成帙乞代奏進恭呈　乙覽另備副本四十部並乞咨送軍機處所有遵　旨進呈書籍緣由理合具呈懇乞代奏恭請
皇上聖鑒謹呈

○○大學士直隸總督奴才榮祿跪　奏爲揀員請補沿河要缺知縣恭摺仰祈　聖鑒事竊
准部覆應以光緒廿四年四月初一日接到部文之日作爲開缺日期歸四月分截缺所遺東明縣知縣一缺因黃河改道北行適當其
衝地方凋敝訟獄繁多改爲繁疲難三字沿河要缺例應在外揀選查定例州縣應調缺出如無合例堪調之員准以候補人員題補又
部議章程題調缺出照例於現任人員內揀選調補如果實無合例堪調人員准以奉　旨命往及曾任實缺候補進士卽用人員酌量
補用又沿河州縣除照例升調不計外如用候補時將沿河候補與地方候補酌量補用各等語奴才督飭藩臬兩司在於選缺知縣內
逐加遴選非歷俸未滿卽人地不宜一時實乏合例堪調之員自應在於候補並進士卽用人員內揀選據藩臬兩司查有沿河候補知
縣余昌壽堪以請補會詳前來奴才查余昌壽年六十二歲江蘇甘泉縣監生報捐從九品選用因軍功河防海運出力歷保縣丞於北
河候補並俟補缺後以知縣儘先補用同治十一年咨補大城縣管河縣丞光緒五年調補永定河南岸頭工下汛宛平縣縣丞十年因
案開缺留工另行酌量補用十二年咨署大明縣管河縣丞十五年因案暫行革職留工効力是年黃河兩屆安瀾案內奏保奉　上諭
着開復暫行革職留工處分欽此十七年咨補永定河北岸五工永清縣縣丞旋在山東賑捐案內報捐離任知縣班補用十九年五月
二十五日由部帶領引　見奉　旨着照例用欽此在部領照於六月初八日到省奴才與臬司覺羅廷雍到任均未及三月例不出考
惟據藩司員鳳林查得該員老成明練任事實心以之請補東明縣知縣實堪勝沿河要缺之任與例亦屬相符合無仰懇　天恩俯准
余昌壽補授東明縣知縣實於地方河務均有裨益銜缺相當毋庸送部引　見所有揀員請補知縣員缺緣由謹恭摺具陳伏乞
皇上聖鑒勅部核覆施行謹　奏奉　硃批吏部議奏欽此

○○大學士直隸總督奴才榮祿跪　奏爲直隸續增剝船滿料應行裁除請飭江西等省照例承造解直濟用恭摺仰祈　聖鑒事竊
查江浙漕糧由海達津必須及時運通免致日久蒸變而轉運之遲速則以剝船數用爲第一義直隸向設原額官剝船一千五百隻續
增官剝船一千隻共合二千五百隻原額剝船滿料例由江西承造一半湖南北承造一半續增剝船滿料由該三省均勻分造前因辦
理軍務各省不能造解遂多缺額光緒七年由直省代造原額船二百隻續增船三百隻又七年奏准九年解到湖北承造續增船三百
隻八年奏准十年解到湖南承造續增船三百隻十二年由直省代造原額船二百六十六隻續增船三十四隻十三年由直隸代造原
額船一百三十四隻由湖北承造原額船二百隻續增船三十三隻十五年由湖南承造原額船二百隻續增船三十三隻共原續剝船
二千隻光緒二十一年海嘯擊沉九十七隻業已照數補造又二十三年漕後滿料之五百隻內有海嘯擊沉船七隻先已補造漏未查
明扣除江西湖北應造三百五十隻係由直省代造其湖南承造之一百五十隻尚未解到實計現存剝船一千八百五十七隻核計缺
額尚多今查光緒九年湖北解到十年出運續增剝船三百隻內應扣除海嘯擊沉剝船七十六隻業已補造其餘二百二十四隻扣至
本年漕後三屆十五年限滿定例駁船每屆十年給價排造其間如有挑留船隻必須請欵大加拆修嗣經部議展緩五年以十五年如
滿料屆十年時亦不大修前次滿料剝船歷年過久船身糟朽太甚實不堪用自應照章裁除飭令各州縣領回變價近來江蘇漕糧同
河漕併歸海運米數增多剝船漸少運務必形掣肘亟須豫籌新造俾免臨時貽誤從前由直隸代辦原係一時權宜之計此次自應仍
復舊制由各該省照案分造據署天津道任之驊具詳前來奴才查本屆滿料續增剝船二百二十四隻內除補造海嘯擊沉剝船案內
多造七隻應照數扣抵外其餘二百十七隻照例由江西承造七十三隻湖南北各造七十二隻務於本年封河以前解津以供來歲新
漕剝運所需欵項由各該省查照例案籌撥應用理合繕摺具陳伏乞　皇上聖鑒勅部迅速核覆施行謹　奏奉　硃批該部知道
欽此

○○榮祿片　再北洋淮練各軍水陸各營更易管帶員名迭經隨時奏明在案茲查統帶保定練軍中後兩營督標中軍副將陳飛熊
交卸改派督標中軍副將張士翰接統又統領通永淮練各軍通永鎮總兵賈起勝交卸通永練軍步隊左營改派遊擊徐大發接管又

統領宣化練軍馬隊並兼帶中營宣化鎮總兵王可陞因病出缺改派宣化鎮總兵陳飛熊接統又管帶大名練軍後營開州協副將張士翰交卸改派署開州協副將黃步庭接管又古北口練軍前營管帶儘先副將沈大鰲交卸改派統領又古北口練軍左營管帶提標中軍叅將李安堂交卸改派古北練軍翼長叅將錫善接管又統領正定練軍及楚軍馬隊各營正定鎮總兵李安堂接統又宣化鎮練軍馬隊右營管帶儘先遊擊王錫齡交卸改派儘先補用都司董太波接管又出防庫倫宣化練軍馬隊前營記名總兵徐平革職交卸改派記名總兵倪開珩接管各專責成除照章按季造册分咨外理合附片陳明伏乞　聖鑒勅部查照謹　奏奉　硃批兵部知道欽此

○○榮祿片　再北洋政務殷繁辦理中外交涉事件必須因應咸宜整頓營務海防尤貴得人而理前大臣因辦理洋務海防需員差遣奏調京外人員均蒙　恩准在案奴才甫膺重任加意講求情形或未周知端賴集思廣益擬就平日所知人員內酌量調用冀收羣策羣力之效查有翰林院編修譚啓瑞羅長椅吏部郎中上行走前山西河東道奭良兵部員外郎陳夔龍候選道楊文鼎聶時雋等六員熟悉洋務講求時事才具操守均有可信合無仰懇　天恩俯准將該員等發往直隸交奴才差遣委用以資助理謹附片陳請伏乞　聖鑒　訓示謹　奏奉　硃批譚啓瑞等均着准其調往差委該衙門知道欽此

○○頭品頂戴河南巡撫臣劉樹堂跪　奏爲起解內務府派辦汴綢紬綾起程日期恭摺仰祈　聖鑒事竊查前准內務府咨　奏派河南省採辦各色汴綢紬綾各三百疋本色棉紬三百疋本色大布三千疋當經行司委員分別織辦去後茲據藩司額勒精額委員將各色汴綢三百疋汴綢三百疋汴綾三百疋本色棉綢三百疋大布三千疋如數採辦齊全定於光緒二十四年六月初二日委員管解起程前赴內務府交納並開具色樣價值清摺呈送前來臣覆查無異除分咨查照外相應恭摺具　奏伏乞　皇上聖鑒謹　奏奉　硃批該衙門知道欽此

敬啓者　朝廷維新庶政博采羣言其已見施行者如科舉改試論策四書義經義實　命兩湖制軍南皮張香帥之奏制軍有勸學篇一書皆切近今時務其改科舉議即列外篇第八者也此外諸篇著論極爲持平惟此書僅　板兩湖書院外間頗尠傳本有志之士無不思一流覽本齋不惜貲本縮印上石日內即擬出書有願先睹爲快者即向天津鍋店街文美齋南帋局購覓可也

本公司仿照西法燒作磚瓦事屬創舉曾經通禀在案該貨堅固異常價値從減並各樣印花磚瓦俱全　賜顧者請至海大道新興南里內本公司面議可也謹啓

本號自置顧繡綢緞洋貨等物整零均按銀莊格外公道皆比大市價廉發售　寄賣各種眞料大小皮箱漢口水烟袋各種眼鏡龍井雨前紅茶梗　寓天津北門外估衣街五彩號衚衕口坐北向南　士商賜顧者請認本號招牌特此謹啓

啓者昨接上海孫仲英善長來電旋又接到顧緝庭葉澄衷嚴筱舫楊子萱施子英各觀察來電據云江蘇徐海兩屬水災綦重飢民數十萬顚沛流離死亡枕籍災區十餘縣待賑孔急需欵甚鉅官欵恐未能徧及素仰貴社諸大善長久辦義賑飢溺猶已敬求代呼將伯源源接濟功德無量蒙滙賑欵即滙上海陳家木橋電報總局內籌賑公所收解可也云云伏思同居覆載異姓不啻天親縱隔形骸民物莫非胞與頓遭洪水哀此災荒盡是蒼生何分畛域況救人性命即積我陰功雖此日拯茲黎庶散盡赤仄青蚨卜他年報在子孫同來玉堂金馬儆社欵無備濟自知獨力難成衕欲廣仁惟冀衆擎易舉叩乞　顯宦鉅紳仁人君子共憫奇災同施仁術原擬活人無算雖千金之助不爲多但能濟一批有功即百錢之施不爲少盡心籌畫量力輸將儆社不禁爲億萬災黎泥首叩禱也如蒙　慨助即交天津溜米廠濟生社帳房代收並開付收條以昭徵信

濟生社籌賑同人謹啓

告白

新接到申江新出趣報添別談笑林游戲另有一編佳話附送斷賜碑來功分送不悞主顧天津北門內各報總處梁子亭啓

京緞零剪 減價售現

零剪

高鴉背元青貢緞每尺	一千三百五
正號	一千四百文
中號	一千一百文
副號	八百八十文
眞杭青金銀庫緞每尺	二千二百文
眞裕順曾皮絲烟每包	一千一百文

寄售

南京鹹鴨每支 大	一千八百文
南京鹹鴨每支 小	一千二百文
龍井（每斤）	一吊七百文
雨前	一吊一百文
珠蘭	一吊四百文
雀舌	九百六十文
蜂翅	一吊二百文
紅袍	六百四十文
小種	一吊二百文

本號自製元綫京緞疊售零剪杭絨衣綫乍燕金腿南貨糟貨一應俱全近因錢市疲落不同分別減價抑因無恥之徒假貿南味字號者甚多雖云謀利誠恐亂眞欲辦甚猶用煩楮墨天津宮北大獅子胡同公益仁記南味坊謹白

恭頌良醫

太醫院候補醫士譚仰周先生素精岐黃爲人品學兼優不染行道習氣亦不以聲價自高論脈理固屬精通卽立方亦頗穩妥雖奇險之症凡經診視者遂無不著手成春此則余等共深佩服亦親友屢經效驗者也特此登報以供周知倘患疾症者可到口西關帝廟前聽之庶不至受庸醫之誤也

津門　徐晴波　魏星橋　朱藝堂　鄭敬齋　謹啓

新到啤酒

啓者本行現由德國自運上等啤酒氣味香美與衆不同除濕却暑助氣消食誠酒中之仙品也如蒙賜顧請到老龍頭對河本行賬房可也

計每箱四十八瓶價銀七兩五錢又價銀八兩五錢

德商瑞豐洋行謹啓

爲釣叟先生畫潤小啓

予向讀醉翁亭記曰先生之意不在酒而在乎山水之間未嘗不歎古人之高也夫古人往矣而欲求其嗣響追蹤彷彿則莫如新會歐陽子行者誠六一先生之遺裔也公少負奇氣嗜酒有家風長徧游名山大川落帋得烟雲生趣求畫者戶履常滿筆秃硯枯客有睨笑其旁者曰甚矣公之勞而費也胡不以潤筆之資作杖頭之助及今請自隗始可乎公笑曰無已其以酒酬我也昔人斗酒百篇畫何獨不然自今請以酒進爰定其數因爲之序

茲湊俚言作潤筆欵

借問先生何所癖　無如醉筆寫丹青
諸君若索先生畫　帋方一尺酒一罇
素絹又當加倍計　扇如團摺釀雙瓶
酒但斟酌膏糧合　潤筆兼能養性靈

香山襄侯魏宗弼書於潤州客次　寓紫竹林廣永隆號內

京都 內全盛

本店由京都移來專做全盛齋全樣鑲絨鞋亦有全樣布緞鞋各樣扎拉鎖綉扣鑲花鞋材料與衆不同樣式各外另有眞傳本店今有新添寄賣各樣旗鞋扎花坤鞋亦有鑲花坤靴一應俱全開設在天津府帶河門外樂壺洞北口巷內路北準仕商賜顧者詳認本店字號便是貨眞價實言不二價不悞主顧

本店謹白

顯學書塾

浙江蕭山湯伯述先生擬招學徒百人講授策論文字每人每月脩四元每月兩課一策一論三期到塾領題日日繳卷三日批改取定甲乙榜示暫時遙授不必住館在本塾海大道直報館旁

新開 天吉齋京靴店

本店開設天津府東門外天后宮前路北門面二間本號專辦京莊上上材料專做京都滿漢朝靴各欵鑲繡插鎖全式名鞋一應俱全貨高價廉士商賜顧者請認明本號招牌庶不致悞

本店擇於七月吉日開張　本號特白

告白

奉旨鄉會兩闈及科歲生童改試策論書院肄業亦皆遵照改課蒙塾下自宜以古文爲法宋儒呂東萊先生所著博議久已風行近尤膾炙人口現有芙蓉館主人以諸名家所批善本付本齋石印帋墨精良字大爽眼約於本月念日印畢出售此佈

天津文美齋南帋局告白

陰德耳鳴

余寒士也客秋偶患瘧疾以爲此細症耳無足介意隨服藥數劑旋卽霍然然不久又滋他患病更纏綿適陳君少菱來余告以所苦因爲代延張君敬和診治是時余甚慮無資孰知先生既至見余病極危境極困爲區畫方脉并贈以珍藥十數劑曾不兼旬而病若失神乎技矣先生有半積陰功半養身之章盛德所及詢不誣也先生學問淵深爲醫道中第一國手而性情仁厚純篤尤爲人所難及余感其盛意登諸報章并爲津郡患病者指南之助云

戊戌仲夏津邑後學顧連城誌謝

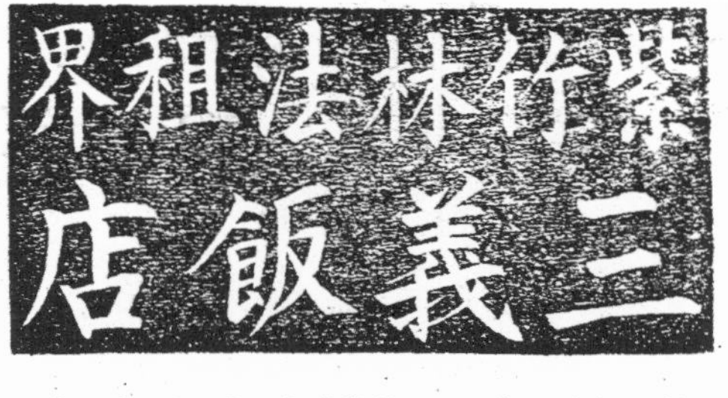

本店專做英法葷素大菜並由外洋自運各國上品洋酒各色異味點心罐頭鮮菓食物等類一應俱全本洋樓工程告竣房間寬闊夕時均用氣燈明亮異常仕商光顧者或携貴眷另有雅室亦足稱暢叙幽情矣擇於六月十七日開張至期請即駕臨賜顧是荷

本主人謹啓

天福茶園

特請上洋新到頭等花旦

天娥旦

六月二十日

早准演 晚准演

春秋配 忠孝圖

早晚仍照原價

重排新製新彩切

七八本

掃蕩叛逆

鐵公鷄

大戰麒麟山 火燒向大人

六月二十日晚准演

出售石印八面鋒

宋陳君舉先生所撰議論宏通恰合時宜有志策當之學定臬奏爲圭裝也現巳訂成好每部價錢七百五十文天津北門內府署東紫氣堂啓

茲因類報從十二册另改新章改樣亦按旬報之列即日可出後望盼矣

各報總處梁子亨啓

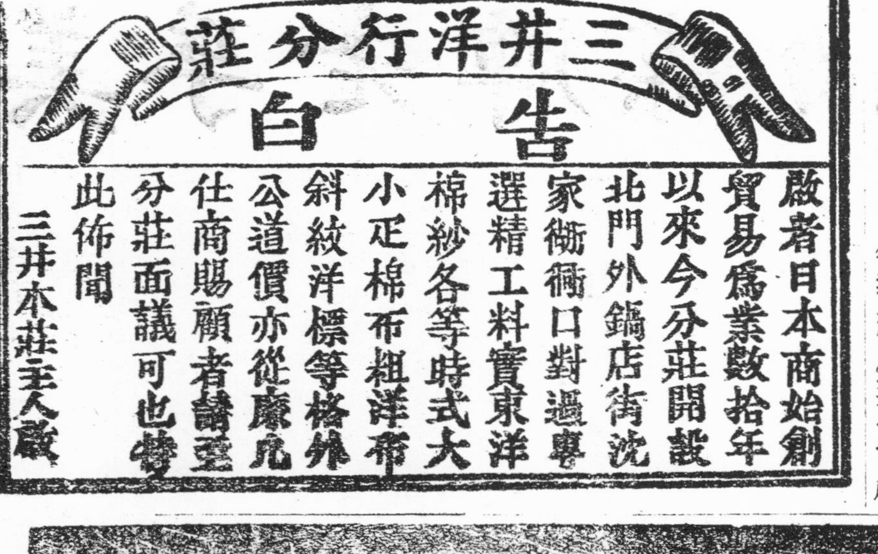
三井洋行分莊

告白

敝者日本商始創貿易爲業數拾年以來今分莊開設北門外鍋店街洗家衚衕口對過專選精工料實東洋棉紗各等時式大小疋棉布粗洋布斜紋洋標等格外公道價亦從廉凡仕商賜顧者請至分莊面議可也特此佈聞

三井本莊主人啟

啓者本行自上海分設天津紫竹林法租界良濟藥房對過女成衣飯店一號二號房內自製新式鐘表金銀表金表練各樣新式大小說話機器耳鳴機器金戒指金鋼石戒指大小洋鏡各樣新貨一應俱全貨好價廉格外公道在此住兩三個月後另造樓房批發諸公光顧請早駕臨海利洋行謹啓

戊戌年六月十九日禮拜六

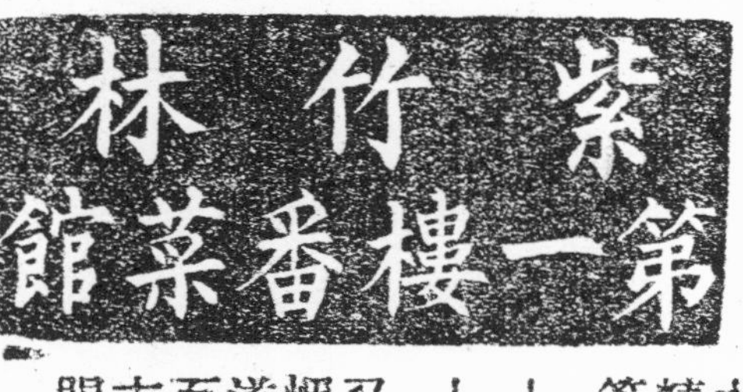

本號專作英法大菜各色精細點心各樣洋酒洋貨等物一應俱全並售

上 紅茶 每斤津錢八百

上上 一千六百

又批發茂生公司鐵海紙烟零整發售價值格外公道原箱計一百盒價洋一百四十四元每盒計五百支洋一元五角凡仕商賜顧請即駕臨是荷

主人謹白

減價

今有友人自辦陝西老土每兩津錢五百文新到梁州土每兩洋錢五百六十文如蒙賜顧者請到東門內聚隆成寄售

廣東鼎盛機器廠

本廠精造大小機器汽機火爐開礦水龍滅火水龍磨麵機器全套管辦鑄造修理精巧銅鐵等件貨真價廉倫蒙賜顧請至天津紫竹林法租界牌坊旁本廠面議不悞主顧

本主人謹啓

本局自印耕香館畫賸每部價洋二元專辦各種石印書籍精選加高南紙頂細雅扇格外價廉庽天津東門外藏子衚衕本局啓

本局謹啓

美孚老牌煤油

啓者美國三達煤油公司之德富士老牌煤油天下馳名萬商稱美蓋其質潔色清亮白如銀且絕無烟氣能耐久燃比之生荳等油晶光百倍而儉用價廉此爲德富士老牌之佳處誠屬無雙妙品也士商賜顧請到天津美孚洋行採辦或向就近殷實行店購買庶不致悞

DEVOE'S
PAT'D JUNE 22 63.
BRILLIANT
OIL
IMPROVED
PAT'D JUNE 28.64
PATENT CAN
美孚行

朔望會課

靜致廬會課爲皖江洪月般孝廉思齊倡立每月朔望舉行一論一策三日交卷評定甲乙酌贈花紅每卷收紙張津錢五十次月朔日開課假二道街泰山行宮廬厲爲收發課卷處入課者先期自陳名字齒籍官紳好義資助花紅者登報揄揚不勸捐

江右盧沛恩
津門王維翰　暨同人公啓

六月二十日輪船出口　禮拜日
重慶　輪船往上海　太古行
海晏　輪船往上海　招商局
新裕　輪船往上海　招商局

六月十九日銀洋行情
天津通行九七六錢
銀盤二千四百零二文　洋錢二千七百文
紫竹林通行九六錢
銀盤二千四百三十五　洋一千七百二十文
洋錢行市七錢一分三

新開元隆號綢緞洋貨莊

自去歲四月初旬開張以來蒙　各主顧垂盼雲集馳名日盛本號特由蘇杭等處加意揀選名機新鮮貨色零整銀價俱照大莊行市公平發售以昭久遠此白

寄賣龍井雨前素茶福建皮絲水烟各種眞料大小皮箱

開設天津府北門外估衣街中路北門面便是

浙紹朱鈍翁先生已於六月十二日由密雲縣治愈劉太夫人多年宿疾旋回津郡仍寓東門裡彌勒菴依舊懸壺

開設竹林法國租界北 天福茶園

京都新到

崇慶名班

特請京都上洋姑蘇山陝等處

各色文武　頭等名角

六月二十日早十二點鐘開演

張鳳台　終德明　長祿　六月鮮　老美　十二紐　東發亮　白文奎　十一紅　安桂秋　賽理猫　王喜雲　周菊荃　小連仲　天娥旦　王全立　楊四立　蘇廷奎　常雅秋　趙斌恆

大回朝　忠孝牌　廣太庄　戰蒲關　獅子樓　春秋配　衆武行 惡虎村

晚七點鐘開演

姜小五　周茹荃　李玉奎　謝才寶　十一紐　楊福寶　王喜雲　賽理猫　小遶仲　天娥旦　王全立　李吉瑞　常雅秋　羊喜壽　蘇廷奎　白文奎　趙斌恆　賽理猫　楊同來　小德生

百壽圖　洪洋洞　小上墳　忠孝圖　新彩新切 鐵公鷄 衆武行　七八本 全班合演

開設天津紫竹林海大道旁 福仙茶園

啓者本園於前月初四日止戲清理賬目今將戲園及園內桌椅磁壺磁碗新製彩切零星等件合盤出兌如有願兌者及詳細章程請至本園面議可也特此佈告

福仙茶園謹啓

創包機器

敬啓者近來西法之妙莫過機器靈巧至各行應用非得其人雖盡其妙每値傷損修理必悞時日今有甯子卿專於經理機器茲擬創辦包定各項機器以及向有機器常年煤料工力價値格外公道如貴行欲商者請到福仙茶園面議可也特白

直報

本館開設天津紫竹林海大道老茶市氣燈房巷內

光緒二十四年六月二十日 第一千百三十六號
西歷一千八百九十八年八月初七日 禮拜日

啓者兩接手教盡悉一一承囑之處自當照辦惟叙述殊覺詭異祈過我一談面爲改易爲要順頌 台祈 本館謹覆

華日同興 頃聞日本前相伊籐侯來華遊歷蓋欲贊畫維新窺其意旨非以我 皇上力圖富强謀斷獨操而欲出其未展之抱負以大用於中國哉是則我國之大幸也如能任之以宰輔待之以賓師使與合肥相國南皮制軍同掌樞密而就此中日復和之際兩國連衡以保亞洲大局將見戰守之策皆可用犄角之勢不能分則華日同興威行大地亦不過意中之事又何懼强鄰之多耶余不禁爲我 皇上與 明治天皇祝之 郭驤謹書

上諭恭錄

上諭連順奏蒙古王公等報効銀兩可否照章奬叙並卡倫總管等報効銀數各摺片前因圖車兩盟蒙古王公及哲布尊丹巴呼圖克圖沙畢喇嘛等報効銀二十萬兩業經諭令歸入昭信股票辦理茲據該王公再三陳懇不願領票具見急公奉上之誠深堪嘉尚着理藩院會同戶部照章核給奬叙至該卡倫總管等所捐銀兩亦着一併給奬嗣後各處奏報捐助昭信股票銀兩者仍着歸入股票章程一律辦理該衙門知道欽此

再書張孝達制軍守約篇後

烹魚煩則碎治民煩則亂故臨民貴居敬行簡君子未有不如此而可以爲治者即未有不如此而可以爲學者尙書說命爲言學之始至孔子以時習一言衍遜志時敏之義所謂時者及時因時務在當幾之時事魯論上卷記孔子之言以時哉終篇中庸第二章述仲尼之言以時中明義時之義即易之義雅言不及於易者以易言理理在當前其道可與共由不可時時著於口舌啓後世索遠勾深之漸故於易學而不言所雅言者惟詩書與執禮言詩則蔽以一言引書則不過數語非不言也意恐多言亂聽論說多而理道反晦也元封孔子制曰先孔子而聖非孔子無以明後孔子而聖非孔子無以法孔子固嘗以無言爲教者奚以明簡故明奚以法義可法也孟子願學孔子其述孔子謂春秋繼詩亡而作孔子取春秋之義而已私淑之其言詩則不以文害辭不以辭害意言書則云盡信書不如無書於武成取二三策爲守約也至孔子末年及門通六藝者七十二人而莊老之徒遂出乎其際孔子考禮於柱下贊其猶龍其爲學必無所差謬漆園吏之學出於田氏子方子方之學出於子夏與孟子俱孔氏門人之門人而立言迴殊其趨遽大異於孟氏之學焉秦火而後六經之學殆盡漢儒起而修之至漢文帝文學大興立璧雍養三老臨白虎論五經太學諸生至三萬人經術爲之大明而佛與道即出與爭勝而經學壞其故何哉初之同學異趨也所傳之語或偶未精一誤再誤矯其枉者或又過正愈傳而愈離其宗譬之一水流行遇物耦阻則派歧隨阻隨歧隨阻愈歧數歧之後其學愈多源愈遠末益分矣其繼之爲他學爭勝也經生之業言過其行文有餘而質不足久之則爲儒日多眞儒日少遇事而絕無眞識外物一至不爲所奪即爲所滑摩稜不決猶人處弱百病乘之染疫則其疾立作國無主雖衆難恃心無主體偉何嘗目大失神尾大不掉不待外侮而已不振矣中學之弊大率類是總之學貴敏求尤忌龐雜

兒之眞守之定談猶易易而幸生於今則無難也曾文正公云我　朝崇儒一道正學翕與平湖陸子桐鄉張子陸桴亭顧亭林諸君其講學博大精微程朱所傳之學至是益著較諸舊說爲優今之勝古當亦乾坤日闢之至理文正復合王陸兼取之尤爲正大今更得孝達張制軍示以守約之旨將見學成者卽以致用握要以圖庶不至望洋興嘆也夫

有口皆碑　○日前京師前三門外孝順衚衕等處經順天府設立平糶局米價甚廉小米老米每斤皆收當十大錢一百八十文每日淸晨有買米者無論男女皆以八點鐘放進至十二鐘始行放出每人祗准買米五斤如有多買者立卽鎖在廊下示衆若午後糴米之人俱於三點鐘放進五點鐘放出立法妥善貧民有口皆碑已

好雨知時　○京師各鄉晚禾雖已布種而園菜圃蔬同望雨澤幸六月十七日午後黑雲如墨俄而雨絲片片時止時飛入夜復聞檐溜淙淙有聲次晨雨師仍未返駕午後始霽各鄉居民得此甘霖無不欣欣色喜云

咨解榛栗　○直隸布政使牌仰昌平州差役陳自全管解光緒二十四年分榛栗二十八石六月十六日解交內務府果房照數收訖該解役換批掛號領回銷差云

實事求是　○近年因各衙門積案過多順天府將現審咨交案件有關罪名者註明收審月日已完未完月終具奏一次交吏科都察院逐件核對按限詳查若有應行扣抵於摺內註明倘無故遲延據實奏參刻下經尹憲嚴飭各員隨到隨結如或逾限立卽查參送部核議

嚴辦保甲　○都城內外居民稠密設立門牌戶册原以稽察奸宄勿使混跡該管官日久視爲具文漸就廢弛行之有名無實現經步軍統領衙門順天府五城各督飭所屬地方嚴密稽察如有遷徙按照章程逐一更正務使耳目常周勿擾勿漏輦轂肅清收戢暴安良之效

秋季商息　○六月二十日立秋所有五城地面當商生息銀兩俱於十九日經値年當商一律備齊分赴五城兵馬司正指揮衙門交納並五城察院每城每季津貼銀四百八十兩以資津貼

摺紳呈覽　○六月十九日吏部文選司造辦戊戌年秋季分文職爵里科分出身籍貫摺紳繕寫黃册經堂司各官核對無訛於二十日黎明送交軍機處呈進　御覽

何時所失　○永定門城樓失去銅炮二位將値班兵丁送交刑部審辦已見邸抄茲聞値班兵丁數名解送刑部時皆云樓中之炮實未知何時丟失現在查出欲爲究辦値班兵丁固難辭咎若事已逾年係他人値班豈非寃遭不白刻聞已經步軍統領衙門嚴飭各城門領認眞稽查倘有閒雜人等越城等事立卽拏獲按律懲辦

庸醫受辱　○俗謂庸醫殺人不用刀斯言也固爲若輩痛下針砭然庸醫猶得稍識之無其初志未必遽視性命如草芥也其尤不堪者醫藥不明妄談針炙其操術既鄙其貽害尤烈不可不愼也刻稔前門外櫻桃斜街有陳某者於六月十五日以九歲子偶患微疾延請謝某診視謝一見卽稱霍亂病重非針刺難保無虞卽向該童手腕脚腕項心等處連刺數十針針未啓出子已奄奄魂赴泉台陳某以年屆五旬誠不免喪明抱慟立欲投赴琴堂呈報幸經和事老出爲調處令謝齊衰成服在棺前稽顙行孝子禮並出資於十七日淸晨代爲發喪始寢其事當時觀者如堵見謝蔴衣草履涕泣靈前皆笑不可仰云

督轅門抄　○六月十九日晚中堂見　己丑編修江標　俄文繙譯劉寨惠　領事書恩齊副領事格羅思　滙豐行麥根道士　二十日　運司方大人　關道李大人　道台任大人　候補道張大人振棨　吳大人廷斌　李大人肇文　王大人修植　張大人翼　朱大人　承大人　汪大人　蒯大人　候補府顧廷枚　候補同知張弼賢　本縣呂增祥　候補縣程龢　唐景崙　署撫寧縣陳慶麟　補用縣丞陳葆泰　馬許補用府經歷呼延杰奉藩委解運庫銀來津

萬壽恭賀　○每逢萬壽聖節內外大小官員例應慶賀盛典也頃奉　欽差北洋大臣辦理通商事務文淵閣大學士直隸爵督部堂示爲慶賀事恭照六月二十八日恭逢　皇上萬壽聖節欽奉　皇太后懿旨着本月二十六日行慶賀禮卽照此

旨行欽此合行出示曉諭爲此示闔屬文武官員知悉至期仰卽恭詣　萬壽宮行慶賀禮特示

督批照登　○具呈祁州商人日昌抱告家人楊成批仰運司派委候補縣丞王錫壬押運赴祁仍由司分行經過各州縣嚴禁書役土棍借端需索違則由該委員會同地方官拏辦不貸此批

督署設局　○前報榮中堂因內外交涉事繁議設洋務局委關憲李少東觀察總司其事復派張燕謀嚴幼陵爽召南𧽚午樓楊俊卿孫慕韓諸觀察爲會辦茲聞業經議定卽在督署內設局總辦洋務以便會晤各國官員辦理諸事宜可以就近商榷

稟知請示　○那錫侯觀察晉𧽚午樓觀察昌前奉中堂札委查閱營伍等因均紀前報茲悉兩觀察於十五日稟辭十六日起節先赴大沽一帶認眞點驗校閱現事竣回津隨赴督轅稟知復請示前往北塘閱卽日便當起程

典當漁利　○本埠制錢短絀因而私鑄盛行屢經有司查禁迄未斷絕現在市面行用錢每串中私錢少至八九十文多至一百餘文當典向不使私錢今亦隨風而靡從中漁利所出錢每串約有五六十文贖當則一文不使似此違禁取利累害貧民倘經官府查知能不大受科罰耶

土棍尋仇　○河北大紅橋地方于某與前北營門汎官之子某甲在該營門西開設娼寮昨有西頭土棍常某謝某赴該寮取樂因酬應稍疎大肆咆哮座上茶壺茶碗如蝴蝶亂飛于等不由忿火中燒喝龜奴輩毆打謝乘間逸去常被打徧體鱗傷經人勸釋悻悻而去刻聞糾集黨羽定行報復不久將有一場惡鬥也

災民求賑　○聞昨有男婦多人伺道憲公出回署時在轅門外環跪懇恩撫恤訪係武清縣屬大小康庄一帶因渾鳳等河決口被水難民道憲諭令作速回籍候稟明督憲派水利局委員前赴各處勘查水災大小再爲酌籌急賑

事將誰怨　○孫某大城產領剝船近因官差辦畢攬裝雜貨藉以餬口日昨船泊墻子河北岸正值上貨時適小兒在船邊溲溺孫一拾篙將兒碰落河中雖經赶緊撈救蹤影毫無其母喊跳痛哭然已無可如何矣

順慶亂耗　○重慶訪事人初八日來信云四川省內之順慶府仁昌仁山兩縣均被匪黨滋擾而以仁昌縣爲尤甚其匪首僉蠻子現已糾集千人軍械藥鎗甚多號衣竟與官軍無異其藐視地方官更甚而該地方之兵力又未足與相持勢將不可收拾按由成都達順慶水程不過數百里何以不趕派重兵前往協助立平此亂耶其傳聞之誤耶

灣民被虐　○東京報云法租廣洲灣之後該處土人經議準法艦圖連灣泊任艦上庖人登岸以購糧食詎該處土人不服法政遂與法兵交易而該艦統帶卽着水師兵登陸强捉土人念名拿回艦中必須土商許其購買糧食然後將所擄土人放回云云○又云提督邀望電達法京請政府遣兵若干名及撥銀若干以爲保守廣洲灣之用後聞法提督接到法廷撥出佛郞二萬遣兵六十名該提督覩此情形不勝懊惱之至是邀望反爲缺望矣

甬江米市　甬江郵簡云甯城乏米情形已詳紀前報茲悉前時官家創設接濟公所幷出示曉諭居民由外省運米前來平糶每人祇准購米三升每升收大錢四十二文乃行未多日米卽告罄居民正在驚惶忽聞有米自輪帆各船裝至急詢原由始知所到之米須五石起碼且須覓保至公所領票周折甚多於是各衙門及巨富豪商人等反得備貲多購所積甚多不患從事枵腹惟甕牖繩樞者尙須日向米舖零購是以小民歎息咨嗟仍怨米價之不平也

日長如年　○地球每年環日一周因其形如橘中央凸而兩頭稍凹故各處晝夜互有長短考瑞典之司道科呼而悟京晝長至十八點半鐘北冰洋斯畢治拜爾庚長至三月半德之倫敦德之勃來梅長至十六點半鐘日爾曼亨倍爾及德之當來歌長至十七點瑙威之瓦不來五月二十一至七月廿二常晝俄之彼得堡西必利亞得保而斯科至長時十九點鐘紐約晝至長者十九點鐘坎拏大芒厥爾十六點鐘

陰中之陽　○合衆國有冰湖土人鑿冰窟著火其中轟轟烈烈視爲常事其中實有格致理也蓋地中常有生成氣西名納住老而譯卽天然生成者時時出水上升凝聚冰下冰穿氣冒卽火立著熖高累尺光照數丈夏令無冰氤氳之氣漫散四出不能凝結徵

驗多拿芬湖中氣最多冬凍湖封冰面冰底閉氣結爲泡聚有十方碼或二十方碼之大踏冰游人時就冰窟中向火取煖偶立下風衣履每爲焦灼云

光緒二十四年六月十八日京報全錄

宮門抄〇六月十八日吏部　翰林院　廂紅旗值日　正黃漢引　見六名　正白滿四名　廂白滿七名　兩翼十六名　那王假滿請　安　鈕楞額稽察中左門覆　命　蘇嚕岱請假五日　召見軍機　胡燏棻　伊克坦　閱卷大臣　派出崑中堂王文韶裕德阿克丹溥良闊普通武趙舒翹鳳鳴楊頤文治會章綿文

〇〇掌湖廣道監察御史臣鄭思贊跪　奏爲特科大典請　旨嚴定濫保處分以除弊端而拔眞才恭摺仰祈　聖鑒事竊維　朝廷創開經濟特科約以六事由三品以上京官及督撫學政各舉所知無論已仕未仕俱准咨送考試引　見聽候　擢用欽奉　諭旨時勢多艱需才孔亟該大臣等如有平素所深知者出具切實考語咨送不得瞻徇情面徒採虛聲等因欽此本年正月二十七日奉　上諭國家登進人材必須言行相符而後可收實效況經濟一科係屬特設內外臣工尤當仰體破格旁求之意不得以有才無行之人濫登薦牘等因欽此仰見　皇上旁求俊彥愼重精詳之至意欽服莫名顧　朝廷求才愈殷而後下之所以應之者愈急往往輕爲薦舉不免博採虛聲受人干求遂致瞻徇情面甚且有不肖之徒藉爲進身捷徑賄賂夤緣皆所不免以　朝廷破格旁求之盛典而使有才無行之人濫竽充數欲廣登近之路適開倖進之門若非嚴定濫保處分何以袪錮弊而警效尤查吏部處分則例原有濫保不實之條擬請　旨飭下京外大臣保送經濟特科人員經考試引　見錄用以後如有言行不符以及干求賄賂劣迹一經查出或被人糾參除將本員立予罰黜嚴加懲處外並將原保之大臣照濫保非人之例交部議處以示懲儆庶幾眞才可得而特科益典愈昭鄭重矣臣愚昧之見披瀝上陳伏乞　皇上聖鑒謹奏奉　旨已錄

〇〇奴才依克唐阿溥頲跪　奏爲養息牧墾務勘放就緒及報明回省日期恭摺仰祈　聖鑒事竊奴才等於本年春季酌辦養息牧未放荒地曾於三月十九日將奴才溥頲起程日期奏明在案嗣於閏三月十七日奉到　硃批知道了着遵迭次諭旨斟酌妥辦毋徇小利致拂輿情欽此欽遵仰見　聖謨宏遠優待蒙民之至意感悚交集欽佩莫名奴才溥頲到荒後當卽督飭各員將去歲收價未撥之地先爲丈放除謹將陳蘇魯克北境馬架窩棚及新蘇魯克先蒙後漢酌量招佃認領外其餘一概停墾作爲廠佃以期敉放寬裕計新陳蘇魯克八十四村屯所留草牧廠叚六十五萬餘畝牧丁排地十四萬六千畝前後共放生熟各地五十八萬餘畝其草廠排子地經奴才依克唐阿派員指撥完竣翼長等均有收領押結查新陳蘇魯克全境現在尙有生荒八萬餘畝熟地四萬餘畝其中預留有價無課之城鎭地基無價有課之各廟香火學田以及無價無課之義塚共一萬餘畝下餘生熟荒地約有十一萬餘畝擬請將熟地三四萬畝撫恤該處無告窮民如蒙　俞允卽飭翼長等查明戶口秉公撥給免其升科以廣　皇仁惟目下業有願交官租承種此地者俟秋成交淸後再爲撥給庶免轇轕其餘生荒因近來蒙漢雜居人烟稠密亦擬一律作爲牧廠計自開辦以來共收荒價正欵銀十七萬餘兩前已解交十四萬兩此次又解三萬兩共合庫平銀十七萬兩查地數銀數因應補應續者尙多一時未能驟淸容造具淸册再行奏報確數去歲所放熟地遵章當年升科共地三萬六千零一十一畝每畝按三分徵銀共庫平銀一千零八十兩零六錢四分五釐業已如數徵齊解庫其奏明所收餘地官租實收東錢六萬七千餘千擬交奴才依克唐阿衙門作爲餉糈之用今歲所收熟地自應當年交納課賦惟前後所放生荒承領開墾者參差不齊懇　恩均以二十五年起予限三年至二十八年再行起科以示體恤而紓民力至造册升科奏銷經費以及設立城鎭建署安官善後諸事宜容奴才等細心酌核陸續　奏明辦理此次隨同勘放荒地及與賓圖王東土默特各旗兩次分界之委員司書馳驅遠塞雪宿風餐備嘗艱苦不無微勞足錄所有在事出力人員可否由奴才等援案擇尤保奬以示鼓勵之處出自　宸裁奴才溥頲於五月十二日由荒動身留營官陳楠暫爲彈壓於十九日到省任事合併聲明所有墾務勘放撥緒及報明回省日期緣由謹合詞繕摺具陳伏乞　皇上聖鑒　訓示謹　奏奉　硃批着照所請該部知道欽此

〇〇劉坤一片　再江蘇省挑練督鎭各標新兵等營津貼等項係奏定章程支發錢款歷屆報銷案內除以所收釐金錢文抵支外其

餘不敷之欵均係以銀易錢支給計湘平銀一兩合錢一千六百文前因市廛錢價加增銀價減落虧折較多酌定自光緒十五年起每錢一千文作湘平銀六錢七分六厘造報經前督臣曾國荃附片奏請奉　硃批着照所請戶部知道欽此欽遵在案近年以來錢荒益甚銀價愈低自二十三年起每湘平銀一兩僅易錢一千二百餘文商情錙銖必較碍難繩以定價強令虧折各該兵丁月支津貼係計授要需又難以酌定錢價核發銀兩轉令食用不敷有所藉口溯查歷屆報銷尚有厘金錢文抵支虧折已屬匪細現在蘇省貨厘改歸稅司代徵折還洋欵此後即無列收厘錢抵支虧短之數較前更鉅委實無從賠貼惟有援案請自二十三年起凡留防軍需項下動用錢欵酌中核定每錢一千文作湘平銀七錢八分八厘核算造報俾免賠累據江蘇防營支應報銷處司道等會詳請　奏前來臣查近年制錢缺乏銀價日賤貨厘代徵抵借又無錢欵列收若仍照前項定章以銀易錢彙總核計不敷甚鉅該司道所詳委係實情合無仰懇　天恩俯准自光緒二十三年起暫照此次所定錢合銀數造報一俟市價稍平再照向章辦理以昭核實除咨部外謹會同江蘇巡撫臣奎俊附片陳請伏乞　聖鑒　訓示謹　奏奉　硃批着照所請戶部知道欽此

○○成都將軍兼署四川總督臣恭壽跪　奏爲川省機器局支用經費照章造冊報銷恭摺仰祈　聖鑒事竊查川省設立機器局自光緒三年十月起至二十二年十二月底止業將支用經費各數目先後　奏報在案茲據辦理機器局委員成綿龍茂道長春特用道安成詳稱遵查前奉部定新章各省報銷以後必須分晰造冊每年奏報一次以符定制不得籠統含混等因查川省機器局自光緒二十三年正月初一日起至十二月底止局中修機器一百七十二起水龍十七座各營舊洋槍五千三百五十桿續成機器三十七起新造馬梯呢鎗六百一十四杆蜀利抬鎗二百杆快利鎗二十桿馬梯呢槍藥彈三十六萬四千八十粒蜀利抬鎗藥彈六萬五千八百八十粒前膛銅火帽八百四十五萬一千粒各種機件六百二十四起各營操槍鐵靶七架已成洋火藥九萬七千一十七觔均經試收合用已將各槍彈銅帽洋火藥陸續解送籌餉局驗收存儲以備撥用其未合成鎗彈銅帽洋火藥機器等件歸入下欠報銷所有局中支用修整廠房各機器及採買各項物料委員司事薪水匠作工資各經費仍照原奏不動司庫正欵均於土貨厘金項下開支統計二十三年分共支用庫平銀六萬八千二百七十三兩四錢零遵照部定新章分晰造冊詳請　奏咨核銷並開明該局二十三年分支欵係在未准部咨飭令每兩核扣六分統按二兩平發給以前既已支訖勢難外扣請自二十四年起再照部章核扣等情前來臣覆核無異除冊送部外理合恭摺具陳伏乞　皇上聖鑒謹　奏奉　硃批該部知道欽此

元茂機器磚瓦公司

本公司仿照西法燒作磚瓦事屬創舉曾經通禀在案該貨堅固異常價值從減並各樣印花磚瓦俱全　賜顧者請至海大道新興南里內本公司面議可也敝處機器購自禮和洋行甚屬靈巧特此並達

本號自置顧繡綢緞洋貨等物整零均按銀莊格外公道皆比大市價廉發售　寄賣各種眞料大小皮箱漢口水烟袋各種眼鏡龍井雨前紅茶梗　寓天津北門外估衣街五彩號衚衕口坐北向南　士商賜顧者請認本號招牌特此謹啓

啓者昨接上海孫仲英善長來電旋又接到顧緝庭葉澄衷嚴筱舫楊子萱施子英各觀察來電據云江蘇徐海兩屬水災綦重飢民數十萬顛沛流離死亡枕籍災區十餘縣待賑孔急需欵甚鉅官欵恐未能徧及素仰貴社諸大善長久辦義賑飢溺猶己敬求代呼將伯源源接濟功德無量蒙滙賑欵即滙上海陳家木橋電報總局內籌賑公所收解可也云云伏思同居覆載異姓不啻天親縱隔形骸民物莫非胞與頓遭洪水哀此災黎誰非蒼生何分畛域況救人性命即積我陰功雖此日拯茲黎庶散盡赤仄青蚨卜他年報在子孫同來玉堂金馬敝社欵無備濟自知獨力難成術欲廣仁惟冀衆擎易舉叩乞　顯官鉅紳仁人君子共憫奇災同施仁術原擬活人無算雖千金之助不爲多但能濟恤有功即百錢之施不爲少竊心籌畫量力輸將敝社不禁爲億萬災黎泥首叩禱也如蒙　慨助即交天津溜米廠濟生社帳房代收並開付收條以昭徵信

濟生社籌賑同人謹啓

敬啓者 朝廷維新庶政博采羣言其已見施行者如科舉改試論策四書義經義實僉兩湖制軍南皮張香帥之奏制軍有勸學篇一書皆切近今時務其改科舉議卽列外篇第八者也此外諸篇著論極爲持平惟此書僅本板兩湖書院外間頗尠傳本有志之士無不思一流覽本齋不惜貲本縮印上石日內卽擬出書有願先睹爲快者卽向天津鍋店街文美齋南帋局購覓可也

天后宮北 義興順綢緞莊

本莊自置顧繡綢緞綾羅紗絹各樣洋貨南貨雅扇桂毋頭油香貨歸安貝松泉湖筆一概俱全

頭號杭甯綢 四錢二
頭號摹本緞 三錢八
紅梅茶 每 九百六
紅茶 六百四
紅茶磚 斤 二百二
龍井茶 一吊八
金百蕊裙布裡每套五兩八
壽棉
哆囉蔴每尺原碼 四分二
各莊夏布一概照行發莊

寄售天津北門內府署東紫氣堂秘製四正氣散時所治病症詳細列後 春令大頭天行瘟毒時氣傳染頭暈目脹口苦耳聾風熱上攻兩目赤腫發斑癧疹鼻乾口燥咽喉腫痛風熱瘡瘂俱用茶清調下 夏令中暑煩渴四肢困倦烏梅湯下 霍亂轉筋上吐下瀉腹中急痛惡心不食俱用生姜湯下 水瀉不止滑石甘草湯下 絞腸沙陰陽水沖炒鹽湯下 秋令寒暑濕食凝結腹痛 瘧疾痢疾傷濕身重傷冷腹脹赤白雜痢俱用生姜湯下 裏急後重檳榔湯下 冬令傷寒無汗頭疼身痛週身骨節酸痛傷風流涕惡寒壯熱痰喘咳嗽俱用生姜湯下 四季適病雜病 氣逆不食胸膈膨滿傷食傷水急氣結胸外感風寒內傷生冷鼻塞聲重咳嗽痰壅山嵐瘴氣不服水土俱用沒 每服二錢小兒減半 每盒津錢一百文

京都保和堂主人謹啓

新到啤酒

啓者本行現由德國自運上等啤酒氣味香美與衆不同除濕却暑助氣消食誠酒中之仙品也如蒙賜顧請到老龍頭對河本行賬房可也 計每箱四十八瓶價銀七兩五錢又價銀八兩五錢

德商瑞豐洋行謹啓

爲釣叟先生畫潤小啓

予向讀醉翁亭記曰先生之意不在酒而在乎山水之間未嘗不歎古人之高也夫古人往矣而欲求其嗣響追踪彷彿則莫如新會歐陽子行者誠六一先生之遺裔也公少負奇氣嗜酒有家風長徧游名山大川落帋得烟雲生趣求畫者戶履常滿筆秃硯枯客有睨笑其旁者曰甚矣公之勞而費也胡不以潤筆之資作杖頭之助及今請自隗始可乎公笑曰無巳其以酒酬我也昔人斗酒百篇畫何獨不然自今請以酒進爰定其數因爲之序

茲湊作潤筆款

借問先生何所癖 無如醉筆寫丹青
諸君若索先生畫 帋方一尺酒一罇
素絹又當加倍計 扇如團摺醸雙瓶
酒侑酙膏糧合 潤筆兼能養性靈

香山襲侯魏宗弼書於潤州客次
寓紫竹林廣永隆號內

恭頌良醫

太醫院候補醫士譚仰周先生素精岐黃爲人品學兼優不染行道習氣亦不以聲價自高論脈理固屬精通卽凡方亦頗穩妥雖奇險之症經診視者遂無不著手成春此則余等共深佩服亦親友屢經效驗者也特此登報以供周知倘患疾症者可到閘口西關帝廟前聘之庶不至受庸醫之誤也

津門 徐晴波 魏星橋 朱藝堂 鄭敬齋 謹啓

顯學書塾

浙江蕭山湯伯述先生擬招學徒百人講授策論文字每人月脩四元每月兩課一策一論屆期到塾領題三日繳卷三日批改取定甲乙榜示暫時遙授不必住館本塾在海大道直報館旁

新開 天吉齋京靴店

本店開設天津府東門外天后宮前路北門面二間本號專辦京莊上上材料專做京都滿漢朝靴各款鑲繡插鎖全式名鞋一應俱全貨高價廉士商賜顧者請認明本號招牌庶不致悞 本店擇於七月吉日開張

本號特白

告白

奉旨鄉會兩闈及科歲生童改試策論書院肄業亦皆遵照改課童蒙館下自宜以古文爲法宋儒呂東萊先生所著博議久已風行近尤膾炙人口現有芙蓉館主人以諸名家所批善本付本齋石印帋墨精良字大爽眼約於本月念日印畢出售此佈

天津文美齋南帋局告白

陰德耳鳴

余寒士也客秋偶患瘧疾以爲此細症耳無足介意隨服藥數劑旋卽霍然然不久又滋他患病更纏綿適陳君少菱來余告以所苦因爲代延張君敬和診治是時余甚慮無貲孰知先生既至見余病極危境極困爲區畫方脈并贈以珍藥十數劑曾不兼旬而病若失神乎技矣先生有半積陰功半養身之章盛德所及詢不誣也先生學問淵深爲醫道中第一國手而性情仁厚純篤尤爲人所難及余感其盛意登諸報章并爲津郡患病者指南之助云

戊戌仲夏津邑後學顧連城誌謝

紫竹林法租界 三義飯店

本店專做英法葷素大菜並由外洋自運各國上品洋酒各色異味點心罐頭鮮菓食物等類一應俱全本[illegible]樓工程告竣房間寬闊夕時均用氣燈明亮異常　仕商光顧者或攜貴眷另有雅室亦足稱暢叙幽情矣擇於六月十七日開張至期請即駕臨賜顧是荷

本主人謹啓

三井洋行分莊 告白

啟者日本商始創貿易爲業數拾年以來今分莊開設北門外鍋店街洗家衚衕口對過專選精工料實東洋棉紗各等時式大小疋棉布粗洋布斜紋洋標等格外公道價亦從廉凡仕商賜顧者請至分莊面議可也特此佈聞

三井本莊主人啟

兹因類類報從十二册另改新章改樣亦按旬報之列即日可出後望盼矣

各報總處梁子亨啓

天福茶園

特請上洋新到

頭等花旦

天娥旦

六月廿一日

晚准演

蘆花計

早晚仍照原價

重排新製新彩新切

七八本

掃盡叛逆

鐵公鷄

大戰麒麟山　火燒向大人

接排擇日開演

啓者本行自上海分設天津紫竹林法租界良濟藥房對過女成衣飯店一號二號房內自製新式鐘表金銀表金表練各樣新式大小說話機器耳鳴機器金戒指金鋼石戒指大小洋鏡各樣新貨一應俱全貨好價廉格外公道在此住兩三個月後另造樓房批發諸公光顧請早駕臨海利洋行謹啓

戊戌年六月二十日

禮拜日

出售石印八面鋒

宋陳君學先生所撰議論宏通恰合時宜有志策論之學定當奏爲圭臬也現已裝訂成好每部價錢七百五十文天津北門內府署東紫氣堂啓

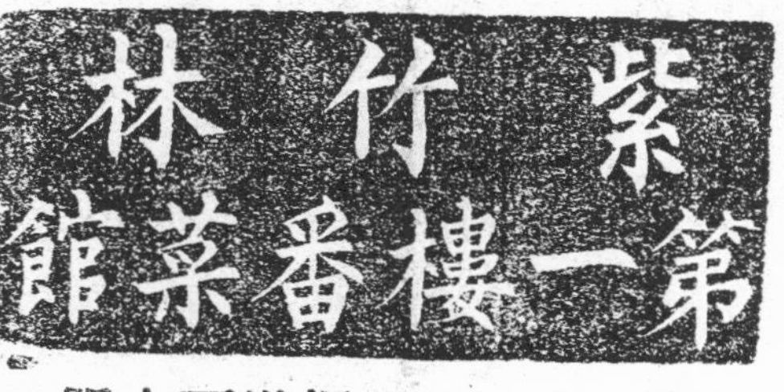

本號專作英法大菜各色精細點心各樣洋酒洋貨等物一應俱全並售

上　　　八百

上紅茶每斤津錢一千

　　　　六百

又批發茂生公司鐵海紙烟零整發售價値格外公道原箱計一百盒價洋一百四十四元每盒計五百支洋一元五角凡仕商賜顧請即駕臨是荷

主人謹白

廣東鼎盛機器廠

本廠精造大小機器汽機火爐開礦水龍滅火水龍磨麵機器全套管辦鑄造修理精巧銅鐵等件貨眞價廉倘蒙賜顧請至天津紫竹林法租界牌坊旁本廠面議不誤主顧

本主人謹啓

減價

今有友人自辦陝西老土每兩津錢五百文新到梁州土每兩津錢五百六十文如蒙賜顧者請到東門內聚隆成寄售

本局自印耕香館畫譜每部價洋二元專辦各種石印書籍精選加高南紙頂細雅扇格外價廉厲天津東門外襪子衚衕本局啓

本局謹啓

美孚老牌煤油

啓者美國三達煤油公司之德富士老牌煤油天下馳名萬商稱美蓋其質潔色清亮白如銀且絕無烟氣能耐久燃比之生菩等油晶光百倍而儉用價廉此為德富士老牌之佳處誠屬無雙妙品也　士商賜顧請到天津美孚洋行採辦或向就近殷實行店購買庶不致悮

DEVOE'S
PAT'D JUNE 22.63.
BRILLIANT
OIL
IMPROVED
PAT'D JUNE 28.64.
PATENT CAN
美孚行

朔望會課

靜致廬會課爲皖江洪月般孝廉思齊倡立每月朔望舉行一論一策三日交卷評定甲乙酌贈花紅每卷收紙張津錢五十次月朔日開課假二道街泰山行宮廬爲收發課卷處入課者先期自陳名字齒籍官紳好義資助花紅者登報揄揚不勸捐

江右盧沛恩
津門王維翰　暨同人公啓

六月廿一日輪船出口　禮拜日
重慶　輪船往上海　太古行
海晏　輪船往上海　招商局
新裕　輪船往上海　招商局

六月二十日銀洋行情
天津通行九七六錢
銀盤二千四百零二文　洋錢一千七百文
紫竹林通行九六錢
銀盤二千四百三十五　洋一千七百二十文
洋錢行市七錢一分三

新開　元隆號綢緞洋貨莊

自去歲四月初旬開張以來蒙　各主顧垂盼雲集馳名日盛本號特由蘇杭等處加意揀選名機新鮮貨色零整銀價俱照大莊行市公平發售以昭久遠此白

寄賣龍井雨前素茶福建皮絲水烟各種眞料大小皮箱

開設天津府北門外估衣街中路北門面便是

浙紹朱鈍翁先生已於六月十二日由密雲縣治愈劉太夫人多年宿疾旋回津郡仍寓東門裡彌勒菴依舊懸壺

開設紫竹林法國租界北

天福茶園

京都新到

崇慶名班

特請京都上洋姑蘇山陝等處

各色文武　頭等名角

六月廿一日早十二點鐘開演

姜小五　周茹筌　十八紅　崇芬　六月鮮　發生　安桂秋　永成　銀棠　十二紅　小三寶　長祿　白文奎　羊喜壽　王壽雲　賽理喜　蘇廷奎　常雅秋　趙斌恒　永景

對刀步戰　臨童山　清風亭　雷峯塔　宮門帶　賣馬　賣餑餑　衆武行　霸王莊

晚七點鐘開演

邊義臣　小三寶　崇俊　小德生　白文奎　安慈秋　小祿奎　高玉喜　十一紅　李玉奎　賽狸雲　王喜寶　汪德紅　十二旦　天娥伸　小連祿　長瑞　李吉奎　蘇廷奎　周茹筌

烈火旗　寶蓮燈　文昭關　二不知　蘆花計　衆武行　獨木關

開設天津紫竹林海大道旁

福仙茶園

啓者本園於前月初四日止戲清理賬目今將戲園及園內桌椅磁壺磁碗新製彩切零星等件合盤出兌如有願兌者及詳細章程請至本園面議可也特此佈告

福仙茶園謹啓

創包機器

敬啓者近來西法之妙莫過機器靈巧至各行應用非得其人難盡其妙每值傷損修理必悞時日今有甯子珊專於經理機器茲擬創辦包定各項機器以及向有機器常年煤料工力價值格外公道如貴行欲商者請到福仙茶園面議可也特白

直報

光緒二十四年六月二十一日　第一千百三十七號
西歷一千八百九十八年八月初八日　禮拜一

本館開設天津紫竹林海大道老棻市氣燈房巷內

上諭恭錄　論練兵有五要　和聲鳴盛　老成持重
日中而市　重懲惡棍　以和爲貴　靈均把臂
胎產志異　捉獲要犯　督轅門抄　沉灾奚淡
委札已發　到局任事　慣犯難饒　新雨不同
南來新貨　蕪湖教案　松江平糶　法女多才
英船更替　實逼處此　京報全錄　各行告白

啓者兩接手教盡悉一一承囑之處自當照辦惟叙述殊覺詭異祈過我一談面爲改易爲要順頌　台祈　本館謹覆

上諭恭錄

上諭祥麟奏大員在任積勞病故懇恩賜卹一摺察哈爾副都統依崇阿由行伍出身轉戰直隸山東山西河南奉天等省迭著戰功洊授任都統以來於辦理防邊諸務亦能悉合機宜依崇阿着加恩照軍營立功後積勞病故例從優議卹該部知道欽此　旨察哈爾副都統着明秀調補所遺正紅旗副都統着兒欽補授欽此　軍機大臣面奉　諭旨本月二十一二十四日所有進內當差之王公文武大小官員均穿蟒袍補褂欽此

論練兵有五要

孔子曰以不教民戰是謂棄之又曰善人教民七年亦可以卽戎矣卽戎非教不可教民非俟諸七年不可其間次序之後與先情事之輕與重謀畫之得與失確有成竹在胸非故爲持重者比雖曰軍旅未學聖人固深於軍旅者也後世之用兵也不曰教而曰練練亦教也而有淺深之別教也者如師長之課弟子口講指畫循序漸進無欲速亦無憚煩練則尅期一相操演而已自太平日久習爲驕逸並操演亦不甚講求遂致武備廢弛動輒見欺於敵國然後知整軍經武實爲今日要圖而羣雄逼處虎視鷹瞬勢岌岌乎不可終日又恐遲延歲月緩不能濟急欲迫其期速其效爲目前戡辭禦侮計則惟置教而用練可也則惟用練而兼用教可也教練之法事類甚多約言之其要有五曰學技也束伍也習胆也聯情誼勵忠義也古者用戈矛今則用槍砲古者尚奮擊今則尚準頭古者刃接鋒交然後分勝負今則數里外或十數外電掣星馳立見死傷枕藉戰事大不相同矣況槍砲名目繁多以最快者爲利器其然放也不用火而用機一分鐘可發數十響倘技藝生疏能不誤事乎故當朝夕演習之忌游疑忌慌張忌魯莽躁急惟貴安詳便捷目與心相應手與目相隨如庖丁之奏刀如熊宜了之弄丸不輕發尤不虛發則權操必勝矣是爲演技考周禮五人爲伍五伍爲兩五兩爲卒推之一旅一師皆伍所積也兩陣之間整者勝散者敗兵法所最詳焉昔曹劌與齊戰既克公問故曰大國難測也懼有伏焉吾望其旗靡視其轍亂故逐之轍亂旗靡伍不齊矣金兀朮嘗謂靡下曰撼山易撼岳家軍難蓋武穆善用兵猝遇敵不動兀朮畏之故云若夫勝則挺身而趨利敗則棄衆而狂奔皆談兵家大忌也惟是申明號令勇士無許爭先懦夫不得落後如墻而進亦如墻而退違者有常刑焉是爲束伍疆場之間危地也戰陣之事危機也擐甲冑冒鋒刃往往十生而九死誰是奮不顧身者故當砲雷彈雨之中肉薄血飛之際心爲驚氣爲奪手足無所措舉向之所謂技擊也步伐也頓歸無何有之鄉尚能殺敵致果乎居恒操練時宜排成陣勢作兩軍相攻狀以歷練其耳目使之習見狃聞視戰鬥如尋常事故泰西有觀戰之例凡兩敵交兵許他國在壁上遙觀可以增閱歷拓心胸勵勇敢也中國宜倣行之設有戰事令舊兵臨敵新隊旁觀以壯其氣如北宮黝之養勇膚不撓目不逃而後可用矣是爲練胆自中興以來改制兵而爲練勇倉猝招募率皆東西南北之人彼此不相識上下不相通一營一哨中不免撕打鬥毆之事非搆怨卽尋仇緩急時而欲其相呼應相救援

也難矣按現在章程五百人爲一哨五十人爲一隊十人爲一棚營官當飭各棚頭以時勸戒之使之化爭競釋嫌疑親如兄弟然由棚推之哨由哨推之營則一營何啻一家五百人何啻一人孟子不云乎今有同室之人鬭者救之雖被髮纓冠而往救之可也能使同營如同室則居恒相友愛臨陣相扶持詩所謂與子偕作與子同仇者不將見於今日乎是爲聯情誼兵者何 朝廷赤子也食毛踐土二百數十年仁恩之淪洽肌骨者深矣況一入軍籍行有糧坐有餉體䘏周且至具有天良孰不當粉身圖報者特恐不肖將領尅扣而剝削之視之如艸芥驅之若犬羊將領結士卒之怨致使士卒並忘君上之恩其疾視長上之死而不救也何怪焉昔李牧爲趙將軍市之租皆用以賞士魏尙爲雲中守五日一椎牛享軍吏舍人岳武穆用兵時軍士有出征者嘗遣夫人慰問其家部將死王事或以子婚其女能如是然後士卒於將領不啻子弟之愛父兄手足之護頭目用能得其死力所向有功矣是爲勵忠義總之上衛國下衛民胥於兵乎是賴關繫重焉必予以能戰之具範以不敗之法乃能操必勝之權故五者缺一不可也至於利器械裕餉需以及營壘橋梁偵探等事宜或預爲籌備或取辦臨時當有專司其事者而練兵之要大約不出乎此矣

和聲鳴盛 ○六月二十八日 皇上萬壽聖節現經內務府掌儀司飭傳福壽四喜班各著名優伶於二十五二十六日辰刻赴 內廷豐澤園演劇以崇盛典而悅 天顏

老成持重 ○日前各部院衙門由軍機處領出馮桂芬校邠廬抗議三十部分派司員簽議等因已志前報茲悉刑部因現審要案無暇及此吏部亦未簽議惟徐中堂在府第自行研究將原著四十議詳加校閱分條酌覈派人繕寫不令外人知覺日內單銜具奏云

日中而市 ○京師小押舖貲本不豐牟取重利凡偸竊物件俱赴典質匪徒恒藉以消贓又各街市於天尙未明時卽擺攤售賣最爲藏奸售主亦貪圖便宜卽明知實係賊贓亦不查詢來歷殊非日中爲市之義現經步軍統領衙門及五城出示曉諭不得仍前開設小押其在街市擺攤者總於日出後方准售賣倘其中有來歷不明之物於犯案後查出卽將知情售賣之人按律治罪以清市肆而靖閭閻

重懲惡棍 ○前門內西長安街雙塔寺地方有劉某等數人於六月十一日黃昏時各持刀械蜂擁而來與瑞姓互相交鋒對敵致將瑞姓等三人砍傷甚重經該管地面官廳拏獲解交步軍統領衙門按律懲辦以儆兇橫

以和爲貴 ○宣武門外粉房琉璃廠和順喜轎舖因某宅少公子完姻拖欠喜轎錢支吾不給該舖主婁某情急往索因某少公子口出不遜婁某未免急噪彼此嚷鬧繼以用武將少公子毆傷當卽片送北城坊控告旋卽差傳婁某畏訟潛匿迄今查無踪影雖將舖夥傳案終未得結昨經城憲批仰北城內坊將該舖查封未悉如何結局俟訪明再錄

靈均把臂 ○泛舟賞荷冰絲雪藕韻事也而落水溺斃慘已月望有某少公子偕友赴東便門外二閘乘坐艘船循運河遊行以消酷暑正行至三塊板左近該少公子見有蓮花盛放獨立船頭縱觀風景當出神之際友人勸其勿涉大意語未竟詎船晷一欹側卽跌落水中經人赶卽打撈迄無所得至次晨見屍浮起始知被屈大夫捉去矣當卽報驗認領棺殮云

胎產志異 ○雷某者木工也人皆以雷公呼之娶妻某氏無所出前歲雷逝世家無擔石儲妻雖孀守遂改適某甲甲稅居於德勝門內氏歸甲數月卽喜有身非復如爲雷妻時矣邇者坐蓐臨盆產一怪物肢體皆全而手足拘攣其音如狸試啼之聲甚怪異不與嬰兒同一時鬨傳街巷皆以爲雷公舊物產下未㡬卽夭夫天地生人賦形受質本有定形惟孕婦於受孕後或見怪物致肇妖異故寢不邊立不跛目不視惡色耳不聽淫聲不入廟看神像不登戲場觀劇謂之胎敎偶或不檢則怪物感胎而成其形矣甲妻得毋類是

捉獲要犯 ○六月十六日宣武門大街地方有大車一輛上縛三人拉往北署並有兵丁若干護送其號衣上書南營菜市汛兵丁等字訪悉該三人在彰儀門外菜戶營附近行刦迄未捕獲捕役等到處搜尋嗣見樹林中有柴草一堆下覆深穴衆疑爲狠窩燃草薰之有一人冒烟而出遂被擒據稱尙有同夥二人藏在深處故次第受縛也至如何審問有無供情訪明再錄

督轅門抄 ○六月二十一日 中堂見 道台任大人 黃大人建筦 趙大人宗鼎 潘大人志俊 廣東補用府龔心湛

自京來　遵化州陳以培　蔚州石唐臣　江西縣陸繼昌　豐潤縣盧靖　分省補用同知楊來昭　鎭海船汪思孝　提標中營千總孫定遠　右營千總解俊卿　中營雲騎尉哈鼎綬

沉災奚淡　○昨京友來津云自通入都之御路楊村下至茶棚東共計決口大小十二道北四十八村田盡被淹顆粒無望刻已稟明籌賑局憲矣吁賑濟尚千不如民獲一稔田奪於水安望有秋水利不興民居奚奠也此又九重所南望興嗟者耳

委札已發　○前紀督署設立北洋洋務局擬委各員茲已訪實爲奭召南觀察良楊俊卿觀察文鼎孫慕韓觀察寶琦嚴又陵觀察復會商辦理昨已由中堂發出委札札到各員不日當入局任事

到局任事　○辦理　皇差局設立海防公所傍所有辦　皇差文案支應等事各員均於二十日早十點鐘入局任事矣

慣犯難饒　○河東蕭老刃傷鄧五復將馬三毆傷之舊案翻出等因均紀前報昨經大令提訊蕭復供出爲逃軍之犯令益怒將蕭收禁俟再確訊定擬

新雨不同　○昨二十日爲立秋節農家以是日有雨謂百艸無油按諸往歲亦不盡然大抵歲之豐歉一視乎素日之風雨寒暑時與不時而已不關乎一日陰晴也且卽一日之內數里之中氣候不齊雨暘迴別常也非變也昨日紫竹林迤南雖見陰雲密布微雨濛濛僅逾片刻而龍王廟以北則大雨傾盆衢水橫流矣

南來新貨　○順和輪船新來南貨計　洋布一千二百二十七箱　雜貨二百七十二箱　糖包三百六十一包　茶葉三千一百五十六箱　茶樣二箱　箱子一箇　鐵器一件　麻袋二十八捆　火油五百箱　洋皂五十箱　柏油二桶　棕片八捆　洋線六十三捆　紙頭四百三十捆　漆油七十桶　鐵絲一百一十六捆

蕪湖敎案　○蕪湖訪事人於本月初十日發來專函云湖南省內之美敎士二人乘坐遊船往遊雲河一帶舟泊洪江爲匪黨所見拆毀其船物件均付諸咸陽一炬敎士二人幸卽逃避某砲船得免於難統帶炮船者遂雇就小船一艘將該敎士星夜送往漢口矣　錄滬報

松江平糶　○松江訪事友人云松江平糶各董議借方正學祠爲總局由總董宋養初侍御夏氷甫中翰東邀城內外各紳及府縣各官到局會議各圖地保所査貧戶冊亦已呈送到局某日備有午膳各董陸續到局午後華亭縣劉謙三大令婁縣屈吉士大令府尊張子虞太守先後戾止太守意在速辦如俟十六日開糶緩不濟急必須初十之前卽行辦理並請各董從速勸諭富室囤戶開倉將存米估計市價糶給局中若必居奇閉遏則必干未便董皆唯唯聽命先是上月二十五夜三鼓後南門外曹姓米鋪私運白米五十石出城爲砲艇巡勇所阻拘解婁署屈大令判將十石充賞二十石發局平糶二十石以曹姓苦求發還案已定邑尊到局時卽請董事收米某紳謂創辦伊始總須破除情面此案除撥局二十石外其餘三十石一併由局收買庶昭公允府縣初議提倉穀發糶某紳謂不如多採米石接濟因各米店不肯承領遂議於東南西北四處另擇善地開辦普照寺其一也其餘各鄉由縣傳圖董領錢採米發售大旨粗定各官始呼殿而回

法女多才　○頃聞西友云泰西女子無不讀書而變章通時務者亦復不少現在法京巴黎都城開一新聞報館名曰拉弗隆度上自館主主筆以及司事排字印報諸工人皆女流也無一男子夾雜其間傳聞法人好武而女才子竟如此之多想鬚眉丈夫當非盡糾糾者矣

英船更替　○英近派頭等鐵甲快船名奧羅拉來華更替伊摩塔賴得兵船回國查此船係偏布祿克船廠所造價値英金二十七萬一百六十九磅爲最固之快船中之一配帶九寸二口徑二十二頓後膛大砲二尊船之首尾各配六寸口徑大砲十尊快砲十三尊汽機砲六尊水雷管二條船身有鋼甲防護甲厚十寸深五尺六寸長二百尺船面之甲厚薄不等船頭之甲厚十六寸望樓甲厚十二寸此船曾於般特利駐防二年　英國水陸軍報

實逼處此　○大東鐵路與西卑利亞鐵路相連分爲二枝路卽白嘎耳及烏蘇里兩路白嘎耳一路自歇諾恩站起至中國界

共長八百八十里烏蘇里一路自尼闊拉站起至滿洲東界長一百九十里　譯俄彼得堡新聞報

光緒二十四年六月十九日京報全錄

宮門抄〇六月十九日戸部　通政司　詹事府　正藍旗值日　無引　見　四川總兵初發祥請　訓　召見軍機　初發祥　黃恩永

〇〇頭品頂戴兩江總督臣劉坤一跪　奏爲揀員請補分司要缺以資整頓恭摺仰祈　聖鑒事竊兩淮通判分司運判金兆槃捐陞遺缺接准部咨於光緒二十四年正月初五日行文應歸正月分截缺所遺員缺行令揀員請補查定例各省鹽運司運判缺出先儘著有勞績卽用先用人員補用如無人將部發人員按一應補一委用一捐納三班輪流補用又章程內開各項著有勞績奉　旨以何項官員陞用補用者均歸於候補班酌量補用又張元愷請補海州分司運判案內經部奏定章程嗣後各省運副運判缺出各按各缺均分爲兩班以一缺仍按定例辦理以一缺照籌餉例補用各等語兩淮運判自分班輪補新章以後上次通州分司員缺接用勞績候補正班項晉蕃海州分司員缺用捐納試用正班楊槐又海州分司出缺用不積各項班次之　特旨運判徐紹垣續出通州分司一缺用勞績候補班前先金兆槃嗣又泰州分司出缺輪用捐納先到班該班內應以何員補業經咨請部示今通州分司員缺按照分班輪補章程應輪勞績候補正班人員到班伏查通州分司一缺管轄九場鹽多竈廣督場稽覈責任綦重且值　奏辦查丈蕩地頭緒紛繁並須整頓場產推廣銷路尤非精明幹練熟悉情形之員難期得力臣於勞績各員中逐加遴選查有勞績候補正班補用運判凌樹模年六十一歲安徽監生由捐納選用從九品於同治五年八月在江蘇松滬餉票請獎案內加捐鹽經歷不論雙單月歸部卽選六年正月投効軍營於任賴捻股肅清出力案內經前湖廣督臣李鴻章保奏七年八月初九日奉　上諭候選鹽經歷凌樹模着免選本班以鹽運判留於兩淮補用欽此八年七月初十日由吏部帶領引　見奉　旨着准其免選本班以鹽運司運判留於兩淮補用欽此是年九月十八日到淮九年十二月在皖省捐輸案內加捐鹽提舉陞銜試看期滿甄別經前督臣李宗羲以該員年壯才明留淮補用新章考試取列一等先後管理淮南東壩淮北永豐壩各監掣印務並署通州分司員缺措置均屬裕如復因辦理江甯籌餉勸捐出力保獎四品銜光緒二十三年三月初四日具　奏奉　旨依議欽此歷當各差均無貽誤覆查該員才具穩練職守愼勤勞績名次最先且曾署通州分司篆務場竈情形極爲熟悉以之請補斯缺人地實在相宜洵堪勝任核與分班輪補定章亦屬相符據江甯布政使松壽兩淮鹽運使江人鏡會詳請　奏前來合無仰懇　天恩俯念員缺緊要准以勞績候補正班補用運判凌樹模補授通州分司運判員缺於鹽務實有裨益如蒙　俞允該員係勞績候補正班補用運判請補運判銜缺相當毋庸送部引　見除將該員履歷送部查核外謹會同江蘇巡撫臣奎俊恭摺具陳伏乞　皇上聖鑒訓示謹　奏奉　硃批吏部議奏欽此

〇〇頭品頂戴兩江總督臣劉坤一跪　奏爲揀員借補陸路守備員缺恭摺仰祈　聖鑒事竊江南奇兵營守備林壽康經臣於上年軍政案內具　題叅劾所遺員缺接准部咨係陸路題補第五輪第四缺應用儘先人員行令迅卽照章揀員請補等因伏查是缺守備駐紮儀徵縣城有經管兵馬錢糧巡緝地方之責非精明幹練之員難期勝任臣於通省候補各員中逐加遴選查有遊擊銜兩江儘先都司易國祥年五十四歲湖南善化縣人由武童投營隨剿出力荐保藍翎守備復於克復金陵省城案內經前督臣曾國藩保奏同治三年八月二十一日奉　上諭藍翎守備易國祥着免補守備以都司儘先補用加遊擊銜欽此光緒十二年來省投効於二十三年經臣奏留兩江補用准部咨覆註册在案該員年力强健營務愼勤以之借補是缺守備洵堪勝任核與限制亦屬相符合無仰懇　天恩俯准以儘先都司易國祥借補江南奇兵營守備員缺實於營務地方均有裨益如蒙　俞允俟部覆至日再行給咨送部引　見恭候欽定除飭取履歷及前在他省並無叅革賸保切結咨部查核外謹會同江南提督臣李占椿恭摺具陳伏乞　皇上聖鑒訓示謹　奏奉　硃批兵部議奏欽此

〇〇劉坤一片　再各省防營如有更換員弁或移紮他處前奉　諭旨飭令隨時奏聞等因歷經遵辦在案兹查管帶徐防步隊右營補用都司陳景鏞病故所遺營務飭委世襲雲騎尉劉靑嚋接帶又管帶盛字左旗補用叅將唐盛祥病故所遺旗務飭委儘先守備劉

勷美接帶蘇防中營江蘇候補道杜俞卸差所遺營務經撫臣飭委奏留江蘇候補道黃立鰲接帶並兼統右後兩營卽以中營爲坐營又長江水師提督黃少春所統之江勝軍六營前經奏明駐紮江陰嗣以鎭江地方處中於形勢尤爲扼要卽令該軍改紮鎭江切實訓練吳松現在開埠通商所有駐紮該處之洋操自强軍馬步炮隊十一營經臣咨會該軍統領江南提督李占椿統率紮江陰以固下游門戶並將原駐江陰鎭江各防營及各炮台弁勇分別咨請各該提臣就近節制調遣俾專責成而裨防務除飭取管帶劉靑嶹等履歷咨部查核外謹會同江蘇巡撫臣奎俊附片陳明伏乞 聖鑒謹 奏奉 硃批兵部知道欽此

〇〇奴才依克唐阿鍾靈跪 奏爲勘估 永陵明堂前泊岸本年宜修工段擬請吉興修恭摺仰祈 聖鑒事竊 永陵明堂前草蒼河岸被水沖刷各工前因方向不宜未能修理之辰申等方工程經奴才等於上年十二月間具奏遵例派員保護泊岸並酌擬應修應緩情形摺內陳明核對 欽定吉方立成新書今歲申方宜修擬將方向宜修之申方泊岸以及 龍頭石路前護隄椿笆各工段派員勘明丈尺估需錢糧數目於今春氷泮後奏明修辦欽奉 硃批該部知道欽此奴才等當卽會派候補協領佐領貴和委官馬鈞前赴工所敬謹詳勘核估去後茲據該員會同地方官等稟稱謹勘得 龍頭石路前護隄椿笆倒落大半無存長四十九丈五尺寬六七尺深七八尺不等蘇子河北岸順水壩由上游沖刷長六十二丈寬八九尺至一丈深七八尺不等椿笆均行朽爛大半無存荊囤石子堆露惟查申方二十二年原報南岸沖刷二丈五尺北岸十六丈深寬均二三尺至三四尺不等今詳加相度椿巴彭爛大半欹落無存南北兩岸沖刷各長七十四丈寬各五六尺深各三四尺不等蓋因歷久水浸去秋會報後又經本年春融水泛所致其申方首南岸旁沖刷一段長二十一丈寬深七八尺不等援案由河漕內淤積泥土挑挖就近塡墊以節經費應將宜修工段滿換椿巴塡墊石子灰土岸面均係三合土築打堅實照式修理等情呈報前來奴才等詳核該委員等所勘各工皆在本年申方宜修地段當卽飭估計段照例核算共估需物料匠夫銀六千一兩一分一厘自應奏請修理如蒙 俞允請 旨飭下欽天監於本年六月內選擇吉期奴才等遵俟行知到日卽飭承修委員敬謹開工興修至此次工程關繫緊要若按核減章程銀錢票三項兼支實屬不敷工用查歷次奏修泊岸工段均係奏蒙恩准支領實銀此次接修泊岸申方工段所估工料銀兩情應請仍照前案准以實銀關領由盛京戶部庫存項下動支修理工竣照例造册核銷其辰方今歲不宜修理工段仍由奴才等督飭委員暨旗民地方官等敬謹妥爲保護俟方向相宜之年再行奏請修理以昭愼重理合恭摺具奏伏乞 皇上聖鑒 訓示遵行謹 奏奉 硃批另有旨欽此

啓者昨接上海孫仲英善長來電旋又接到顧緝庭葉澄衷嚴筱舫楊子萱施子英各觀察來電據云江蘇徐海兩屬水災綦重飢民數十萬顚沛流離死亡枕籍災區十餘縣待賑孔急需欵甚鉅官欵恐未能徧及素仰貴社諸大善長久辦義賑飢溺猶已敬求代呼將伯源源接濟功德無量蒙滙賑欵卽滙上海陳家木橋電報總局內籌賑公所收解可也云云伏思同居覆載異姓不啻天親縱隔形骸民物莫非胞與頓遭洪水哀此災荒盡是蒼生何分畛域況救人性命卽積我陰功雖此日拯茲黎庶散盡赤仄靑蚨卜他年報在子孫同來玉堂金馬敝社欵無備濟自知獨力難成術欲廣仁惟冀衆擎易舉叩乞 顯官鉅紳仁人君子共憫奇災同施仁術原擬活人無算雖千金之助不爲多但能濟世有功卽百錢之施不爲少盡心籌畫量力輸將敝社不禁爲億萬災黎泥首叩禱也如蒙 慨助卽交天津溜米廠濟生社帳房代收並開付收條以昭徵信

濟生社籌賑同人謹啓

出售石印八面鋒

宋陳君舉先生所撰議論宏通恰合時宜有志策論之學定當奉爲圭臬也現已裝訂成好每部價錢七百五十文天津北門內府署東紫氣堂啓

告白

敬啓者 朝廷維新庶政博釆羣言其已見施行者如科舉改試論策四書義經義實僉兩湖制軍南皮張香帥之奏制軍有勸學篇一書皆切近今時務其改科舉議卽列外篇第八者也此外諸篇著論爲持平惟此書僅板兩極書院外閒頗尠傳本有志湖之士無不思一流覽本齋不惜貲本縮印上石日內卽擬出書有願先睹爲快者卽向天津鍋店街文美齋南帋局購覓可也

京都 內全盛

本店由京都移來專做全盛齋全樣鑲絨鞋亦有全樣布緞鞋各樣扎拉鎖綉扣鑲花鞋材料與衆不同樣式各外另有眞傳本店今有新添寄賣各樣旗鑾扎花坤鞋亦有鑲花坤靴一應俱全開設在天津府帶河門外樂壺洞北口巷內路北準 仕商賜顧者詳認本店字號便是貨眞價實言不二價不悞主顧

本店謹白

拍賣告白

啓者本月二十六日卽禮拜六下午兩點鐘在氣燈房對過禪臣新棧房內拍賣綢緞數件洋貨數件縐貨數件欄杆絲帶數件土布數件夏布數件對子數件鈕扣絲線數件翡翠水占數件諸多花樣貨色俱全如欲買者請早來細看面拍可也特此佈聞

集盛洋行謹啓

新到啤酒

啓者本行現由德國自運上等啤酒氣味香美與衆不同除濕却暑助氣消食誠酒中之仙品也如蒙賜顧請到老龍頭對河本行賬房可也

計每箱四十八瓶價銀七兩五錢

又價銀八兩五錢

德商瑞豐洋行謹啓

爲釣叟先生畫潤小啓

予向讀醉翁亭記曰先生之意不在酒而在乎山水之間未嘗不歎古人之高也夫古人往矣而欲求其嗣響追踪彷彿則莫如新會歐陽子行者誠六一先生之遺裔也 公少負奇氣嗜酒有家風長徧游名山大川落帋得烟雲生趣求畫者戶履常滿筆禿硯枯客有睨笑其旁者曰甚矣 公之勞而費也胡不以潤筆之資作杖頭之助及今請自隗始可乎 公笑曰無巳其以酒酬我也昔人斗酒百篇畫何獨不然自今請以酒進爰定其數因爲之序兹湊俚言作潤筆欵

借問先生何所癖　無如醉筆寫丹青
諸君若索先生畫　帋方一尺酒一罇
素絹又當加倍計　扇如團摺釀雙瓶
酒尹斟酌膏糧合　潤筆兼能養性靈

香山襄侯魏宗弼書於潤州客次 寓紫竹林廣永隆號內

恭頌良醫

太醫院候補醫士譚仰周先生素精岐黃爲人品學兼優不染行道習氣亦不以聲價自高論脈理因屬精通卽立方亦頗穩妥雖奇險之症凡經診視者遂無不著手成春此則余等共深佩服亦親友屢經效驗者也特此登報以供周知倘患疾症者可到鬧口西關帝廟前聘之庶不至受庸醫之誤也

津門 徐晴波 魏星橋 朱藝堂 鄭敬齋 謹啓

顯學書塾

浙江蕭山湯伯述先生擬招學徒百人講授策論文字每人月脩四元每月兩課一策一論屆期到塾領題三日繳卷三日批改取定甲乙榜示暫時遙授不必住館本塾在海大道直報館旁

新開 天吉齋京靴店

本店開設天津府東門外天后宮前路北門面二間本號專辦京莊上上材料專做京都滿漢朝靴各欵鑲繡插鎖全式名鞋一應俱全貨高價廉 士商賜顧者請認明本號招牌庶不致悞 本店擇於七月吉日開張

本號特白

告白

奉 旨鄉會兩闈及科歲生童改試策論書院肄業亦皆遵照改課童蒙竄下自宜以古文爲法宋儒呂東萊先生所著博議久已風行近尤膾炙人口現有芙蓉館主人以諸名家所批善本付本齋石印帋墨精良字大爽眼約於本月念日後印畢出售此佈

天津文美齋南帋局告白

陰德耳鳴

余寒士也客秋偶患瘧疾以爲此細症耳無足介意隨服藥數劑旋卽霍然不久又滋他患病更纏綿適陳君少菱來余告以所苦因爲代迓張君敬和診治是時余甚慮無貲孰知先生既至見余病極危境極困爲區畫方脉并贈以珍藥十數劑曾不兼旬而病若失神乎技矣先生有半積陰功半養身之章盛德所及詢不誣也先生學問淵深爲醫道中第一國手而性情仁厚純篤尤爲人所難及余感其盛意登諸報章并爲津郡患病者指南之助云

戊戌仲夏津邑後學顧連城誌謝

三井洋行分莊 告白

敬者日本商始創貿易為業數拾年以來今分莊開設北門外鍋店街洗家衚衕口對過專選精工料實東洋棉紗各等時式大小疋棉布粗洋布斜紋洋標等格外公道價亦從廉凡仕商賜顧者請至分莊面議可也特此佈聞
三井本莊主人啟

玆因類類報從十二册另改新章改樣亦按旬報之列即日可出後望盼矣
各報總處梁子亨啓

紫竹林法租界 三義飯店

本店專做英法葷素大菜並由外洋自運各國上品洋酒各色異味點心罐頭鮮菓食物等類一應俱全本洋樓工程告竣房開寶閣夕時均用氣燈明亮異常仕商光顧者或攜貴眷另有雅室亦足稱暢敘幽情矣擇於六月十七日開張至期請即駕臨賜顧是荷
本主人謹啓

啓者本行自上海分設天津紫竹林法租界良濟藥房對過女成衣飯店一號二號房內自製新式鐘表金銀表金表練各樣新式大小說話機器耳鳴機器金戒指金鋼石戒指大小洋鏡各樣新貨一應俱全貨好價廉格外公道在此住兩三個月後另造樓房批發諸公光顧請早駕臨
海利洋行謹啓
戊戌年六月二十一日禮拜一

天福茶園

特請上洋新到
頭等花旦
天娥旦
六月廿二日
晚準演
算糧
早晚仍照原價

重排新製新彩新切
七八本
掃晝叛逆
鐵公雞
大戰麒麟山　火燒向大人
接排擇日開演

廣東鼎盛機器廠

本廠精造大小機器汽機火爐開礦水龍滅火水龍磨麵機器全套管辨鑄造修理精巧銅鐵等件貨眞價廉倘蒙賜顧請至天津紫竹林法租界牌坊旁本廠面議不悞主顧
本主人謹啓

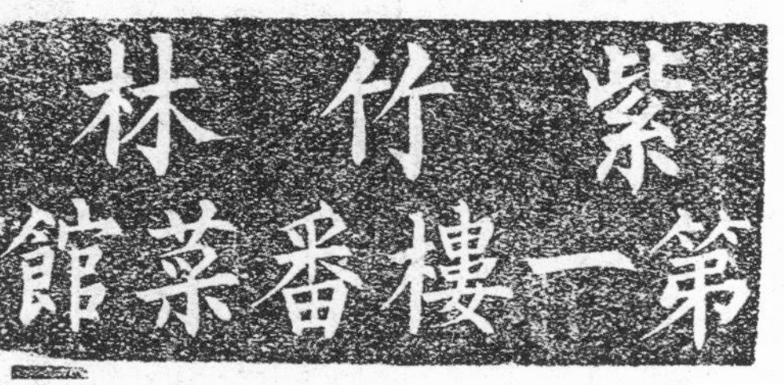

本號專作英法大菜各色精細點心各樣洋酒洋貨等物一應俱全並售
上上紅茶每斤津錢八百
上紅茶每斤津錢一千六百
又批發茂生公司鐵海紙烟零整發售價値格外公道原箱計一百盒價洋一百四十四元每盒計五百支洋一元五角凡仕商賜顧請即駕臨是荷
主人謹白

請看新書

敝堂經售石印新出四書義五經義宏才通義皆不相同本月二十三前足可裝訂成部特此先聲
天津北門內府署東各報總處紫氣堂全啓

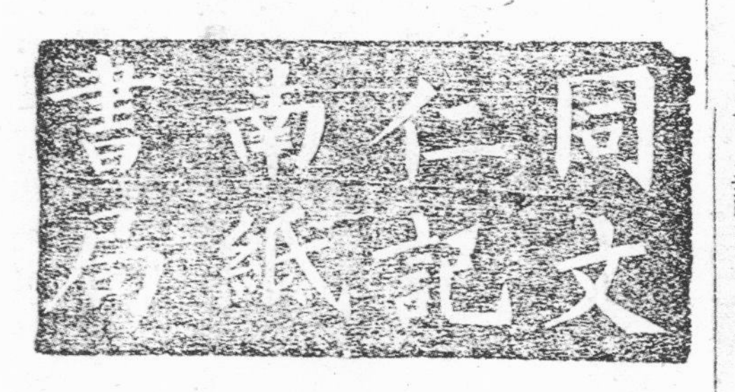

本局自印耕香館畫臘每部價洋二元專辦各種石印書籍精選加高南紙項細雅扇格外價廉廣天津東門外襪子衚衕本局啓
本局謹啓

減價

今有友人自辦陝西老土每兩津錢五百文新到梁州土每兩六錢五百十文如蒙賜顧者請到東門內聚隆成寄售

拍賣告白

啓者本月二十三日即禮拜三下午兩點鐘在英國府內拍賣外國家俱各樣俱全如欲買者請早來細看面拍可也
集盛洋行謹啓

朔望會課

靜致廬會課為皖江洪月般孝廉思齊倡立每月朔望舉行一論一策三日交卷評定甲乙酌贈花紅每卷收紙張津錢五十次月朔日開課假二道街泰山行宮廬厲為收發課卷處入課者先期自陳名字齒籍官紳好義資助花紅者登報揄揚不勸捐

江右盧沛恩
津門王維翰 暨同人公啓

六月廿二日輪船出口 禮拜一
泰順 輪船往上海 招商局
海晏
六月廿三日輪船出口 禮拜二
盛京 輪船往上海 太古行

六月廿一日銀洋行情
天津通行九七六錢
銀盤二千四百零二文 洋錢一千七百文
紫竹林通行九六錢
銀盤二千四百三十五 洋一千七百二十文
洋錢行市七錢一分三

浙紹朱鈍翁先生已於六月十二日由密雲縣治愈劉太夫人多年宿疾旋回津郡仍寓東門裡彌勒菴依舊懸壺

直報

本館開設天津紫竹林海大道老菜市氣燈房巷內

光緒二十四年六月二十二日　第一千百三十八號
西歷一千八百九十八年八月初九日　禮拜二

啓者兩接手教盡悉一一承囑之處自當照辦惟敘述殊覺詭異祈過我一談面爲改易爲要順頌　台祈　本館謹覆

上諭恭錄

軍機大臣面奉　諭旨本月二十五二十六二十八日均着推班欽此　一硃筆馮金鑑補授戶科掌印給事中欽此

設學　勸學篇中之三　張之洞

今年特科之　詔下士氣勃然濯磨興起然而六科之目可以當之無愧上副　聖心者蓋不多觀也去年有　旨令各省籌辦學堂爲日未久經費未集興辦者無多夫學堂未設養之無素而求之於倉猝猶不樹林木而望隆棟不作陂池而望巨魚也遊學外洋之舉所費既鉅則人不能甚多且必學有初基理已明識已定者始遣出洋則見功速而無弊是非天下廣設學堂不可各省各道各府各州縣皆宜有學京師省會爲大學堂道府爲中學堂州縣爲小學堂中小學以備升入大學堂之選府縣有人文盛物力充者府能設大學縣能設中學尤善小學堂習四書通中國地理中國史事之大畧算數繪圖格致之粗淺者中學堂各事較小學堂加深而益以習五經習通鑑習政治之學習外國語言文字大學堂又加深加博焉或曰天下之學堂以萬數國家安得如此之財力以給之曰先以書院改爲之學堂所習皆在詔書科目之內是書院卽學堂也安用騈枝爲或曰府縣書院經費甚薄屋宇甚狹小縣尤陋甚者無之豈足以養師生購書器曰一縣可以善堂之地賽會演戲之欵改爲之一族可以祠堂之費改爲之然數亦有限奈何曰可以佛道寺觀改爲之今天下寺觀何止數萬都會百餘區大縣數十小縣十餘皆有田產其物業皆由布施而來若改作學堂則屋宇田產悉具此亦權宜而簡易之策也方今西教日熾二氏日微其勢不能久存佛教已際末流中半之運道家亦有其鬼不神之憂若得儒風振起中華乂安則二氏固亦蒙其保護矣大率每一縣之寺觀取什之七以改學堂留什之三以處僧道其改爲學堂之田產學堂用其七僧道仍食其三計其田產所值奏明　朝廷旌獎僧道不願獎者移獎其親族以官職如此則萬學可一朝而起也以此爲基然後勸紳富捐貲以增廣之昔北魏太武太平眞君七年唐高祖武德九年武宗會昌五年皆嘗廢天下僧寺矣然前代意在税其丁廢其法或爲抑釋以伸老私也今爲本縣育才又有旌獎公也若各省薦紳先生以興起其鄉學堂爲急者當體察本縣寺觀情形聯名上請於朝　詔旨宜無不允也其學堂之法約有五要一曰新舊兼學四書五經中國史事政書地圖爲舊學西政西藝西史爲新學舊學爲體新學爲用不使偏廢一曰政藝兼學學校地理度支賦税武備律例勸工通商西政也算繪鑛醫聲光化電西藝也　西政之刑獄立法最善西藝之醫最於兵事有益習武備者必宜講求　才識遠大而年長者宜西政心思精敏而年少者宜西藝小學堂先藝而後政大中學堂先政而後藝西藝必專門非十年不成西政可兼通數事三年可得要領大抵救時之計謀國之方政尤急於藝然講西政者亦宜畧考西藝之功用始知西政之用意一曰宜教少年學算須心力銳者學圖須目力好者學格致化學製造須質性穎敏者學方言須口齒清便者學體操須氣體精壯者中年以往之士才性精力已減功課往往不能中程且成見已深難於虛受不惟見功遲緩且恐終不深求是事倍而功半也

一日不課時文新學既可以應科目是與時文無異矣況既習經書又兼史事地理政治算學亦必於時文有益諸生自可於家習之何勞學堂講授以分其才思奪其日力哉朱子曰上之人曾不思量時文一件學子自是著急何用更要你教　語類卷一百九　諒哉言乎一日不令爭利外國大小學堂皆須納金於堂以爲火食束脩之費從無給以膏火者中國書院積習誤以爲救濟寒士之地往往專爲膏火獎賞而來本意既差動輒計較錙銖忿爭攻訐頹廢無志紊亂學規剽襲冒名大雅掃地矣今縱不能遽從西法亦宜酌改舊規堂備火食不令納費亦不更給膏火用北宋國學積分之法每月核其功課分數多者酌予獎賞數年之後人知其益即可令納費充用則學益廣才益多矣一日師不苛求初設之年斷無千萬明師近年西學諸書滬上刊行甚多分門別類政藝要領大段已詳高明之士研求三月可以教小學堂矣兩年之後省會學堂之秀出者可以教學堂矣大學堂初設之年所造亦淺每一省訪求數人亦尚可得三年之後新書大出師範愈多大學堂亦豈患無師哉若書院猝不能多設則有志之士當自立學會互相切磋文人舊俗凡舉業楷書放生惜字賦詩飲酒圍棋葉戲動輒有會何獨於關繫身世安危之學而緩之古人牧豕都養尙可聽講通經豈必橫舍千間載書兼兩而後爲學哉始則二三漸至什伯精誠所感必有應之於千里之外者昔原伯魯以不悅學而亡越勾踐以十年敎訓而興國家之興亡亦存乎士而已矣

丙之秋蒙承同學木石居士囑撰易廟宇爲義塾議頗愜居士心曾目之爲萬言書後聞趙屬臨城宰已有先我行其意於所治教育英才者私心竊幸所言之不大謬也及讀孝達尙書所撰設學篇有改佛道寺觀爲學堂說不覺失喜嗣奉　明詔暨步軍統領衙門查辦之件知我　聖天子賢宰輔於此事正勤勤懇懇化無用爲有用有君如此有臣如此民也何幸如之行見學校立則人才興人才興則國勢強固運掌間事矣蒙非敢以愚賤心思上溷　聖哲淸聽特以誌樂民之樂者民亦樂其樂焉耳　隴西亦布衣謹誌

○六月二十一日爲始內廷行走王公大臣侍衛官員等由西苑門出入其引　見人員由各衙門呈遞報單再行帶進不准無差官員混入奏事處官員不准有跟役隨行酌撥蘇拉伺候不准閒人往來各值班大臣隨時查察以昭嚴愼云

○禮部爲曉諭事照得本年考試漢敎習前經本部出示曉諭各省士子取結赴部報名納卷現在人數寥寥爲此再行曉諭各省舉人恩拔副歲優貢生務於六月二十五日以前赶緊取具同鄉京官印結赴部報名納卷毋得違悞特示

○戶部爲示傳事所有廂白旗滿洲都統咨領本年戊戌科繙譯進士博齊圖應領旗匾銀兩本部庫定於六月二十六日辰刻開放務於是日赴庫承領毋得違悞特示

○京師近日銀價跌落各錢店虧累時有倒閉情形已列前報茲聞阜成門內西四牌樓西義盛錢店因現在各糧店土局皆可兌換銀兩而以銀易錢實無利息生意因而蕭條於六月十九日爲招候票點錢俟票點畢卽行歇業云

○談相一法術人藉以餬口而精之者甚鮮京師宣武門內西單牌樓邇來一相士賃屋一椽頗自標榜號曰靈機子宛平人也都中士民以其從遠省來必有奇術紛紛然前往請敎門常如市另有相士陳蘭坡在旁襄贊抵掌而談不爲面諛有時言或偶中遐邇驚以爲神然其行止究未脫江湖習氣欲與唐舉子卿輩後先媲美恐尙不能

○馮三者居右安門里仁街行同鬼蜮不務正業於六月十九日淸晨被菜市汎弁兵十數名闖入寓所將馮鎖拏並起獲贜物兩包驗係衣物首飾等件一併交都戎署內責押轉解步軍衙門咨送刑部按律審辦

○京師前門外九道門坎地方嚴甲瞽者也先本擅君平術有捫槃扣燭之明後以累寸積銖頗有私蓄遂改權子母年來益事盤剝業已娶某瞽孀爲婦成有室家稱小康矣六月十八日因向隣居榮二索取墜子錢由逼生嫌因嫌成恨榮竟持刀入瞽室欲血乃刃以洩憤不料刀方加頸瞽卽僵仆榮覩此情形心知人命攸關必至不免復用利刃自刎當經瞽婦大聲呼救隣人麕集詎被刺者竟未死而自戕者反身首將殊魂赴泉台是卽俗所謂害人反害己者昨由地面稟報北城司相驗未知如何發落

○六月二十二日見　天津鎭羅大人辭　大沽協韓大人　統領武毅馬大人玉崑辭　關道李大人　潘大人督轅門抄

張大人鼎祐　汪大人瑞高　本府李大人　永平府重煥　前候選道聶時窩　候選通判胡長年　署交河縣謝鑑禮　補志俊

用直隸州蔡紹基　候補縣麥信堅　候補縣丞張殿英　翰林譚啓瑞　補用副將盧名珠　叅將周寶麟　鎭標右營守備宋春華
通濟船薩鎭冰　電報局丹國舉人璞爾生　保定看守北門鄭光玉　城守營都司杜鼎舉

愼重　皇差　○前報稱辦理　皇差局設立海防公所旁所有文案委員等均於二十日入局任事等因茲悉總辦司道暨張觀察燕謀諸公復稟請　中堂頒發關防以便往來公牘藉昭信守而天德隆聚兩木廠官商承辦各項工程並將所繪海防公所海光寺兩處圖樣稟請　中堂進呈　御覽候　旨定奪再行擇吉興工

督批照登　○河南省廩生荆祥等批據稟請補考集賢書院候行津郡司道查核辦理此批

請委點名　○因秋後　聖駕幸津閤督憲傳諭各軍加意整頓隊伍恭備臨時　御覽等情曾紀前報頃聞大名鎭吳崙峯軍門飭差來津赴督轅稟請中堂派員按名點驗等語諒不日卽當派委前往矣

查驗決口　○前報河水漲發北河一帶御路決口大小十二道各節昨經楊村通判沈別駕協同差弁前往查驗俟查明後據實覆稟再行錄聞

水占官街　○津埠地居下游爲九河總滙一遇伏秋大汎漫溢時多刻因雨水連綿又兼北河上游山洪陡漲各河水與岸平聞天后宮戲樓後及洋貨街等處水深數寸或尺許不等附近各舖在門外搭設跳板行人魚貫往來車馬轎畏其泥濘大半繞越而行以故他處街道更形壅塞云

僉堤被控　○現在北運河水漲寶坻縣地勢窪下該縣民人劉某私將官堤掘開使水洩往他處而被災者竟至數十村經紳士李某在水利局控告蒙局憲批准札行該縣速卽查拏究辦

人生朝露　○靜海縣屬雙窰村安某在津挑水爲生日昨赴北大關口汲水甫抵河干吐瀉交作倒地不起經同鄉人用木板舁歸趙家塲小店內將爲設法醫治詎行未數武衆見面既改變聲息全無近視氣已絕矣自病至死不過三四點鐘何其速也

蕪匪解勸　○蕪友來函云繁昌縣屬荻港鎮本年四月間有匪徒黃老四聚衆滋事經蕪湖道當飭派營兵前往拏獲解交繁昌縣歸案訊辦茲經該縣史有康大令研訊數堂匪供認不諱大令遂於前日飭派幹差營勇四十名押解該匪至蕪過堂經徐觀察札委發審局員嚴行研訊錄有確供再當申詳省憲核辦聞此案俟有省憲批文當可就蕪行刑矣

湘垣盼雨　○湘垣自端陽後大雨以來至今一月有餘火繖高擎炎熇日甚曾無片雲滴雨田中禾稼始則日盛近則南風烈烈積水日耗頗多以水車挹注之處亟盼旱沛甘霖尚不失爲稔歲否則旱象洊臻難期豐穫諺云湖廣熟天下足邇來江海各省米貴如珠關繫誠非淺鮮也

茶市暗虧　○漢鎮日下茶務已畢據箇中人云今屆漢口辦茶之華商如係向來老庄均可獲利否則均虧巨本以故此屆華商之所盈者補華商之所虛猶覺不敷二百萬兩然則近數年來華商之業茶者所獲不及所失屢戰屢北將何以堪耶

採米續至　○杭垣米價騰貴迭紀本報前奉省憲體卹民隱派員採辦米石以資接濟而惠民生茲悉已有洋山二萬石載至申江陸續運浙發交各米商代糶俾期同沾實惠每石約洋六元數角且米質甚佳上憲保赤愛民誠有加無已矣

山裂異聞　○福建藩署係閩越王宮殿舊趾改造而成其大堂正對五虎山以其煞氣甚重故歷任藩司未有升坐大堂者上月十七夜附山村人俱在黑甜鄉猛聞訇然一聲如天崩地塌羣起趨視猶見火光爍爍方知山裂有數十丈餘翌日季士周方伯恰卽仙逝一時老於堪輿家皆謂某年曾裂主多瘟疫某年曾裂不利省官今方伯之故實由于此云云其然耶其不然耶非門外漢所能索解者

米價又跌　○鎮江米價跌落茲因早稻將次登場米價又減刻下起碼每石止須洋四元九角卽極高米亦止在五元八九角左右一時數米而炊者無不眉飛色舞互相稱慶也

船堅無比　○美國有戰鬥艦一艘極其堅利嘗伏水中形似龜背艦中水手悉諳水性能在水中操作如恒艦形尖利非常受

其礮者立卽沉沒連射砲及一切器械又俱極精利另有一種機器專於碰撞兇悪無比他船以巨砲擊其背如著無物卽此已可知堅且利矣 新學月報

島民不靖 ○刻下克島之坎地牙有回民四萬五千並有逃民三萬皆自腹地而來英防兵太弱未能彈壓回民時有搶刼之案基督教民之爲匪者猖獗尤甚云 俄彼得堡五月時報

光緒二十四年六月二十日京報全錄

○○頭品頂戴兩江總督臣劉坤一跪 奏爲大員中途患病籲懇開缺恭摺代陳仰祈 聖鑒事竊臣准刑部右侍郞龍湛霖文稱去歲卸任江蘇學政因患失眠之症當經 奏請 賞假兩月回籍就醫迨至假滿病仍未痊復經湖南巡撫代爲奏請開缺本年閏三月十六日奉到 硃批龍湛霖著再賞假一個月毋庸開缺欽此 恩施逾格感激莫名假滿後遵卽力疾啓程由長沙估帆北上原以時際艱難稍可支持便應力圖報稱不料舟中感受暑熱舊疾頓增輾轉無眠往往通宵達旦精力實形困憊沿途未能醫治因道過江寧遂卽入城就醫數月以來服藥調理迄無效驗焦灼萬分據醫家云病由心血虧損所致求效愈亟獲效愈難合無仰懇 天恩俯准開缺俾得安心調理一俟病體稍瘳卽當趨叩 闕廷伏候 恩命斷不敢稍耽安逸自外 生成等情請爲代 奏前來理合據情代陳伏乞 皇上聖鑒 訓示謹 奏奉 硃批另有旨欽此

○○奴才崇禮等謹 奏爲遵保獲盜尤爲出力員弁籲懇 恩施獎勵以昭激勸恭摺仰祈 聖鑒事竊據北營叅將王漢池等督飭署都司守備高得元把總黃永奎等會同中城副指揮劉蔭棠北城紳士楊彥深等帶同眼線弁兵跟踪拿獲結夥持械捆縛事主姦污婦女搶刦鄰境盜犯李舜兒等一案又據該員弁等會同揀發北城正指揮郝恂北城紳士劉乾浩等帶同眼線弁兵跟踪追捕在於營口等處拿獲糾夥持械傷斃事主搶刦鄰境著名巨盜康儍勒得等一案傳同被刦各事主解經奴才衙門研訊供招先後奏交刑部審辦嗣經刑部訊明各犯定擬罪名將李舜兒高三楊五秃仔康 勒得均擬斬立決梟示康大倉頭擬以軍罪監候待質並聲明原拿此案員弁應得獎叙由該衙門自行奏明辦理等因鈔錄原奏知照前來查原拿各案員弁等均能不分畛域購覓眼線跟踪追捕在於營口等處暨京城附近地方將姦污婦女搶刦鄰境盜犯弋獲多名尙屬緝捕得力未便沒其微勞自應擇優獎勵以資觀感除隨同獲犯出力各員擬請仍由奴才衙門存記遇有應升之階酌量補用其會同獲盜之司坊紳董等官向由奴才等移咨各該城自行核奬外謹將首先獲盜尤爲出力之升用都司守備高得元擬請俟補都司後以遊擊升用把總黃永奎擬以千總升用候補把總王明擬請俟補把總後以千總升用協獲盜犯出力之協尉蘇拉芳阿擬請 賞換三品頂戴六品頂戴候補把總高文豹王雍通任德寬六品頂戴候補外委胡璋均擬請賞換五品頂戴以示鼓勵之處出自 皇上逾格 恩施爲此謹奏請 旨奉 旨已錄

○○松椿片 再江北雖向多盜匪無遇事生風聚衆滋鬧惡習近因教堂收人漸多又有小輪船來往運河設局多處誠恐向在通商馬頭之匪類有所覬覦乘機而來此等大率拜會聯盟成羣結黨素無生業之人各馬頭皆呼爲流氓平時搶奪訛詐擾害閭閻且慣於作謠言煽惑愚民鬧卡抗捐迫脅舖戶罷市甚至藉端滋鬧挾制官長及派兵查拿其罹於法者不過數人而首要率皆遠颺東南各省相習成風核其情節較土匪之害民爲尤甚現在淮揚小輪風氣初開不可不預防其漸奴才謹當督飭防軍會同地方員弁認眞彈壓查拿毋使滋蔓惟欲遏亂萌須嚴法制使有所畏而不敢犯擬請嗣後拿獲前項匪徒訊取確供詳加察核其有聚衆搶掠滋事抗官重情卽照懲辦土匪章程就地正法以昭炯戒其情節較輕亦應分別懲辦或援例充發或遞籍監禁不得僅予枷杖仍令逗遛滋事奴才爲保護地方預爲防維起見是否有當理合附片具陳伏乞 聖鑒訓示謹 奏奉 硃批着照所請刑部知道欽此

○○劉樹堂片 再豫正軍營制餉章經臣逐一更定正議續 奏間欽奉到五月初一日 寄諭今日時勢練兵爲第一大政練洋操尤爲第一要著惟須選教習以勤訓課核餉力以籌軍實北省勇隊著由新建陸軍酌撥營哨之學成者分往教練南省則由自强軍著撥營規口號均須一律統限六個月內將併餉練隊及分札要所妥議覆奏等因欽此查併餉練隊一節與臣前奏裁勇併餉之意大致相符辦理情形已於此次續陳營制餉制案內詳晰聲明惟營中所用教習選自各營均未窺洋操之奧 現已咨請北洋新建陸軍酌

撥教習前來以資訓課第洋操需餉甚鉅本省舊餉極薄裁併過多則幾不能成營領存太少依然不敷應用就豫省情形而論若改習洋操僅許就餉騰挪實有未逮臣惟有恪遵　諭旨核餉力以籌軍實期於餉不虛糜以仰副　聖上整軍經武之至意乂現定豫正軍新章係以兩軍輪流駐省出巡尚未議及分籥要所合先附片覆陳伏乞　聖鑒謹　奏奉　硃批知道了欽此

〇〇劉坤一片　再江寧鎮江揚州一帶近因米粮缺少價値奇昂每米一石漲至洋七元有零為從來未有匪徒乘機煽惑愚民無知一倡百和聚衆攫米之案層見迭出米商相率閉市人心惶懼異常有岌岌不可終日之勢業經臣借撥款項派員赴江西安徽兩省採購米穀數萬石飭撥輪船拖運來寧設局平糶暫濟目前之急並嚴拿滋事之犯分別懲辦一面示諭米商照常貿易現在市面安謐堪以仰慰　宸廑惟查此次米價騰貴貧民多以居奇抬價歸咎行商而商人將本營生亦難過為抑勒必須迅籌平價乃為釜底抽薪之策臣與司道妥商電飭各該府縣迅速勸諭行商請領護照前往上江產米之區購運米石所有經過江西安徽江蘇三省地方關卡無論官商辦米但有江蘇省護照一體免收稅厘查驗放行至七月十五日為止以輕成本而恤民艱第値度支匱乏之際米糧一項實為厘稅大宗飭免後收數短絀餉項還款益覺為難江西省已有官米免厘商米照收之案現以民食攸關情形急迫不得不權衡輕里暫予通融仍俟七月中旬新穀登場即行照舊抽收庶於　國計民生兩無窒碍臣電准安徽江西兩撫臣一律照辦除分咨查照並通飭嚴查奸商私運出海以杜漏巵外謹會同江蘇巡撫臣奎俊附片具陳伏乞　聖鑒謹　奏奉　硃批着照所請欽此

新到時務洋務書籍

念日接到時務報至六十八册俱全　農學報至三十八册　廣智報至念二册　新到時務洋務幷新出各書　張香帥勸學篇　格物彙編　洋務實學文編　治平十議內外編　各國時務類編　西事類編　洋務十三篇　時事新編　西學課程彙編　洋務論說新編　算學問答新編　中西時務類攷　洋務備攷　西學攷　單本經濟備考　足本東萊博議　湯危言全集　時務要覽內附校邠廬抗議　西學要領　瀛環志畧　續瀛寰志畧　中西測地志畧　四國志畧　原板大英國志　重訂法國志　中外大畧時務要書　古文雅正　文選音義　天津古文所見　新出石印四書義五經義史記　歷代史記　洋務無邪堂全部問答　格致須知　格致精華　曾法戰紀　經世文鈔內載議論編畧　新出八面鋒　各國采風　萬國輿圖　庸書　時事新論　經濟時事論　自强齋保富興國論　西國學校論　洋務自强論　各國富强新策　西法策學滙源全集　廣廣策府統宗　格致鏡原　續富國策　曾惠敏公奏疏全集　傳相日記　英軺日記　餘者來班再聲物奇價廉

天津北門內府署東大街各報總處梁子亨仝啓

元茂機器磚瓦公司

本公司仿照西法燒作磚瓦事屬創舉曾經通禀在案該貨堅固異常價値從減並各樣印花磚瓦俱全　賜顧者請至海大道新興南里內本公司面議可也敝處機器購自禮和洋行甚屬靈巧特此並達

魁陞號綢緞洋貨莊

本號自置顧繡綢緞洋貨等物整零均按銀莊格外公道皆比大市價廉發售　寄賣各種眞料大小皮箱漢口水烟袋各種眼鏡龍井雨前紅茶梗　寓天津北門外估衣街五彩號衚衕口坐北向南　士商賜顧者請認本號招牌特此謹啓

啓者昨接上海孫仲英善長來電旋又接到顧緝庭葉澄衷嚴筱舫楊子萱施子英各觀察來電據云江蘇徐海兩屬水災綦重飢民數十萬顛沛流離死亡枕籍災區十餘縣待賑孔急需欵甚鉅官欵恐未能徧及素仰貴社諸大善長久辦義賑飢溺猶已敬求代呼將伯源源接濟功德無量豪滙賑欵即滙上海陳家木橋電報總局內籌賑公所收解可也云云伏思同居覆載異姓不啻天親縱隔形骸民物莫非胞與頓遭洪水哀此災荒盡是蒼生何分畛域況救人性命即積我陰功雖此日拯茲黎庶散盡赤仄青蚨卜他年報在子孫同來玉堂金馬敝社欵無備濟自知獨力難成術欲廣仁惟冀衆擎易舉叩乞　顯宦鉅紳仁人君子共憫奇災同施仁術原擬活人無算雖千金之助不為多但能濟一有功即百錢之施不為少盡心籌畫量力輸將敝社不禁為億萬災黎泥首叩禱也如蒙　慨助即交天津溜米廠濟生社帳房代收並開付收條以昭徵信

濟生社籌賑同人謹啓

出售石印八面鋒

宋陳君舉先生所撰議論宏通恰合時宜有志策論之學當奉為圭臬也現已裝訂成好每部價錢七百五十文天津北門內府署東紫氣堂啓

告白

敬啓者　朝廷維新庶政博采羣言其已見施行者如科舉改試論策四書義經義實僉兩湖制軍南皮張香帥之奏制軍有勸學篇一書皆切近今時務其改科舉議即列外篇第八者也此外諸篇著論極為持平惟此書僅板兩湖書院外間頗尠傳本有志之士無不思一流覽本齋不惜貲本縮印上石日內即擬出書有願先睹為快者即向天津鍋店街文美齋南帋局購覓可也

天后宮北　義興順綢緞莊

本莊自置顧繡綢緞綾羅紗絹各樣洋貨南貨雅扇桂母頭油香貨歸安貝松泉湖筆一概俱全

頭號杭甯綢　四錢二
頭號摹本緞　三錢八
紅梅茶　每　九百六
紅茶　六百四
紅茶梗　二百二
龍井茶　斤　一吊八
金百
壽棉襇裙布裡每套五兩八
哆囉蔴每尺原碼四分二
各莊夏布一概照行發莊

拍賣告白

啓者本月二十六日即禮拜六下午兩點鐘在氣燈房對過禪臣新棧房內拍賣綢緞數件洋貨數件綢貨數件欄杆絲帶數件土布件數件夏布數件對子數件鈕扣絲線數件翡翠水占數件諸多花樣貨色俱全如欲買者請早來細看面拍可也特此佈聞

集盛洋行謹啓

新到啤酒

啓者本行現由德國自運上等啤酒氣味香美與衆不同除濕却暑助氣消食誠酒中之仙品也如蒙
賜顧請到老龍頭對河本行賬房可也計每箱四十八瓶價銀七兩五錢又價銀八兩五錢

德商瑞豐洋行謹啓

為釣叟先生畫潤小啓

予向讀醉翁亭記曰先生之意不在酒而在乎山水之間未嘗不歎古人之高也夫古人往矣而欲求其嗣響追踪彷彿則莫如新會歐陽子行者誠六一先生之遺裔也　公少負奇氣嗜酒有家風長徧游名山大川落帋得烟雲生趣求畫者戶履常滿筆禿硯枯客有睨笑其旁者曰甚矣　公之勞而費也胡不以潤筆之資作杖頭之助及今請自隗始可乎　公笑曰無已其以酒酬我也昔人斗酒百篇畫何獨不然自今請以酒進爰定其數因為之序

茲湊俚言作潤筆款

借問先生何所癖　無如醉筆寫丹青
諸君若索先生畫　帋方一尺酒一罇
素絹又當加倍計　扇如團摺釀雙瓶
酒隹斟酌膏糧合　潤筆兼能養性靈

香山襄侯魏宗弼書於潤州客次　厲紫竹林廣永隆號內

恭頌良醫

太醫院候補醫士譚仰周先生素精岐黃為人品學兼優不染行道習氣亦不以聲價自高論脈理固屬精通即立方亦頗穩妥雖奇險之症凡經診視者遂無不著手成春此則余等共深佩服亦親友屢經效驗者也特此登報以供周知倘患疾症者可到閘口西關帝廟前聘之庶不至受庸醫之誤也

津門　徐晴波　魏星橋　朱藝堂　鄭敬齋　謹啓

顯學書塾

浙江蕭山湯伯述先生擬招學徒百人講授策論文字每人每月脩四元每月兩課一策一論屆期到塾領題三日繳卷三日批改取定甲乙榜示暫時遙授不必住館本塾在海大道直報館旁

新開　天吉齋京靴店

本店開設天津府東門外天后宮前路北門面二間本號專辦京莊上上材料專做京都滿漢朝靴各款鑲繡插鎖全式名鞋一應俱全貨高價廉士商賜顧者請認明本號招牌庶不致悞本店擇於七月吉日開張

本號特白

告白

奉
旨鄉會兩闈及科歲生童改試策論書院肄業生童亦皆遵照改課蒙塾下自宜以古文為法宋儒呂東萊先生所著博議久已風行近尤膾炙人口現有芙蓉館主人以諸名家所批善本付本齋石印帋墨精良字大爽眼約於本月念日後印畢出售此佈

天津文美齋南帋局告白

陰德耳鳴

余寒士也客秋偶患瘧疾以為此細症耳無足介意隨服藥數劑旋即霍然然不久又滋他患病更纏綿適陳君少菱來余告以所苦因為代延張君敬和診治是時余甚慮無資孰知先生既至見余病極危境極困為區畫方脉并贈以珍藥十數劑曾不兼旬而病若失神乎技矣先生有半積陰功半養身之章盛德所及詢不誣也先生學問淵深為醫道中第一國手而性情仁厚純篤尤為人所難及余感其盛意登諸報章并為津郡患病者指南之助云

戊戌仲夏津邑後學顧連城誌謝

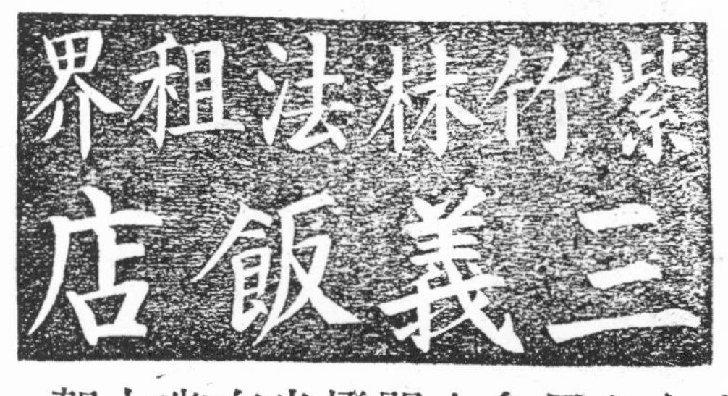

本店專做英法葷素
大菜並由外洋自運
各國上品洋酒各色
異味點心罐頭鮮菓
食物等類一應俱全
本號樓工程告竣房
間寬闊夕時均用氣
燈明亮異常仕商
光顧者或携貴眷另
有雅室亦足稱暢叙
幽情矣擇於六月十
七日開張至期請卽
駕臨賜顧是荷
本主人謹啓

天福茶園

特請上洋新到
頭等花旦
天娥旦
六月廿三日
晚准演
同荊州
早晚仍照原價

重排新製新彩新切
七八本
掃盡叛逆
鐵公鷄
大戰麒麟山　火燒向大人
接排擇日開演

請看新書

敝堂經售石
印新出四書
義五經義宏
才通義皆不
相同本月二
十三前足可
裝訂成部特
此先聲
天津北
門內府
署東各
報總處
紫氣堂
全啓

拍賣告白

啓者本月
二十三日
卽禮拜三
下午三點
鐘在招商
局西棧內
拍賣磚茶
十八箱如
欲買者請
早來細看
面拍可也
特此佈聞
集盛洋
行謹啓

三井洋行分莊
告白

敝者日本商始創
貿易爲業數拾年
以來今分莊開設
北門外鍋店街洮
家衚衕口對過專
選精工料實東洋
棉紗各等時式大
小疋棉布粗洋布
斜紋洋標等格外
公道價亦從廉凡
仕商賜顧者請至
分莊面議可也特
此佈聞
三井本莊主人啓

茲因類類報從十二冊另改新章改樣亦
按旬報之列卽日可出後望盼矣
各報總處梁子亨啓

啓者本行自
上海分設天
津紫竹林法
租界濟良藥
房對過女成
衣飯店一號
二號房內自
製新式鐘表
金銀金表表
練各樣新式
大小說話機
器耳鳴機器
金戒指金鋼
石戒指大小
洋鏡各樣新
貨一應俱全
貨好價廉格
外公道在此
住兩三個月
後另造樓房
批發諸公光
顧請早駕臨
海利洋行謹
啓
戊戌年六月
二十二日
禮拜二

廣東鼎盛機器廠

本廠精造大小
機器汽機火爐
開礦水龍滅火
水龍磨麵機器
全套管辦鑄造
修理精巧銅鐵
等件貨眞價廉
倘蒙賜顧請
至天津紫竹林
法租界牌坊旁
本廠面議不悞
主顧
本主人謹啓

紫竹林
第一樓番菜館

本號專作英法大菜各色
精細點心各樣洋酒洋貨
等物一應俱全並售
上
上
紅茶
每斤津錢
八百
一千
六百
又批發茂生公司鐵海紙
烟零整發售價值格外公
道原箱計一百盒價洋一
百四十四元每盒計五百
支洋一元五角凡仕商
賜顧請卽駕臨是荷
主人謹白

本局自印耕
香館畫賸每
部價洋二元
專辦各種石
印書籍精選
加高南紙頂
細雅扇格外
價廉廉天津
東門外襪子
衚衕本局啓
本局謹啓

減價

今有友人
自辦陝西
老土每兩
津錢五百
文
新到梁州
土每兩津
錢五百六
十文
如蒙賜顧
者請到東
門內聚隆
成寄售

美孚老牌煤油

啓者美國三達煤油公司之德富士老牌煤油天下馳名萬商稱羨蓋其質潔色清亮白如銀且絕無烟氣能耐久燃比之生荳等油晶光百倍而儉用價廉此爲德富士老牌之佳處誠屬無雙妙品也士商賜顧請到天津美孚洋行採辦或向就近殷實行店購買庶不致悞

朔望會課

靜致廬會課爲皖江洪月般孝廉思齊倡立每月朔望舉行一論一策三日交卷評定甲乙酌贈花紅每卷收紙張津錢五十文月朔日開課假二道街泰山行宮廬寓爲收發課卷處入課者先期自陳名字齒籍官紳好義資助花紅者登報揄揚不勸捐

江右盧沛恩
津門王維翰 暨同人公啓

新開元隆號綢緞洋貨莊

自去歲四月初旬開張以來蒙各主顧垂盼雲集馳名日盛本號特由蘇杭等處加意揀選名機新鮮貨色零整銀價俱照大莊行市公平發售以昭久遠此白

寄賣龍井雨前素茶福建皮絲水烟各種眞料大小皮箱

開設天津府北門外估衣街中路北門面便是

浙紹朱鈍翁先生已於六月十二日由密雲縣治愈劉太夫人多年宿疾旋回津郡仍寓東門裡彌勒菴依舊懸壺

六月廿三日輪船出口 禮拜二
盛京 輪船往上海 太古行

六月廿四日輪船出口 禮拜三
通州 輪船往上海 太古行
景星 輪船往上海 怡和行

六月廿二日銀洋行情
天津通行九七六錢
銀盤二千四百四十五 洋錢一千七百一十五
紫竹林通行九六錢
銀盤二千四百七十八 洋錢一千七百四十文
洋錢行市七錢一分三

開設紫竹林法國租界北

天福茶園

京都新到

崇慶名班

特請京都上洋姑蘇山陝等處

各色文武 頭等名角

六月廿三日早十二點鐘開演

羊喜壽 高玉喜 崇芬 十八紅 十二紅 小三寶 楊福秋 安桂寶 謝才報 于奎 白文五 姜小秋 常雅雲 王喜寶 汪德奎 蘇廷瑞 李吉恒 趙斌立 楊四風 飛旋風

慶陽圖 殺廟 斬黃袍 孝感天 狀元譜 鳳凰山 衆武行 翠鳳樓

廿三日晚七點鐘開演

天娥旦

小三寶 邊義臣 安桂秋 謝才寶 賽旋風 永景 蘇廷奎 趙斌恒 賽狸瑞 十一紅 汪德寶 常雅秋 王喜雲 羊喜壽 發生 長祿 李瑞 劉吉山 順景紅 老虎

全家福 探窰 衆武行 飛坡島 鐵蓮花 虹霓關 全班文武 回荊州

開設天津紫竹林海大道旁

福仙茶園

啓者本園於前月初四日止戲清理賬目今將戲園及園內桌椅磁壺磁碗新製彩切零星等件合盤出兌如有願兌者及詳細章程請至本園面議可也特此佈告

福仙茶園謹啓

創包機器

敬啓者近來西法之妙莫過機器靈巧至各行應用非得其人難盡其妙每值傷損修理必悞時日今有寗子卿專於經理機器玆擬創辦包定各項機器以及向有機器常年煤料工力價值格外公道如貴行欲商者請到福仙茶園面議可也特白

直報

本館開設天津紫竹林海大道老菜市氣燈房巷內

光緒二十四年六月二十三日　第一千百三十九號
西歷一千八百九十八年八月初十日　禮拜三

啓者兩接手敎盡悉一一承囑之處自當照辦惟敘述殊覺詭異祈過我一談面爲改易爲要順頌　台祈　本館謹覆

校邠廬抗議一書本局已於念三日印成每部取工料價津錢三百五十文要者請赴水月菴官書局文美齋藝蘭堂各南紙局府署東總報處保定官書局購取可也　北洋石印官書局啓

難易解　郭驤

昔報館之初開或託名於西士而後來之繼起亦不免書明治於簡端竊其意實欲爲報國之文章補一時之偏弊而懼有所觸犯不得已以此名歸之於外人然補偏救弊所關者大觸犯忌諱所關者小而竟以畏忌之小節將補救之美名歸功於外人何其謙讓不遑耶此近來講時務者之習氣也恭讀六月初八日　上諭改時務報爲官報而天津上海等處之報亦擇其有關時務者一體進呈於是報館之昔見爲難者今見爲易昔見爲易者今見爲難蓋煌煌明諭許其據實昌言不必意存忌諱而當日之不敢盡言者今不妨暢言之當日之必須婉言者今不妨直論之而第不能以深文曲筆爲旁敲側擊之說更不敢以浮議空言爲影響邀名之論言必有物而文章於以見其難矣然有切於時事深有補益之說合於　宸衷者則雖草布之士未必不立蒙　召見明試以言而量才擢用斯報館之文章卽登進之操券以視當日之徒見於言者不得同日而語矣易矣然當日之徒見於言者未嘗無上達　黼座迭奉　恩綸則報館直富貴功名之捷徑而有志之士爲帖括所抑者將羣焉引領而望之矣難乎易乎必有能辨之者

農工商學　勸學篇之九　張之洞

石田千里謂之無地愚民百萬謂之無民不講農工商之學則中國地雖廣民雖衆終無解於土滿人滿之譏矣勸農之要如何曰講化學田穀之外林木果實一切種植畜牧養魚皆農屬也生齒繁百物貴僅樹五穀利薄不足以爲養故昔之農患惰今之農患拙惰則人有遺力所遺者一二拙則地有遺利所遺者七八欲盡地利必自講化學始周禮草人講土化之法實爲農家古義養土膏辨穀種儲肥料留水澤引陽光無一不需化學又須精造農具凡取水殺虫耕耘磨礱或用風力或用水力各有新法利器可以省力而倍收則又兼機器之學西人謂一畝之地種植最優之利可養三人若中國一畝所產能養一人亦可謂至富矣然化學非農夫所能解機器非農家所能辦宜設農務學堂外縣士人各考其鄉之物產以告於學堂堂中爲之考求新法新器而各縣鄉紳有望者富室多田者試辦以爲之倡行而有效民自從之　上海農報多采西書新理宜閱之　昔者英忌茶之仰給於華也印度錫蘭講求種茶無微不至自印茶盛行茶市日衰銷路僅恃俄商大率俄銷十之八英美銷其一二緣茶中含有一質澀而兼香西人名曰膽念印茶惟膽念較華茶畧少故俄尙食華茶若再數年印茶日精恐華茶無人過問矣此茶戶種茶不培摘芽不早茶商不用機器烘焙無法之弊也絲之爲利比茶尤多十年以前西洋各國用華絲者十之六三年以內日本絲銷十之六意國絲十之三華絲僅十之一且本貴則價難減價昂則銷愈

滯此由養蠶者不察病蠶售繭者多攙壞繭耗既多成本自貴之弊也外國種棉分燥土溼土兩種長莖宜濕地短莖宜燥地種植疏闊故結實肥大洋布洋紗爲洋貨入口第一大宗歲計價四千餘萬兩自湖北設織布局以來每年漢口一口進口洋布已較往年少來十四萬匹特是洋紗最精有四十號者而華棉絨短紗粗以機器紡之僅能紡至十六號紗止以故不能與洋紗洋布敵購洋棉子種之多不蕃茂此由農夫見小種棉過密又不分燥濕之弊也蔴爲物賤南北各省皆產然僅供緝繩作袋之用川粵江西僅能織夏布耳西人運之出洋攙以棉則織成宁布攙以絲則織爲紬緞其利數倍此由漚浸無術不能去蔴膠又無攙絲之法之弊也絲茶棉蔴四事皆中國農家物產之大宗也今其利盡爲他人所奪或雖有其貨而不能外行或自有其物而坐視內灌愚懦甚矣西法植物學謂土地每年宜換種一物則其所吸之地質不同而其根壞爛入土者其性各別又可以補益地力七年一周不必休息而地力自肥較古人一易再易三易之法更爲精微此亦簡顯易行者也　此稿未完

六月分缺單　○郎中禮部主客司吳景祺升　小京官國子監監丞蔣志震呈請分發　知州陝西葭州邊祖恭丁　通判甘肅甘州黃紹梓丁　知縣廣西來賓朱念祖甘肅隆德程德音省親四川彰明劉維翰修墓河南唐縣王慶詒修墓雲南楚雄周遂良病山西壽陽強鵬飛丁廣東海康徐仁傑丁

不絕人嗣　○刑部獄中有犯人李某者年近不惑入獄時尚未娶妻因命案待質囚禁五年向例刑部罪犯有已定案秋後處決者每月初二十六兩日准其妻室入監探視名曰放家口蓋因罪犯雖應擬死不忍使之絕嗣此　皇朝格外之恩無微不至者也該李犯自入獄後積有盈餘遂思授室爲嗣續計央人撮合憑媒娶某姓女爲室於去春二月間在獄成禮並在秋曹左近租房居住每逢初二十六日期卽入監探視時逾一載該婦果結珠胎聞於本年六月中旬分娩果生一子此事之罕聞者也用特訪錄以符新聞體例且以志大清之盛德云爾

既霈既足　○京師自六月初旬晴霽後半月未得大雨農夫孔憂至二十日夜間十點鐘彤雲密佈細雨濛濛次晨忽霹靂一聲逾時大雨如注相傳西便門外棗林村劉某赴海甸貿易歸甫至村前五道廟被雷殛斃有行人目覩又安定門外城墻被雷殛碎一巨石天氣忽雨忽晴至下午三點半鐘時雷電交作又如銀河倒瀉高下田疇既占既足胼手胝足之流無不歡聲雷動云

渾河泛漲　○六月二十一日京師大雨如注京西三家店地方渾河水勢泛漲致將浮橋冲塌來往行人皆用小舟擺渡昨有十數人正在渡行之際上流之水忽然暴發波浪掀天致將渡船冲下數里人皆面如土色喊救失聲經農人設法援救始慶更生誠不幸中之幸矣

四逆附桂　○京師自六月初旬以來城廂內外均有瘟疫鄉閭尤多其初起則猝然暴下一二遍便覺形銷骨立肌肉盡脫三遺必斃醫生進暑熱等湯頭及痧藥紅靈丹辟瘟丹等皆不能治有精於醫者云宜先服明礬水隨用四逆附桂湯治之庶有把握云

老嫗吞烟　○前門外靈佑宮地方有韓姓老嫗六月二十日與伊弟嘔氣怒不可遏吞服洋烟其夫見嫗大汗淋漓恐天氣過熱難以施救令人就地挖窟將嫗身置入窟中得沾凉氣或可挽回詎灌救不效延至五點鐘仍然氣絕當經報驗飭傳伊弟究訊因何輕生自不難水落石出也

覆試貢榜　○欽命覆試閱卷大臣將覆試取中一二等拔貢生名數開列於後　計開　八旗一等三名　慶珍　玉貴　增元　二等四名　孚保　永貞　全興　侯尚伯　奉天一等一名　楊乃賡　二等二名　張鼎銘　李瀛　直隸一等六名　盧文明　邢錫麟　李鴻鈞　陳恩寶　王治仁　陳奎齡　二等十六名　李維熙　田鴻年　汪守珍　許承祜　孫秉清　趙德垣　李逢年　張振寅　馬魁順　余永祥　吳錫珍　唐榮第　郭維城　步以莊　王春瀛　高廣耀　江蘇一等八名　徐路　田步蟾　陳國楨　夏仁虎　程鰲　王履康　林亮功　段慶熙　二等十二名　張祖寅　蔣壽祺　范鎧　汪榮寶　吳應炳　朱其揚　張伯英　潘鈞　陳公溥　錢人龍　韓雲駿　夏景仁　安徽一等五名　曹鈞　許世英　左坊　孫念祖　李經滇　二等六名　胡位周　蕭文華　張啓復　王元輔　戴延儒　朱宏英　江西一等六名　鄒國璋　饒之麟　石雲星　周錫藩　祝維

光　楊宗漢　二等十名　汪鴻遇　滕梅　董來江　楊忠嗣　汪鳳　古天球　李家楨　邢大椿　鄒合修　黃家原　浙江一等七名　來杰　程鵬　楊魯曾　吳斯盛　汪張瀫　戚渠清　朱允中　二等十三名　吳以成　顧賡虞　周思成　戴廷謂　周楠　魯宗泰　馮鴻墀　邵詠棠　曾春撰　丁樹曾　朱用賓　朱仁積　楊譽龍　福建一等五名　高稔　王宗海　王大貞　程鴻遠　黃經藻　二等六名　邱鴻文　李瑞年　謝錫銘　陳步棠　柯棨試　陳慶梅　湖北一等四名　李盛和　向光泰　胡子名　陳克耀　二等七名　張思叙　鄧裕榛　雷以震　李嘉芬　黃澤深　劉鼎三　湖南一等五名　丁奎聯　曹夢弼　王漢祥　胡傳尋　吳宗讓　二等八名　張樹森　楊良翹　向學耿　何聯甲　周潤標　廖名縉　蔣熙瑞　文德龍

此單未完

督轅門抄　○六月二十二日晚中堂見　候選道嚴大人復　庚寅編修黃曾源　江蘇候補府劉慶芬　世愚姪蔭齡　候選府雙綸○二十三日見　運司方大人　關道李大人　天津道任大人　總辦駐滬商務局江蘇候補道志鈞號仲魯自滬來　候補道張大人翼　那大人晉　徐大人楨祥　黃大人建筦　王大人修植　孫大人寶琦

叩謝點名　○中堂委派廕那兩觀察查點鎮標各軍一則曾紀前報茲聞天津鎮憲羅軍門會同大沽協韓協戎均於日昨抵津趨赴督轅稟謝中堂延見後卽飭速回防營任事聞鎮憲立卽起節矣

學堂將開　○刻下西學盛行天津尤得風氣之先自奉有　諭旨飭令各省府縣均立小學堂本埠紳士遂聞風而起頃聞某紳等籌捐欵項設立中西義塾准令寒素子弟入塾肄業業經稟縣轉詳立案不久卽當開辦至詳細章程俟訪明再佈

橋工報竣　○前報記灤州行火車橋被水冲塌一段因水大暫不能修今水落四尺有餘局憲卽飭工赶緊接修聞是日已報竣矣

買馬起程　○向來各營馬匹爲操防之用最關緊要倘有倒斃及疲弱不堪用者例應補換現聞武毅軍某統領査明該營倒斃匹數開單稟請核辦蒙閣督部堂批准派委總兵梁永福前往口外一帶採買並行知各關卡照章免稅沿路所過地方官照料餧養該總兵業經起程前往

挑河定議　○海河淤淺輪船不得上駛年甚一年合肥相國督直時卽已派員査勘設法疏濬西人林第深諳河務曾由前稅司德君舉其周履海運兩河著書立說洋洋數千言深中肯綮祗以議欵無著未經舉辦去年仁和尙書復派候補道吳贊臣觀察躬往詳查所擬裁灣取直切口閉閘諸法與林第所擬大同小異估計需銀二十五萬先由銀行籌墊分年由三公司輪船噸載捐還亦議而未辦頃悉此項工程已蒙上憲按照所擬數目飭委林第經理大約一切照前議果爾則自白塘口至紫竹林一帶紅黃黑三色烟筒又將梭織矣

維持圜法　○本埠現錢短絀均恃帖票周流各鋪戶點用現錢向有大小口袋名目若輩往往勾通匪徒運錢出境或與某錢局有嫌則宣言局將荒閉致有擁擠取錢乘勢搶劫等事現經本縣出示畧謂自示之後如敢故違仍蹈前項情弊一經査出或被稟控定當按律懲辦決不姑寬云云

案已議結　○河北汎因彈壓鬥毆與王姓搆訟等因前曾詳紀報牘嗣後互控糾纏不休經營務處提訊亦未了結茲聞上憲札飭天津府提集將兩造訊明確情畧示薄懲遂得結案

踢斃孕婦　○河東西方庵前某甲鷄忽失迷風聞爲該處某氏婦所攘向氏硬行討要氏不肯承認因此口角甲一飛脚將氏踢倒不料身懷六甲因而胎落斃命刻已赴縣喊控尙不知作何辦理

景地蝗災　○昨友人來函云景州所屬鄭家口一帶蝗灾頗重堤岸溝渠間滾滾成團民人等焚香禱神迄未見減少然蝗虫出於旱年想經此番大雨當不捕而自消矣

梧匪近耗　○廣州中西報云粵西土匪擾亂有心時事者莫不愁焉憂之刻接梧州采訪來函言目下土匪嘯聚至萬餘人其

巢穴在鬱林州屬興縣東津口推李立亭洪辰年爲會設有口號如賊與賊遇兩不相識者則呼之曰契弟答曰十五六兩復問之曰其秤幾何重答曰三十二兩一錢八正不知其何所取義也按鬱林州屬興業縣與尋州府屬貴縣相距僅數十里當匪圍尋州之先已由戴君慶有督兵五百名往容縣剿辦迨粵西巡撫黃中丞聞尋州告急卽飛電札飭戴君轉往尋州堵禦大約不日卽抵尋矣蒼梧縣屬之長行廣平等處南五鄉鄉民約有四萬人其中多拜會入黨者鄉紳深恐謀爲不軌密禀梧州協圖協戎請派兵早爲之備協戎聞報卽帶兵前往新村等鄉土匪亦蠢然思動協戎已飭弁回梧州調取賓字營一百名防堵梧州城中人心震動九坊五坊等街每夜初更卽閉柵三江輯捕何君　章募得靖字營勇三百六十名調百名前往戎墟堵禦所餘二百六十名分守梧州各要隘

光緒二十四年六月二十二十一日京報全錄

宮門抄〇六月二十日禮部　宗人府　欽天監　廂藍旗值日　提督衙門引　見四十三名　廂黃蒙二名　倫貝子果勒敏各假滿請　安　明秀謝調察哈爾副都統　恩　兜欽謝授正紅滿副都統　恩　端方預備　召見　召見軍機　端方　明秀　兜欽

皇上明日辦事後至　瀛秀園門跪接　皇太后畢還海〇二十一日兵部　太常寺　太僕寺　八旗兩翼值日　無引見　車王假滿請　安　奕功請假十日　奎英續假十日　吏部呈進秋季搢紳　兵部奏派查齋　派出彭壽英信敬昌色楞額玉書澧深阿克丹明安　召見軍機

〇〇禮親王世鐸等片　再軍機章京兵部郎中璞子童現補授江蘇松江府知府所遺章京員缺應以額外行走之戶部候補郎中林開章充補謹　奏奉　硃批知道了欽此

〇〇調補奉天奉錦山海道兼按察使銜奴才明保跪　奏爲恭報奴才接篆任事日期叩謝　天恩仰祈　聖鑒事竊奴才於甘肅甘涼道任內奉陝甘督臣陶模行知光緒二十四年正月十四日內閣奉　上諭明保着調補奉天奉錦山海道兼按察使銜欽此欽遵於三月初一日交卸甘涼道篆起程四月二十三日馳抵天津奉前任北洋大臣王文韶行知飭赴新任六月初五日行抵營口初八日准署奉錦山海道王頤勳將關防文卷等項移交前來當卽恭設香案望　闕叩頭謝　恩祗領任事伏念奴才滿洲世僕知識庸愚郎署趨公愧涓埃之無補農曹供職蒙　拔擢之有加筮仕三十年備員三省方懍冰淵之惕懼無巡察之才茲復渥荷　綸音量移遼海自天聞　命伏地增慚查營口爲華洋輻輳之區關道有稽徵稅釐之責安民察吏地方之責任匪輕通商惠工交涉之事宜尤重况値時局維新之際深慮措施失當之愆惟有隨時隨事禀商北洋大臣　盛京將軍奉天府尹悉心經理以冀仰答　高厚鴻慈於萬一所有奴才到任日期並感激下忱理合恭摺叩謝　天恩伏乞　皇上聖鑒謹　奏奉　硃批知道了欽此

〇〇臣徐琪跪　奏爲前經保洊通曉時務人材請　旨飭催來京考驗俾收實效而資鼓勵恭摺仰祈　聖鑒事竊臣恭閱邸鈔伏讀迭次　諭旨殷殷以人材製器爲重仰見　聖主因時制宜開物成務之盛欽仰莫名海內聞風興起固有接踵而來以副　盛世旁求之切者然臣以爲待各省出示招徠輾轉訪求尙須時日若業經試有明驗保洊在先之人令其從速來京考核所長以備器使似得人較速而觀成效亦易臣前於光緒二十年在廣東學政任內曾保有南海生員區金鐸通曉電學能以電氣鼓動機輪作爲輪船輪車軍報快車農田水車沈水魚雷水雷以及水龍電鐙各等物據稱所造電氣輪船若竟其所長其發漲馬力可至二千餘倍且不用煤火工力旣省又無炸裂之虞至輪車軍報快車等物不使鐵軌卽能行動沈水魚雷水雷諸器亦皆各出新意不同恒製臣在粵時曾令將電鐙水龍水車等物取來試閱確係新奇靈便超出尋常當於是年十一月二十九日恭摺保荐欽奉　硃批該衙門知道欽此同時並將其圖說十三種咨呈總理衙門查明在案及臣報滿起程路出香港該生所造電船正泊彼處臣復見其駕駛波濤如履平地尤非空談可比次年聞兩廣督臣譚鍾麟接到總理衙門來電令該生酌帶電機備試當經考驗給咨令其來京惟至今已隔數年該生尙未見到方今　特詔屢頒此項製器人材似未便令其久淹鄉井相應請　旨飭下總理衙門再行電催該生趕緊來京以便觀其所造且可鼓勵一切臣爲愛惜人材起見是否有當謹繕摺具陳伏乞　皇上聖鑒　訓示謹　奏奉　旨本日徐琪奏前在廣東學政任內保荐南海生員區金譯通曉電學經譚鍾麟於二十一年考驗給咨赴京已隔數年尙未見到等語着譚鍾麟迅卽飭催該生酌帶電機來京

交總理衙門察看具奏欽此

○○奴才連順跪 奏爲圖車兩盟各蒙古王公暨哲布尊丹巴呼圖克圖沙畢喇嘛等報効銀兩可否照章奬叙以資觀感仰祈 聖鑒事竊奴才勸辦昭信股票該圖車兩盟各蒙古王公及哲布尊丹巴呼圖克圖沙畢喇嘛等情願報効實銀二十萬兩並不願請領股票亦不敢仰邀議叙等因 奏奉 硃批着歸入昭信股票戶部知道欽此欽遵恭錄札行在案茲據該蒙古王公等面稱此次報効銀兩實係出於至誠仍不願請領股票亦不敢仰邀議叙懇請再爲聲明等語伏思該王公等一經勸導悉皆情願報効洵屬深明大義仰體時艱雖據報稱不敢仰邀議叙然亦未便沒其報効之忱可否由奴才按照光緒二十年理藩院奏准章程核給奬叙之處出自 逾格恩施奴才未敢擅擬是否有當謹恭摺具陳伏乞 皇上聖鑒 訓示遵行謹 奏奉 硃批另有旨欽此

○○奴才覺羅崇歡跪 奏爲奴才交卸印務日期恭摺具奏仰祈 聖鑒事竊奴才覺羅崇歡去歲因病乞休旣蒙 恩准開缺當卽叩謝 天恩訖茲於本年五月二十五日新任烏里雅蘇台將軍貴恒到烏奴才遵於二十六日飭委內閣侍讀繼榮等將定邊左副將軍銀印一顆 欽差提調關防一顆並令旗令箭各一分及應辦一切文卷等件賫交奴才貴恒敬謹祗領接辦訖遂擬於六月初二日由烏起行緩程前進俟至京後赶緊延醫調治倘宿疾得以脫體卽當泥首 宮門求 賞差使藉以補報涓埃所有奴才交卸印務日期理合恭摺具 奏伏乞 皇上聖鑒謹 奏奉 硃批知道了欽此

新到時務洋務書籍

念日接到時務報至六十八册俱全 農學報至三十八册 廣智報至念二册 新到時務洋務幷新出各書 張香帥勸學篇 格物彙編 洋務實學文編 治平十議內外編 各國時務類編 西事類編 洋務十三篇 時事新編 西學課程彙編 洋務論說新編 算學問答新編 中西時務類攷 洋務備攷 西學攷 單本經濟備考 足本東萊博議 湯危言全集 時務要覽內附校邠廬抗議 西學要領 瀛環志畧 續瀛寰志畧 中西測地志畧 四國志畧 原板大英國志 重訂法國志 中外大畧時務要書 古文雅正 文選音義 天津古文所見 新出石印四書義 五經義史記 歷代史記 洋務 無邪堂全部問答 格致須知 格致精華 普法戰紀 經世文鈔內載議論編畧 新出八面鋒 各國采風 萬國輿圖 庸書 時事新論 經濟時事論 自强齋保富興國論 西國學校論 洋務自强論 各國富强新策 西法策學滙源全集 廣廣策府統宗 格致鏡原 續富國策 曾惠敏公奏疏全集 傳相日記 英軺日記 餘者來班再聲 物奇價廉

天津北門內府署東大街各報總處梁子亨仝啓

元茂機器磚瓦公司

本公司仿照西法燒作磚瓦事屬創舉曾經通稟在案該貨堅固異常價値從減並各樣印花磚瓦俱全 賜顧者請至海大道新興南里內本公司面議可也敝處機器購自禮和洋行甚屬靈巧特此並達

魁陞號綢緞洋貨莊

本號自置顧繡綢緞洋貨等物整零均按銀莊格外公道皆比大市價廉發售 寄賣各種貢料大小皮箱漢口水烟袋各種眼鏡龍井雨前紅茶梗 寓天津北門外估衣街五彩號衚衕口坐北向南 士商賜顧者請認本號招牌特此謹啓

啓者昨接上海孫仲英善長來電旋又接到顧緝庭葉澄衷嚴筱舫楊子萱施子英各觀察來電據云江蘇徐海兩屬水災綦重飢民數十萬顚沛流離死亡枕籍災區十餘縣待賑孔急需欵甚鉅官欵恐未能徧及素仰貴社諸大善長久辦義賑飢溺猶已敬求代呼將伯源源接濟功德無量蒙滙賑欵卽滙上海陳家木橋電報總局內籌賑公所收解可也云云伏思同居覆載異姓不啻天親縱隔形骸民物莫非胞與頓遭洪水哀此災荒盡是蒼生何分畛域況救人性命卽積我陰功雖此日拯茲黎庶散盡赤仄靑蚨卜他年報在子孫同來玉堂金馬敝社欵無備濟自知獨力難成術欲廣仁惟冀衆擎易舉叩乞 顯宦鉅紳仁人君子共憫奇災同施仁術原擬活人無算雖千金之助不爲多但能濟世有功卽百錢之施不爲少盡心籌畫量力輸將敝社不禁爲億萬災黎泥首叩禱也如蒙 慨助卽交天津溜米廠濟生社帳房代收並開付收條以昭徵信

濟生社籌賑同人謹啓

出售石印八面鋒

宋陳君舉先生所撰議論宏通恰合時宜有志策論之學定當奉爲圭臬也現已裝訂成好每部價錢七百五十文天津北門內府署東紫氣堂啓

告白

敬啓者 朝廷維新庶政博采羣言其已見施行者如科舉改試論策四書義經義實 僉兩湖制軍南皮張香帥之奏制有勸學篇一書皆切近今時務其改科舉議即列外篇第八者也此外諸篇著論極爲持平惟此書僅板兩湖書院外間頗尠傳本有志之士無不思一覽本齋不惜貲本縮印流日內即擬出書有願先賭爲快者即向天津鍋店街文美齋南帋局購覓可也

京都 內全盛

本店由京都移來專做全盛齋全樣鑲絨鞋亦有全樣布緞鞋各樣扎拉鎖綉扣鑲花鞋材料與衆不同樣式各外另有眞傳本店今有新添寄賣各樣旗鞾扎花坤鞋亦有鑲花坤靴一應俱全開設在天津府帶河門外樂壺洞北口巷內路北準仕商賜顧者詳認本店字號便是貨眞價實言不二價不悞主顧

本店謹白

拍賣告白

啓者本月二十六日即禮拜六下午兩點鐘在氣燈房對過禪臣新棧房內拍賣綢緞數件洋貨數件綯貨數件欄杆絲帶數件土布數件夏布數件對子數件鈕扣絲線數件翡翠水占數件諸多花樣貨色俱全如欲買者請早來細看面拍可也特此佈聞

集盛洋行謹啓

新到啤酒

啓者本行現由德國自運上等啤酒氣味香美與衆不同除濕却暑助氣消食誠酒中之仙品也如蒙賜顧請到老龍頭河對本行賬房可也計每箱四十八瓶價銀七兩五錢又價銀八兩五錢

德商瑞豐洋行謹啓

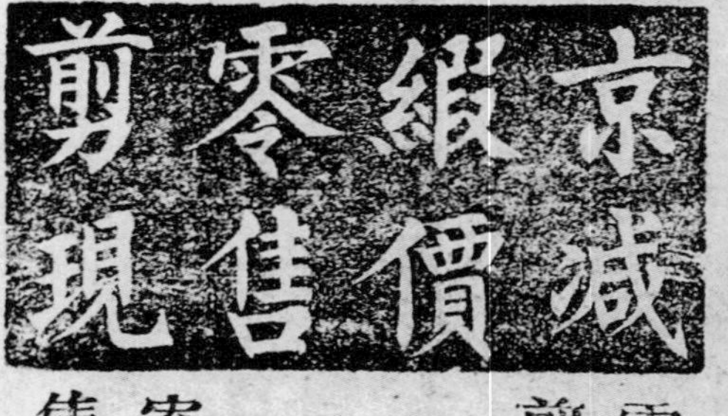

零剪

高鴉背	一千三百五
正號元青貢緞每尺	一千四百文
中號	一千一百文
副號	八百八十文
眞杭青金銀庫緞每尺	二千二百文
眞裕順曾皮絲烟每包	一千一百文
南京鹹鴨每支 大	千八百文
南京鹹鴨每支 小	千二百文

寄售

品名（每斤）	價
龍井	一吊七百文
雨前	一吊一百文
珠蘭	一吊四百文
雀舌	九百六十文
蜂翅	一吊二百文
紅袍	六百四十文
小種	一吊二百文

本號自製元淺京緞臺售零剪杭絨衣線軍燕金腿南貨糟貨一應俱全近因錢市漲落不同分別減價抑因無恥之徒假冒南味字號者甚多雖云謀利誠恐亂眞欲辦薰猶用煩楮墨天津宮北大獅子胡同公益仁記南昧坊謹白

恭頌良醫

太醫院候補醫士譚仰周先生素精岐黃爲人品學兼優不染行道習氣亦不以聲價自高論脈理固屬精通即立方亦頗穩妥雖奇險之症凡經診視者遂無不著手成春此則余等共深佩服亦親友屢經效驗者也特此登報以供周知倘患疾症者可到閘口西關帝廟前聘之庶不至受庸醫之誤也

津門 徐晴波 魏星橋 朱藝堂 鄭敬齋 謹啓

顯學書塾

浙江蕭山湯伯述先生擬招學徒百人講授策論文字每人月脩四元每月兩課一策一論三期到塾領題屆日繳卷三日批改取定甲乙榜示暫時遙授不必住館本塾在海大道直報館旁

新開 天吉齋京靴店

本店開設天津府東門外天后宮前路北門面二間本號專辦京莊上上材料專做京都滿漢朝靴各款鑲繡插鎖全式名鞋一應俱全貨高價廉 士商賜顧者請認明本號招牌庶不致悞 本店擇於七月吉日開張

本號特白

告白

奉 旨鄉會兩闈及科歲生童改試策論書院肄業亦皆遵照改課童蒙窗下自宜以古文爲法宋儒呂東萊先生所著博議久已風行近尤膾炙人口現有芙蓉館主人以諸名家所批善本付本齋石印帋墨精良字大爽眼約於本月念日後印畢出售此佈

天津文美齋南帋局告白

陰德耳鳴

余寒士也客秋偶患瘧疾以爲此細症耳無足介意隨服藥數劑旋即霍然然不久又滋他患病更纏綿適陳君少菱來余告以所苦因爲代迓張君敬和診治是時余甚慮無資孰知先生既至見余病極危境極困爲區畫方脉并贈以珍藥十數劑曾不兼旬而病若失神乎技矣先生有半積陰功半養身之章盛德所及詢不誣也先生學問淵深爲醫道中第一國手而性情仁厚純篤尤爲人所難及余感其盛意登諸報章并爲津郡患病者指南之助云

戊戌仲夏津邑後學顧連城誌謝

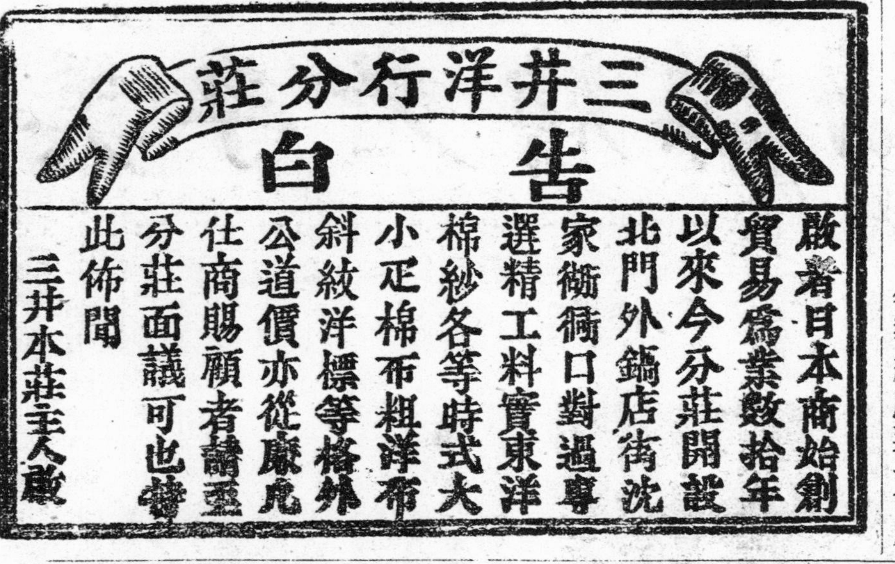

玆因類類報從十二册另改新章改樣亦
按旬報之列卽日可出後望盼矣
各報總處梁子亭啓

本店專做英法葷素
大菜並由外洋自運
各國上品洋酒各色
異味點心罐頭鮮菓
食物等類一應俱全
本洋樓工程告竣房
間寬闊夕時均用氣
燈明亮異常　仕商
光顧者或携貴眷另
有雅室亦足稱暢叙
幽情矣擇於六月十
七日開張至期請卽
駕臨賜顧是荷
本主人謹啓

啓者本行自
上海分設天
津紫竹林法
租界良濟藥
房對過女成
衣飯店一號
二號房內自
製新式鐘表
金銀表金表
練各樣新式
大小說話機
器耳鳴機器
金戒指金鋼
石戒指大小
洋鏡各樣新
貨一應俱全
貨好價廉格
外公道在此
住兩三個月
後另造樓房
批發諸公光
顧請早駕臨
海利洋行謹
啓
戊戌年六月
二十三日
禮拜三

天福茶園
特請上洋新到
頭等花旦
天娥旦
六月廿四日
晚准演
對銀盃
早晚仍照原價

廣東鼎盛機器廠

本廠精造大小
機器汽機火爐
開礦水龍滅火
水龍磨麵機器
全套管辦鑄造
修理精巧銅鐵
等件貨眞價廉
倘蒙賜顧請
至天津紫竹林
法租界牌坊旁
本廠面議不悞
主顧
本主人謹啓

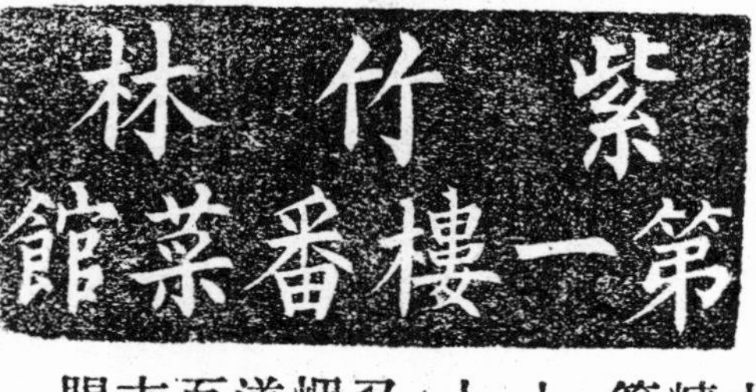

本號專作英法大菜各色
精細點心各樣洋酒洋貨
等物一應俱全並售
上　八百
上紅茶每斤津錢一千
六百
又批發茂生公司鐵海紙
烟零整發售價值格外公
道原箱計一百盒價洋一
百四十四元每盒計五百
支洋一元五角凡仕商
賜顧請卽駕臨是荷
主人謹白

重排新製新彩新切
七八本
掃盡叛逆
鐵公鷄
大戰麒麟山　火燒向大人
接排擇日開演

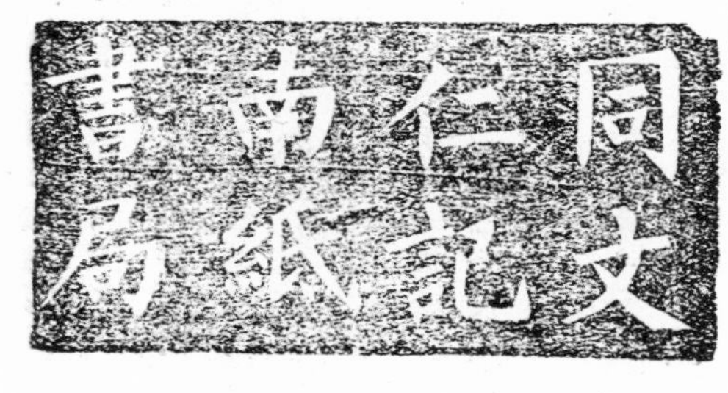

本局自印耕
香館畫譜每
部價洋二元
專辦各種石
印書籍精選
加高南紙頂
細雅扇格外
價廉廣天津
東門外襪子
衚衕本局啓
本局謹啓

減價

今有友人
自辦陝西
老土每兩
津錢五百
文
新到梁州
土每兩津
錢五百六
十文
如蒙賜顧
者請到東
門內聚隆
成寄售

請看新書

敝堂經售石
印新出四書
義五經義宏
才通義皆不
相同本月二
十三前足可
裝訂成部特
此先聲
天津北
門內府
署東各
報總處
紫氣堂
全啓

朔望會課

靜致盧會課為皖江洪月般孝廉思齊倡立每月朔望舉行一論一策三日交卷評定甲乙酌贈花紅每卷收紙張津錢五十次月朔日開課假二道街泰山行宮盧厲為收發課卷處入課者先期自陳名字齒籍官紳好義資助花紅者登報揄揚不勸捐

江右盧沛恩
津門王維翰　暨同人公啓

六月廿四日輪船出口　禮拜三

安平　輪船往上海　招商局
通州　輪船往上海　太古行
景星　輪船往上海　怡和行

六月廿三日銀洋行情

天津通行九七六錢
銀盤二千四百四十文　洋錢一千七百二十文
紫竹林通行九六錢
銀盤二千四百七十三　洋錢一千七百四十五
洋錢行市七錢一分三

浙紹朱鈍翁先生已於六月十二日由密雲縣治愈劉太夫人多年宿疾旋回津郡仍寓東門裡彌勒菴依舊懸壺

直報

本館開設天津紫竹林海大道老菜市氣燈房巷內

光緒二十四年六月二十四日　第一千百四十號
西歷一千八百九十八年八月十一日　禮拜四

上諭恭錄

上諭前據孫家鼐奏遵議上海時務報改爲官報請派康有爲督辦其事並據廖壽恒面奏嗣後辦理官報事宜應令康有爲向孫家鼐商辦當經諭令由總理衙門傳知康有爲遵照茲據孫家鼐奏陳官報一切辦法報館之設義在發明國是宣達民情原於古者陳詩觀風之制一切學校農商兵刑財賦均准臚陳利弊藉爲輶鐸之助兼可繙譯各國報章以備官商士庶開擴見聞其餘內政外交裨益非淺所需經費自應先行籌定以爲久遠之計着照官書局之例由兩江總督按月籌撥銀一千兩並另撥開辦經費銀六千兩以資布置各省官民閱報仍照商報例價着各督撫通核全省文武衙門差局書院學堂應閱報單數目移送官報局該局即按期照數分送其報價着照湖北成案籌欵墊解至報館所著論說總以昌明大義抉去壅蔽爲要義不必拘牽忌諱致多窒礙泰西律例專有報律一門應由康有爲詳細譯書恭以中國情形定爲報律送交孫家鼐呈覽欽此　上諭孫家鼐奏籌辦大學堂大概情形一摺所擬章程八條大都參酌東西洋各國學校制度及內外臣工籌議與前奏擬定辦法間有變通之處縷晰條分尙屬妥協造端伊始不妨博取衆長仍須折衷一是即着孫家鼐按照所擬各節認眞辦理以專責成其學堂房舍業經准令暫撥公所應用交內務府量爲修葺着內務府尅日修理交管理大學堂大臣以便及時開辦毋稍延緩另片奏議覆給事中鄭思賀奏推廣學堂月課章程請於額滿之員以月課代甄別等語着依議行惟茲事體重大必須精益求精務臻美備所有一切未盡事宜仍應隨時體查情形妥籌具奏至派充西學總敎習丁韙良據孫家鼐面奏請予鼓勵着賞給二品頂戴以示殊榮該衙門知道欽此

農工商學　勸學篇之九　續前稿　張之洞

工學之要如何曰教工師工者農商之樞紐也內興農利外增商業皆非工不爲功工有二道一曰工師專以講明機器學理化學爲事悟新理變新式非讀書士人不能爲所謂智者創物也一曰匠首習其器守其法心能解目能明指能運所謂巧者述之也中國局廠良匠多有通曉機器者然不明化學算學故物料不美不曉其源機器不合不通其變且自秘其技不肯傳授多人徒以把持居奇鼓衆生事爲得計此王制所謂執技事上不與士齒者耳今欲教工師或遣人赴洋廠學習或設工藝學堂均以士人學之名曰工學生將來學成後名曰工學人員使之轉教匠首更宜設勸工場凡衝要口岸集本省之工作各物陳列於中以待四方估客之來觀第其高下察其好惡巧者多銷拙者見絀此亦勸百工之要術也商學之要如何曰通工藝夫精會計權子母此商之末非商之本也外國工商兩業相因而成工有成器然後商有販運是工爲體商爲用也此易知者也其精於商術者則商先謀之工後作之先察知何器利用何貨易銷

何物宜變新式何法可輕成本何國喜用何物何術可與他國爭勝然後命工師思新法創新器以供商之取求是商爲主工爲使也此罕知者也二者相益如環無端中國之商惟聽其自然者而已所冀者億中之利如博塞求贏但憑時運所分者坐賈之餘如刮毛龜背雖得不多雖有積貨如阜日贏千金猶爲西商役也至勸商之要更有三端一曰譯商律商非公司不巨公司非有商律不多華商集股設有欺騙有司罕爲究追故集股難西商律精密官民共守故集股易一曰自治近年茶市雖敝然仍是芽嫩無烟者價高而速售低濕攙雜者樣盤抵換者價虧而難銷若不求自治之方而欲設總行以爲合羣持價之計西商固必不聽羣販亦必不從一曰遊歷各省宜設商會上海設一總商會會中自舉數人出洋遊歷察其市情貨式隨時電告以爲製造販運之衡此較設外洋公司爲易夫學問之要無過閱歷各國口岸卽商務之大學堂也大抵農工商三事互相表裏互相勾貫農瘠則病工工鈍則病商工商聾瞽則病農三者交病不可爲國矣至於駝羊之毛雞鴨之羽皆棄材也馬牛之皮革皆賤貨也西商捆載而去製造而來價三倍矣水泥　西人名塞門德土華名紅毛泥　火摶　以中國觀音土和摶屑燒成之　火柴火油洋氈洋紙洋蠟洋糖洋針洋釘質賤用多而易造者也事事仰給外人而歲耗無算矣然而以上諸事非士紳講之官吏勸之不可苟卿盛稱儒效而謂儒不能知農工商之所知此末世科目章句之儒耳烏覩所謂效哉

士爲四民之首義主治人士之所以能治人者以其學無不通故其治無不行古之士於秉耒餘暇使之横經多出於農今之士以旣富方穀多出工商是士爲四民之首實卽四民之秀而學者耳士當學成待用往往嘆知我無人用我無期方未卜天竟何如命竟何如由人也乎哉抑不由人而由天也乎哉今則非其時矣我　皇上整飭庶務以農爲體以工商爲用屢降　諭旨着各直省督撫認眞勸導紳民兼采中西各法講求利弊有能創製新法著書製器各事者令總理衙門認眞考驗立予優獎等因又奉旨徐琪奏前在廣東學政任内保荐南海生員區金鐸譯通電學經譚鍾麟於二十一年考驗給咨赴京已隔數年尚未見到着譚鍾麟迅卽飭催該生酌帶電機來京交總理衙門查看具奏欽此各等因按區金鐸通電學能以電氣鼓動機輪作爲輪船輪車軍報快車農田水車沉水魚雷水雷各等物不用煤火既省工又不炸裂軍報快車不用鐵軌自能行動神乎技矣該生其學有成效歟因憶前年有蕭開泰者能以玻璃鏡在日中照煉匝月爲期就鏡之大小成火力之大小代煤火煎煉金鐵並燒敵等用凡此皆今之雋才後之傳人也前以　國家不尙新法以致無人保荐而區金鐸又荐而來遲斯人不出如新法何此皆朝野盼切所爲禱祝以求者乃一以未保不來一以已保遲到其故何哉勿亦如勸學篇中所云中國局廠良匠自秘其技不肯傳歟今固明詔屢頒旣予優獎復許專利人生以有用於人爲貴旣利已復利人學果有成幸生斯世　聖天子在上可以出而仕矣遯聽下風拭目注俟庶無負我孝達尙書勸學殷殷之雅意也夫　隴西亦布衣謹誌

進九九盒　○内務府飭傳膳房造做九九盒共金龍紅油漆盒八十一個每盒裝盛吉祥語各色餑餑於六月二十六日進呈御用以慶　萬壽聖節云

送缺挑兵　○鑾儀衛辦事章京等於六月二十日晨在西苑公所稟知禮邸兩大臣以廂紅旗咨取送放送副軍叅領人員請於制儀各員中點送當經禮邸傳諭以治儀正保泰一員籍隸該旗堪以保送此缺着卽備稿畫行後再行咨送　正黃旗滿洲都統於六月二十四日在阜城門外馬市橋地方本固山演射地球弓箭挑補本旗五甲喇養育兵等缺預由該甲各佐領傳令入挑人等各穿開氣袍備帶弓箭前往備挑

先聲所播　○欽命巡視北城院憲李侍御擢英現居一年差竣經都察院委派河南道監察御史楊侍御福臻署理俟都察院繕寫綠頭牌帶領引　見後再行接篆任事聞楊侍御曾任巡視東城一切詞訟案件判斷如神無枉無縱東城人民莫不稱頌現巡北城一經到任諒無賴匪徒胥當殮跡插圈弄套等事恐難施其伎倆地方之獲福非淺也

雨中淹斃　○六月二十一日天大雷雨以風東便門外花兒閘北河岸有船一隻被風砍纜斷横轟中流船中人束手計窮大呼救命爭奈雨急風狂之際絕少行人無有過而問者船主及其子遂相偕落水慘矣　京師前門外西河沿地方於六月二十一日下

午大雨滂沱該處一片汪洋適有某姓幼童冒雨而來未諳水勢深淺失足跌入遽占滅頂當經北城司帶領吏仵備棺盛殮查訪屍親認領云

接續覆試貢榜 ○河南一等五名 張蔚藍 荆性成 邢汝霖 高步衢 于祖謙 二等八名 王錫臣 蘇斯倬 陶麟宸 趙金鑑 吳烈 毛葆眞 楊克復 李國詔 山東一等三名 王之範 王宗元 閻家騏 二等十一名 陳啓昌 李夢弼 劉正誼 李錦江 莊復恩 李樹芬 張聯薰 王元瑞 宮炳炎 劉蔭第 莊阿蘭 山西一等四名 邢玉彬 李愼修 閻希勇 趙國良 二等八名 宋殿元 杜凌雲 耶逢庚 安國楫 薛篤斐 鄭淑 解榮輅 董思聰 陝西一等三名 靳錫蘭 張又栻 高祖祜 二等五名 王會圖 張紹文 馬漸逵 謝文華 景凌霄 甘肅一等一名 王友曾 二等四名 李鏡清 葉國霖 石懷璋 謝樹棠 四川一等五名 高鋆祿 謝樹璧 李開彬 張啓愚 劉隆岳 二等十一名 李明智 謝世宣 段愼徽 龔玉銓 蕭殿芬 曾國光 蕭樹棠 王珣 李炳春 楊慶咏 張世聰 廣東一等三名 胡彤恩 朱汝珍 饒衍芬 二等八名 黃景棠 張紹緒 何觀立 彭杰墀 張昭芹 鍾用和 丁培珊 林溥 廣西一等三名 鍾家文 吳煥英 覃兆 二等六名 黃玉培 吳寶琛 周安元 林翰高 蔣炳榮 李炳文 雲南一等二名 沈從賢 楊學禮 二等四名 程履貞 黃桂林 王垂書 張肇基 貴州一等二名 歐陽濬 余鍾 二等七名 胡爲和 李啓奎 黃運升 陶其金 周樹杰 周開忠 姜鳳陽 此單已完

督轅門抄 ○六月廿四日中堂見 運司方大人 候補道張大人蓮芬 李大人竟成 吳大人學廉 吳大人懋鼎 邢大人三 孫大人寶琦 候選府劉綸辭 候補府吳家修 林際康 候選同知閔國賢 署通州協龍殿揚 補用副將穆長榮 參將張占魁 雲南存記道翁大人壽錢 調署懷安縣史善詒 福建候補縣黃遵楷 前山西蒲州府候選同知淸樸 昨晚見 僅先守備李得成 大沽右營千總徐仁和

督批照錄 ○具呈從九品劉瑞生灤州人抱告胞弟劉建逵批仰鹽運使飭州查照呈情傳案集訊秉公斷結具報勿任鹽書弊混粘單帖存

廟宇查明 ○民間建修廟宇縻費金錢以養僧道本屬無謂二三十年前聞冀州地方經某刺史將一切淫祠改爲義塾爲作育人才之用頗著成效現今風氣大開各處設立中西學堂復奉 上諭凡不在祀典之廟宇着地方查明改爲學堂等因刻聞天津業經縣尊查明除在祀典外所有應行改爲學堂者若干座據實稟請上憲核辦

志局准開 ○各府例有志書歷載先朝文獻天津府爲畿南名勝自遭兵燹後忠義節烈之事尤多府志亟應修輯數年前曾經議及祗因欵項難籌致事中止前天津府沈太守銳意舉辦稟蒙上游批准旋即分札各州縣採訪事實以便附入新志現經各屬將所採各節繕成册本呈送前來府憲擬即延聘名宿開局興修云

糧價頓跌 ○直隸各地方入夏以來糧價日漲一日數米爲炊者無不懸鎖雙眉至六月下旬幸好雨知時既優既渥田禾勃然而生不久將有嘗新之望頃有自靜屬西鄉來者云彼處糧價頓跌紅糧每石價減兩千有餘秋麥小米亦各減去一千數百文想一經新穀登場價値更當大落也不禁額手爲窮民慶之

善不近名 ○近數年各州縣偏災時有災民來津求食者麕聚木埠房價奇貴率居妻小於窩堡中疾痛顚連實堪憫惻日昨北墻子上有人穿葛紗大褂徐步行至窩鋪前按戶給錢票一紙叩問姓名終不肯言散畢揚長而去噫殆所謂爲善無近名者與

恭祝神庥 ○月之二十三日世傳爲火神馬神聖誕每屆各馬號各火會均高搭蓆棚懸結燈彩恭祝神庥向例也今年租界衆馬號復醵貲演戲數台藉伸慶賀現在海大道西氣燈房北面搭立神棚陳設極其壯麗准於本日開演想紅男綠女寶馬香車當爭往一拓眼界也

四明稟牘 ○四明公所辦事董事方繼善劉麟書黃承潤上藩臺聶道台蔡稟稿敬稟者法公董局拆毀四明公所義塚園墻

又縱兵開槍傷斃多命以致激成衆怒紛紛罷市停工嗣得憲旌蒞滬人心稍定即經披瀝稟陳在案當蒙出示諭令照常開市開工允爲竭力保全旅滬商民罔不同聲感戴靜候辦理惟法公董局五月十三日致四明公所函稱此地並無契據又經法總領事照會關道憲蔡憲臺該地主不能交出地契且以並無地契回覆是以本總領事已經函知貴道可飭公董局公平給價與此地眞正地主各等語竊思普天之下莫非王土民間管業皆以地方官印契爲憑四明公所於嘉慶二年四年十一年道光十八年陸續價買上海縣二十五保四圖改字圩一百二十四一百二十七一百二十八一百二十九一百三十八等號地畝分別向上海縣印契世守其業實爲眞正憑據法公董局函詢一百八十六一百九十一兩號之地與公所執守者不同是以公所司事以並無此契回覆並非不能交出地契也茲將官印地契摘抄畝分四址並葛領事前出告示以及免捐議事等據用石印法粘呈憲鑒伏查四明公所爲甯人春秋祭祀幷造殯房暫厝靈柩其墻後係埋土義塚爲貧苦甯人在滬身故無力回籍者而設早經葬滿毫無隙地去秋法公董局傳諭租界之內不准穢物停放致生疾病議將公所浮厝之柩限六個月運甯以後只出勿進此爲地方起見並無議及遷讓地基故甯人允之於是在公所迤西之褚家橋分所內添造殯房現在新柩皆厝於褚家橋蓋公所與義塚當初本屬一氣嗣因改築馬路分爲兩事故前法領事有速築圍墻分清界限之示也又查光緒十三年甯紳王鎭昌等稟內有歷經稟蒙前領事詳請法欽使恩准作爲四明公所義塚永遠不准遷變之語又蒙前領事白諭飭公董局豁免地捐給印照勘立址石又蒙前總領事葛諭築墻以清界限公牘俱在班班可考足見仁慈惻隱中外皆同歷蒙保護有案相安無事查光緒十八年七月二十九日法董局來函允從公所起造毗連八仙橋路北之圍墻由公董局打樣人指畫而行并議定章六條屈計至今未逾七載是最近之憑証茲特抄錄呈覽今乃忽背前案且云不能將中法兩國所議定章收束辦理然則前法欽使永遠不准遷變之諭白總領事豁免地捐之諭葛總領事速築圍墻之示光緒十八年公董局允從起造圍墻之信皆在中法定章以後獨能收束辦理乎現在紳等靜候保全明諭一面傳諭商民萬勿滋事因恐法人固執前辭爲特再訴下情籲乞大人據理照會駁正使數萬具已安之駭骨百十年爲善之根基保全無恙則九原啣感億衆傾心萬代公侯馨香以祝也不勝急切待命之至再職董等三人係公所辦事董事毋庸會同諸紳列名合併聲明專肅敬叩鈞安計抄呈光緒十八年法公董局來函並章程六條石印告示地契免捐議事等據　光緒二十四年六月初九日

光緒二十四年六月二十二日京報全錄

宮門抄○六月二十二日刑部　都察院　太常寺　侍衛處値日　無引　見　溥侗文琳各假滿請　安　福森布百日孝滿請安並謝開復處分　恩　恩壽椿壽蘇嚕岱各續假十日　曾公請假十日　召見軍機　孫中堂　丁之栻

○○甘肅新疆巡撫臣饒應祺跪　奏爲呈進回部　貢金恭摺具陳仰祈　聖鑒事竊照新疆色楞勒庫爾之南回部坎巨提向來按年呈進　貢砂金循例奏明　賞給緞疋在案茲據喀什噶爾道黃光達申稱坎巨提頭目摩韓美德拿星呈到光緒二十三年分進貢砂一兩五錢遵例　賞大緞二疋發給該頭目祇領懇請具　奏前來臣覆查無異除將砂金咨送內務府呈　進外理合恭摺具陳伏乞　皇上聖鑒謹　奏奉　硃批該衙門知道欽此

○○安徽學政大理寺卿臣徐致祥跪　奏爲安徽甯池太廣五府一州歲試完竣恭摺具報仰祈　聖鑒事竊臣於二月初八日出棚先試甯國府附考廣德州次徽州府池州府渡江試安慶府折回太平府接試本棚現五府一州歲試已竣查甯國文風以太平涇縣爲最宣城旌德次之徽州以績溪爲最歙縣　縣次之池州以貴池爲最靑陽石埭次之安慶以望江爲最懷甯桐城太湖次之太平府屬當塗蕪湖繁昌三縣質勝於文各府士習俱較下江爲樸如有不及額之處仍酌量缺進髮逆之亂皖南北被害最酷兵燹以後元氣未復凋敝情形尙難寓目加以頻年旱潦爲災士民困苦尤甚士品雖優劣不齊然未至離經畔道激勵而裁成之尙可干城道義應試武童亦均恪守場規惟安慶府屬尙有冒名頂替積弊設法嚴剔稍淸於前臣於各府發落日勗以讀書養氣尊君親上本義理之學成經濟之材以備　國家緩急任使所歷地方春雨過多豆麥均有傷損皖北尤重民情尙屬安謐　宸念軫繫合併陳明臣現在署先期料理應辦事宜七八月間依次按試皖北各府州屆時試畢再將考試情形具報所有安慶等五府一州歲試告竣緣由理合恭摺上聞伏

乞　皇上聖鑒謹　奏奉　硃批知道了欽此

○○頭品頂戴湖廣總督臣張之洞跪　奏爲鄂省練兵需械商撥江南購存大口徑毛瑟快鎗恭摺具陳仰祈　聖鑒事竊照去年以來迭次欽奉　諭旨殷殷以改練洋操精造鎗砲爲要當經欽遵轉飭各將領切實講來認眞操練在案惟欲練强兵必須利械查湖北省從前購存外洋鎗砲自甲午東方有事均經分給兩湖出關征軍搜羅一空及罷兵以後各軍大率皆在北洋裁撤繳回鎗砲甚屬寥寥前經奏明撥還湖北之小口徑曼里夏快鎗二千枝彈二百萬顆現准練兵處咨取解京至鄂省鎗砲局自造之小口徑毛瑟快槍上年已奏解神機營練兵處共一千枝並彈十萬顆現又備解一千枝彈十萬顆又發解提督董福祥軍營一千枝彈二十萬顆祇以禁旅所需　畿疆所繫不能不先其所急於是鄂省軍儲悉索無餘鄂廠以經費支絀不能多造其無煙藥廠尙未造成所有藥彈皮袋均須買配是鄂省自製之鎗亦復赶辦不及上年因各營需鎗因查有臣前署兩江總督任內購存大口徑十響毛瑟鎗五萬枝彈五百六十萬顆原奏聲明此項鎗彈備撥各處亦甚有益等語在案查此項快槍雖係大口徑然製造甚佳以之發與各營平日操練已屬利器且口徑即係尋常單響毛瑟一律各省局能造此彈者尙多操練尤便當與兩江督臣劉坤一商允分撥此項鎗二千枝配彈四十萬顆由劉坤一附片奏明有案現在本省原有之快槍及自造之快槍均經提撥分解又當通省上緊練兵之際是各營需槍尤急不敷愈多因又電商兩江督臣劉坤一分撥前項大口徑毛瑟快槍接覆電云尙可勉力再撥三千枝但廣西浙江均係奏明後委員領解等語相應　奏明立案以便前赴江南領解此項分撥快槍三千枝應否作價應由劉坤一酌核辦理至所需槍彈已經商明由滬局代造將來撥用若由鄂照數給價一俟前項鎗領解來鄂即當分給各營應用所有商撥江南購存鎗械緣由理合恭摺具陳伏乞

皇上聖鑒謹　奏奉　硃批該部知道欽此

○○張之洞片　再前准戶部咨具奏各國應解抵閩京餉改爲加放俸餉銀兩江漢關仍於四成洋稅項下每結提銀四千兩等因當經轉飭遵照辦理所有江漢關第一百四十九結應解抵閩京餉改爲加放俸餉銀四千兩委解赴京交餉業經　奏咨在案茲據漢黃德道江漢關監督瞿廷韶詳稱在於第一百五十結所徵四成洋稅項下提銀四十兩作爲本年加放奉餉銀兩飭委候補知縣白坻試用通判曹受詔管解赴京交納等情詳請　奏咨前來臣覆核無異除咨管解外理合會同湖北巡撫臣譚繼洵附片具陳伏乞　聖鑒謹　奏奉　硃批戶部知道欽此

啓者昨接上海孫仲英善長來電旋又接到顧緝庭葉澄衷嚴筱舫楊子萱施子英各觀察來電據云江蘇徐海兩屬水災綦重飢民數十萬顛沛流離死亡枕藉災區十餘縣待賑孔急需欵甚鉅官欵恐未能徧及素仰貴社諸大善長久辦義賑飢溺猶己敬求代呼將伯源源接濟功德無量蒙滙賑欵即滙上海陳家木橋電報總局內籌賑公所收解可也云云伏思同居覆載異姓不啻天親縱隔形骸民物莫非胞與頓遭洪水哀此災荒盡是蒼生何分畛域況救人性命即積我陰功雖此日拯茲黎庶散盡赤仄青蚨卜他年報在子孫同來玉堂金馬敝社欵無備濟自知獨力難成術欲廣仁惟冀衆擎易舉叩乞　顯官鉅紳仁人君子共憫奇災同施仁術原擬活人無算雖千金之助不爲多但能濟世有功即百錢之施不爲少盡心籌畫量力輸將敝社不禁爲億萬災黎泥首叩禱也如蒙　慨助即交天津溜米廠濟生社帳房代收並開付收條以昭徵信　濟生社籌賑同人謹啓

光緒二十四年六月二十四日　直報　第六版　二七〇四

出售石印八面鋒

宋陳君舉先生所撰議論宏通恰合時宜有志策論之學當奉爲圭臬也現已裝訂成好每部價錢七百五十文天津北門內府署東紫氣堂啓

告白

敬啓者 朝廷維新庶政博采羣言其已見施行者如科舉改試論策四書義經義實僉兩湖制軍南皮張香帥之奏制軍有勸學篇一書皆切近今時務其改科舉議即列外篇第八者也此外諸篇著論極爲持平惟此書僅板兩湖書院外間頗尠傳本有志之士無不思一流覽本齋不惜貲本縮印上石日內即擬出書有願先睹爲快者即向天津鍋店街文美齋南帋局購覓可也

天后宮北 義興順綢緞莊

本莊自置顧繡綢緞綾羅紗
絹各樣洋貨南貨雅扇桂母
頭油香貨歸安貝松泉湖筆
一概俱全
頭號杭寧綢　四錢二
頭號摹本緞　三錢八
紅梅茶　每　九百六
紅茶　六百四
紅茶梗　二百二
龍井茶　斤　一吊八
金百
壽棉縐裙布裡每套五兩八
哆囉蔴每尺原碼四分二
各莊夏布一概照行發莊

拍賣告白

啓者本月二十六日即禮拜六下午兩點鐘在氣燈房對過禪臣新棧房內拍賣綢緞數件洋貨數件綢貨數件欄杆絲帶數件土布數件夏布數件對子數件鈕扣絲線數件翡翠水占數件諸多花樣貨色俱全如欲買者請早來細看面拍可也特此佈聞

集盛洋行謹啓

新到啤酒

啓者本行現由德國自運上等啤酒氣味香美與衆不同除濕却暑助氣消食誠酒中之仙品也如蒙賜顧請到老龍頭對河本行賬房可也

計每箱四十八瓶
價銀七兩五錢
又價銀八兩五錢

德商瑞豐洋行謹啓

爲釣叟先生潤書小啓

予向讀醉翁亭記曰先生之意不在酒而在乎山水之間未嘗不歎古人之高也夫古人往矣而欲求其嗣響追踪彷彿則莫如新會歐陽子行者誠六一先生之遺裔也 公少貧奇氣嗜酒有家風長偏游名山大川落帋得烟雲生趣求畫者戶履常滿筆禿硯枯客有睨笑其旁者曰甚矣 公之勞而費也胡不以潤筆之貲作杖頭之助及今請自隗始可乎 公笑曰無已其以酒酬我也昔人斗酒百篇畫何獨不然自今請以酒進爰定其數因爲之序

茲湊俚言作潤筆欵

借問先生何所癖　無如一醉筆寫丹青
諸君若索先生畫　帋方一尺酒一罇
素絹又當加倍計　扇如團摺釀雙瓶
酒[illegible]斟酌膏糧合　潤筆兼能養性靈

香山襄侯魏宗弼書於潤州客次　寓紫竹林廣永隆號內

告白

出售中西算學實在易 張香帥
初學西算八種 同文算課 鷹
洋定論 西算借旨 算草叢存
天元一釋 西法數學 決疑
數學筆算數學 代數精華錄
代數勾股明鏡錄 代數術
華氏筆談 九章細草 求志課
藝 新編算學問答 搜求算學
先觀爲快餘者各書各報暇日再
錄
天津北門內府署東各報總處紫
氣堂全啓

顯學書塾

浙江蕭山湯伯述先生擬招學徒百人講授策論文字每人月脩四元每月兩課一策一論屆期到塾領題三日繳卷三日批改取定甲乙榜示暫時遙授不必住館本塾在海大道直報館旁

新開 天吉齋京靴店

本店開設天津府東門外天后宮前路北門面二間本號專辦京莊上上材料專做京都滿漢朝靴各款鑲繡插鎖全式名鞋一應俱全貨高價廉士商賜顧者請認明本號招牌庶不致悞

本店擇於七月吉日開張

本號特白

告白

奉 旨鄉會兩闈及科歲生童改試策論書院肄業亦皆遵照改課童蒙竊下自宜以古文爲法宋儒呂東萊先生所著博議久已風行近尤膾炙人口現有芙蓉館主人以諸名家所批善本付本齋石印帋墨精良字大爽眼約於本月念日後印畢出售此佈

天津文美齋南帋局告白

陰德耳鳴

余寒士也客秋偶患瘧疾以爲此細無足介意隨服藥數劑旋即霍然不久又滋他患病更纏綿適陳君少菱來余告以所苦因爲代迓張君敬和診治是時余甚慮無資孰知先生既至見余病極危境極困爲區畫方脉并贈以珍藥十數劑會不兼旬而病若失神乎技矣先生有半積陰功半養身之章盛德所及詢不誣也先生學問淵深爲醫道中第一國手而性情仁厚純篤尤爲人所難及余感其盛意登諸報章并爲津郡患病者指南之助云

戊戌仲夏津邑後學顧連城誌謝

三井洋行分莊
告白

敝者日本商始創
貿易爲業數拾年
以來今分莊開設
北門外鍋店街洗
家衚衕口對過專
選精工料實東洋
棉紗各等時式大
小疋棉布粗洋布
斜紋洋標等格外
公道價亦從廉凡
仕商賜顧者請至
分莊面議可也特
此佈聞
三井本莊主人啟

茲因類類報從十二冊另改新章改樣亦
按旬報之列即日可出後望盼矣
各報總處梁子亨啓

紫竹林法租界
三義飯店

本店專做英法葷素
大菜並由外洋自運
各國上品洋酒各色
異味點心罐頭鮮菓
食物等類一應俱全
本洋樓工程告竣房
間寬闊夕時均用氣
燈明亮異常　仕商
光顧者或攜眷貴另
有雅室亦足稱暢叙
幽情矣擇於六月十
七日開張至期請即
駕臨賜顧是荷
本主人謹啓

啓者本行自
上海分設天
津紫竹林法
租界良濟藥
房對過女成
衣飯店一號
二號房內自
製新式鐘表
金銀表金表
練各樣新式
大小說話機
器耳鳴機器
金戒指金鋼
石戒指大小
洋鏡各樣新
貨一應俱全
貨好價廉格
外公道在此
住兩三個月
後另造樓房
批發諸公光
顧請早駕臨
海利洋行謹
啓
戊戌年六月
二十四日
禮拜四

天福茶園

特請上洋新到
頭等花旦
天娥旦
六月廿五日
晚准演
殺子報
早晚仍照原價

新排全本新彩新切
燒骨計
苦中苦
擇日開演

紫竹林
第一樓番菜館

本號專作英法大菜各色
精細點心各樣洋酒洋貨
等物一應俱全並售
上　　　　八百
上紅茶每斤津錢一千
六百
又批發茂生公司鐵海紙
烟零整發售價值格外公
道原箱計一百盒價洋一
百四十四元每盒計五百
支洋一元五角凡　什商
賜顧請即駕臨是荷
主人謹白

廣東鼎盛機器廠

本廠精造大小
機器汽機火爐
開礦水龍滅火
水龍磨麵機器
全套管辦鑄造
修理精巧銅鐵
等件貨眞價廉
倘蒙賜顧請
至天津紫竹林
法租界牌坊旁
本廠面議不悞
主顧
本主人謹啓

本局自印耕
香館畫臘每
部價洋二元
專辦各種石
印書籍精選
加高南紙項
細雅扇格外
價廉廣天津
東門外襪子
衚衕本局啓
本局謹啓

減價

今有友人
自辦陝西
老土每兩
津錢五百
文
新到梁州
土每兩津
錢五百六
十文
如蒙賜顧
者請到東
門內聚隆
成寄售

請看新書

敝堂經售石
印新出四書
義五經義宏
才通義皆不
相同本月二
十三前足可
裝訂成部特
此先聲
天津北
門內府
署東各
報總處
紫氣堂
全啓

美孚老牌煤油

啓者美國三達煤油公司之德富士老牌煤油天下馳名萬商稱羡蓋其質潔色清亮白如銀且絕無烟氣能耐久燃比之生昔等油晶光百倍而儉用價廉此爲德富士老牌之佳處誠屬無雙妙品也士商賜顧請到天津美孚洋行採辦或向就近殷實行店購買庶不致悞

朔望會課

靜致盧會課爲皖江洪月般孝廉思齊倡立每月朔望舉行一論一策三日交卷評定甲乙酌贈花紅每卷收紙張津錢五十次月朔日開課假二道街泰山行宮盧厲爲收發課卷處入課者先期自陳名字齒籍官紳好義資助花紅者登報揄揚不勸捐

江右盧沛恩　津門王維翰　暨同人公啓

六月廿六日輪船出口　禮拜五

怡生　輪船往上海　怡和行

西平　輪船往上海　礦務局

鎮江　輪船往牛莊　太古行

六月廿四日銀洋行情

天津通行九七六錢

銀盤二千四百三十五　洋錢一千七百二十文

紫竹林通行九六錢

銀盤二千四百六十八　洋錢一千七百四十五

洋錢行市七錢一分三

新開 元隆號綢緞洋貨莊

自去歲四月初旬開張以來蒙各主顧垂盼雲集馳名日盛本號特由蘇杭等處加意揀選名機新鮮貨色零整銀價俱照大莊行市公平發售以昭久遠此白

寄賣龍井雨前素茶福建皮絲水烟各種眞料大小皮箱

開設天津府北門外估衣街中路北門面便是

浙紹朱鈍翁先生已於六月十二日由密雲縣治愈劉太夫人多年宿疾旋回津郡仍寓東門裡彌勒菴依舊懸壺

開設紫竹林法國租界北 天福茶園

京都新到 崇慶名班

特請京都上洋姑蘇山陝等處 各色文武 頭等名角

六月廿五日早十二點鐘開演

羊喜壽　李玉奎　銀堂　十八紅　崇芬　六月鮮　邊義臣　安桂秋　白文奎　終德明　十二紅　小連仲　常雅秋　王喜雲　高玉喜　李吉瑞　賽旋風　楊四立　趙斌恒　蘇廷奎

永平安　殺府　火烟駒　桑園寄子　柴桑口　馬上緣　衆武行　殷家堡

廿五日晚七點鐘開演

白文奎　天娥旦　王喜雲

永成　小德生　小祿奎　永景　常雅秋　李吉瑞　趙斌恒　賽旋風　周茹荃　蘇廷奎　十一紅　羊喜壽　賽狸貓　謝才寶　汪德寶　張鳳台　終德明　高玉喜　邊義臣

擋亮　百草山　衆武行

全班合演 殺子報　因姦殺子　絕宗斷後　冤緣相報　當場出彩

開設天津紫竹林海大道旁 福仙茶園

啓者本園於前月初四日止戲清理賬目今將戲園及園內桌椅磁壺磁碗新製彩切零星等件合盤出兌如有願兌者及詳細章程請至本園面議可也特此佈告

福仙茶園謹啓

創包機器

敬啓者近來西法之妙莫過機器靈巧至各行應用非得其人難盡其妙每値傷損修理必悞時日今有甯子卿專於經理機器茲擬創辦包定各項機器以及向有機器常年煤料工力價値格外公道如貴行欲商者請到福仙茶園面議可也特白

直報

本館開設天津紫竹林海大道老菜市氣燈房巷內

光緒二十四年六月二十五日　第一千百四十一號
西歷一千八百九十八年八月十二日　禮拜五

啓者兩接手敎盡悉一一承囑之處自當照辦惟敘述殊覺詭異祈過我一談面爲改易爲要順頌　台祈　本館謹覆

校邠廬抗議一書本局已於念三日印成每部取工料價津錢三百五十文要者請赴水月菴官書局文美齋藝蘭堂各南紙局府署東總報處保定官書局購取可也　北洋石印官書局啓

上諭恭錄

上諭目今時局艱難欲求自强之策不得不舍舊圖新前因中外臣工半多墨守舊章曾經剴切曉諭勗以講求時務勿蹈宋明積習諄諄訓誡三令五申惟是朝廷用意之所在大小臣工恐未盡深悉現在應辦一切要務造端宏大條目煩多不得不采集衆長折衷一是遇有交議事件內外諸臣務當周諮博訪詳細討論毋緣飾經術附會古義毋膠執成見隱便身圖倘面從心違希冀敷衍塞責致令朝廷實事求是之意失其本指甚非朕所望於諸臣也總之無動爲大病在痿痺積弊太深諸臣所宜力戒卽如陳寶箴自簡任湖南巡撫以來銳意整頓卽不免指摘分乘此等悠悠之口屬在搢紳倘仍亦隨聲附和則是有意阻撓不顧大局必當予以嚴懲斷難寬貸至於襄理庶務需才甚多上年曾有考試各部院司員之諭着各該堂官認眞考察果係有用之材卽當據實臚陳候朕錄用如或闒茸不職亦當立予叅劾毋令濫竽當時事孔棘朕毖後懲前深維窮變通久之義創辦一切實具萬不得已之苦衷用再明白申諭爾諸臣其各精白乃心力除壅蔽上下以一誠相感庶國是以定而治理蒸蒸日上朕實有厚望焉欽此　上諭中國創建水師歷有年所惟是制勝之道首在得人欲求堪任將領之才必以學堂爲根本應如何增設學額添製練船講求駕駛諳習風濤以備異日增購戰船可期統帶得力着南北洋大臣沿江沿海各將軍督撫一體實力籌辦妥議具奏至鐵路礦務爲目今切要之圖造端伊始亟應設立學堂預儲人材方可冀收實效所有各處鐵路扼要之區及開礦省分應行增設學堂切實舉辦之處着王文韶張蔭桓悉心籌議奏明辦理欽此

△論說經以誠乃可殺賊

强鄰逼處伏莽時聞積弱之形刻已大著無論習時務不習時務皆言中華之弱弱在兵不足餉不足討其理者則謂中華實因智不足爰歸咎於數千年來中華世主類以詩書愚黔首講學者愈多爲將者愈少弱之根實基於此此見其當然未深察其所以然也夫說經不可以殺賊而無謀不可與行軍士無文武固無人不可以不學也　上諭朕毖後懲前深維窮變通久之義創辦一切實具萬不得已之苦衷用再明白申諭爾諸臣其各精白乃心力除壅蔽上下以一誠相感庶國是以定而治理蒸蒸日上朕實有厚望焉欽此又云制勝之道首在得人欲求堪任將領之才必以學堂爲根本云云煌煌天語洞澈古今變通學問之道矣蓋治其身實貴治其心通於今尤貴通於古必先能通今通古淑其身心然後能宜古宜今任爲將領其不讀書而能爲大將者必其至性過人識見獨超事事開誠見公盡其性以盡人之性猶之聖爲天縱原不可概諸人人然既具天縱之資亦斷然無不好學者如關壯繆岳忠武諸名將可證也誠以將將將兵無非以人馭人今人究此理以施諸目前古人講此理以示諸後世古人之書卽古人之心以與今人相見者特不善讀者未之

知耳溯自伏羲經緯三才畫卦著象文王周公恐後世不能盡明乃立文字以彰之孔子又爲十翼定諸經以闡其學於治民治兵道無不備所以安天下威天下之故莫不精詳而得其要領所謂君子學道則愛人小人學道則易使者文事如是武備亦如是而誠之爲貴尤爲善陣善戰秘傳彼敵之以詐以間以貪試我者我概以一誠禦之一誠既立則無隙可乘諸患悉祛故春秋言示禮示信晉文雖譎猶必切切明此二事知所本也自李斯韓非等之學壞其本源始以有道者非以明民將以愚民之心以欺侮天下卒使暴秦不能永世民到於今孰不知之孰不痛之非世主盡用此術也漢求遺書尊六經設博士舉賢良求茂才異等絕國使才愚民者必不出此唐設科目五十餘宋立學校設武學明洪武開科經義以外兼考書算騎射律愚民者固若是乎惟隋以詞章取士則立法實爲未善要其意亦非必欲誣民也我　朝以牖民爲念所刊數學地輿諸書皆爲西學嚆矢　御纂七經義疏與夫十三經二十四史四庫館修諸書分藏大江南北今又力圖維新　詔設大中小學堂飭各直省督撫認眞辦理其所以開民智者意何懇摯特無如學人俗陋之習成於積久則習八股者之自誤而顧謂詩書誤人世主愚民誤矣且即性理一書俗儒目爲迂遠事情者不知後世之學其能得孔孟心學之眞傳惟性理獨見其精大所謂必有恥則可教一語詎非中庸之知恥近勇論語之行已有恥不辱君命乎孟子曰恥之於人大矣春秋傳曰明恥教戰求殺敵也善讀古書皆以時務變通解之於以臨事而懼好謀而成孰謂說經不可以殺賊也哉

雷雨弗驚　○六月二十一日　皇太后由　頤和園起鑾還海時適遇大雨請轎校尉依舊舁轎平穩聞　賞給鑾儀衛校尉人等每名二兩重銀寶一錠以示體恤

疫證可畏　○京師天氣於六月二十三日忽又赤傘高張炎熱尤甚近日　螺痧勢甚險速往往朝發夕死初起時皆係腹痛作瀉漸而四肢厥冷十指螺紋盡　延醫服藥每有不及平樂元陸姓子忽於前日夜半狂呼腹痛家人疑其患痧遂以尋常痧藥與之吞服其痛稍減以爲保痊無事矣不意逾一時而又痛急請蘇姓醫生爲之診治藥方尚未寫畢而屋內已哭聲大作醫生大驚投筆而奔有好善之家修合末藥名霹靂散能專治此痧論者謂此証大抵由中寒而得故治之之法必須溫通爲上切不可視作暑熱痧証亂投清涼之藥抑又有說者修心可以改相戒殺可以延年疫癘之興半由刼運使然總當節飲食愼嗜慾又能存心忠厚自然疫鬼不得而侵有識者當不河漢斯言

要犯就擒　○六月二十一日午後有形似差役者六七人在東便門外雙橋地方常家小店中探實積竊四人聲色不動布置妥當率衆圍拿當場一一就擒無漏網者遂加拷鐐押送到官或謂被擒之四賊尚非積竊係某處刦案要犯云云一經琴堂研鞫定當水落石出

咄咄怪事　○阜成門宮門口地方曹姓婦身懷六甲六月二十一日分娩產一怪胎頭尖脚細五官全備嘴旁又鬑鬑有鬚滿口齒如編貝生下時收生婆大爲驚駭不敢試啼其家亦知爲不祥立卽致斃瘞諸叢塚堆內旋有好事之徒聞其事前往掘起一証其異當時哄傳遐邇爭往寓目莫不以爲咄咄怪事

此亦胎教　○京師前門外草廠胡同有富室某甲夫妻二人自少年卽酷嗜芙蓉膏吞雲吐霧連宵達旦生有一子體質瘦弱異常一日之間必須三次氣喘痰塞一息僅屬若有重病者其母吸烟噴入口鼻中漸形精爽俄卽欠伸而起嬉笑自如始知爲有烟癮也今年已舞勺居然一榻橫陳允紹家傳矣嘗見人十七八歲卽吸食鴉片者皆以爲罕有若某子在襁褓中已種有癮根殆古人所謂胎教者與

督轅門抄　○六月二十五日　中堂見　調補湖北布政司員大人鳳林住吳楚公所　署通永鎭李大人大霆　運司方大人　關道李大人　道台任大人　潘大人志俊　柯大人欣榮　湯大人紀尙　通永鎭標恩騎尉張煦　提標雲騎尉哈昆綬

督轅批示　○津郡錢商振泰承等稟批據稟津郡制錢奇絀銀價日跌商民交困市面可危請仿照奉省章程持帖支取現錢如不能照付者以大小洋圓行抵以現錢找其餘零似尙可行惟當初以銀兌錢該鋪已有微利可圖此次抵付銀圓應照市價核算不加分文庶可通行無滯其以零帖支錢爲數無多仍應發給現錢以便行使至局卡收發欵項請將銀圓酌量搭用鋪商貨物改作銀圓

價値有無窒礙候行天津道會同支應釐金兩局通惠官銀號李道孫道並督同府縣體察情形迅速詳覆核奪

星節將臨　○前報紀盛京卿因有要公將來津與中堂面議等因嗣後迄未戾止茲經訪事人探悉京卿在上海因他事遷延未卽起節現已搭定新濟輪船准於二十一日開行大約三五日內星節便可蒞津

豸節將來　○頃聞由省來電云署直隸臬台廷廉訪於二十日因有要公來津面禀督憲准於二十日起節大約一二日卽可抵津矣

修理街道　○本津自修理街道後往來者無不稱便惟估衣街及城內等處尙高下不平昨工程局奉上游札飭先將城內修整所有街上條石挨次起出以便設法墊平現在東門內業經動工矣

府試題目　○二十四日府試天津縣文童一節已紀前報茲將考試正場四書五經論題照錄　首題　行己有恥使於四方不辱君命論　次題　乾始能以美利利天下論

逃犯被獲　○前有某甲在河北大衚衕某鋪行竊被鋪掌扭獲送縣當經大令笞責枷號飭令地方帶領游街示衆昨行至估衣街乘看役不備解枷逃逸地保趕緊追尋果於日昨獲犯禀報邑尊懲辦

車夫惹禍　○大王廟旁某姓婦日昨赴大紅橋親串家助粧由三條石某客棧門首僱坐洋車正論價時適有小車迎面而來突被撞倒致將頭顱碰破立卽氣絕婦夫某甲聞信赶至當將車夫扭住聲言送官經好事者勸以救人爲要且勿喊鬧遂將該婦扶起並尋七釐散等藥灌救得慶更生車夫隨卽央人說合情願出貲延醫調治甲首肯事遂了結

淹斃一婦　○津邑爲九河尾閭每遇河水漲發異常湍激沉溺船隻之事屢有所聞昨新浮橋下有帮搖船載男婦四五人順流下駛疾如激箭詎偶不小心被魚船網繩掛住一時張皇失措致遭傾覆船主與坐船人均經救登彼岸惟婦人不見想付東流去矣

冒險傷身　○諺云能走十步遠不走一步險信哉昨有人挑水一担由北門西城缺處入城甫登至高處忽然土塊坍塌連人帶梢一併墜落城下頭顱跌破血流不止經相識者倩人舁歸家中延醫調治據云跌傷甚重能否醫痊尙未敢預卜

南來各貨　○景星　洋布九百九十六　海帶二十捆　角燈四件　鐵札八十三　皮箱四個　條鐵八百三十三捆　皮靴八十二件　洋皂六十八箱　緞子一箱　火油二千五　家私一十五　豆子二百八十四　白鐵二十八　雜貨二百　機器一件　洋灰一百五　豆幷一十五　鐵支二千把　共七千二百八十四　怡生　茶葉三千九百三十　豆子八十八　門料板九百七十三　鋼條六十　木板五十　洋線袋三十　桐油三百　疋頭三百七十七　綢子二件　鐵練一條　雜貨一百一十九　共五千九百三十

廣西近耗　○廣西賊匪披猖各城戒嚴已迭次據聞錄報茲接梧州友人來函言匪勢日熾現已嘯聚二萬餘人巢於鬱林州屬興業縣之東津口頭目二人曰李立亭曰洪辰年設立口號多不可解該處與潯州府屬貴縣繡壞相連距貴縣城僅數十里潯守電禀黃中丞請發兵援救先是中丞聞容縣被陷札飭戴協戎慶有帶勇五百馳詣勦捕至是電飭戴協戎改道援潯想指日可抵該郡而梧州等處現亦戒嚴蒼梧縣紳以南鄉長行等處向有匪類煽聚鄉愚聯盟拜會恐其響應揭竿密禀梧協國副戎請先事豫防國副戎親詣查辦不料新村土匪卽乘虛蠢動國副戎聞報立調賓字營勇馳往辦理梧城人心因而震動統帶三江緝捕何觀察立募勇丁三百六十名號曰靜字營卽派百名堵禦戎墟餘則擇要扼守賊屢攻鬱林州城幸城垣鞏固守禦嚴密賊志不得逞竄擾附城州貝莊該莊爲蔣姓所聚居丁口千餘軍裝齊備卽與賊相持蔣姓傷斃多人賊亦死傷甚衆終以衆寡勢殊孤立無援致被攻破莊人恐受凌辱各放火自焚卽間有不忍自戕欲偸生頃刻者竟亦被賊屠戮闔莊男婦老幼靡有孑遺賊旣入莊得蔣姓遺砲三尊卽移砲再攻州城抑知天奪其魄入藥過多三砲齊裂死賊甚繁賊知天命難違退回舊巢然仍狡然思逞復遣其黨冒充樵夫混入城中以爲內應幸州城文武査緝綦嚴見其形跡可疑立卽搜得內奸百餘人皆身有匪黨暗號立正典刑賊心始懈惟兵力單薄防勦皆難得力故仍望東粵援軍早日齊集協力痛擊方能解此重圍也

秋成可卜　○揚屬自插秧以後雨暘時若裏下河一帶可卜豐收卽西北鄉高上處所亦復秋成有望當此米糧騰貴之時四境人心亦可爲之稍慰也

書院改章　○江督劉峴帥接奉　廷諭時文改試策論因札飭屬下郡縣大小各書院一律另改章程常鎭道長久山觀察奉文後巳飭令府縣會同紳董將鎭城寶晉南濡兩書院妥議章程至本月初八日之道課四書文著先改爲四書論云

清查舊機　○杭省鑄造銀元官局前曾在六官巷口設廠開爐試鑄因機器欠佳未能盡善旋卽停止又在報國寺前另建廠房添購精機復再鼓鑄所有舊廠機器旣未能合用現擬運申估賣抵本當奉藩憲飭候補縣朱稺郁大令協同鄭嶺梅大令勲業妥爲清查著卽稟覆然虧折之銀定必不免也

光緒二十四年六月二十三日京報全錄

宮門抄○六月二十三日工部　鴻臚寺　廂黃旗值日　無引　見　官祥假滿請　安　英信永隆各請假十日　文熙福珠哩各續假十日　阿公請假十五日　吏部奏派驗看月官　派出徐用儀溥良榮惠壽昌梁仲衡徐承煜薩廉明桂鄭恩賀慶綿茹泰和福宋伯魯王鵬運松齡馮錫仁　召見軍機　鳳鳴　皇上明日辦事後還海

○○太子少保頭品頂戴兩廣總督臣譚鍾麟跪　奏爲查明廣東省造報鹽厘收數並無弊竇據實覆陳仰祈　聖鑒事案准戶部咨廣東造報鹽厘收數弊竇滋多應令詳細查覆認眞整頓一摺於光緒二十四年三月二十六日具奏奉　旨依議欽此咨行前來當經轉行遵照茲據兩廣鹽運使英啓會同廣東厘務局司道詳稱查省河共一百五十九埠隸廣東者七十五隸廣西者六十六隸湖南江西貴州者十有八設東南北中平六櫃各櫃埠坐落各廳州縣備載鹽法志內有籍可稽前奉部行鹽厘冊報之北江東江西江是否卽北櫃東櫃西櫃當查東櫃北櫃卽屬東江北江其中櫃各埠間有經西江運道者又名西江明晰聲覆並無含混六項鹽引額共六十萬九千一百餘道內行廣東三十二萬七千餘道廣西十六萬三千六百四十餘道湖南江西貴州共十一萬九千四百九十餘道每引有爲三十五斤爲一道者有二百六十四斤及三百二十二斤爲一道此部中有籍可稽各埠配運皆以包計每包一百五十斤厘亦按包抽收前謂收厘照有厘埠額引核算並未短少卽指以包斤核引斤言之初非按引道徵收也粵鹽向有合櫃通銷融銷之法廣西爲行鹽省分西櫃鹽船上至梧州平櫃鹽船上至橫州官給照票各廳家販輾轉售銷是以西省分設廠卡按鹽抽厘收數較旺如謂此櫃之鹽必銷於此埠境內疆界無伸縮數目無絫差微獨廣西不能凡行鹽地方悉難如是所以西省歷次抽收鹽厘總不外核計包斤而遞年收數亦不一律也廣東係產鹽省分三面瀕海處處逼近場灘本省引鹽苦在官不敵私非輕其成本不能疏銷是以南櫃及東櫃之海豐德豐中櫃之神安等埠額引十四萬九千四百餘道並潮橋所屬潮嘉各埠向免抽厘其東櫃各埠厘由商人包繳平櫃距省較遠委員稽察該處商販引鹽皆用船裝有成包裝船者有散包裝船者按照額引統計包斤每包抽銀二錢四分省河鹽厘所恃惟北櫃及中櫃道經西江之羅定東安西寧高要德慶封川開運四會等埠三水屬之豐寧子埠共引鹽三十八萬三千餘包北櫃每包抽釐二錢一分中櫃每包抽釐一錢五釐向章折配一包之鹽乃繳一包之釐銷鹽有旺淡配鹽卽有遲速釐遂因之見多見少本省不敢以少收之年爲定準戶部亦難以多收之年爲定衡且鹽厘開收之初原與貨厘併辦嗣裁廠節費改歸省城抽收並未另設廠卡厘不完納鹽不放關無從繞越偸漏隨配隨抽最爲扼要此廣東與廣西不能一律之實在情形也鹽厘辦法非始於近年無所用其追獲詳稽向章實絕弊端以故歷來照辦至免厘各埠概議抽收一節通盤籌畫窒礙難行溯查鹽厘始自咸豐年間維時軍需浩繁正期多多益善然猶不一概抽收者良因各埠資本微薄地鄰場坨若加一分之厘卽增一分成本成本愈重銷鹽愈難縱勉强加抽而商力不支勢必拖欠正餉少拆引鹽是厘無益而餉有損卽將埠商按名斥革盡法監追亦復於事無濟邇來捐借頻仍又歲增防餉十萬以抵加價商力巳難支持此明知弊多利少而不敢强爲之也造報鹽厘一節同治年間奉部奏准以兩淮鹽厘欵式止開收支總數不開細數最爲簡明飭令照式開報嗣兩江督臣將式樣錄送來粵查核祗開收某岸鹽厘若干並無註明驗過引數及某岸某引厘數粵省歷年冊報收某江某櫃鹽厘若干總數係與兩淮之式相符並無違背至戶部所稱兩淮造報鹽厘均將各岸引數聲明此種冊式並未另奉頒發無

從題擬且粵省鹽引奏銷竣者或奏銷屆期倘有欠完者東江平櫃均遠在省外厘銀解省動須逾月若欲以某年之引令某埠某年之厘貢令半年造册一次則厘數或多或少埠櫃名目或有或無而年限引目亦必越後攙前無綜核之實擬懇免予更張除收支數目仍照兩淮向辦格式半年造報外儻須將拆過引鹽包數聲註應俟頒到册式分別核辦等情詳請 奏咨前來臣查該運司英啓辦事認眞廉明素著歷任督臣悉倚賴之所詳委係實情並無含混隱匿除咨戶部外謹繕摺覆陳伏乞 皇上聖鑒 勅部查照施行謹奏奉 硃批戶部知道欽此

○○裕祥片 再道府同通州縣無論候補試用人員例應自到省之日起予限一年詳加察看甄別出具切實考語奏明補用等因茲查有提舉銜指分雲南試用通判龔樹勳到省一年期滿例應甄別據藩臬兩司詳請核辦前來奴才查該員龔樹勳辦事安詳堪以本班留省補用除將履歷清册咨部查照外謹會同雲貴總督臣崧蕃附片具陳伏乞 聖鑒謹 奏奉 硃批吏部知道欽此

○○奴才貴恒跪 奏爲奴才到任接印日期恭摺奏聞仰祈 聖鑒事竊奴才於上年十一月十三日蒙 恩補授烏里雅蘇台將軍當卽具摺恭謝 天恩本年正月十二日奏請 賞假修墓兩個月三月十二日假滿恭請 聖訓後趕緊整束行裝於閏三月二十三日起程四月初十日出口按程前進茲於五月二十五日行抵烏里雅蘇台二十六日經將軍覺羅崇歡將定邊左副將軍銀印一顆欽差提調關防一顆暨令旗令箭等件派委內閣侍讀繼棨齎送前來奴才當卽恭設香案望闕叩頭謝 恩祗領任事訖查口外蒙古喀爾喀四部落牧居漠北綏輯攸關鎭守斯土自宜仰體 朝廷懷柔藩服渥意推誠相與奴才庸陋無能膺茲重任深懼弗勝惟有恪遵 聖訓認眞辦事以冀仰答 高厚鴻慈於萬一除應查倉庫糧餉軍器等項俟查明後另行具奏外所有奴才到任接印日期並感激下忱理合恭摺奏聞伏乞 皇上聖鑒謹 奏奉 硃批知道了欽此

○○大學士管理理藩院事務翰林院掌院學士臣宗室崑岡等跪 奏爲據呈代進書籍恭摺仰祈 聖鑒事竊據臣衙門侍講黃紹箕呈稱本月初一日 召見奏請將湖廣督臣張之洞所纂勸學篇進呈 御覽恭奉 兪允遵卽校正誤字裝演成帙兼備副本向本衙門呈請代進前來臣等公同閱看係屬遵 旨進呈書籍謹將勸學篇全函二部進呈 御覽副本四十部咨送軍機處理合具摺將原呈一併附陳伏乞 皇上聖鑒謹 奏奉 旨已錄

啓者昨接上海孫仲英善長來電旋又接到顧緝庭葉澄衷嚴筱舫楊子萱施子英各觀察來電據云江蘇徐海兩屬水災綦重饑民數十萬顚沛流離死亡枕藉災區十餘縣待賑孔急需欵甚鉅官欵恐未能徧及素仰貴社諸大善長久辦義賑飢溺猶已敬求代呼將伯源源接濟功德無量蒙滙賑欵卽滙上海陳家木橋電報總局內籌賑公所收解可也云云伏思同居覆載異姓不啻天親縱隔形骸民物莫非胞與頓遭洪水哀此災荒盡是蒼生何分畛域況救人性命卽積我陰功雖此日拯茲黎庶散盡赤仄青蚨卜他年報在子孫同來玉堂金馬敝社欵無備濟自知獨力難成術欲廣仁惟冀衆擎易舉叩乞 顯宦鉅紳仁人君子共憫奇災同施仁術 原擬活人無算雖千金之助不爲多但能濟世有功卽百錢之施不爲少盡心籌畫量力輸將敝社不禁爲億萬災黎泥首叩禱也如蒙 慨助卽交天津瀏米廠濟生社帳房代收並開付收條以昭徵信 濟生社籌賑同人謹啓

紫氣堂出售新書

石印史記經義四書義每部三百五十文　八面鋒四本每部五價津錢七百五十文　重印校邠廬抗議每部津錢三百五十文　均無多部先觀爲快　天津北門內府署東各報總處梁子亭全啓

告白

敬啓者　朝廷維新庶政博采羣言其已見施行者如科舉改試論策四書義經義實　兪兩湖制軍南皮張香帥之奏制軍有勸學篇一書皆切近今時務其改科舉議即列外篇第八者也此外諸篇著論極爲持平惟此書僅板兩湖書院外間頗尠傳本有志之士無不思一流覽本齋不惜貲本縮印上石日內即擬出書有願先賭爲快者即向天津鍋店街文美齋南帋局購覓可也

京都

內全盛

本店由京都移來專做全盛齋全樣鑲絨鞋亦有全樣布緞鞋各樣扎拉鎖綉扣鑲花鞋材料與衆不同樣式各外另有眞傳本店今有新添寄賣各樣旗鑾扎花坤鞋亦有鑲花坤靴一應俱全開設在天津府帶河門外樂壺洞北口巷內路北準　仕商賜顧者詳認本店二字號便是貨眞價實言不二價不悞主顧

本店謹白

拍賣告白

啓者本月二十六日即禮拜六下午兩點鐘在氣燈房對過禪臣新棧房內拍賣綢緞數件洋貨數件綢貨數件欄杆絲帶數件土布數件夏布數件對子數件鈕扣絲線數件翡翠水占數件諸多花樣貨色俱全如欲買者請早來細看面拍可也特此佈聞

集盛洋行謹啓

新到啤酒

啓者本行現由德國自運上等啤酒氣味香美與衆不同除濕却暑助氣消食誠酒中之仙品也如蒙賜顧請到老龍頭對河本行賬房可也

計每箱四十八瓶　價銀七兩五錢　又價銀八兩五錢

德商瑞豐洋行謹啓

爲釣叟先生畫潤小啓

予向讀醉翁亭記曰先生之意不在酒而在乎山水之間未嘗不歎古人之高也夫古人往矣而欲求其嗣響追踪彷彿則莫如新會歐陽子行者誠六一先生之遺裔也公少負奇氣嗜酒有家風長徧游名山大川落帋得烟雲生趣求畫者戶履常滿筆禿硯枯客有睨笑其旁者曰甚矣公之勞而費也胡不以潤筆之資作杖頭之助及今請自隗始可乎公笑曰無已其以酒酬我也昔人斗酒百篇畫何獨不然自今請以酒進爰定其數因爲之序

茲湊俚言作潤筆欵

借問先生何所癖　無如醉筆寫丹青
諸君若索先生畫　帋方一尺酒一罇
素絹又當加倍計　扇如團摺釀雙瓶
酒但斟酌膏糧合　潤筆兼能養性靈

香山襄侯魏宗弼書於潤州客次　寓紫竹林廣永隆號內

告白

昨接來班大萬國史記　石印萬國史記　普天忠憤集　傳相日記　英軺日記　策學滙源初二集　各國采風記　新讀無邪堂洋務問答全集　曾惠敏公奏疏全集　湯危言　四國日記　張狀元集　格物啓蒙四種　格物彙編　格致鏡原　繪圖格致精華錄　西學攷　西學通攷　中外大畧　時務要書　中西測志畧　重訂法國志　訓蒙捷徑初二三集每本二百餘者來班再錄

天津北門內府署東紫氣堂啓

顯學書塾

浙江蕭山湯伯述先生擬招學徒百人講授策論文字每人月脩四元每月兩課一策一論届期到塾領題三日繳卷三日批改取定甲乙榜示暫時遙授不必住館本塾在海大道直報館旁

新開

天吉齋京靴店

本店開設天津府東門外天后宮前路北門面二間本號專辦京莊上上材料專做京都滿漢朝靴各欵鑲繡插鎖全式名鞋一應俱全貨高價廉　士商賜顧者請認明本號招牌庶不致悞

本店擇於七月吉日開張

本號特白

告白

奉　旨鄉會兩闈及科歲生童改試策論書院肄業亦皆遵照改課童蒙窗下自宜以古文爲法宋儒呂東萊先生所著博議久已風行近尤膾炙人口現有芙蓉館主人以諸名家所批善本付本齋石印帋墨精良字大爽眼約於本月念日後印畢出售此佈

天津文美齋南帋局告白

陰德耳鳴

余寒士也客秋偶患瘧疾以爲此細症耳無足介意隨服藥數劑旋即霍然然不久又滋他患病更纏綿適陳君少菱來余告以所苦因爲代延張君敬和診治是時余甚慮無資孰知先生既至見余病極危境極困爲區畫方脉并贈以珍藥十數劑曾不兼旬而病若失神乎技矣先生有半積陰功半養身之章盛德所及詢不誣也先生學問淵深爲醫道中第一國手而性情仁厚純篤尤爲人所難及余感其盛意登諸報章并爲津郡患病者指南之助云

戊戌仲夏津邑後學顧連城誌謝

紫竹林法租界 三義飯店

本店專做英法葷素大菜並由外洋自運各國上品洋酒各色異味點心罐頭鮮菓食物等類一應俱全本[illegible]樓工程告竣房間寬闊夕時均用氣燈明亮異常仕商光顧者或携貴眷另有雅室亦足稱暢叙幽情矣擇於六月十七日開張至期請即駕臨賜顧是荷

本主人謹啓

玆因類類報從十二冊另改新章改樣亦按旬報之列即日可出後望盼矣

各報總處梁子亨啓

啓者本行自上海分設天津紫竹林法租界良濟藥房對過女成衣飯店一號二號房內自製新式鐘表金銀表金表練各樣新式大小說話機器耳鳴機器金戒指金鋼石戒指大小洋鏡各樣新貨一應俱全貨好價廉格外公道在此住兩三個月後另造樓房批發諸公光顧請早駕臨海利洋行謹啓

戊戌年六月二十五日禮拜五

天福茶園

特請上洋新到

頭等花旦

天娥旦

六月廿六日

晚准演

宿店

早仍照原價

新排全本新彩新切

燒骨計

苦中苦

東京科考寵府招親麥康縣三年荒旱無有銀錢奉養雙親將他親生兒子賣與黃門得銀十兩又被賊人偸去家中貧寒難以度日一同二老進京尋夫走至半路途中不料他公爹死在張家小店無有一銀錢成殮去到大街討化棺木一口燒骨尋父找在東京見面執意不認仗勢殺神靈護救金天王遭反伊仇與門陣前立功封官鎮定子賣黃相認開封告狀王文龍總兵母子命龐吉滅門九族當腰斷三節廢切與前不同另場出彩新彩新有奇文准演不悅

擇日開演

紫竹林 第一番菜館

本號專作英法大菜各色精細點心各樣洋酒洋貨等物一應俱全並售

上上紅茶每斤津錢一千八百

上紅茶每斤津錢一千六百

又批發茂生公司鐵海紙烟零整發售價值格外公道原箱計一百盒價洋一百四十四元每盒計五百支洋一元五角凡仕商賜顧請即駕臨是荷

主人謹白

減價

今有友人自辦陝西老土每兩津錢五百文新到梁州土每兩津錢五百六十文如蒙賜顧者請到東門內聚隆成寄售

廣東鼎盛機器廠

本廠精造大小機器汽機火爐開礦水龍滅火水龍磨麵機器全套管辨鑄造修理精巧銅鐵等件貨眞價廉倫蒙賜顧請至天津紫竹林法租界牌坊旁本廠面議不悮主顧

本主人謹啓

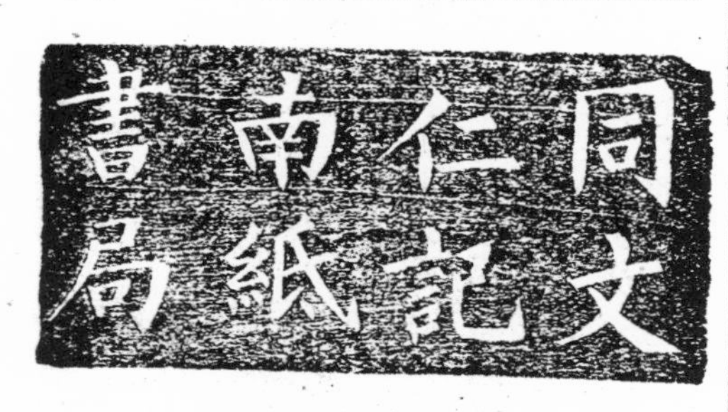

本局自印耕香館書牘每部價洋二元專辦各種石印書籍精選加高南紙頂細雅扇格外價廉厲天津東門外襪子衕本局啓

本局謹啓

朔望會課

靜致廬會課為皖江洪月般孝廉思齊倡立每月朔望舉行一論一策三日交卷評定甲乙酌贈花紅每卷收紙張津錢五十文月朔日開課假二道街泰山行宮廬厲為收發課卷處入課者先期自陳名字齒籍官紳好義資助花紅者登報揄揚不勸捐

江右盧沛恩
津門王維翰　暨同人公啓

六月廿七日輪船出口　禮拜日
怡生　輪船往上海　怡和行
西平　礦務局
鎮江　輪船往牛莊　太古行

六月廿五日銀洋行情
天津通行九七六錢
銀盤二千四百三十五　洋錢一千七百二十文
紫竹林通行九六錢
銀盤二千四百六十八　洋錢一千七百四十五
洋錢行市七錢一分二

浙紹朱鈍翁先生已於六月十二日由密雲縣治愈劉太夫人多年宿疾旋回津郡仍寓東門裡彌勒菴依舊懸壺

直報

本館開設天津紫竹林海大道老桑市氣燈房巷內

光緒二十四年六月二十六日　第一千百四十二號
西歷一千八百九十八年八月十三日　禮拜六

論兵制宜變通

自後世兵與農分歷代屢更其制大約有利不能無弊盡善者恒少居中以馭外則有鞭長莫及之虞强藩而衛京又涉尾大不掉之弊漢分南北軍唐設府兵明有五團營十二團營及屯衛諸名目類皆强農夫以戰鬥不惟田園荒蕪致失生計而訓練未精驟使臨敵鮮不嗟跌僨事此孔子所謂以不教民戰是謂棄之也我　朝八旗勁旅最稱節制之師定鼎後多用綠營中葉以來間或參用鄉勇營制自是一變矣咸豐初粵匪事起綠營不敷調遣且因太平日久武備廢弛大半老弱充數技藝生疏難收戡亂禦侮之效不能不藉助於鄉勇各省紛紛招募教練成軍當時殺賊立功稱勁旅者尤以湘軍爲最著而淮軍次之用能殄巨憝復名城江南北以次盪平號稱中興招勇之功居多自是相沿成例有事則招募無事則遣散若越南搆釁東省用兵皆倣照行焉竊以爲權宜之計可暫不可常不如參酌中西變通其制乃可垂諸久遠而無弊或曰招勇以實軍裁兵以節餉兩事相輔而行最得因時制宜之妙用焉平時不須多養制兵地方各營汛酌留數十名或數百名藉資彈壓足矣設一方有警視情事之大小厚其餉需招徠之且願者來不願者聽無所用其威脅若漢伐匈奴選江淮之卒唐征南詔勞關輔之師北宋時簽官軍刺義勇無不迫以官勢使之顛沛流離死亡過半相去何啻天淵及一旦事平數萬人聚而不散帑項虛糜庫欵亦虞其不給不得不挨次裁撤使各還本籍更酌加恩餉一兩月或兩三月沿路不至缺乏則在上可免糜費在下自覓生機一舉而兩善具焉何弊之有不知兵非訓練不可用訓練非精熟仍不可用兵法云精騎三千可敵疲卒數萬良不誣也倉猝間應募而來如蠭聚如烏合豈能嫻技藝解步伐艸艸教導十餘日遽望其擢鋒陷陣出死力能乎否乎且馴良者誰肯舍家室而犯鋒刃非游民卽匪類藉軍營爲淵藪恣其淫暴一經臨敵不戰自潰復乘機擄掠焚殺徒爲百姓害此招募之不能得力其弊一也旣非制兵便無定額事後遣散勢所必至矣然若輩在營日久習爲游惰又慣見殺傷爭鬥事若尋常途中卽不免逗遛滋事端身歸鄉井果能安分守法乎近年來各處多刦奪案當裁撤營頭時尤覺屢見迭出甚至明目張膽白晝橫行一經拿獲半係游勇與土匪勾結所爲非其明証與況小之爲盜賊不過擾害閭閻大則蓄逆謀勢將揭竿起事若南省之哥老會東省之小刀會西粵之失陷城池未必不因若輩煽惑而起此裁撤之難於善後其弊又一也今　朝廷革積弊行新法武科旣改章程矣營制與武科相表裏而尚未議及時値鄰邦輯睦信使往來化干戈爲玉帛烽火無驚不可不亟思籌辦也考泰西兵有三等在營者名常備兵教練三年乃遣歸名豫備兵預備兵不給餉每年調操一次酌予獎賞而已又三年則罷爲後備兵有戰事常備兵或不足則以豫備兵充補大率每年有所退輒有所補新與舊層遞相蛻換行之二十年則舉國人無不習戰者用餉少而得兵多且入軍籍者大半商賈居多有技能有執業退歸後能餬口不至流入匪徒張香帥勸學篇曾言之前年盛京卿亦條陳其事最爲詳盡其餘一切章程中國雖不能盡數倣行似不妨師其意畧加變通然後徐爲推廣於營制不無裨益焉他如教大將教偏裨教弁各事宜類能盡善盡美前已設立武備學堂延請洋教習不難隨時指授無庸復贅矣總之擇善而從孔聖之明訓也集思廣益諸葛武侯之名言也昔趙武靈王胡服習騎射而國以

強其意有晴合焉按兵制創始於德歐洲繼之東洋踵之用能爭雄海上並駕齊驅中國兵制倘能參用西法既免招勇之紛繁又無裁兵之騷擾更得名將帥以指揮運用之則可進可退可攻可守如此而有不權操必勝者吾不信也

示傳教習 ○禮部示傳八旗官學教習周宗彬限於於六月二十八日辰刻赴部驗到備帶筆墨當堂塡寫親供核對筆蹟毋得違悞特示

改期取考 ○大興縣林宛平縣劉示傳諸童知悉准儒學以報考者人數寥寥尙未足額請改定考試日期前來據此今本縣定於七月初一日會同審音次日開考毋得自悞特示

關西一人 ○六月二十四日爲關聖帝君聖誕之期前門甕城 關帝廟殿內羽士睟經廟外一班清音鼓樂笙笛齊吹焚香膜拜無隙地闔城官商士庶莫不虔備祭禮虔申祝敬洵可謂亘古一人矣

幸遇善鄰 ○蘭省人姜某於五月初送其長子某甲來京應朝考試假寓豆腐巷某戚家昨於六月二十三日下午姜由友處返寓經虎坊橋過忽然頭眩倒地口沫淋漓不省人事途人憐其年老中風咸來問訊併詢其居址處所以便代遞音信詎已口不能言正在危急之際幸鄰人某乙經過是處上前審視知係姜翁赶卽飛往報知其子甲慌忙雇車將其父扶入車中舁之回連夜醫診未知能免性命之虞否

乖氣致戾 ○前門內草帽胡同馮姓子於六月二十三日忽頭暈眼花僵臥牀蓐其家延某醫診治醫云此係服毒非病脉也於是舉室驚惶莫措旋由某戚覓到救藥急爲灌救爲時尙早毒氣未化幸卽嘔出不至名登鬼錄亦云幸矣其家人詢詰知其吞服紅礬之由或云總因氣惱然則和氣致祥之語不當深味乎哉

犯婦生產 ○大興縣女監內有女犯一日未悉係何重案聞該婦正當花信年華手姿綽約以其供詞狡展繫禁囹圄日前間官飭提該婦鞫訊原差奉 命持牌入監則見該婦雙手捧腹宛轉呼號問之不答視其腹則膨亨如五石瓠爰令官媒驗視知結珠胎十月滿足矣該差遽情稟覆問官無可如何祇得俟其臨盆後再行提訊未識此事能得免根究否

督轅門抄 ○六月廿六日中堂見 江蘇遇缺題奏道何大人福海 湖北試用通判江鳳藻 長垣縣周世銘 候選筆帖式覺羅峻達 中堂出府拜 員大人

藩牌電信 ○昨接由省來電云藩憲牌示廖炳樞補鉅鹿縣張源曾補灤城縣

梢節遲來 ○前報直臬廷廉訪於二十日來津一則茲聞藩台裕方伯擬於七月初間來津謁見督憲故廉訪改於七月望間再來云

次場題目 ○府試正場題目昨巳登報茲將二十六日次場考試題目照登 性理題 文辭藝也道德實也論 孝經題 立身行道揚名于後世以顯父母論

祝關帝壽 ○二十四日爲關帝聖誕是日各署高搭蓆棚懸燈結彩以祝神庥惟縣署尤盛兼有詞曲戲法觀聽者皆嘖嘖歎賞云

海添一籌 ○中國在德國船廠定造輪船兩艘除海容一艘到津業經驗收外茲聞官場傳說昨接港電海籌輪船今又駛抵香港矣

姑妄聽之 ○昨有霸州人來云該州城東三里許高各庄村有鰥叟人呼半仙一日瘵病歸入門見率然常山君蜿蜒院落鱗甲斑爛長以數丈計叟駭喊失聲鄰佑畢集見蛇昂首高數尺舌出入類吞噬環視莫敢前驚訝間俄失所在殆非凡鱗常介之品彙匹儔乎無耶有耶其傳之非其眞耶姑誌之以博異聞

愼當少疾 ○土潤溽暑大雨時行夏令也今雨後蒸熱是其時矣然惱熱之客最喜貪凉偶不加愼二豎乘之矣聞河北院署東道土墳後果子鋪夥計某甲山東產年約四旬以來素稱健壯昨午陡患腹痛隨卽吐瀉交加針藥無靈竟于申末酉初溘然長逝惜

哉守身如玉者尙其愼之

婦啼何苦 ○昨早河北大胡同有差役二名用黑索拘牽一人年三十左右尾隨少婦携抱幼孩且行且泣由河北而南過鐵橋向北城根以去隨觀者交頭接耳互相猜疑皆不知係何案犯俟訪再佈

妓寮被毁 ○昨晚有十數人持械在侯家後嚴六上海班內摔砸將該班伙計並妓毆傷聲稱係練軍前營某某姓等該班各屋內家俱搗毁一空始各鳥獸散至因何起衅俟訪再錄

會議四明 ○四明公所一事日前尙未議妥外間謠諑紛傳仍不一而足以致人心惶惶莫衷一是前晚江蘇藩憲聶仲芳方伯傳上海縣黃愛棠大令至行轅面商良久大令辭出後卽赴道轅禀陳傳聞連日官場與法總領事商議轉圜直至前日始議定公所之地仍歸甬人傷斃之人援照同治十三年成案酌給撫䘏另以八仙橋西首空地劃歸法人起造醫院學塾然尙未得確情也

甯民搜米 ○甯波訪事人云日來市上米甚缺乏江西等處後批之米雖有運到者然五縣一廳必須均派而該縣四鄉遼闊分得米石爲數不多杯水車薪無濟於事城中居民每日尙可向各米店糴得鄉民則以鄉鎭米店十室九空紛紛來城糴米甚有自朝至暮東奔西走僅糴得米五六升者不得已結隊向各米店搜査一日搜得南門內探蓮橋畔馮萃豐米店存貨甚多不肯出糴鄉民大爲譁噪咸訴其遏糴病民店主立卽報知該縣畢大令親往彈壓諭令將搜出之米十餘石一律平售無論米之高低照官米價每升制錢四十二文每人許糴三升頃刻已盡其事遂得浪息波平

紗緞增價 ○蘇城紗緞一項生涯頗廣惟價値向例須合絲價大小以定漲落近年絲市日下紗緞故亦年貴一年今歲絲汛又復不佳開盤後來源甚少故該業中人復于日前邀集城廂內外各同行在雲錦公所會商議定自六月朔日爲始各色紗緞按照原價再漲八釐以免虧蝕如有不遵察出議罰云

浙巳有秋 浙省米價騰貴每石約價七八元之外迭紀本報玆據由紹郡來省者云及該處頭仙早稻巳經刈割田中穀穗結實豐稔惟晚稻方始收花待澤孔殷今旣得雨當可預歌樂歲米價市盤不久卽跌可無慮也且聞温郡各屬因時令較早新穀亦有登場者日來甌地新米每石僅四元五角頗可年稱大有云

美班近事 ○太晤士紐約訪事云美總統馬荆來以斐理濱島作押如廷來班將不能賠欵卽以此島售於歐洲各國○班京赫厥轉譁噪異常嚴咎小呂宋將弁虛糜國帑不能預防○美人結算兩月中與班開戰需費已用金錢五十兆國庫用罄上議院准出股票借欵○小呂宋食物價昂人每不得果腹匪徒因而作亂圍梅里勒城美兵官下一令曰匪徒如妄殺人定必重治其罪○美兵官第維新奉美廷升授水師總督電賀者有數百起之多

培植將材 ○法日報云法國武備大學堂錄取步隊武員四十七名內有都司十一人守備三十六人餘則千把等官馬隊九員內都司五員守備一員共計八十三員馬隊學堂錄取武員二百二十五員以上各員皆係營伍中人不日卽入堂肄業畢業後再行分遣各營擢用云 西六月德三日軍報

法國麪貴 ○巴黎信息近日法國麪價昂貴民爲之困近十日內每包麪價增至八佛郎上月三十日每一啓羅格郎佳銀不過四十仙召姆士每十仙召姆士合華幣二分五今竟增至五十仙召姆士現有人請於政府交農務院核議現經議准所有進口麪槪行免稅兩月 譯英國新聞報

光緒二十四年六月二十四日京報全錄

宮門抄○六月二十四日內務府 國子監 正黃旗値日 無引 見 張蔭桓續假十日 內務府奏派致祭 雨雷風雲 派出錫露慶麟熙俊琦瑤 又派致祭 內外城隍廟 派出崇光世續 掌儀司奏二十八日祭 奉先殿倫貝子行禮 召見軍機 明日辰刻入座聽戲

○○正藍旗漢軍都統管理理藩院事務大學士奴才宗室崑岡等謹 奏爲永定門城樓失去砲位恭摺奏 聞仰祈 聖鑒事竊奴

才等所管正藍旗漢軍砲營叅領聯棣稟稱現在武勝新隊奉調各旗所存台灣銅砲運赴各旗砲局以備查驗叅領聯棣卽於本月初六日帶同官兵前往永定門會同該城官兵上城因見門樓封鎖浮搭封條脫落當卽進內查點查樓內向儲台灣銅砲五位失去二位卽詢該署門領文瑞等此項砲位何時被竊據云實不知情等語奴才等聞之深爲駭異伏查正藍旗漢軍砲位分存崇文永定二門城樓及本旗砲局其本旗砲局專派本旗官兵看守崇文門亦由本旗派撥官兵在彼住宿協同城門領等同城看守惟永定門係屬外城向由該城門領等會同綠營弁兵住宿看守今失去砲位官兵等毫無覺察實難辭咎相應請　旨飭交步軍統領衙門查取職名照例辦理並將住宿兵丁照例治罪仍請飭下步軍統領衙門順天府五城一體嚴緝竊犯務獲是否有當理合恭摺奏　聞伏乞　皇上聖鑒　訓示謹　奏請　旨奉　旨已錄

○○劉坤一片　再查上年太湖梟匪施老窩子等滋擾之時長江梟販與之聲息相通亦復乘機猖獗該梟販等各分地段自瓜洲以上至蕪湖一帶則以嚴二石小箇子柏寡婦卽楊石氏爲首領帮每次裝鹽上駛駕船六七隻糾衆數十人多鎗械子藥形同寇盜尋常緝私弁勇莫攖其鋒遞據江寗合岸商人乙和祥具稟鹽巡道胡家楨請撥砲船前往堵拏該梟販胆敢於巴豆山姚家陡門烏江等處三次拒捕擊斃勇丁管帶砲船官弁以該梟販賣鹽之地輒有買鹽貧民在內不敢放炮以致該梟販等得間脫逃經臣懸立重賞札委已革副將李振標先於七濠口獲石小箇子訊供販私拒捕不諱當卽正法茲於通州等處續獲嚴二及柏寡婦到案發交府縣及係已經正法之石小箇子而該犯等實爲帮首積慣販私其屢次夥同拒捕情形衆目昭彰無能狡賴並究明嚴二石小箇子係小刀會安清道友在六合掠人勒贖有案柏寡婦雖係女流而性情兇悍黨羽衆多與小刀會安清道友時常往來形跡詭秘當此梟風甚熾小刀會匪有萌動之處不可不予以嚴懲以弭隱憂而除後患隨飭地方文武提驗嚴二及柏寡婦卽楊石氏正身綁赴市曹處斬用昭炯戒其在船帮同拒捕之水手李二及嚴二之子嚴大毛酌予監禁十年期滿察看辦理至李振標拿獲首匪三名異常奮勉可否　賞換項戴以示鼓勵出自　逾格鴻施謹附片具陳伏乞　聖鑒訓示謹　奏奉　硃批着照所請該部知道欽此

○○奴才延茂跪　奏爲吉林交涉事件日繁亟應調員差委以收臂助恭摺仰祈　聖鑒事竊前因中俄創修東鐵路交涉事件逐漸增繁奏明於省城設立交涉總局派員經理其事自旅大允租以後據俄總監工茹格維愚電稱吉省鐵軌擬由伯都添築枝路長春趨奉天以達營口等情所有俄員礦師兵夫工匠人等來吉辦事者沓來紛至較前不啻倍蓰舉凡勘路採礦買地伐木各事無論緩急鉅細均歸總局核轉非有臨機肆應之才操縱於其間不惟枝節易生轉恐不足以敦睦誼況吉林地處極邊風氣初開旗民見聞本隘自議開鐵路人心疑懼苟非有心地明白曉暢事機之員與之維持誠恐致滋貽誤茲查有丁憂升用知府試用同知容賢係奴才前在黑龍江查辦事件奏請隨帶之員及奴才署理吉林將軍以該員辦事認眞奏留吉林補用該員相隨最久知之最深若以之辦理交涉尚屬相宜且查上年因鐵路開工曾經奏調丁憂補用同知戴鴻鈞來吉照料路工當奉　硃批該衙門知道欽此欽遵在案今該員容賢亦係丁憂離省人員與戴鴻鈞事同一律可否准其調赴吉林辦理交涉事件出自　聖裁如蒙　俞允現在該員赴江修墓應由奴才就近徑行撤調以期捷速所有吉林交涉日繁亟宜調員差委各緣由謹具摺陳明伏乞　皇上聖鑒　訓示謹　奏請　旨奉　硃批着照所請該衙門知道欽此

○○頭品頂戴江蘇巡撫奴才奎俊跪　奏爲江海關第一百四十一結期內加徵洋藥厘捐收支各欵銀數開具清單恭摺仰祈　聖鑒事竊准戶部咨各海關加徵洋藥稅厘一欵既歸海關併徵自應照章存儲關庫聽候部撥又准部咨凡指明由加徵洋藥厘稅項下開支銀兩應各歸各欵動用其收支數目另列清單按結奏報等因當經轉行遵照旋因江海關經徵洋藥進口稅銀歷係併入華洋各項貨稅提分四六成統收統除彚册開報卽將該關第一百十一結起至一百四十結止加徵洋藥厘捐收支各欵銀兩另開清單先後奏報在案茲據江海關道蔡鈞詳稱自光緒二十一年八月十三日起至十一月十六日止第一百四十一結期滿共徵洋藥厘捐銀二十九萬八千九百七十二兩六錢又收回墊放寶山等縣塘工經費銀三萬八千二百五十一兩內除歸還上屆册報墊放銀五萬二千一百五十二兩九錢三分五厘六毫七忽外實存銀二十八萬五千六十九兩六錢六分四厘三毫九絲三忽統計是結期內共放奉撥

及例銷各欵銀三十六萬一千八十七兩六錢七分一厘二毫除將前項徵存及收回銀儘數撥放外計尚不敷銀七萬六千一十八兩六厘八毫七忽應俟續收藥厘劃還歸欵等情開造細數清冊詳請　奏咨前來奴才覆核無異除將該關所造清冊分咨總理衙門戶部查照外謹會同通商大臣兩江總督臣劉坤一核繕清單恭摺具陳伏乞　皇上聖鑒謹　奏奉　硃批該衙門知道單併發欽此

○○頭品頂戴江蘇巡撫臣奎俊跪　奏為江海關第一百四十一結期內徵收華洋船鈔等銀數目恭摺仰祈　聖鑒事竊准總理各國事務衙門咨京師同文館經費應於外國船鈔銀兩項下酌提三成按結批解其餘七成交總稅務司收領嗣准咨稱華商船鈔於洋商船鈔一律照撥又奉札開子口稅一項將稅務司約章所收之項於銀號照補稅舊章約外徵收之項分晰開列等因行關遵照在案茲據江海關道蔡鈞詳稱自光緒二十一年八月十三日起至十一月十六日止第一百四十一結期滿共徵洋船鈔銀五萬五千三百六十九兩九錢又華船鈔銀三千八百七十五兩應解總理衙門三成經費一萬七千七百七十三兩四錢七分又交總稅務司七成銀四萬一千四百七十一兩四錢三分又徵洋商內地子口半稅銀一萬一千六百五十五兩四錢五分七厘又徵華商內地子口半稅務銀四萬七千七百八十六兩九錢五分一厘又徵各國商船及長江復進口半稅並暫存半稅銀三萬八千一百八十九兩二錢九分四毫除以暫存半稅抵完進出口稅銀一千八百九十九兩四分二厘又抵完復進口半稅銀一千六百七十九兩五分五厘實共徵收半稅銀三萬五千二百二十二兩二錢九分七厘均已湊濟餉需並聲明收華商半稅與留關正稅銀兩一併湊放各餉無存至內地子口半稅向章係按銀號收數詳報是以較稅務司單開之數稍有參差等情前來奴才覆核無異除應解總理衙門船鈔三成銀兩先給咨投解外謹會同通商大臣兩江總督臣劉坤一恭摺具陳伏乞　皇上聖鑒謹　奏奉　硃批該衙門知道欽此

告白四方親友得知於六月廿日晚間拾得騾馬一羣如有本主找者到法租界內問恒裕誠便知如七月初一本主不到可行便賣所以做事之人無有工夫

趙廷輝具

出售中西算學實在易　張香帥初學西算八種　同文算課　鷹洋定論　西算借旨　西學繪圖算學大成　算草叢存
天元一釋　西法數學　決疑數學　筆算數學　代數精華錄　代數勾股明鏡錄　代數術　華氏筆談　九章細草　求志課藝
新編算學問答　搜求算學先覩爲快餘者各書各報暇日再錄

天津北門內府署東各報總處紫氣堂仝啓

元茂機器磚瓦公司

本公司仿照西法燒作磚瓦事屬創舉曾經通禀在案該貨堅固異常價值從減並各樣印花磚瓦俱全　賜顧者請至海大道新興南里內本公司面議可也敝處機器購自禮和洋行甚屬靈巧特此並達

魁陞號綢緞洋貨莊

本號自置顧繡綢緞洋貨等物整零均按銀莊格外公道皆比大市價廉發售　寄賣各種眞料大小皮箱漢口水烟袋各種眼鏡龍井雨前紅茶梗　寓天津北門外估衣街五彩號衚衕口坐北向南　士商賜顧者請認本號招牌特此謹啓

啓者昨接上海孫仲英善長來電旋又接到顧緝庭葉澄衷嚴筱舫楊子萱施子英各觀察來電據云江蘇徐海兩屬水災綦重飢民數十萬顚沛流離死亡枕藉災區十餘縣待賑孔急需欵甚鉅官欵恐未能徧及素仰貴社諸大善長久辦義賑飢溺猶已敬求代呼將伯源源接濟功德無量蒙滙賑欵卽滙上海陳家木橋電報總局內籌賑公所收解可也云云伏思同居覆載異姓不啻天親縱隔形骸民物莫非胞與頓遭洪水哀此災荒盡是蒼生何分畛域況救人性命卽積我陰功雖此日拯茲黎庶散盡赤仄靑蚨卜他年報在子孫同來玉堂金馬敝社欵無備濟自知獨力難成術欲廣仁惟冀衆擎易舉叩乞　顯官鉅紳仁人君子共憫奇災同施仁術原擬活人無算雖千金之助不爲多但能濟世有功卽百錢之施不爲少盡心籌畫量力輸將敝社不禁爲億萬災黎泥首叩禱也如蒙　慨助卽交天津溜米廠濟生社帳房代收並開付收條以昭徵信

濟生社籌賑同人謹啓

紫氣堂出售新書

石印史記經義四書義每部三百五十文八面鋒四本每部價洋錢七百五十文重印校邠廬抗議每部津錢二百五十文均無多部先觀爲快天津北門內府署東各報總處粱子亭全啓

告白

敬啓者朝廷維新庶政博采羣言其已見施行者如科舉改試論策四書義經義實僉兩湖制軍南皮張香帥之奏制軍有勸學篇一書皆切近今時務其改科舉議即列外篇第八者也此外諸篇著論極爲持平惟此書僅板兩湖書院外間頗尟傳本有志之士無不思一流覽本齋不惜貲本縮印上石日內即擬出書有願先睹爲快者即向天津鍋店街文美齋南紙局購覔可也

京緞零剪　減價售現

零剪　寄售

高鴉背號元青貢緞每尺	一千三百五
正號	一千四百文
中號	一千一百文
副號	八百八十文
眞杭青金銀庫緞每尺	二千二百文
眞裕順曾皮絲烟每包	一千一百文
南京鹹鴨每支　大	一千八百文
小	一千二百文
龍井　每斤	一吊七百文
雨前	一吊一百文
珠蘭	一吊四百文
雀舌	九百六十文
蜂翅	一吊二百文
紅苞	六百四十文
小種	一吊二百文

本號自製元邊京緞躉售零剪杭綾衣線[illegible]燕金腰南貨精貨一應俱全近因錢市[illegible]落不同分別減價抑因無聯之徒假冒南味字號者甚多雖云謀利誠恐亂眞欲辦齋猶用煩格墨天津宮北大獅子胡同公益仁記南味坊諭白

新到啤酒

啓者本行現由德國自運上等啤酒氣味香美與衆不同除濕却暑助氣消食泒酒中之仙品也如蒙賜顧請到老龍頭對河本行賬房可也
計每箱四十八瓶
價銀七兩五錢
又價銀八兩五錢
德商瑞豐洋行謹啓

爲釣叟先生畫潤小啓

予向讀醉翁亭記曰先生之意不在酒而在乎山水之間未嘗不歎古人之高也夫古人往矣而欲求其嗣響追踪彷彿則莫如新會歐陽子行者誠六一先生之遺裔也公少負奇氣嗜酒有家風長偏游名山大川落帋得烟雲生趣求畫者戶履常滿筆禿硯枯客有睨笑其旁者曰甚矣公之勞而費也胡不以潤筆之資作杖頭之助及今請自隗始可乎公笑曰無已其以酒酬我也昔人斗酒百篇畫何獨不然自今請以酒進爰定其數因爲之序

茲湊俚言作潤筆款

借問先生何所癖　無如醉筆寫丹青
諸君若索先生畫　帋方一尺酒一罇
素絹又當加倍計　扇如團摺釀雙瓶
酒但斟酌膏粱合　潤筆兼能養性靈

香山襄侯魏宗弼書於潤州客次　寓紫竹林廣永隆號內

天后宮北　義興順綢緞莊

本莊自置顧繡綾羅紗絹各樣洋貨南貨雅扇桂頭油香貨歸安貝松泉湖筆一概俱全

頭號杭寧綢　每	四錢二
頭號摹本緞	三錢八
紅梅茶	九百六
紅茶梗　斤	六百四
龍井茶	二百二
	一吊八
金百蕊裙布裡每套	五兩八
壽棉每尺原碼	四分二

哆囉蔴夏布一概照行發莊　各莊

顯學書塾

浙江蕭山湯伯述先生擬招學徒百人講授策論文字每人月脩一元每月兩課一策一論三期到塾領題日繳卷三日批改取定甲乙榜示暫時遙授不必住館本塾在海大道直報館旁

新開　天吉齋京靴店

本店開設天津府東門外天后宮前路北門面二間本號專辦京莊上上材料專做京都滿漢朝靴各款鑲繡插鎮全式名鞋一應俱全貨高價廉士商賜顧者請認明本號招牌庶不致候本店擇於七月吉日開張　本號特白

告白

奉旨鄉會兩闈及科歲生童改試策論書院肄業亦皆遵照改課童蒙塾下自宜以古文爲法宋儒呂東萊先生所著博議久已風行近尤膾炙人口現有芙蓉館主人以諸名家所批者本付本齋石印帋墨精良字大爽眼約於本月念日後印畢出售此佈
天津文美齋南帋局告白

陰德耳鳴

余寒士也客秋偶患瘧疾以爲此細症耳無足介意隨服藥數劑旋即霍然然不久又滋他患因爲更纏綿適陳君少菱來告以所苦因爲代延張君敬和診治是時余甚慮無資孰知先生既至見余病極危境極困爲區書方脈并贈以珍藥十數劑曾不兼旬而病若失神乎技矣先生有半積陰功半養身之章盛德所及詢不謹也先生學問淵深爲醫道中第一國手而性情仁厚純篤尤爲人所難及余感其盛意登諸報章并爲津郡患病者指南之助云
戊戌仲夏津邑後學顧連城誌謝

紫竹林法租界 三義飯店

本店專做英法葷素大菜並由外洋自運各國上品洋酒各色異味點心罐頭鮮菓食物等類一應俱全本洋樓工程告竣房間寬闊夕時均用氣燈明亮異常仕商光顧者或攜貴眷另有雅室亦足稱暢叙幽情矣擇於六月十七日開張至期請即駕臨賜顧是荷

本主人謹啓

茲因類類報從十二册另改新章改樣亦按旬報之列卽日可出後望盼矣

各報總處梁子亭啓

三井洋行分莊 告白

敝者日本商始創貿易爲業數拾年以來今分莊開設北門外鍋店街沈家衚衕口對過專選精工料實東洋棉紗各等時式大小疋棉布粗洋布斜紋洋標等格外公道價亦從廉凡仕商賜顧者請至分莊面議可也特此佈聞

三井本莊主人啟

天福茶園

特請上洋新到

頭等花旦

天娥旦

六月廿七日

早准演 賣絨花

晚准演 女起解

早晚仍照原價

啓者本行自上海分設天津紫竹林法租界良濟藥房對過女成衣飯店一號二號房內自製新式鐘表金銀表金表練各樣新式大小說話機器耳鳴機器金戒指金鋼石戒指大小洋鏡各樣新貨一應俱全貨好價廉格外公道在此住兩三個月後另造樓房批發諸公光顧請早駕臨海利洋行謹啓

戊戌年六月二十六日禮拜六

新排全本新彩新切

燒骨計

苦中苦

東京科考龐府招親麥康縣三年荒旱無有銀錢奉養雙親將他親生兒子賣與黃門得銀十兩又被賊人偸去家中貧寒難以度日一同二老進京尋夫走至半路途中不料他公爹死在張家小店無有銀錢成殮去到大街討化棺木一口燒骨尋父找在東京見面執意不認仗勢仇殺神靈護救金天王遭反伊子賣與黃門陣前立功封官鎮定總兵母子相認開封告狀王文龍腰斷三節廢命龐吉滅門九族當場出彩新新切與前不同另有奇文准演不恍

擇日開演

廣東鼎盛機器廠

本廠精造大小機器汽機火爐開礦水龍滅火水龍磨麵機器全套管辦鑄造修理精巧銅鐵等件貨眞價廉倘蒙賜顧請至天津紫竹林法租界牌坊旁本廠面議不悞主顧

本主人謹啓

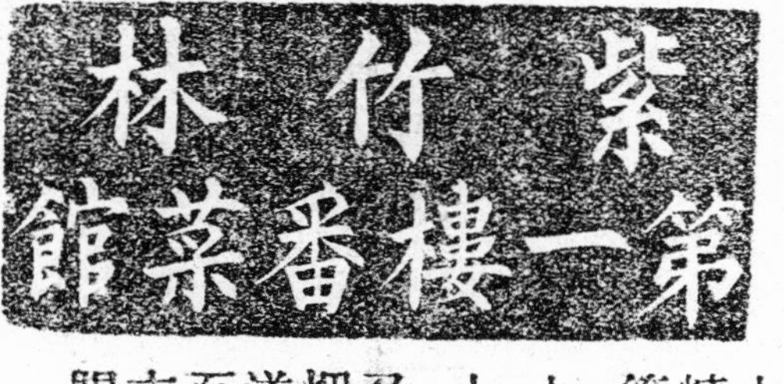

本號專作英法大菜各色精細點心各樣洋酒洋貨等物一應俱全並售

上 八百

上 紅茶 每斤津錢 一千

六百

又批發茂生公司鐵海紙烟零整發售價值格外公道原箱計一百盒價洋一百四十四元每盒計五百支洋一元五角凡仕商賜顧請卽駕臨是荷

主人謹白

減價

今有友人自辦陝西老土每兩津錢五百文新到梁州土每兩津錢五百六十文如蒙賜顧者請到東門內聚隆成寄售

本局自印耕香館畫贗每部價洋二元專辦各種石印書籍精選加高南紙項細雅扇格外價廉厲天津東門外襪子衚衕本局啓

本局謹啓

美孚老牌煤油

啓者美國三達煤油公司之德富士老牌煤油天下馳名萬商稱美蓋其質潔色清亮白如銀且絕無烟氣能耐久燃比之生荳等油晶光百倍而儉用價廉此為德富士老牌之佳處誠屬無雙妙品也 士商賜顧請到天津美孚洋行採辦或向就近殷實行店購買庶不致悞

開設紫竹林法國租界北

天福茶園

京都新到

崇慶名班

特請京都上洋姑蘇山陝等處

各色文武 頭等名角

六月廿七日早十二點鐘開演

蓋天雷 老虎 十二紅 六月鮮 張長奎 終德明 白文奎 安桂秋 李吉瑞 草上飛 小月樓 張鳳台 十一紅 楊福寶 王喜雲 賽狸當 天娥旦 小連仲 小香鳳 衆武行

撲油鍋 倒聽門 鎖五龍 牧羊卷 衆武行 花蝴蝶 慶頂珠 過新年 賣絨花 雙泗洲

廿七日晚七點鐘開演

順紅 崇玉彪 高一喜 十玉紅 李鳳奎 張娥台 天金旦 吳丑 羊喜壽 十一紅 安桂秋 張長奎 白文奎 天娥旦 王喜雲 張鳳台 賽狸當 謝才寶 常雅秋

快活林 取帥印 女起解 全班文武合演 煩演 洛陽橋

開設天津紫竹林海大道旁

福仙茶園

啓者本園於前月初四日止戲清理賬目今將戲園及園內桌椅磁壺磁碗新製彩切零星等件合盤出兌如有願兌者及詳細章程請至本園面議可也特此佈告

福仙茶園謹啓

代辦各種機器告白

敬啓者余自去歲代辦各種機器業蒙紳商賜顧並無遲悞今又向英國着名大廠代辦各樣紡紗織布造磚炸毛等機器以及各行應用各樣機器零星物件定日交貨不能遲悞如 貴行包辦常年機器人工煤料或安設各樣機器價值格外相宜如蒙 貴官紳商購買者請至英新租界福仙茶園看圖面訂可也特此佈聞

篯子卿謹白

新開元隆號綢緞洋貨莊

自去歲四月初旬開張以來蒙各主顧垂盼雲集馳名日盛本號特由蘇杭等處加意揀選名機新鮮貨色零整銀價俱照大莊行市公平發售以昭久遠此白

寄賣龍井雨前素茶福建皮絲水烟各種眞料大小皮箱

開設天津府北門外估衣街中路北門面便是

浙紹朱鈍翁先生已於六月十二日由密雲縣治愈劉太夫人多年宿疾旋回津郡仍寓東門裡彌勒菴依舊懸壺

朔望會課

靜致廬會課爲皖江洪月般孝廉恩齊倡立每月朔望舉行一論一策三日交卷評定甲乙酌贈花紅每卷收紙張津錢五十文月朔日開課假二道街泰山行宮廬厲為收發課卷處入課者先期自陳名字齒籍官紳好義資助花紅者登報揄揚不勸捐

江右盧沛恩
津門王維翰 暨同人公啓

六月廿七日輪船出口 禮拜日

恰生 輪船往上海 怡和行
西平 輪船往上海 礦務局
鎮江 輪船往牛莊 太古行

六月廿六日銀洋行情

天津通行九七六錢
銀盤二千四百三十五 洋錢一千七百二十文
紫竹林通行九六錢
銀盤二千四百六十八 洋錢一千七百四十五
洋錢行市七錢一分三

直報

本館開設天津紫竹林海大道老菜市氣燈房巷內

光緒二十四年六月二十七日　第一千百四十三號
西歷一千八百九十八年八月十四日　禮拜日

上諭恭錄

上諭湖南鹽法長寶道員缺著端多布補授欽此

△論簡無不可

窮理欲詳詳乃可以反約認理宜簡簡乃可以御繁非特讀書之時宜然也行己接物莫不宜然近則一身一家遠則國與天下古今來治與不治判之以此而已何謂大人小心而已何以上達下學而已何以遠到近思而已近思下學小心所謂詳也簡卽從此出焉惟大人之學能詳斯惟大人之學能簡簡以御繁其學能治國經邦卽其學能安危定變萬理澄澈故心愈精而愈謹詳之功也一心疑聚故此理愈通而愈流簡之效也能詳能簡則此身雖在萬物之中此心實居萬物之上見之眞守之定明以致察健以致決精而通亦精而果具通果之力自能不凝滯於物而能與世推移行已以此接物以此其爲事也徐徐下手默默留心久久自然見效若徒攘臂竭力動輙得咎矣蓋非精無由果故非詳無由簡也此其意我　皇上知之一則曰　朕深維達變通久之意再則曰造端宏大不能不兼採衆長折衷一是遇有交議事件內外諸臣務當周諮博訪詳細討論毋緣飾經術附會古義毋膠執成見隱便身圖又云陳寶箴自簡任湖南巡撫以來銳意整頓卽不免指摘分乘此等悠悠之口屬在搢紳倘仍亦隨聲附和則是有意阻撓不顧大局必當予以嚴懲云云欽此由是觀之我　皇上眞洞悉夫詳簡之道矣昔楊忠愍云欲幹天下之事當思如何下手如何收煞事成如何結果薛文清云事纔入手便當思其發脫皆詳之說也呂新吾云事見到無不可時便斬截做不要留戀兒女之情不足以語辦大事者也又云計天下大事只在要緊處一着留心用力別箇都顧不得此要緊一着要看得明守得定全要箇融通周密思深慮遠非粗心浮氣淺見薄識得一方以固執求勝也又云做天下好事既已度德量力又須審勢擇人專欲無成衆怒難犯不獨妄動邪爲者宜愼雖以至公無私之心正大光明之事亦須調劑人情發明事理俾大家信從然後動有成事可久以羣情多闇於遠識小人不便於己私羣起而壞之雖有良法胡成胡久然若認得眞時那管一國非之天下非之舉世疑懼而君子確然爲之卒不出其所料者先見定也定則未事知來始事要終定事知變足以徵其長慮之識定則將事能弭遇事能救既事能挽可以盡其達變之才此皆旣詳且簡之用也依古政治未有簡約而不興繁雜而不亡者秦之法密漢之法疏其大致也歷觀風俗備考史書中華不如外國者大抵於簡與不簡辨之耳金史載世宗謂宰臣曰女眞舊風雖不知書然其祭天地敬親戚尊耆老接賓客信朋友禮意欵曲皆出自然其善與古書所載無異汝輩不可忘也又邵氏聞見錄言回紇風氣樸厚君臣之等不甚異故衆志專一勁健無敵昔祭公謀父亦言犬戎樹惇能帥舊德而守終純固由余對穆公言戎翟之俗上懷惇德以遇其下下懷忠信以事其上一國之政猶一身之治其所以有國而長世用此道也又曰前　上諭有各衙門例案太繁堂司各官不能盡記吏胥因緣爲奸舞文弄法無所不至時或舍例引案尤多牽混附會無論或准或駁皆持例案爲藏身之固是非大加刪訂使之歸於簡易不可著各部院堂官督飭司員各將該衙門舊例細心紬繹其有語涉兩歧易滋弊混或貌似詳細揆

之情理實多窒礙者概行删去另定簡明則例奏准施行尤不得藉口無例可援濫引成案致啓弊端如有事屬創辦不能以成例相繩者准該衙門據實聲明請　旨辦理云云欽此　聖懷之明健如此其窮理之詳認理之簡皆深合乎古今致治之通義與國之宏模簡之道大矣至論語記夫子謂子桑伯子可也簡之說乃謂其可處在簡雖行如伯子而其意之簡猶有可取非概許伯子之行亦非有病於伯子之簡也故仲弓謂其居簡行簡之太簡不如居敬行簡之可以臨民而夫子然之可知聖賢無不貴簡豈簡之或有不可也哉·

六月分選單　○郎中禮部主客司薛浚陝西甲　小京官國子監監丞黃曾益正黃舉　直隷州知州甘肅階州松山正藍舉　知州陝西葭州陳澤霖直隷甲·通判甘肅甘州周鼎泉江蘇人　知縣廣東海康朱念祖江西附四川彰明鮑毓育浙江來賓何莘耕江西甘肅隆德潘齡皋直隷山西壽陽秦錫圭江蘇雲南楚雄江蘊琛廣西河南唐縣沈同芳江蘇山東蓬萊李子皆甘肅俱甲　直州判江西寧都州錢葆靑山東歲　縣丞陝西鳳翔林似錦河南監浙江平陽劉廷玉江西監　巡檢貴州貴陽府王延甲山東供事

普天同慶　○六月二十五二十六日推班慶賀　皇上萬壽聖節先期經內務府飭傳四喜班於二十五日黎明赴　內廷演戲所演係盤絲洞等劇二十六日福壽班赴內演劇新排選人戎金錢豹連環套等戲餘戲俟訪明再行補錄

示期引見　○禮部爲曉諭事本部具奏八旗各直省一二等拔貢帶領引　見日期一摺奉　旨著於七月初三初四初五等日分次帶領欽此合行曉諭覆試取列一二等各生知悉務於六月二十八日卯刻赴本部演禮並核對履歷以便分定省分於七月初三初四初五等日帶領引　見如違不到者卽行扣除毋違特示

愼重命案　○都察院箚交五城遇有人命重案兇犯在逃卽移會別城協力查緝其無名無傷自盡等案僅止詳報將各城所有各案統於五日內通行移會以便彼此核對

事應變通　○五城司坊等官各有管轄之地越界拏人固不免滋擾然路遇鬥毆酗酒拐騙嚇詐之徒若因地非管轄遂置而不問以致逃遁無蹤亦非稽察整飭之道似應不論何地皆准拘執移該城司坊官聽審訊發落至曖昧隱僻不法等事雖訪聞的確猶非刻不可緩則准其密詳該城院憲查拏並密移該本城院憲存案似此通融辦理庶無推諉亦不致攙越矣

死不足惜　○京師前門外西湖營有徐姓者秉性執拘小本營生積得靑銅五吊囑其母製一袷衣母謂天氣炎熱不如姑製單衫留錢以備他用徐聞之不悅遂至母子口角使性負氣三日不食其母見此情形欲往親戚家央人勸解臨行囑其婦曰吾外出卽歸汝須婉言勸慰婦諾之乃自母去後婦以好言相勸而徐亦佯爲答應俟婦不備竟爾吞阿芙蓉膏自尋短見及婦知覺呼人解救業已不及古云死有輕於鴻毛殆卽徐某之類乎

新婦走失　○京師前門外給孤寺夾道居民孫某於六月十七日爲子迎娶左安門外彭姓女郎爲室小夫婦年皆十六七歲一對小鴛鴦頗稱好合詎六月十九日不知何故彭女乘間他適其翁姑各處尋覓渺無踪影有謂西子已從范大夫作五湖遊者殊罕聞也

深資內助　○皇上萬壽前後七日爲花衣期凡進內廷官員皆須花衣補掛六月二十五日黎明時有一藍頂人由東華門內飛向外行流汗浹背喘息不定旋經一相識者上前攔阻詰其何往藍頂者云適因値差入內甚早忽見別衙門人皆衣花衣始憶爲花衣期我仍著常服因恐獲咎急欲歸家取衣以免貽悞其相識者答稱爾回家往返數里難免有悞倘被都察院官員於收取職名時察出大有妨碍於是相對躊躇驚惶失措忽一僕手携包袱飛行而來口稱老爺忘穿花衣太太命我送來二人聞言喜出望外當卽更換妥當轉身入內一時旁觀咸贊藍頂者內助之賢

恭賀聖壽　○本月二十八日恭逢　皇上萬壽聖節曾紀前報茲聞中堂於二十六日卯刻朝服擁八騶率同司道各官齊赴　龍亭行慶賀禮至七點鐘始各排導回署

大工開辦　○前報天德隆聚兩木廠官商承辦　行宮各項工程並海防公所等處繪圖貼說稟請核奪各節茲聞中堂業經奏明並請於宜興埠操場增修演武廳一所預備·皇上恭奉　皇太后聖駕閱操准於二十六日一併開工修建

三取前茅 ○本月初二日三取書院官課生童各卷業經閱畢張榜謹將前五名訪錄報端 生王用熊 徐爵 高增奎 張詰 馬紳 童牛啓佑 周秉仁 趙元皆 陳自平 唐兆翰 膏獎照例

長龍銷差 ○調補湖北布政司直隸布政司員方伯交卸後起節來津由水師營鄭統領委派管帶一號長龍船夏守戎宗雲前往迎接昨已抵津隨卽趨赴督轅銷差矣

哨弁受辱 ○昨早有某營哨弁携妻坐洋車行至鐵橋被某乙撞遇赶卽向前攔阻並弁與妻大加凌辱後經勸始散不知有何嫌怨聞該弁已赴營稟明統憲聽候發落云

玩水淹斃 ○自入夏後河水漲發淹斃人命者不一而足日昨南關外橋子下河中有附近孔姓子約十餘歲洗澡爲戲詎方至河心溜勢湍激力不能支竟至隨波以去迨其父聞知赶卽撈救而已無及矣

房塌被壓 ○本津房屋多半以土築墻上蓋葦草一遇大雨滂沱最易傾倒聞牛痘局附近王姓家住房本不堅固又兼年久失修根脚空虛日昨轟然一聲闔家盡壓其中幸衆隣佑赶緊救出王與妻子均畧受微傷無關性命惟老母年近八旬奄奄一息恐不可救藥

蒼梧捷電 ○廣州采訪友人云粵西匪亂久少確音茲聞廣西巡撫黃大中丞電達廣東督撫憲請將獲勝情形代爲奏報大畧謂鬱林州土匪初時其勢甚張梧州府屬容縣旋失旋復岑溪藤縣亦告急鬱林州所屬興業北流陸川三縣相繼淪陷博白鬱林被圍五月十三日得報卽分調十營以四營援梧六營援鬱二十日朱國安蔡珠兩營抵梧攻克岑溪藤縣鄭潤材江志兩營繼至搜剿藤匪梧境遂得肅清旋赴北流助剿此時援鬱之營均相隔數百里外電線中斷各信皆專勇飛遞幸將士用命躬冒暑兩日馳百數十里二十六日潘道培楷所派綏遠兩營與北海鎭劉邦盛督同鄉練解博白之圍賊匪敗竄鬱林然尙有萬餘人經綏遠軍尾追入城迨劉邦盛到時夜已三更悉銳衝突內外夾攻賊匪雖有槍炮然皆舊式我軍用新式快槍攻之苦戰逾時斃賊七八百名綏遠營管帶謝允中手被炮傷仍勇往直前戰至天明賊不能支紛紛逃潰城圍立解興業北流亦於二十七八日克復署高州鎭潘瀛率同方準聯合團勇於三十日收復陸川方桂東莫善積兩營馳至石城適有敗匪竄踞岡頭遂迎頭截剿追至鬱林想陽村賊巢不難破滅是役也事起倉卒蔓延兩府人情洶洶仰仗 天威兼旬之內收復三縣解四城之圍實出望外旣而西軍至貴縣拿獲匪首趙大壽尋境得以又安其餘各府縣皆報稱有會匪滋擾已派各營協剿蘇元春亦派馬盛治率五營沿途搜捕不難次第盪平矣

蒼梧西牘 ○香港循環日報本月初六日梧州西友來信言目下粵西迤南各處土匪依然擾亂約計嘯聚二萬至四萬人上月二十八日圍攻貴縣縣官立卽閉城固守商賈槪停貿易縣民紛紛走避多有買扁舟一葉逃往桂平者地方官恐有奸細混跡不許難民進城東省調往之各營勇共三千九百名行抵吾州後分往博白桂平各縣防剿西省由南寗等處調赴前敵之勇亦數逾三千兵力不爲不厚聞賊黨議由貴縣向西而行進擾橫州南寗然後分隊往東北取道思恩慶遠柳州等府越維陽縣過永福縣以擾桂林且聞有安勇二千在容縣被賊所敗英國地域炮船已於八日前行抵吾州據言沿途見有屍身二十四具隨流而下皆喪其元按此係月前之事今則大軍所至已將漸次殲除矣

倫敦大火 ○巴黎辯論報云日前倫敦大火焚燬房屋行棧無算事後核計所失值一百七十二萬五千磅內有五十萬磅未經保險婦女等失其本業者四千人云

英法交涉 ○太晤士報館西斐洲訪事云英軍之往斐洲西境者約有三千八百五十人一時巴黎議者紛紛咸謂英人在該處無事今忽添兵往戍殊難索解云

鐵路分支 ○俄國西伯利亞鐵路分支未詳其通何處揣摩臆測傳說紛紜或曰應經滿洲而出大連灣此路線又分二條一以哈巴羅夫斯科以西揑兒金斯科若悪拉由威士金斯科爲起點經滿洲吉林府達大連灣者計七百五十英里工費約三千七百五十萬羅布留一以海參威爲起點由豆滿江上游經大長白山麓沿鴨綠江而西出大連灣者計四百七十英里工費約二千一百萬羅

布留然俄意所注則不在大連灣而在永興灣按輿地圖永興港在高麗咸鏡道海岸北距元山津十四英里由俄領尼哥利斯科經維克多而里牙過豆滿江附近南折入咸鏡道僅二百四十英里工費約二千九百萬羅布留除架橋豆滿江外工事亦不甚難費六七月力卽可竣工其地勢實占形便可以扼日本海咽喉云

光緒二十四年六月二十五日京報全錄

宮門抄○六月二十五日推班　內務府呈進九九盒　召見軍機　皇上明日卯正至　寧壽宮行禮辰初升　乾清宮受賀辰正入座聽戲

○○臣孫家鼐跪　奏爲遵　旨議奏事本月初六日臣接到軍機大臣交　旨御史張承纓奏請於五城添立小學堂中學堂一摺着孫家鼐酌核辦理欽此查原奏大意以京師大學堂額數五百名附小學堂額數八十名大學堂皆已經入仕之員小學堂皆大臣子弟八旗世職武職後裔此外就近願學者均未議及欲於五城添立小學堂中學堂俾士著之人與外省在京之舉貢生監及京官子弟一體入學此培養人才講求實學之至意也臣查總理衙門原奏章程當時倉猝定議只能舉其大端其詳細節目本未周備臣亦欲推廣此項京官子弟舉貢生監之在京與本籍士著者臣前奏派分教習八人正欲使教此項人員及大員子弟八旗世職武職後裔之年輕者只以草創之始頭緒紛繁尚未能條分縷析詳細奏明今該御史請於五城各立學堂自應遵照辦理臣愚以爲五城皆地面官與外省有地方之責者無異學堂經費之優絀規制之大小應由五城御史自行籌畫近年刑部候補主事張元濟戶部候補郎中王宗基皆自行籌費創立學堂入堂肄業者頗稱踴躍蓋　聖心所向天下從風卽如　國家往時以科擧取士海內士人家絃戶誦並無事官爲督率莫不爭自濯磨今五城設立學堂卽請　飭下五城御史設立勸辦應否暫借廟宇及將來建立學舍之處均由五城御史隨時斟酌定能日起有功至順天府地方臣原有設立小學堂之意因經費未齊是以暫緩金台書院考課亦應改定章程臣當與府尹臣胡燏棻籌商辦法所有臣議添小學堂緣由謹繕摺具陳伏乞　皇上聖鑒謹　奏奉　旨已錄

○○翰林院編修河南學政臣朱福先跪　奏爲恭報微臣歲試衛彰各屬情形仰祈　聖鑒事竊臣於光緒二十三年十月二十九日曾將到任日期恭摺具報在案本年正月二十二日出省先試衛輝彰德懷慶三府接試陝州河南二屬於五月十三日試竣回省所有各學文武進額均如數錄取臣每至一棚進院後卽督飭巡捕外院閱試墻垣愼防傳遞等弊並諭飭廩生等出具連環互結於點名唱保時詳細辨認毋令鎗替混入臣於扃門後日坐堂皇不時親巡各號豫省士多樸實尙能謹守場規惟考衛輝彰德陝州時均經拿獲鎗冒一二名當卽發交提調官訊辦覆試之日尤加意嚴密於發題後坐俟淸場自收試卷文理稍有不符卽行屛除不錄其武童之力不符亦卽扣除另補查河南北各屬考試人數衆多而進額本少士子以得名不易未免懷行險僥倖之心經臣此次嚴加整頓頗知懲誡至文風以衛輝之汲縣滑縣彰德之安陽懷慶之河內濟源爲優武童弓箭技藝亦有可觀陝河兩屬自以河南府之洛陽爲優偃師鞏縣孟津嵩縣次之而洛陽鞏縣偃師嵩縣武陟尤爲傑出臣於將賞之日文則勗以敦品勵學謹守居敬窮理之訓求爲明體達用之材武則勉以束身自愛在鄉里爲安分之良善在　國家卽爲禦侮之干城總期爭自濯磨以仰副　聖主作育人才之至意再臣經過河北各府縣其時雨雪頗多嗣聞各處收成未能一律陝河各屬近時雨澤頗匀麥秋尙稱中稔民情均極安謐堪以上慰　宸廑所有微臣歲試衛彰各屬情形合先恭摺具　奏伏乞　皇上聖鑒謹　奏奉　硃批知道了欽此

○○朱福先片　再臣於本年二月間接准總署文開議設特科歲擧並恭錄　諭旨行知等因又於三月間在懷慶途次接准部文武試改用鎗砲童生下屆爲始武生歲試錄科卽行改試等因准此仰見　朝廷講求實用鼓勵人材之至意臣按試各屬卽於考試經古一場先行出示曉諭諸生童如有通曉天文輿地財賦兵制河渠海防郡縣利病吏治得失以及中西算學電學化學重學汽學礦學藝學一切國政軍制稅則公法製造機器等學准其逐項報考分別出題試以策論各屬中頗多應考者亦間有通達時變之士其兼通中西算法懷慶河南等府屬亦有數人豫省風氣初開徑途甫闢自當優加獎勵以期多士奮興臣經過各府縣皆面諭以當赴省城官書局請領中西各書籍藏之書院以便諸生就近肄業所有省城學堂應由撫臣會商籌辦至省城明道書院向歸臣衙門經理現擬商之

撫臣設法擴充示之通變畧仿經義治事齋之例中西並學庶幾造就有方伏讀 諭旨有云以聖賢義理之學植其根本 聖訓煌煌薄海允當遵守臣愚以爲聖賢窮理之學本自無所不包先賢爲謂經者有用之事業無非學人自已本分內事體用一源不容歧視河南爲伊洛淵源所被士子知讀性理諸書由致知窮理之功爲開務成物之學迎機以導其事非難抑臣更有愚慮所及者天理人欲之幾喩義喩利之辨從古聖賢無不兢兢於此竊謂學者必先致嚴於一介乃能肆應乎萬殊如是而後才爲眞才用爲實用此中西之學所以必當相輔而行也武在改鎗砲一節臣奉文後卽經行知各屬嗣據聲稱鎗砲皆未購辦無從練習擬俟部議定後頒有程式各屬鎗砲購辦齊全再行通飭一律改試理合具摺陳明伏乞 聖鑒 訓示謹 奏奉 硃批知道了欽此

○○陶模片 再新授平慶涇固化道王會英現已到省應飭赴新任西甯府知府燕起烈已奉文准調新授甘州府知府誠瑞亦已到省應飭各赴新任涼莊理事通判舒隆阿病故遺缺查有試用通判文祺堪以委署靈州知州姚長齡調省遺缺查有署兆州廳事准補河州知州趙謙堪以調署遞遺兆州同知員缺有甯夏鹽捕通判熊振槃堪以調署撫彝通判黃紹梓丁憂遺缺查有候補知縣余人驥堪以委署階州直隸州知州李鍾辰撤任遺缺查有候補直隸州知州符瑞堪以委署署狄道州事准調武威縣知縣楊培之應飭赴調任所遺狄道州知州員缺卽以現署武威縣候補知縣蕭承恩署理蕭承恩未到署任以前委候補知縣潘力謀暫行代理署海城縣知縣楊廷槐調省遺缺查有候補知縣王樹堂堪以委署平羅縣知縣李含菁調省遺缺查有准調西甯縣知縣傅維祜堪以調署署西甯縣事准補甯朔縣知縣張庭武應飭赴本任所遺西甯縣知縣員缺查有禮縣知縣羅運璧堪以調署所遺禮縣知縣員缺查有試用知縣余重基堪以委署隆德縣知縣程德音回籍省親遺缺查有候補知縣易箴謙堪以委署署清水縣知縣方傳穫飭回巴燕戎格廳本任所遺清水縣知縣員缺查有候補知縣袁範堪以委署正甯縣知縣董維序病故遺缺查有候補知縣王開甲堪以委署據藩臬兩司先後會詳前來除分別檄飭遵照外謹附片陳明伏乞 聖鑒謹 奏奉 硃批吏部知道欽此

○○譚繼洵片 再署麻城縣知縣長坦調省另有差委所遺印務亟應委員往署以重職守查有崇陽縣知縣黃永淸才具優長盡心民事堪以署理據湖北布政使王之春署按察使岑春蓂詳請會同湖廣總督臣張之洞附片具陳伏乞 聖鑒謹 奏奉 硃批吏部知道欽此

啓者昨接上海孫仲英善長來電旋又接到顧緝庭葉澄衷嚴筱舫楊子萱施子英各觀察來電據云江蘇徐海兩屬水災綦重飢民數十萬顛沛流離死亡枕籍災區十餘縣待賑孔急需款甚鉅官款恐未能徧及素仰貴社諸大善長久辦義賑飢溺猶己敬求代呼將伯源源接濟功德無量蒙滙賑款卽滙上海陳家木橋電報總局內籌賑公所收解可也云云伏思同居覆載異姓不啻天親縱隔形骸民物莫非胞與頓遭洪水哀此災荒盡是蒼生何分畛域況救人性命卽積我陰功雖此日拯茲黎庶散盡赤仄靑蚨卜他年報在子孫同來玉堂金馬敝社款無備濟自知獨力難成術欲廣仁惟冀衆擎易舉叩乞 顯官鉅紳仁人君子共憫奇災同施仁術原擬活人無算雖千金之助不爲多但能濟世有功卽百錢之施不爲少盡心籌畫量力輸將敝社不禁爲億萬災黎泥首叩禱也如蒙 慨助卽交天津溜米廠濟生社帳房代收並開付收條以昭徵信 濟生社籌賑同人謹啓

紫氣堂出售新書

石印史記經義四書義每部三百五十文八面鋒四本每部價洋錢七百五十文重印校邠廬抗議每部津鋒三百五十文均無多部先觀爲快天津北門內府署東各報總處梁子亭全啓

告白

敬啓者朝廷維新庶政博采羣言其巳見施行者如科舉改試論策四書義經義實僉兩湖制軍南皮張香帥之奏制軍有勸學篇一書皆切近今時務其改科舉議即列外篇第八者也此外諸篇著論極爲持平惟此書僅板兩湖書院外間頗尠傳本有志之士無不思一流覽本齋不惜貲本縮印上石日內即擬出書有願先睹爲快者即向天津鍋店街文美齋南帋局購覓可也

京緞零剪 減價售現

零剪

高鵝背	一千三百五
正號　元青貢緞每尺	一千四百文
中號　元青貢緞每尺	一千一百文
副號　元青貢緞每尺	八百八十文
眞杭青金銀庫緞每尺	二千二百文
眞裕順曾皮絲烟每包	一千一百文
南京鹹鴨每支　大	一千八百文
南京鹹鴨每支　小	一千二百文

寄售

品名（每斤）	價
龍井	一吊七百文
雨前	一吊一百文
珠蘭	一吊四百文
雀舌	九百六十文
蜂翅	一吊二百文
紅袍	六百四十文
小種	一吊二百文

本號自製元還京緞兼售零剪杭絨衣線年燕金縀南貨精貨一應俱全近因錢市縀落不同分別滅價抑因無恥之徒假冒南味字號者甚多雜云謀利誠恐亂眞欲辦薰猶用煩楮墨天津宮北大鄉子胡同公益仁記南味坊謹白

新到啤酒

啓者本行現由德國白運上等啤酒氣味香美與衆不同除濕却暑助氣消食誠酒中之仙品也如蒙賜顧請到老龍頭對河本行賬房可也

計每箱四十八瓶
價銀七兩五錢
又價銀八兩五錢

德瑞豐洋行謹啓

商

爲釣叟先生畫潤小啓

予向讀醉翁亭記曰先生之意不在酒而在乎山水之間未嘗不歎古人之高也夫古人往矣而欲求其嗣響追踪彷彿則莫如新會歐陽子行者誠六一先生之遺裔也　公少負奇氣嗜酒有家風長徧游名山大川落帋得烟雲生趣求畫者戶履常滿筆禿硯枯客有睨笑其旁者曰甚矣　公之勞而費也胡不以潤筆之資作杖頭之助及今請自隗始可乎　公笑曰無巳其以酒酬我也昔人斗酒百篇畫何獨不然自今請以酒進爰定其數因爲之序

茲湊俚言作潤筆欵

借問先生何所癖　無如一醉筆寫丹青
諸君若索先生畫　帋方如尺酒一罇
素絹又當加倍計　扇如團摺釀雙瓶
酒且斟酌膏糧合　潤筆兼能養性靈

香山襄侯魏宗弼書於潤州客次　厲紫竹林廣永隆號內

京都 內奎盛

本店由京都移來專做全盛齋全樣鑲絨鞋亦有全樣布緞鞋各樣扎拉鎖綉扣鑲花鞋材料與衆不同樣式各外另有眞傳本店今有新添寄賣各樣旗鑾扎花坤鞋亦有鑲花坤靴一應俱全開設在天津府帶河門外樂壺洞北口巷內路北準仕商賜顧者詳認本店字號便是貨眞價實言不二價不悞主顧

本店謹白

顯學書塾

浙江蕭山湯伯述先生擬招學徒百人講授策論文字每人每月脩四元每月兩課一策一論三屆期到塾領題三日繳卷三日批改取定甲乙榜示暫時遙授不必住館本塾在海大道直報館旁

新開 天吉齋京靴店

本店開設天津府東門外天后宮前路北門面二間本號專辦京莊上上材料專做京都滿漢靴各欵鑲繡插鎖全式名鞋一應俱全貨高價廉士商賜顧者請認明本號招牌庶不致悞

本店擇於七月吉日開張

本號特白

告白

奉旨鄉會兩闈及科歲生童改試策論書院肄業亦皆遵照改課童蒙窗下自宜以古文爲法宋儒呂東萊先生所著博議久巳風行近尤膾炙人口現有芙蓉館主人以諸名家所批善本付本齋石印帋墨精良字大爽眼約於本月念日後印畢出售此佈

天津文美齋南帋局告白

陰德耳鳴

余寒士也客秋偶患瘧疾以爲此細症耳無足介意隨服藥數劑旋即霍然然不久又滋他患病更纏綿適陳君少菱來余告以所苦因爲代迓張君敬和診治是時余甚慮無資孰知先生既至見余病極危境極困爲區畫方脉幷贈以珍藥十數劑會不兼旬而病若失神乎技矣先生有半積陰功半養身之章盛德所及詢不謬也先生學問淵深爲醫道中第一國手而性情仁厚純篤尤爲人所難及余感其盛意登諸報章幷爲津郡患病者指南之助云

戊戌仲夏津邑後學顧連城誌謝

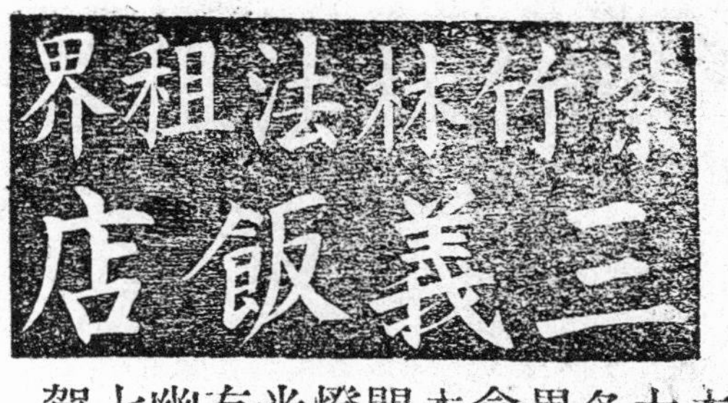

本店專做英法葷素大菜並由外洋自運各國上品洋酒各色異味點心罐頭鮮菓食物等類一應俱全本洋樓工程告竣房間寬闊夕時均用氣燈明亮異常 仕商光顧者或携貴眷另有雅室亦足稱暢叙幽情矣擇於六月十七日開張至期請卽駕臨賜顧是荷
本主人謹啓

天福茶園

特請上洋新到
頭等花旦
天娥旦
六月廿八日
晚准演
紅梅閣
早晚仍照原價

新排全本新彩新切
燒骨計
苦中苦

東京科考龐府招親麥康縣三年荒旱無有銀錢奉養雙親將他親生兒子賣與黃門得銀十兩又被賊人偷去家中貧寒難以度日一同二老進京尋夫走至半路途中不料他公爹死在張家小店無有銀錢成殮去到大街討化棺木一口燒骨尋父找在東京見面執意不認仗勢仇殺神靈護救金天王遭反伊子賣與黃門陣前立功封官鎮定總兵母子相認開封告狀王文龍腰斷三節廢命龐吉滅門九族當塲出彩新彩新切與前不同另有奇文准演不恍

擇日開演

兹因類類報從十二冊另改新章改樣亦按旬報之列卽日可出後望盼矣
各報總處梁子亭啓

啓者本行自上海分設天津紫竹林法租界良濟藥房對過女成衣飯店一號二號房內自製新式鐘表金銀表金表練各樣新式大小說話機器耳鳴機器金戒指金鋼石戒指大小洋鏡各樣新貨一應俱全貨好價廉格外公道在此住兩三個月後另造樓房批發諸公光顧請早駕臨海利洋行謹啓
戊戌年六月二十七日
禮拜日

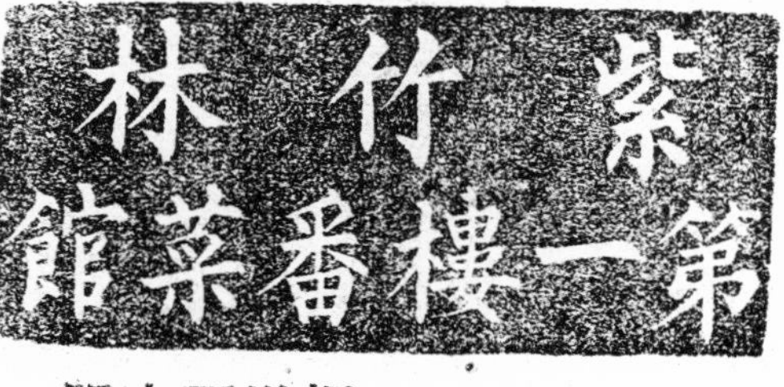

本號專作英法大菜各色精細點心各樣洋酒洋貨等物一應俱全並售
上　　　八百
上紅茶每斤津錢一千
　　　　　　六百
又批發茂生公司鐵海紙烟零整發售價值格外公道原箱計一百盒價洋一百四十四元每盒計五百支洋一元五角凡仕商賜顧請卽駕臨是荷
主人謹白

減價

今有友人自辦陝西老土每兩津錢五百文新到梁州土每兩津錢五百六十文如蒙賜顧者請到東門內聚隆成寄售

廣東鼎盛機器廠

本廠精造大小機器汽機火爐開礦水龍滅火水龍磨麵機器全套管辦鑄造修理精巧銅鐵等件貨眞價廉倘蒙賜顧請至天津紫竹林法租界牌坊旁本廠面議不悞
主顧
本主人謹啓

本局自印耕香館書牘每部價洋二元專辦各種石印書籍精選加高南紙頂細雅扇格外價廉廣天津東門外襪子衙本局
本局謹啓

美孚老牌煤油

啓者美國三達煤油公司之德富士老牌煤油天下馳名萬商稱羨蓋其質潔色清亮白如銀且絕無烟氣能耐久燃比之生荳等油晶光百倍而儉用價廉此爲德富士老牌之佳處誠屬無雙妙品也士商賜顧請到天津美孚洋行採辦或向就近殷實行店購買庶不致悞

DEVOE'S
PAT'D JUNE 22.63.
BRILLIANT
OIL
IMPROVED
PAT'D JUNE 28.64.
PATENT CAN
美孚行

朔望會課

靜致廬會課爲皖江洪月般孝廉思齊倡立每月朔望舉行一論一策三日交卷評定甲乙酌贈花紅每卷收紙張津錢五十次月朔日開課假二道街泰山行宮廬厲爲收發課卷處入課者先期自陳名字齒籍官紳好義資助花紅者登報揄揚不勸捐

江右盧沛恩
津門王維翰 暨同人公啓

六月廿八日輪船出口 禮拜一
新濟 輪船往上海 招商局
新豐 輪船往上海 招商局
武昌 輪船往牛莊 太古行

六月廿七日銀洋行情
天津通行九七六錢
銀盤二千四百三十五 洋錢一千七百二十文
紫竹林通行九六錢
銀盤二千四百六十八 洋錢一千七百四十五
洋錢行市七錢一分二

新開元隆號綢緞洋貨莊

自去歲四月初旬開張以來蒙各主顧亟盼雲集馳名日盛本號特由蘇杭等處加意揀選名機新鮮貨色零整銀價俱照大莊行市公平發售以昭久遠此白
寄賣龍井雨前素茶福建皮絲水烟各種眞料大小皮箱
開設天津府北門外估衣街中路北門面便是

浙紹朱鈍翁先生巳於六月十二日由密雲縣治愈劉太夫人多年宿疾旋回津郡仍寓東門裡彌勒菴依舊懸壺

開設紫竹林法國租界北

天福茶園

京都新到
崇慶名班
特請京都上洋姑蘇山陝等處
各色文武 頭等名角

六月廿八日早十二點鐘開演

順老大十崇張張姜十六十高白安王賽楊蘇李常
八 鳳長小二月一玉文桂尊狸四廷吉雅
紅虎貞紅芬台奎五紅鮮喜奎秋雲鐵立奎瑞秋

反西涼 男起解 斷龍袍 后母 探山 定軍山 舉鼎 新安驛 衆武行 譜球山

廿八日晚七點鐘開演

十六小白安小常王賽張十羊小天蓋邊李常蘇趙
二月德文桂祿雅喜狸長一喜連娥天義吉雅廷斌
紅鮮生奎秋奎秋雲鐵奎紅壽仲旦雷臣瑞秋奎恒

烏玉帶 寶蓮燈 賣胭脂 天水關 紅梅閣 衆武行 丁甲山

開設天津紫竹林海大道旁

福仙茶園

啓者本園於前月初四日止戲清理賬目今將戲園及園內桌椅磁壺磁碗新製彩切零星等件合盤出兌如有願兌者及詳細章程請至本園面議可也特此佈 告
福仙茶園謹啓

代辦各種機器告白

敬啓者余自去歲代辦各種機器業蒙紳商賜顧並無遲悞今又向英國着名大廠代辦各樣紡紗織布造磚炸毛等機器以及各行應用各樣機器零星物件定日交貨不能遲悞如貴行包辦常年機器人工煤料或安設各樣機器價値格外相宜如蒙貴官紳商購買者請至英新租界福仙茶園看圖面訂可也特此佈聞
蔣子卿謹白

直報

本館開設天津紫竹林海大道老菜市氣燈房巷內

光緒二十四年六月二十八日　第一千百四十四號
西歷一千八百九十八年八月十五日　禮拜一

孫中堂籌辦大學堂摺稿

臣孫家鼐跪　奏爲籌辦大學堂大概情形恭摺具陳仰祈　聖鑒事竊本月十七日臣議復五城建立中學堂小學堂一摺奉　旨著五城御史設法勸辦與大學堂相輔而行用副備養人材之至意其大學堂章程仍著孫家鼐條分縷晰迅速妥議具奏欽此臣維學堂創辦之初千端萬緒其章程原難倉猝定議遽臻美備卽日本初設學堂至今二三十年章程幾經變易不厭精益求精況我　國家政令更新之始京師首善之區草昧經綸動關久遠尤須規模閎闊條理詳備始足以開風氣而收實效臣每日會集辦事各員公同覈議雖不在學堂辦事之人臣亦多方咨訪廣集衆思總期受以虛心任以實心持以公心矢以誠心博取衆長折衷一是以仰副皇上作育人材振興國勢之至意茲將現擬籌辦大概情形分條開列恭呈　欽定

一進士舉人出身之京官擬立仕學院也旣由科甲出身中學當已通曉其入學者專爲習西學而來宜聽其習西學之專門至於中學仍可精益求精任其各占一門派定功課認眞研究每月考課朋友講習日久月長其學問之淺深造詣之進退同堂自有定論臣亦隨時考驗其人品學術分別辦理仕優則學以期經濟博通

一出路宜籌也凡學堂肄業之人其已經授職者由管學大臣出具考語各就所長請　旨優獎其作爲進士之學生亦由管學大臣嚴覈品學請　旨錄用擬採湖北巡撫譚繼洵之議學政治者歸吏部學商務礦務者歸戶部學法律者歸刑部學兵制者歸兵部及水陸軍營學製造者歸工部及各製造局學語言文字公法者歸總理衙門及使館叅隨終身遷轉不出本衙門俾所學與所用相符冀收實效

一中西學分門宜變通也查原奏溥通學凡十門按日分課然門類太多中材以下斷難兼顧擬每門各立子目仿專經之例多寡聽人自認至理學可併入經學爲一門諸子文學皆不必專立一門子書有關政治經學者附入專門聽其擇讀又專門學內有兵學一門查西國兵學別爲一事大率專隸於武備學堂又閱日本使臣問答亦云兵學與文學不同須另立學堂不應入大學堂之內擬將此門裁去將來或另設武備學堂應由總理衙門酌覈請　旨辦理

一學成出身名器宜愼也查原奏小學中學大學堂肄業人員卒業領憑遞升作爲生員舉人進士在　國家鼓勵人才原可不惜破格之獎然冒濫情弊亦不可不防似宜於鼓勵之中仍示限制應如何嚴定額數與認眞考覈之處應照原奏會同總理衙門禮部詳擬請　旨

一編書宜愼也查原奏開一編譯局取各種溥通學盡人所當習者悉編爲功課書分小學中學大學三級量中人之才所能肄習者每日定爲一課謹按先聖先賢著書垂教精粗大小無所不包學者各隨其天資之高下以爲造詣之淺深萬難强而同之若以一人之私見任意刪節割裂經文士論必多不服蓋學問乃天下萬世之公理必不可以一家之學而範圍天下昔宋王安石變法創爲三經新義頒行學官卒以禍宋南渡後旋卽廢斥至今學者猶詬病其書可爲殷鑒臣愚以爲經書斷不可編輯仍以　列聖所欽定者爲定本卽未經　欽定而舊列學官者亦槪不准妄行增減一字以示尊經之義此外史學諸書前人編輯頗多善本可以擇用無庸急以編纂惟有西學各書應令編譯局迅速編譯

一西學擬設總教習也查原奏有中總教習無西總教習立法之意原欲以中學統西學惟是聘用西人其學問太淺者於人才無所裨益其學問較深者又不甘於小就卽如丁韙良曾在總理衙門充總教習多年今若任爲分教習則彼不願臣擬用丁韙良爲總教習專理西學仍

與訂明權限其非所應辦之事概不與聞　一專門西教習薪水宜從優也閱日本使臣問答謂聘用上等西教習須每月六百金然後肯來丁韙良自以在中國日久亟望中國振興情願照從前同文館每月五百金之數充大學堂西總教習至西人分教習薪水亦擬照原奏之數酌加　一膏火宜酌量變通也臣訪詢西教習丁韙良據云泰西大學堂來學者皆出脩脯極貧者始給帋筆從無月給膏火辦法蓋以圖膏火而來學者必非誠心向學出資來學乃眞有志於學者也臣又觀總理衙門章京與日本使臣論學堂事宜問答之語與丁韙良所言大畧相同今者　國家專籌的欵不令學生出資已屬格外之仁似不必更糜鉅費擬請仿西國學堂之例不給膏火但給奬賞其如何發給之處應俟開辦後詳細斟酌辦理　以上八條分晰臚陳恭候　訓示此外未盡事宜尚當查取東西洋各國學校制度暨各省現辦學堂章程體察情形詳愼斟酌一俟擬議就緒卽當　奏陳至暫假房舍是否由承修王大臣查勘修理抑由內務府修理應候　欽定惟房舍一日不交卽學堂一日不能開辦擬請　飭催赶辦以期早日竣工學務得以速舉仰慰

宸廑所有籌辦大學堂大概情形繕摺具陳伏乞　皇上聖鑒　訓示謹　奏

謹按孫中堂籌辦大學及另片各摺業奉　上諭着依議行欽此俱登前報茲將原奏錄登以供衆覽　本館敬誌

六月分教職單　○教授直隸正定傳式芳保定山東沂州張志軒泰安東昌于文鑑萊州俱甲山西寧武崔鍾金汾州甘肅西寧徐芾蘭州福建福州袁繼周建寧俱舉　正諭安徽無爲邵培傑徽州湖南益陽譚瑩衡州廣西永甯黃肇祥慶遠貴州玉屛王培厚貴陽俱舉訓導直隸藁城劉文保定山東茌平張志琦濟南舉陝西孝義王亥南同州舉山西長子姚昌域蒲州靈邱樊沛洸蒲州俱歲福建連江江呈輝汀州舉廣東定安方菁莪廣州舉雲南賓維藩曲靖優貴州安南李煥奎貴陽歲　復諭江蘇如皐邵慶英太倉舉山東高密黃慶階兖州廩山東新城葛光朝曹州增山東鉅野劉鳳陽兖州廩福建泰寧吳會祺福州舉四川灌縣張騰眉州拔　復訓直隸饒陽謝祖全承德山東鄒平江存珂萊州山東高唐馮楡濟南湖北王純桂黃州俱廩雲南雲龍全天佑雲南舉

萬壽無疆　○京師西南涿州固安等處菓園最多大葉白蜜桃甲於他處味甘而質肥每値夏末秋初桃始熟透京中人頗貴視之刻聞本年菓園內此種大桃頗稱豐收現値　皇上萬壽節經光祿寺飭傳佃戶採買五百個盛以荊條筐上罩龍布於六月二十五日呈進　御用

同慶　慈闈　○六月二十八日　皇上萬壽聖節二十六日卯刻　皇后率領　珍賓　瑾賓暨敦貴妃珣妃瑜妃晉嬪琬妃琪妃詣　甯壽宮　皇太后前行禮公主福晉命婦等隨卽同往　皇大后前行禮辰刻入座聽戲

好行其德　○京師節逾立秋炎熱未退刑部獄內及五城司坊提督衙門大宛兩縣監禁覊押荷校各犯衆多地勢狹窄觸暑最易現經某善士垂念獄囚酌得甘露午時茶若干並治急痧之火藥散五百數十包送至各署以便病人服用似此善士可謂好行其德者矣

敬惜字紙　○前門外東磚兒衚衕居住温某每日倩人收取人家字紙改作還魂紙張其利三倍事爲惜字會館董事所聞當往温處勸令改業嚴行禁阻該董事等又恐日久玩生勒石永禁另設公局一所在該處左近以便隨時稽查而街頭巷尾亦貼告白謂有確知再造還魂紙張或冒收人家已廢字紙報信屬實者當謝京錢二十吊想經此垂誡温某定當洗心革面痛改前非矣

遇人不淑　○崇文門外東茶食衚衕居住高某性耽花柳與附近土娼某妓嚙臂盟深其父母以高年旣長成勢難管束六月十五日急爲畢婚或可絕其外遇所娶賀姓女輕盈體態不啻天仙方謂有婦如此定能收縛男子心腸不輕離鏡台一步詎高某偏迷舊好無意新婚甫越三朝竟往所歡處勾留不返六月二十四夜間賀氏獨對孤燈影形相弔不禁淚涔涔下因思遇人不淑不若一死爲安遂以鉛粉一盒背人吞服幸爲伴娘某嫗瞥見報之翁姑急以良藥解救始免玉碎珠沉賀氏母家聞信亦至向高問罪未識高受此一番懲創後能棄野鶩而戀家雞否

昧良炯鑑　○汪某者貿易爲生頗稱利市素日爲人忠直屢被夥友吳某高下其手以致負累甚多敢怒而不敢言鬱鬱成疾於去冬竟赴泉台之召吳乃獨任其事益無忌憚六月二十五日夜間時交二鼓吳某正在寓所似睡非睡恍惚見汪立於床下披頭散

髮有洸有潰吳視之既驚且懼驟得瘋病語無倫次延請巫醫迭爲施治毫無一效至二十六日下午逝去問吳某死後項頸間有手指掐痕皆作青紫色噫異已

失足落水 ○近日京師天氣炎熱河岸蛙聲通宵不輟六月二十六日天色微明之候忽然狂風大作一時鴛瓦滴瀝聲簷馬丁當聲喧成一片人皆從邯鄲郡中驚回東便門外有大通橋撥船一隻船夫劉三因大夢初覺聞風驚起在船旁立足未穩被封家姨一推而下占滅頂之凶迨鄰船知覺業已無從撈救

督轅門抄 ○六月廿七日晚中堂見 通永鎮李大人辭 關道李大人 候補道張大人翼 吳大人學廉 廕大人昌 嚴大人復 聯大人芳 何大人福海 前河南道李大人郁華 丙戌翰林沈曾桐 東光縣春煦 題補蠡縣章壽 候補縣江開泰 嚴書勳 內閣中書林旭 補直隸州蔡紹基 英醫士莫爾敢○二十八日見 陝西漢中鎮孫大人金彪 候補道汪大人瑞高 傅大人雲龍 湯大人恩廣 姚大人文棟 翁大人壽錢 署河南府趙德襄 候補同知沈啓榮 候補縣吳調鼎

京卿將來 ○前紀督辦鐵政盛京卿有事來津迄無確耗茲聞准於二十六日由上海乘輪北上計程指日可抵津埠矣

認眞釐剔 ○近日 朝政諸事認眞中堂到津以來時時仰體此意力加整頓百廢俱舉積弊悉除其所以節浮費杜濫保者無微不至刻聞札飭機器局總辦汪觀察君牧將本津海防製造局在上海所設採運專局卽行裁撤所需軍械卽向津埠洋行購辦既爲妥速又省經費一舉而兩得之現又札委記名海關道黃觀察花農專辦南北洋文報局所有南北洋文報三年例保舊案卽行停止其各公使自派文報委員悉由各公使自行發給薪水浮費濫保積弊一清

稟候點軍 ○前記廕那兩觀察奉札飭詣北塘點軍一則茲通永鎮李軍門已在督轅稟辭前往北塘定於二十九日聽候點軍云云

誰問東流 ○昨老龍頭有幼童渡河至中流童忽失脚落水趕緊撈救至今渺無蹤影至於住址何處何姓之子訪明再登

學爲局賭 ○西門外某姓家名爲弓箭房暗設寶局並非賭力實係賭錢經營務處委員查知將局首獲營當蒙訊責管押在案候再堂訊再行定奪云

一蹶不振 ○河北關下吳叟年近古稀有子不肖自以食鹽爲負販生理昨在市上肩負口袋正值風雨交作叟急趨避雨年老步遲偶一失脚跌於平地奄奄待斃旋有人信知其子舁歸於家延至時許遂作長睡客矣

似三隻手 ○劇中衍有三隻手一折能於男女將寢時隨機應變順竊衣飾令該男女不覺與隋唐書所記妙手空空兒的係一派不謂戲有之眞亦有之昨夜海大道福仙茶園旁有男女居室同入黑甜女適着寢衣未脫男之臂釧女之指戒該賊竟能於臂指間從容脫去比及覺時賊則懷寶遠揚矣賊技之妙眞令人可咄可惡

登郡水災 ○前月二十六夕大雨如注山東登州城內河水漲溢沿河兩岸之民房多有過水者有一戲臺在河灘未拆連戲箱一概衝去又聞在附近鄉村有衝壞地者有淹死人者黃縣大廟宇亦多坍塌小戶數百家紛紛逃命所有一切全然衝去有未能逃命者百餘人原水之所以驟大乃因土圍水門太小一時不能疏洩故也

西米運杭 ○杭州米糧缺乏米價騰貴前奉各憲撥給倉穀趕緊礱碾并在無錫等處購米來杭發交城廂六官廠按照門牌戶口抑價平糶以惠窮黎等因迭詳前報然當此青黃不接之際各處禁米出口來源將竭市盤又未免日漲其時每石需洋七元五角雖中等之家果腹尚覺不易更無論貧苦小民因是上憲關心民隱殊深憂慮又籌集欵項遴派幹員四出採辦當由外洋運到西貢米數千石於十一日到杭計共一千四百五十包奉仁邑尊蕭蘊齋明府如數檢收暫存義倉分散各廠平糶並酌撥若干石由米舖照本另售俾期同霑惠澤徧隸并幪

美班兵耗 ○美班開戰總統恐兵單不濟招募民壯七千名充義軍計共義兵隊二十八萬名○有美國兵一隊携帶一年糧餉由舊金山附輪往飛麗濱羣島進發○日前有西班牙艦二艘抵荷蘭國口岸先行電告外部奉准進口均守局外之例西班牙領事

所請皆不允許該艦所上之煤祗准敷用至最近口岸次日即當啓輪不得逗留云 六月巴黎辯論報

俄員觀戰 ○法國巴黎辯論報云俄國近派副戎二員往西美兩國觀戰該員先往馬得力都城謁見西政府然後啓程往古巴云

美圖古巴 ○古巴電稱叛黨圍攻巴耳厤及鎖里雅諾二鎮西軍擊走之叛黨死亡甚衆西軍傷者十餘人○美兵艦現在哈發拏桑富角加耳特拏三梯阿溝等處游弋聚散靡定○又云美艦游弋於哈發拏溝洋面者已添至十九艘之多

光緒二十四年六月二十六日京報全錄

宮門抄○六月二十六日推班 湍多布謝授湖南鹽法道 恩 召見軍機 湍多布

○○江蘇學政臣瞿鴻禨跪 奏爲遵議武科改制恭摺覆陳仰祈 聖鑒事竊臣前准兵部咨議改武科章程業經奏准恭錄 諭旨通行各省遵照等因又准部咨議覆黃槐森改試洋鎗一摺奉 旨依議欽此行令各省將軍督撫學政各就見聞所及詳細奏明等因各在案臣伏思武科弓矢刀石所習既非所用默寫武經率爲欺飾尤屬具文仰蒙 皇上聖明更張舊制俾求實學而備干城曷勝欽佩惟是變章之始必求盡善之規部臣亦博采羣言自應各抒所見臣愚竊以爲欲求精銳知兵之選莫如就各省每道設一武備分學堂延訂教習認眞訓練聽各屬武童投考學成合格者即由該學堂取爲武生分別等差以能知地形測繪輿圖及能製造鎗砲者爲上等打靶有準堪充馬步砲隊鎗隊者爲次等均准取進稟由各省督撫核定册報兵部竟毋庸由學臣校試更無庸過府縣考蓋學政與地方守令皆於此事多所未諳又於武備學堂不相統屬固不如責成各督撫勢爲較順也又當於省會設武備總學堂 京師設武備大學堂三年大比將道學堂所取之上等次等武生歸會總學堂考驗由各督撫取中舉人送京師大學堂彙齊考驗由總理衙門取中進士聽候 殿試分別 擢用但學額中額均不必寬以杜倖濫其未經取中之武生舉人或發軍營充伍或回學堂肄業均由督撫酌核辦理或謂各省府廳州縣皆應分建武備學堂方使各屬武童便於就試然創辦伊始經費難籌不如每道設一學堂較易集事且道屬相距不至過遠士子投考亦不甚難一俟成材日多用欵充裕再行推廣似此變通定制名實相符庶獲精通兵事之眞才而無濫習火器之流弊若聽武童自行操習鎗砲子藥任其取携則不逞之徒作奸犯科禍端何所不至即令存之公所按期領操而或斷非育才之道平日歸武政官考課彈壓亦慮各教官月課虛應故事勢不能行即武生武舉儘數入營亦須經武備學堂教成選充方爲有用否則人浮於額必至濫竽不獨無地可容恐亦難期得力臣愚昧之見是否有當謹繕摺具陳伏乞 皇上聖鑒飭部核議施行謹奏奉 硃批兵部議奏欽此

○○頭品頂戴山西巡撫臣胡聘之跪 奏爲特叅貪劣不職之知州請 旨革職以示懲儆恭摺仰祈 聖鑒事竊惟愛民必先潔己察吏首在懲貪查有代州直隸州知州劉鴻逵宦晉最久頗以能吏自居然而習氣甚深利心尤重遇事取巧假公濟私代州土藥厘稅向係歸入坐賈併收數年報解僅止六七百金其餘盡歸官吏中飽臣前歲奉文整頓厘金飭令將土藥一項照章按畝徵收實徵實解不准絲毫隱匿該員輒敢藉詞阻撓經臣批飭撤任委員接辦始據將已徵未解之欵陸續措交嗣經前藩司委署歸化廳同知該員接算交代又將應行攤歸前任公費銀兩措不肯交意存乾沒迭經該前任稟由藩司及歸綏道飭催仍敢託辭延宕又該廳斗捐向歸書吏鄉耆等經收任意侵蝕本年臣於籌餉摺內奏請試辦口外斗秤厘捐原爲剔除中飽化私爲公業經派員往辦而該員率請由該廳循舊辦理欲爲若輩留此利藪此次臨交卸時復以錢價過昂擬設法限制等詞稟請立案當此歸化奸商每作空盤必先賄通官吏無論銀錢貴賤總以不便於民爲詞其實議增議減並非因公徒然掣動市面即經臣將所擬章程飭令歸綏道查明議覆據稱該員此稟名爲限制銀價實欲暗增錢利不特有違 奏案且於該道公出期內一面具稟一面出示但求已事速成不顧大局有碍等說似此油滑貪鄙種種謬妄若不嚴行叅辦何以肅吏治而儆官邪相應請 旨將代州直隸州知州劉鴻逵即行革職以示懲儆所有知州貪謬不職據實嚴叅緣由理合恭摺具陳伏乞 皇上聖鑒謹 奏奉 硃批着照所請該部知道欽此

○○頭品頂戴新授四川總督江蘇巡撫奴才奎俊跪 奏爲叩謝 天恩籲請 陛見恭摺仰祈 聖鑒事竊奴才恭閱邸鈔光緒二

十四年五月二十四日奉 上諭四川總督着奎俊補授欽此當卽恭設香案望 闕叩頭謝 恩伏念奴才重撫三吳未及一載涓埃莫補兢惕方深乃蒙 寵眷頻加復 畀兼圻重寄聞 命之下惶悚莫名査四川地廣政繁總督責重任大民生先宜培養吏治亟賁振興整軍旅以備邊防愼度支而裕兵餉況交涉爲當務之急要在經權互用學堂爲培才之地尤當中西兼興欲爲懲前毖後之圖須有振頹式靡之效奴才自慚陋劣懼弗克勝惟有籲懇 恩施俯准入覲 天顏跪聆 聖訓庶幾仰稟 宸謨獲資遵守如蒙 俞允所有江蘇巡撫篆務可否 派員先行護理俾奴才得以迅速北上出自 聖裁所有奴才感激下忱並請 陛見緣由謹繕摺叩謝
天恩伏乞 皇上聖鑒謹 奏奉 硃批着來見欽此

○○頭品頂戴湖北巡撫臣譚繼洵跪 奏光緒二十三年耗羨銀兩欵不敷支借項作收造報恭摺具陳仰祈 聖鑒事竊査湖北省額徵起存驛站屯餉蘆課等項耗羨暨田房商膏關稅盈餘並南漕脚耗等欵每年約計收銀一十七萬餘兩以供一歲應支廩工祭品孤貧囚食暨各部飯食並文職各官養廉等項之用如遇水旱緩徵耗羨隨正俱緩收數短絀不敷支放歷係動雜欵供支於査辦奏銷時將借動緣由奏咨在案茲據湖北布政使王之春詳稱光緒二十三年分除總督巡撫並布政使按察二司武昌漢陽二府養廉歸於正項案內造銷外其道府以下各官養廉及廩工等雜欵其實應支銀一十一萬五千二百一十四兩九錢五分一厘各屬額徵光緒二十三年起存驛站屯餉等欵耗羨除蠲緩並坐收外僅應解司銀八萬一千五百八十兩五錢七分九厘今祗解收銀七萬一千六十四兩二錢二分二厘又二十三年蘆課耗羨暨田房商膏盈餘及節年耗羨並糧道移解南折隨漕驢脚等欵耗羨銀二萬三千一百五十五兩一錢五分二厘又二十二年奏銷册報存銀二十二兩五分二厘通共收銀九萬四千二百四十一兩四錢二分六厘實不敷支銀二萬九百七十三兩五錢二分五厘現值査辦二十三年奏銷册內既難登造而例支之欵不能不發應請援案在於司庫二十四年春撥册內存欵項下借支銀一萬九千兩質當捐欵內借支銀二千兩共銀二萬一千兩收入耗羨四桂册內造報一俟本欵續收有項卽行歸還等情詳請 奏咨前來 覆核無異除咨戶部外理合會同湖廣總督臣張之洞恭摺具陳伏乞 皇上聖鑒謹 奏奉 硃批戶部知道欽此

啓者昨接上海孫仲英善長來電旋又接到顧緝庭葉澄衷嚴筱舫楊子萱施子英各觀察來電據云江蘇徐海兩屬水災綦重飢民數十萬顚沛流離死亡枕籍災區十餘縣待賑孔急需欵甚鉅官欵恐未能徧及素仰貴社諸大善長久辦義賑飢溺猶已敬求代呼將伯源源接濟功德無量蒙滙賑欵卽滙上海陳家木橋電報總局內籌賑公所收解可也云云伏思同居覆載異姓不啻天親縱隔形骸民物莫非胞與頓遭洪水哀此災荒盡是蒼生何分畛域況救人性命卽積我陰功雖此日拯玆黎庶散盡赤仄青蚨卜他年報在子孫同來玉堂金馬敝社欵無備濟自知獨力難成術欲廣仁惟冀衆擎易舉叩乞 顯宦鉅紳仁人君子共憫奇災同施仁術原擬活人無算雖千金之助不爲多但能濟世有功卽百錢之施不爲少盡心籌畫量力輸將敝社不禁爲億萬災黎泥首叩禱也如蒙 慨助卽交天津溜米廠濟生社帳房代收並開付收條以昭徵信
濟生社籌賑同人謹啓

紫氣堂出售新書

石印史記經義四書義每部三百五十文八面鋒四本每部價津錢七百五十文重印校邠廬抗議每部津錢三百五十文均無多部先覩爲快天津北門內府署東各報總處梁子亭全啟

告白

敬啟者朝廷維新庶政博采羣言其已見施行者如科舉改試論策四書義經義實俞兩湖制軍南皮張香帥之奏制軍有勸學篇一書皆切近今時務其改科舉議郎列外篇第八者也此外諸篇著論極爲持平惟此書僅板兩湖書院外間頗尠傳本有志之士無不思一流覽本齋不惜貲本縮印上石日內卽擬出書有願先睹爲快者卽向天津鍋店街文美齋南帋局購覓可也

建平永平金礦局告白

啟者壬辰年春　前北洋大臣李委潤等創辦建平金礦自顧菲材膺茲艱鉅不勝主臣開辦以來疊於平建朝赤等處徧加探試或以石堅金薄不敷度支或以費鉅工艱難祈速效頻年耗損實屬不支迨丙申歲抄核計彌縫舊缺外始有微餘洎丁酉全年見盈遂奉熱河都憲諭以丁酉正月至四月爲建平第一屆升課其課銀已於今春解呈熱河五月至十二月爲第二屆其課銀亦不日報解又丙申冬分設永平金礦該處砂綫窄小浮露於外無大水患工程尚簡計至去年十二月底共試辦十四個月稍見餘利去冬十一月杪該局又得遷安縣屬峪之爾岩今正以後出金日逐見增將後可望蒸蒸日上刻亦報解第一屆升課惟是解課以後卽應分息在股諸君觖望巳久茲定於六月初一日在天津招商局內建平帳房上海竇源祥香港招商局等處分派屆時務祈諸股友携摺枉顧以憑核發除將歷年辦理情形收支帳目稟報公牘彙刊成冊印送核閱外合將派息日期登報奉聞

徐潤等謹白

新到啤酒

啟者本行現由德國自運上等啤酒氣味香美與衆不同除濕却暑助氣消食誠酒中之仙品也如蒙賜顧請到老龍頭對河本行賬房可也

計每箱四十八瓶
價銀七兩五錢
又價銀八兩五錢

德商瑞豐洋行謹啟

爲釣叟先生畫潤小啟

予向讀醉翁亭記曰先生之意不在酒而在乎山水之間未嘗不歎古人之高也夫古人往矣而欲求其嗣響追踪彷彿則莫如新會歐陽子行者誠六一先生之遺裔也公少負奇氣嗜酒有家風長徧游名山大川落帋得烟雲生趣求畫者戶履常滿筆禿硯枯客有睨笑其旁者曰甚矣公之勞而費也胡不以潤筆之貲作杖頭之助及今請自隗始可乎公笑曰無巳其以酒酬我也昔人斗酒百篇畫何獨不然自今請以酒進爰定其數因爲之序

茲湊俚言作潤筆款

借問先生何所癖　無如醉筆寫丹青
諸君若索先生畫　帋方一尺酒一罇
素絹又當加倍計　扇如團摺釀雙瓶
酒斟酌膏糧合　潤筆兼能養性靈

香山襄侯魏宗弼書於潤州客次　寓紫竹林廣永隆號內

天后宮北　義興順綢緞莊

本莊自置顧繡綢緞綾羅紗絹各樣洋貨南貨雅扇桂母頭油香貨歸安貝松泉湖筆一概俱全

頭號杭寧綢　四錢二
頭號摹本緞　三錢八
紅梅茶　每斤　九百六
紅茶　六百四
紅茶梗　二百二
龍井茶　一吊八
金百
壽棉
襉裙布裡每套五兩八
哆囉蔴每尺原碼四分二
各莊夏布一概照行發莊

顯學書塾

浙江蕭山湯伯述先生擬招學徒百人講授策論文字每人月脩四元每月兩課一策一論屆期到塾領題三日繳卷三日批改取定甲乙榜示暫時遙授不必住館本塾在海大道直報館旁

新開　天吉齋京靴店

本店開設天津府東門外天后宮前路北門面二間本號專辦京莊上上材料專做京都滿漢朝靴各款鑲繡插鎖全式名鞋一應俱全貨高價廉士商賜顧者請認明本號招牌庶不致悞

本店擇於七月吉日開張

本號特白

告白

奉旨鄉會兩闈及科歲生童改試策論書院肄業生童亦皆遵照改課童蒙窗下自宜以古文爲法宋儒呂東萊先生所著博議久已風行近尤膾炙人口現有芙蓉館主人以諸名家所批善本付本齋石印帋墨精良字大爽眼約於本月念日後印畢出售此佈

天津文美齋南帋局告白

陰德耳鳴

余寒士也客秋偶患瘧疾以爲此細症耳無足介意隨服藥數劑旋卽霍然然不久又滋他患病更纏綿適陳君少蓤來余告以所苦因爲代迓張君敬和診治是時余甚慮無資孰知先生既至見余病極危境極困爲區畫方脉并贈以珍藥十數劑曾不兼旬而病若失神乎技矣先生有半積陰功半養身之章盛德所及詢不誣也先生學問淵深爲醫道中第一國手而性情仁厚純篤尤爲人所難及余感其盛意登諸報章并爲津郡患病者指南之助云

戊戌仲夏津邑後學顧連城誌謝

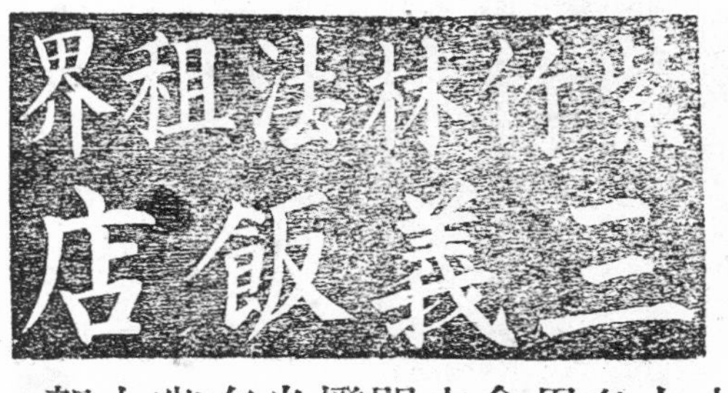

本店專做英法葷素大菜並由外洋自運各國上品洋酒各色異味點心罐頭鮮菓食物等類一應俱全本洋樓工程告竣房間寬闊夕時均用氣燈明亮異常仕商光顧者或携貴眷另有雅室亦足稱暢叙幽情矣擇於六月十七日開張至期請即駕臨賜顧是荷

本主人謹啓

三井洋行分莊

告白

啟者日本商始創貿易爲業數拾年以來今分莊開設北門外鍋店街沈家衚衕口對過專選精工料實東洋棉紗各等時式大小疋棉布粗洋布斜紋洋標等格外公道價亦從廉凡仕商賜顧者請至分莊面議可也特此佈聞

三井本莊主人啟

玆因類類報從十二冊另改新章改樣亦按旬報之列即日可出後望盼矣

各報總處梁子亭啓

天福茶園

特請上洋新到

頭等花旦

天娥旦

六月廿九日

晚准演

遺翠花

早晚仍照原價

新排全本新彩新切

燒骨計

苦中苦

東京科考龐府招親麥康縣三年荒旱無有銀錢奉養雙親將他親生兒子賣與黃門得銀十兩又被賊人偷去家中貧寒難以度日一同二老進京尋夫走至半路途中不料他公爹死在張家小店無有銀錢成殮去到大街討化棺木一口燒骨尋父找在東京見面執意不認仗勢仇殺神靈護救金天王遭反伊子賣與黃門陣前立功封官鎮定總兵母子相認開封告狀王文龍腰斷三節屢命龐吉滅門九族當塲出彩新彩新切與前不同另有奇文准演不悅

擇日開演

啓者本行自上海分設天津紫竹林法租界良濟藥房對過女成衣飯店一號二號房內自製新式鐘表金銀表金表練各樣新式大小說話機器耳鳴機器金戒指金鋼石戒指大小洋鏡各樣新貨一應俱全貨好價廉格外公道在此住兩三個月後另造樓房批發諸公光顧請早駕臨海利洋行謹啓

戊戌年六月二十八日禮拜一

廣東鼎盛機器廠

本廠精造大小機器汽機火爐開礦水龍滅火水龍磨麵機器全套管辦鑄造修理精巧銅鐵等件貨眞價廉倘蒙賜顧請至天津紫竹林法租界牌坊旁本廠面議不悞主顧

本主人謹啓

本號專作英法大菜各色精細點心各樣洋酒洋貨等物一應俱全並售

上　八百

上紅茶每斤津錢一千

六百

又批發茂生公司鐵海紙烟零整發售價值格外公道原箱計一百盒價洋一百四十四元每盒計五支洋一元五角凡仕商賜顧請即駕臨是荷

主人謹白

減價

今有友人自辦陝西老土每兩津錢五百文新到梁州土每兩津錢五百六十文如蒙賜顧者請到東門內聚隆成寄售

本局自印耕香館畫譜每部價洋二元專辦各種石印書籍精選加高南紙項細雅扇格外價廉寓天津東門外襪子衚衕本局啓

本局謹啓

美孚老牌煤油

啓者美國三達煤油公司之德富士老牌煤油天下馳名萬商稱美蓋其質潔色清亮白如銀且絕無烟氣能耐久燃比之生荳等油晶光百倍而儉用價廉此爲德富士老牌之佳處誠屬無雙妙品也士商賜顧請到天津美孚洋行採辦或向就近殷實行店購買庶不致悞

DEVOE'S
PAT'D JUNE 22.63
BRILLIANT
OIL
IMPROVED
PAT'D JUNE 28.64
PATENT CAN
美孚行

朔望會課

靜致盧會課爲皖江洪月般孝廉思齊倡立每月朔望舉行一論一策三日交卷評定甲乙酌贈花紅每卷收紙張津錢五十次月朔日開課假二道街泰山行宮盧厲爲收發課卷處入課者先期自陳名字齒籍官紳好義資助花紅者登報揄揚不勸捐

江右盧沛恩
津門王維翰　暨同人公啓

新開元隆號綢緞洋貨莊

自去歲四月初旬開張以來蒙各主顧亟盼雲集馳名日盛本號特由蘇杭等處加意揀選名機新鮮貨色零整銀價俱照大莊行市公平發售以昭久遠此白

寄賣龍井雨前素茶福建皮絲水烟各種眞料大小皮箱

開設天津府北門外估衣街中路北門面便是

浙紹朱鈍翁先生已於六月十二日由密雲縣治愈劉太夫人多年宿疾旋回津郡仍寓東門裡彌勒菴依舊懸壺

六月廿九日輪船出口　禮拜二
新濟　新裕　輪船往上海　招商局
武昌　輪船往牛莊　太古行

六月廿八日銀洋行情
天津通行九七六錢
銀盤二千四百三十五　洋錢一千七百二十文
紫竹林通行九六錢
銀盤二千四百六十八　洋錢一千七百四十五
洋錢行市七錢一分二

開設紫竹林法國租界北

天福茶園

京都新到

崇慶名班

特請京都上洋姑蘇山陝等處
各色文武　頭等名角

六月廿九日早十二點鐘開演

順邊劉張張楊安終十小小草六王玉王賽高蘇常羊
義景鳳長福桂德二連香上月全壽狸玉廷雅喜
紅臣山台奎保秋明紅仲鳳飛鮮立雲鑑喜奎秋壽

伐子都　白良關　宇宙峰　太平城　大賣藝　牧羊山　鐵弓緣　衆武行 雙龍會

廿九日晚七點鐘開演

十崇小白張羊十高姜于王賽王天十常李于趙羊
八　三文長喜一玉小　喜狸全娥四雅吉景斌喜
紅俊寶奎壽紅喜五報雲貓立旦旦秋瑞五恒壽

斬黃袍　提放曹　鳳鳴關　打面缸　遺翠花　衆武行 收關勝

開設天津紫竹林海大道旁

福仙茶園

啓者本園於前月初四日止戲清理賬目今將戲園及園內桌椅磁壺磁碗新製彩切零星等件合盤出兌如有願兌者及詳細章程請至本園面議可也特此佈告

福仙茶園謹啓

代辦各種機器告白

敬啓者余自去歲代辦各種機器業蒙紳商賜顧並無遲悞今又向英國着名大廠代辦各樣紡紗織布造磚炸毛等機器以及各行應用各樣機器零星物件定日交貨不能遲悞如貴行包辦常年機器人工煤料或安設各樣機器價値格外相宜如蒙貴官紳商購買者請至英新租界福仙茶園看圖面訂可也特此佈聞

寗子卿謹白

直報

本館開設天津紫竹林海大道老菜市氣燈房巷內

光緒二十四年六月二十九日 第一千百四十五號
西歷一千八百九十八年八月十六日 禮拜二

上諭恭錄

上諭安徽按察使着聯元補授沈守廉着調補廣東惠潮嘉道山東兗沂曹濟道着彭虞孫補授欽此

閱報紀粵西匪首事系之以論

昔武后讀駱賓王檄文歎曰人有如此才而使之流落不偶宰相之過也夫駱賓王一介書生耳非素具韜鈐堪任非常大事者何足惜武后云云蓋爲大臣之不能牢籠人才者戒也國家待才而理大臣即以求才爲要得一才可以爲柱石可以作屏藩不動聲色能措天下於泰山之安其下者亦得奔走馳驅收羽翼爪牙之效故雖風塵埋沒異域潛蹤猶將懸高爵捐厚賞推心置腹號召而糾合之使爲我用不惟增一臂助抑且翦一强敵也況素隸麾下受驅策近在掌握中反不能撫慰之羈縻勿絕聽其抑鬱窮愁一旦激而生變不啻入我室操我戈而伐我焉吁可慨已頃閱時務報載粵西之亂匪首侯成帶原洪逆舊黨受蔣敏果公招安束身投降誓死相報效屢出奇計破堅城戰勝攻取洊保至參戎馮宮保彭剛直諸公均器重之諒山之役頗著戰功張香帥督粵時曾委署廣州鎭篆務中東搆釁復委爲某軍統領巡防彈壓所在均能得力近奉 諭旨裁兵節餉某制軍將所帶勇營盡行遣散麾下健兒輩因無計謀生竄身入賊中素知該匪驍勇絕倫饒智畧招入夥推爲渠魁奉指揮號令每臨陣背負雙槍騎駿馬日行數百里往來衝突所向披靡莫敢攖其鋒攻陷城邑該匪之力居多又有謀主孫逸仙尤兇狡爲之籌畫布置故能猖獗至此云竊謂該匪初從洪逆助惡滋固亂賊也歸正後屢蒙拔擢官至三品大員國家相待不薄前旣以漏網之魚幸延殘喘後復爲走險之鹿潛蓄異謀孤恩負義至斯極乎況差使雖撤名分猶存何至忍心害理思反噬創滔天大禍是眞狼子野心死有餘辜者矣雖然猶有說焉封疆大吏任兼圻統轄全省官員凡在屬下無論微員末弁當隨時察其才氣若何品行若何果能有長可取有功可錄足資倚畀也何妨暫留所統一軍使效犬馬之勞即爲節省起見迫 朝命勢必裁撤之亦當別委一差署一缺聊爲籠絡計勿遽投閒置散致生異心藉曰性桀驁難馴萬不能保全始終查有實在劣蹟罪無可逭重則按軍法斷絕禍胎輕則發往軍台効力屛諸遠方即不然猶可遞解回籍交地方官嚴加管束何至放虎入山任使殘殺生靈乎大抵梟雄之輩奔軼之才類以有事爲榮非流芳百世即遺臭萬年斷不能安寂寞老死牖下以田園邱壑終其身一經淪棄輒挺身走險事割據以洩其鬱勃不平之氣往往然也昔桓温入關王猛披褐謁軍門捫蝨而談當世之務旁若無人温不用後佐秦王符堅爲晉患者數十年宋韓范爲經畧時張元獻詩求用韓范以自媒鄙其人拒弗納遂投元昊亂西夏迄北宋之世不能平古人云養士如飼虎須飽其食飢則將噬人其信然與故名將帥善用兵者用敵將伐敵謀以佐成大功其事不一而足李常侍之討淮西也得降將李祐用其計知賊精兵在四境蔡空虛無備乘大雪夜馳百餘里遂擒吳元濟宋剿賊楊太製輪船激水如飛橫行洞庭湖戰艦當之立碎武穆擒其黨不殺禮待之縱歸營說賊中頭目離其腹心復出奇計誘敵賊乃平他若向欽差之用張國樑曾親王之用甯宗羊或荐至大將或任爲偏裨類能奮不顧身出死力報效國家豈有他術哉亦爲主帥者能開誠布公固結其心故耳現值天下多故正英

雄用武之時山林藪澤間不乏奇人偉士如鷹鸇之鬪秋風起而思奮飛者當事諸巨公宜藉鑒前事加意網羅量其才授之職任綏急時用備干城選不然猛悍兇暴之氣鬱而無所發勢必聚亡命謀爲不軌爲地方患又不然北走胡南走越竄身外洋洩我虛實伺隙以謀我如王猛張元輩後患何堪設想區區賊渠猶其小焉者矣

小懲大戒　○京師前門外天橋地方名曰膀子館者每日有人講三國說唐之類如柳敬亭一流人物中城總甲何某常在書館內賣茶以供聽書諸客潤吻王三者年少喜事二十四日偶與聽客爭論口角之餘繼以敲臺拍櫈碗盞齊飛何某出爲勸解反遭毆辱只得投中西坊稟訴當派值日差至該處將肇事諸人捉將官裏去次日經坊官訊問滋事之由以王三等均非善類飭責四十板總甲何某干預他事開茶館聚衆聽小說亦屬招搖多事着飭責具結釋放

未免溷俗　○永定門外小沙子口迤東焦家花園中白蓮之盛爲都中所僅見近日正値花開烏衣公子紅袖佳人或吟詩撫琴門牌着棋相率爲逭暑之計而不知蓮花之妙處每在月白風淸或當晚涼夕照時一縷淸香沁人心脾未許俗人領畧也園壁懸有楹聯云雨從青弱笠邊過秋在白蓮花下來係潘伯寅少保所題頗合園中景况

反新臺詩　○宣武門內石駙馬大街地方某乙年逾不惑鸞絃中絕訂聘某姓女爲膠續前妻子年弱冠大怒曰老奴謀一巳歡不爲子孫計可憾孰甚竟於六月二十二日探知其父方他適著華服赴女家與女面言老翁孱弱不如吾年少情多若肯爲白頭盟當享地久天長之樂女惑而從焉是夕卽亂於其家旋卽偕匿迄今多日猶未識穩巢何處乙以女父母不閑其女與女家爲難女家又以乙教子失義方與乙爲難究不知此事如何了局噫未得一妻先失一子縱楚失楚得仍在一家而名分倒置矣可反新臺詩爲某乙父子咏之

騙取孀婦　○彰儀門大街陳二者剃頭爲生頗可敷衍度日惟素有烟霞癖六月初十日在門樓衚衕某烟館開燈吃烟與該烟館主人宋某爲莫逆交宋某者登徒子之流亞也數日前見某孀婦貌美欲納爲外室託陳二爲之介紹陳甘言以誘之謂宋某妻近日病廢命在旦夕入門後卽爲正室兼宋嗣續乏人倘日後魚水和諧弄璋有慶亦可了生平之願較諸柏舟守節苦樂不啻天壤婦遽爲所惑遂允之詎料入門後宋妻並未患病嗣續亦不乏人不禁悔之莫及於六月十六日因事出門乘間逃逸宋旋卽尋獲勸伊偕還婦堅不承允將陳二一併控告未識爲南面者如何判斷俟訪明再爲續錄

洋槍傷人　○前門外九調灣地方私門妓寮林立六月二十四日有某甲與某乙爭[illegible]乙用利刃威嚇甲遽開洋鎗將乙轟傷身死棄兇器逃逸旋經總甲報案相驗因無兇犯卽經中城司備文通行五城司坊營汛一體嚴拏務獲究辦

督轅門抄　○六月二十九日中堂見　調補湖北藩台員大人辭　關道李大人　張大人翼　張大人蓮芬　孫大人寶琦　承大人霖　吳大人學廉　何大人福海　署山海關通判沈政賢　候補州張發祥辭赴省　臨榆縣鄒梓生　候補縣王甲榮　前四川三台縣楊子文　新選宣化鎭懷來都司張鴻年　補用守備楊鴻儒

督批照錄　○具呈天津河南山東糧商永記等批候調卷核示○又具呈舉人趙杏林係霸州人抱告族姪趙瑞批此案飭文霸兩州縣會查訊究如文安縣瞻循袒護霸州豈肯會詳該舉人毋得砌詞多瀆仍仰南路廳飭令該州縣秉公辦理勿稍遲延

民竈試題　○府試天津縣屬頭次場題已登前報昨日府試靜海等縣文童　頭場四書題　孟施舍北宮黝論　經題　以思患而豫防之論今日五更進次場考試性理孝經論又附誌鹽道憲試竈籍文童四書義題　知者不失人亦不失言　經義題　德日新萬邦惟懷

京卿抵津　○盛杏孫京卿由上海來津各節屢登前報茲于是日中車抵津假火車站爲茶座公館預備鐵路公司傳諭四點鐘赴院謁見

百靈効順　○昨有紀某貿易關東於閏三月十五日道經偏凉汀聞翌日有東陵皇差石碑由東山採運而來行經該處大橋遂止宿于店冀於次日一開眼界至十六日早八點鐘見騾馬牽扯而至細數騾馬每排二十七頭共七十二排其石之巨可知其下斷

石成輪運轉甚便承差人役於鐵橋面上密鋪木板觀者咸驚石碑重大如此深恐橋有不勝之患孰知　聖朝動作不獨鬼神呵護卽鱗介亦莫不効順按橋長數里橋孔七十有奇夙昔橋下有水無多至此盈盈滿河東西兩岸有巨蟒兩條隱於岸側中孔下兩青龍頭角崢嶸背曲上負橋身其兩旁鐵柱共約二百餘株每柱有甲魚一頭兩爪抱柱首大如盎昂然拱立碑過坦坦橋固無少恙也噫此橋前能負重如許今因水刷欹覆是何故歟其　聖天子百靈相助之謂耶眞耶幻耶姑錄之以符新聞體例

奇案可疑　○昨聞有滇人張某年近不惑流寓天津已多年矣惟以小生理度活於二十四日晚在河北大街鳴盛店門側忽有滇省某仕人携一肩行李冒投該店住宿其店夥見伊行李寥寥固辭不納仕人遂另投別店恰遇同鄉張某雖不相識因其鄉音同操故乞張某領入魏家店寄宿該店允留以爲尋常過客不以爲異張某於是夕往返數次不知何爲及二十五日早張某又至魏姓店言來看鄉親及登客舍之堂見其房門緊閉時日已三竿張某因喊叫衆人齊至隔窗窺看只見某仕人手持剃刀自刎身死當經地方報案請驗蒙嚴委廉詣店據刑仵驗得尸身頸項有二傷一傷寸許一傷七寸有餘惟自刎身死何以連刎二刃當收檢尸身右腿褲內有銀票滙欵二帋一四百兩一八百兩並有某宦所寄信函數封想雲南離津萬里之遙凡在異鄉捨命者大抵皆因窮困所致該仕人腰纏千數百金乃客途之富饒者何竟忍以自刎而死顯有別情或云死者爲貴州拔貢赴都訪友於二十四日投宿河北大街慶興店又云死者有堂叔某久住津門聞信已將屍認領未知孰是俟訪再佈

羣居終日　○津門人烟數萬戶務農者千百中不一見逐末者比比皆是貿易之外類多當差應役游手好閒之輩雜出焉酒食游戲是其常聚賭藏奸所不免昨報登學爲局賭一則以武學設寶局經營務處委員查知已獲在案玆又聞西門北板橋市旁有棍徒某某者時聚於穆某家品竹彈絲暇則呼盧喝雉以爲戲恐皆非善類也欲安閭閻當以除莠爲要務有地方之責者所當亟思訪戢者也

倒屋兩誌　○雨水連緜老屋多不能支昨河東小聖廟後崔姓家被雨水冲漏立卽坍倒幸大小五口赶緊逃出屋內所有家俱一概覆於其下又昨午城內三義廟前曹姓男女三人均被屋倒壓斃云

懦不可玩　○汽燈房迤北有方塘數畝深可丈餘益以雨集之水更不可測日昨馬王會在塘前演戲有南門內湯氏子年十八歲來此看戲以天氣炎熱急趨入塘以浴甫一游泳遽遭滅頂及經人撈上已不可救慘矣聞地方卽赴縣報案俟驗畢再候認領臨深者可以戒矣

布商作弊　○鄂垣織布局所出之布緊密厚重頗能耐久銷場亦甚暢旺然布有高低價有貴賤若第一號則於布頭印一項字其次則印天字又次則印地字又次則印元字此該局定章也不圖漢口有種布商向該局販得各號布疋剪去布頭所印字號另行蓋印如元字改用天字地字改用項字以低冒高以賤售貴買客之受其欺者已不知凡幾矣刻下該局查知恐碍局中銷場將此弊病一一詳書張貼漢口街頭巷口徧諭行商坐賈不再受其欺矇並嚴查此輩以便送官重辦云

火車然電　○凡行路用燈昔時概然火油頃日本政府命設電鐵車中以便搭客上下爾後當無願用油燈者先是密水火車已設有電燈器具十副頃各氣鎊路局均欲仿造已聘請司通電燈公司中人擇火車中妥當處豎立玻球此非同地上電燈設一總機相引而然乃每車各用電箱一具行時將機開動自然發光雖車行極速此燈毫不受損如將電氣然足可歷四五點鐘計火車開行至停止此燈尚可不滅停後更用油燈將此機另裝電氣以備再用裝足亦須半點鐘時日政府已向吸姆辦吸廠定造火車其中均有電燈器具　日本日日報

俄查商船　○據俄國度支衙門商工局本年一月勘查云商船共計二千六百五十七艘內帆船計二千一百三十五艘載重計三十四萬三千九百七十一墩其在黑海亞速海間者七百五十四艘墩數如前率在裏海者十八萬四千二十二墩在波爾的海者八萬一百九十二墩以上船舶大半係己國建造其訂購外國者僅一百三十五艘建造經費計一千五百一萬羅布留有奇每一艘費額自一千羅布留至三千羅布留船員計一萬九百九十三人區別船籍爲二種屬公司者計七百七十四艘屬一人者一千三百六十

一艘云輪船計五百二十二艘在巳國建造者僅一百三十三艘其餘悉係訂購外國者價額共計六千五百六十一萬八千九百四十羅布留載重十萬一千五百五十八墩船數多爲黑海暨亞速海裏海次之白海波羅的海又次之蓋地勢使然也　東京朝日報

光緒二十四年六月二十七日京報全錄

宮門抄○六月二十七日理藩院　鑾儀衛　光祿寺　正白旗值日　無引　見　召見軍機　崑中堂　皇上明日卯正至　大高殿　壽皇殿行禮

○○奴才恩澤薩保跪　奏爲訊明職官承運官糧在途盜賣入巳按例科擬恭摺具　奏仰祈　聖鑒事竊查前准呼蘭副都統倭克金泰咨稱雲騎尉凌春承差解運倉糧中途盜賣得價入巳迨經提訊該員仍敢恃符狡展當經據咨於光緒二十三年三月二十八日奏請　旨將雲騎尉凌春先行革職歸案審訊嗣於是年四月二十六日由驛遞到回片奉　硃批着照所請該部知道欽此欽遵在案旋於十一月二十五日復經該副都統將此案訊明科擬連犯解請勘辦前來正接收間該犯凌春當即在押患病調治日久始報痊愈茲經提案勘訊緣巳革雲騎尉凌春於光緒二十三年七月間奉派解運省城接濟官糧差事雇覓大船一隻小船二隻共載糧二千八百八十四斛於七月二十五日起運八月初四日行抵哈爾濱江面查看二小船所裝糧石均被水潮滲濕該犯又另雇大船一隻移載濕糧初六日由哈爾濱開船於二十八日運抵三岔河地方停泊不料是夜以後烈風大作致將纜繩爭斷船在江心隨浪簸揚艙內水滿瀕欲沉沒該犯與舟人大駭急將艙面浮載糧袋推入水中船載稍輕始獲無恙迨風息後靠岸而艙內之糧已被巨浪浸濕該犯因官糧虧短大半浸濕之糧又易霉爛恐將來運送到省難以交納兼之虧欠船戶脚價無法給價一時糊塗使船順抵伯都訥城外將所賸濕糧在該處全行出售計有市斗二百六十四石八斗共得價銀五百三十三兩五錢六分除抵還船戶王姓李姓脚價外餘賸銀二百餘兩亦在旅店費用罄盡十一月初十日該犯回家隱匿被本旗佐領訪獲呈送該副都統訊悉前情茲覆研鞫矢口不移案無遁飾查例載凡曹運粮米監守盜賣六十石入巳者發邊遠充軍入己數滿六百石者擬斬監候等語此案該犯凌春盜賣運糧二百六十四市石得價入巳折合倉石至一千三百二十石之多實屬貪婪膽玩自應按例問擬以儆效尤凌春一犯合依漕運粮米監守盜賣入巳數滿六百石者斬監候例擬斬監候漂沒粮石如經委員勘實本可豁免惟該犯於一年之後始行到案所供遭風情事無從查勘應與盜賣之粮一併責令賠補並飭該管官將該犯家產查封變抵除將供招咨部外所有訊明職官盜賣運粮得價入己按例科擬緣由理合恭摺具　奏伏乞　皇上聖鑒飭部核議施行謹奏奉　硃批刑部議奏欽此

○○頭品頂戴湖廣總督臣張之洞頭品頂戴湖北巡撫臣譚繼洵跪　奏爲查明京控未結各案開單恭摺具陳仰祈聖鑒事竊查前准刑部咨覆光祿寺少卿延茂奏稽核京控審限每年將巳未完數目兩次彙開清單具奏以歸劃一並摘錄案由註明交審月日及未結各案因何未能審結緣由於每年兩次覆奏時詳細聲明等因奉　旨依議欽此歷經遵辦在案茲據湖北布政使王之春署按察使岑春　詳稱陸續奉到部院衙門奏交咨交各案隨時委提人卷解省發審其有距省較遠州縣之案移交該管道就近提審或委員前往會同該管道府審辦前巳截至光緒二十三年六月止將未結各案造册詳請奏報茲值半年彙奏之期除巳審結咨送供招及詳咨註銷各案不計外尚未審結者十四起或原被供情狡執捕提要證未到或甫經行提人證尚未解齊以致未能訊結核計尚無遲延等情開呈清册請奏報前來臣等覆核無異除仍飭赶緊催提人證到案審辦並將清册分送刑部都察院步軍統領衙門查照外謹繕清單恭摺具陳伏乞　皇上聖鑒謹　奏奉　硃批刑部知道單併發欽此

○○胡聘之片　再前准部咨甘肅提督董福祥一軍應需行餉令於山西省應解光緒二十四年甘肅新餉內劃撥銀四十萬兩就近解交董軍粮台兌收又准部電董福祥續添回隊五營應需餉項令於山西省裁兵節餉欵內每年提銀一十一萬五千五百兩分批起解內五萬兩於年內解赴董軍六萬五千五百兩於本年五月以前籌解清欵等因均經行司遵辦業經前藩司先後籌動銀一十六萬兩委員解赴董軍糧台交納在案茲據署布政使景星詳稱遵又在於司庫籌動銀一萬五千兩於光緒二十四年六月初三日發交董軍領餉員委守備吉聯星等承領作爲添撥回隊五營月餉等情請　奏前來臣覆核無異除分咨查照外理合附片具陳伏乞　聖鑒

謹　奏奉　硃批戶部知道欽此

○○譚繼洵片　再光緒二十四年京餉湖北省奉撥地丁銀四十五萬兩業經委解三批共銀十三萬兩赴京交收在案茲據布政使王之春詳稱復於地丁項下動撥第四批京餉銀五萬兩查有候補知縣白坻試用通判曹受詔堪以委解等情請奏咨前來除繕咨轉給該委員等妥速起解並飭將應解銀兩續籌委解外理合會同湖總督臣張之洞附片具陳伏乞　聖鑒謹　奏奉　硃批戶部知道欽此

○○陳寶箴片　再前准戶部咨議覆順天府兼尹等奏請撥浙江河運漕米爲順天備荒之用擬令將湖南採買米價運費等銀委解部庫以爲備荒經費一摺光緒二十年六月二十日奏內閣奉　上諭所有湖南每年應辦京漕三萬石嗣後毋庸辦運即將米價水脚等項共銀七萬二千三百餘兩按年解交部庫以備緩急着自本年起如數報解另款存儲專備順天賑撫提用餘依議欽此咨行到湖當經遵解清楚在案茲據湖南糧儲道但湘良布政使俞廉三會詳湖南省光緒二十四年新漕仍辦折徵其應採買京米三萬石自應欽遵前奉　諭旨毋庸辦運將米價水脚等項銀兩照實分批解部專備順天賑撫提用惟前項經費應於光緒二十四年漕折二米隨淺等款內動支現在新漕未及開徵尚未解收有銀擬仍援案暫於庫存節年漕項各銀內借支銀二萬兩作爲本年籌解頭批備荒經費一俟催收各屬二十四年漕折有銀即行撥還原款隨將銀兩交商號蔚泰厚如數承領滙兌由京城銀號以足色庫平解赴戶部交納撥兌充順天備荒經費之用等情詳請奏咨前來臣覆查無異除繕咨發交該號商蔚泰厚承領滙解並咨部外理合會同湖廣總督臣張之洞附片具陳伏乞　聖鑒謹　奏奉　硃批戶部知道欽此

○○奎俊片　再松江府知府恩興於光緒二十四年五月初二日在任病故所遺松江府知府要缺政務殷繁必須遴委幹練之員接署方足以資治理茲查有候補知府張預才識優長體用兼備堪以委署據藩司會同臬司具詳前來除批飭遵照並另行恭疏　題報開缺外所有松江府知府員缺緊要相應請　旨迅賜　簡放以重職守謹合詞附片具陳伏乞　聖鑒謹　奏奉　硃批另有旨欽此

御製四書論　此書是康熙年御製今重裝訂石印巧月初一日出書特此佈告

天津北門內府署東大街紫氣堂梁子亨仝啓

本公司仿照西法燒作磚瓦事屬創舉曾經通禀在案該貨堅固異常價値從減並各樣印花磚瓦俱全　賜顧者請至海大道新興南里內本公司面議可也敝處機器購自禮和洋行甚屬靈巧特此並達

本號自置顧繡綢緞洋貨等物整零均按銀莊格外公道皆比大市價廉發售寄賣各種眞料大小皮箱漢口水烟袋各種眼鏡龍井雨前紅茶梗　寓天津北門外估衣街五彩號衕衕口坐北向南　士商賜顧者請認本號招牌特此謹啓

啓者昨接上海孫仲英善長來電旋又接到顧緝庭葉澄衷嚴筱舫楊子萱施子英各觀察來電據云江蘇徐海兩屬水災綦重饑民數十萬顚沛流離死亡枕藉災區十餘縣待賑孔急需款甚鉅官款恐未能徧及素仰貴社諸大善長久辦義賑飢溺猶已敢求代呼將伯源源接濟功德無量蒙滙賑款卽滙上海陳家木橋電報總局內籌賑公所收解可也云云伏思同居覆載異姓不啻天親縱隔形骸民物莫非胞與頓遭洪水哀此災黎盡是蒼生何分畛域況救人性命卽積我陰功雖此日拯茲黎庶散盡赤仄青蚨卜他年報在子孫同來玉堂金馬敝社款無備濟自知獨力難成術欲廣仁惟冀衆擎易舉叩乞　顯官鉅紳仁人君子共憫奇災同施仁術原擬活人無算雖千金之助不爲多但能濟世有功卽百錢之施不爲少盡心籌畫量力輸將敝社不禁爲億萬災黎泥首叩禱也如蒙慨助卽交天津溜米廠濟生社帳房代收並開付收條以昭徵信　濟生社籌賑同人謹啓

紫氣堂出售新書

石印史記經義四書義每部三百五十文　八面鋒四本每部價洋錢七百五十文　重印校邠廬抗議每部洋錢三百五十文　均無多部先觀爲快　天津北門內府署東各報總處梁子亭全啓

告白

敬啓者　朝廷維新庶政博采羣言其已見施行者如科擧改試論策四書義經義實僉兩湖制軍南皮張香帥之奏制軍有勸學篇一書皆切近今時務其改科擧議即列外篇第八者也此外諸篇著論極爲持平惟此書僅板兩湖書院外間頗尠傳本有志之士無不思一流覽本齋不惜貲本縮印上石日內即擬出書有願先睹爲快者即向天津鍋店街文美齋南書局購覓可也

京緞零剪減價現售

零剪

高鴉背	一千三百五
正號　元青貢緞每尺	一千四百文
中號	一千一百文
副號	八百八十文
眞杭青金銀庫緞每尺	二千二百文
眞裕順曾皮絲烟每包	一千一百文
南京鹹鴨每支　大	一千八百文
小	一千二百文

寄售（每斤）

龍井	一吊七百文
雨前	一吊一百文
珠蘭	一吊四百文
雀舌	九百六十文
蜂翅	一吊二百文
紅袍	六百四十文
小種	一吊二百文

本號自製元邊京緞臺售零剪杭絨衣線宦燕金駝南貨糟貨一應俱全近因錢市頹落不同分別減價抑因無恥之徒假冒南味字號者甚多雖云謀利誠恐亂眞欲辦蠢蘿用頻楮墨天津宮北大獅子胡同公益仁記南味坊謹白

新到啤酒

啓者本行現由德國自運上等啤酒氣味香美與衆不同除濕解暑助氣消食誠酒中之仙品也如蒙　賜顧請到老龍頭對河本行賬房可也　計每箱四十八瓶價銀七兩五錢又價銀八兩五錢　德商瑞豐洋行謹啓

爲釣叟先生書潤小啓

予向讀醉翁亭記曰先生之意不在酒而在乎山水之間未嘗不歎古人之高也夫古人往矣而欲求其嚮往彷彿則莫如新會歐陽子行者誠六一先生之遺裔也追踪公少負奇氣嗜酒有家風長徧游名山大川落帋得烟雲生趣求畫者戶履常滿筆禿硯枯客有睨笑其旁者曰甚矣公之勞費也胡不以潤筆之資作杖頭之助及今請自隗始可乎公笑曰無已其以酒酬我也昔人斗酒百篇畫何獨不然自今請以酒進爰定其數因爲之序

茲湊俚言作潤筆歀

借問先生何所擬　無如一醉筆寫丹青

諸君若索先生畫　帋方如一尺酒一罇

素絹又當加倍計　扇如團摺釀雙瓶

酒資斟酌糧合　潤筆兼能養性靈

香山襄侯魏宗彌書於潤州客次　寓紫竹林廣永隆號內

京都內全盛

本店由京都移來專做全盛齋全樣鑲絨鞋亦有全樣布緞鞋各樣扎拉鎖綉扣鑲花鞋材料與衆不同樣式各外另有眞傳本店今有新添寄賣各樣旗鑾扎花坤鞋亦有鑲花坤靴一應俱全開設在天津府帶河門外樂壺洞北口巷內路北準仕商賜顧者詳認本店字號便是貨眞價實言不二價不悞主顧　本店謹白

顯學書塾

浙江蕭山湯伯述先生擬招學徒百人講授策論文字每人月脩一四元一每課一策一論三期到塾領題日日繳卷三日批榜改取定甲乙不示暫時遙授不必住館本塾在海大道直報館旁

新開天吉齋京靴店

本店開設天津府東門外天后宮前路北門面二間本號專辦京莊上材料專做京都滿漢朝靴各款鑲繡插鎖全式名鞋一應俱全貨高價廉士商賜顧者請認本號招牌庶不致悞　明　本店擇於七月吉日開張　本號特白

告白

奉　旨鄉會兩闈及科歲生童改試策論書院肄業生亦皆遵照改課童蒙窻下自宜以古文爲法宋儒呂東萊先生所著博議久已風行近尤膾炙人口現有芙蓉館主人以諸名家所批善本付本齋石印帋墨精良字大爽眼約於本月念日後印畢出售此佈　天津文美齋南帋局告白

陰德耳鳴

余寒士也客秋偶患瘧疾以爲此細症耳無足介意隨服藥數劑旋即霍然不久又滋他患病更纏綿適陳君少菱來余以所苦因爲代延張君敬和診治是時甚慮無資孰知先生既至見余病極危境極困爲區畫方脉並贈以珍藥十數劑曾不兼旬而病若失神乎技矣先生有半積陰功半養身之章盛德所不諼也先生學問淵深爲醫道中第一及論手而性情仁厚純篤尤爲人所難及余感其盛意登諸報章并爲津郡患病者指南之助云

戊戌仲夏津邑後學顧連城誌謝

紫竹林法租界
三義飯店

本店專做英法葷素大菜並由外洋自運各國上品洋酒各色異味點心罐頭鮮菓食物等類一應俱全本洋樓工程告竣房間寬闊夕時均用氣燈明亮異常仕商光顧者或携貴眷另有雅室亦足稱暢叙幽情矣擇於六月十七日開張至期請即駕臨賜顧是荷

本主人謹啓

天福茶園

特請上洋新到

頭等花旦

天娥旦

七月初一日

晚准演

梵王宮

早晚仍照原價

新排全本新彩新切

燒骨計

苦中苦

東京科考龐府招親麥康縣三年荒旱無有銀錢奉養雙親將他親生兒子賣與黃門得銀十兩又被賊人偸去家中貧寒難以度日一同二老進京尋夫走至半路途中不料他公爹死在張家小店無有銀錢成殮去到大街討化棺木一口燒骨尋父找在東京見面執意不認仗勢仇殺神靈護救金天王遭反伊子賣與黃門陣前立功封官鎮定總兵母子相認開封告狀王文龍腰斷三節廢命龐吉滅門九族當塲出彩新彩新切與前不同另有奇文准演不恍

擇日開演

玆因類類報從十二册另改新章改樣亦按旬報之列即日可出後望盼矣

各報總處梁子亭啓

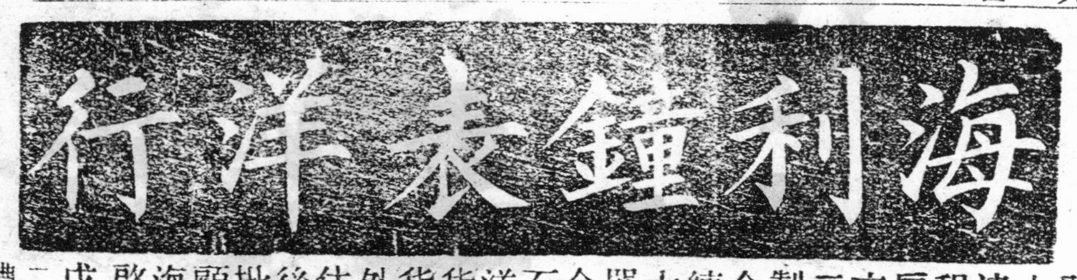

啓者本行自上海分設天津紫竹林法租界良濟藥房對過女成衣飯店一號二號房內自製新式鐘表金銀表金表練各樣新式大小說話機器耳鳴機器金戒指金鋼石戒指大小洋鏡各樣新貨一應俱全貨好價廉格外公道在此住兩三個月後另造樓房批發諸公光顧請早駕臨海利洋行謹啓

戊戌年六月二十九日禮拜二

紫竹林
第一樓番菜館

本號專作英法大菜各色精細點心各樣洋酒洋貨等物一應俱全並售

上 八百

上紅茶每斤津錢一千

六百

又批發茂生公司鐵海紙烟零整發售價值格外公道原箱計一百盒價洋一百四十四元每盒計五百支洋一元五角凡仕商賜顧請即駕臨是荷

主人謹白

減價

今有友人自辦陝西老土每兩津錢五百文新到梁州土每兩津錢五百六十文如蒙賜顧者請到東門內聚隆成寄售

廣東鼎盛機器廠

本廠精造大小機器汽機火爐開礦水龍滅火水龍磨麵機器全套管辦鑄造修理精巧銅鐵等件貨眞價廉倘蒙賜顧請至天津紫竹林法租界牌坊旁本廠面議不悞主顧

本主人謹啓

本局自印耕香館畫牘每部價洋二元專辦各種石印書籍精選加高南紙頂細雅扇格外價廉天津東門外襪子衚衕本局啓

本局謹啓

美孚老牌煤油

啓者美國三達煤油公司之德富士老牌煤油天下馳名萬商稱羨蓋其質潔色清亮白如銀且絕無烟氣能耐久燃比之生荳等油晶光百倍而儉用價廉此爲德富士老牌之佳處誠屬無雙妙品也 士商賜顧請到天津美孚洋行採辦或向就近殷實行店購買庶不致悮

DEVOE'S
PAT'D JUNE 22.63.
BRILLIANT
OIL
IMPROVED
PAT'D JUNE 28.64
PATENT CAN
美孚行

朔望會課

靜致廬會課爲皖江洪月般孝廉思齊倡立每月朔望舉行一論一策三日交卷評定甲乙酌贈花紅每卷收紙張津錢五十次月朔日開課假二道街泰山行宮盧厲爲收發課卷處入課者先期自陳名字齒籍官紳好義資助花紅者登報揄揚不勸捐

江右盧沛恩
津門王維翰 暨同人公啓

新開 元隆號綢緞洋貨莊

自去歲四月初旬開張以來蒙 各主顧垂盼雲集馳名日盛本號特由蘇杭等處加意揀選名機新鮮貨色零整銀價俱照大莊行市公平發售以昭久遠此白

寄賣龍井雨前素茶福建皮絲水烟各種眞料大小皮箱

開設天津府北門外估衣街中路北門面便是

浙紹朱鈍翁先生已於六月十二日由密雲縣治愈劉太夫人多年宿疾旋回津郡仍寓東門裡彌勒菴依舊懸壺

七月初一日輪船出口 禮拜三

新濟 輪船往上海 招商局
新裕 輪船往上海 招商局
泰順 輪船往上海 招商局

六月廿九日銀洋行情

天津通行九七六錢
銀盤二千四百三十五 洋錢一千七百二十文
紫竹林通行九六錢
銀盤二千四百六十八 洋錢一千七百四十五
洋錢行市七錢一分三

開設紫竹林法國租界北

天福茶園

京都新到

崇慶名班

特請京都上洋姑蘇山陝等處
各色文武 頭等名角

七月初一日早十二點鐘開演

蓋天雷 長祿 順紅 十二紅 楊福寶 張長奎 李玉奎 姜小五 十七紅 東發亮 于報 安桂秋 謝才寶 汪德寶 白文奎 大禿 常雅秋 王喜雲 蘇廷奎 羊喜壽

赤桑鎮 打登洲 斷密澗 柴桑口 六月雪 洪洋洞 戰皖城 割髮代首 衆武行

初一日晚七點鐘開演

六月鮮 十二紅 楊福保 張長奎 羊喜壽 姜小五 王喜雲 張鳳台 十一紅 李玉奎 終德明 小連仲 天娥旦 十四旦 常雅秋 小香鳳 于景五 草上飛 李吉瑞

三疑計 草橋關 思凡 伐東吳 梵王宮 大神洲 衆武行

開設天津紫竹林海大道旁

福仙茶園

啓者本園於前月初四日止戲清理賬目今將戲園及園內桌椅磁壺磁碗新製彩切零星等件合盤出兌如有願兌者及詳細章程請至本園面議可也特此佈告

福仙茶園謹啓

代辦各種機器告白

敬啓者余自去歲代辦各種機器業蒙紳商賜顧並無遲悞今又向英國着名大廠代辦各樣紡紗織布造磚炸毛等機器以及各行應用各樣機器零星物件定日交貨不能遲悞如 貴行包辦常年機器人工煤料或安設各樣器價值格外相宜如蒙 貴官紳商購買者請至英新租界福仙茶園看圖面訂可也特此佈聞

甯子卿謹白